La noche del tamarindo

Bestseller Internacional

Biografía

Antonio Gómez Rufo nació en Madrid en 1954. Traducida al alemán, holandés, búlgaro, portugués, francés, ruso, húngaro, griego y polaco, la obra narrativa de Gómez Rufo ha sido elogiada por la crítica española e internacional: «Una estupenda novela sobre uno de los personajes más apasionantes de la historia» (*El País*, sobre *La leyenda del falso traidor*), «Novela tremenda, densa, subyugante. Una delicia» (revista *Tiempo*, sobre *Los mares del miedo*), «Una magnífica y necesaria novela» (*La Razón*, sobre *Adiós a los hombres*), «Una novela romántica, de perfección absoluta» (*Kapital*, Bulgaria, sobre *El alma de los peces*) o «Funciona como un reloj de fábrica, [...] cada tictac suena como tiene que sonar» (*ABC*, sobre *El secreto del rey cautivo*).

Además, es autor de otras obras como *Las lágrimas de Henan*, *Si tú supieras* y *Balada triste en Madrid*. Con *El secreto del rey cautivo* obtuvo el Premio de Novela Fernando Lara 2005.

www.gomezrufo.net

Antonio Gómez Rufo

La noche del tamarindo

Planeta

Avinguda Diagonal, 662, 6.ª planta. 08034 Barcelona (España)

Diseño de la cubierta: Lucrecia Demaestri / Departamento de
Diseño, División Editorial del Grupo Planeta
Ilustración de la cubierta: © John W. Banagan / Getty Images
Fotografía del autor: © Josefina Blanco
Primera edición en Colección Booket: enero de 2009

Depósito legal: B. 47.496-2008
ISBN: 978-84-08-08425-9
Impresión y encuadernación: Liberdúplex, S. L.
Printed in Spain - Impreso en España

E. B.

Hay que tener cuidado con los sueños porque son sirenas para el alma. Cantan, nos llaman, las seguimos y jamás retornamos.

GUSTAVE FLAUBERT

A cada día le bastan sus temores, no hay por qué anticipar los de mañana.

CHARLES PÉGUY

PRIMER MOVIMIENTO

Aquella noche llovía sobre la ciudad.

Hacía dos horas que las calles se habían quedado dormidas y un resplandor inútil de farolas alumbraba los silencios con un vaho azulino que se posaba despacio sobre las aceras nuevas y el charol del asfalto.

El revuelo del agua al caer en la medianoche confería a Viena el aspecto de una ciudad deshabitada, como en el final de una guerra que se ha perdido; una ciudad desolada y temerosa donde la culpa seguía arañando después de tres generaciones y la vieja memoria borraba sonrisas con la severidad de un réquiem. A intervalos, igual que espasmos, violentas ráfagas de viento del Oeste incrementaban la sensación de frío y algunos relámpagos, enmascarados entre las nubes, iluminaban los cielos, sobre el horizonte. Acababa de comenzar octubre, pero el aire dolía ya en la cara y en las manos como si los días estuviesen cruzando sin disimulo la mitad del invierno.

Cautelosos, sigilosos y furtivos, tres hombres se bajaron apresurados de un Skoda checo detenido minutos antes en la Karlsplatz esquina a la Karlsgasse, justo enfrente del costado derecho de la Karlskirche, la majestuosa iglesia erigida en honor de san Carlos Borromeo. Iban enfundados en trajes de neopreno, iguales a los que usan los submarinistas, pero con la capucha recortada, y se habían cubierto la cabeza con pasamontañas negros de nylon sin brillo. Calzaban zapatillas deportivas también negras y los tres se movían con aplomo y agilidad, demostrando conocer con absoluta precisión lo que tenían que hacer. Momentos antes habían sincronizado sus relojes a las doce en punto.

El griego Nikos fue el primero en apearse del coche. Tras él descendieron el austriaco Wilhelm y el italiano sin nombre. Se ajustaron el pasamontañas para protegerse de la lluvia y buscaron sus bolsas en el maletero. Al cerrar el capó, el italiano levantó un instante la cabeza al cielo. Nikos también miró a lo alto.

—¡Maldita sea! ¡Tenía que ser esta noche! —refunfuñó el griego con la boca casi cerrada y torcida, dibujando un exagerado gesto de desagrado—. Ya sólo falta que nos parta un rayo.

—¡Silencio! —El italiano se volvió hacia él, airado—. ¡Quiero absoluto silencio! ¿Entendido?

—Pero...

—¡Cállate! Y además no sé de qué te quejas, griego: unos cuantos truenos no nos vendrían nada mal para que el ruido no lo hagamos sólo nosotros.

Los tres hombres, cargando cada uno con una bolsa negra en la mano, corrieron hasta la pared lateral de la Karlskirche y se pegaron al muro de piedra. Una vez allí se aseguraron de que nadie les había visto cruzar la calle y se dispusieron a avanzar a toda prisa por la tapia hasta llegar a la fachada principal de la iglesia. Un primer rayo iluminó la bóveda del templo: era de estilo romano, de más de setenta metros de altura; y el fogonazo del cielo se ahogó en el mismo lago colindante en el que se reflejaban los perfiles del sacro edificio. Instantes después un nuevo relámpago y el primer trueno zarandearon la noche con fuerza. El estruendo había comenzado.

—¡Odio las tormentas! —maldijo el griego.

—¡Cállate! —el italiano se llevó un dedo a los labios y luego indicó con la mano que lo siguiesen.

Sin dejar la pared llegaron hasta el frontispicio de la iglesia. El italiano miró a un lado y otro y les ordenó detenerse. A la derecha se alzaba la Universidad Técnica, cerrada y fantasmal a esas horas; y por detrás se extendía el parque que rodeaba el pequeño lago. Todas las calles cercanas siguieron desiertas hasta que, al cabo de unos segundos, una furgoneta blanca pasó lentamente por la Gusshausstrasse con los limpiaparabrisas luchando contra el agua que en aquellos momentos caía con la intensidad de un aguacero de verano. Por temor a ser descubiertos se pegaron a la pared como sombras y luego corrieron a refugiarse bajo el soportal de una de las torres cuadradas. Resultaba imposible que el conductor de aquel vehículo hubiese reparado en ellos, pensó el italiano. Cuando la furgoneta blanca se perdió por el fondo de la calle, sin detenerse, el italiano dio la orden de seguir.

—Y luego, en enero, nos sofocará el calor...

—¡Que te calles, joder!

Muy despacio, buscando la protección del arco de la torre y al amparo de los entrantes y salientes del edificio, se fueron acercando a la imponente columna de la derecha. Otro rayo iluminó durante unos instantes la fachada de la iglesia. Desde donde se habían detenido, la visión de aquellas columnas tan parecidas a las que Trajano erigió en Roma, así como la torre austriaca en la que antes se habían resguardado y la misma entrada griega, que imitaba la del Partenón, se mostraban impresionantes. Los tres hombres permanecieron un instante observándolas, sobrecogidos o quizá tan solo rendidos a la curiosidad; pero el italiano sin nombre reaccionó de inmediato, cubrió el último tramo de una carrera y se detuvo a los pies de la columna.

—Aquí —ordenó en un susurro—. Venid aquí.

Nikos y Wilhelm llegaron hasta él y miraron a lo alto. La columna, coronada por una peculiar balconada dorada y una terminación de cimborio con el techo abovedado, parecía elevarse hasta las entradas del cielo, donde se abrazaban las nubes. Luego se volvieron hacia el italiano, confusos.

—¿Seguro que es aquí? —el griego frunció los ojos.

—¡Seguro! —replicó el italiano, casi ofendido—. Ahí dentro, en el interior de esta columna, hay una escalera de caracol que asciende hasta lo más alto. Y allí es justamente adonde vamos nosotros.

El griego alzó los hombros, cabeceó a un lado y otro y se rascó la nuca por debajo del pasamontañas. Luego se alejó unos pasos del grupo y se detuvo a rebuscar por los laterales de la base cuadrangular, palpando la piedra cada vez más intrigado.

—¿Se puede saber qué coño haces, Nikos? —preguntó el italiano, llegando hasta él.

—Pues buscar la entrada...

—¡La puerta de acceso está dentro de la iglesia, joder! —el italiano alzó la voz, hastiado. Luego resopló paciente, se volvió al austriaco y señaló la entrada del templo con el dedo índice disparado—. Vamos, Wilhelm, fuerza el portón.

El rubio asintió. Los tres hombres corrieron hasta las puertas, subiendo de dos en dos los doce escalones de la escalinata que conducía hasta ellas, chapoteando en el agua retenida en la superficie de los peldaños. El italiano y el griego se escondieron al amparo de las columnas mientras el impasible austriaco dejó con calma su bolsa en el suelo, descorrió la cremallera y sacó una ganzúa plegada que desdobló, fijó y atornilló antes de empezar a manipular la gran cerradura con el mimo de un maestro relojero. Wilhelm tanteó el interior del mecanismo concienzudamente hasta encontrar el punto de apoyo. Luego, con la misma ganzúa, hizo presión arriba y abajo y giró el pasador, extrajo el gancho del ojo de la cerradura y empujó con suavidad la puerta, que sin ningún quejido se movió lo suficiente para que un cuerpo pudiese entrar por la abertura.

Los tres hombres se deslizaron como comadrejas en la nave ovalada. Una vez en el interior, el italiano empujó otra vez la puerta hasta unirla a su quicio, sin cerrarla del todo. Los goznes tampoco gimieron esta vez.

En aquel recinto sagrado olía a cera pura y a incienso viejo. La oscuridad de las tripas del templo era densa e inquietante; el peso de su grandiosidad se sentía casi dolorosamente, y los tres hombres notaron sobre la cabeza la opresión del gran vacío que ascendía hasta la cúpula. Sobreponiéndose, y a tientas, el italiano rebuscó en su bolsa, sacó una linterna y alumbró a su izquierda para desnudar la entrada a la escalera de caracol de la columna exterior. Por allí debía estar. Se acercó con mucho cuidado para no hacer ruido e iluminó toda la pared con la lámpara, de arriba abajo. Y, en efecto, unos metros más allá, descubrió las huellas de la vieja puerta escamoteada detrás de un facistol claveteado por velas apagadas. No le habían informado mal.

La puerta interior que daba acceso a las escaleras de la torre, sellada desde hacía demasiado tiempo, estaba situada tras el atril de las velas y debajo de un altar voladizo con un juego de iconos de ornamentación sagrada. No tenía picaporte ni candados. Se encontraba tan abandonada que resultaba imposible decidir hacia qué lado se abría o por dónde convenía hacer palanca para que saltase. Incluso era posible que no se tratase de una verdadera puerta sino de un muro disimulado con un revestimiento que la imitase. El italiano sin nombre no se arredró.

—Aquí es. Saca la palanqueta, Nikos.

El griego descorrió la cremallera de su bolsa, extrajo la barra de hierro y se la entregó al austriaco. Wilhelm buscó alrededor de los límites de la puerta un punto de apoyo con la punta de la tranca, pero no lo encontró. Entonces rascó los bordes del quicio, que estaban recubiertos de cemento y años, y trazó una pequeña rueca. Se volvió al italiano para preguntar con la mirada si debía continuar horadando.

—Sigue —aprobó, y a la vez lo reafirmó con la cabeza—. Haz esa hendidura un poco más profunda, a ver si consigues hacer saltar esta maldita puerta.

El austriaco rascó con fuerza hasta que completó la rueca que delimitaba uno de los laterales de la portezuela. Después sacó un martillo de su bolsa y otra vez con los ojos pidió autorización al italiano para introducir de un golpe seco la palanqueta por un punto intermedio, calculado al azar. Éste le detuvo con un gesto de la mano, corrió hasta la puerta de la iglesia, la entreabrió apenas unos centímetros, miró al cielo y esperó a que se produjera la descarga de un nuevo relámpago. Cuando el cielo se llenó de luz contó mentalmente los segundos transcurridos hasta el momento más ensordecedor del trueno: uno, dos, tres, cuatro..., nueve segundos. Al abrirse el cielo con otro rayo, volvió a contar. Al llegar a cuatro, le indicó al austriaco que se preparase. Y al llegar a ocho, ordenó:

—¡Ahora!

El ruido seco del martillazo se confundió con la exageración del redoble del trueno nuevo. El golpe fue tan vigoroso que la palanqueta se adentró más de un palmo en el interior de la rueca, con la facilidad de un cuchillo de monte hundiéndose en un queso sin curar.

—¡Está hueco! —se sorprendió el griego.

El austriaco afirmó con la cabeza, corroborando las palabras de su compañero.

—Bien —asintió el italiano—. Prueba a hacerla saltar.

Los dos hombres se apoyaron sobre la palanca y sin necesidad de hacer un gran esfuerzo la puerta se abrió entre lamentos de goznes oxidados y desprendimientos de pintura, lascas de yeso y escombros de cemento. Como si trescientos años de silencio se hubieran derrumbado sobre un tiempo dolorido. El italiano se sobresaltó con el ruido del desplome, apagó de inmediato la linterna y rebuscó en las tinieblas del templo cualquier señal que delatase si algún clérigo o vigilante había salido para ver qué estaba ocurriendo. Dejó pasar unos segundos con la respiración contenida y los ojos desorbitados contra la oscuridad del vacío. Quizá fueran restos de lluvia, o acaso los nervios agarrados al vientre, pero su frente y las de sus compañeros quedaron rociadas por una pátina de sudor. El italiano recuperó el aliento, volvió a encender la linterna en dirección al suelo y, a toda prisa, se metió por la puerta entornada que daba al interior de la columna. Desde dentro ordenó a sus compañeros que lo siguieran; después encajó la puerta de nuevo a sus espaldas y empezó a subir velozmente la escalera de caracol que ascendía sin fin.

Los tres hombres vencieron los primeros escalones animosos y con gran agilidad. Pero aquellos peldaños que daban vueltas y revueltas parecían no acabarse nunca. Aún no habían completado el primer medio centenar cuando el italiano les mandó detenerse.

—Está bien, descansemos un instante —balbució, jadeando.

—Menos mal... Debemos de llevar diez pisos, por lo menos... —el griego Nikos se derrumbó en un escalón.

—Unos seis pisos, seis —inventó el italiano, asimismo dejándose caer en otro peldaño—. Calculo que habrá que subir unos doce, así que tomémoslo con calma. Y tú, Wilhelm, puedes sentarte también.

El austriaco alzó los hombros, despectivo, para indicar que no necesitaba descansar, miró al italiano un instante y siguió subiendo.

—Sigue, sigue, que ya te pararás —rezongó el italiano sin nombre antes de perderlo de vista escaleras arriba.

—Ese tío... debió de nacer en un gimnasio —ironizó el griego, con la respiración entrecortada—. Y la verdad... es que yo... ya no estoy para escalar montañas...

—Por cien mil euros creo que escalarías por las tripas reventadas de tu propia madre... —el italiano resopló e hizo un gesto de desdén con la mano.

—Sí, es posible. —El griego clavó sus ojos en el italiano—. Lo que no sé es por cuánto lo estás haciendo tú, *macarroni...*

—En todo caso no es asunto de tu incumbencia. —El italiano aceptó el reto y le sostuvo la mirada.

—Ya —cedió el griego—. Pero tampoco nos has dicho qué es lo que vamos a robar.

—Ni puta falta que te hace saberlo, Nikos. Y no me vuelvas a llamar *macarroni* si quieres conservar la poca salud que te queda para gastar tu dinero. ¡Vamos, seguimos!

El italiano se incorporó y continuó subiendo peldaños. El griego, con una sonrisa de conformidad en los labios, le imitó.

—Seguro que se trata de un cuadro —murmuró, doliente—. Un Tiziano, un Brueghel..., qué sé yo. Pero un cuadro...

Sólo el fulgor de la linterna del italiano iba abriendo la ruta enmohecida por la que ascendían, desenmascarando paredes leprosas y deshabitándola de fantasmas. No había rastro alguno del austriaco Wilhelm. El griego, trepando muy pegado al hombre que le precedía, pidió descansar dos veces más; a la tercera, el italiano asintió. Ninguno de los dos era un niño: el griego rondaba los sesenta años, la vida le venía pasando sus facturas cada mañana y la artrosis al anochecer; el italiano, por su parte, tampoco era más joven, y aunque llevaba teñido de rubio su abundante cabello rizado, y su indumentaria juvenil resultaba impecable a cualquier hora del día o de la noche, las arrugas del corazón y de los pulmones no tenían lifting ni recomposición posibles. A la tercera vez que Nikos le rogó un minuto de descanso, el italiano le complació.

—¿Sabes? —dijo el griego, dejándose caer sin resuello en un peldaño—. Ese jodido austriaco debe de haber puesto ya los pies en la Luna.

—Pues, sin una linterna, suerte tendrá si no se despeña y se rompe la crisma —cabeceó el italiano.

—A lo mejor lleva una en su bolsa...

Los dos hombres permanecieron en silencio desplomados en un escalón, con la espalda apoyada en la pared desconchada, respirando fatigosamente. Al cabo de un rato, el griego se miró las zapatillas y dijo:

—Hubo tiempos mejores... Míranos: creo que ni tú ni yo tenemos edad para estas cosas, italiano. Deberíamos estar ya jubilados... Y además, con esta facha... ¿Se puede saber para qué nos has disfrazado de buzos?

—Porque, si nos localizan, la única escapatoria es el lago, joder. ¿O es que tú tienes una idea mejor?

—Ya... —el griego sonrió, pero no se atrevió a responder lo que estaba pensando: que en el lago se iba a meter su padre, que él no iba a hacer de Cousteau por el Danubio y que le parecía una majadería. Y hubiese añadido que cuando el austriaco lo telefoneó de su parte para decirle que necesitaba un hombre más para un trabajo fácil y bien remunerado, se lo pensó; se lo pensó mucho, y habría dicho que no, pero estaba tan bien pagado... Aunque no respondió al italiano. Se limitó a decir—: Bien, bien, como tú digas. Ahora, te aseguro que esto será lo último que haga, te lo juro; con este negocio me retiro... Me retiro para siempre... Pero me preocupa una cosa, italiano, sólo una... Si se trata de un cuadro...

—No se trata de un cuadro, ¡joder! —el italiano endureció el rostro—. No seas pesado, maldito griego.

—Porque yo siempre he respetado mucho el arte, ¿sabes? He robado de todo: gasolineras, supermercados, joyerías..., incluso bancos. Una vez tuve que robar unos planos de la caja fuerte de una embajada, y otra vez un tren, puede que hayas oído hablar de ello, en Glasgow... Aquello sí que fue sonado... Y también he matado, sí, ¡he matado...! Pero, ¿quieres que te diga una cosa? ¡Nunca he robado un cuadro! ¡Nunca! Llámame romántico, o piensa que soy un loco, o lo que quieras. Pero, ¿sabes, italiano?, ese respeto por el arte lo heredé de Vassilis, de mi hermano Vassilis. ¡Del gran Vassilis Drakopoulos! Él era pintor, ¿comprendes? ¡Un gran pintor! Se pasó la vida haciendo bocetos, preparando lienzos, buscando el tema que necesitaba pintar. Hasta que por fin supo lo que quería. Por eso sólo pintó un cuadro en su vida. ¡Uno solo! Y era tan bueno que enseguida lo compró el Museo de Arte Contemporáneo de Atenas. Allí sigue el cuadro, en una sala, hermoso, magnífico, reluciendo como un faro en medio de tanta mediocridad; y allí también se pasaba mi hermano los días, todos los días. Me dijeron que el pobre llevaba pinceles y pinturas y, en cuanto el vigilante se descuidaba, retocaba un color, corregía un detalle... Nunca estaba conforme; pensaba que tenía que mejorar su obra. La insatisfacción es la esencia de los hombres con talento, italiano. Hasta que un día lo descubrieron y lo detuvieron. Cuando explicó lo que hacía y por qué, lo dejaron libre, pero ya nunca le permitieron volver a entrar en el museo. Y él, todas las noches, veía el cuadro en su imaginación, soñaba con su obra, trabajaba mentalmente en ella, decidía los cambios que necesitaba. Y empezó a amargarse ante la imposibilidad de realizar lo que deseaba, le desquiciaba la prohibición de acercarse a él. El pobre Vassilis terminó viviendo en los sueños, sólo en sus sueños, como un loco. Hizo cuanto pudo: pidió permiso para trabajar de nuevo en el cuadro, recurrió contra las negativas del museo, hizo declaraciones a la prensa repudiando la obra tal y como estaba expuesta... Pero no consiguió nada. Le dijeron que el Museo lo había comprado así y así querían que permaneciese. Por eso un domingo por la noche entró por una puerta de servicio para retocar una línea roja que a su juicio debía ser más gruesa. Sólo para eso. Pero lo sorprendieron, le volvieron a detener y a expulsar. No lo soportó. La renuncia a su obra le produjo una gran depresión y unos días después se suicidó. ¡Ah, mi pobre Vassilis Drakopoulos! ¡Qué gran genio! Por eso nunca he robado cuadros, ¿lo entiendes ahora, italiano? Pertenecen a sus autores, no a sus propietarios. Aunque no les dejen terminarlos... —Nikos se pasó la mano por la cara, triste, fatigado, seguramente arrancándose una lágrima que en aquella penumbra su compañero no vio.

—Vamos, griego —el italiano se incorporó—. Ya está bien de cháchara. Hay que acabar con esto.

—Sí, tienes razón —aceptó el griego, incorporándose.

Cuando llegaron arriba, el austriaco estaba sentado en el suelo bajo un arco del cimborio, esperando con los ojos medio cerrados. El italiano apagó la linterna para que la luz no fuera vista desde el exterior, salió al corredor y se asomó por la barandilla de la balconada para comprobar que nadie se acercaba a la Karlskirche. Seguía lloviendo, pero la tormenta había amainado. El griego se sentó también en el suelo junto al austriaco, jadeando, para recuperarse del último tramo de la escalada, y esperó a que el italiano decidiese lo que había que hacer. El cimborio que sostenía la pequeña cúpula azul con que se coronaba la columna trajana tenía cuatro puertas de acceso terminadas en un arco de medio punto, cada una de ellas abierta a un punto cardinal; y el italiano decidió dar la vuelta completa al deambulatorio para volver a entrar por la puerta posterior. El griego y el austriaco lo siguieron con la mirada, sin levantarse.

—Ven aquí, Wilhelm —el italiano lo llamó, en voz baja.

El austriaco se levantó y acudió junto al italiano sin nombre. Nikos se levantó también del suelo y lo siguió.

—No puedo encender la linterna —explicó el italiano—, pero ahí, entre esos dos arcos, tiene que haber un cuadro de san Carlos Borromeo; bueno, una pintura que representa a un hombre de iglesia grueso, purpurado...

—¡Lo sabía! ¡Claro que lo sabía! ¡Joder! ¡Un cuadro! —rezongó el griego, indignado.

—¡Tú cállate, Nikos, por todos los diablos! —espetó el italiano, irritado. Y volvió a dirigirse a Wilhelm—. Tienes que subir, descolgar el cuadro y bajarlo. Luego volverás a ponerlo en su sitio.

El austriaco levantó la cabeza sin comprender cómo lo haría. Estaba demasiado alto.

—Nikos y yo te auparemos. Vamos, tú eres joven y puedes hacerlo. Apóyate en nosotros.

El italiano y el griego formaron con sus manos un sólido nudo sobre el que el austriaco puso un pie. Se dio impulso y llegó a rozar el marco del cuadro con la yema de los dedos, pero necesitaba ser alzado una cuarta más, por lo menos, para poder descolgarlo. Volvió a bajar.

—Esto sí que es un imprevisto —se lamentó el italiano—. Con esto no contaba.

—Tal vez si encontrásemos un cajón, o algo en lo que subirnos... —dijo el griego y paseó por los alrededores con los ojos en el suelo—. Aquí no se ve nada, tendrás que encender la linterna.

—No. Nos pillarán. Voy a buscar yo...

Un relámpago, el primero de una nueva tormenta, iluminó de repente la estancia, como si se tratase de un milagro a medida o la fuerza del destino que todo lo marca. El trueno que le acompañó no disgustó esta vez al viejo Nikos.

—¡Vamos, más rayos, más! —gritó con júbilo—. ¡Vamos a buscar un pedestal!

El italiano no podía creer en la suerte que les acompañaba cuando un nuevo relámpago puso al descubierto, junto a la puerta que daba al norte, varias pilas de ladrillos, de un metro de alto, que debían de haber quedado abandonadas allí después de la reforma que cegó el acceso a las escaleras interiores de las columnas. Sin dudarlo empezaron a transportar los ladrillos hasta el pie del cuadro y entre los tres construyeron con rapidez un soporte que permitió al austriaco llegar de puntillas hasta el marco y descolgar el óleo.

Cuando lo tuvo entre sus manos, el italiano no se detuvo a contemplar el retrato. Le dio la vuelta, rajó con una navaja la tela de saco que protegía el envés del cuadro y metió la mano por la pequeña abertura, en busca de algo. Miraba al infinito, con los sentidos concentrados en el tacto para dar con lo que esperaba hallar, y al cabo de un rato, ajustado a la esquina inferior derecha del bastidor, lo palpó.

—Aquí está —dijo.

—¿Qué? —preguntó el griego, expectante.

—Nada que pueda importarte, maldito chismoso —replicó airado el italiano—. ¡Nada!

El italiano rajó un poco más la tela y con todo cuidado extrajo un fajo de hojas de papel escritas, cosidas por uno de los lados. Se acercó la portada a los ojos para ver si se trataba de lo que había ido a buscar y sonrió satisfecho. Misión cumplida, pensó. De inmediato guardó las hojas de papel amarillentas en su bolsa, cerró la cremallera y ordenó prepararse para dejarlo todo como estaba.

—Seguro que tú sabes coser, griego. Cose esta tela. Y procura que no se note mucho.

—Pero, no tengo...

—En tu bolsa —señaló el italiano—. Puse lo necesario...

El griego abrió la bolsa, extrajo de un estuche negro una aguja gorda y un ovillo de cuerda fina y se dispuso a enhebrarla, en vano.

—¡No veo nada! —protestó, malhumorado—. ¡No sé cómo quieres que pueda coserlo si ni siquiera veo para enhebrar la aguja!

—¡Hazlo, por lo que más quieras! —el italiano estuvo a punto de gritar—. ¡Y deja ya de protestar, joder!

El austriaco se apartó y apoyó la espalda en la pared, a la espera de que el griego acabara de coser la tela y pudiera volver a colgar el cuadro. La permanente discusión entre aquellos dos viejos sólo le alteraba porque lo único que le importaba era acabar cuanto antes y salir de allí, pero ya estaba habituado a soportarlos y se resignó, escondiendo las manos en los bolsillos y dándoles la espalda. Entonces miró a través de la puerta que quedaba a su derecha y vio un nuevo relámpago, esta vez más débil, sobre el final de la Gusshausstrasse. Pero no se oyó ningún trueno tras él. Era un relámpago distinto, demasiado largo, inexplicablemente duradero, y el austriaco no tardó en comprender que aquel resplandor intermitente no provenía de ningún fenómeno meteorológico sino de los destellos de las luces de un coche de la policía que se dirigía despacio desde el final de la calle a la Karlskirche.

El griego intentó varias veces acertar con el cordel hasta que al fin, ayudado por el tacto de los dedos, consiguió embocarlo por el ojo del pasador. Tanteó también el roto de la tela e inició con una puntada el cosido. Y mientras lo hacía, pensó en su hermano. Estaba contento porque el trabajo no había consistido en robar un cuadro. Él ya estaba viejo, éste iba a ser el último trabajo de su carrera y se sentía orgulloso de haberla culminado sin traicionar al pobre Vassilis. Sí, demasiado viejo, pensó. Se removió en el suelo para coser con más comodidad y logró con dificultad hilvanar algunas puntadas más. Viejo, sí; y a partir de ahora, además, se iba a sentir muy solo. No tenía a nadie, no había podido formar una familia, no tenía a dónde ir. Ni siquiera sabía si Vinicio Salazar se acordaría de él. Fue su amigo, pero de eso hacía ya tanto tiempo... Tal vez lo mejor sería volver a Atenas y pedir el ingreso en una residencia de ancianos, aunque, pensándolo bien, tampoco era una buena idea: era demasiado rebelde para eso. Qué mierda de vida, se dijo; demasiado viejo para trabajar y demasiado inquieto para ingresar en una residencia. Además, conocía las residencias, las miserables cosas que ocurrían en su interior. Su madre había muerto en una de ellas no hacía demasiados años. Y lo que aprendió entonces era que llamaban geriátricos a cementerios vivientes que consistían en meros aparcamientos para seres humanos sin futuro, sin esperanza, sin nada por lo que vivir ni nada que esperar. De allí no saldrían nunca, y cuando salieran sería peor, porque lo harían en un ataúd. Y aquellos ancianos... Una vez que visitó a su madre, la única vez que lo hizo, se topó con un ejército de rostros muertos, de ojos ciegos, de pensamientos vacíos. Muchos de aquellos ancianos estaban trastornados, torturados por las demencias seniles o devorados por la dulce ausencia del alzheimer, ya sin personalidad, sin vida. La peor censura no es la de las leyes tiránicas; la más perversa es la carencia de la memoria porque impide saber quién se es, qué se fue y qué se puede o no pensar. Incluso recordar a quién se ama. La censura del olvido es la peor de las torturas porque sólo se vive cuando es posible recordar que se sigue vivo. Pero lo más doloroso de aquella gente perdida y abandonada que conoció en la residencia de su madre era que muchos de ellos se acercaban a él buscando una palabra, apenas un saludo, una excusa para hablar. Giraban en torno a él como un cabo al que agarrarse en la tormenta de sus olvidos, buscaban una oportunidad de comunicarse con el mundo exterior, codiciaban recibir un minuto de atención, de cariño, de cualquier gesto que les hiciera sentirse reconocidos como seres humanos. Con ansia; con urgencia. Suplicantes. Revoloteaban a su alrededor como niños de orfanato que precisan una caricia en el pelo, una prueba de su existencia, de su visibilidad. Tal vez lo que debía hacer, pensaba el griego mientras cosía, era usar ese último dinero que estaba ganando en Viena para crear una organización de voluntarios que visitasen a los ancianos en sus residencias, que pasasen una tarde a la semana con ellos, que les ayudaran a volver a creer en la vida antes de que les llegara el momento de perderla. Con aquellos cien mil euros podría intentar formar una asociación, algo así como una ONG de esas de las que tanto se hablaba, una organización de asistencia, visita, compañía y cariño a los ancianos atenienses para que no murieran como murió su madre, sola y llamándole a voces, como le dijeron después. Llamándole a él, ¡Nikos!, ¡Nikos!, aunque en realidad el grito fuera destinado a cualquiera que pudiera tomar su mano durante aquellas terribles horas de la agonía, cuando se vislumbra el único camino que aterra recorrer en completa soledad. Sí, tomaría sus cien mil euros, volvería a Atenas y buscaría el modo de formar un grupo de jóvenes voluntarios que le ayudasen a purgar, con su acción, una vida dedicada a apropiarse de lo ajeno y, en ocasiones también, aunque hubiera sido necesario, sí, necesario, a acabar con algunas vidas que pedían a voces desaparecer, escoria; porque eran eso: escoria y sólo escoria.

El austriaco hizo una seña al italiano y apuntó con las cejas al exterior. Se acercó para ver qué llamaba su atención y Wilhelm le indicó con un dedo el coche policial. El italiano corrió agachado a asomarse a la balconada y vio las luces del coche patrulla que se dirigía hacia allí.

—¡Por todos los demonios! ¡No puede haber un sistema de alarma! ¡No aquí arriba! ¡Griego, deja eso y salgamos de aquí!

—Acabo en un instante —replicó Nikos Drakopoulos, ensimismado en sus pensamientos y sin saber qué ocurría afuera.

—¡De eso nada! —negó el italiano—. Wilhelm, vamos a dejar el cuadro en su sitio. Tal y como está. Ayúdame.

El italiano arrebató el cuadro de las manos del griego y le indicó al austriaco que se subiese al pedestal formado con los ladrillos. Una vez arriba, entre los dos lo alzaron y Wilhelm lo colgó, después de tantear las sujeciones para dejarlo encajado.

—¿Qué sucede? —preguntó el griego, inquieto.

—La pasma —contestó el italiano—. Nos vamos de aquí.

—¿No vamos a dejar los ladrillos donde los encontramos? —se sorprendió el griego—. Si no lo hacemos, sabrán que hemos estado aquí, que hemos descolgado el cuadro... Lo analizarán y verán que está a medio coser la raja de atrás. No tendrán duda y nos perseguirán. Porque sabrán qué es lo que nos estamos llevando, ¿no?

—¡No! ¡Nadie lo sabe! ¡Y no seas imbécil! —le recriminó el italiano—. Que hemos estado aquí lo sabrán en cuanto vean destrozada la puerta de abajo.

—Bien, como tú digas —aceptó el griego, resignado al trato que recibía.

En cuanto el austriaco terminó de colgar el cuadro en su sitio, los tres hombres corrieron escaleras abajo guiados por el haz de luz que el italiano facilitaba con la linterna. No se fatigaron en la bajada, el cansancio sólo se manifiesta cuando no existen cosas más importantes en que pensar, y ellos sólo esperaban alcanzar la calle antes de que la policía rodease el edificio. Una vez abajo, no se molestaron en cerrar la puerta de acceso a la escalera interior de la columna y, antes de asomarse al exterior, con la luz de la linterna apagada, el italiano les ordenó detenerse.

—Esperad —dijo—. Voy a ver si tenemos la salida franca.

Abrió con cuidado una rendija del portón principal y miró afuera. No se veía a nadie.

—Está bien. Vamos a salir. Pero tú, Wilhelm, tienes diez segundos para volver a dejar la cerradura como estaba. Si viene la policía, quiero que comprueben que las puertas están bien cerradas para que no entren. Ya lo descubrirán todo por la mañana. Nikos y yo te esperaremos en el coche con el motor en marcha.

El austriaco afirmó con la cabeza, conforme.

—Si se ha disparado alguna alarma, entrarán de todos modos a ver qué sucede —advirtió el griego.

—Mira, griego, ya me tienes harto con tanta pejiguera —el italiano clavó sus ojos en los del griego y le agarró por un brazo—. En primer lugar esa columna no tiene electricidad interior, así que no cabe pensar en alarmas de ningún tipo. Y en segundo lugar no tenemos otra opción. O sea, que si prefieres quedarte aquí esperando a que te encierren, por mí encantado, ¿entendido? Yo me largo.

—No, si yo...

—¡Pues andando!

Los dos hombres ganaron el exterior y se pegaron a la

pared para, siguiendo la fachada, alcanzar cuanto antes el refugio del Skoda. Recorrieron el frontispicio protegidos por las columnas griegas; luego bajaron de puntillas la escalinata de la iglesia y rápidamente se escondieron en el soportal de la torre austriaca. Desde allí pudieron observar los destellos de las luces del coche de la policía, que parecía haberse detenido cerca de su automóvil aparcado al fondo de la Karlsplatz. El italiano se quedó pensativo unos momentos, sopesando si debían avanzar hacia el coche o esperar a ver qué decisión tomaban los agentes.

—¿Qué hacemos? —preguntó el griego, en un susurro.

—Cállate. Estoy pensando.

El austriaco se llegó hasta ellos.

—¿Cerrada? —preguntó el italiano.

El austriaco afirmó con la cabeza.

—Tampoco podemos permitir que nos vean así —el griego negó, moviendo la cabeza a un lado y otro—. Si nos cazan, no sé cómo vamos a explicar qué hacemos, de madrugada y bajo la lluvia, vestidos con este traje de bucear...

—Wilhelm —el italiano se volvió hacia el austriaco—: Rodea ese seto con cuidado y acércate para ver qué están haciendo. Creo que están junto al coche y sólo nos faltaba que avisaran para que se lo llevase una grúa. Por una vez tiene razón el griego. No me imagino paseando a estas horas por las calles de Viena con esta pinta. Y ten mucho cuidado, que no te pesquen...

No hizo falta que el austriaco cumpliera la orden. De repente, el coche patrulla se puso en marcha y, muy despacio, siguió su ronda hasta alejarse de allí.

—Una inspección. Se trataba de una simple inspección —resopló el italiano, aliviado—. Vía libre. Salgamos de aquí.

Sin detenerse recorrieron de nuevo la fachada de la derecha de la iglesia, cruzaron rápidamente la calle Karl y llegaron hasta el Skoda. Una vez en su interior, se apresuraron a cambiarse los trajes de submarinista por ropas de calle y, sin encender las luces del auto, dieron media vuelta y se alejaron del lugar cruzando la Karlsplatz. La operación había terminado.

Permanecieron un buen rato en silencio mientras se adentraban por las estrechas calles del centro de Viena, girando a derecha o izquierda de modo indistinto, sin rumbo. Conducía el italiano, sin apartar la vista del camino; a su lado viajaba el austriaco, indiferente, y el griego se había desplomado en el asiento de atrás con los ojos medio cerrados. El italiano no sabía muy bien por dónde conducía: cruzó el Danubio dos veces y otras dos el canal; reconoció el Estadio Ernst-Happel y pasó una o dos veces junto al Messezcentrum y el Donautrum. Después de un largo rodeo, circulando sin prisa, dejó a su derecha el Zoo Schöbrunn. No había urgencia en llegar a ningún sitio y supuso que aquel periplo por la ciudad les ayudaría a todos a recobrar la calma. Todavía tenía algunas cosas en que pensar.

En el asiento de atrás, silencioso y exhausto, Nikos había cerrado por fin los ojos. Volvía a pensar en su hermano; y en su madre. Y en lo solo que se sentía. La idea de crear una organización para acompañar a los ancianos le parecía ahora una insensatez. Lo que tenía que hacer con aquel dinero era instalarse en alguna ciudad grande y risueña, por ejemplo en París, e iniciar una nueva vida en un lugar donde nadie lo conociera. Estaría bien hacerse pasar por un policía jubilado convertido en un bohemio habitual de los cafés de Saint Germain-des-Près. Conocería a una francesa, una mujer de edad, viuda, que le tomase a su cargo. Y él la llenaría de halagos y besos cortos a cambio de que le cocinase sopas calientes y le tuviese planchadas las camisas. Tendría que pensar en todo ello, se dijo. Tiempo habría. Ahora lo importante era que el italiano cumpliese su promesa y le diese cuanto antes su parte del botín, el pago por robar..., por robar... ¿Pero qué era lo que acababan de robar?

—¿Qué acabamos de robar, italiano?

El italiano lo observó por el espejo retrovisor, lanzándole una mirada de hielo.

—El mapa del tesoro, ¡no te jode! —Su respuesta fue seca como una cuchillada—. ¿Y a ti qué te importa?

—Bueno, en realidad no mucho. Pero no me gusta trabajar sin saber qué tengo entre manos... Nunca lo he hecho.

—Siempre hay una primera vez para todo. —El italiano se volvió al austriaco—. ¿Dónde te dejo, Wilhelm?

—En cuanto me des mi parte, en la Estación Sur —respondió, después de carraspear.

—¡Vaya! —se sorprendió el italiano—. Había empezado a pensar que eras mudo...

—Mudo no, profesional. —El austriaco no se volvió para mirarlo. Tenía la vista fija en el frente, en la soledad de las calles por las que avanzaba el coche. Sólo la giró para contemplar la fachada de la Escuela Española de Equitación y comprobar por dónde iba. Después no movió un músculo de la cara al añadir—: Al llegar nos ordenaste absoluto silencio, ¿lo recuerdas? Y yo cumplo siempre lo que se me manda. Nunca lo olvides.

—Deberías aprender, griego —el italiano lo miró otra vez a través del espejo retrovisor—. Ahora te doy lo tuyo, Wilhelm. Después, no nos volveremos a ver. Ninguno de los tres. Ha sido un placer trabajar con vosotros, pero esto se ha acabado. Es mejor así: nunca sabréis cuál ha sido el objeto de vuestro trabajo, pero conformaos con saber que hay una persona que os estará muy agradecida.

El italiano detuvo el coche en un callejón, justo enfrente de la Estación Sur. Descendió de él, abrió el capó posterior, levantó la alfombrilla que disimulaba la rueda de repuesto y extrajo un paquete envuelto en un plástico negro y sellado con cinta adhesiva de embalar. Luego repuso la alfombrilla en su sitio, cerró el capó y regresó junto a la ventanilla del automóvil.

—Ven conmigo, Wilhelm.

El austriaco salió del coche y lo siguió. El italiano lo llevó hasta un portal cercano, forzó la cerradura con rapidez y se adentró en él. Wilhelm hizo lo mismo. Ya en el interior, le dio el paquete.

—Cuéntalo si quieres —le dijo—. Son cien mil euros en billetes de quinientos, cien y cincuenta. Usados y sin la numeración correlativa.

El austriaco lo sopesó en la palma de la mano y le miró a los ojos.

—¿Seguro?

—Cuéntalo si no te fías —repitió el italiano.

—Sí. Creo que lo voy a hacer; a ver si me salen las cuentas...

El austriaco procedió a despegar la cinta adhesiva y a desgarrar el plástico negro. El italiano, resoplando, se dio la vuelta sobre sí mismo y pareció poner las manos en jarras, sobre sus caderas. Pero en realidad empleó el movimiento para sacar la pistola con silenciador que llevaba metida en el cinturón y, girándose deprisa, disparó sobre el austriaco tres veces, dos en el pecho y una en la cabeza. A continuación le arrebató el paquete con los recortes de papel de periódico que contenía, desgarró el envoltorio, esparció los trozos rectangulares sobre su cuerpo muerto y guardó el arma.

—De todos modos, lo tuyo no eran las matemáticas... —silabeó.

Cuando salió del portal, el griego tenía otra vez los ojos entornados. El italiano subió al coche, cerró la portezuela y puso el motor en marcha.

—¿Y el austriaco? —preguntó Nikos sin abrir los párpados.

—Ahí se ha quedado, contando el dinero. Le he dicho que espere a que nos vayamos para cruzar a la estación. Es mejor que nadie nos vea juntos.

El italiano puso el coche en marcha. Seguía lloviendo sobre Viena pero ahora ya había pasado el aguacero y apenas una llovizna ensuciaba el parabrisas del Skoda.

—Y a ti, ¿dónde te dejo? —preguntó el italiano.

El griego entreabrió los ojos y contestó:

—Pues si Wilhelm va a la Estación Sur, a mí déjame en la Estación Oeste. Creo que viajaré a Berna...

Luego volvió a cerrar los ojos.

El italiano se acomodó en el asiento y enfiló la calle de la nueva estación. Echó dos vistazos fugaces al griego para comprobar si se había dormido. Sí, estaba viejo, pensó.

—¿Sabes? —dijo de pronto Nikos—. Durante toda mi vida me he acostado con un montón de mujeres. Supongo que como tú. Veía una que me gustaba y pensaba: «A esta me la voy a follar.» Y con muchas lo conseguí, te lo aseguro. Con muchas, sí. No es que yo fuera guapo ni nada por el estilo, nunca he sido un galán, pero ya sabes: con dinero y un poco de tiempo consigues casi todo lo que te propones. Así ha sido mi vida: muchas mujeres pero ninguna mujer. Ninguna mujer de verdad, quiero decir. Y ahora, a mi edad, he llegado a verlo todo claro... Por fin he llegado a comprender que lo que yo deseo..., lo que más quisiera..., no sé cómo expresarlo. Imagino que esto lo debe de pensar la mayoría de los hombres, o por lo menos los más listos... Lo que yo deseo es una mujer que esté tendida a mi lado, apoyada en mi hombro, o mirándome con una sonrisa sincera, una sonrisa de verdad en los labios, y que me diga que está a gusto conmigo, que se siente bien a mi lado. Y que se ría; que se ría mucho. El sexo y todo lo demás vendrá o no vendrá, estará mejor o peor, pero lo que yo quiero es una mujer de verdad, no importa que sea guapa o que no lo sea, que sea joven o mayor, muy mayor... Lo que deseo con todas mis fuerzas es que esté ahí, a mi lado, los dos desnudos, sin dinero por medio ni nada que no seamos nosotros dos. Y que me diga eso de que le gusto, que me quiere, que..., no sé. Estoy seguro de que sabes lo que quiero decir. Oye, italiano, ¿por qué has liquidado al austriaco?

El italiano se giró con la mirada desconcertada. Volvió a poner los ojos en la calzada y dijo:

—¿Por qué me preguntas eso?

—Si vas a hacer lo mismo conmigo... —entrecerró otra vez los ojos—, hazlo ya. Y deprisa. Odio las despedidas.

—Estás loco...

El griego no contestó. Se acomodó un poco mejor en su asiento y se dispuso a descansar. El italiano condujo despacio por las calles de Viena, sin decidir lo que iba a hacer. De repente sintió que dudaba, y eso le irritó. No había dudado nunca.

—Y si no va a ser así, métete en ese maletero y dame mi dinero, *macarroni*. Dormiré mejor —dijo el griego.

—Como quieras.

El italiano acercó el coche a la acera, lo detuvo y paró el motor. Salió, caminó hacia la parte trasera y manipuló la cerradura del capó, pero no se detuvo más tiempo ante él. Completó la vuelta al coche hasta acercarse por detrás a la ventanilla del griego y susurró:

—Alguien me enseñó que la vida es un negocio que siempre acaba quebrando... Adiós, amigo.

La silenciosa pistola terminó descargándose después de vomitar tres balas sobre la cabeza del griego, que ni siquiera se movió de su sitio. El italiano se enfundó la pistola de nuevo, fue al maletero, extrajo su bolsa negra y se marchó de aquel lugar, caminando despacio.

Al cruzar el Danubio, miró a ambos lados del puente para asegurarse de que nadie le veía y arrojó el arma al río. Después se alejó de allí lentamente por los linderos del Prater como si le diese pereza empezar un nuevo día.

Amanecía poco a poco sobre Viena aquel 9 de octubre. Y había dejado de llover. El italiano deambuló sin rumbo, con las huellas de la fatiga incrustadas en el rostro, pensando en qué hacer para asegurarse el cobro por su trabajo. Confiaba en el señor Salazar, desde luego; nunca le había fallado, ahora no tenía por qué ser diferente, y además había cumplido su parte, incluso consiguiendo que nadie, ni sus colegas, llegasen a saber nunca lo que habían robado, tal y como le había pedido Salazar. Pero trescientos mil euros por aquellos papeles, que no parecían gran cosa, era demasiado dinero: casi medio millón de dólares USA. El italiano se sentía cansado, muy cansado; no estaba acostumbrado a pasar la noche en vela y, por si fuera poco, tomarse, antes de desayunar, dos cadáveres.

De repente se dio cuenta de que no tenía a dónde ir. Había dejado la habitación del hotel por la tarde, antes de encontrarse con sus cómplices; nadie sabía su nombre: se había registrado con el pasaporte robado a un turista inglés en el aeropuerto; a Viena había llegado en un coche sustraído en Eslovaquia que pronto estaría acordonado por la policía, a la espera de que un juez diese orden de levantar el cadáver del griego; y no tenía modo de tomar un avión ni de alquilar un coche porque carecía de un documento de identificación. Caminaba sumido en aquellas cavilaciones, dudando el rumbo a tomar, cuando frente a él, como un espejismo, apareció el Café de la Gloriette. No lo pensó: entró, pidió un café solo y, mientras se lo preparaban, se dirigió a los lavabos. Orinó, se lavó enérgicamente las manos, se echó agua por la cara, se mojó la nuca y se secó con varias toallitas de papel. Luego entró en una cabina para abrir la bolsa negra y revisar los papeles robados.

Aquello que tenía entre las manos parecía absurdo. No entendía bien el alemán, pero se trataba de una partitura musical, sin duda. En la primera hoja estaba la firma y el garabato de alguien que bien podría ser Ludwig van Beethoven, tal y como le habían informado, y unas cuantas palabras que quizá pudieran ser traducidas como «sinfonía» y «diez»; o «decena». Completamente absurdo. ¿Se trataría de la *Décima Sinfonía* de Beethoven? Todo el mundo sabía que el músico había compuesto nueve y que poco después había muerto. Si aquello era lo que le habían encargado robar, allí estaba, en su poder. Pero si el señor Salazar creía que adquiría una nueva sinfonía de Beethoven, la que nunca existió, el único que iba a hacer negocio era él. A ver quién podría creer que aquel descubrimiento tenía en estos tiempos algún viso de verosimilitud.

La partitura se componía de un buen puñado de páginas distribuidas en siete u ocho cuadernillos amarillentos llenos de notas musicales y anotaciones en los márgenes de las líneas del pentagrama. El papel, desgastado por el paso del tiempo, tenía los bordes cortados a mano y algunas manchas oscuras que lo mismo podían ser gotas de sangre que huellas de esputo o heridas de la humedad. Pero, en su conjunto, la conservación podía calificarse de magnífica.

El italiano salió de los lavabos y volvió a la barra del bar. Se bebió el contenido de la taza y pidió otro café y un cruasán. Luego un vaso de agua. Cuando terminó de desayunarse, encendió un cigarrillo rubio. Miró el móvil y comprobó que aún tenía batería. Marcó el número que había memorizado.

—¿Señor Salazar?

—Dígame.

—El trabajo *é finitto*. Tengo lo que me pidió.

Hubo unos segundos de silencio al otro lado. La respuesta se hizo esperar.

—Lo sé. Todas las emisoras están dando la noticia de los destrozos en la iglesia de San Carlos Borromeo y del asesinato de dos hombres. La policía busca al tercero: supongo que a usted.

El italiano dudó qué responder. Apuró el cigarrillo y lo tiró al suelo, con rabia.

—De acuerdo —dijo al fin, con la voz rasgada—. Entonces sabrá que necesito salir de este país cuanto antes. A no ser que ya no le interese la mercancía...

—Me interesa, me interesa... Pero no comprendo por qué ha tenido usted que sembrar Viena de cadáveres...

—¡Pero si usted me dijo...!

—¿Yo? Por favor, yo sólo le pedí discreción, ¡discreción! ¡Lo único que pretendía era que nadie llegase a saber...! ¡Joder, Senzanome, es usted demasiado literal! En fin, dejemos eso. Y ahora escúcheme bien: no se mueva de donde esté. Dentro de una hora pasará a buscarle un coche que lo trasladará a Milán. Nos veremos en el hotel Park Hyatt esta misma tarde a las siete. En la Cupola. O no, mejor en el Bar. ¿Dónde se encuentra ahora?

—En el Café de la Gloriette, junto a la entrada sur al parque del Prater...

—De acuerdo. Compre un periódico y haga tiempo. No mire a los ojos a nadie; que nadie se fije en usted. Un Mercedes de color negro se detendrá a la puerta del Café dentro de una hora. Suba a él sin hacer preguntas y disfrute del viaje. A las siete nos vemos en Milán.

La comunicación se cortó. El italiano se quedó mirando el teléfono móvil antes de guardarlo. Tal vez lo matarían, pensó. Pero no podía hacer otra cosa, por ahora. Se sentó a una mesa junto a la cristalera, descorrió la cremallera de su bolsa debajo del velador y buscó a tientas su otra pistola. Con disimulo se la metió en el cinturón, junto al riñón derecho.

En todo caso, no iba a resultar fácil acabar con él, si era eso lo que se proponían...

Aquel 9 de octubre, en Milán, también estuvo nublado durante todo el día. Cuando el avión privado de Vinicio Salazar aterrizó en el aeropuerto de Linate, poco antes de las cinco de la tarde, una lluvia fina caía sobre la ciudad con la paciencia de un amanuense. Salazar se asomó a la puerta del Challenger 604 y miró al cielo mientras se cerraba la garganta con las solapas de la chaqueta. Luego descendió rápidamente las escalerillas y se introdujo en el Volvo que lo esperaba a pie de pista. Siempre viajaba así: en uno de sus aviones privados, con dos guardaespaldas al menos y con un lujoso coche de la empresa del aeropuerto esperándolo en la pista de aterrizaje.

De no haber ocurrido algún imprevisto, el italiano sin nombre tenía que estar instalado ya en la suite presidencial del Hyatt, haciendo tiempo hasta que llegase la hora de la cita concertada. A Salazar le gustaba aquella suite, por eso la reservaba para sus invitados especiales aunque él, desde hacía un par de años, no durmiera en ella salvo que por algún motivo excepcional tuviera que pernoctar en la capital de la Lombardía. Siempre que le era posible regresaba a Madrid, a casa, y dormía cerca de Belén, su única hija. Desde que murió Cayetana, su esposa, sólo la tenía a ella. Ni otros hijos, ni hermanos, ni primos, ni ninguna otra clase de parientes. En realidad, no tenía a nadie. Tampoco ningún amigo de verdad, de esos que saben descubrir una mota de tristeza en la mirada cuando se esconde en la penumbra de la anochecida. La cima es siempre solitaria, aprendió. Únicamente tenía a Belén. Y además, de ser cierto lo anunciado por los médicos, no sería por mucho tiempo. Por eso regresaba a casa siempre que no lo impidiera la tiranía de los negocios para estar a su lado; para, siempre que fuera posible, darle las buenas noches con un beso en la frente antes de irse a acostar y por la mañana desayunar junto a ella.

Vinicio Salazar acababa de cumplir sesenta y cuatro años. Su aspecto, cuidado a fuerza de practicar una hora diaria de ejercicios físicos atendido por los mejores masajistas, manicura y fisioterapeutas personales, y disfrutando de un vestuario a medida diseñado por Carolina Herrera, Georgio Armani y Sarmiento, el viejo sastre de su padre, resultaba impecable a cualquier hora. Alto de estatura, con el estilo de un diplomático francés, el atractivo de un viejo actor inglés y con un pelo blanco tan abundante como deslumbrante, mantenía la tez siempre bronceada con tres sesiones semanales de rayos UVA y una sonrisa menuda e infrecuente que le había preservado del exceso de arrugas y de resquebrajados surcos en la piel. Fumaba poco, apenas bebía algo que no fuese agua mineral, zumo de frutas y alguna copa de whisky escocés con una vejez de veinte años y comía esmerada y frugalmente. Sólo se le conocía una obsesión: rodearse de jóvenes; y una constante vital: la curiosidad por todo y por todos. Estaba convencido de que mientras se rodease de juventud y mantuviese intacta la curiosidad insaciable de la primera edad permanecería vivo. Vinicio Salazar parecía carecer de dudas. Por eso, lo sabían cuantos le rodeaban, era un hombre al que convenía respetar.

Su mirada era persistente y directa; sus labios, finos; su mandíbula, poderosa. Hablaba poco y en un tono siempre medido. No pedía, ordenaba, aunque lo hiciese acompañándose de un por favor que tampoco dejaba lugar a dudas sobre la obligación de ejecutar sus peticiones. En su despacho no sonreía nunca; afuera, dejaba que fuesen sus ojos despiertos y luminosos los que sonrieran por él. Por eso su compañía era agradable y cómoda siempre que no se ignorasen los buenos modales o se buscara irritarle. A los sesenta y cuatro años había comprendido que el dinero sirve para comprar un reloj, pero no el tiempo, aunque también había comprobado que quienes no la tienen piensan, equivocadamente, que una inmensa fortuna sirve para convertir a un hombre en el dueño del mundo.

El gran Volvo que lo trasladó del aeropuerto de Linate, por la vía Tommaso Grossi, a la misma plaza del Duomo junto a la Galería Vittorio Emanuele II donde se alzaba el hotel Park Hyatt, fue escoltado en todo momento por una moto BMW 1100 en la que viajaba uno de sus guardaespaldas. El otro, Miguel, se había sentado junto al conductor del coche, sin apartar la mano de la sobaquera. Fue un trayecto lento (a esa hora Milán estaba infestada del caótico tráfico que se incrementaba cuando la lluvia mojaba las calzadas y atemorizaba a los conductores), pero el ordenador portátil de Salazar le permitió distraer el recorrido contemplando fotografías de la isla brasileña de Fernando de Noronha y poner un correo electrónico a su secretaria en Madrid para que reservase plazas en el mejor hotel de la isla durante la primera semana de noviembre. Su hija cumpliría treinta años el día 2 y deseaba celebrarlo con ella, como si fuese a ser el último.

A la seis y cuarto de la tarde entró en el bar del Hyatt. El Mercedes negro en que viajó el italiano había tenido tiempo suficiente para recorrer los poco más de ochocientos kilómetros que separan Viena de Milán, así que su hombre tenía que estar ya hospedado y esperándolo.

Cuando el administrador del hotel, que le esperaba de pie en la puerta, se apresuró a saludarle y a ofrecerse para cuanto necesitara, Salazar le rogó que informase al italiano de su llegada y de que le recibiría en el Bar. Había sido registrado con el nombre de Valerio Luppo, un conocido capo de la Camorra, con la deliberada intención de que no pasase inadvertida su presencia, de que sus movimientos fueran observados con curiosidad y así impedirle caer en la tentación de llevar a cabo cualquier tontería. Era el modo que tenía Salazar de impedir que sus subordinados se sintiesen en algún momento fuera de control.

—El señor Luppo se ha instalado en su suite hace una hora, señor Salazar, y en estos momentos se encuentra en el Spa —le informó el administrador, contrayendo sonriente la cara como lo haría un turista japonés—. Me ocuparé personalmente de que le den su mensaje de inmediato.

Vinicio Salazar afirmó con la cabeza y respondió con una inapreciable sonrisa. Pensó que resultaba comprensible que el italiano estuviese remojándose en el Spa: ya se sabe un nuevo rico, se dijo. Entró en el bar y tomó asiento en una de aquellas butacas de color azulón, ante un velador de cristal negro adornado con un centro de flores y una vela sin encender. Afuera, la noche se había hecho dueña de la ciudad.

A esa hora el bar del Hyatt estaba casi vacío: sólo una pareja de turistas nórdicos bebía un cóctel del color de la sangre en un rincón apartado y cuatro mujeres italianas de edad, elegantemente vestidas, se quitaban la palabra las unas a las otras mientras se bebían a pequeños sorbos historias de infidelidades ajenas y una taza de té rojo con una nube de leche. Cuando el camarero se acercó a preguntar si deseaba que le sirviese algo, Salazar pidió una botella de agua de Perrier con cubitos de hielo también hechos con agua Perrier. Luego se recostó en la butaca, cruzó las piernas y pidió a uno de sus hombres que se acercara y le diera un Winston y lumbre para encenderlo. Nadie se atrevió a decirle que no estaba permitido fumar.

Recostado en su sillón, perdió los ojos a través de los ventanales del local y se entretuvo en contemplar una vez más la belleza de la Galería Vittorio Emanuele II, la joya arquitectónica que unía la plaza del Duomo con el Teatro de la Scala: un techado configurado por una arcada de cristal y acero que cubría la calle por completo y cobijaba el más importante centro comercial del mundo, en donde se habían instalado las firmas más exclusivas, las más modernas y solicitadas también; desde la alta costura a los restaurantes, las librerías y los cafés. Furla, Prada, Louis Vuitton, Fiorucci-Fioruzzi... El restaurante Savini, uno de los más renombrados de Italia; el Café Zucca; incluso un McDonald's... También enseñaban sus escaparates algunas tiendas de marca española: Zara, Mango, Camper... Y la librería de arte Bocca, donde era posible adquirir grabados raros y serigrafías, litografías y pruebas de autor de los más afamados artistas... Todo el lujo de Europa en una calle, rindiendo un servil y delirante homenaje al dinero. Y allí mismo, presidiéndolo todo, el hotel Hyatt, como la proa de un Titanic occidental ignorante de su decadencia, de su hundimiento inminente; y en su interior, en el mejor camarote, él, Vinicio Salazar, uno de los hombres más ricos de ese penúltimo senado imperial, un nombre que el informe *Forbes* incluía año tras año entre las mayores fortunas del mundo. Poseía minas de uranio, una compañía petrolera, un satélite artificial que daba cobijo a una veintena de canales de televisión en todo el mundo, acciones en las mayores empresas energéticas, dos compañías aéreas, explotaciones de agua en Sudamérica, una isla en el Pacífico... Además, muy pronto iba a aumentar su capital de manera ilimitada. Sí, Vinicio Salazar podía sentirse satisfecho de sí mismo.

—Me alegra volver a verle, señor Salazar. —El italiano entró muy deprisa en el bar con la mano extendida hacia el hombre para el que había trabajado, apartándolo de la contemplación de la Galería y de sus pensamientos complacientes—. En realidad pensaba que no vendría usted mismo a recoger la mercancía, que lo haría cualquiera de sus empleados. En todo caso le agradezco que sea usted, no sabe cuánto me alegra.

—Sí, me ha vencido la curiosidad. —Salazar extendió la mano y se la estrechó. Luego lo invitó a tomar asiento frente a él, sin sonreír—. Ya sabe, es lo que tienen las tentaciones... ¿Ha tenido un buen viaje?

—Excelente. Los dos hemos tenido suerte...

El italiano sonrió mientras palmeaba y acariciaba la cartera negra que había dejado sobre sus rodillas. De inmediato echó un vistazo al suelo, a ambos lados del español, buscando un maletín u otra cartera que contuviera la remuneración pactada. Salazar comprendió la mirada y, levantando la mano, llamó a uno de sus hombres. Miguel, el guardaespaldas, se acercó a la mesa y dejó sobre ella un maletín de ejecutivo.

—Veamos qué tenemos para intercambiarnos —dijo Salazar.

—Desde luego —sonrió el italiano, con los ojos iluminados—. Pero, ¿cree prudente que aquí...? —miró a ambos lados de la mesa.

—Naturalmente —Salazar tomó la cartera que le tendió dubitativo el italiano—. Nadie tiene la menor idea de lo que usted me ha traído. En cambio los billetes de quinientos euros son muy populares por aquí. Si prefiere, puedo enviárselos mañana mismo a donde usted me diga...

—Bueno... —volvió a sonreír el italiano, esta vez forzando la mueca—. Tampoco me parece necesario.

Vinicio Salazar abrió la cartera negra y extrajo los pergaminos. Los observó uno a uno, con detenimiento, mientras afirmaba con la cabeza y repetía «magnífico», «magnífico»... Al fin, complacido, dio el visto bueno a la mercancía antes de devolver los cuadernillos a la cartera. La cerró y dijo:

—En efecto. Se trata de lo que pensaba y por lo tanto el precio no es excesivo. Tome usted, Senzanome. En este maletín hay trescientos mil euros. Que los disfrute. No apruebo sus métodos, ya lo sabe, pero hay que reconocer que otra vez ha sido usted muy eficaz. ¿Desea tomar alguna cosa antes de volver a sus aguas termales?

—Bueno, no creo que vuelva allí —el italiano tomó el maletín con ambas manos y buscó la forma de abrirlo—. Si me lo permite..., nunca he contemplado semejante suma... ¿Puedo?

Salazar tomó un sorbo de agua con gas de su vaso y movió la cabeza arriba y abajo dos veces.

—Por favor...

El italiano giró la llave y entreabrió el maletín, lo necesario para introducir la mano y rebuscar en su interior un fajo de billetes al azar, hacia la mitad y hacia la derecha del portafolio. Extrajo uno y lo miró con detenimiento, pasando por su lomo la yema del dedo pulgar, hojeándolo y contando deprisa.

—Perfecto —afirmó, conforme—. Siempre es un placer hacer negocios con usted, señor Salazar. Pero, satisfágame una curiosidad, si no tiene inconveniente. ¿Qué es lo que está comprando esta vez, realmente?

—La *Décima Sinfonía* de Beethoven —respondió Salazar, sin inmutarse.

—Ah, ya entiendo —sonrió el italiano—. Eso me pasa

por impertinente. Hace usted bien, señor: el primer mandamiento de un profesional es cumplir los encargos sin hacer preguntas. Comprendo que se burle de mí.

—No me burlo, se lo aseguro —Salazar volvió a beber un trago—. Es eso, en concreto.

—Pero, bueno, señor Salazar... Todo el mundo sabe que Beethoven...

—¡Ah, no! ¡No crea usted una palabra...! ¡La gente no sabe nada! —Salazar tomó aire y cerró los ojos—. Antes de Galileo sabían que el Sol giraba alrededor de la Tierra; antes de Colón, que la Tierra era plana; antes de Bush, que Estados Unidos era un país de fiar —Salazar sonrió su propia broma—. Y ahora creen que Beethoven no compuso ninguna sinfonía después de la *Novena*. Incluso creen saber que conocen todos los cuadros de Van Gogh. Pero, ¿sabe? Yo siento por Van Gogh algo que no sabría explicar: mirar uno de sus cuadros es convencerse de que es posible descubrir dónde se esconden las almas... ¿Le sorprendería saber que tengo en mi colección un Van Gogh sin catalogar, completamente desconocido?

—No sé... —titubeó el italiano.

—Lo tengo, amigo mío. Lo tengo. Y lo mismo ocurre con Beethoven. Suele tenerse por cierto que la *Décima Sinfonía* nunca se escribió, total porque lo único que se conoce son unos apuntes reunidos a partir de unos cuadernos suyos, algo más de doce minutos de música elaborados por otro músico genial, Ferdinand Ries... Pero la realidad... —Salazar bebió otro sorbo, muy lentamente—, la realidad es que la desconocida y nueva obra del genial Beethoven está ahora aquí, sobre esta mesa. Nadie lo sabe. Sólo yo y, ahora, usted. ¿Qué le pasa?

El italiano negó con la cabeza.

—Resulta..., no sé cómo decirlo: increíble. Y más increíble aún que usted supiese dónde se encontraba. Alguien más debería... En fin, ya sé que no es de mi incumbencia. Y de todos modos, no sé por qué me lo cuenta, por qué me demuestra una confianza que..., en fin... Esa información...

—No tiene ninguna importancia, se lo aseguro —frunció los labios Salazar.

—¿Me va a liquidar? —el italiano pareció recapacitar un instante.

—¡Qué cosas dice usted, amigo mío! ¿Liquidarlo? ¿Matarlo? ¿Pero qué clase de lenguaje es ese? ¡Sus palabras me ofenderían gravemente si no fuera porque usted ya está muerto para mí! Por eso no me importa mantener esta conversación... ¿No se da cuenta de que usted es el autor del robo y quien acaba de hacerse rico con ello? ¿Qué sentido tendría divulgar..., digamos, semejante fantasía musical? ¿Qué ganaría usted con ello?

—Cierto —el italiano aceptó el argumento.

—Además usted ha trabajado para mí demasiadas veces y nunca nos hemos creado problemas, ¿verdad? Por no añadir que mañana a primera hora abandonará este hotel y no volveré a tener noticias suyas nunca más. Ésta será la última vez que trabaje para mí, se lo aseguro.

—Siento oírlo. ¿No necesitará en alguna ocasión...?

—No, amigo mío. Nunca más. Y mire, le voy a contar algo más para que esta pequeña reunión le resulte más ilustrativa y agradable. —Salazar se acomodó en su sillón azul—. Le diré cómo supe de la existencia de esta partitura y decidí contratar sus servicios...

—Si no lo cree necesario...

—Sí, me apetece decírselo, amigo mío. —El español se recostó en su asiento, entrecerrando los párpados y respirando con lentitud. Habló pausada y didácticamente—. Beethoven tenía un sobrino, llamado Karl... Un auténtico sinvergüenza. Pero puede que ahora, más de doscientos años después, de aquella villanía la humanidad pueda obtener buenos frutos —Salazar se tragó una sonrisa que no llegó a florecer en sus labios—. El caso es que, como usted sabrá, el genio llevaba dos años enfermo, en la cama, sin poder hacer otra cosa que confiar en aquel pariente. Y aquel individuo, el avaricioso sobrino Karl, no sólo se gastaba todo el dinero de su tío sino que le obligaba a trabajar más y más, exprimiendo al pobre Beethoven, ya sordo y moribundo. Así fue como dio a conocer la *Novena Sinfonía*, que tan buenos beneficios le reportó aunque casi nada de aquello llegase para atender mejor al maestro. Y de esa manera fue como obligó también a su tío, anunciándole ruinas inexistentes y miserias sin cuento, para que compusiera en los últimos días de su vida la *Décima Sinfonía*. Y, aunque nadie lo sepa, el maestro llegó a hacerlo, aquí está la prueba, en esta carpeta que usted me ha entregado ahora... —Salazar llamó al camarero y pidió que le sirviese otra vez lo mismo, invitando al italiano a que tomase algo para celebrar aquel encuentro—. Pues bien; el sobrino no dio a conocer a nadie la obra final de su tío, sino que se la guardó para sí. Beethoven murió pocos días después sin saber las intenciones del bueno de Karl, en quien confiaba a pesar de todo porque, a fin de cuentas, era el único que permanecía a su lado. Y el buen sobrino, después del multitudinario entierro celebrado días después de aquel 26 de marzo de 1827 en que el genio murió a las seis en punto de la tarde (por cierto, en el preciso momento en que descargaba sobre Viena una terrible tormenta de la que se habló como un prodigio que anunciaba la inmensa pérdida que estaba sufriendo la humanidad), el sobrino, como le decía, corrió a vender la partitura de la *Décima Sinfonía* al obispo encargado de la Karlskirche, la gran iglesia de San Carlos Borromeo. Lo cierto es que el responsable de aquella iglesia, un tal Peter Sendlinger, era un hombre prudente y voluntarioso que quedó en esconder la partitura hasta que llegase el momento de entregársela al párroco de la iglesia de San Remigio, de Bonn, donde Beethoven fue bautizado. Y en concepto de adelanto pagó al sobrino una suma de dinero muy importante, que por desgracia no consta. Pero el destino es así, amigo mío, y el obispo Peter Sendlinger murió unos pocos días después de una apoplejía y nadie llegó a saber dónde había escondido la partitura ni, por no saber, tampoco nadie supo nunca de su existencia. Dos muertes, la de Beethoven y la del obispo, que enterraron el más grandioso secreto de la música universal. Ni que decir tiene que el avaro Karl no conoció la noticia de la muerte de su benefactor, por lo que también olvidó pronto la existencia de esa música genial que ahora ha tenido usted la amabilidad de entregarme... ¿No le parece sorprendente la historia?

El italiano sonrió e inició una reverencia para reconocer que había sido un placer participar en aquella conversación que, por cierto, había dejado de interesarle hacía un buen rato, y de paso indicar que también le había resultado grato hacer negocios con él. Y luego, incorporándose en el sillón, antes de irse, preguntó:

—Lo que no me ha dicho es cómo ha sabido usted...

—Ah, amigo mío. —Salazar alzó las cejas y movió la cabeza de un lado a otro—. Como dice una zarzuela española, hoy las ciencias adelantan que es una barbaridad. Lo he sabido por internet. ¿Se figura usted? ¡Por internet! El diario de Peter Sendlinger se conserva en los archivos de la diócesis de Viena, que han sido digitalizados por completo. Y ahí se narra con todo lujo de detalles lo que le he contado acerca de la venta de la *Décima Sinfonía* y las intenciones del obispo. También es ahí donde lo he encontrado. Y si me pregunta que cómo conseguí llegar hasta esa documentación, la respuesta es simple: porque con anterioridad, buscando noticias sobre el nacimiento y la muerte de Beethoven, por pura afición, ya me entiende, me topé con un documento conservado en la Biblioteca Municipal de Bonn que enseguida llamó mi atención: una carta del obispo Sendlinger al párroco de San Remigio, fechada el 29 de marzo de 1827, donde se le informa de la intención de enviarle una partitura del maestro a cambio de que le hiciera un pequeño favor cerca de Roma, algo que tenía que ver con la canonización de un beato austriaco al que Sendlinger quería hacer santo y para lo que buscaba aliados, entre ellos a ese párroco que, por la vehemencia de la carta, debía de estar muy unido espiritual o sentimentalmente con el Papa. La cercanía de fechas entre la muerte del genio y la carta que hablaba de una nueva partitura musical de Beethoven me resultó curiosa. Y el diario de Peter Sendlinger me reveló todo, hasta el lugar donde fue escondido el documento: exactamente en donde lo obtuvo usted. ¿No es un verdadero hallazgo?

—Sin duda. —El italiano se reclinó en su asiento, cerrando la boca que, por unos momentos, había mantenido abierta—. Nunca pensé que en internet...

—Así es, amigo. Úselo. Le resultará muy útil... ¡Ah, la modernidad...! ¡Qué invento!

Vinicio Salazar dio por acabada la conversación. Bebió un sorbo más de agua, se levantó y estrechó la mano del italiano, que se levantó de inmediato.

—Bueno, Senzanome. Me alegra haber venido personalmente a buscar el encargo. No me ha decepcionado usted. Y ahora hemos de despedirnos; regreso a Madrid donde tengo previsto cenar con una mujer muy especial: mi hija.

—Le deseo un buen viaje, señor Salazar —el italiano sostuvo la mano que le habían extendido—. Y gracias por su amabilidad.

—Gracias a usted, amigo mío. Muchas gracias.

Y, tomando la cartera, afirmó con un golpe de cabeza y salió del Bar. Los dos hombres de la escolta lo siguieron, y uno de ellos se adelantó para proteger el trayecto que había de seguir Salazar hasta el coche. El administrador del hotel le despidió también en la puerta, afable y reverencial, repitiéndole que, como siempre, quedaba a su entera disposición.

El italiano no se quedó tranquilo, a pesar de la naturalidad de la escena vivida. Todo había sido demasiado normal, demasiado sencillo, demasiado cordial... Demasiado. No estaba habituado a protagonizar experiencias tan gratificadoras económicamente con tanta indiferencia y serenidad. Además, ¿por qué se había personado él mismo en la cita? Algo raro estaba pasando. Observó uno por uno a todos los clientes del bar del Hyatt para intentar descubrir si alguno de ellos estaba allí con alguna misión que, de una forma u otra, lo tuviese a él como objetivo macabro, pero ninguno de ellos le resultó sospechoso, lo que incrementó aún más la sensación de peligro. Sin más, tomó el maletín, corrió al ascensor y se encerró en su suite, en donde se tendió en la cama para contemplar el dinero mientras por teléfono pedía algo de cenar al servicio de habitaciones.

A la mañana siguiente el italiano Senzanome salió de Milán en autobús en dirección a París y Vinicio Salazar, por boca de su guardaespaldas Miguel, sólo volvió a saber de él que en la medianoche del último viernes de octubre murió acuchillado a manos de un estibador islandés en la sordidez de un tugurio del puerto de Caen-Ouistreham, a causa de la ponzoña que escupe un trío de doses frente a una pareja de reyes. O eso fue, al menos, lo que le contó su escolta.

En el Volvo que trasladó a Salazar del Hyatt al aeropuerto de Milán, a la pista donde lo esperaba su Challenger 604 para regresar a Madrid, el escolta Miguel, que viajaba junto al conductor, no pudo evitar dirigirse a él.

—Perdone, señor. —Miguel dudó si debía preguntarlo, incluso tartamudeó, pero aun así se atrevió a hacerlo—. Es que yo soy..., y disculpe si le parece una impertinencia, yo soy un gran aficionado a la música clásica. Adoro a Beethoven..., se lo aseguro. Y he creído oír, sin quererlo, que usted ha adquirido algo suyo, me ha parecido entender que la *Décima Sinfonía.* ¿Es cierto que Beethoven compuso una décima sinfonía? Siempre oí decir que se dio ese nombre a la *Primera Sinfonía* de Brahms, y la verdad es que...

Vinicio Salazar lo miró fijamente, estudió a su hombre y, sin poder reprimirlo, soltó una gran carcajada.

—¡Naturalmente que no, Miguel! ¿Cómo puedes creer eso? ¡Todo lo que has oído es una farsa! La *Décima Sinfonía* de Beethoven nunca ha existido. Lo que me ha entregado ese hombre es algo mucho más importante, pero él nunca debe saberlo, ¿comprendes? Nunca. Además, si ese pobre imbécil se va ahora de la lengua, será el hazmerreír de quien lo oiga. La *Décima Sinfonía*, la *Décima Sinfonía...* No, hombre, no —le dio una palmada cariñosa en el hombro—. ¡Qué cosas tienes!

Fernando de Noronha es una isla paradisíaca situada en un invisible cruce de caminos del océano Atlántico a unos quinientos kilómetros de la costa brasileña, frente a las deslumbrantes ciudades de Recife y Natal. Forma parte de un archipiélago del mismo nombre en el que se conjuran veintiuna islas y rocas para desafiar altivas al resto de las bellezas del mundo, pero es la única habitada y habitable del conglomerado que conforma el milagroso piélago. Noronha, allí donde el mundo parece no haber sufrido las úlceras de la civilización, era en aquellos momentos el destino más sugerente y atractivo de cuantos rodean la línea del ecuador en esa parte del Atlántico.

Salazar y su hija no llegaron a la isla en los pequeños aviones regulares que cubrían el trayecto diario desde Recife o Natal, sino que realizaron el vuelo desde Madrid en el Challenger 604 de su propiedad, un viaje que transcurrió sin incidencias hasta la segunda escala técnica, Cabo Verde, después de la parada habitual aunque innecesaria en Las Palmas de Gran Canaria. El vuelo estaba siendo perfecto, tal y como se había previsto; pero en el trayecto entre Porto Praia y la isla de Fernando de Noronha surgieron unas pequeñas complicaciones debidas, en primer lugar, a la fuerte tormenta imprevista que sorprendió al piloto y que tardó en esquivar, elevándose por encima de los seis mil metros, y después a unas extrañas turbulencias y vibraciones menudas que la aeronave padeció sobre la inmensidad del mar y que no parecían tener ninguna explicación mecánica. Para el comandante Villa el origen de las anomalías resultaba desconocido por completo y ni el cuadro de mandos ni el ordenador de la nave las identificaron, lo que ayudó a que durante el resto del vuelo la incidencia sirviera para aumentar su preocupación. La única posibilidad era que uno de los reactores, concretamente el derecho, estuviera esforzándose para funcionar con la precisión deseada, pero al no quedar reflejada la avería en el cuadro de mandos de la cabina Villa no creyó necesario adoptar medidas extraordinarias. De lo que estaba ocurriendo, sólo conoció el incidente el propio Salazar, informado por el segundo piloto, y el comandante de la nave se limitó a buscar el modo de acortar la duración del viaje y de asegurar las maniobras habituales. En todo caso, la llegada al aeropuerto de la isla de Fernando de Noronha con antelación al horario previsto y el aterrizaje finalmente equilibrado y suave impidieron que el resto de los pasajeros, sobre todo Belén, notase algo extraño. Pero aun así Salazar, nada más tomar tierra, ordenó a los pilotos que procediesen a realizar una revisión meticulosa del jet hasta dar con la causa de la anomalía.

La estancia en la isla había sido contratada para una semana en varios bungalows del hotel Esmeralda, el más moderno y lujoso de la isla. El director del aeropuerto y dos *buggies* gris plata les esperaban junto a la pista para trasladarlos a su destino y, después de agradecer la bienvenida protocolaria recibida, el propio Salazar condujo uno de los pequeños coches hasta la *pousada* Esmeralda, llevando a su hija. En el otro viajaron los dos guardaespaldas que los escoltaban y Mónica, la enfermera que los acompañaba por mera precaución, algo en lo que él había insistido aunque Belén aseguró que no era necesario. La tripulación se quedó en el aeropuerto, revisando los circuitos internos de la aeronave, y Miguel, el escolta, fue quien quedó encargado de regresar a recogerlos en cuanto empezara a anochecer.

La posada Esmeralda estaba situada en el suroeste de la isla, apenas a un kilómetro del rústico edificio del aeropuerto. Dentro de aquel minúsculo paraíso de exuberancia y virginidad todo cuanto habitaba la isla quedaba cerca: su superficie total no superaba los diecisiete kilómetros cuadrados, y su longitud, de punta a punta, no sería mayor de siete kilómetros. Los trayectos tenían que realizarse obligatoriamente en esos pequeños automóviles *buggies* puestos a disposición de los visitantes por las autoridades locales, los únicos vehículos autorizados en una isla protegida por el Instituto Brasileiro de Proteção ao Meio-Ambiente en la que, además, era obligatorio pagar una tasa diaria de entrada y permanencia, con una limitación muy restringida de acceso de turistas y un tope máximo de estancia de treinta días por visitante. Un lugar sin duda excepcional en el que se podía nadar entre delfines parlanchines y tiburones pacíficos, observar las más variadas especies de peces tropicales coloreados por la mano invisible del arco iris y bucear rodeado de los accidentes erigidos por los juegos arquitectónicos de los caprichos del coral. Hasta las incursiones de los bañistas en el agua del mar oriental estaban limitadas para no molestar a las tortugas. Fernando de Noronha era, así, un inadvertido rincón del planeta habitado por algo más de dos mil personas, con una naturaleza milagrosamente preservada y todavía salvaje, dieciséis playas de arenas blancas y varias piscinas naturales. Su temperatura, durante todo el año, rondaba los veintiocho grados centígrados y en sus aguas cálidas y transparentes se resguardaban quince de las dieciocho especies de coral existentes en el mundo. Además aquellos mares estaban habitados por un millón de algas multicolores, por innumerables tortugas marinas y por una infinidad de bancos de peces de colores que desfilaban como ejércitos vistosos en busca de un tiempo para malgastar.

En el mismo bungalow que ocupó Belén se instaló Mónica, la enfermera, una mujer velluda de corto pelo negro ensortijado y ojos de dibujo animado japonés que no sonreía nunca ni mostraba interés por su aspecto facial o su manera de vestir. En la cabaña situada a su lado se acomodó Vinicio Salazar, y en las edificaciones colindantes se hospedaron los escoltas y los pilotos, todos mirando al mar oriental que se contemplaba por encima del terrazo cubierto por una piscina y grandes colchonetas blancas donde tenderse a tomar el sol. El interior de las cabañas de madera estaba decorado con sobriedad: los suelos eran de baldosa blanca y listones de madera, las paredes estaban pintadas de blanco y el mobiliario era de madera y mimbre, con sofás y sillones enfundados en telas blancas delante de mesas bajas también de madera. Distintas lámparas y lamparillas creaban diferentes ambientes, todos igualmente cálidos. En su conjunto, cada cabaña se componía de una sola planta, con un gran salón y los dormitorios a los lados, tres baños distribuidos por toda la estancia y un bar bien surtido con barra vista al salón. Arriba, había un altillo con algunas mesas. Sólo un cuadro, colorista, con motivos marinos, ornamentaba la sala principal. Y todo estaba impecable. Pareciera que incluso las moscas hubiesen entendido que el lema del hotel, y de toda la isla, era no molestar.

Belén se tendió en la cama para descansar del viaje y en aquella soledad recordó la mañana, unas semanas atrás, en que su pequeño Mercedes SLA Wallpaper deportivo recorrió los laberintos de un aparcamiento en busca de la salida, un trayecto zigzagueante por pasillos y rampas igual al efectuado poco antes en camilla por las salas del hospital, empujada apresuradamente por dos enfermeros de mandíbulas vigorosas y ojos vidriosos que la llevaron a la realización de unas pruebas clínicas, con la misma urgencia y desesperación del conejo desorientado que no encuentra el agujero de su madriguera al ser deslumbrado por los faroles de un cazador furtivo. Se había sometido a las pruebas médicas definitivas, las últimas: el veredicto final. Cuando se enfrentó a la rampa ascendente de salida del aparcamiento de la plaza de Colón, en el mismo centro de Madrid, al fin pudo huir de la oscuridad subterránea, pero su corazón sabía que ya nunca escaparía del drama que se estaba engendrando dentro de ella con la turbulencia de un naufragio en el temporal. El sol esperaba afuera, exagerado, deslumbrante y risueño como una burla, y ella se puso las gafas ahumadas y salió a la riada del tráfico perdiéndose en el anonimato de una ciudad que empezaba a añorar, porque cruzar cualquiera de sus rincones valía lo mismo que una despedida. En el primer semáforo en que se detuvo pulsó el play del CD e intentó dejarse llevar por la envolvente música de Pink Floyd donde *El muro* imponía la presencia que marca el fin del camino. En el asiento contiguo reposaba desencuadernado un periódico gratuito que habían repartido por la mañana en otro semáforo igual. Leyó las grandes letras del titular de portada: «El cáncer no se podrá vencer antes de diez años.» Y como antetítulo: «Descubierto un gen que abre nuevas puertas a la ciencia.» Belén volvió sus ojos al frente. El semáforo había cambiado a verde y pisó el acelerador mientras una lágrima empezaba a resbalar por la palidez de su mejilla.

Luz, arboleda, cielo, día... Música. La vida huele a alba o a medianoche, no hay término medio. De repente, ante ella se abrieron las calles sin tráfico, un cielo azul profundo, la brisa meciendo las hojas que aún no habían sucumbido al otoño... Todo cuanto le rodeaba era bello, pero en su pecho se había instalado un dolor que no le permitía respirar bien. Como atravesando una noche sin terminar. Y lloraba.

La sintonía del móvil, anunciando una llamada, rompió aquel presagio de muerte. Belén se arrancó una lágrima de la cara con la yema del dedo índice, como si no quisiera que la vieran llorar, y conectó el dispositivo de manos libres antes de responder.

—¿Sí?

—Hola, cielo —su amiga Sofía exageró una voz cantarina y banal, tan superficial como toda ella—. Estoy por el centro, de compras, y he pensado que a lo mejor te apetece picar algo para comer. ¿Quedamos en Embassy?

Belén tardó en responder. Tenía que tragar saliva para detener su llanto y disimular el miedo. Se pasó el dorso de la mano otra vez por las mejillas húmedas y se enjugó las lágrimas que llovían hasta su blusa. Luego dijo:

—No sé, Sofía. Creo que no me apetece...

—Bueno, como quieras. —La voz de la amiga cantó un poco más, indiferente e imparable, en un torrente de palabras fáciles—. Entonces voy a decírselo a Patricia, que hace un siglo que no la veo. Acaba de volver de Kuala Lumpur, fíjate. ¿Y a que no sabes? ¡La muy guarra ha hecho un curso de taoísmo y debe de saber un montón de *feng shui*! ¿Fenomenal, no? No te digo más que ayer mismo me he comprado el *I Ching*, el libro de las Mutaciones o no sé qué, para estar a la altura. Porque a mí ésa no me la da, tía. Va a ser divertido, te lo juro... Si te apuntas, estaremos allí, ¿OK?

—Vale, gracias. Un beso. Pero no creo que...

—Bueno, rica. Venga. Nos vemos. Muá.

Camino de su casa de Somosaguas Belén pensó que a ella también le hubiese gustado estudiar *feng shui* con un maestro taoísta, y tantas otras cosas, pero la vida nunca concede el tiempo necesario para cumplir los deseos. Si lo hubiera sabido antes, se dijo, habría procurado realizar todos los suyos porque el tiempo, al final, nunca es bastante. Sus amigos tal vez pudiesen alcanzar alguno de sus sueños: disponían de muchas más posibilidades que ella. Sí, sus amigos... Sofía, Patricia, Borja, Paul, Isabel, Arantxa... Y Jules. Jules. Qué sería de él. Habían compartido dos años devorando los días, pero cuando acabaron aquella relación ya se había enquistado dentro de ella como otro tumor. El amor no es tiempo, pensó: es un espacio. El jinete nunca entendió por qué había decidido terminar con él precisamente después de haber recorrido juntos medio mundo en el circuito profesional de hípica: Londres, Munich, Los Ángeles, Montevideo, Johannesburgo, Sydney, Tokio... Ella no se atrevió a explicárselo, no pudo. No se atrevió a decirle que a los veinte años se había decidido, por fin, a acudir a los médicos para que la ciencia aclarara por qué aún no había tenido la primera menstruación; que encontraron la causa y que la sometieron a las necesarias intervenciones quirúrgicas; pero que nueve años después le dijeron que había sido demasiado tarde y que se aproximaba al límite de la vida. Por eso no quiso someterle al dolor de la pérdida. Mejor dejarlo: matar el deseo y romper con el torbellino desmadejado de la pasión carnívora y de los sentimientos verdaderos. A Belén, el amor la llevó a renunciar por amor. No conocía otro modo de querer.

Las pruebas médicas completadas en la clínica se lo acababan de confirmar una vez más: a ella no le estaba permitido amar. El destino se le echaba encima con la contundencia de un alud. Para qué continuar algo que ya estaba fuera del espacio y del tiempo. Jules lo aceptó sin buscar unas respuestas que sabía que no iba a obtener. Era un buen hombre. Lo conoció en Formentera y después pasaron una semana en la cabaña de un hotel del Ari Atold, el mayor de los atolones de las islas Maldivas, sin apenas salir de la habitación. Sólo lo hicieron para bañarse, para cenar y, el último día, para cruzar en barco a un mercadillo instalado en una isla próxima y comprar una típica tortuga de madera, dos pareos indígenas, un collar de conchas marinas y un pequeño trozo de coral, prohibido por las autoridades pero disponible por la pobreza a cambio de unos pocos dólares. Después Belén le siguió en sus competiciones hípicas por todo el mundo hasta que la debilidad le impidió continuar cerca de él. Ella ya no podía ser mujer, ni compañera, ni amante, ni promesa de nada. El espacio del amor no se había acabado, pero el tiempo sí.

Desde entonces ya no sufría. También el sufrimiento es un espacio que expulsa de la realidad a quien lo soporta. Sólo sentía lástima por su padre, el mejor hombre del mundo; el más afortunado y el más desesperado también. Un triunfador que nunca se había resignado a perder y esta vez tampoco se estaba conformando. Pero la ruleta ya había empezado a girar y a él no se le había permitido realizar ninguna apuesta. Cuando la ruleta se detuviese, cuando el tiempo y el espacio se parasen por fin para ella, su padre asistiría impotente a la derrota. Aunque no supiese resignarse; porque no habría podido hacer otra cosa aunque hubiera comprado la ruleta, la mesa, el casino y la ciudad entera. La ruleta iba a quedarse inmóvil. Pobre papá, pensó. Y volvió a echarse a llorar.

Siempre había sentido los temblores del miedo mientras esperaba el resultado de una prueba médica; pero al final fue incapaz de explicar lo que sintió al conocer un diagnóstico tan malo, el peor de los posibles. Le asaltó una mezcla de pavor y de resignación, indescriptibles ambos.

Le resultaba imposible decidir cuál de aquellos sentimientos era más fuerte. Cuál predominaba. Estaba aterrada, el muro había caído ante ella y hacia él se dirigía a toda velocidad. Por eso hizo un movimiento rápido y apagó el CD, ahogando a Pink Floyd de un modo intempestivo. Quería vivir, aunque no pudiese ser. Deseaba vivir. La radio estaba dando las noticias... Otro atentado en Tel-Aviv; la inminencia de los efectos devastadores del cambio climático; la invasión comercial de la nación China en Europa; un nuevo robo de *El grito*, de Munch; la concesión de un antipremio Nobel de literatura a unos senegaleses que estafaban por internet con un texto que prometía beneficios extraordinarios con una inversión minúscula... Vivir... merecía la pena. Aunque todo fuera cada vez a peor. Porque vivir es la única respuesta. Y por un momento se le cruzó la idea de que a lo mejor su padre, el gran Vinicio Salazar, lograría encontrar un remedio para su condena. Tenía que confiar en él; quería hacerlo. La esperanza es un tren del que nunca se apea ningún viajero.

Al detenerse ante un nuevo semáforo cruzó por delante de ella una adolescente con el pantalón caído a la cadera que se estaba guardando el teléfono móvil dentro de las bragas. La miró con curiosidad primero y luego con envidia. Era tan joven... Le habría comprado la vida si estuviera en venta. Y luego se la habría devuelto porque no hubiera podido vivir arrebatándosela. Morir es el único cóctel verdaderamente exclusivo. Nadie puede beber ese brebaje por otro. Aquella muerte era suya y de nadie más.

Cuando llegó a casa ya no lloraba. Abrió la verja con el mando a distancia y dos hombres salieron a su encuentro para controlar la entrada. La saludaron sin sonreír, pero ella sí lo hizo. Dejó el coche en el garaje, subió a su habitación y se cambió de ropa. Y luego fue a tenderse en una hamaca a esperar a que el sol, como el tiempo, cayese por detrás del horizonte con la paciencia del mar desmenuzando una roca sin pulir.

En su bungalow, Vinicio Salazar también se había echado en un sillón para descansar mientras Belén reposaba. Era agradable aquel lugar perdido en mitad del Atlántico; agradable y relajado si la conciencia no le estuviera hiriendo con las espinas que laceraban de un modo tan intenso. Cuando a Belén le descubrieron su anomalía fue tarde: él debió estar más pendiente de su hija, pero no lo estuvo. Además, cuando le diagnosticaron el mal, él tampoco cambió su rutina de negocios y entretenimientos caros porque eran tiempos en los que reinaba el egoísmo y la indecencia. Sólo cuando un año atrás se manifestaron las consecuencias del síndrome empezó a ejercer sus deberes de padre, pero ya era tarde. No había sido culpable el destino, lo había sido él. Por eso la culpa le agarraba por el cuello hasta asfixiarlo durante la noche y en aquellos otros momentos en que dejaba a los pensamientos adueñarse de los tiempos del reposo.

Ahora, desplomado en el sillón de mimbres y gemidos de su habitación, mirando los horizontes del mar, Vinicio Salazar recordó también la velada en que propuso a Belén el viaje que acababan de realizar y las vacaciones que había urdido para aliviar su culpa, ahogar sus remordimientos e impedir que la ruleta dejase de girar decidiendo el número ganador de la apuesta. Recordó que, aquel 9 de octubre, a las once de la noche, aún hacía mucho calor en Madrid. Cuando entró en su casa de la urbanización residencial de Somosaguas, Belén estaba recostada bajo el porche, tomando un yogur, con la mirada perdida en el infinito y la cucharilla en la boca, como si disfrutase de los restos del sabor sin ninguna prisa. Del aparato de música llegaban las notas cálidas de una canción francesa, *La valse à mille temps*, de Jacques Brel.

—Pero, cariño... ¿Todavía no te has acostado? —se acercó a ella y le dio un beso en la frente.

—Hola, papá —la muchacha cerró los ojos mientras él la besaba y sonrió—. ¿Qué tal el día?

—Bien, bien... Como siempre...

Belén tomó una cucharada más de yogur y dejó el recipiente sobre la mesa que había a su lado. Se incorporó para mirarle mientras él se servía un poco de soda en un vaso alto con unos cubitos de hielo.

—¿Has cenado?

—Sí —contestó él—. En el avión he comido un bocado. ¿Y tú?

—Sí...

Ella se volvió a tender en la hamaca. Vestía un pantalón vaquero desgastado y una camisa de seda azul metálico sin cuello desabrochada hasta el cuarto botón. Abrigaba sus pies con unos calcetines a rayas multicolores, de algodón. Su cabello, rubio y un poco ondulado, caía sobre sus hombros con la suavidad de una nevada y los ojos claros, de un verde casi transparente, conseguían que su mirada pareciese en unas ocasiones lánguida y en otras inquietante, según fuese la expresión de la cara. Su padre se detuvo unos instantes para observarla y maldijo aquella belleza una vez más: hubiese querido que su hija fuese fea, lo más fea posible. Aquella muchacha de piernas interminables y cuerpo de escultura griega, de belleza admirable, facciones armoniosas y dulzura embriagadora era una farsa de la naturaleza, una broma macabra. La miró allí tendida, en todo su esplendor, y volvió a odiar su perfección. Respiró hondo y se sentó a su lado, en silencio.

—Hace una noche preciosa —comentó ella—. No parece que estemos en octubre...

—Sí, demasiado calurosa para esta época —Salazar despertó del ensimismamiento y se rehízo de su maldición—. Y tú, ¿en qué pensabas, hija?

—No sé —respondió casi en un suspiro—. Creo que no pensaba en nada en concreto. Esta noche no me apetecía salir y me he quedado aquí, mirando el cielo. ¿Te has fijado? Apenas se ven estrellas, ¿verdad? Ya lo recuerdo: creo que pensaba en que antes había más, que puede que las estrellas también mueran...

—Es por el exceso de luz de la ciudad. —Salazar se llevó el vaso a los labios. Luego añadió—: Hay las mismas estrellas de siempre, hija, sólo que no las vemos. Si seguimos así, llegará el día en que no nos acordemos de que existen.

—Yo casi no me acuerdo de cuando vivía mamá —Belén volvió la cara a las alturas—. Hace tanto tiempo... Puede que los recuerdos sean como el yogur, que nacen con fecha de caducidad.

—Qué cosas dices, Belén... —Salazar cabeceó levemente—. A propósito de estrellas: me gustaría que no hicieras planes para la primera semana de noviembre.

—¿La primera semana? Bueno, el día 2 pensaba organizar una fiesta. Es mi cumpleaños.

—No sé, podrías dejarlo para más adelante... —Salazar bajó la cabeza—. En fin, si quieres, claro. Me gustaría que lo celebráramos a solas, tú y yo. Había pensado en una isla del Atlántico. Muy cerca de Brasil. He reservado un hotel en un lugar desde el que podrás contar miles de estrellas, ya lo verás.

—¿De verdad? —Belén brincó de alegría y se incorporó en su hamaca, sonriendo agradecida—. ¡Me parece maravilloso...! Tú y yo solos, sí. ¡Por fin! ¡Me apetece mucho!

—Creo que es lo menos que puedo hacer. ¡No se cumplen treinta años todos los días...! —Salazar sonrió también.

—Es verdad... Y a veces no se cumplen treinta y uno. —Ella cerró los ojos y se volvió a tender—. A veces...

Vinicio Salazar guardó silencio. Sus labios compusieron un garabato en el que se congeló su sonrisa; y entonces se comió una lágrima para que su hija no le viese temblar. Volvió la cabeza, se recostó en el asiento y tragó saliva dos veces. Jacques Brel iniciaba las primeras estrofas de *Ne me quitte pas*...

El tamarindo es un árbol muy peculiar: cuando llega la noche y el sol se va, sus hojas se cierran sobre sí mismas y dejan visible el tronco, que puede contemplarse en toda su desnudez. Entonces es posible observarlo sin veladuras ni camuflaje, no cabe disimular su hermosura pero tampoco sus defectos. La indiscreción paradójica de la oscuridad, la venganza de la noche por robarle la luz. Lo mismo sucede con muchas de las emociones que asaltan en la vida: por la noche son más visibles los gozos y los sufrimientos, las esperanzas y las decepciones. Más evidente la vida; pero también más evidente la muerte.

—¿Cuánto tiempo crees que viviré, papá? —Belén no ocultó la serenidad que reflejaba su bello rostro al preguntarlo. Sus ojos brillaban en la penumbra, seguros, como si fuese de día y las hojas del tamarindo estuviesen recubriendo el miedo del tronco; miraba a su padre sin requerir ayuda, ni buscarlo para que la cobijase. Sencillamente afrontaba el futuro con la madurez de un anciano que ha aceptado que la medida de la vida a veces es injusta, como en su caso, y en otras razonable.

Vinicio Salazar vio en el sosegado rostro de su hija la luz pálida de la muerte y deseó con todas sus fuerzas encontrar la fórmula mágica que cambiara el destino. Cualquier cosa menos asistir impotente a la putrefacción de tanta belleza, al final del único amor que durante tantos años estaba justificando su vida.

—No lo sé, hija; no lo sé... Tal vez...

—El doctor Weisser dijo...

—No sé... Ni él ni nadie sabe nada, hija —Salazar se removió incómodo, indefenso y solo como un náufrago, inútil como un colibrí con las alas rotas sin fuerzas para remontar el vuelo y libar el néctar de una flor. Se incorporó en su asiento y se llevó las manos a la cara, ocultándola, para que Belén no descubriera los límites de su desesperación. Y habló, habló sin parar para contener el temblor de su barbilla—. Recuerda que nos dijeron lo mismo en Berlín y en Toronto. Luego, en Nueva York me aseguraron que todo es imprevisible, que no hay plazos. Lo mismo que dijeron en Houston y en Pamplona. Y en Amsterdam ya sabes lo que opina Weisser...

—Meses, dijo. Incluso semanas...

—Nadie sabe nada, hija... Nadie.

Qué hermosa estaba Belén de noche, apenas alumbrada por los farolillos del porche que despedían un tenue manto de luz ambarina; y envuelta en aquellas canciones francesas de amor y desesperación. *Ne me quitte pas...* No, no me dejes, no me dejes nunca. Salazar hubiese querido correr a abrazarla, a llenarla de besos y de lágrimas, pero sabía que no debía hacerlo: lo único que no quiere el moribundo es compasión. Y él no iba a compadecerla, entre otras cosas porque si llorase no sabría explicar si lo hacía por ella o por sí mismo. Fea, la hubiese querido fea. Si su madre hubiese estado cerca de ella...; si no hubiese crecido sola, con un padre irresponsable y ausente dedicado por completo al trabajo...; si alguien hubiese sabido que lo que estaba ocurriendo no era normal...; si ella hubiera confiado a alguien su secreto, que tanta vergüenza le producía; si, si, si... Pero ya era demasiado tarde para lamentos. Sabía que él moriría también de angustia y melancolía si a ella le sucedía algo, si ocurría lo que podía suceder, si se cumplía lo que estaba anunciado en la Tabla de la Ley de los hombres. ¿Qué le quedaría a él después de producirse el momento final? Nada, sólo la culpa, un irresistible sentido de culpabilidad. Y no le quedaría nadie. Ni jamás podría querer a nadie más. Amar es un seguro contra el dolor: sólo se conoce la profundidad del pozo que guarda los sentimientos cuando se pierde a la persona amada. ¿Con quién iba a compartir el duelo y la culpa? ¿Con quién se consuela un padre cuando le roban a su hija, a la persona que más puede amar, a quien más ama? Si no hay consuelo rodeado de seres que sufren también, ¿qué iba a ser de él, cuando ya nadie quedara en su vida? Miró a su hija en la hamaca, bella y silenciosa como una sirena tendida en la roca más altiva de la costa, con los ojos puestos en el cielo en busca de una estrella invisible, y en ese momento no supo qué decir. Porque no imaginaba que ella también estaba pensando en lo mismo que él.

—Quiero que me prometas una cosa, papá.

—Claro, Belén.

—Quiero que nunca sufras por mí y que te busques una buena mujer.

Salazar se sorprendió al oírla. No alcanzaba a discernir si ella había leído esos pensamientos egoístas que mantenía encerrados en el pecho o si su hija le conocía tan bien que era capaz de abrir las grietas de las emociones disimuladas. Pero trató de esconderse de ella velando su mirada tras una sorpresa encubierta.

—¿Una mujer? ¿Para qué?

—Para que te cases con ella, para qué va a ser. Me gustaría que formases una nueva familia, que no te quedes solo, que... —Belén se echó a llorar—. ¡Porque vas a quedarte muy solo, papá!

Salazar se acercó a ella y ambos permanecieron abrazados una eternidad, emocionados. Jacques Brel había acabado su recital y el silencio era roto por los leves gemidos del llanto de Belén, que rebuscaba el cuello de su padre para besarlo. Salazar se recompuso, la sujetó por los hombros y la miró a los ojos con la fijeza de un falso hipnotizador de las tierras viejas de Madagascar.

—No, hija. Nunca estaré solo. Te tendré a ti...

—Tú puedes tener a la mujer que quieras, papá, de verdad —ella sorbió sus lágrimas por la nariz, sin escuchar sus palabras piadosas—. Eres el hombre más guapo del mundo, todavía eres muy joven y lo tienes todo, todo lo que quieras. No me digas que no vas a encontrar una buena mujer que...

—Si todo ese dinero no sirve para conservarte —suspiró él—, entonces no sirve para nada.

—Bueno, ya sabes lo que dice el proverbio chino —Belén se pasó la mano por debajo de la nariz, conteniendo las lágrimas y forzando una sonrisa—: El dinero puede comprar al médico, pero no la salud.

—Jodidos chinos... —él forzó también una mueca sonriente—. Pues entonces aplícate el cuento, porque también dicen que el dinero puede comprar el sexo, pero no el amor.

—Jodidos chinos...

Sonrieron los dos, ahora de verdad. Volvieron a sus asientos y se recostaron para mirar el cielo. Una estrella, sólo una, brillaba en lo alto. Ella se la señaló. Seguramente no se tratara de una estrella, corrigió él, sino de un satélite artificial de esos que lanzamos ahora para servir a nuestras empresas, a la red de telecomunicaciones, a la defensa estratégica o a las predicciones meteorológicas. Incluso puede que sea el mío...

—¡No seas aguafiestas, papá...!

Salazar encendió un cigarrillo, le ayudaba a pensar. Y ahora pensaba en lo que Belén había dicho de los chinos.

Tal vez tendría que haber viajado a Pekín; quizás en la medicina tradicional china hubiese podido encontrar algún remedio para su enfermedad. Ellos, que eran tan sabios, tan elocuentes, tan hondos en la búsqueda de la felicidad, quizá supieran cómo atajar el mal de la muerte. El dinero no compra la salud, ni la vida... Ya lo sabía. Entonces, ¿de qué servía ser el hombre más rico del mundo? De nada, se dijo rabioso; lo cierto era que su asqueroso dinero no servía para nada. Los chinos lo decían con claridad: el dinero sirve para comprar una casa, una cama, un libro, una posición..., pero no para comprar un hogar, el sueño, la sabiduría o el respeto... ¡Joder! ¿Para qué le servía tener tanto si iba a perder lo único que le importaba de verdad: su hija?

—Bueno, papi, yo me voy a dormir —dijo Belén, respirando profundo, como si lamentara gastar en sueños negros un tiempo que se había vuelto escaso—. Pero no te preocupes por mí, ¿eh? Estoy bien. Sólo un poco cansada.

—Bien. Yo también me iré a acostar dentro de un momento. En cuanto acabe este cigarrillo.

—Buenas noches, papá.

—Buenas noches, hija. Descansa.

En cuanto Belén subió a su habitación, Salazar estrujó el cigarro en el cenicero y entró en su despacho. Encendió el ordenador y releyó una vez más la información que había extraído de internet sobre el mal de su hija. Apoyó los codos en la mesa y la cara en la palma de una mano y leyó el archivo donde había recopilado un millar de textos médicos con la intención de descubrir en ellos un resquicio a la esperanza para poder conciliar, por una noche, el sueño. Los releyó con los ojos empañados, limpiándoselos de vez en cuando para poder seguir. Se los sabía bien, casi podía recitarlos de memoria.

Síndrome de Morris (extraído de la dirección de la página web http:/www.terra.es/personal/flromera/que.htm): *«Las personas que padecen feminización testicular o síndrome de Morris tienen una apariencia externa de mujer, generalmente de manifiesta belleza, aunque desde el punto de vista genético son varones. Algunas de las modelos más atractivas del mundo presentan esta alteración que da lugar a mujeres altas, de piel sedosa, caderas estrechas, pechos muy desarrollados y vagina (en algunos casos rudimentaria), y carecen de vello en las axilas y el pubis. Sin embargo, sus cromosomas sexuales son del tipo XY, es decir, masculino. Además tienen testículos escondidos en el bajo vientre, en las ingles o en los labios vulvares, y no presentan útero. Lógicamente son estériles y carecen de menstruación. El fenómeno [...], se produce por una mutación genética en el cromosoma X. Ésta es la responsable de un fallo en los receptores de testosterona, lo que impide la aparición del fenotipo o apariencia masculina durante el desarrollo embrionario. Muchos de los afectados descubren su mal al acudir al médico para solucionar sus problemas de esterilidad y amenorrea (carencia de regla).»*

Salazar volvió a leer el texto, como tantas otras veces. Belén respondía a esa apariencia externa; aquella descripción parecía ser un retrato suyo. Él era el culpable de todo: tenía que haber estado más atento mientras crecía y haberse extrañado de por qué pasaban los años y a Belén no le llegaba la regla. Claro que, en realidad, nunca lo supo ni consideró necesario saberlo. Tampoco se le ocurrió preguntárselo, no entraba en el universo de los asuntos que le interesaban. En cambio, si hubiese vivido su mujer, sin duda aquello no habría llegado tan lejos... Después, cuando supo la verdad, pagó la intervención quirúrgica de extirpación del único testículo residual que llegaron a visualizar y se volvió a olvidar de su hija, sin preocuparse de las posibles consecuencias. Sólo él se importaba. ¿Puede un hombre odiarse hasta tal punto que desee el suicidio como castigo y no como liberación? Salazar se sintió sucio otra vez, terriblemente sucio, deshonesto y cruel. El peor padre del mundo, el ser más despreciable de la Tierra.

Con lágrimas de rabia contra sí mismo, siguió leyendo otra información extraída de internet (esta vez firmada por Regina Reyna): *«Quienes lo padecen tienen apariencia externa de mujer, pero genéticamente son XY (varones), [...] en más del 50% de los casos se encuentran «hernias» (testículos parcialmente descendidos) en bajo vientre o ingles, y la vagina es poco profunda.»*

No: Belén no había sufrido de hernias. Al menos no se quejó nunca y, de haberlas sufrido, a buen seguro la hubiesen molestado cuando hacía gimnasia en el colegio, o en sus clases de equitación, o en los partidos de tenis a los que era tan aficionada hasta que le sobrevino la enfermedad final. Además, ¿cómo podía saber ella si su vagina era poco profunda o normal? ¿Cómo compararla? ¡Ojalá hubiese nacido lesbiana o se hubiera topado con hombres experimentados! Quizá alguno de ellos se lo habría hecho notar durante la adolescencia y ella habría acudido al médico a tiempo. También su madre habría podido conversar con ella de esos aspectos, pero murió cuando Belén tenía once años y, tan niña, no sufría aún ninguno de aquellos síntomas.

Echó la cabeza hacia atrás en la silla, enderezó la espalda y continuó leyendo otra información (esta vez proporcionada por Lorna González Herrera): *«Dado que el fenotipo es femenino, en el momento del nacimiento se adoptará este sexo y si no se hace el diagnóstico precoz durante la infancia por el hallazgo de algunos de las características descritas anteriormente, llegará a la pubertad aparentemente normal [...]. Generalmente son mujeres atractivas.»*

La traición de la belleza. Otra vez la belleza como accidente de la Naturaleza. Salazar suspiró: no encontraba resquicio por el que entrase cualquier luz, por insignificante que fuera. No tenía ganas de continuar torturándose, pero aun así siguió leyendo: *«En Grecia y Lisboa eran asesinados al nacer o al descubrirse su condición.»*

La Naturaleza ya se encarga de asesinarlas, pensó; los griegos sólo adelantaban un poco su muerte. No sabía si quería seguir leyendo. Conocía el contenido del siguiente informe y le producía escalofríos. Aunque, sabiendo que lo peor venía ahora, no retiró los ojos de la pantalla. En la página web http:/www.unizar.es/gine/222gin.htm era donde se describía la condena de su hija: *«Después de la pubertad hay un desarrollo incompleto del sistema tubular, tapizado por células germinales inmaduras y por células de Sertoli, pero no hay espermatogénesis. Por la alta incidencia de formación de tumores en estas gónadas, una vez completado el desarrollo después de la pubertad, deben ser extirpadas. Se debe instaurar una terapia hormonal de suplencia hormonal para evitar el envejecimiento prematuro, riesgo cardiovascular y la aparición de osteoporosis.»*

Tumores y riesgo cardiovascular. Sí: el cáncer unido a un terrible riesgo cardiaco, y al envejecimiento prematuro, a la fatiga, a la destrucción. Sin posibilidad de trasplante ni de terapias químicas o radiológicas. Con metástasis generalizada. Y la muerte a plazo fijo. También lo lamentaron los muchos médicos que la atendieron cuando ya fue demasiado tarde. Por su culpa: Salazar no podía dejar de sentirse culpable. Había dedicado la vida a acumular dinero y no había reparado en que su hija no necesitaba monedas de cobre sino la atención dorada de un padre para no caminar inexorable hacia la muerte. Una muerte anunciada y amenazada con precisión en las líneas que seguía leyendo, como un diagnóstico de Belén, como si la conociese su autor, como si lo hubiera redactado pensando en ella. Las palabras habían sido extraídas de la página web: http://conganat.uninet.edu/IIICVHAP/posters/030/tex

to.htm: *«Entre las complicaciones a largo plazo está el riesgo de malignización de las gónadas ectópicas, especialmente a partir de los 30 años. El Seminoma es el tumor maligno más frecuente.»*

Cerró los ojos y se frotó los lagrimales con los dedos índice y pulgar. Ya había leído bastante. Apagó el ordenador, se levantó, tomó su maletín y extrajo de él la partitura de la *Décima Sinfonía.* Después, se acercó a la pared del despacho, descorrió el cuadro de Picasso que la adornaba, puso la yema del dedo pulgar derecho sobre el lector de huellas digitales de la caja fuerte, esperó a que se encendiese el piloto verde y la abrió. Depositó en ella el manuscrito, cerró la caja y volvió a colocar el cuadro en su sitio.

Vinicio Salazar cabeceó abatido, cerró los ojos, se pasó la mano por la cara y subió a su habitación para que nadie le oyese blasfemar.

Ahora, en la paradisíaca isla brasileña, después de reposar, deshacer el equipaje y cambiarse de ropa, Salazar y Belén salieron a dar un paseo por los caminos de fronda hasta la playa más cercana. Abrumaban olores desconocidos y aromas fuertes a tiempos remotos, como si el mundo se hubiera detenido en los días en que no se sabía hablar de las cosas que aún no tenían nombre. El aire era tan limpio que apetecía beberlo y la tierra emitía susurros de pisadas de artrópodos, insectos y otros pequeños animales vertebrados e invertebrados que no se dejaban ver. Al final del paseo, la playa que les atrapó en su arena molida embriagaba por su extensión y luminosidad, cegando el perezoso mar de fondo que apenas tenía ganas de mecerse. Salazar y su hija respetaron con su silencio la estremecedora visión que se abrió ante ellos y permanecieron allí, abrazados, hasta llenarse de la vieja vida que en la ciudad habían olvidado. El ser humano, con toda su altanería, no sabía hacer cosas como aquéllas. Ni nunca las crearía, por eso se conformaba con destruirlas.

Al anochecer, Salazar y Belén cenaron juntos en Casa Gardenia, el restaurante de la *pousada*. Se decidieron por el pescado cocinado en hoja de plátano y los bolillos de tubalhau, una comida típica hecha a base de carne de tiburón en salazón que acompañaron con un vino de Burdeos Château Petrus Pomerol, cosecha del 97. Y después de la cena se tumbaron en dos hamacas a reposar la noche, cubiertos por una bóveda tan abigarrada de estrellas que les sobrecogió. Un universo de luces fijas o parpadeantes que lo empequeñecía todo y obligaba a abrigar la sensación de que, ante tanta majestuosidad, nada importaba de cuanto el destino pudiese deparar.

—Es cierto —dijo Belén en voz baja después de contemplar las estrellas durante algunos minutos, como si temiera despertar al mundo—. No han muerto, míralas...

—Te prometí que verías un millón de ellas —le respondió Salazar—. ¿Te sientes bien aquí, cariño?

—Sí, papá —ella sonrió y le tomó la mano—. Muy bien. Mañana es mi cumpleaños, ¿recuerdas?, y lo que más deseaba era pasarlo contigo. Gracias, papá. Me siento muy feliz.

—Me gusta oírtelo decir. —Salazar respiró hondo y volvió la cara hacia el lado opuesto para ocultar la gravedad del gesto que se estaba dibujando en su rostro.

Belén comprendió de inmediato lo que pensaba su padre y se sintió culpable por el sufrimiento que le estaba causando. Guardó silencio, con los ojos detenidos en una estrella que titilaba al sur y se mordió el labio inferior. Hasta que de repente se le agarrotaron los dedos de un pie y cruzó las piernas para enlazarlos con los del otro pie, sin conseguir aliviar el dolor; y enseguida empezó a sentir la cuchillada del daño extenderse a lo largo de toda la espalda, como tantas veces, pero esta vez más aguda, casi insoportable. No quiso decirlo. Se incorporó en la hamaca, se quedó sentada con las palmas de las manos apoyadas a los costados y respiró profundamente con el rostro crispado y los ojos cerrados hasta que el dolor cedió y se sintió un poco más aliviada.

—¿Estás bien, hija?

—Sí, sí... —Belén abrió los párpados y relajó los músculos de la cara, disimulando el sufrimiento—. Quiero que me digas una cosa, papá... ¿Cómo era mamá? Ya casi no puedo acordarme de ella...

Salazar se frotó con los dedos de la mano la frente contraída, presionando para buscar el modo de responder, y resopló.

—Muy bella, hija. Casi tanto como tú...

—¿Y qué más?

—Y muy joven cuando murió. Acababa de cumplir treinta y cuatro años. Fue tan injusto...

—Lo sé, papá.

—Tú tenías once, ¿no? No lo recuerdo bien... Me pasa un poco como a ti, que el tiempo me está robando sus perfiles. Es lo peor del paso del tiempo, ¿sabes? Se lleva las imágenes y nos deja sólo los sucesos, las cosas que se vivieron; pero el rostro de las personas con las que viviste aquellos momentos es cada vez menos nítido, se va difuminando. A tu madre la recuerdo por las fotos, como te pasa a ti. Pero cada vez me resulta más difícil acordarme de lo que sentía cuando..., cuando... No sé, hija... No sé por qué me preguntas esto ahora...

—Lo siento, papá.

—Porque ahora sólo me importas tú.

—Lo siento... De veras.

—Mira —Salazar intentó que Belén no se entristeciera y quiso alejar también de él la pena que apretaba su garganta hasta dificultarle hablar. Rebuscó en los bolsillos y extrajo un collar—. No sé si te gustará: se lo he comprado a una camarera para ti.

—¿Qué es?

—Artesanía típica del lugar. Eso es al menos lo que me han dicho. Lo hacen con huesillos de tiburón...

—Pero, ¡si es precioso! —Belén se lo puso sobre el busto, se miró y lo cerró de inmediato alrededor del cuello—. Es el mejor regalo de cumpleaños que podía tener...

Salazar sonrió. No sabía si se trataba de una ironía de Belén o que su corazón se había reblandecido tanto que cualquier nimiedad era capaz de emocionarla. Miguel, el escolta, interrumpió la conversación llegando hasta ellos con el piloto del Challenger 604.

—¿Señor?

—¿Sí, Villa?

El piloto se acercó hasta Salazar. Su rostro reflejaba cansancio y una cierta preocupación.

—No hemos tenido mucha suerte, señor —empezó diciendo, decepcionado—. Tenemos algún problema con el reactor derecho de la nave. Debió de introducirse un pájaro, seguramente durante el despegue en Cabo Verde, y tal vez el impacto...

—¿Y...? —Salazar alzó los hombros—. Con limpiar los restos...

—Bueno, no es tan sencillo, señor. —El piloto negó con la cabeza y apretó las mandíbulas—. No hay restos, la temperatura del propio reactor volatilizó el elemento extraño, pero todo parece indicar que ha quedado dañado en una minúscula parte de su mecanismo. Habría que desmontarlo pieza a pieza para encontrar la parte quebrada y repararla. En realidad... —titubeó Villa—, bueno..., hemos realizado una prueba, poniendo en marcha los motores, y el reactor parece emitir ciertas vibraciones. Todo el sistema funciona aparentemente bien, pero me temo que sería arriesgado...

—Bien, amigo Villa, bien —Salazar atajó al piloto—. Buen trabajo. Un simple avión no va a estropearnos las vacaciones. Miguel, ponte mañana en contacto con Madrid y encárgate de que nos envíen el CE-550 dentro de una semana, a recogernos.

—De acuerdo, señor Salazar —asintió el escolta.

—Y tú, Villa, vete a descansar, te lo has ganado —ordenó Salazar, rodeando su hombro con el brazo—. Por la mañana pensaremos en el modo de solucionar el problema del Challenger. Y cena algo, hombre: la langosta del restaurante tiene un aspecto excelente.

Salazar se volvió a su hija y sonrió. Belén, forzando una sonrisa también, se dejó caer en la hamaca. Pero los labios se le hicieron de acero y dieron paso a una mueca de indescriptible dolor en su rostro, que se contrajo como un papel arrugado en un puño. Dijo sólo:

—¡Papá!

Y cayó desplomada, sin sentido.

Salazar, asustado, corrió a tocarle la cara y a gritar su nombre:

—¡Belén! ¿Qué te ocurre, Belén? ¡Mónica! ¡Deprisa! ¡Que venga la enfermera!

El escolta Miguel fue en su busca y al momento se presentaron ambos en la terraza. El comandante Villa se quedó por si podía ayudar en algo. Mónica, abalanzándose sobre Belén, le buscó el pulso, le levantó un párpado y comprobó que su corazón latía débilmente. Luego intentó moverle el cuello, que se dejó manipular como si se hubiera vuelto de trapo.

—¡Hay que llevarla a un hospital, señor! —Mónica levantó los ojos hacia Salazar. En su cara se reflejaba el drama—. Me parece..., me parece que...

—Pero, ¿qué le sucede? —Salazar apretó el brazo de la enfermera.

—Es una crisis, señor. —Mónica se aferró a la mano de Belén, angustiada—. Puede ser grave...

—¡Vamos, Villa! —gritó Salazar al comandante—. ¡Volamos ahora mismo a São Paulo!

—No sé si es prudente... —el piloto frunció las cejas y negó con la cabeza—. El aeropuerto está cerrado y además ya le he dicho que el Challenger no está en condiciones de...

Salazar agarró al piloto por un brazo, con la fiereza de un garfio. Estaba desesperado y clavó sus ojos sanguinolentos en los del piloto.

—¡No me jodas, Villa! ¡Se trata de mi hija!

—Pero, señor...

—¿Puede volar?

—Supongo que sí... Pero tal y como está ese reactor es un riesgo que...

—¡Tú conseguirás que no haya problemas! ¡Te conozco de sobra! ¡Andando!

—Pero...

—¡Nos vamos!

Salazar ordenó partir sin atender a las dudas que intentó transmitirle otra vez el piloto. Entre Miguel y el otro escolta llevaron a Belén en la misma hamaca, usada a modo de camilla, hasta uno de los *buggies*. La enfermera corrió tras ellos. Salazar entró en el bungalow a toda prisa para recuperar su maletín azul de mano y les siguió. El piloto y el copiloto se adelantaron en uno de los *buggies* y cuando los demás llegaron al aeropuerto los motores del Challenger 604 ya estaban en funcionamiento y los pilotos pedían a Control-Río un plan de vuelo urgente Fernando de Noronha-São Paulo, por tratarse de una emergencia. Los pasajeros subieron al aparato y Salazar ordenó iniciar el vuelo.

—Miguel: dile al comandante Villa que contacte por radio con el Hospital Sirio-Libanés de São Paulo. Quiero que en el aeropuerto nos esté esperando un helicóptero para trasladar a mi hija. ¡Y quiero a todos los médicos del hospital preparados y pendientes de ella! ¿Entendido?

—De inmediato, señor —el escolta corrió a la cabina. Salazar lo siguió, fuera de sí.

—Y tú, Villa, escúchame bien —se acercó a la puerta de la cabina y posó firme la mano sobre el hombro del piloto—: Quiero que lo fuerces al máximo, tú sabes cómo hacerlo.

—De acuerdo, señor Salazar —se resignó el piloto—. Pero ese reactor...

—¡Haz lo que te digo, por todos los diablos!

—Bien, señor. Haré lo que pueda...

El cielo de la isla de Fernando de Noronha fue rasgado por el despegue furioso de un avión a reacción que rompió la noche de la isla más somnolienta del mundo. Como si un trueno seco hubiese desgarrado la isla en dos. Como si la estación de las lluvias se hubiese adelantado cuatro meses. Como si el infierno estuviese pasándole cuentas por su insultante hermosura.

En cuanto el avión alcanzó la altura indicada por el Control de Río de Janeiro, Salazar fue a sentarse junto a la hamaca donde su hija permanecía inconsciente. Mónica le tomaba el pulso y la tensión arterial, mostrando una actitud cada vez más preocupada. De su maletín extrajo una jeringuilla y una ampolla que contenía un líquido amarillento. Dudó unos instantes.

—¿Qué sucede, Mónica?

—Es que..., no sé si debo, señor Salazar.

—¿Qué es eso? —señaló la ampolla.

—Su pulso es cada vez más débil. —Mónica cerró los ojos y luego los abrió para meterlos en los de Salazar—. Podemos perderla. Pero si le pongo esta inyección de adrenalina, tal vez no lo resista. Su corazón...

—Decídelo tú, Mónica. Eres la enfermera.

—¡No lo sé, señor! —La enfermera se tapó la cara con las manos. Estaba al borde del llanto—. ¡Oh, Dios mío, no lo sé! Está tan débil... ¡Joder, yo no soy médico!

Salazar respiró hondo y puso la mano sobre la de la enfermera. Ella tenía los ojos enrojecidos y las lágrimas los empañaban. Estaba asustada, seguramente tanto como él. Salazar la abrazó y, tras unos segundos en silencio, sin saber qué decir, buscó la manera de inducirla a que decidiese lo que considerara mejor.

—¿Se va a morir?

—Si no estimulamos su flujo sanguíneo..., sí. —Mónica lo miró con las pupilas acobardadas, defendiéndose de su propia duda.

—¿Y si le pones esa inyección?

—Me temo que... ¡Oh, señor Salazar! ¡No lo sé! ¡Yo no puedo! ¡No puedo decidirlo!

—Confío en ti, Mónica.

—No puedo, señor... No me pida eso... Eso no puedo decidirlo yo...

—Está bien —Salazar no aguardó más. Dijo—: Pónsela.

Mónica tardó unos segundos en comprender la orden. Y, cuando lo hizo, abrió la ampolla mecánicamente y de la misma manera introdujo la aguja para extraer el medicamento y cargar la jeringuilla. Salazar no quiso verlo. Tomó la mano de su hija y la besó en la frente.

—Tú puedes, hija. Tú puedes. ¡Resiste!

La enfermera humedeció la piel de Belén con un poco de alcohol regado en unas hebras de algodón y buscó una vena en la flexura del codo. Una goma elástica ahorcó su brazo hasta que la vena engordó y se hizo visible. Con la frialdad de quien tiene experiencia suficiente, disparó un chorro mínimo al aire y después clavó la aguja hasta encontrar el caudal de la sangre. Poco a poco fue deslizando el inyectable con el émbolo hasta que no quedó nada en la jeringuilla. Extrajo la aguja con cuidado, volvió a poner el algodón humedecido en alcohol y dobló el brazo de Belén para que el pliegue sostuviese las hebras. Luego la enfermera dejó la jeringuilla sobre la bandeja de metal y procedió a rodear el brazo opuesto con el aparato de tomar la tensión para medirla de nuevo, esta vez ayudándose de un fonendoscopio para escuchar los latidos del corazón de la enferma. El ritmo cardiaco pareció recuperarse poco a poco y la fortaleza de los latidos también, igual que tambores en una celebración.

—Parece que responde —dijo la enfermera.

—¿Cuándo lo sabremos? —quiso saber Salazar.

—Si todo va bien...

De repente, Belén abrió los ojos. Vio a su padre junto a ella y volvió a cerrarlos, despacio, fatigada.

—Papá...

—Hija.

Mónica siguió escuchando los latidos del corazón de Belén, que se aceleraban cada vez más.

—¿Me estoy muriendo, papá?

—¡Qué cosas dices, hija! —Salazar le apretó la mano aún más fuerte—. Se te pasará enseguida, ya lo verás. No es nada, sólo ha sido un desmayo...

—Entonces, ¿por qué tengo tanto frío, papá?

Salazar no contestó. Miró a la enfermera y la vio con los ojos cerrados, la barbilla temblorosa, una lágrima desbordándose bajo sus pestañas.

—Ahora te traigo una manta, hija mía —Salazar se separó de Belén y le habló a Mónica al oído—: ¿Se puede saber qué pasa?

La enfermera dio un respingo y bajó la cabeza. Luego se volvió hacia Salazar y susurró:

—Ciento cuarenta pulsaciones y siguen en aumento. Con una tensión arterial de veintitrés/catorce. No: quince ya. No lo resistirá. ¡Oh, señor Salazar! ¡No lo resistirá!

El zumbido de los motores. El avión ligeramente ladeado. Las lágrimas de Mónica... Belén sufría pequeños espasmos, como si respirase a trompicones. Todas las sensaciones a la vez, o cualquiera de ellas, hicieron tambalearse a Salazar, que estaba empezando a marearse. Intentó tragar saliva pero no la encontró. Se aferró a la mano de Belén y bajó la cabeza, como si rezase.

—Hija mía...

—Tengo mucho frío...

Belén sufrió un espasmo violentísimo que la impulsó a sentarse en la camilla y, como un fardo roto, cayó de nuevo con la cabeza doblada, en una posición imposible. Mónica se puso de pie y se abalanzó sobre los párpados de Belén, buscando sus pupilas. Ni en el cuello ni en la muñeca encontró ecos de latido. Le golpeó con fuerza el corazón, cinco o seis veces seguidas, espaciadamente, con horror, con rabia, pero la muchacha no reaccionó. Entonces, desesperada, pegó su boca contra la de ella e insufló aire, con ira, con dolor, con llanto. Inútilmente. Al cabo de unos segundos se dejó caer en su asiento, abatida, rendida. Vencida.

Belén Salazar había muerto.

La noticia de una muerte es siempre imprevista, aunque se vaya conociendo el camino. Y la sorpresa es tan atroz que desgarra las carnes del pecho y desmonta la cordura, confundiendo los pensamientos. La muerte de Belén produjo en Salazar un dolor ácido y profundo que entró en su pecho con la suavidad de un cuchillo recién afilado. Se echó hacia atrás, necesitando apoyarse en algo antes de caer al suelo, pero todo estaba envuelto en una inestabilidad imposible de manejar, sobre todo en su cabeza, donde se desarticulaban las ideas y se desmadejaban los pensamientos. El horror de la muerte corrió a aterrarlo, como si él tampoco fuese a soportarlo y la realidad lo fuera a asesinar. El dolor le impedía pensar. Un vahído repentino le hizo tambalearse. Lo único que sentía era un miedo insuperable a la muerte: a la muerte de Belén y a la suya propia, que parecía inminente. Por fin, sin encontrar dónde asirse, se abrazó al cuerpo de su hija. Y no supo qué hacer. Tenía que hacer algo, pero no encontraba la respuesta: llorar, rebelarse, tranquilizarse, protegerse. No sabía qué. El llanto; tal vez debería romper a llorar y vivir la muerte ajena con la naturalidad con que soporta la pena el resto del mundo. Pero no podía. Quizá fuera que nunca aprendió a hacerlo. En la oscuridad de su interior, perdido en la locura, el dolor de la daga se volvió más real. Llegó a ser insoportable. Sin saber por qué, se separó del cadáver y se sentó frente al cuerpo durmiente de su hija. Y la miró. Pero no veía nada, no lograba dominar sus ojos, sus pensamientos, ni sus pulsaciones. Iba a morir. Él también iba a morir de dolor. E iba a perder el conocimiento. El terror y el dolor se entremezclaron en una confusión que era total. Y entonces, entre la niebla que crecía en el interior de su cabeza, surgió una idea clara: no quería morir. Y ese pensamiento brotó con tanta intensidad como el de no admitir que Belén estaba muerta y que ese hecho era irreversible. Nunca fue nada irreversible para él. Tampoco eso iba a serlo. Salazar no aceptó la muerte de su hija como no podía aceptar que él también fuese a morir.

Eran más de las once y media de la noche, volaban a seis mil metros de altura sobre el Atlántico y sólo se oía el zumbido exagerado de los motores. Y la respiración entrecortada de un hombre, Vinicio Salazar, que había puesto su cabeza sobre el pecho de la hija que se le había muerto tan cerca del cielo para que el viaje hasta encontrar su estrella fuera lo más breve posible.

En la cabina, los pilotos empezaron a percibir unas nuevas y extrañas vibraciones en el avión de cuyo origen no podían dar razones. Comprobaron que la temperatura de la turbina era demasiado alta, y seguía aumentando. Y, de pronto, como si un meteorito se hubiese estrellado contra un ala del aparato, se produjo un impacto brutal seguido de una sacudida estremecedora. El cuerpo yerto de Belén salió despedido de la camilla y se precipitó violentamente contra el de Mónica, rodando juntas por el suelo. Uno de los escoltas se estrelló contra un saliente de una de las paredes del interior del Challenger y perdió el conocimiento mientras Salazar, que por fin se había derrumbado en uno de los sillones reservados a los pasajeros, se golpeaba contra el respaldo del asiento delantero, sin sufrir otro daño que la conmoción por la brusquedad del impacto tras el repentino zarandeo. Sólo el escolta Miguel, que leía un libro en su asiento con el cinturón de seguridad abrochado, se libró de herirse al poder agarrarse a los brazos del sillón.

El segundo piloto volvió la cabeza con los ojos desorbitados y a través de la puerta de la cabina intentó comprobar la dimensión de los daños sufridos por el pasaje. Se tropezó con la mirada desconcertada de Salazar y gritó algo referente al motor, al reactor, al avión, a una emergencia; pero ni Salazar ni Miguel, el único que se mantenía sereno y consciente, entendieron exactamente a qué se refería. Salazar se levantó de su asiento, anduvo tambaleándose hasta la cabina, entró y, fuera de sí, agarró al segundo piloto por las hombreras de su chaqueta azul marino.

—¿Se puede saber qué...?

—El reactor, señor... ¡Ha reventado la turbina...! —La

respuesta fue del comandante Villa, anticipándose a cualquier cosa que pudiera contestar el copiloto, que se sentía demasiado intimidado por la agresividad de Salazar. Y añadió, gritando—: ¡Ha estallado uno de los reactores y estamos perdiendo todo el combustible, señor! ¡No consigo recuperar el control...!

El comandante Villa hizo lo que tenía que hacer: tiró de los manerales y conectó el mecanismo de apertura de los extintores interiores para sofocar el fuego producido en el seno del reactor incendiado; intentó recuperar la estabilidad del aparato con el control manual hidráulico, como había practicado tantas veces en el simulador; envió un SOS al Control-Radar de Río de Janeiro, describiendo la incidencia, informando de las coordenadas del Challenger 604 y fijando otra vez el rumbo; evaluó el volumen de pérdida de combustible y el tiempo disponible hasta que se vaciaran por completo los depósitos y se parara el segundo reactor: apenas cinco minutos; informó al señor Salazar de lo que estaba ocurriendo y volvió a enviar un SOS al control-radar de Río; finalmente logró a duras penas recuperar manualmente la estabilidad del Challenger y se preparó para descender poco a poco sobre el mar, planeando, aprovechando la velocidad de inercia del vuelo, luchando contra las turbulencias y beneficiándose de la ausencia total de vientos en la zona. Por último se aferró a los mandos para intentar un amerizaje controlado, a la menor velocidad posible, calculando la velocidad óptima de descenso, que en todo caso no podría ser inferior a los ciento setenta kilómetros por hora. Tenía que confiar en que el fuselaje de la nave soportase los sucesivos impactos sobre la dura superficie del agua, que a esa velocidad sería similar a la de una pista de hormigón armado ligeramente asfaltado, y conseguir que el aparato flotara hasta que alguien acudiese al rescate de los supervivientes. El comandante Villa estaba convencido de que era posible lograrlo, al menos era la única respuesta teóricamente viable a la emergencia, y en esa confianza procedió a efectuar la maniobra de descenso controlado. Pero en aquella ocasión los demonios del aire se habían conjurado para no estar de su parte: de repente se bloqueó el mando hidráulico y el avión se volvió ingobernable. A Villa sólo le quedaban los compensadores eléctricos para estabilizar la nave y, en semejantes condiciones, realizar un amerizaje preciso que evitara el siniestro total era una cuestión de mero azar, o peor aún: prácticamente un milagro.

En el interior del Challenger, una vez provocada la alarma y mientras descendía el avión entre bandazos y planeos arbitrarios, tan solo el escolta Miguel mantuvo la calma. Salazar salió de la cabina descompuesto para reunirse con el cuerpo de su hija, que yacía desmadejado en mitad del pasillo; el otro guardaespaldas continuaba inconsciente tendido en el suelo un poco más allá; Mónica, la enfermera, se puso a gritar histérica y se aferró con tanta fuerza a la chaqueta de Salazar que el escolta, impasible, optó por darle un golpe en la cabeza para que se serenase, pero no midió la fuerza del impacto y la dejó sin conocimiento, por lo que la recogió en los brazos mientras se desplomaba y, sin saber qué hacer con ella, la arrastró a un sillón y la dejó atada con el cinturón de seguridad, durmiendo; y Salazar, sin ver lo que ocurría a su alrededor ni pensar en ninguno de ellos, se abrazó al cuerpo de su hija y, acariciando su cara, la mantuvo estrechada contra su pecho. Cerró los ojos reconciliado con su destino, resignado a la espera del hachazo final del verdugo. Después de todo, la fatalidad había decidido por él y no estaba en condiciones de llevarle la contraria.

Miguel, entre vaivenes y sacudidas, no compartía la complacencia de su jefe ni estaba dispuesto a ponérselo tan fácil al destino: corrió hacia Salazar y le rogó que se pusiera el chaleco salvavidas que llevaba en la mano y le mostraba, agitándolo ante sus ojos. Pero él no le oyó: balbucía frases inconexas referentes a que no había nada que hacer y que sólo deseaba que aquello acabase cuanto antes. Por unos momentos todo pareció volver a la normalidad: el descenso se volvió suave e invitó a pensar que la emergencia había sido controlada. Miguel aprovechó la calma para inmovilizar a su compañero y el cuerpo de Belén con los cinturones, para que no les dañara el amerizaje, porque la apariencia de serenidad que improvisaron los demonios para confundirlos no era añagaza suficiente para él. Sabía que el accidente era inevitable y la visión de aquel panorama, con el compañero inconsciente, la enfermera desvanecida y su jefe abrazado a un cadáver, le resultó desoladora. No lo dudó: acabó su trabajo, se enfundó un chaleco salvavidas fluorescente, usó la fuerza para vestir a Salazar con otro, le arrancó del cuerpo de Belén y, a pesar del forcejeo que necesitó para lograrlo y de sus protestas e insultos, le obligó a sentarse y le abrochó el cinturón de seguridad. Miguel se sentó al lado de su jefe, adoptó una postura fetal, empujó con un brazo el cuerpo de Salazar hasta que se dobló también sobre sí mismo, como se cierra el respaldo de un asiento, y esperó a que se produjera el impacto del aparato sobre las aguas.

El golpe fue tan brutal que el Challenger pareció rebotar sobre un suelo de cemento. El fuselaje se partió en dos, perdiendo la cola, pero ni Salazar ni su escolta, a pesar de la terrible brusquedad del amerizaje, perdieron el conocimiento. Y Miguel, antes de que el agua terminara de inundar el interior del aparato, se soltó del cinturón, liberó a Salazar del suyo y le arrastró hasta sacarlo por la puerta delantera del avión, que abrió rápidamente. No dudó en lanzarse con él al agua, muy apretados los dos cuerpos, de pie, apelando a la única oportunidad que tenía de salvarse y, de paso, salvar la vida de su jefe.

El golpe del aire y del mar les sacudió en la cara, pero ninguno de los dos sintió su fuerza: sólo notaron el impacto del agua y el descenso vertiginoso y veloz a sus profundidades, que parecía no acabar nunca. La sensación fue la de verse arrastrados sobre una superficie lisa y fría que les quemaba la piel, desorientados por completo, sin saber dónde estaban ni hacia dónde les conducía la inmersión. Sin embargo, una vez desprendidos los cuerpos, cada uno de ellos fue frenado por la densidad del agua y el pataleo defensivo, y por mero instinto de supervivencia se impulsaron hacia arriba ayudados por el chaleco salvavidas hinchado, que pugnaba por flotar. Cuando al fin salieron a la superficie, a una distancia de veinte metros el uno del otro, no fueron capaces de comprender dónde estaban ni su sentido de la orientación les ayudaba a saber lo que tenían que hacer. Sólo el estruendo cercano del Challenger al hundirse lentamente en las olas negras del océano les hizo recobrar la conciencia y mover los brazos desesperadamente para alejarse de la succión del agua. El instinto ocupa siempre el lugar de la razón cuando la muerte está al acecho.

Desde donde llegaron sólo alcanzaron a ver la cola del Challenger perderse definitivamente en las profundidades del Atlántico. Miguel buscó a su jefe y nadó hacia él. Salazar, inmóvil sobre las olas, aturdido, no dejaba de mirar impasible el remolino de agua que succionaba todos los restos que se habían desprendido del aparato. De su garganta no pudo salir ni el más leve gemido.

—¿Está herido, señor? —Miguel lo abrazó por la espalda. Pero como no obtuvo respuesta, continuó—. Vamos, señor. Alguien vendrá pronto en nuestro auxilio.

El mar levantaba suaves ondulaciones que corrían despacio, sin encrespamiento, meciéndolos. La noche estaba despejada, el cielo se había cuajado de estrellas y la enorme luna se entretenía iluminando la sucesión de masas de agua sobre las que se desplazaban como corchos flotando en las olas de un gran lago. Sentían la frialdad del agua en el vientre y en las piernas, pero la cabeza les ardía.

—No podemos estar lejos de Cabo Frío, señor. Muy cerca de Río de Janeiro. Alguna embarcación habrá visto u oído el accidente y...

—¡Basta, Miguel! —Salazar se zafó de sus brazos, indignado—. ¿Por qué no está mi hija aquí, con nosotros? ¿Por qué, eh? ¿Por qué?

—Señor...

—¿Por qué no está aquí? ¡Maldita sea! ¡Tenías que haberte ocupado de ella, no de mí!

—¡No, señor! —el escolta, tan airado como Salazar, no pudo contenerse y gritó también—. ¡Muérase ahora si quiere, quítese el chaleco y ahóguese, me importa un carajo! ¡Pero mi deber era salvarlo, para eso me paga! ¡Y el suyo es seguir viviendo!

—¡Vete a la mierda! —gritó Salazar y se apartó enfurecido, dando unas brazadas que no lo llevaron muy lejos.

Parecía un viento lejano, un nuevo murmullo del mar. Pero el ronco zumbido que se aproximaba, tableteando como una vieja locomotora, era sin duda el motor de una embarcación. Ambos volvieron la cabeza en dirección a la llamada. Y allí, a lo lejos, dirigiéndose hacia donde se encontraban, apareciendo y desapareciendo entre las gruesas olas, percibieron con claridad el farol de proa de un pequeño pesquero que se acercaba.

—¡Aquí! ¡Aquí!

El grito de Miguel resultó inaudible entre las voces del mar, pero la luz intermitente que parpadeaba en las hombreras de los chalecos salvavidas, unida al aspeo de sus brazos y el chapoteo de su cuerpo, terminaron llamando la atención del viejo barco, que no tardó en localizarlos y acudir al rescate. Salazar fue izado a bordo antes que su escolta. Los dos pescadores brasileños creyeron obtener la mejor captura que habrían podido imaginar.

Porque habían salvado la vida a dos náufragos.

El destartalado barco de madera, mal pintado en verde y blanco, era manejado por dos hombres jóvenes de aspecto rudo y cara de niños. Mal afeitados y peor vestidos, su satisfacción por el rescate se reflejaba en el brillo de los ojos y en la sinceridad de su sonrisa; y en la celeridad con que procedieron a asistirlos. Lo primero que hicieron fue cubrirlos de mantas y ponerles en la mano un vaso de vino, mientras calentaban un caldo y se disculpaban por no disponer de radio, intentando explicar en su oscuro brasileño que se les acababa de estropear o algo así; pero les aseguraron que antes del amanecer arribarían al puerto de Vitória y una vez allí les llevarían al hospital, en donde pronto se repondrían. Su acento era muy cerrado, difícil de entender, pero aun así lograron hacerse comprender cuando narraron cómo habían oído el sonido del aparato cruzando el cielo, cómo habían visto las luces en el horizonte desplomándose y, por fin, cómo habían presenciado la caída del avión. Los pescadores les preguntaron si creían que podría haber otros supervivientes y Miguel negó con la cabeza. Salazar no abrió los ojos. Y los navegantes, que dijeron llamarse Luiz Carlos y Jose Claudio, les palmearon la espalda en señal de condolencia y decidieron dar un par de vueltas por los alrededores del accidente por si, a pesar de todo, encontraban a alguien más a quien ayudar.

Pero no encontraron a nadie, ni siquiera un cadáver

que rescatar y al que dar un entierro cristiano. Tan solo, en la segunda maniobra circular de rastreo de la zona del siniestro, hallaron flotando sobre las aguas abundantes restos de tapicerías y almohadillas, ropas, alfombrillas, vasos de plástico, bolsas, cortinas, trapos y otros muchos objetos imposibles de identificar, y entre ellos dos maletines, el del instrumental sanitario de la enfermera Mónica y el maletín azul que Miguel reconoció como perteneciente al señor Salazar. Miguel pidió a los pescadores que lo recuperaran del agua y ellos lo hicieron con la ayuda de un arpón antes de dar por acabado el reconocimiento y dirigir la proa al puerto de Vitória para atender a los supervivientes y dar la voz de alarma del accidente.

Durante el trayecto de medianoche, de regreso a tierra firme, Salazar se hundió en sus pensamientos abrigado por una manta y con el maletín azul apretado entre las piernas, como si de ese modo quisiera retener las huellas de un pasado que ya no recuperaría jamás. Se mostraba ausente, tembloroso y dolorido como un animal atropellado. La muerte de Belén era para él mucho más que una pérdida: suponía una insufrible mutilación. Ni siquiera se le había permitido conservar su cuerpo para guardarlo en un panteón al que acudir a venerarlo. Miguel permaneció sentado a su lado, agotado por el esfuerzo, finalmente abatido, hundido en esa melancolía de un pasado que no se recuerda o no se desea recordar, con la espalda apoyada en el casco de madera, los ojos medio cerrados y la cabeza encogida entre los hombros. Sin querer dejar solo a su jefe. Haría por él cualquier cosa, nunca hubo perro más fiel a su amo. Pero estaba triste, asustado por primera vez, tan débil como jamás creyó que llegaría a sentirse. Para no sucumbir al infierno de la desolación alzó los ojos y miró a los pescadores que bromeaban en el interior de la cabina, amarrados al timón de la barcaza: bebían vino y reían felices, lo más probable que henchidos de emoción por la satisfacción de haber salvado dos vidas y regocijándose por lo mucho que tendrían para contar en las tabernas del puerto en cuanto desembarcasen.

A Salazar no le nacían lágrimas. Sólo silencios. Y una somnolencia que lo mantuvo en un estado muy parecido a la inconsciencia durante una hora. Pero pasado ese tiempo se volvió hacia su guardaespaldas y le preguntó:

—¿Por qué dijiste que mi deber era seguir viviendo, Miguel? Lo has dicho antes ahí, en el agua...

—No lo sé... —el escolta le miró a los ojos, humilde—. Es posible que me acordase de aquello que decía Chaplin en *Candilejas*, ¿recuerda? Eso de que hay algo tan inevitable como la muerte: la vida.

—Ya... —Salazar volvió a cerrar los ojos.

En la soledad del océano, bajo la noche quieta y el arrullo del oleaje, a Salazar se le vino a la cabeza una nueva cuchillada que no supo esquivar. ¿Para qué quería seguir viviendo?, se preguntó. Algunas preguntas son lúcidas como suicidios. Otras devuelven la vida. Quizá la respuesta estaba allí, en las olas que se movían incansables para nada, como amasan el pan las manos del tahonero, infatigable y repetidamente, por pura rutina. O la respuesta estuviese en las flores del campo, que se abrían un año tras otro, vistiendo sus mejores galas, aun sabiendo que se marchitarían antes de que nadie las llegase a ver; o tal vez en el sinsentido de las estaciones, sucediéndose, repitiéndose; o en la puesta de las aves, o en la persistencia de las abejas fabricando la miel. La vida era mucho más que un milagro.

Le asaltaron pensamientos extraños, febriles. De repente pensó que bajo sus pies se abría un abismo de agua y esa idea le sumió en una angustia que le impedía respirar. Se removió para apartar aquella imagen de la cabeza y de inmediato se le reveló el pensamiento estúpido e inesperado de que nacer era el más raro de los fenómenos imaginables: resultaba inexplicable por qué se producía. Nada podía explicar por qué había nacido él, o su mujer, o su hija... Por qué él y no cualquier otro ser parecido, pero distinto, diferente: otro. Hubiese bastado con que, de los millones y millones de espermatozoides que se crearon en el seno de su padre durante su vida, otro y no precisamente aquél fecundara el mismo u otro de los miles de óvulos que su madre produjo durante la suya. La probabilidad de que un espermatozoide determinado coincida con un óvulo concreto es despreciable, muy cercana a cero, prácticamente ninguna. Los miles de millones de estrellas del universo alcanzan un número mucho menor que las combinaciones posibles de espermatozoides y óvulos, tomados de dos en dos. Así había nacido él, y no otro ser humano: el fenómeno no podía ser más extraño. ¿Qué hacer, entonces? ¿Contradecir a la naturaleza, eliminando su continuidad, o permitir a la vida seguir su curso? Pudiera ser que él no tuviese derecho a impedir el viaje de la vida, pero tampoco tenía razón alguna para seguir viviéndola, ahora que no había nada en el mundo que le ofreciese una salida, y mucho menos una solución. La soledad era un pozo insondable perforado en el centro de su pecho que no podía saciar con nada. El desamparo que le producía la ausencia de afectos era insoportable. Por su cabeza volvieron a cruzarse de manera vertiginosa pensamientos tan absurdos como el de su propio nacimiento, ideas imprevistas, desconocidas e incomprensibles, como una noria desbocada girando más y más deprisa. No era el mareo del vaivén del barco sobre las aguas: era el vértigo de ignorar la manera de seguir viviendo cuando la muerte lo llamaba de modo tan urgente, ahuyentado el miedo a hacerlo. Salazar abrió los ojos para mantenerse erguido. La noche, la soledad, las risas de los pescadores aminoradas por el ruido del traqueteo del motor y el seseo monótono del oleaje, la respiración profunda del hombre que cabeceaba a su lado, el fiel Miguel... ¿Para qué se habría empeñado ese hombre en que él siguiese viviendo? Cobraba por ello, había respondido. Pero no podía ser sólo por eso. Aquel hombre le apreciaba, tal vez. Él, en cambio, no: no sentía nada por él; en realidad, siempre lo había visto a su lado como un soldado de fortuna, una sombra que le protegía, un arma decidida y un sirviente sin pretensiones. Ahora lo veía otra vez a su lado, en la medianoche, y por alguna extraña razón le gustó que estuviese ahí: al fin y al cabo era el único rostro que reconocía y, lo que era más importante, el único que podía reconocerlo a él. La soledad no es menor por conocer a alguien, sino porque alguien le reconozca a uno. Miguel era el único ser humano que le proporcionaba, en aquella afilada soledad, una excusa para seguir viviendo.

Una y otra vez regresaban los ojos de su memoria hacia el pasado y entonces veía a su hija Belén agonizando, cerrando los párpados y echándose la mano al pecho, sintiendo el frío de la muerte inminente, suplicando vivir y al mismo tiempo resignándose a su destino. Imágenes que se repetían una y otra vez. En cambio no recordaba el impacto del Challenger contra la superficie del mar, la caída desde el avión, la frialdad de las aguas, el avistamiento de la barcaza que ahora lo transportaba, la risa de los pescadores... ¿Para qué deseaba seguir viviendo? ¿Debía pagar la desatención de tantos años a su hija con una larga agonía hasta que le llegase también la hora de descansar para siempre? ¿Era ésa su obligación? Lo merecía; sin duda lo merecía. La culpa sería un traje que llevaría puesto para siempre; el peso que cargaría el resto de la vida como se acarrea una tara congénita. Un castigo necesario... El precio a pagar por haber vivido sin principio moral alguno, sin el necesario sentido de la responsabilidad. Pues bien: si así tenía que ser, así viviría. De todos modos, se sabía un cobarde sin agallas para arrojarse por la borda, para sacar la pistola y...

La pistola. Era cierto. En aquel maletín azul que apretaba entre las piernas llevaba una pistola. De pronto descubrió que entre las rodillas tenía lo único que había escapado del avión siniestrado, como había huido él. No haberlo perdido representaba una gran suerte, pensó; el único abalorio favorable en el rosario de la desmesurada desgracia. Porque en aquel maletín llevaba algún dinero y documentos: el equipaje de su futuro. Lo tomó entre las manos, se lo colocó sobre los muslos y trató de abrirlo con los dedos todavía temblorosos. Miguel le vio forcejear con las cerraduras y volvió la cabeza hacia él.

—¿Le ayudo, señor?

—Yo puedo, gracias.

Con unos golpes secos en la cerradura, el mecanismo se restableció y Salazar, con sólo dos dedos, entreabrió la cartera. Apenas había entrado el agua. Y allí, sobre algunas carpetas que contenían documentos y entre un revoltijo de fajos de billetes de veinte, cincuenta y cien dólares, estaba la Beretta 92C, la pistola que había llevado a Fernando de Noronha por si era preciso defender a su hija, o defenderse él mismo. Después de observarla un rato, cerró el maletín y lo volvió a sujetar entre las piernas. Si hubiera reunido el valor necesario para levantarse la tapa de los sesos, el arma habría estado de su parte.

Aunque, pensándolo bien, ¿para qué iba a suicidarse? En realidad, él ya estaba muerto. Y en ese momento una idea empezó a abrirse en su cabeza con la perseverancia con que florece una azalea, o como crece imparable una tormenta devastadora. Todo el mundo pensaría que habría fallecido en aquel avión; todos imaginarían en buena lógica que el accidente se habría cobrado también su vida. Nada podría hacer pensar que había sobrevivido; y nadie, excepto Miguel, conocía la realidad de lo sucedido. Y en Miguel, al menos por ahora, podía confiar. Así pues, aquella idea nueva podía seguir creciendo. ¿Los dos pescadores? Ni siquiera les habían preguntado por su nombre. Con tal de no llegar con ellos a tierra, nadie creería que el hecho del salvamento había sido cierto; todos los que escucharan su narración pensarían que la embriaguez les habría producido una alucinación, un delirio fantasmagórico tras la impresión por presenciar el accidente del avión, y en todo caso, si les creyeran, no tendrían prueba alguna de que uno de los supervivientes era él. Podría haberse tratado del comandante Villa, del copiloto, de alguno de sus guardaespaldas... ¿Quién iba a pensar que el verdadero Vinicio Salazar, de haber sobrevivido, no se habría puesto otra vez al frente de sus negocios y posesiones? Acarició de pronto una decisión demasiado atractiva, la de inmolarse en falso, y poco a poco la idea, por muy absurda que pareciera en un principio, empezó a tomar cuerpo y a distraerle del dolor.

Los pescadores no constituían problema alguno, definitivamente. Además, ya nada sería igual a como había previsto antes de salir de Madrid con su hija; pero ahora una muerte fingida le permitiría alcanzar el más grande de los regalos que puede recibir el ser humano: empezar de nuevo, reiniciarlo todo, cerrar el pasado y eliminar sus huellas, sin deudas ni demandas. Sin culpa. Con una desaparición simulada, atrás quedaría Vinicio Salazar, uno de los hombres más ricos del mundo, muerto en accidente de aviación junto a su hija y los demás pasajeros de su jet privado, enterrados para siempre en las insondables profundidades del océano Atlántico.

Aquella noche, en la que el azar le había proporcionado una gran oportunidad, una invitación irrechazable, podía nacer un hombre nuevo al que tan solo habría que buscar un nombre.

Era una locura. Sí, tal vez lo fuera. Pero ese nuevo hombre no tendría pasado y por lo tanto nunca habría tenido esposa, ni hija, ni remordimientos, ni luto que llevar. Y con la inmensa fortuna que reunía, al fin podría hacer algo que una vez soñó para Belén y que las circunstancias no le habían permitido culminar. Se trataba de una osadía, quizá; de la más fabulosa de las utopías, de la más colosal de las aventuras. Pero empezó a digerir despacio aquella idea, después la hizo suya y por fin se la grabó a fuego en ese lugar que reserva el alma para los sueños imposibles; y, loco o cuerdo, tal vez en ambos estados al mismo tiempo, se decidió a realizarla. ¿No era cierto que en las últimas décadas la vida de los seres humanos se había prolongado más de seis años de media y que en las siguientes, con los avances de la ciencia, aumentaría tres o cuatro años por década? El horizonte de los ciento veinticinco años era real en medio siglo... Y con el mismo proceso que le habían prometido para Belén, a él le podrían regalar muchos más. Una eternidad...

Se volvió para ver qué hacía Miguel. El escolta dormitaba. Luego observó a los pescadores en la cabina de la barcaza: uno permanecía al timón y el otro cabeceaba en un banco de madera, derrotado por el exceso de vino. Pronto se dormiría. A su espalda, una levísima claridad rosácea sobre el horizonte anunciaba que poco después comenzaría el amanecer.

Ahora o nunca, se dijo. Y buscó en el cielo una sonrisa de Belén, o el rastro de su vuelo sobre la noche. Creyó encontrarla, y de pronto se sintió bien.

Había enloquecido, seguro que era así, pero no le importó para reafirmarse en su decisión. Y extendió el brazo para despertar a su escolta.

—Miguel, atiende.

—¿Sí, señor? —el guardaespaldas se sobresaltó y abrió muchos los ojos.

—Acércate.

—Voy.

Miguel se restregó los párpados y se desplazó un metro, sin levantarse, para situarse junto a su jefe. Un escalofrío le recorrió la espalda y se frotó las manos.

—¿Estás bien?

—Sí, sí... Dígame.

—Escucha atentamente —empezó Salazar, en un susurro, con la boca doblada, los labios inmóviles y la mano cubriéndolos—. He tomado una importante decisión y quiero saber si sigues a mi lado haga lo que haga, sea cual sea lo que...

—Por supuesto, señor —Miguel adoptó un semblante cercano a la incredulidad, casi ofendido por las palabras de su jefe.

—Es importante, Miguel; muy importante... —Salazar hablaba con tal gravedad que Miguel temió que se tratase de una decisión contra sí mismo, una ayuda al suicidio o algo así.

—Haré por usted cualquier cosa, señor. Cualquier cosa con tal de que no sufra usted ningún daño —afirmó solemne el escolta, en previsión de que sus pensamientos fuesen certeros.

—No, no se trata de eso. Sería muy largo de explicar y ahora no disponemos de tiempo —Salazar se limpió los lagrimales con los dedos índice y pulgar—. Ocasión habrá después. Ahora lo importante es que este barco no llegue a puerto. Tenemos que obligarles, sea como sea —señaló con las cejas a los hombres de la cabina—, a desembarcar en una playa cercana y desierta, sin que haya testigos de nuestra llegada, ¿entiendes?

Miguel miró a los pescadores y afirmó con la cabeza sin convicción.

—Estamos exhaustos, señor... No sé cómo podríamos enfrentarnos a ellos.

Salazar entreabrió el maletín y le dejó ver la Beretta 92C. Miguel dio un respingo y Salazar le pidió calma con la palma de la mano, poniéndola en su hombro.

—Ellos no están armados —conjeturó—. Y aunque lo estuvieran, contamos con la ventaja de la anticipación. Tenemos que obligarles a que nos conduzcan a las arenas de una playa salvaje cercana, al norte de Vitória, para evitar que tengan malas ideas. Una playa desierta, por supuesto. Y una vez allí, les dejamos atados y nosotros escapamos. Tendremos un buen rato para desaparecer. El objetivo es que no sepan nunca a quién han salvado de las aguas, ni quién soy yo, ni quién eres tú, ¿comprendes lo que te digo?

—No mucho, señor. Pero creo que no es difícil hacer lo que me pide.

—Luego te lo explicaré. Pero ahora es preciso conseguir que todo el mundo crea que yo he muerto en ese avión. Nadie, excepto tú, debe conocer la verdad. Puedo confiar en ti, lo sé. O sea que toma el mando, Miguel. Recoge la pistola con cuidado de que no te vean y, a la primera oportunidad, secuestra este barco. ¿Lo harás?

—Descuide, señor. No le defraudaré.

Uno de los hombres dormía ruidosamente, borracho. El otro, algo más sobrio, se bamboleaba sobre el timón. Cuando se giró hacia los náufragos para comprobar qué tal se encontraban, sonrió bobamente, eufórico tanto por su propia alegría como por el exceso de alcohol ingerido durante la noche. Miguel se puso de pie y se acercó hasta él.

—¿Jose Carlos, verdad?

—Jose Claudio, para servirle, señor —sonrió grotesco.

—Bien, Jose Claudio —silabeó Miguel—. Ahora vas a ser bueno y hacer lo que yo te diga, ¿de acuerdo?

—¿Lo que usted me diga? Bueno... ¿Qué desea el señor?

—Mi amigo y yo hemos decidido que no queremos ir a Vitória. Preferimos que pongas la proa de este barco apuntando a la costa, y nos lleves a alguna playa desierta. Allí nos quedaremos.

—Pero..., eso no puede ser, señor.

Miguel sacó la mano del bolsillo que sujetaba el arma y pegó el cañón a su cabeza.

—¿Seguro que no puede ser? —a Miguel no le costó ningún esfuerzo adoptar un rictus desafiante de matón.

—¡No señor! ¡Nunca hay nada seguro en esta vida! ¿A la costa? ¡Pues no se hable más!

Jose Claudio comenzó a girar la rueda del timón hacia la derecha y cambió con brusquedad el rumbo. La maniobra fue tan violenta que Luiz Carlos se removió en su banco y farfulló:

—¿Qué ocurre, Jose Claudio? ¿Ya hemos llegado?

—Nada de importancia —Salazar entró en la cabina y obligó al pescador a tenderse otra vez en el banco presionando con la mano sobre su pecho—. Lo mejor es que sigas durmiendo.

El resto de la travesía fue rápida. El sol asomaba por el horizonte, a sus espaldas, y vestía el mar de oro y lilas, del color rosado del alba en las inmensidades de alta mar. Unas nubes lejanas, deshilachadas, mostraban la bonanza del nuevo día que empezaba a crecer sobre el trópico. El primer día en la vida de un hombre que no tenía pasado y que iba a iniciar su futuro.

—Por ahí hay muchas playas —señaló con un dedo Jose Claudio—. ¿Los señores desean alguna en particular?

—Desierta, salvaje y fácil de acceder para esta cáscara

de coco. Nos has de dejar en la orilla —exigió Miguel.

—¿En la playa? ¡No señor! ¡Embarrancaremos!

—Te indemnizaré, no te preocupes por eso —Salazar sacó del bolsillo un puñado de billetes de cincuenta dólares y se los metió en el bolsillo derecho de la camisola del pescador.

Luiz Carlos se despertó con la luz del nuevo día y se sorprendió al ver a aquel hombre armado y el rumbo que tomaba el barco. Miró perplejo a Jose Claudio.

—¿Pero qué...?

—¡Cállate! —le ordenó Miguel—. ¡Y sigue ahí sentado!

El pescador se sentó, amedrentado. El barco, renqueante, fue acercándose a la orilla, balanceado por las olas, con el motor apagado e impulsado por la inercia. Hasta que, a unos veinticinco metros de la arena, arañó el fondo del mar y, como si se tratase de su propia ancla, se quedó varado en tierra, encallado. El sol lo iluminaba todo. Su resplandor cegaba desde las alturas y hacía relucir la playa de aguas transparentes y arenas blanquísimas que se cerraban con una muralla de palmeras y flores silvestres de diferentes colores.

Salazar se aseguró de que la playa estuviera deshabitada, tanto al frente como a un lado y otro, hasta que se perdía la vista. Afirmó con la cabeza y Miguel, exhibiendo la pistola, obligó a los pescadores a tirarse al suelo.

—Vamos, señor —dijo a Salazar con una actitud resolutiva, como si estuviera acostumbrado a dar órdenes—. Baje del barco y espéreme en la playa. Ahora mismo le sigo...

Salazar obedeció aunque no le agradó el tono empleado por aquel hombre. Se puso el maletín sobre la cabeza y saltó al agua. Iba nadando hacia la orilla cuando dos ruidos secos, dos detonaciones, le obligaron a dejar de bracear y a echar la vista atrás. No vio nada y siguió nadando, pero en los ojos se le quedó grabada una escena imaginada que no podía creer. Al llegar a la playa se sentó en la arena, jadeando, y buscó a su escolta. Lo vio nadando, con el brazo sacado del agua y la Beretta en la mano, y tras él el barco que les había salvado la vida. Y no era que el motor se hubiese puesto otra vez en marcha y por algún sitio estuviese expulsando los nuevos vapores del gasoil: era que empezaba a arder con gran virulencia y antes de que Miguel alcanzara la orilla se había convertido en una tea deshaciéndose y hundiéndose en las apacibles y cálidas aguas poco profundas de la costa brasileña.

Vinicio Salazar no pudo mirarle cuando su hombre llegó a la arena y se sentó junto a él con la respiración agitada por el esfuerzo. Pero en sus ojos guardaba tal espanto que Miguel movió la cabeza a un lado y otro y, sin ningún énfasis en la voz, dijo, pausadamente:

—Ahora nadie sabe que usted está vivo, señor. Absolutamente nadie.

—Pero, ¿cómo has podido...?

—Dos borrachos, señor, se trataba sólo de dos borrachos... —se alzó de hombros Miguel—. Se quedaron dormidos y el barco encalló, ardió y naufragó. Suele ocurrir.

—Pero, ¿y esos hombres? ¿Los has matado?

—Nadie sabrá nunca la verdad sobre usted, señor. Sólo yo. Y yo jamás me apartaré de su lado, se lo prometo.

Salazar no supo qué hacer. Las palabras de Miguel no sonaban a sumisión, sino a amenaza. Se levantó sin decir nada, se dio la vuelta y echó a andar hasta adentrarse por la cortina de palmeras que cerraba la playa para alejarse de allí. Miguel se puso de pie apresuradamente, cortó una palma baja y corrió tras él caminando de espaldas, borrando con la gran hoja las huellas que las pisadas de los dos hombres iban dejando sobre la arena hasta que alcanzaron una pradera de hierbas bajas en las que se perdían los rastros de sus huellas sobre la tierra virgen.

Anduvieron un buen trecho en silencio por terrenos difíciles, arrastrando los pasos como se rasgan telas viejas, hasta que al fin descubrieron en la distancia las primeras edificaciones de caña y adobe de una población que no parecía próspera ni acogedora. De ella se despedía una carretera de tierra apretada y ocre y el último tramo lo recorrieron sobre ella, un camino ancho que unía el pueblo con la ciudad de Belo Horizonte según indicaba un tablón de madera astillada y tan olvidado como las esperanzas de los que lo recorrían de tarde en tarde en busca de provisiones o de una camisa nueva para una tarde de boda o una mañana de entierro. Vinicio Salazar y su hombre llegaron hasta el camino a paso lento, con el peso del agotamiento reflejado en sus rostros. Cuando pisaron la tierra firme del sendero, Salazar se sentó en un mojón, exhausto; y Miguel lo imitó sin pedir permiso.

De pronto dijo:

—¿Le importa que le pregunte a dónde desea ir usted?

Salazar lo observó, calibrando si debía responder la pregunta y, sobre todo, si podía confiar en aquel hombre. Pero consideró que, al menos durante un tiempo, no le quedaba alternativa: Miguel se había convertido en el dueño de la pistola. Respondió en voz baja:

—A São Paulo.

—Bien —el escolta se pasó la mano por la nuca y se puso a mirar a lo lejos, imaginando la distancia que les podría separar de la ciudad a la que tenían que dirigirse, sin lograr hacerse la menor idea de cuánta sería. Aun así no lo preguntó, sino que afirmó—: Muy lejos, parece...

—Sí, mucho —afirmó Salazar, acompañándose de un movimiento de cabeza. Y a continuación frunció los ojos y preguntó—: A ti la muerte no te incomoda, ¿verdad? Quiero decir que el acto de matar no te resulta estremecedor...

—Entra en mi salario, señor.

—¡Yo te pago para defenderme, joder, no para que asesines en mi nombre! —la voz de Salazar fue enérgica, recriminatoria—. ¡No consiento que lo hagas y mucho menos que encima digas que lo haces por mí!

—Lo siento, señor. —Miguel bajó la cabeza—. No era eso lo que quería decir. Lo siento... Pero creí entender que usted no deseaba testigos de su desaparición, sus palabras exactas fueron que el señor Salazar había fallecido y que...

—¡Por todos los diablos, Miguel! ¡Una cosa es que yo finja haber muerto y otra que eso suponga para ti el inicio de un exterminio!

El escolta pareció aceptar las palabras de Salazar y adoptó una actitud de sumisión. Pero al cabo de unos segundos comentó:

—Al fin y al cabo la muerte no es otra cosa que cambiar de residencia...

Salazar se lo quedó mirando, perplejo. Aquel hombre le desconcertaba. Recordó que una vez, en Milán, le había hablado de su pasión por la música clásica, demostrando ciertos conocimientos impropios de su profesión. Le había citado incluso, no recordaba a cuento de qué, algunos aspectos sinfónicos de las obras de Beethoven y Brahms. Luego, en medio del océano había parafraseado a Chaplin y ahora, en algún lugar remoto de la selva, repetía un pensamiento poco conocido de Marco Aurelio que, sin duda, había tenido que leer en algún momento. Aquel hombre atesoraba una cierta cultura, desde luego: más que un guardaespaldas, más que un matón, parecía un filósofo que se hubiese equivocado de timbre y en lugar de sentarse en un pupitre universitario hubiera llamado a la puerta de un gimnasio de los bajos fondos. ¿De dónde habría salido aquel individuo? No sabía qué pensar. Ni siquiera podía recordar quién lo había contratado a su servicio. El departamento de Recursos Humanos de la empresa, supuso.

Pero se trataba de un curioso personaje: le había salvado la vida en el avión, había eliminado a los testigos de su desaparición, había limpiado las huellas de su presencia en la playa y ahora a saber en qué estaría pensando. En cualquier barbaridad, seguramente. Y parecía muy capaz de hacerlo mientras podía estar reflexionando sin el menor empacho sobre el curso de las aguas que observaba correr Heráclito por el cauce de un río.

—No sé si permitir que sigas a mi lado o huir de ti. —Salazar negó con la cabeza—. Nunca sé lo que estás pensando y comprenderás que así no es fácil confiar...

—Puede confiar en mí, señor Salazar, se lo aseguro —el escolta esbozó una sonrisa idiota.

—Bien. —Salazar se puso de pie, irritado. Miguel conseguía desquiciarlo pero por alguna razón no tenía el valor suficiente para enfrentarse a él—. Ahora necesitamos un coche —abrió el maletín y extrajo unos billetes—. Acércate al pueblo y busca el modo de alquilar o de comprar uno. Yo te esperaré aquí.

—Perdone, señor, pero no me parece una buena idea —replicó, tomando el dinero. Pasó el pulgar por ellos y calculó cuánto sería. Y añadió—: Me pedirán documentos, sabrán que hemos estado aquí... Hay otro modo, ya verá...

—¡Robarlo, no! ¡Te lo prohíbo!

—No. Se lo prometo.

Miguel avanzó unos pasos, se volvió, sonrió y se alejó de Salazar. Su andar era decidido; sus intenciones, imposibles de desentrañar. Al alejarse, oteó el horizonte en busca de algún vehículo, sin encontrarlo. Continuó un par de kilómetros hasta que, a lo lejos, al fin vio acercarse un automóvil. Se trataba de un viejo Ford azul marino. Esperó a que estuviese a su alcance y se cruzó en la carretera, inmóvil en medio del camino, con el arma en la mano, obligando al conductor a detenerse. Era un hombre de aspecto lánguido, igual que un boceto del hambre, sin afeitar y con el pelo muy negro pegado a la cabeza y partido por una raya impecable, con la inexpresividad de la simpleza y la mirada de un buey manso. Viajaba solo y sumido en los pensamientos débiles de los inocentes. Miguel extrajo la pistola del cinto y encañonó al hombre sentado al volante, que levantó los ojos espeluznado.

—Le compro el coche, amigo —dijo sin bajar el arma—. Aquí hay más de mil dólares, ¿acepta el trato?

El conductor, aterrado, con los ojos desorbitados y la barbilla bailando en temblores irrefrenables, balbució que sí un par de veces, repitió que de acuerdo, de acuerdo, con las manos convulsas y el cuerpo descompuesto, y se bajó del coche a toda prisa, estremecido, tiritando.

—Sí, sí, lléveselo —acertó a decir—. Pero no me mate, señor, tengo tres hijos y una esposa que...

Miguel sonrió y le palmeó la espalda.

—¡Pero si no voy a matarle, señor! —rió grotesco, abriendo mucho los brazos—. ¡Sólo quiero comprarle este coche, es precioso! Me gusta mucho, ¿sabe? ¿Está bien este dinero?

—No..., no... No es necesario, señor... Se lo regalo.

—¡Tómelo! —gritó el escolta.

Pero el hombre, sumido en el pánico, ya no le escuchaba. Salió corriendo despavorido, dando gritos, en dirección al pueblo. Y Miguel, calculando la distancia, levantó la Beretta en dirección a su espalda y disparó sobre el espantado campesino, que cayó de bruces al suelo. Paso a paso, muy despacio, se aproximó a aquel cuerpo desplomado y volvió a disparar una vez más, esta vez a la cabeza, por encima de la nuca. Luego arrastró el cadáver a través de la cuneta, desbaratado como un saco de nueces huecas, lo introdujo entre la maleza, lo dejó caer por un pequeño barranco y lo cubrió con algunas ramas hasta hacerlo desaparecer. Tardarían varios días en encontrar el cuerpo, pensó Miguel, y se limpió a conciencia el polvo de los bajos del pantalón, igual que si le quitara la caspa a un traje negro. Después volvió a la carretera caminando sin prisa, subió al coche con parsimonia y se dirigió a recoger a su jefe.

—Al final, la operación ha salido a buen precio —informó el escolta mientras Salazar subía al auto y se acomodaba en el asiento del acompañante—. Aún ha sobrado esto —Miguel le devolvió unos cuantos billetes.

Salazar tomó el dinero y se lo guardó en un bolsillo. No hizo preguntas. Entornó los ojos y durante cien o doscientos kilómetros se quedó profundamente dormido.

Tuvo un sueño del que no se acordó al despertar. Estaba sobre una pradera inmensa, tan verde y reluciente como si durante la noche anterior hubiera llovido y el día hubiese amanecido con un sol radiante. Él corría desnudo, cubierto tan solo por una túnica blanca de un tejido finísimo que no le incomodaba. No hacía frío, tampoco calor. Y no se fatigaba por mucho que corriese por las vaguadas de la pradera, sin rumbo, sin saber a dónde quería dirigirse. Y de pronto una voz le llamaba a su espalda: se giraba y un hombre joven le ofrecía el dedo pulgar de su mano izquierda, insistiendo en que se lo comprase. Él preguntaba que para qué quería comprar un dedo pulgar y el pobre hombre le decía que lo adquiriese, por caridad; que cualquier precio sería suficiente. Que ya había vendido en los hospitales los riñones, el corazón, los ojos, el hígado..., y todo lo demás. Llevaba mucho tiempo vendiendo su cuerpo por partes, para comer: tenía hambre. Y ya sólo le quedaba ese dedo, todo lo demás lo había vendido. Y volvía a tener hambre. Salazar miraba al hombre y luego miraba a su alrededor, y ya no estaba en la hermosa pradera sino en el vestíbulo de un hospital, en la entrada de las Urgencias, por donde pasaban en camilla muchos heridos y algún muerto, cubierta la cabeza por la sábana del respeto. De pronto, comprobó que en una camilla iba Belén, su hija, y corrió a abrazarla. Y ella entonces decía que estaba muy enfadada con él porque no le compraba el dedo pulgar a aquel hombre, que si acaso no comprendía que tenía hambre. Y Salazar le prometía que sí, que le daría todo el dinero que quisiera por su dedo, pero que a cambio ella tenía que sanar, que tenía que vencer su enfermedad. Pero ¡sí no estoy enferma!, decía ella; estoy aquí porque voy a dar a luz, ¿no te acuerdas, papá?; estoy embarazada, el niño nacerá de un momento a otro. Voy a tener un hijo de Beethoven. Y Salazar repetía que eso no podía ser, que el músico había muerto hacía más de doscientos años; pero Belén reía y respondía que el músico sí, pero que su semen se había congelado en un banco de esperma y ella se había fecundado con él. Y que ahora iba a la sala de partos para dar a luz a un nuevo genio y que él tenía que pagar al hombre aquel por su dedo. Salazar lo prometió y, al girarse para buscarlo, ya no lo vio, sino al escolta Miguel que, con la Beretta humeante en la mano, le informaba sonriente de que ya no le molestaría más, señor Salazar, ese pedigüeño no volverá a molestarlo. Pero ahora mi hija morirá, gritó Salazar, enfurecido; y el escolta, con media sonrisa, alzó los hombros y se limitó a responder: «Lo siento, señor, pero usted me paga para protegerle a usted, no a ella.»

Tal vez por ese sueño, que no pudo recordar, se despertó una hora y media después odiando al hombre que conducía el automóvil. Le parecía un asesino, un psicópata. Tendría que deshacerse de él cuanto antes para no convertirse en su propio rehén, pensó. O en una de sus víctimas.

—¿Ha descansado bien? —Miguel echó un vistazo a su jefe y volvió a poner los ojos en la carretera.

—Sí. —Salazar buscó el cuentakilómetros entre los

indicadores del cuadro—. Conduces muy deprisa, ¿no?

—Es que São Paulo está lejos, señor. Pero, si lo prefiere, iremos más despacio.

—Lo prefiero.

Desaparecer había sido una decisión insólita que ni él mismo era capaz de interpretar racionalmente; pero, por algún motivo que se le escapaba, todo el proceso estaba encajando como las piezas de un mecano, sin que además lo hubiese previsto. En realidad, desde que había recuperado el documento que aparentemente contenía la *Décima Sinfonía*, su decisión había sido otra, también arriesgada e igualmente ilegal, pero tal y como se habían desarrollado los acontecimientos lo que sucedía le convenía en todos sus extremos.

Porque el viaje a Fernando de Noronha no lo había planeado como unas simples vacaciones sino como el modo más sencillo de entrar discretamente en Brasil y ponerse en contacto con un médico expulsado del Hospital Sirio-Libanés de São Paulo que le había dado palabra de devolver la salud a su hija, o más en concreto, de alargar su vida durante muchos años, tal vez quince o veinte, los suficientes para que la ciencia lograse encontrar remedio para su mal.

Ese médico había sido expedientado y expulsado del Hospital por su carencia de principios éticos y deontológicos y desde entonces se había rodeado de un equipo de científicos sin escrúpulos que experimentaban un método para realizar un proceso de prolongación de la vida.

Además, por lo que había deducido de algunas conversaciones mantenidas con él previamente, conocía a otro científico que había ido aún más lejos mediante un procedimiento experimental de trasplantes múltiples de una veintena de órganos vitales, usando cuerpos vivos y sanos de enfermos aquejados de muerte cerebral, que utilizaba sin permiso de la familia en un hospital clandestino, y a veces mediante niños raptados de corta edad que sacrificaba para obtener órganos sanos.

Las actividades de ambos médicos y científicos eran criminales, pero ninguna ley lograría darles alcance si la macabra manipulación era realizada con la necesaria confidencialidad.

Cuando Vinicio Salazar vislumbró una posibilidad real de impedir la muerte de Belén, no lo pensó dos veces y reunió todo el dinero que pudo sin levantar sospechas, tejió diversas operaciones de ingeniería financiera sin consultarlo con nadie y optó por consagrar el resto de su vida a su hija, en recompensa por su desatención anterior y como único modo de liberarse de la culpa que le asfixiaba. No podía detener la ruleta, pero sí cambiar de juego.

El procedimiento médico del que le hablaron, por novedoso, ilegal y complejo, era extremadamente caro y Salazar necesitaba mucho dinero para llevarlo a cabo. Por extensa que fuera su fortuna, no era sencillo ocultar los gastos y reunir aquella suma sin llamar la atención y convertirse en sospechoso de algún negocio oscuro y, como consecuencia, terminar siendo peligroso tanto para él como para su hija que, por otra parte, nunca aceptaría los métodos que se iban a utilizar para reponerle la salud.

Así pues, empezó por lo más fácil: en São Paulo, en una caja de seguridad del Banco do Brasil, abierta con un nombre ficticio y accesible con un código de doce cifras, ingresó cincuenta millones de dólares que había ido reuniendo en el último año y custodiado en la caja fuerte de su propio domicilio.

Una vez asegurada aquella primera suma, procedió a la venta de una de sus empresas a un holding holandés que exigió pocas garantías en cuanto vio las cuentas de resultados de los últimos años y el precio de la transacción. Salazar alegó que deseaba jubilarse y aceptó la suma de treinta millones de euros por esa empresa, una ganga en cualquier caso. Y de esta forma ingresó la cantidad total de euros en una cuenta secreta de una banca de las Islas Caimán, además de otras sumas que provenían de la venta de un avión, dos yates, varios coches y algunas obras de arte hasta completar otros trescientos millones de euros, sin requisitos para su reintegro ni necesidad de acreditar procedencia ni identificación.

Finalmente, la venta limitada pero continuada de sus activos financieros y acciones bancarias, a lo largo de los meses de agosto, septiembre y octubre, le permitió reunir otros cientos de millones de dólares más, de los que un par de ellos los guardó para sí y constituía la pequeña fortuna que trasladaba en su maletín. La isla que poseía en el Pacífico no consiguió venderla a tiempo. Pero, en total, y hasta aquel momento, disponía de más de trescientos cincuenta millones de euros.

Pero lo esencial estaba por llegar: cualquier suma resultaba escasa si el médico brasileño cumplía su palabra.

Por eso tomó la decisión más importante: la operación financiera que le iba a permitir reunir una gran fortuna para resolver sus necesidades y completar su proyecto. En primer lugar se arriesgó a ordenar la recuperación de lo que se había dado en llamar la *Décima Sinfonía* de Beethoven, en la iglesia de San Carlos Borromeo, en Viena, a cargo de Senzanome y sus secuaces. Aunque supusiese una acción demasiado osada y cuyas consecuencias eran todavía imposibles de calcular.

Todo surgió por un hecho que conocía desde muy joven pero que había descartado siempre por inverosímil y de eficacia incierta. Se lo había contado su padre, antes de morir, y lo creía; pero imaginó que intentar hacerlo efectivo era una locura, que su realización resultaría imposible.

Aunque la angustia de los últimos días y la extrema necesidad de dinero le animaron, por fin, a montar toda la farsa del robo y a asumir el riesgo que comportaba.

Cuando Vinicio Salazar tuvo en sus manos el documento robado en la Karlskirche por el italiano sin nombre comprobó que la primera parte de la historia que le había contado su progenitor era cierta. En efecto: Isaac Salazar, su padre, disponía de una inmensa fortuna en los años treinta producto de sus negocios al frente de una red de minas de wolframio de enorme escasez y gran utilidad en aquellos tiempos. Disponía de minas de wólfram en la ciudad portuguesa de Panasqueira, donde los cristales eran los más grandes del mundo, y otras varias minas en Salamanca y A Coruña.

Su padre se había asentado en Alemania en esa época prebélica y desde allí acudió a la llamada del general Franco en los últimos años de la Guerra Civil española, aceptando prestar en febrero de 1938 una cantidad de mil millones de pesetas al ejército sublevado. Un dinero que el nuevo Estado le devolvería al terminar la guerra con un interés anual del diez por ciento.

El documento, considerado como alto secreto militar, se redactó en alemán, se firmó y se rubricó, de mano del mismo general Franco, en el interior de una partitura musical, bajo la última línea del pentagrama poblado de corcheas, semicorcheas, fusas, semifusas, silencios y bemoles, enmascarado como si se tratase de una falsa sinfonía de Beethoven porque su padre se negó a hacerlo sobre una obra de Wagner, como había solicitado el caudillo fascista español. El documento, así firmado, se escondió en el bastidor de un óleo que representaba a san Carlos Borromeo en la iglesia del mismo nombre en Viena, sin que nadie, salvo su padre, conociese el escondite.

Acabada la Guerra Civil, y durante los primeros años de

la posguerra, Isaac Salazar, de regreso en España, recordó en varias ocasiones el compromiso adquirido y la necesidad del correspondiente reembolso de la deuda, pero sólo obtuvo de las autoridades españolas franquistas promesas e invitaciones a no iniciar los largos trámites burocráticos precisos para tal fin, debido, según le dijeron, a la difícil situación de la economía nacional. Pero cuando a finales de los años cincuenta insistió una vez más en recuperar la deuda del préstamo junto a sus intereses, una visita amenazadora de la policía secreta a su casa, durante la madrugada, le hizo desistir por completo de volver a intentarlo y dio por perdido el dinero.

Antes de morir, Isaac Salazar narró estos hechos a su hijo y le entregó un informe jurídico perfectamente documentado por el cual era posible exigir al nuevo Estado democrático español el pago del principal de la deuda y de todos sus intereses, que en total ascendía a muchos cientos de miles de millones de pesetas. Se lo dio con el fin de que conociese la realidad y actuase como considerase más oportuno, recalcándole que aquel legado era patrimonio de la familia y que por encima, incluso, del dinero estaba la obligación moral de exigir al Estado el cumplimiento de un pacto.

Vinicio Salazar, durante muchos años, se olvidó del asunto. No necesitaba el dinero y, aunque en ocasiones volvió a estudiar el informe jurídico, al final sentía un enorme pudor en reclamarlo. Pero la enfermedad de Belén y la urgencia de reunir una gran suma le indujeron a comprobar la posibilidad de exigir lo que le había descrito su padre en sus últimos días.

Cuando tuvo el documento sustraído de la iglesia vienesa en la mano, ya no le cupieron dudas. Por eso organizó una comida privada con el ministro de Hacienda, le expuso el caso y reclamó al Estado español el cumplimiento de la deuda. El ministro, aunque al principio se mostró incrédulo y perplejo, poco a poco fue perdiendo la estupefacción y quedó en estudiarlo, reconociendo la justicia de la petición, al igual que a los partidos políticos y a los sindicatos les habían reconocido sus derechos a la restitución patrimonial; y a los pocos días citó a Salazar en su despacho del Ministerio y le informó de las dificultades para extraer de las cuentas del Estado la suma debida, que ascendía a una cantidad tan enorme de millones de euros que resultaba inviable asumirla so pena de condenar al país a un déficit público imposible de sostener ante la Unión Europea. Después de facilitarle algunas informaciones y datos que Salazar, como empresario, entendió a la perfección, al final le ofreció un acuerdo amistoso, simbólico, por el cual el Estado le abonaría de inmediato dos mil millones de euros y él, a cambio, daría el asunto por finiquitado. Las consecuencias, en el caso de no aceptarlo, se traducirían en un largo pleito que la abogacía del Estado procuraría alargar con recursos y más recursos durante años; y, aunque la reunión se desarrolló en un tono de cordialidad y buena voluntad evidente por ambas partes, el ministro se mostró tan firme y razonable en la recomendación de que aceptara la oferta que Salazar no tuvo más remedio que dar por bueno el acuerdo.

Él necesitaba dinero con urgencia y el orgullo carecía de precio si lo que estaba adquiriendo era la suma necesaria para prolongar un poco más la vida de su hija. Así es que sólo puso la condición de que el dinero fuese abonado en un plazo máximo de diez días en una cuenta bancaria suiza sin nombre y bajo un código que sólo la Administración española y él conocerían, con la facultad añadida de que Salazar dispusiera de cuarenta y ocho horas para modificar las cifras del código de tal modo que sólo él lo conociese pasado ese plazo. El pacto se selló con un apretón de manos. Un acuerdo que se cumplió de inmediato.

Ahora, camino de São Paulo por la sinuosa carretera brasileña, a Salazar le mordió una sensación extraña. Todo lo había hecho para salvar a su hija, para no separarse de ella durante el largo periodo de su restablecimiento y para conseguirle, en fin, una nueva vida. Después de aquello no podrían volver a España ninguno de los dos, también lo sabía. Cambiarían de personalidad, tendrían nuevos documentos de identidad, desaparecerían para siempre los dos. Vivirían escondidos, camuflados ante el mundo, pero vivirían. Belén viviría. Era lo único que importaba.

Pero el destino había impuesto su capricho y ahora las circunstancias habían cambiado: ese remedio ya no podría ponerlo en práctica porque su hija había muerto; pero un plan había ido creciendo en su cabeza y en su elaboración iba a seguir pensando durante aún muchos días. Nada menos que la idea de la ambición que todo ser humano había soñado alguna vez y que nadie había logrado jamás: prolongar indefinidamente la vida.

Porque él estaba en condiciones de exigir cuanto se le antojase; porque él contaba con una inmensa fortuna de la que podía disponer sin identificación alguna; porque él, además, oficialmente había muerto, o pronto sería declarado como tal, y esa muerte fingida le permitía actuar sin ley ni moral, sin derechos ni deberes, libremente, como un animal en la selva, como un náufrago en una isla sin habitar; y porque, en medio de aquella vorágine de sucesos nefastos, su cerebro se había armado de una fuerza de origen imposible de determinar según la cual iba a empezar una nueva vida sin pasado, sin nada.

Nadie, ni siquiera su guardaespaldas, sabía que aquel nuevo hombre, todavía sin identidad, estaba terminando de forjar los mimbres de una idea que iba a cambiar un destino que jamás se había atrevido a soñar.

Un juego que no había hecho nada más que empezar...

El viaje resultó largo y fatigoso. Salazar había empezado a temer a un sicario del que no sabía lo que podía esperar y Miguel, por su parte, se limitaba a obedecer a su jefe, pero sin estar convencido de que aquel hombre no hubiese perdido la razón. En todo caso, la vida para él había sido siempre aceptar; cobraba por no hacer preguntas. A través de las llanuras del páramo y las encrucijadas de selva ambos consumían kilómetros de inseguridad y silencio con la única complicidad de compartir una huida marcada por la indefensión y la duda.

Salazar había iniciado el camino sin estar seguro de lo que quería en realidad y Miguel lo acompañaba hacia la nada con las tripas llenas de desconfianzas. Como si uno persiguiera El Dorado o una especie de Santo Grial antienvejecimiento y el otro fuera un Sancho Panza comprensivo con las locuras de su señor don Quijote, a quien había decidido proteger a cambio de un salario minúsculo y un gran afecto. Devoraban kilómetros por carreteras abruptas o recién asfaltadas sin estar seguros, ninguno de los dos, de adónde les llevaba aquello tan parecido a una fuga. Por momentos, en Salazar renacía la ilusión de que era posible alcanzar sus sueños y recobraba la calma; y a veces Miguel pensaba que su don Quijote particular tendría un buen plan, aunque no quisiera compartirlo, y decidía confiar en que al menos él sabría lo que andaban buscando; pero otras muchas veces se sumían en la sensación desoladora de que vagaban sin rumbo por los parajes desconocidos del planeta de los locos. Por eso el viaje se estaba haciendo largo y fatigoso. Y porque las huidas sólo tienen sentido cuando hay algo terrible que dejar atrás o cuando lo deseado espera al otro lado de la fuga.

—Todo esto me recuerda a unos viejos versos de Bertold Brecht... —sonrió Miguel volviéndose hacia su jefe.

—Tú y tus citas... —cabeceó Salazar.

—«Estoy sentado al borde del camino./El conductor cambia la rueda./No me gusta el lugar de donde vengo./No me gusta el lugar adonde voy./¿Por qué entonces miro/el cambio de la rueda con impaciencia?»

—Ya... Pues si no te gusta...

—Sólo son unos versos —volvió a sonreír Miguel.

Al mediodía se detuvieron a comer en las afueras de la ciudad de Juiz de Fora, en un restaurante al aire libre junto a la carretera en el que les sirvieron arroz cocido con cuartos de gallina, una jarra de vino ácido, cuatro bananas y siete reverencias de agradecimiento a cambio de un desdoblado billete de veinte dólares. Y después, sin perder tiempo, continuaron viaje hacia la ciudad de Río de Janeiro, adonde llegaron con el cielo apagado y la boca seca. Pernoctaron en un hostal del extrarradio que se olvidó de pedirles cualquier clase de documentación a cambio de unos cuantos billetes americanos pequeños. Y una vez instalados en dos habitaciones, se bañaron y salieron a comprar algo de ropa nueva en la tercera tienda en que entraron, la primera que aceptó que pagasen con dólares.

Mientras comían mazorcas de maíz y helados en sus habitaciones, Vinicio Salazar contempló en el viejo televisor con la pantalla a rayas su imagen en el noticiario de la noche, y creyó entender que daba cuenta de su accidente y fallecimiento. Sobresaltado, temiendo haber sido reconocinocido, saltó de la cama y fue a la habitación de Miguel para que lo preparase todo de inmediato y salieran de allí. El escolta insinuó la conveniencia de abandonar el viejo Ford y alquilar un coche más potente, con el pretexto de hacer más veloz la fuga y más cómodo el resto del viaje, aunque lo cierto era que le rondaba por la cabeza la mala idea de que quizá también hubieran descubierto el cuerpo del campesino y a esas horas el vehículo estuviese siendo buscado por la policía. Pero Salazar, ignorante del modo en que había conseguido el automóvil, rechazó la propuesta alegando que no disponían de documentación válida para hacer ningún tipo de transacción y que era urgente escapar, así que el escolta aparentó resignarse, aceptó de mala gana la orden y no se atrevió a contradecirle; pero en ese mismo momento elaboró un plan para encontrar una solución práctica. Sabía que tenía que improvisar algo para no correr el riesgo de tener un mal encuentro con la policía y, por otra parte, para que Salazar no llegase a enterarse nunca de lo sucedido.

Miguel convenció a Salazar para que esperase en su habitación mientras iba él en busca del coche. Le avisaría en cuanto estuviese a la puerta del hostal, para que nadie lo viese salir. El escolta abandonó la habitación y salió a la calle, fue en busca del Ford, lo condujo hasta un descampado cercano y lo escondió tras un montículo de arena escamoteado a la visión desde el camino de tierra y desde la carretera más próxima. Luego abrió el capó y arrancó varios cables del motor, inutilizándolo. Por último, le quitó las placas de la matrícula y se las llevó, arrojándolas a un vertedero y cubriéndolas con escombros. Unos minutos más tarde regresó al encuentro de Salazar conduciendo un Fiat azul metalizado.

—Suba —invitó a Salazar.

—Pero... ¿y este coche?

—Ahora se lo explico.

Salazar subió al auto y reanudaron la marcha. Miguel alegó que el viejo Ford no arrancaba, se había quedado sin batería, y que había tenido que robar otro porque, sin documentación, no había modo de salir de allí y completar los poco más de cuatrocientos kilómetros que les separaban de São Paulo; y que, en todo caso, en tan pocas horas no sería fácil que la policía les localizase. Salazar cerró los ojos, moviendo apesadumbrado la cabeza a un lado y otro, pero calló porque aunque no aprobase el método empleado comprendía que tenían que irse de allí. Aun así, aquel hombre le irritaba y le infundía cada vez un mayor temor.

Durante las largas y monótonas horas pasadas en la carretera federal Presidente Dutra, que atravesaba la región sudeste, el escolta intentó en varias ocasiones iniciar alguna conversación con Salazar para vencer el sueño, pero sus esfuerzos resultaron vanos. Con la intención de romper el incómodo silencio, le preguntó si estarían muchos días en Sao Paulo, si tenía prevista la manera de obtener alguna clase de documentación, si deseaba que hiciese algo en particular y si le importaba que sintonizase la radio, pero en todas las ocasiones Salazar contestó con monosílabos de negación. Miguel entonces rebuscó en la guantera y eligió un CD de arias cantadas por Plácido Domingo. Al acabar el CD, a medio camino de São Paulo, Salazar decidió al fin que salieran de la Vía Dutra a un camino de selva para dormir unas pocas horas. Ambos estaban agotados.

Al amanecer reanudaron la marcha. El sueño le había distanciado del peligro y borrado la irritación que sentía hacia Miguel y, para demostrarlo, cuando apenas quedaban cien kilómetros para llegar a la capital brasileña, Salazar le agradeció haber escogido ese CD, diciendo algo así como que la voz del tenor español era la más sublime de todos los tiempos. Y a continuación se decidió a expresar lo que estaba pensando desde muchas horas atrás y empezó con una afirmación que encerraba en sí misma una pregunta.

—La verdad es que no acabo de entenderte, Miguel —afirmó, sin mirarlo, vuelto hacia el paisaje que enmarcaba la ventanilla de su lado—. Tienes una educación de licenciado en Oxford y lo cierto es que actúas como un delincuente malcriado en Harlem.

—Bueno, no creo que todos los británicos hicieran mal papel en un barrio negro de Nueva York. Jack, *el Destripador,* sin ir más lejos... —sonrió el guardaespaldas y a continuación recuperó la seriedad.

—Ya sabes a lo que me refiero —Salazar acentuó la gravedad del tono de voz.

—Es posible que le esté dando esa impresión, señor —Miguel tampoco apartó los ojos de la carretera—; pero le aseguro que todo lo hago por usted. Puede que no haya acertado; estoy seguro de que usted hubiera preferido que no robara este coche, ni que pasara lo que sucedió en la playa con aquellos pescadores. Estoy completamente seguro de ello, señor. Por lo tanto asumo la responsabilidad: piense que yo y sólo yo soy el culpable. No debe atormentarse por ello. Pero en mi descargo debo añadir que garantizar su seguridad garantiza también la mía, señor, también lo hice por eso.

—Ya... —Salazar negó con la cabeza, lamentando lo que oía.

—Usted no sabe nada de mí, señor —Miguel adoptó un tono de voz humilde y siguió con los ojos en la carretera—. Seguro que no le interesa, pero voy a decírselo... Porque, ¿sabe, señor? Yo no tengo familia, ni amigos... Nunca tuve a nadie y ahora tampoco. En eso creo que nos parecemos usted y yo, ¿no es cierto, señor? Y yo también he desaparecido en ese avión; también he muerto. A los dos nos considerarán víctimas del mismo accidente y de aquí en adelante los dos tenemos que recorrer un nuevo camino. Porque yo no quisiera dedicarme a los servicios de seguridad toda mi vida, ¿comprende? Mi sueño ha sido siempre ser músico. ¿Ha oído usted alguna vez un solo de trompeta? La trompeta es el único instrumento al que se puede enseñar a hablar. Con ella se pueden componer frases muy parecidas a las que se forman con palabras. Yo he aprendido ese lenguaje.

—Me desconciertas, muchacho... —Salazar, ahora sí, se volvió hacia él, con la frente arrugada—. Cuanto más me hablas de ti, más me confundes. No acabo de entenderte, Miguel; lo siento, pero no te entiendo... Resulta que eres músico, que lees a Marco Aurelio, que tienes un modo de expresarte sensible y unos modales..., no sé cómo calificarlos... Prefiero no hacerlo. Y por otro lado resulta que tus dedos adoran los gatillos de las pistolas.

—Lo siento, señor... —Miguel alzó los hombros—. Pero le aseguro que mi intención no es causarle molestias.

—Te seré sincero —Salazar respiró hondo—: creo que podrías serme de gran ayuda, lo digo en serio, de una gran ayuda; pero, por otra parte, lo cierto es que no me fío de ti. Y la verdad es que no quiero tener permanentemente a mi espalda un hombre que no sé si va a defenderme o a pegarme un tiro. Estoy seguro de que sabes a lo que me refiero.

El escolta abrió los ojos, sorprendido, y se agitó de tal modo que el auto hizo un extraño en la carretera. Dio un volantazo, enderezó el rumbo, apartó el pie del acelerador y se arrimó a la cuneta, frenando hasta salirse al arcén. Detuvo el coche en seco y se enfrentó a Salazar.

—Siento mucho oír eso, señor —su voz era enérgica, tan indignada que Salazar pensó que el viaje, para él, iba a concluir allí mismo—. Lo siento con todo mi corazón.

Porque yo jamás, ¿oye bien?, ¡jamás volvería mi arma contra usted! Y sus palabras me ofenden; no, no es verdad: no me ofenden; me hieren. Toda mi vida he querido encontrar a alguien como usted, alguien de quien aprender, alguien a quien mereciera la pena imitar, para estar junto a él, para... No tuve padre, ¿lo sabía? Quiero decir que no lo conocí. Ni a mi madre tampoco: murió cuando yo tenía dos o tres meses y me he criado en un orfanato. Pero... ¿de verdad..., de verdad cree que está siendo justo conmigo? —Los ojos de Miguel se humedecieron, brillantes, tal vez barnizados por las lágrimas de la rabia—. Yo sólo deseo que sea lo que sea lo que usted se proponga le salga bien, y que me permita continuar a su lado. Al menos mientras me necesite. Ahora bien, si ya no cuenta conmigo, si no se siente cómodo, si es verdad que le causo el menor temor, dígamelo ahora mismo y me bajaré del coche. No volverá a saber de mí, se lo prometo. ¿Desea que me baje aquí mismo? No tendrá ninguna dificultad para llegar usted solo a São Paulo, apenas una hora de camino y ya está.

Miguel se desabrochó el cinturón de seguridad de un golpe seco y se dispuso a bajar del Fiat. Salazar no sabía qué hacer. Por una parte, aquel hombre parecía sincero; por otra, pudiera ser que estuviese jugando de farol y se aprovechara de una interpretación magnífica. Tal vez fuera honesto; o acaso también hubiese asistido a varios cursos de arte dramático, quién podía saberlo si acababa de decirle, más o menos, que también era un virtuoso trompetista. Aquel hombre le desconcertaba, decididamente.

—No hace falta —replicó al fin Salazar—. Vayamos a São Paulo y, una vez allí, veremos qué es lo que más nos conviene a los dos. Es posible..., es posible que a ti —improvisó—, también te interese iniciar tu propio camino. Como has dicho, no vas a ser mi guardaespaldas toda la vida...

—¿Está seguro? —quiso cerciorarse el escolta.

—Sí, lo estoy —Salazar se volvió a mirar al frente—. Salgamos de aquí y ya decidiremos.

—Como usted ordene, señor.

Miguel arrancó el Fiat y volvieron a la carretera.

Viajaron en silencio, otra vez; Salazar pensando en que, después de todo, su escolta podía serle de utilidad al menos durante los primeros días; y Miguel sintiendo que su relación con Salazar, después de lo que acababa de oír, se había resquebrajado de un modo que tal vez ya nunca podría recomponer. Estaba acostumbrado a entregar su afecto de manera absoluta, sin reservas: no le agradaba trabajar de otro modo. Pero si su jefe quería una relación profesional, y sólo profesional, únicamente eso sería lo que tendría, al menos hasta que se separasen sus caminos. El deseo de acabar aquel viaje, de repente, se volvió para los dos una necesidad que no disimularon.

De todos modos, antes de entrar en São Paulo, Salazar consideró conveniente rebajar la frialdad de la relación, forzó un tono cordial y dio al escolta instrucciones precisas para los primeros momentos. Lo inmediato sería comprar algunos periódicos para comprobar si se daba la noticia de su fallecimiento acompañada de su fotografía porque, de ser así, no podría presentarse en el Hospital Sirio-Libanés donde esperaba recoger un sobre a nombre de Jonathan Bentham. Además, también convenía cambiar dólares por reales brasileños en el mercado negro. Por no contar con el hecho de que Miguel necesitaba obtener una identidad falsa. Y, desde luego, abandonar cuanto antes aquel coche robado.

El cambio de moneda, explicó Salazar, les resultaría sencillo: en la rúa Verde los cambistas realizaban el trapicheo sin el menor pudor, comprando dólares a un precio considerablemente ventajoso para ellos; pero eso era algo que carecía de importancia en aquellas circunstancias. Con unos miles de reales en el bolsillo, comprarían la prensa y después verían lo que convenía hacer.

Salazar esperó en el coche aparcado un poco más allá de la plaza Ramos de Azevedo, en la avenida São João esquina con João Bricola, y Miguel caminó sin prisa hasta el callejón Verde para efectuar el cambio. Con suficientes reales en el bolsillo y algunos más dentro del maletín azul de mano, ordenó a Miguel comprar varios periódicos locales, las ediciones internacionales de *Le Monde, Clarín, New York Times, Frankfurter Allgemeine Zeitung* y todos los diarios españoles que encontraron en el puesto de revistas, que más que quiosco de prensa parecía un bazar de baratijas y comestibles de olvido. Ojearon los diarios y, en efecto, tanto la noticia del accidente aéreo como su fotografía aparecían en ellos, incluso en algunos casos en un lugar destacado de la portada.

En aquella situación, Salazar no debía pasearse libre y alegremente por las calles de São Paulo: alguien podía reconocerle. Así es que pensó en enmascararse y Miguel entró en un almacén para comprar unas gafas de sol de plástico y, sin estar convencido de su aspecto, mandó a su escolta parar un taxi, abandonó el Fiat y pidieron al conductor que los llevase a una tienda de disfraces.

Fue el guardaespaldas quien se apeó en el establecimiento de la calle 24 de Maio para comprar una peluca blanca de mal actor, una perilla rala y un bigote del mismo tono de color. Con el desfiguramiento de Salazar llevado a cabo en el interior del mismo taxi, para sorpresa del conductor que cada vez se interesaba más desde el espejo retrovisor por la metamorfosis de su pasajero, Miguel pidió que los condujese al Hospital Sirio-Libanés. El conductor se desentendió pronto de las extravagancias de los extranjeros que habían subido a su coche, después de regalarles un par de desdeñosos vistazos de desprecio, y condujo sin alterarse hasta la dirección solicitada.

Al llegar, y sin pensarlo, Salazar entró en el vestíbulo del Hospital a paso vivo, se dirigió a la Recepción y se presentó ante una enfermera que andaba ordenando fichas y papeles con el rostro crispado y el corazón fatigado. Era una mujer de unos treinta y cinco años gastados, pelo descuidado, perezosa de movimientos y ojeras exageradas a la que no le gustaba su trabajo y no se molestaba en disimularlo. Salazar rogó dos veces que le escuchara y otras tantas recibió como respuesta la visión de las palmas de la mano que le mostró, lo que tal vez quisiera decir que esperara un momento. Cuando terminó de poner orden en la tarea que le ocupaba le preguntó qué quería, sin mirarlo, y él trató de explicar que habían dejado un sobre a nombre de Jonathan Bentham y que venía a recogerlo. La enfermera frunció los labios y lo rebuscó sin prisa ni interés por los cajones del mostrador y los archivadores de la oficina, repitiendo con desgana que no creía haberlo visto ni que fuera a encontrarlo. Cuando finalmente dio con él, en la bandeja de salida, lo arrojó sin miramientos sobre la repisa del mostrador.

—¿Bentham? Ahí lo tiene.

—Gracias —respondió Salazar mientras lo recogía apresurado y lo guardaba en el bolsillo.

La enfermera lo miró entonces por primera vez, resopló y se volvió con la intención de seguir poniendo orden en sus papeles; pero, como si algo le hubiese resultado familiar en aquel hombre, se detuvo en seco, giró la cabeza y lo contempló de nuevo, ya de perfil. Y entonces arrugó la frente, guiñó los ojos y pareció recordar algo. Buscó debajo del mostrador, sacó el periódico del día y observó la fotografía del hombre que aparecía en la primera plana. Levantó los ojos mientras Salazar cruzaba las puertas de cristal de salida del Hospital.

—Pero..., ¡oiga! —gritó.

Salazar no oyó la llamada y la enfermera, tras dudarlo unos instantes, salió del mostrador y corrió a la puerta repitiendo su llamada.

—¡Oiga, oiga, señor!

Cuando traspasó las puertas de salida, sólo pudo verlo alejarse en compañía de otro hombre, doblando ya la primera esquina. Movió la cabeza a un lado y a otro, extrañada, y regresó a su puesto en el mostrador, en donde pasó un buen rato observando detenidamente la fotografía del hombre que protagonizaba la parte inferior de la primera página y del que se anunciaba la conmoción mundial por su inesperada muerte.

Salazar y Miguel, a buen paso, se alejaron del Sirio-Libanés sin hablar. Sólo al cabo de un rato Miguel reflexionó en voz alta, vacilante:

—Creo que debería haber entrado yo, señor. Estaba pensando en que tal vez alguien le puede haber reconocido y...

—Sí, puede que tengas razón —aceptó Salazar—. Aunque, con este aspecto, no creo que... Además ahí dentro sólo había una enfermera que parece odiar al mundo y el odio es todavía más ciego que el amor.

Miguel, respetuoso y dócil, asintió sin convicción, sorprendido con la respuesta de aquel hombre. Siguieron su camino, ya más despacio, hasta un Café cercano. Salazar se palpaba el sobre a través de la tela de su bolsillo como si pretendiera descubrir su contenido y Miguel miraba a ambos lados igual que cuando escoltaba a su jefe por un camino peligroso. Finalmente, sentados al fondo del salón del Café a una mesa discreta, y después de haber pedido dos tazas de té y un par de trozos de tarta, Salazar abrió el sobre.

Todo estaba en orden, como le habían prometido. El

doctor Da Gama firmaba una nota en la que estaban escritos un nombre, una cita y una ciudad: «*Andrés, Carne de Res. Día 9 de noviembre, 19 horas. Bogotá.*» Y en el sobre se incluían dos documentos de identidad de la República de Jamaica y dos pasaportes de nacionalidad jamaicana: uno con su fotografía, a nombre de Jonathan Bentham, y otro a nombre de Louise Bentham, con la fotografía de su hija Belén. Al verlo, Salazar no pudo reprimir un gesto agrio de dolor, un amago de crispación en el rostro que trató de contener antes de que sus ojos se vistiesen de luto. Ensalivó la tinta y la corrió para emborronar un poco la nitidez de la fotografía con su imagen, volvió a guardar los documentos en el sobre, lo metió en el maletín de mano y lo cerró.

—Vamos —dijo, recuperando la serenidad con el té que bebió de un trago—. Busquemos un hotel. Esta asquerosa peluca me está haciendo heridas en toda la cabeza.

Sin necesidad de pensarlo se dirigieron al Maksoud Plaza, el que más le gustaba de la ciudad y en el que Salazar ya se había hospedado alguna vez, situado en el 150 de la Alameda Campinas. Disfrazado aún con la peluca, el bigote y la perilla, y defendiéndose de las miradas ajenas tras las gafas de sol, usó su nueva documentación para obtener la mejor suite en la silenciosa última planta del edificio, en la que también unos minutos más tarde se acomodó su escolta subrepticiamente y con la mayor precaución para que no lo advirtiese nadie. Salazar estaba muy fatigado, tenía que descansar y pensó que ya habría tiempo de conseguir unos documentos de identidad apropiados para Miguel.

Una vez instalados en la habitación, Salazar entregó al escolta sus pantalones, su chaqueta, su camisa y un puñado de billetes.

—Busca una buena tienda de ropa —le dijo—. Creo recordar que aquí mismo, junto al hotel, hay una. Cómprame dos trajes, algunas camisas, zapatos negros del número 43 y varios pares de calcetines negros. Calzoncillos también, unos cuantos calzoncillos. Y aprovecha para comprar alguna ropa para ti y dos maletas de viaje, pequeñas.

—De acuerdo. —Miguel guardó la ropa de Salazar en una bolsa del servicio de lavandería—. Creo que tardaré un poco en volver...

—Bien. Y no olvides comprar también algunas cosas de aseo: cepillos de dientes, maquinillas de afeitar, peines, desodorante... En fin, todo lo que creas que necesitamos. Nos lo llevaremos cuando tengamos que irnos. No hay prisa, yo me voy a tumbar un rato —añadió Salazar, corriendo los cortinajes del ventanal—. Ah, y deja la pistola ahí —señaló la mesa del salón—. No vas a necesitarla.

Miguel lo hizo, sin dar muestras de duda o sorpresa, depositándola donde se le indicó con el mimo de quien teme romper un jarrón de la dinastía Ming. Y cuando el escolta salió de la suite, Salazar fue al baño, a orinar.

Antes de salir, se miró en el gran espejo del lavabo y se encontró frente a un hombre viejo, como nunca se había visto reflejado. Aquellos últimos dos días habían sido demasiado duros y su rostro había empezado a pagar su precio en decrepitud, su mirada en aflicción y su tez en una porción de reseca tierra cuarteada donde las arrugas entretejían un mapa de torturas y melancolía. Se tumbó abatido en la cama y cerró los ojos para intentar dormir un poco. Pero al instante la imagen de Belén se le clavó en los huesos de la cabeza e incendió su pecho con una angustia que le empedró la garganta y le empañó los ojos. Antes de darse cuenta, estaba llorando. Era la primera vez que se permitía una debilidad, la primera que no impedía a su dolor aflorar hasta mostrarse desnudo, indefenso, inválido. Había disimulado tanto las ganas de llorar que las lágrimas apaciguaron su ánimo como si aquellas aguas desbordadas limpiasen un alma sucia que se le había poblado de úlceras y llagas. Los hombres afrontan el dolor en silencio hasta que los rasguños de la tragedia producen una sublevación de heridas internas; si se atrevieran a llorar, si no les agobiara el pudor y la sensibilidad que les negaron o les impidieron aprender, alcanzarían la estatura emocional humana que no se consienten a sí mismos. Pero en aquella soledad deshabitada Salazar gimió igual que un cachorro en los miedos del desamparo. Lloró por primera vez. Y lo hizo por su hija, por su vida y por él. Y tal vez por temor a lo que le esperaba. Pero lo cierto es que se permitió llorar y en el abatimiento se mantuvo inmóvil, derramando lágrimas, hasta que se quedó traspuesto.

El primer sueño del duermevela fue horrible: una visión de las profundidades del mar donde el avión permanecía tendido en el fondo, partido por la mitad. Los cuerpos del piloto, el copiloto, la enfermera y el otro guardaespaldas habían sido devorados por los peces y eran sólo esqueletos limpios y blancos, relucientes, mientras Belén, intocada, incorrupta, estaba siendo observada, se diría que adorada, por un millón de peces de todos los tamaños que se movían a su alrededor respetuosamente o permanecían fijos, mirándola, igual que si estuviesen venerándola. Sintió que celebraban un ritual de homenaje de los habitantes del mar a tanta belleza. En las profundidades del océano, iluminadas en azul como había visto en los documentales marinos, su hija era una reina velada en su sueño eterno por todos los seres vivos. Pero de repente el sueño se rasgó con una imagen terrorífica: un banco de peces asesinos, negros de escamas y con la boca abierta, mostrando unos dientes afilados como puñales, se dirigían voraces en busca del cuerpo de Belén. El pavor se apoderó de los demás peces, que huyeron en todas las direcciones, horrorizados, presintiendo su llegada y luego localizándolos, al acercarse. Y entonces la banda de depredadores se abalanzaba sobre el cuerpo de la niña e iniciaba su sanguinario descuartizamiento, salpicando restos de piel, fibras de carne y marañas de cabellos en una explosión de sangre que lo tiñó todo de rojo. Salazar no pudo resistirlo y gritó, desgarrado, despertándose sudoroso y jadeante, con la respiración entrecortada y el pecho dolorido por la fuerza de los latidos incontrolados que rugían de espanto. No se atrevió a volver a cerrar los ojos. Sudaba y sentía un miedo desconocido. Se sentó en la cama de un brinco y trató de recuperar la respiración que se le había quedado suspendida en los pliegues de la pesadilla.

Pero aquella imagen de Belén descuartizada, despellejada y devorada no se le iba de la cabeza. Entonces fue al cuarto de baño y se lavó la cara con abundante agua fría. Cuando se volvió a mirar en el espejo, clavó los ojos en sí mismo e hizo una promesa: no morirás. Tú no morirás jamás, Vinicio Salazar. Te lo prometo.

Volvió a tenderse en la cama y extendió las manos a ambos lados de su cuerpo. Por primera vez en su vida se sintió acobardado: la decisión que había tomado le produjo un inmenso vértigo. Guiado por un impulso más propio de un adolescente que de un hombre que se acercaba con paso firme a la vejez, se había suicidado socialmente; de hecho, si se atreviera a encender el televisor, era posible que en uno de aquellos informativos pudiese ver sus propios funerales, un acto simbólico de duelo organizado por algunos de sus amigos, ahora todos se dirían íntimos, desde luego; o por sus antiguos empleados o por el mismo Gobierno de España en recuerdo de un destacado hombre de negocios al que calificarían de, ¿cómo dirían?, ¿ingeniero de las finanzas?, ¿emprendedor trascendental?, ¿uno de los hombres que más...? ¡Cualquiera podía saberlo! La realidad era que había decidido morir, desaparecer, inmolar su pasado para... ¿Para qué lo había hecho? Las primeras horas fueron de ofuscación: había muerto Belén y a él no le quedaba nada por hacer, nadie a quien querer, ningún camino que le invitase a seguir avanzando. Y aquella decisión se forjó de noche, deprisa, delirando. Y se lo había llegado a creer, sí; ahora se había llegado a creer que el viejo Salazar había muerto y él encarnaba un hombre nuevo, sin pasado ni culpa. Pero, ¿cómo podía estar tan loco? ¿Es que acaso iba a poder olvidar lo que le sucedió a su hija por el simple hecho de cambiarse el rostro, las huellas dactilares y lo que fuese, incluso el mismo grupo sanguíneo si fuera posible? Belén, Belén... ¿Cómo olvidar que la quería más que a su propia vida? Su vida. No estaba seguro de si habría sido mejor morir en ese avión aquella noche. Vinicio Salazar no tenía futuro sin Belén, así es que si ella no iba a vivir, él tampoco debería.

Pero, si ese era su deseo, ¿por qué no morir de verdad? Allí, sobre la mesa, estaba la Beretta. Un disparo, sólo uno, y la realidad convertiría en verdadera la información difundida por los periódicos. ¿Por qué no se atrevía a levantarse de la cama, ir por ella y meterse el cañón en la boca antes de apretar el gatillo? Total, el cadáver encontrado respondería a un tal Bentham del que nadie sabría nunca nada. Un ciudadano jamaicano anónimo al que realizarían la autopsia y embarcarían rumbo a la isla para que su Gobierno continuara unas investigaciones que pronto se archivarían. O quizá no; tal vez reconocieran su rostro, o reconociesen sus huellas...; y en ese caso no se explicarían por qué había fingido morir y puede que le achacaran, incluso, alguna responsabilidad en la muerte de su hija. ¿Y qué? Aunque... ¿Para qué engañarse? Jamás se iba a atrever a quitarse la vida. Tenía que reconocerlo: su cobardía no le permitía morir, todo lo contrario. Su verdadero miedo era envejecer, acercarse a la muerte, asistir al desmoronamiento de su aspecto y al debilitamiento de sus fuerzas. ¿Cómo iba a suicidarse quien teme el lento recorrido hacia la muerte más que a la propia muerte, una paradoja inexplicable porque en realidad es el mismo temor? No podía entenderlo, pero era así. La visión de su rostro herido en el espejo, momentos antes, le había producido un dolor insoportable, la observación de un ser viejo y descompuesto que le había revelado la odiosa presencia del final, la tiranía del tiempo, la inminencia del derrumbamiento. No; él no quería morir. No lo iba a consentir. Ante el espejo se lo había prometido, como le hubiese gustado poder prometérselo a Belén, cualquier cosa con tal de haberla conservado un año más, un día más, sólo una hora más para tenerla entre sus brazos, estrechándola, besándola. Ah... Si él lograse no morir, Belén podría sentirse mejor porque tendría alguien que la recordaría eternamente, se dijo.

Y se dio cuenta de que se estaba engañando a sí mismo.

Vinicio Salazar se descubrió de pronto acobardado, encogido otra vez con el dolor insoportable de una daga incrustada en el pecho. Nunca había llorado. Y un hombre, cuando no llora, incuba enfermedades invisibles que raspan el corazón con emociones sucias.

Cuando, al anochecer, Miguel entró en la habitación cargado de paquetes y haciendo equilibrios con ellos, lo hizo despacio y con cuidado para no despertar a su jefe, en el caso de que estuviese descansando. Lo que no imaginaba era encontrárselo sentado en la cama, abatido, con el rostro tapado con las manos. No hizo preguntas ni buscó el modo de consolarlo. Se limitó a dejar los paquetes de Salazar sobre el lecho y llevar los otros al cuarto de aseo. Al rato salió vestido con la ropa nueva que se había comprado y se sentó en el sofá del salón principal, ante el televisor, a ver un documental sobre las últimas revelaciones en torno a los misterios de las pirámides.

Salazar se recompuso bajo una larga ducha que acabó enfriando el agua, como era su costumbre. Se afeitó, dejándose la perilla, y se aseó, desempaquetó sus cosas y se vistió. Los zapatos le estaban un poco holgados, pero lo prefirió así. Terminó enfundándose la chaqueta del traje gris perla de seda.

—Estaré en el restaurante del hotel —musitó, triste—. A esta hora ya no habrá nadie.

—¿Bajo con usted? —se ofreció el guardaespaldas, solícito.

—No. No conviene que te vean. Pide alguna cosa al servicio de habitaciones...

—Eso ya no es problema, señor —el escolta Miguel apagó con el mando a distancia el televisor—. Ya tengo mi documentación en regla, ¿ve?

Miguel extrajo del bolsillo interior de su chaqueta un pasaporte y se lo mostró a Salazar. Era un documento de la Unión Europea.

—Desde ahora soy ciudadano portugués, ¿qué le parece?

—¿De dónde...? —Salazar arrugó los ojos, sin comprender.

—Ah, bueno —Miguel sonrió—. Alguien lo ha perdido mientras se probaba otro traje... Digamos que he tenido suerte. Me he hecho unas fotografías en una máquina de esas que hay por la calle y sustituir la mía por la original del pasaporte no me ha costado nada. Estos portugueses no se esmeran demasiado en proteger sus documentos...

Salazar pensó que aquel hombre acabaría metiéndole en un buen lío, pero que en todo caso no sería mayor que en el que ya se había metido él solo. Respiró hondo y dijo:

—Está bien. Bajemos. No me apetece comer solo.

—Le aconsejo que se ponga la peluca, señor. Pueden reconocerle...

—De acuerdo.

Durante la cena, acompañada por una botella de champagne Cristal 1996, el escolta guardó silencio. Salazar también. Sólo a los postres, tras limpiarse la comisura de los labios con la servilleta, Miguel se reclinó hacia atrás y susurró:

—¿Puedo hacerle una pregunta?

—Claro.

—¿Qué se propone usted, en realidad?

Salazar dudó. No sabía qué responder porque lo cierto era que él tampoco estaba muy seguro. Por eso titubeó.

—Mi intención..., bueno... Creo que es tarde para explicártelo. Otro día, tal vez.

Miguel respiró hondo. Y después, como si se le hubiese pedido una opinión, empezó a hablar.

—Estoy seguro, señor, de que lo que usted busca está al final del camino, como casi todo lo que nos proponemos en la vida. Porque, ¿sabe usted? —el guardaespaldas hizo una pausa—. Yo creo que la vida es como una cebolla; una cebolla que guarda en su corazón un deseo. Por eso todo lo que hacemos en la vida es ir apartando capas y más capas, en busca de ese centro, de ese corazón. Unos se conforman con quitar un par de capas y, por falta de fuerzas o de interés, se resignan a quedarse ahí, y entonces su vida no vale nada, es insignificante, anodina. Muchos son así. Otros, por pereza o por lo que sea, se cansan pronto de buscar y también acaban por resignarse. Es..., cómo decirlo..., como una novela —Miguel encendió un cigarrillo y le ofreció a Salazar. Ambos fumaron—. Una novela se parece también a las cebollas. Sus capas son sus escenas sucesivas: de intriga, de ambición, de amor y lujo, exóticas, de aventuras, trágicas..., hasta llegar al final, que es adonde quiere llegar el lector, donde se encuentra lo verdaderamente importante, aquello por lo que, cuando la leemos, hemos recorrido el camino de todas sus páginas. La cebolla, la vida, una novela... Todo es lo mismo. Y usted está apartando esas capas, una a una, incluso las que le hacen llorar como antes ha estado haciendo, porque sabe que en el centro de la cebolla se encuentra lo que más se desea, el objetivo más anhelado de su búsqueda. También Günter Grass anduvo pelando su cebolla, lo he leído... Señor: ¿está usted seguro de que lo que se propone lo desea de verdad?

—Lo siento, Miguel —Salazar buscó al camarero para que le trajese la minuta y firmarla—. Creo que no te comprendo.

—Está bien. Siga apartando capas a su cebolla, señor. Yo estaré a su lado mientras me necesite.

—Gracias, Miguel —Salazar lo dijo mientras firmaba la cuenta con el número de su suite—. Pero creo que ya es hora de que empieces a hacer tus propios planes...

Las azoteas del cielo, blancas como una inmensidad de nieve virgen, cegaron a Salazar al mirarlas desde la ventanilla del avión. La soledad estremece tanto a treinta mil pies de altura como a diez mil metros de profundidad. Sólo el monótono zumbido lejano de los motores y el apagado bisbiseo de algunos pasajeros a la espalda (hablar bajo, susurrar, es un modo de no sobresaltar al aire para que la magia de volar no se rompa en un grito de cristales) recuerdan que la vida continúa, aunque se la sienta detenida y suspensa en los límites de la sinrazón. La vida es maravillosa y la muerte también, y cuando caminan de la mano celebran un baile gozoso y bello. Salazar se lo preguntó: ¿qué hace un ser humano a diez mil pies de altura? No se respondió; se trataba de una mera pregunta retórica, un modo de buscar la justificación por haber vuelto a subirse a un avión.

Por fin Vinicio Salazar se había quedado solo y camino de Bogotá se sentía mejor. Miguel, su escolta, el hombre que le había salvado la vida y que no dejó de sorprenderle hasta el último momento, cuando le confesó que había cumplido con su deseo de acabar con el italiano sin nombre para que nadie supiese nunca la verdad acerca del documento robado en Viena, tuvo todavía una extravagante e inaudita idea final: que Salazar redactara un testamento ológrafo, fechado unos meses atrás, designando a su hija Belén como única heredera de todos sus bienes, en primer lugar, y al propio Miguel en el caso de fallecimiento de aquélla.

—¿Para qué? —preguntó en vano Salazar, aunque de sobra conociera la respuesta.

—Bueno, si lo piensa bien, no es ninguna bobada, señor... Es así de simple: o a mí o al Estado —Miguel alzó los hombros sin levantar los ojos del suelo—. Su hija ya no vive, usted oficialmente tampoco y yo... Bueno, le confieso que me haría mucha ilusión y a usted, no sé, en fin, supongo que le daría igual... ¿Es verdad que posee un Van Gogh en su colección?

—Sí —Salazar respiró hondo—. Y otros muchos cuadros de... Pero me temo que se te ha escapado un detalle, y es que tú estás tan muerto como yo, Miguel...

—No tanto, no tanto —el escolta sonrió. Dejaba claro que había pensado muy bien en su situación y no tuvo reparos en describirla—. Piénselo bien: nadie sabe si subí o no a aquel avión en la isla de Noronha... Con las prisas del despegue, bien pude no enterarme de lo sucedido por haberme quedado a solas en alguna playa de la zona norte, por ejemplo, disfrutando de un par de días de vacaciones... Y supongamos que ahora me compro un barco y vuelvo clandestinamente, y de repente me presento a pagar el hotel... Entonces... Bueno, imagine lo que pasará: me informarán de lo sucedido, del accidente, de su fallecimiento... Mi desolación será absoluta, fingiré conmoción, incredulidad, desesperación... Y volveré a Madrid con ese testamento escrito de su puño y letra y... Porque un testamento así es válido ¿verdad?

—Sí —Salazar no tuvo más remedio que reconocerlo—. Puede que resulte sospechoso, tal vez tengas que responder a algunas preguntas, no lo sé. Pero sí..., un testamento escrito a mano es legal. Los testamentos ológrafos son perfectamente válidos.

—Y además usted no tiene otros herederos que pudieran... ¿Cómo se dice?: impugnarlo. Eso es, impugnarlo. ¿No es cierto?

—No. No los tengo... —volvió a reconocer Salazar.

—Y en tal caso, ¿no sería mejor que yo disfrutara de todo lo suyo en lugar de que pase a manos del Estado? ¿No es mejor que usted me deje cuidar de su casa, de sus coches y aviones, de su patrimonio artístico, de...? En otro caso, quién sabe adónde irán a parar, señor. Y yo lo custodiaría mejor que nadie, se lo prometo. Confíe en mí, señor Salazar. Considere, además, que para usted sería, no sé cómo decirlo...: un depósito. Imagine que un día decide recuperarlo... Estaría a su disposición, señor. Le doy mi palabra.

—Ya... —Salazar no imaginó motivos para negarse. De todas formas, él no perdía nada y, en todo caso, contra Miguel no sabía cómo comportarse. Había llegado a una situación límite: o mataba a aquel hombre o estaría siempre en sus manos. Y no tenía el valor necesario para disparar sobre él. Lo mejor era alejarlo y que hiciese con su vida lo que le viniese en gana. De todos modos Miguel era lo suficientemente listo para salir bien de aquello y no traicionar su secreto, entre otras cosas porque si se supiera la verdad perdería el patrimonio que iba a heredar. Definitivamente, no era un mal trato, concluyó Salazar. Él se quedaría solo por fin y Miguel tendría que resguardarse de cualquier sospecha, a riesgo de perderlo todo, incluida la libertad. Después de todo, no estaba mal pensado. Y así se lo hizo saber.

Miguel, con el testamento en la mano, sólo añadió que le vendría bien disponer de algo de dinero para conservar los bienes como se merecían y aceptó una cifra de seis millones de euros, prometiéndole no volver a incomodarle jamás. E insistiendo en que Salazar sabría cómo encontrarle si le necesitaba: en él tendría siempre alguien en quien confiar. Era un acuerdo en el que ofrecía su silencio y olvidar cuanto había vivido en los últimos días a cambio de una fortuna abandonada. Con el añadido de un agradecimiento eterno. Sí, la idea no era descabellada por completo, concluyó Salazar, y el pacto se selló con la solemnidad de un apretón de manos.

Cerrado el trato de ese modo, Miguel se perdió una mañana por las calles de São Paulo sin mirar atrás. Caminó despacio, de espaldas, alejándose con su maleta de viaje y un maletín repleto de billetes. Y aquella Beretta que tanto le gustaba acariciar.

Antes de separarse, Miguel había cumplido los dos últimos encargos de Salazar: localizar al doctor Da Gama, con quien se había citado en Bogotá el 9 de noviembre y lo lógico era que hubiera cancelado el viaje al conocer por la prensa su fallecimiento; y después entregarle una nota en la que, de parte de su jefe, le confirmaba el encuentro «hubiese oído lo que hubiese oído en los medios de comunicación con respecto al accidente y a la muerte». Entre tanto, Salazar extrajo de su cuenta cifrada del Banco do Brasil los seis millones de euros, en dólares, para satisfacer a su guardaespaldas, y se hizo afeitar la cabeza, comprándose unas gafas sin graduar, con lo que su aspecto cambió notablemente y podía pasearse sin la molestia de la peluca y la barba postiza, sino con una perilla natural que en cuatro días le proporcionó una apariencia muy distinta.

Durante aquellos días en São Paulo, previos a la inesperada petición del testamento, Miguel había hablado mucho de su futuro y de sus ambiciones personales. Todas tenían un componente asombroso porque cuando no decía que se proponía crear una orquesta de cámara en Filadelfia, aseguraba que lo más sensato sería fundar un Instituto de Estudios Filosóficos, en Buenos Aires o en México DF, para abordar ciertos aspectos de los compartimientos de masas que ahora no se estudiaban.

Miguel. Aquel hombre no dejó nunca de sorprenderle. Salazar pensaba que lo mismo podía ser un genio que un loco, o ambas cosas a la vez, y que no le extrañaría que, tarde o temprano, intentara vender una exclusiva con la historia de aquel fraude, la verdadera peripecia vital de Vinicio Salazar; pero confiaba en que hubiera transcurrido el tiempo suficiente para que no cupiesen dudas y que la difusión de aquella verdad no pasara de convertirse en una leyenda inaceptable, en una hipótesis sin pruebas, como las que se acostumbra a esparcir con los fallecidos sin restos, o con los mitos desaparecidos, como había sucedido con Carlos Gardel, Hitler, Elvis Presley, Marilyn Monroe y tantos otros.

Por eso le resultaba impensable que alguna vez aceptase la separación a cambio de una simple cantidad de dinero que, a fin de cuentas, con sus afanes megalómanos, terminaría dilapidando. Así, era más tranquilizadora la petición del testamento ológrafo; aquélla fue la mejor manera de asegurarse su alejamiento. Cuando Miguel indicó la cifra (mil millones, dijo, refiriéndose a las antiguas pesetas) a Salazar le pareció modesta la petición. El gesto de extrañeza lo malinterpretó el escolta:

—Si le parece mucho...

—No, no. Está bien —aceptó Salazar—. Pero necesitaré veinticuatro horas para reunir esa suma. Entre tanto, quiero que busques al doctor Da Gama y le entregues una carta.

—Si no está en el infierno, daré con él —sonrió el escolta.

—No, eso es algo que todavía no ha conseguido —Salazar cerró los ojos y luego volvió a abrirlos, sin sonreír—. Estoy seguro de que alguien en el Hospital Sirio-Libanés te facilitará una dirección.

—Con toda seguridad.

Ahora, el 9 de noviembre, volaba hacia Bogotá con los ojos puestos en las azoteas de un cielo brillante que dañaba las pupilas, pero al que se había entregado para rememorar las últimas horas pasadas cerca de Miguel, uno de los hombres más extraños que había conocido nunca. Y del que se separó con un gran alivio.

Nunca más sabría de él. ¿O sí?

El aterrizaje en el aeropuerto de la verde y ondulada ciudad de Bogotá se produjo puntualmente a primera hora de la tarde mientras el sol y la luna componían un peculiar cruce de miradas en el firmamento. Salazar no disponía de demasiado tiempo si quería acudir a su hora a la cita concertada en el restaurante *Andrés, Carne de Res* con el doctor Da Gama y, aunque había reservado una suite en el hotel Hacienda Royal, situado en la Calle 114, 6A, cerca de la Hacienda Santa Bárbara, y tardó casi una hora en llegar desde el aeropuerto, por fortuna los diligentes y serviciales empleados de la Recepción se encargaron de la contratación de un coche blindado con conductor y del equipo de seguridad que lo iba a acompañar al lugar de la cita.

Andrés, Carne de Res es un restaurante alejado de la capital unos cuarenta kilómetros por la autopista Norte, en los alrededores de Chía, junto al tramo de carretera conocido como la Variante de la Luna. Se trata de una construcción campestre, rodeada de un amplio jardín y protegido permanentemente por una discreta vigilancia privada. Cuando llegó Salazar, su exterior anunciaba un asombroso lugar apacible para cenar en el centro de una arboleda descuidada pero tupida que proporcionaba verdor y frescor a la estancia y en donde permanecían aparcados varias docenas de automóviles de lujo, muchos de ellos con chofer. Pero su interior era aún más sugerente:

reunía un cúmulo de sorpresas que no se terminaban nunca de descubrir por completo. No sólo por su amplitud, que podría albergar a más de doscientos comensales; lo más extraordinario del lugar era que cada plato, cada cubierto, cada copa, cada silla, cada mantel, cada objeto de decoración, cada una de las cosas o enseres que se podían ver por todo el local eran diferentes, todas distintas, todas de un gusto particular. Las mesas estaban adornadas con un cuenco de frutas variadas y una flor. La carta anunciaba que disponía de cualquier bebida que el comensal desease tomar, y su Carta de cigarros puros era exhaustiva: cualquier marca, labor o tamaño que se solicitara podría ser servida. No era de extrañar que *Andrés, Carne de Res* fuese uno de los rincones más visitados y apreciados por los colombianos y los forasteros de paso por Bogotá porque sus platos, además, no tenían un precio desmesurado: unos treinta y cinco mil pesos por comensal, entre doce y trece euros. Durante toda la jornada, desde el mediodía a las dos de la madrugada, sonaba la música de ambiente o se sucedían las actuaciones musicales en su escenario, intercalándose con otras de magos, humoristas, prestidigitadores y adivinadores. Incluso el propio Andrés, el dueño, se subía al escenario y hablaba sin parar de lo que se le ocurría, por muy absurdo que pareciese. Un hombre peculiar, sin duda. *Andrés, Carne de Res*, por añadidura, prometía el mejor filete de toda la región y de todo el país.

Cuando Salazar entró en el restaurante comprobó que la reserva estaba confirmada a nombre del doctor Da Gama. Su hombre, por lo tanto, acudiría a la cita, salvo que por alguna razón hubiese olvidado cancelarla, lo cual entraba dentro de lo posible.

Nada más solicitar la confirmación de la reserva, Salazar fue acompañado por el maître a una mesa apartada, alejada del escenario. Hacía calor, el local olía a barbacoa y a mercado de flores y el techo necesitaba un poco más de luz para poder perder en él los pensamientos que no se recuerdan.

Faltaban quince minutos para las siete de la tarde.

Al fondo, una troupe de malabaristas llenaba el escenario de saltos y piruetas con la vistosidad de una bandada de pavos reales iniciando el cortejo.

—¡Caramba! Nunca vi cadáver con mejor aspecto —una voz a su espalda le habló, jovial, mientras una mano se le posaba en el hombro. Salazar no se inmutó. Apartó la vista del escenario y se volvió, despacio—. ¿Licenciado Salazar, me equivoco?

—¿Doctor Da Gama...?

—En efecto.

El doctor Estanislao da Gama era un hombre alto y voluminoso, impecablemente vestido con un traje color piedra de chaqueta cruzada, camisa blanca cerrada al cuello, sin corbata, y una sonrisa abierta que mostraba seguridad: el aplomo del triunfador o del granuja. Puede que tuviera una edad cercana a los sesenta años, tal vez menos, pero su abundante pelo blanco, largo y ondulado, y aquellos ojos vivos y cordiales le conferían un aspecto tan bonachón como poco fiable. De labios gruesos, nariz redonda y carrillos tersos por su grosor, lo mismo podría ser útil para interpretar en el cine a un pariente de Vito Corleone que dar vida a un obispo de paisano. Su casa debía de estar abigarrada de detalles de decoración de un pésimo gusto. El doctor Da Gama estrechó con firmeza la mano que le extendió Vinicio Salazar y le palmeó la espalda, efusivo. Y se sentó a la mesa sin apearse de aquella sonrisa suya, tan natural.

—Me alegro de que haya podido venir.

—¿Cómo iba a perdérmelo? —rió abiertamente, mientras levantaba una mano para llamar a un camarero que pasaba por allí—. Por mi profesión trabajo con muchos moribundos, señor Salazar; pero es la primera vez que me entrevisto con un verdadero muerto... ¡Una botella de Dom Perignon Rosé, por favor! ¿Tomará usted champagne conmigo?

—¿Rosé? —dudó, sopesando cómo asumir el mal gusto del doctor—. Si es costumbre...

Salazar le observó durante unos segundos, los suficientes mientras encendía un cigarrillo para tener tiempo de ordenar una conversación que no había preparado. Aquel hombre no aparentaba la edad que había calculado al principio: tenía la piel de la cara sin apenas arrugas, la cabeza sin ningún síntoma de alopecia y la mastodóntica torpeza de sus movimientos se debía mucho más a la corpulencia que a los años. Incluso sus manos, muy cuidadas, eran jóvenes. Sólo su timbre de voz parecía haber envejecido, pero quizá la gravedad fuese tan natural como la de algunos locutores de radio. Unos cincuenta años, rectificó para sí Salazar.

—En todo caso, bromas aparte, me tendrá que explicar por qué se ha armado ese revuelo si usted, a la vista está, no ha sufrido ningún percance.

—Bueno, ésa es una larga historia —Salazar se recostó en el asiento, interrumpiéndole—. Tiempo habrá para ello.

Da Gama aceptó, afirmando con la cabeza y dando un primer sorbo al aperitivo que acababan de ponerles sobre la mesa.

—Bien, ya veo que goza de perfecta salud, amigo mío. Supongo que, en tal caso, su hija también... —Da Gama hizo una pausa, y por la mirada de Salazar comprendió que no era así—. ¿Acaso, ella...?

—En realidad —Salazar se armó de fuerzas, respirando hondo—, en realidad la pobre Belén murió en el avión, en el vuelo a São Paulo. Después ocurrió el accidente y todo cuanto ha podido leer. Con la diferencia de que hubo dos supervivientes, un hombre de mi servicio de seguridad y yo mismo. A pesar de todo decidí continuar con la farsa y fingir mi muerte.

—¿Por qué? —Da Gama frunció las cejas, sin comprender.

—Bueno, yo tampoco lo sé muy bien. Creo que de ello tendremos que hablar más tarde. ¿Podemos pedir la comida? Me han comentado que aquí sirven el mejor filete de Bogotá...

—¡De toda Colombia, amigo mío! —el doctor recuperó su sonrisa—. Y puede que de toda América y de todo el mundo. ¿Dos filetes, entonces?

—Sería una lástima no probar esa maravilla.

El servicio fue rápido y el silencio tapado por los aplausos del salón a la troupe de malabaristas que terminaba su actuación. De inmediato pusieron ante sus ojos dos filetes de carne de más de medio kilo de peso y, después de la grata sorpresa inicial de Salazar, y de tomarse su tiempo para separar un trozo pequeño y saborearlo con calma, afirmó dos veces con la cabeza y comentó:

—Tenía usted razón. Exquisito. —Se introdujo en la boca otro trozo y lo masticó despacio. Estaba, más que saboreándolo, pensando en qué decir—. ¿Sabe, doctor? Antes me ha preguntado por qué he decidido mantener la farsa de mi muerte, pero debería haberme preguntado por qué estoy ahora aquí, con usted. La respuesta sólo es una: porque quiero vivir, porque deseo que me diga qué hay que hacer para no morir.

Da Gama levantó los ojos del plato y los posó unos segundos sobre los de su compañero de mesa. Trataba de comprobar si aquel hombre estaba bromeando o no. Pero no observó en aquella mirada ningún signo de duda, ni resquicio para la burla. Hablaba en serio.

—De todos modos —respondió sin pensarlo mucho—, con su fortuna no necesitaba fingir una muerte. Hubiese podido verme igualmente.

—No, no es cierto. —Salazar dejó los cubiertos sobre el plato y se limpió la comisura de los labios con un pico de la servilleta. Bebió un sorbo de champagne—. Y usted sabe muy bien por qué. Todos mis esfuerzos, toda mi fortuna, estaban destinados a prolongar la vida de mi hija, por eso llegué a un acuerdo con usted, con su organización. Me prometió que, con su método, le garantizaba diez o quince años más de vida y, para entonces, lo más seguro era que ya se hubiese descubierto un remedio contra su mal. Así es que ella y yo teníamos que desaparecer, cambiar de identidad, huir de las posibles represalias por..., déjeme denominarlo así, nuestro crimen. Lo que ha sucedido después ha sido..., un imprevisto, un maldito imprevisto.

—Entiendo —Da Gama no comprendió en absoluto la explicación, pero continuó comiendo, deleitándose con cada bocado. Por eso, después de vaciar la boca y dar un sorbo a la copa, insistió—: Pero tras su muerte..., es decir, después del accidente del que habla, podría haber logrado lo mismo sin necesidad de...

—No, no, doctor. Veo que no lo entiende —Salazar se limpió los labios de nuevo y miró a su alrededor—. Usted me ofreció la vida de Belén a cambio de una suma de dinero que incluía diferentes pagos, entre ellos el coste del rapto de varios niños indigentes que serían sacrificados para devolver la salud a mi hija, ¿no es así? Yo pagué esa cantidad, y eso me convierte en cómplice de múltiples asesinatos. Si se llegara a saber, y me temo que esas cosas siempre se acaban sabiendo, ni Belén ni yo podíamos seguir aparentemente vivos. Por eso me facilitó usted una nueva documentación, ¿no es cierto? Renunciábamos a nuestra vida pasada a cambio de que ella siguiese viviendo. Pues bien, los planes se fueron a la mierda.

—No sé a qué se refiere. —Da Gama se adelantó sobre la mesa.

—Pues está bien claro —Salazar volvió a asegurarse de que nadie escuchaba, ni a un lado ni a otro de la mesa—. Mis planes eran volar con mi hija desde Noronha a São Paulo en vuelo regular, devolviendo a mis hombres a Madrid en el avión privado. Una vez que nos quedáramos solos ella y yo, podríamos desaparecer y ser libres para iniciar una nueva vida, a salvo de todo. Pero Belén empeoró y tuve que realizar el viaje que acabó como ya sabe usted: lo cuentan los periódicos. Sólo que yo me salvé.

—¿Y entonces?

—Entonces he decidido seguir con el plan. Continuar yo solo, sin ella. Pero continuar... —Salazar se limpió los ojos con un pañuelo. De repente se estaba emocionando—. Sin ella, ¿comprende? Sin ella...

—Sí, lo entiendo.

—Para lo que yo pretendo —continuó Salazar, después de tomarse un tiempo para recobrarse de la emoción—, para lo que he de hacer es preciso ser libre, completamente libre. Necesito desaparecer antes de que a alguien se le suelte la lengua y se sepa con qué fin le aboné a usted la primera suma. No dudo de su discreción, doctor, desde luego; pero con usted trabaja mucha gente y nunca se sabe lo que puede pasar. Y la consecuencia no es que yo acabaría en la cárcel, no. Hay algo muchísimo peor: el nombre de mi hija quedaría involucrado para siempre con esos crímenes y eso no iba a consentirlo. Aunque usted y yo sepamos que ella no llegó a enterarse nunca de todo esto, que no tuvo nada que ver... Sólo yo soy el culpable. Por eso tengo que desaparecer. Y para ello no se pueden tener empresas, ni empleados, ni amigos, ni nadie. No tener nombre, ni pasado. Nada. Cualquier biografía sobra. Yo..., no podría explicarlo... ¿Sabe a lo que me refiero?

—Creo que me hago una idea.

—Las ataduras al pasado cercenan cualquier posibilidad de futuro... Por eso estoy aquí.

—No sé qué decirle... —Da Gama volvió a su filete, convencido de la inutilidad de continuar aquella estrafalaria conversación en la que nada le quedaba claro.

Salazar también guardó silencio. Hasta que, pasados unos segundos, dijo:

—Se haya o no cometido el delito, soy tan culpable como usted por el rapto y el asesinato de niños. No puedo exculparme, no sería justo. Porque, la verdad: no creo que el caso de mi hija fuese el primero que ustedes...

—Lo siento, no me gusta el derrotero que está tomando esta conversación —Da Gama atajó a su interlocutor—. Creo que deberíamos pedir otra botella de champagne...

—Bien, tiene razón. —Salazar llamó al camarero—. Hablemos de otra cosa. Por ejemplo, aún no sé por qué le expulsaron a usted del Hospital...

El médico alzó las cejas y los hombros, como si la respuesta fuera incómoda.

—Bueno, tampoco es que se trate precisamente de mi tema favorito...

—Y, no obstante...

—Bien... ¿Quiere saberlo? Yo se lo diré. —Da Gama se adelantó en la mesa y alzó la voz—: ¡Porque son unos ignorantes, señor! ¡Unos pacatos, unos moralistas, unos beatos y unos comehostias incapaces de creer en la Ciencia! —Da Gama mostró un brillo en la mirada que se parecía mucho a la rabia. Luego se sosegó un poco antes de continuar desahogándose—. Imbéciles... Deben de pensar que la ciencia avanza por arte de birlibirloque, no lo sé... Deben de creer que los investigadores somos unos prestidigitadores como esos de ahí —señaló el escenario del local—, con sombreros llenos de conejos y palomas que se pueden sacar en una actuación. No comprenden que cada avance científico requiere muchos sacrificios, e ingenuamente imaginan que si hemos llegado hasta aquí, que por cierto todavía es muy poco, ha sido experimentando con ratoncillos y ranas. Pero... ¿sabe usted cuántos..., cuántos seres humanos han sido sacrificados para conseguir lo que ahora tenemos, que es una millonésima parte de lo que podríamos tener? ¿Acaso cree que, de verdad, no podríamos disponer ya de respuestas eficaces contra el cáncer, el VIH, las enfermedades vasculares, las enfermedades del corazón y, en la práctica, las patologías que provocan nueve de cada diez fallecimientos en los seres humanos? ¡Hombre, por Dios! Para ello bastaría realizar experimentos con seres vivos, pero con seres humanos vivos, sacrificados en beneficio del resto de la humanidad. Yo lo he hecho, ya lo sabe usted. Lo he hecho y lo pienso seguir haciendo para que alguien como su hija, sin ir más lejos, pueda prolongar su vida una o dos décadas con mis descubrimientos. ¿Hubiese costado cinco o seis muertes ajenas? ¡Por supuesto! Pero no se trataría de la muerte de ese camarero, o de esa señora de ahí, que tanto está disfrutando con su barbacoa y su buen vino. Serían vidas inútiles, cuerpos de muertos vivientes, de enfermos con parálisis cerebral o muerte cerebral cuyos órganos se conservan perfectamente. Seres que no iban a sufrir su desenlace porque, en realidad, ya están muertos. —Da Gama hizo una pausa en la que respiró profundamente y luego movió la cabeza, a un lado y a otro, negando tanta hipocresía. Y añadió—: Y sí, es verdad, también es verdad, también habría que cobrarse la vida de unos pocos niños sin futuro, muy cierto... También de algunos de ellos. Pero le voy a decir algo más: aunque así fuera, yo mantengo la idea de que a los pobres no se les asesina, se les usa, como siempre se ha hecho. Son meros instrumentos de la Ciencia, anónimos colaboradores del avance humano. ¿O es que cree que yo he inventado el tráfico de órganos? A lo largo de toda la historia, los pobres, los criados, los esclavos y los desheredados han sido cobayas de cualquier paso que ha dado la civilización. ¿O acaso Leonardo da Vinci no utilizó a sus criados para que probaran sus artilugios voladores? ¿Y cuántos de ellos se estrellaron y se rompieron la crisma? Pero no hay que ir tan lejos... Algunos laboratorios farmacéuticos no dejan de experimentar en África y aquí, en Sudamérica; cualquier tribu, etnia o grupo humano puede ser para ellos un experimento, no importa los muertos que se queden en el camino. ¿Y sabe por qué lo hacen? Porque el sistema necesita ganar más y más dinero, sumas inconmensurables que no sirven para gastarlas en vivir mejor todos, lo que en cierto modo tendría alguna explicación, una explicación patética, lo sé, pero la tendría; sino que lo hacen para crear nuevas industrias todavía más contaminantes y más generadoras de dinero. Y así una vez tras otra. El puto sistema. Pero, ¡si hasta una multinacional estadounidense, la Betchel, ha comprado los derechos de explotación del agua en Bolivia, en la región de Cochabamba, y vende el agua a los bolivianos! ¿Se imagina? Un salario medio allí es de 67 dólares mensuales y el coste mensual en consumo de esa agua es de 20 dólares. Y en Uruguay está pasando algo parecido... Pero, ¿qué le voy a contar si usted mismo...? En fin, ¿qué quiere que le diga? A ese sistema, al capitalismo, se le intentó vencer durante cien años y se perdió la batalla. El comunismo se volvió tan corrupto y malvado como él. Ésta es la mierda en la que estamos todos metidos, señor Salazar, estamos ahogándonos en una bañera de mierda, por eso ya no creo nada más que en las soluciones individuales. Y yo, al menos, salvo vidas.

Sí, amigo mío, salvo vidas, como lo oye; o, si no es posible, las prolongo...

Da Gama sorbió un largo trago y se recostó en su silla. Estaba fatigado, sus ojos se habían humedecido, parecía desfondado por el peso de la realidad, un peso entremezclado de incomprensión y firmeza que a veces doblegaba su espalda. Aun así, tras unos segundos de silencio, continuó:

—Si los gobiernos permitiesen la investigación con células madre en seres humanos; si lo que ya es teórica y prácticamente posible fuese también legal, si no hubiera tanto hipócrita suelto en los gobiernos de todo el mundo, no se daría lugar al sacrificio de niños, de personas que no saben a qué se les somete... ¡Y lo más gracioso es que lo prohíben en nombre de no sé qué moral ni qué ética! ¡Como si la Ciencia pudiera detenerse por la moral imperante en un momento concreto! ¡Ilusos! ¡Dentro de unos años todo eso saltará por los aires, hecho añicos, y entonces los gobiernos de los países ricos, que están asustados por la debacle económica que supondría alargar la vida por encima del umbral de los ciento veinte o ciento treinta años, esos gobiernos, esos bancos, esas multinacionales, esos cobardes, tendrán que pasar por el aro de la realidad, la que está exhibiendo la verdadera ciencia! Pero ya ve: en el Hospital me acusaron de homicida, de asesino, de no sé cuántas barbaridades más. ¿Y qué? ¡Me enfrenté a ellos y se limitaron a denunciarme! ¡Ignorantes! ¡Como si no supiera yo los delitos que se cometen en otros muchos lugares de América para devolver la salud a quienes pueden pagárselo, sin reparar en nada! Allí no lo hacen, claro: ¡El Sirio-Libanés es de una transparencia acrisolada! ¡Allá ellos! Y un tipo como yo no les convenía. ¡Pues de acuerdo, muy bien, ellos se lo pierden! Yo intenté empezar a trabajar con mis métodos, sin atender tanta incultura e ingenuidad, pero en nombre de esa ética, o ante el temor de los familiares, siempre decididos a denunciar a un hospital, me expedientaron, me expulsaron y trataron de entregarme a la justicia. Si se llegaban a producir esas denuncias, no sólo yo sino el mismo centro médico se hubiese visto implicado. ¿Lo comprende, verdad? Porque sí, es verdad: yo ahora trabajo fuera de la ley. Soy un forajido, en su significado literal, etimológico: fora-eixido, fuera de las normas. Mi equipo y yo mismo podríamos ser acusados de muchos asesinatos y pasar el resto de nuestra vida en la cárcel, de acuerdo; pero también le aseguro otra cosa: si nuestros métodos terminan siendo un éxito, y lo serán muy pronto, mi nombre se unirá al de Hipócrates, Bian Que, Servet, Abul Casin, Fleming, María Curie, Barnard y tantos otros. Me buscarán para otorgarme el premio Nobel de Medicina y habrá un millón de calles y estatuas con mi nombre erigidas en las plazas y en los hospitales de todo el mundo. ¡Como hay Dios!

Salazar escuchó atentamente a aquel hombre. Parecía un alucinado, un predicador loco, pero no un cínico ni un farsante. Incluso alguien podría ver en él a un individuo bienintencionado y sincero. Había confiado en él, se había convertido en su cómplice, y estuvo dispuesto a poner a su hija en sus manos con tal de salvarla. Él mismo conocía el riesgo, sabía que la actividad era ilegal, pero el fin justificaba los medios: cuando el amor se impone, la desgracia ajena no pesa nada.

Da Gama terminó fatigado con su disertación: había empleado una vehemencia agotadora. Bebió otro sorbo largo de champagne y volvió a su filete. Parecía desfondado, pero también desahogado. Intentó sonreír, para rebajar el tono de sus palabras, y Salazar se limitó a seguir comiendo, sin responder. Sólo, al cabo de un rato, susurró:

—Le comprendo.

—Gracias —respondió el médico—. Y, dígame: ¿qué puedo hacer por usted? Porque hasta ahora se trataba de su hija, ¿no? Y respecto a usted, con toda franqueza, eso que me dice de no morirse es algo que todavía no está en mis manos.

—Lo sé. —Salazar volvió los ojos al plato—. Sin embargo...

—Sin embargo, ¿qué?

—En primer lugar —Salazar tardó unos segundos en continuar—, en primer lugar quiero que me diga hasta qué punto puede usted prolongar la vida. Porque si ya lo ha hecho con enfermos, será más fácil con personas sanas, imagino. Muy posible.

El médico sonrió. Suponía que, además de un cambio de aspecto en el rostro y la modificación de las huellas de los dedos, le propondría algo así. Y por un momento estuvo a punto de aceptar el caso y ganar una buena suma con aquel nuevo paciente; pero, por algún motivo, decidió que lo mejor sería ser honesto.

—Escuche bien, señor Salazar. —Da Gama dio por concluido su plato, sin acabar el filete; dejó los cubiertos sobre él y lo alejó de sí—. Yo puedo quitarle a usted diez o quince años mediante una sencilla técnica de cirugía plástica. Nada ilegal, por supuesto, ni nada traumático. Además creo que es lo primero que debería hacer: no le favorecen esa cabeza rapada ni esa barba que tanto discrepa con su... personalidad. Un estiramiento facial moderado, un reforzamiento capilar, un poco de aquí y otro poco de allá... Tal vez un retoque nasal, para cambiar de aspecto. Lo más importante es que nadie le reconozca si quiere mantenerse, por así decirlo..., muerto. También le podemos alterar las huellas digitales y su configuración dental, si ello pudiera delatarle. El envejecimiento natural consiste en cuatro o cinco procesos biológicos que, en su caso, puedo modificar para que no le afecten de inmediato: alteraciones en el metabolismo de la glucosa, pérdida de testosterona, pérdida de masa ósea, pérdida de vitaminas antioxidantes y disminución de las facultades físicas. Indíqueme día y hora y en mi clínica de Caracas se efectuará la intervención en dos o tres días. Cuatro como máximo. Después de esa operación le facilitaremos un periodo de recuperación y reposo en una residencia privada apartada: disponemos de varias, una de ellas en la Isla Margarita, muy cerca de un hotel Hesperia. —Da Gama hizo una pausa y respiró profundamente, exhalando un suspiro prolongado—. Allí le trasladaremos y permanecerá hasta que se recupere por completo. Discreción y lujo, se lo garantizo. Y ahora, en fin, no me gusta hablar de dinero, compréndalo, no me parece un asunto a tratar entre caballeros..., pero haré una excepción: un millón de dólares y antes de la Navidad, o sea, en poco más de un mes, el señor Salazar será cosa del pasado y nadie sabrá jamás lo que fue de él.

Vinicio Salazar se quedó pensativo. El médico tenía razón en lo referente a su aspecto y a su deterioro físico, no lo había pensado. Pero le preocupaba la confidencialidad y de eso Da Gama no decía nada.

—Sí, tiene razón en lo de mi imagen y en todo lo demás. Bastantes problemas me está creando... Pero comprenda que necesito garantías de que...

—Por favor... ¡Como si fuera usted el primero que...! Piénselo bien, señor Salazar. Han pasado por mí cientos de pacientes. Cambio de rostro, alteración de huellas, rejuvenecimiento, recuperación de ciertos procesos metabólicos... Y eso no es todo.

—¿Sí? —Salazar se incorporó, esperando intrigado con qué podía redondear su oferta aquel hombre.

—¿Es cierto que desea tan vehementemente prolongar su vida?

—Cueste lo que cueste.

—¿Es que no tiene usted escrúpulos?

—Tengo dinero.

—Está bien. —Da Gama reflexionó unos segundos antes de continuar—. Tratándose de usted, creo que no habrá inconveniente en que le facilite el nombre y la dirección de un colega danés que está trabajando en el mismo campo que nosotros. No debería decírselo, pero si no es usted, no sé quién pueda tener más posibilidades económicas para intentarlo. Lo cierto es que mi colega, por lo que he podido saber, podría resultar de una eficacia radical con respecto a sus pretensiones... ¿cómo denominarlas...?: inmortales. Hablaré con él y, si está de acuerdo, le facilitaré una cita.

Terminó la frase en voz baja, haciéndole partícipe de una confidencia a la que parecía no estar autorizado. Da Gama miró a un lado y a otro, para reforzar la necesidad de discreción. Salazar sintió que estaba en manos de un embaucador, de un faquir que hacía bailar una serpiente ante sus ojos para hipnotizarlo, una serpiente de humo sin consistencia ni encanto, pero decidió que el dinero de que disponía no servía de nada si no lo usaba para algo así, y que de todos modos era muy poco lo que podía perder intentándolo.

—Creo que haré lo que usted dice.

—Bien —el médico brasileño llamó al camarero—. Pero antes, como le digo, tendré que consultarlo con él, no puedo saber qué piensa de todo esto; y, por otra parte, conviene que le advierta de que mi colega no trabaja a unos precios tan económicos como nosotros. Ni mucho menos. Claro que, tratándose de usted, no creo que eso represente problema alguno.

—Desde luego.

—Desde luego —asintió Da Gama.

Pidieron helado de postre, un licor de whisky y la caja de los cigarros puros, para elegir uno. La sobremesa, a partir de ese momento, se convirtió en una sosegada conversación en la que ambos elevaron sus reflexiones a los territorios abstractos de la filosofía y a la naturaleza de la existencia humana. Hasta que Da Gama, raspándose con la uña en medio de la frente, dijo:

—De todos modos, hay algo de usted que me gustaría saber, amigo Salazar, y disculpe si le parece una pregunta demasiado personal. Pero, ¿qué cree usted, con exactitud, que significa vivir eternamente?

Salazar le miró con interés. No sabía adónde quería llegar el médico con semejante pregunta. La respuesta era tan obvia que no podía referirse a ello. Aun así contestó:

—No morir, naturalmente.

—Ya, ya... —sonrió el doctor, negando con un gesto de las manos, como si supiese que su amigo no le había comprendido—. No me refiero a eso, no... Recuerde usted aquella novela, ¿cómo se llamaba...? La de Oscar Wilde, sobre un tal Gray...

—Sí, *El retrato de Dorian Gray*. Sé a lo que se refiere...

—Eso es. ¿No se acuerda usted? Yo vi la película...Creo que ahí quedaba bastante claro que no hay nada de lo que pueda arrepentirse uno tanto como de alcanzar algo parecido a la inmortalidad...

—¿Arrepentirse? ¡Pero si es la promesa de Dios! —respondió airado Salazar.

—Bueno, no saquemos las cosas de quicio. —Da Gama volvió a sonreír—. No creo que las parábolas de la Biblia, los mensajes del cristianismo, las palabras atribuidas a...

—Pero... ¡si no es sólo el cristianismo, doctor! ¡Es la promesa de todas las religiones en nombre de todos sus dioses! —Salazar se removió en su silla, con los ojos encendidos y una vehemencia mística—. Desde el paraíso coránico al jardín de las valquirias, todas las promesas de los dioses son la misma, doctor, siempre la misma: el premio de la vida eterna. Yo sólo pretendo cobrarme esa deuda por adelantado...

—En fin —respiró profundamente Da Gama—. No cabe la menor duda de que si alguien puede permitírselo es usted, por supuesto. No seré yo quien opine que haya mejor manera de emplear una inmensa fortuna... De hecho, si logro alcanzarla, puede que yo también... ¿Otra copa?

—No, gracias —Salazar se recostó en el respaldo—. Creo que estoy un poco cansado. Es hora de regresar a mi hotel. Pero ponga en marcha lo hablado, doctor. De inmediato. Acudiré a su clínica de Caracas en cuanto usted decida. Ya sabe dónde me hospedo.

—Desde luego.

—Esperaré su llamada.

Aquella noche Vinicio Salazar no pudo dormir. Tendido sobre la cama, con dos almohadas bajo la cabeza, las luces apagadas y el resplandor de la noche vistiendo la estancia de velados azules y amarillos, los recuerdos se mezclaron con los deseos como dos amantes sudorosos revolcándose en la atardecida del verano. La imagen de Belén iba y venía mientras las de otras muchas jóvenes, antiguas amantes o pequeñas satisfacciones sexuales apresuradas, revivían para él un pasado que estaba yéndose por el desagüe de su edad. Él había sido un hombre fuerte, tardíamente envejecido, con el espíritu de un adolescente y la sensatez de un magistrado inglés. Tan impetuoso para el placer como para los negocios. Con uno y otros había logrado todos los triunfos y cumplido todos sus deseos, hasta exprimirlos. Había sido así, pero desde hacía unos años ya no era lo mismo. El descubrimiento de la enfermedad de su hija le había despertado del sueño; luego, o a la vez, la contemplación de su imagen en los espejos y la falta de fuerzas físicas para culminar los entretenimientos que buscaba para evadirse o, en ocasiones, para no pasar las noches solo, le habían mostrado el camino de la vejez. La naturaleza le había respetado la apariencia, era cierto: podía declarar una edad inferior y no recibir respuestas de duda. El régimen de vida, a base de comidas frugales, mantenerse en continuo movimiento y cuidar su aseo con la ayuda de cremas y bálsamos, también le ayudó a disimular los sesenta y cuatro años vividos con generosidad. Pero hacía unos cuantos que empezaba a sentir leves molestias, al igual que dolencias dentales, manchas en la piel y dolores localizados en la espalda o los pies. El paso de los años; el peso de la edad; el poso dejado en las cicatrices de los excesos. El envejecimiento, con todo su equipaje, empezaba a mostrar lo inevitable de su presencia.

De repente sintió miedo. Un profundo temor que no podía explicar. Miedo al pasado. ¿Cómo es posible temer al pasado?, se dijo, mientras se incorporaba en la cama y buscaba algún remedio para respirar bien. No podía haberse portado mejor con él, pensó; pero de pronto ese miedo mostró su origen: la soledad. En aquella habitación de un hotel colombiano, solo, más solo que cualquiera haya estado jamás, se sintió enloquecer. Más solo que nadie, se repitió; porque Robinson Crusoe en su isla no estaba muerto y él sí. Miedo a la soledad, miedo a envejecer, miedo al pasado, miedo de sí mismo... Miedo a haber muerto ya. El pasado le había dado dinero y poder, pero le había robado una esposa y a su única hija, a la que había decidido consagrar el resto de su vida. Y se había cobrado incluso su propia muerte, por muy fingida que fuese. Y ahora estaba solo, en esa soledad extrema de quien no tiene ni quien recoja su cuerpo para darle un nombre en el vertedero de una fosa común. Sólo el futuro podía cambiar las cosas y sólo en él podía confiar. Pero, ¿cómo puede pensarse en el futuro cuando el pánico asfixia y sólo existen unas irresistibles ganas de gritar?

Salazar tuvo la tentación de vestirse y salir huyendo en busca de un barman que ahogase su miedo en alcohol, pero no se sintió con fuerzas. Puso la televisión y recorrió sus canales como un piloto de carreras toma las curvas de un circuito, sin detenerse a mirar qué queda atrás. Y al final volvió a apagar el aparato y fue a lavarse la cara y a pedir a la Recepción que subieran una infusión de manzanilla y dos aspirinas. Cuando tomó la medicina, recobró la calma y volvió a tumbarse, para intentar dormir.

Pero tampoco pudo anestesiarse el miedo. Ya no era un miedo a la soledad; ni al pasado. El futuro se le presentó lleno de amenazas, lo mismo que sucede al iniciar un viaje por caminos desconocidos. El futuro, de pronto, tenía un peso mayor que el pasado. No tenía más nombre que el que figuraba en aquel pasaporte falsificado: Jonathan Bentham; no tenía familia ni amigos; estaba muerto para todos, incluso se habían celebrado ya sus funerales; y sólo sabían de su existencia un chiflado aficionado al gatillo y un cirujano delincuente que se enriquecía a costa del terror de la gente a la ley, a la fealdad o a las huellas del tiempo. Uno de ellos había desaparecido y estaría seguramente gastando el dinero a manos llenas en un garito del hampa o creando una orquesta de desarrapados que le llenarían el estómago de drogas y alucinaciones de éxito antes de volver a Madrid en busca de su herencia. Y el doctor... Bueno, al menos aquel médico había quedado en telefonearle, y si algo le ocurría podría dar referencias de quién se trataba y, después de todo, sabrían quién era y dispondría de un nuevo funeral, esta vez al calor de quienes le habían conocido. Ese pensamiento le resultó tan grato que, de repente, perdió el miedo. Nunca se está solo del todo, dijo casi en voz alta, eufórico; ni siquiera Robinson Crusoe naufragó solo: llevaba consigo la cultura de su tiempo, los conocimientos que le permitieron sobrevivir hasta que fue rescatado.

De pronto se sintió liberado y sin la congoja que le había inundado la cabeza de cuervos unos momentos antes. Se volvió a tender en la cama, rehízo las almohadas bajo la nuca, encendió un cigarrillo y repasó su situación, para buscar la puerta de salida. Tenía dinero, mucho dinero; con la documentación que poseía podría instalarse en el lugar del mundo que más le conviniera, sin rendir cuentas; y también sin darlas podría iniciar una vida en la que nunca se acabase el goce. Naturalmente, para ello pasaría antes por una cirugía estética que le rejuveneciese el aspecto y le garantizase el anonimato, así como todas las demás componendas de que le había hablado el brasileño. Y a continuación buscaría a ese médico danés que parecía prolongar de modo indefinido la vida. El doctor Da Gama había asegurado que era posible. Y los periódicos, todos los días, anunciaban avances en los campos de la genética y la biología molecular y celular. Se pondría en sus manos, costase lo que costase. Y viviría para siempre.

Viviría, sí; pero sin su hija. ¿Cómo podría vivir sin ella, sabiéndola muerta, sin haber hecho cuanto estaba en su mano para que fuese ella, y no él, quien continuase viviendo? De nuevo se sumió en una tristeza que le hizo apagar con rabia el cigarrillo en el cenicero. Y, sin embargo, algo le obligó a reaccionar: él ya no era Vinicio Salazar sino Jonathan Bentham; y Bentham nunca había tenido una hija. Tenía que asumir aquella idea para no volver a sumergirse en el sentimiento de culpa que más de una vez le había mostrado el camino de la desesperación. Tenía que interiorizarla, hacerla suya y olvidar. Era necesario olvidar. Imprescindible. Porque cualquier otro camino conducía a la locura o a la muerte.

Al fin y al cabo disponía de una oportunidad que no podía desaprovechar. Podía jugar el juego más divertido, el de la longevidad infinita; y si no salía bien, si el destino decidía que era imposible, o que el juego aún no estaba inventado, se resignaría a envejecer y a morir como el resto de las personas, y así pagaría su pecado. Jugar a la eternidad como se juega a un deporte sin reglas, con normas improvisadas, con experimentos sin contrastar, con materiales impensables. La grandeza de un juego al que sólo él jugaría y que sólo él podía ganar o perder.

No se haría viejo. Sería joven para siempre. Y volvería a sentir que agradaba a los demás, que resultaba atractivo, que ninguna mujer quedaba fuera de su alcance y que era deseado. Un sueño común que sólo estaba a su alcance.

Muy pronto viajaría a Caracas. Y poco después a Londres.

La más extraordinaria partida, jamás jugada, había comenzado. Y él, Vinicio Salazar, desde ahora Jonathan Bentham, llevaba una buena mano.

SEGUNDO MOVIMIENTO

Un par de meses después, el 12 de enero a las siete y veinte minutos de la tarde, un Boeing 767 procedente de Kingston aterrizaba en el aeropuerto londinense de Heathrow. En él viajaba Jonathan Bentham. Su aspecto, al descender por las escalerillas del avión, era el de un hombre de apenas cincuenta años, de estatura elevada, peso proporcionado, nariz recta y barbilla partida en dos por un marcado hoyuelo que reforzaba su atractivo. Lucía una abundante cabellera ondulada de color castaño claro natural, sin entradas. No conservaba ningún parecido con Vinicio Salazar, el hombre que voluntariamente había decidido desaparecer en la mesa de operaciones de una clínica situada en algún lugar del interior del territorio venezolano, pero su elegancia y armonía no habían menguado un ápice. Al contrario, su rostro era tan perfecto como interesante, la piel de sus manos y cara carecía de manchas, y su indumentaria, a medida y de una calidad impecable, poseía una caída perfecta: traje gris oscuro de cuatro mil dólares, camisa azul de algodón egipcio cruzada por unas rayas moradas apenas perceptibles, corbata lisa de Hermès en tono cobalto y zapatos negros italianos de piel hechos para él, a medida. De la mano derecha colgaba su inseparable maletín y del brazo izquierdo una liviana gabardina de Loewe, con cinturón, que le cubría hasta la mitad de la pantorrilla y que se enfundó y anudó en la misma pista del aeropuerto. Su cara había sido barrida de arrugas profundas y sólo algunos surcos minúsculos ajustaban la edad que pretendía aparentar. Su mirada era confiada, su andar seguro, su porte aristocrático, su aplomo absoluto.

Atravesó el control de aduanas sin el menor incidente cuando su Rolex marcaba las siete y treinta y cinco minutos: exhibía un pasaporte jamaicano, su aspecto era más propio de un adinerado europeo que de un rico hacendado de la industria del ron, y además Da Gama le había provisto de una tarjeta de residente en el país de Su Graciosa Majestad.

Un conductor lo esperaba en la sala de recogida de equipajes. Se presentó ante él con el ceremonial de un viejo mayordomo inglés, extrajo de la cinta transportadora la maleta que Bentham le indicó y lo condujo al coche aparcado a la salida del edificio: un Jaguar XJ8 gris metalizado, comprado desde Caracas, el que sería su coche habitual en Londres. Orson, contratado también desde Venezuela por las oficinas del doctor Da Gama, y que ejercería de chófer, secretario y hombre de confianza, sin más protocolo le llevó a conocer la entreplanta de trescientos cincuenta metros cuadrados que iba a habitar en Leicester Square, en el mismo centro de Londres, junto al Empire.

Después de encargar deshacer el equipaje en su alcoba y de ordenar a Orson que se preocupase de contratar lo antes posible los servicios de dos doncellas, una cocinera y un buen equipo de limpieza, se cercioró de que su despacho disponía de línea telefónica, ordenador conectado a internet a través de una conexión ADSL, tarjetas de visita y cuartillas con su membrete y suficiente dinero en efectivo para abrir una cuenta corriente y ordenar una transferencia desde el Banco del Brasil, en dólares. Con diez millones de dólares, convertidos a libras, tendría suficiente para empezar y, como residente inglés, no le pondrían problemas para abrir una cuenta. En poco más de media hora Bentham empezó a sentirse cómodo en su nuevo hogar.

Antes de retirarse a descansar e intentar reponerse del viaje, tomó una cena fría y encargó a Orson que lo tuviese todo preparado para salir, por la mañana, a las diez en punto. Tenía que acudir a la cita más importante de su vida y no iba a permitir que algo saliera mal, porque el futuro que se abría ante él era tan excitante e incierto como una cita a ciegas.

Sin embargo aquella noche durmió nueve horas seguidas sin ningún sueño que luego pudiese recordar. Londres, una ciudad sin altibajos en la que siempre que se miraba al cielo se veía pasar un avión y en la que se oía música a todas horas y por todas partes, pareció desde el primer día ser el oasis que buscaba para el nuevo hombre que se acababa de fabricar.

El día siguiente, 13 de enero, nació soleado y con el cielo demasiado azul y luminoso, envuelto en un incomprensible resplandor mediterráneo. A las ocho de la mañana el termómetro marcaba nueve grados y ese día en Londres se alcanzarían unos inquietantes veintitrés grados, en pleno invierno, lo que acrecentó el trastorno de las muchas aves que todavía no habían decidido emigrar al sur.

Poco antes del amanecer se habían presentado dos doncellas y un cocinero contratados por Orson la noche anterior, y cuando Bentham se levantó, la casa ya estaba en plena actividad. Recibió el desayuno en su habitación de manos de una de ellas, de aspecto filipino, morena, seria, silenciosa y joven: apenas habría cumplido los veinte años de edad; y cuando salió de su cuarto, aseado y vestido, se cruzó con otra que tenía el mismo aspecto de la anterior, igual de silenciosa y seria, pero que la doblaba en edad. Pensó que se perdería en aquella casa si no terminaba de reconocerla, así que trató de encontrarse con Orson y anduvo buscándolo por los pasillos que recorría y detrás de las puertas que desvelaba, hasta que una voz atiplada y horrorizada le recibió nada más atravesar el umbral de la cocina.

—¡Milord, milord! ¡Oh...! ¡Pero si acabo de fregar...!

Bentham no dio crédito a lo que veía: se trataba de un chino muy joven ataviado con un gorro de cocinero y un delantal blanco, con cuerpo de bailarín y postura de maniquí ondulado que, clavado en jarras junto al fogón, lo miraba como si le estuviese pisoteando un castillo de arena recién terminado en la playa. Se sintió regañado, sorprendido, y miró al suelo; se excusó con un balbuceo ininteligible e hizo ademán de ponerse de puntas sobre sus zapatos. Pero de inmediato frunció el ceño y rectificó.

—Pero, ¿qué fregar ni qué...?

—Discúlpele, señor... —la voz de Orson se alzó a su espalda—. Yo le serviré lo que precise. Le acompañaré a su despacho.

Bentham se volvió hacia Orson, desconcertado, y aceptó salir de la cocina, dejando al sinuoso chino gimoteando su indignación en su propio idioma. Su rostro reflejaba perplejidad, pero no irritación. Orson, acompañándolo por el pasillo, trató de explicar lo ocurrido con tacto diplomático.

—Tal vez debería haberle solicitado permiso, señor. Pero anoche creí entender...

—Por supuesto, Orson. Por supuesto. —Bentham no buscó ninguna justificación.

—En fin —continuó el edecán, cohibido—, las doncellas que me he permitido contratar son madre e hija. De toda confianza, señor. Filipinas.

—Sí...

—Y el cocinero es chino, señor. También de toda confianza. Homosexual.

—Ya.

—Supongo que ello no supondrá ningún inconveniente, señor. Aunque tal vez, no sé si me he apresurado a...

—No, Orson. Está bien.

—Como he tenido ocasión de observar su estupefacción... No sé si le ha disgustado que... ¡Oh, señor, tenía que haberle consultado! ¡Lo siento de veras!

—¡No, no! —Bentham creyó necesario aclarar las cosas a su hombre por si le estaba interpretando mal en lo referente a cuestiones morales—. ¡De ningún modo! Le aseguro que me parece muy bien. De verdad. La vida sexual de cada uno, es... ¿cómo decirlo?: de su exclusiva incumbencia. A mí eso me da igual, pero, ¿se ha fijado usted, Orson? ¿Se ha fijado usted bien? ¡Es la primera vez en mi vida que veo a un chino con pluma! Resulta tan..., tan... ¡insólito! Inaudito, extraordinario..., no sé cómo calificarlo...

—Muchos años en Londres, señor. Ya se sabe... —Cabeceó el mayordomo, como si lo lamentase.

Jonathan Bentham sonrió levemente la explicación de Orson y sin añadir ningún comentario se encerró en el despacho para preparar el encuentro que le había organizado el doctor Da Gama con su colega danés, el doctor Blixen. Una cita que había sido fijada en la antesala del Royal Tennis Court del Palacio de Hampton, al mediodía.

En realidad, no tenía mucho que decir al doctor Blixen. Suponía que el médico brasileño le habría informado acerca de sus intenciones y que, en todo caso, sería él quien tendría que escuchar las posibilidades que la medicina moderna en general y los trabajos de investigación del doctor Blixen, en concreto, le ofrecían. Bentham pagaría lo que fuese preciso, esa era la parte del trato que estaba decidido a cumplir; el resto consistía en enterarse del proceso a seguir, o más bien del milagro a realizar por ese genio danés de la nueva medicina del que tanto le había hablado Da Gama.

Llegar al Palacio de la Corte de Hampton fue sencillo; lo más difícil, una vez cobijados a la sombra de su majestuosidad, fue encontrar la casa lateral donde se había concertado la cita, una antesala situada al final de la fachada principal, en el ala este. Allí se alzaba el edificio que albergaba la pista de Tennis Real. Orson tardó en dar con el camino para conducir al señor Bentham hasta la misma puerta, pero minutos antes de que dieran las campanadas de las doce logró estacionar el automóvil frente a la casa e indicar a su pasajero dónde lo esperaría.

Bentham no fue requerido por nadie al entrar en el edificio. Tan solo tuvo que preguntar a un empleado de Palacio cómo encontrar el salón privado de la cancha de tenis y al momento le fue indicado el camino. A paso firme se dirigió hasta allí, abrió la puerta y entró en la estancia.

El doctor Blixen lo esperaba puesto en pie.

Era tal y como lo había imaginado: un hombre similar a un cómico dibujo de Walt Disney con el aspecto de un viejo excéntrico y bonachón recién salido de un cuento navideño de Dickens. Se diría que llevaba caramelos repartidos por los bolsillos para obsequiar a cualquier niño que se cruzara en su camino y, no obstante, no sonrió en el protocolario acto de la presentación. Luego tampoco lo hizo: su amabilidad, lo confortable de su compañía se encontraba en el brillo de aquellos ojos pequeños, siempre alegres, como si se sintiese realmente a gusto al lado de quien estuviera. Tendría unos sesenta años, tal vez más, pero aparentaba un centenar. Bentham supuso que no sería mayor que él, mayor que el Vinicio Salazar que había desaparecido en el pasado a bordo de un avión primero y después entre las hábiles manos del doctor Da Gama en un quirófano clandestino, pero la vejez de Blixen se forjaba con los materiales del pelo revuelto y descuidado, cejas desordenadamente pobladas, estatura escasa con una corpulencia gruesa y rostro redondo y cuarteado enmarcado entre unas patillas largas, un bigote exuberante y una perilla salvaje. Todos canosos, casi blancos. Vestía traje marrón con rayas blancas que parecía demasiado estrecho para él, chaleco a cuadros que recogía a duras penas la prominencia de su descomunal estómago y camisa blanca cerrada al cuello con un lazo rojo anudado de cualquier forma. Ninguna de aquellas prendas había sido poco usada.

Lo recibió con un fuerte apretón de manos en medio del salón de la casa del palacio de la Corte de Hampton, junto a la pista del Royal Tennis donde en aquellos momentos se estaba jugando un partido. La estancia era pequeña y cómoda, de inconfundible estilo inglés, con grandes cortinajes protegiendo el ventanal que daba al jardín, suelos enmoquetados en rojo, paredes empapeladas en un estampado recargado, sillones de cuero y muebles de madera cuidada. Una sala privada con el aire tradicional del palacio de la Corte en la que apetecía sentarse a contemplar a través de los cristales el paso lento de las horas y de la vida.

—Muy puntual, señor Bentham. —Con un amplio gesto circular de su brazo lo invitó a tomar asiento en uno de los sillones situados junto al ventanal, en torno a un velador donde había un pequeño florero y un ejemplar del *Times.* A continuación Blixen se dirigió al otro sillón, frente a él—. Supongo que habrá tenido usted un viaje agradable desde América, quiero decir desde Centroamérica.

—Estupendo, doctor Blixen, gracias. —Bentham se acomodó en el asiento—. Porque usted es el doctor Blixen, ¿verdad?

—Desde luego, desde luego... —El médico también tomó asiento en un sillón, acompañándose de un gemido que acompasaba el ímprobo esfuerzo de dejarse caer—. Es un placer conocerle —suspiró—. Magnífico lugar, ¿no le parece? Es como si en estas habitaciones se hubiera detenido el tiempo y, sin embargo, provocan un efecto paradójicamente inquietante: su propia antigüedad parece querer indicarnos la cruda realidad de nuestra vejez, lo efímero de nuestra existencia frente a la rotundidad de su permanencia secular. Confieso que me siento impresionado cada vez que vengo por aquí. Quiero decir que muy impresionado, sí. En fin, podemos tomar una copa de jerez si le apetece, yo mismo se la serviré. Da Gama ya me lo ha contado todo acerca de usted, quiero decir de su determinación.

—Gracias. —Bentham se sintió intimidado ante un hombre que parecía saberlo todo sobre él, sin estar seguro aún de su discreción. Pero aquella mirada confortable le inspiró confianza y aquel continuo «quiero decir» desvelaba una cierta inseguridad que lo hacía aún más vulnerable y a la vez más cercano. Mientras el danés se levantaba entre nuevos gemidos y servía las dos copas, Bentham comentó cortés—: En realidad, creo que con usted mis pequeñas ambiciones están a salvo...

—Oh, sí. Descuide... —Blixen se revolvió los bigotes con los dedos antes de alzar de la bandeja las dos copas servidas y ofrecerle una de ellas—. Disculpe que le hable con toda crudeza, amigo mío, pero antes de nada debo decirle que podemos conversar con absoluta libertad. Su anonimato está protegido, porque desde ahora usted no es para mí más que un número en un expediente, quiero decir, en una carpeta de pacientes que, para serle sincero, tengo la intención de inaugurar con usted.

—No me parece una noticia excelente —comentó Bentham, sin saber si su tono resultaba excesivamente sarcástico.

—Quizá por ahora no —los ojos del médico se iluminaron—. Puede que no sea una gran noticia. Pero recuerde a Marco Polo, a Colón, a Galileo, a Lindbergh, a Gagarin, a Armstrong... Todos fueron pioneros en algo y ahora forman parte destacada de la historia de la humanidad. Usted también puede figurar en esa privilegiada lista junto a ellos. Usted y yo, quiero decir... Pero no hablemos de eso todavía, quiero decir que tiempo habrá de... ¿Sabe usted dónde nos encontramos? Venga, venga, se lo voy a enseñar... Acompáñeme. ¿Le gusta a usted el juego del tenis?

—Lo siento. La verdad es que no soy muy aficionado.

—Porque no conoce usted todo esto, venga...

Mientras atravesaban el pasillo que conducía a la cancha, el doctor Blixen fue iniciándole en aquella extraordinaria modalidad de tenis que se practicaba en palacio, explicando que se trataba de un juego que se celebraba en la corte inglesa desde 1528, por lo menos, cuando Enrique VIII lo convirtió en su actividad física favorita. «Hay referencias escritas, señor Bentham, quiero decir que no caben dudas al respecto...» A Bentham le aburría tanta explicación y a punto estuvo de decirle que todo aquello carecía de interés para él, pero la cortesía y la paciencia ejercieron de muro de contención a su profundo desinterés. Ni siquiera se permitió decirle que lo sabía todo acerca de ese juego, que él mismo lo había practicado en repetidas ocasiones en el Newport Club de Rhode Island, hacía ya algunos años, pero que se había hartado por completo de ese y de cualquier otro deporte, desde el golf al automovilismo, el billar o el esquí; pero el médico danés se mostraba tan eufórico, deseando abrirle los ojos acerca de algo que a él mismo resultaba insólito, que se resignó a oír sus explicaciones con toda la atención de que fue capaz. Incluso afirmando de vez en cuando con la cabeza para no decepcionarle.

—El Tennis Real —siguió el danés—, lleva practicándose cinco siglos; es el antecedente del actual deporte del tenis que todos conocen y, a pesar del oscurantismo con que se practica, cada vez cuenta con más adeptos. En nuestros días —aseguró Blixen exagerando su admiración—, habrá unos mil jugadores en el mundo que disputan campeonatos y ligas, y disponen para su práctica de veintisiete pistas en Gran Bretaña, diez en Estados Unidos, tres en Francia y seis en Australia.

—Ya sé que... —Bentham trató de frenar aquella innecesaria demostración de conocimientos sobre un asunto que en absoluto despertaba su interés.

—Deje, deje usted que se lo explique. —Blixen no se dio por aludido y añadió, casi en un susurro, como si pretendiese que nadie descubriera que estaba desvelando un secreto guardado por una secta satánica o algo aun peor—: Estas canchas, en su origen, se crearon en castillos, palacios y conventos, aunque en los últimos treinta años se han levantado en edificios modernos para uso de unos jugadores a los que nadie conoce porque el Royal Tennis, en sí, sigue siendo un juego casi clandestino, quiero decir un deporte exclusivo de minorías selectas —sonrió aliviado después de liberar una información que le parecía esencial—. Vamos, entremos en la cancha. Nos sentaremos en el *dedans*...

Cuando Bentham se acomodó resignado y paciente en un asiento central de la grada del fondo de la pista, los jugadores se estaban tomando un pequeño descanso. Blixen pasó los ojos por la estancia y retomó la palabra.

—Magnífico, ¿verdad? Es la más antigua y, además, la más grande de cuantas salas existen en el mundo. Y aquí está usted a punto de presenciar un juego que muy pocos tienen la suerte de disfrutar. Aquí lo llaman Tennis Real, en Estados Unidos, Court Tennis y en Francia, Jeu de Paume; pero todo es lo mismo. ¿Sabía usted que lo han jugado tanto los reyes franceses como los Estuardo..., Jorge IV, el príncipe Alberto, Eduardo VII, Jorge V...? ¿A que no puede creerlo? ¡Pues así es! No le digo más que el propio Enrique VIII recibió la noticia de que su esposa Ana Bolena había sido ejecutada, quiero decir decapitada, mientras disputaba un partido. ¡Aquí mismo! Quiero decir que era un auténtico aficionado. Y fíjese bien: esta sala data de principios del siglo dieciséis; claro, que ha sido reformada en muchas ocasiones... Una vez lo hizo Carlos II, después Guillermo Tudor, más tarde Jorge II y recientemente el príncipe Eduardo... Pero, en lo esencial, continúa tal y como se construyó. Quiero decir...

—¡Oiga, doctor Blixen! —La paciencia de Bentham había llegado a su límite.

—¡Mire, mire...! —insistió el danés—. ¡Fíjese ahora!

Los jugadores habían vuelto a la pista. Durante algunos minutos desarrollaron un juego reglado por unas normas que Bentham comprendía a la perfección, pero practicado por unos aprendices que no daban una a derechas. La pista cubierta estaba rodeada de paredes en las que podía rebotar la pelota sin que el juego se detuviese; a uno de los lados, unos ventanucos recibían, devolvían o rebotaban la bola sin que nada ocurriese, con tal de que superase la red en vez de botar en el suelo de la pista propia, y al fondo, celosamente guardado por el jugador de aquel lado, había un portillo aún más pequeño que buscaba con afán el jugador contrario, como si se tratase de una portería minúscula en la que introducir la bola y ganar el punto. Blixen seguía con concentración el juego, incluso expresaba emociones exageradas en danés y se agitaba de manera diferente, pero siempre entusiasta, si un jugador ganaba o perdía el lance. En cambio, a Bentham el desarrollo del juego no le interesaba en absoluto y se dedicó a observar los techados y la decoración de la sala en un afán de entretenimiento que no llegó a cumplir su objetivo. Al término de uno de los juegos, mientras los contendientes cambiaban de pista, el doctor se volvió hacia él.

—Sencillo, muy sencillo. Quiero decir que el tanteo es como en el tenis que usted conoce: 15, 30, 40, *deuce*, ventaja... Y el *grill*, aquella parrilla que ve el fondo, da el punto. Lo comprende, ¿verdad?

—Sí, claro. —Hacía rato que Bentham había perdido por completo el interés por aquello; le puso una mano en el brazo del médico con suavidad y se esforzó en que su tono de voz fuese lo más comedido posible—. Tendríamos que hablar, doctor Blixen.

—Oh, sí, sí... —Blixen se removió en su asiento en el *dedans*—. Desde luego. En un minuto, en cuanto acabe este set...

Bentham optó por intentar tranquilizarse y para ello dedicó un rato a elaborar la primera frase que saldría de su boca, el modo preciso de declarar lo que deseaba, de formular su aspiración. Vivir más, detener el envejecimiento, sobrevivir... No; no era eso lo que tenía que decir, aunque todo ello formase parte de la propuesta. ¿Qué era lo que quería, en realidad? Desde que empezó a pensarlo, en São Paulo, y después durante varias semanas en Caracas y luego en la clínica de reposo de Isla Margarita mientras se recuperaba de las intervenciones quirúrgicas, la idea de vivir para siempre le había ocupado todo el tiempo, como si estuviera anestesiado bajo los efectos de un hechizo, y con esa intención había llegado a Londres. Pero ahora, en aquellos momentos, algo no encajaba en sus verdaderos deseos: vivir no podía ser considerado un fin, sino un medio para algo más. Vivir para siempre, vivir para siempre... Qué absurdo. No había contado con eso. Si fuera un tetrapléjico atado a un camastro, la vida eterna sería la mayor de las torturas; y para alguien que no amase la vida con pasión, casi con rabia, vivir terminaría por convertirse en una obligación angustiosa. Pero él no tenía conciencia de amar de ese modo tan desesperado la vida y aun así la búsqueda de su prolongación ilimitada se había vuelto omnipresente. Tenía que existir otra razón, alguna causa en la que hasta ahora no había reparado.

El pasado pesaba; imposible escapar de él. Pero, con todo, el futuro pesaba más. Comprender de repente que podría vivir para siempre le produjo una ansiedad que aceleró los latidos del corazón hasta provocarle una sensación cercana al mareo. La respiración se le hizo difícil, las manos empezaron a sudar y se removió en su asiento varias veces.

—Le espero afuera —comunicó al fin al doctor Blixen.

—Estoy con usted en un instante —respondió el médico, sin volverse hacia él.

Sentado en la misma sala donde se habían citado, Bentham se relajó poco a poco. Necesitaba pensar. Necesitaba encontrar la razón que lo había llevado hasta allí, sus verdaderas intenciones, no las causas y motivos que se había estado dando hasta entonces y que en aquellos momentos le parecieron fútiles, banales, ingenuos e inmaduros. Un malinterpretado existencialismo adolescente, se dijo. La búsqueda del Santo Grial acompañando a Indiana Jones, pensó. Sintió de pronto que estaba a punto de traspasar los límites del ridículo. No; no podía ser tan irracional, tan inocente. Había llegado hasta allí por algo más profundo y necesitaba descubrirlo antes de iniciar la conversación con el hombre que acudiría a la sala de un momento a otro.

La riqueza es la trampa de la sociedad para conservar al ser humano sumido en la esclavitud. Con ella, pensó, se puede conseguir cualquier cosa, menos las realmente importantes: el amor, la salud, la dignidad, la serenidad... Él disponía de cuanto pudiera desear: ni en sus mejores sueños Aladino aspiró a tanto con su lámpara; pero tenerla no le otorgaba ninguna de aquellas cosas porque no estaban en venta. La sociedad se las había ingeniado para que unos pocos seres humanos alcanzasen la fortuna e indicasen a los demás que, si se comportaban de manera obediente y sumisa, tal vez podrían obtener también el éxito. La sociedad escogía con sus tentáculos soluciones individuales, no amparaba a la colectividad. El centro del mundo no era el ser humano, sino algunos seres disciplinados, cómodos, rendidos, esclavizados. Y en ese modelo social, ¿quién era él? Tan solo un millonario indecente con una fortuna indecente pretendiendo llevar a cabo una aspiración indecente.

Bien. ¿Y qué?

Lo cierto era que él ya no significaba nada, por eso podía permitirse actuar como un náufrago. Jonathan Bentham no era nadie, no existía. Ni siquiera se llamaba así. Carecía de familia, de amigos, de raíces, de un documento de identidad verdadero que pudiese devolver su cadáver a una tierra conocida. Sólo eran él y su dinero. Como un extraterrestre sin nave de retorno ni esperanza de recogida. Por eso podía intentar cualquier cosa, cualquiera. Experimentar, morir, resucitar, inmolarse, rebelarse, decidir. Tenía libertad. La mayor libertad jamás imaginada. Incluso tanta que producía vértigo, el vértigo de saber que nadie, absolutamente nadie, espera, busca, recuerda ni reconoce. Nadie a quien preguntar ni nadie que pregunte por uno. En esa sensación de tenerlo todo sin tener nada se puede fácilmente enloquecer. Dinero, dinero, mucho dinero, muchísimo dinero... ¿Y qué? Papeles rectangulares de colores y cifras, cartulinas de plástico, un mundo que puede comprarse y que está vacío de afecto, de emociones, de calor, de humanidad. Pagar sexo, ¿para qué? Pagar salud para comprar tiempo, ¿y qué hacer con él? Pagar apariencia, ¿cómo se alcanza la dignidad? Tal vez si encontrase una mujer a la que amar... El escolta Miguel hubiese dicho que las mujeres son los libros, las artes, las academias que ilustran, alientan y sostienen a este mundo, citando a Shakespeare. Pero él no era Miguel... ¿Dónde estaría ahora ese hombre? Tal vez podría iluminarle...

—Vaya, vaya... —el doctor Blixen entró en la salita con sus pasos cortos y rápidos y en la cara la satisfacción de un jugador que hubiese ganado una apuesta en las carreras—. Se ha perdido usted lo mejor. El último juego ha durado casi veinte minutos...

Bentham le siguió con la mirada hasta que tomó asiento y ladeó la cabeza, como si lamentase de veras haberse perdido semejante espectáculo. Luego le imitó, sentándose frente a él. Esperaba que el danés iniciase la conversación que les había citado allí. Pero Blixen no parecía tener interés en complacerle.

—Perdone, pero creo que deberíamos intercambiar algunas impresiones, doctor.

—Desde luego —Blixen se rascó el mentón—. Quiero decir que primero me expone usted sus ideas y luego yo le expondré las mías. Así creo que debe ser.

Bentham comprendió que le correspondía mover ficha y se acomodó en el asiento. Después de todo, no estaba seguro por dónde empezar. Optó por la contundencia.

—Bien, doctor Blixen. Lo que yo deseo es no morir.

—¡Hombre, claro! ¡Y yo! —sonrió el danés—. Y seguramente nueve de cada diez ciudadanos a los que usted pregunte. Pero, hágame caso: eso es imposible. Quiero decir que eso no está en manos de nadie. Salvo que se apañe usted un buen pacto con el diablo, claro —concluyó, sarcástico.

—Yo creía...

—No, no. A ver si nos entendemos... —Blixen adoptó un semblante serio y cerró los ojos, pretendiendo solemnizar sus palabras—. La inmortalidad no es, ni siquiera, un accidente de la Naturaleza. No hay precedentes porque no ha habido ni hay excepción posible. Todo, absolutamente todo, sufre un desgaste y acaba por destruirse. Las pirámides de Egipto pueden sobrevivir siglo tras siglo, pero un día u otro se desmoronarán, se lo aseguro. No hay nada inmutable ni imperecedero. Menos aún el material orgánico. Y los seres humanos estamos hechos de materiales orgánicos que son altamente frágiles. Y demos gracias a la Naturaleza de que sea así, por cierto, porque si la vida media de los seres humanos se hubiese duplicado hace cien años, por ejemplo, ya se habría extinguido la especie, o estaríamos al borde mismo de la extinción. No hay lugar en nuestro planeta para cuadruplicar la población, amigo mío. Quiero decir que no hay ni sitio, ni agua, ni alimentación, ni energía. La muerte es la principal aliada de la vida.

—Pero el doctor Da Gama insinuó...

—Estoy informado de lo que hablaron y sé cuáles fueron sus palabras —le interrumpió el danés, tajante—. Y le aseguro que, al menos en pura teoría, mi colega no le engañó. Es cierto: yo podría poner en marcha un proceso de transformación biogenética que le permitiría a un ser humano alcanzar, digamos, los ciento cincuenta o doscientos años de edad. Un proceso que ya he experimentado con otros mamíferos y los resultados han confirmado el éxito. Un procedimiento carísimo, digámoslo de paso, quiero decir que absolutamente fuera de mi alcance si quisiera ponerlo en práctica con un ser humano, pero a mi entender doscientos años es algo muy parecido a la eternidad. Sobre todo porque dentro de un siglo la ciencia habrá avanzado lo suficiente para que las claves de la longevidad permitan extender esa longevidad otros cincuenta años, y para entonces algunos más.

—Si eso es verdad —Bentham se incorporó en su sillón, con los ojos desorbitados—, estaríamos hablando, prácticamente...

—Sí, es posible. Estaríamos hablando de algo muy parecido a una vida eterna. —Blixen se pasó las manos por la cara, como si sus propias palabras le produjesen un temor que no deseaba traslucir—. Pero insisto en que el proceso completo no se ha experimentado aún con seres humanos y su mera preparación, compréndalo, supondría disponer de unas sumas..., no sé si me comprende... Quiero decir que estamos hablando de unas sumas imposibles...

—¿Cómo de imposibles? —Bentham no se arredró porque su cabeza ardía como la de un jugador ante la ruleta mientras la bola se aproxima al número de su apuesta.

—No lo sé, señor Bentham. —el danés empezó a sufrir una especie de vértigo. Sus propias palabras le producían mareos—. No lo sé. Quiero decir que la mera preparación necesitaría por lo menos seis meses de trabajo en la más absoluta confidencialidad, personal especializado, instrumental preciso, equipos..., y eso cuesta dinero, mucho dinero.

—¿Bastaría con cien millones de dólares?

—¿Cómo dice? —Blixen frunció el entrecejo y lo miró incrédulo.

—Cien millones de dólares —insistió Bentham—. O el doble. Lo que sea preciso para disponerlo todo. Después, si consigue lo que nos proponemos, con gusto le abonaría otra cantidad similar.

El danés adoptó un rictus grave y se levantó del sillón. Durante unos segundos paseó por la estancia sujetándose la barbilla, en un esfuerzo visible de reflexión, con la cabeza baja y los andares sin orientación. Estaba ante el mayor reto de su vida, también ante el mayor desafío de la Ciencia y no sabía qué decisión tomar. Aquello era algo que había deseado con todas sus fuerzas todos los días durante los últimos diez años, pero una cosa era anhelar la Luna y otra firmar un contrato de compraventa con la NASA. Aunque aquella oferta de Bentham no contenía ningún contrato; era tan solo un regalo para abrir la más fantástica vía de agua e intentar, por una vez al menos, que el río de la vida no acabase tan pronto en los mares de la muerte. Él ya había experimentado ilegalmente ese proceso, de manera parcial, con dos niños centroamericanos facilitados por Da Gama, y por eso sabía que en los seres humanos existen células capaces de regenerar órganos completos, una vez aisladas, marcadas con identificadores moleculares; y una vez realizado su seguimiento, había comprobado que crecían y generaban los diferentes tipos de células que existen en un órgano hasta el punto de convertirse en uno nuevo que cumple exactamente la función que se le tenía designada. Lo experimentó con un riñón, con un bazo, con un hígado y con una vejiga. También con la médula ósea. Y resultó. Con el dinero que le ofrecía Bentham podía intentarlo con todos los órganos vitales y lograr, al fin, después de tantos años... La oferta era irrechazable. La oportunidad, única. Por eso respiró profundamente, volvió sus pasos hacia Bentham y extendió la mano.

—De acuerdo.

—¿De verdad? —Los ojos de Bentham se iluminaron y la cara se extendió en una gran sonrisa. Tomó la mano del danés y se la estrechó con fuerza—. ¿No será una utopía, doctor?

—Puede. —Blixen alzó los hombros—. Pero ya sabe lo que eso quiere decir. Una utopía es algo irrealizable en el momento de su formulación; pero quién sabe si después...

—Completamente de acuerdo... —Bentham no podía disimular su euforia—. ¡Estupendo! Dígame lo que he de hacer.

—Bueno. —Blixen titubeó. Estaba excitado y temía comprometerse en una situación que era completamente nueva para él y en la que nunca había pensado, sólo soñado. Pero la ansiedad era más fuerte que la prudencia y se dejó llevar—. Bien, bien... Para empezar he de decirle que no le prometo nada, tan solo intentarlo. Y además debería explicarle..., quiero decir que debería darle algunos detalles de la naturaleza de mi proyecto. Porque teniendo en cuenta su complejidad...

—Bien —aceptó Bentham, excitado y febril—. Eso será durante la comida. Porque me permite usted que le invite a comer, ¿verdad?

—Siéntese, María.

El Comisario General de Policía de Brasil esperó a que la joven tomara asiento en donde se le indicó. En el despacho había otros dos hombres: Lisboa, el inspector-jefe del distrito de São Paulo, y un detective de la Brigada Criminal de nombre Bandeira. Se habían puesto de pie para recibir a la inspectora María Saldanha, habían estrechado su mano con frialdad y esperaron a que se sentara para volver a sus lugares en el sofá, al fondo del gran despacho del Comisario General. Era una estancia luminosa, confortable y revestida de madera de caoba con el suelo recubierto por una moqueta de color beis y rodeada de estanterías rebosantes de expedientes, legajos y muebles también de madera ocultando las paredes laterales. Un retrato del presidente Lula y una bandera brasileña con mástil de pie flanqueaban el escritorio. María aceptó el saludo de los dos policías con la misma frialdad profesional que adoptaron ellos y tomó asiento sin perder en ningún momento el rictus de seriedad que se ajustaba a la gravedad de la cita.

—He convocado para esta reunión al inspector Lisboa y al detective Bandeira porque el contenido de su informe reviste la máxima importancia —empezó diciendo el Comisario, masticando las palabras con crudeza. Luego cambió el tono y eligió una inflexión de voz más conciliadora—. Conozco su brillante expediente, María, y también sé de su profesionalidad, por eso no dudo de que tendrá sus motivos para haber actuado como lo ha hecho. Pero permítame que, por el momento, me reserve una opinión al respecto. Ahora prefiero que se explique usted misma.

María Saldanha afirmó dos veces con la cabeza sin dejar de mirar al Comisario, bailando su larga melena ondulada y negra como una cortina de seda y charol que resaltaba aún más su hermosísima piel melada. Las facciones de su rostro eran dulces y su forma de hablar pausada y melodiosa. Cuando sonreía, embrujaba; pero cuando se enojaba propagaba la advertencia de que era una mujer a temer. Al inspector jefe Lisboa y al detective Bandeira los miró sin pestañear.

—En efecto —dijo suavemente y sin titubeos—. He informado al señor Comisario de que tal vez se trate de una hipótesis sorprendente y puede que incluso ustedes la califiquen de fantasiosa, pero estoy aquí para decirles que tengo el convencimiento de que el ciudadano español Vinicio Salazar está vivo.

Lisboa y Bandeira no parpadearon. Sus miradas se detuvieron persistentes en los ojos de aquella jefa de Policía de una pequeña ciudad del distrito de Espíritu Santo, cercana a Vitória, como si en vez de tratar de digerir la noticia estuviesen evaluando su estado mental. La fijeza de sus pupilas fue tal que María se volvió hacia su superior sin estar segura de si debía seguir.

—Continúe —ordenó el Comisario—. Hable usted, María.

—Bueno... —dudó la inspectora, y sus ojos grandes y negros se iluminaron como si el cielo de sus pupilas lo hubiese cruzado una estrella fugaz—. Comprendo que a estas alturas pueda resultar difícil de creer, pero los indicios que obran en mi poder parecen suficientes para abrir una investigación. Las coincidencias, señores, son abrumadoras.

Por eso he creído mi deber informar al señor Comisario de que Salazar mató a dos pescadores en una playa en mi distrito, luego asesinó a un campesino para robarle el coche y por último...

—Desde luego que lo es. —Lisboa movió la cabeza hacia el Comisario y abrió las manos en señal de desconcierto—. Fantasiosa y muy difícil de creer. Pero yo diría algo más: eso es, sobre todo, absurdo. Y tanto... —el inspector jefe suspiró, incrédulo—. No entiendo, señor Comisario, que nos hayamos reunido para oír semejante historia. ¿Quiere decir que Salazar, uno de los hombres más ricos del mundo, anda por ahí matando pescadores y robando coches? —Lisboa sonrió, sarcástico—. Vamos, inspectora Saldanha. Los ricos tienen mil formas de robar, pero no precisamente coches viejos a los campesinos.

—Calma, calma... Oigamos lo que nos tiene que decir —replicó el Comisario, y con un gesto de las manos ordenó al inspector que tuviese paciencia. Y añadió—: Es cierto que resulta un tanto incongruente la afirmación, estoy de acuerdo, pero no olvidemos que la inspectora Saldanha ocupa un cargo de Jefe de Policía que yo mismo designé; que fue la número uno de su promoción y que se ha formado durante dos años con la policía de Nueva York con unos resultados que todos hemos calificado en repetidas ocasiones de excepcionales. Personalmente, señores, no la considero ninguna insensata, bien lo saben ustedes, sino todo lo contrario. Así pues, les ruego que la escuchemos con atención, que tiempo habrá luego de valorar el caso como corresponda.

—De acuerdo, de acuerdo —aceptó Lisboa reclinándose en el sofá, desinteresado—. Oigamos esa historia.

María agradeció con una leve sonrisa el amparo de su jefe y aceptó la invitación de continuar. Extrajo de su abultada cartera negra una carpeta repleta de papeles y se ayudó de ellos para relatar con todo detalle el resultado de sus pesquisas.

—Me he permitido preparar un informe completo. Veamos... —la inspectora revisó sus folios—. Primer hecho: según sabemos, el avión privado de Vinicio Salazar sufrió un accidente y se perdió en alta mar durante la madrugada del 1 al 2 de noviembre. Oficialmente no hubo supervivientes, pero no olvidemos que tampoco hay constancia alguna de que se produjeran víctimas. No se encontraron rastros del avión ni de sus pasajeros, sólo algunos enseres pertenecientes al mobiliario del aparato. Todo ello está probado, ¿no es así?

El Comisario afirmó con la cabeza.

—Prosiga usted.

—Bien. Segundo hecho: un barco pesquero, propiedad de Jose Claudio Fonseca y Luiz Carlos Saldanha, mi hermano —María hizo una pausa apenas perceptible y tragó saliva; pero continuó sin dejarse arrastrar por la emoción—, encalló y se incendió frente a una playa deshabitada de mi distrito al amanecer de la mañana siguiente, el día 2 de noviembre, hecho que fue descubierto por un coche patrulla de mi comisaría en una inspección rutinaria de reconocimiento de aquel paraje. Al extraer los restos de la embarcación se encontraron los dos cuerpos. Los dos hombres, los dos..., estaban muertos..., carbonizados...

—¿Quiere usted un vaso de agua? —El Comisario General se levantó para servirlo y sin esperar la respuesta se lo acercó.

—Gracias, señor. —María tomó el vaso entre sus manos y bebió un sorbo. Luego, recolocando los papeles mientras controlaba su emoción, continuó con la narración, sin titubeos—. Los cuerpos, una vez identificados, corresponden a los dos pescadores antes citados. También son datos ciertos. Tercer hecho: el día 3 de noviembre se encontró en un descampado próximo a la ciudad de Río de Janeiro un vehículo Ford de color azul marino sin placas de matrícula que, después de las investigaciones reglamentarias, resultó pertenecer a un campesino de la pequeña ciudad de Da Silva. El campesino había abandonado su casa la mañana del 2 de noviembre para efectuar unas compras en la cercana ciudad de Juiz de Fora, pero nadie volvió a verlo con vida. Dada la voz de alarma por su familia, el cadáver del campesino Silvinho Montes fue finalmente encontrado días después semienterrado y en avanzado estado de descomposición en un barranco cercano a la carretera que une Da Silva con Juiz de Fora, en el punto kilométrico 2,400. La autopsia, de la que aquí tengo el certificado oficial, determinó el momento aproximado de su muerte: las nueve horas del día 2 de noviembre; y la causa, dos disparos de pistola de la marca Beretta: uno en la espalda realizado a una distancia no superior a los treinta metros y otro en la cabeza disparado casi a bocajarro, por los restos de pólvora encontrados en torno al orificio de penetración de la bala. Continúo. Cuarto hecho...

—Perdone que le interrumpa, pero lamento decirle que sigo sin encontrar relación alguna entre los hechos con que nos ilustra, inspectora Saldanha —Lisboa se incorporó en su asiento, impaciente—. Un accidente de un barco: muy lamentable, por supuesto; y un robo con asesinato: demasiado frecuente, por desgracia...

—Dejémosla seguir —interrumpió el Comisario.

—Bien, bien, estamos perdiendo el tiempo, pero sea como usted dice. —El inspector Lisboa volvió a recostarse, resoplando—. Por mí, soy todo oídos.

—Gracias, inspector Lisboa. —María respiró profundamente, comenzaba a ponerse nerviosa, y volvió a consultar sus papeles—. Decía que el hecho cuarto probado es el robo en los mismos extrarradios de Río de Janeiro, muy cerca de donde se encontró el viejo Ford y el mismo día 3 de noviembre, de varios vehículos, entre ellos un Fiat de color azul metalizado cuya desaparición fue oportunamente denunciada y que fue detectado por la policía local al día siguiente, abandonado, en la esquina de São João con João Bricola, aquí mismo, en São Paulo. Todos estos datos constan en estos informes con su correspondiente documentación. Por último...

—Supongo que en esos vehículos a los que usted se refiere habría abundantes huellas digitales de los individuos que los sustrajeron... —conjeturó el Comisario.

—Por desgracia, no consta, señor Comisario. —María se dio cuenta del grave error cometido durante la investigación y se recriminó a sí misma por no haberlo previsto y odió la ineficacia de algunos de sus subordinados—. En realidad, no se tomaron muestras. Son delitos tan comunes que la policía científica no actúa en los casos considerados hurto de uso, como la sustracción de vehículos. Y ya ha pasado tanto tiempo...

—No sé, señor —el detective Bandeira pareció despertar del letargo y se dirigió malhumorado al Comisario General—. Estoy de acuerdo con el inspector jefe Lisboa. Creo que todo esto es una pérdida de tiempo. Perdóneme, pero no tengo ni idea de adónde quiere llegar la inspectora Saldanha, señor.

—Mi hipótesis de trabajo es que Vinicio Salazar... —intentó explicarse María.

—Sí, sí, ya sé... Que Salazar mató, incendió, robó, volvió a asesinar... —Bandeira convirtió su mirada en arista de roca—. Ya lo hemos oído. ¡Y es inconcebible!

—Tenemos un dato fundamental —María rebuscó entre sus papeles, incómoda. Se daba cuenta de que su relato no estaba siendo eficaz, que ni siquiera se expresaba con la necesaria contundencia, pero tenía su teoría muy elaborada y necesitaba que la creyesen. Volvió a beber agua y se aclaró la garganta—. Un hecho capital que demuestra que Salazar puede estar vivo. El mismo día 3 de noviembre, a mediodía, un individuo que pudiera ser el propio Vinicio Salazar retiró un sobre de la Recepción del Hospital Sirio-Libanés.

—¿Cómo dice? —tanto Lisboa como Bandeira volvieron la cabeza perplejos—. ¿Cómo sabe...?

—Bueno —María se dirigió al Comisario General—. Eso fue, en concreto, lo que me indujo a iniciar esta investigación, señor. Leí en un periódico la entrevista que le hicieron a una enfermera del Hospital y ella asegura haber entregado ese sobre, en esa fecha, al propio Salazar. Después de dárselo, se enteró de que Salazar había muerto poco antes, lo reconoció por la fotografía de un periódico, y por eso corrió a contárselo a un amigo periodista, el mismo que después publicó sus declaraciones. La enfermera, aquí tengo el recorte, asegura que, en efecto, se trataba del hombre que daban por muerto, Salazar, aunque también es cierto que ella dice que se presentó disfrazado.

—¿Disfrazado? —sonrió irónico Lisboa y descubrió la misma mueca en la expresión de Bandeira.

—Sí: con una peluca, unos bigotes y una perilla postizos...

—¡Esto es el colmo! —Lisboa se levantó y dio unos pasos por el despacho, irritado—. Peluca, bigotes, perilla postiza... ¡María, por favor! ¿Pretende hacernos creer que el espectro de Salazar se presentó en un hospital a plena luz del día y empezó a celebrar el carnaval con un mes de antelación?

—Y en todo caso —añadió Bandeira—, ¿cómo pudo reconocer a un hombre que no había visto en su vida si tan disfrazado iba? ¿No comprende que es imposible? Peluca, barba... Seguro que llevaría también gafas de sol, ¿no?

—Déjeme ver ese recorte —el Comisario cabeceó, decepcionado. Ella se lo entregó—. Bueno... —comentó después de echar un vistazo—: No puede decirse que O Correo da Noite sea precisamente un periódico serio...

—¿O Correo da Noite? Esos darían la noticia de la violación de la madre del propio director si con ello consiguieran aumentar las ventas... —Lisboa se levantó de su sillón y se aproximó a la ventana. Miró al exterior, aburrido—. ¡Es inaudito!

—Lo siento, María. —El Comisario General se puso también de pie, manifestando con claridad que lamentaba lo que oía—. Si esto es todo cuanto puede ofrecernos, comprenda que no tenemos nada para iniciar una investigación...

—¡No, señor! —María se incorporó de un brinco, saltó del sillón y se acercó al Comisario. Los ojos se le habían teñido de un halo amarillento de rebeldía que infundía miedo—. ¡Todavía hay más!

El Comisario la observó durante unos instantes y evaluó la firmeza de su subordinada. La apreciaba mucho, la conocía desde los comienzos de su carrera policial y deseaba creer en ella, pero María Saldanha no se lo estaba poniendo fácil. No obstante, decidió concederle una última oportunidad, afirmó tres veces con un movimiento de la cabeza, volvió a tomar asiento frente a la mujer e indicó a Lisboa y a Bandeira, con un gesto apenas perceptible, que por favor tuviesen paciencia y atendiesen unos minutos más. El escepticismo condicionó su tono de voz cansado.

—Bien. Vuelva a sentarse y díganos.

—Se trata de Lucelia, la enfermera. La de la entrevista. Hace una semana la interrogué y tuve que mostrarme..., perdone que lo diga pero..., en fin, que tuve que mostrarme muy persuasiva para obtener la información de que el sobre lo dejó un hombre del equipo del doctor Da Gama, un médico expulsado del Hospital porque se le considera un chiflado que se dedica a realizar experimentos ilegales. Da Gama está en busca y captura por la INTERPOL, como usted sabrá. Y ahora viene lo mejor, señor Comisario: la enfermera Lucelia me facilitó las señas de un enfermero que ha pertenecido al equipo de Da Gama hasta hace un mes. Anteayer lo localicé y me confirmó lo que suponía: que un multimillonario español se sometió a una cirugía plástica integral en la clínica privada del doctor Da Gama en Caracas durante el mes de diciembre. Ahora dispone de un aspecto físico nuevo y de una documentación también nueva y legal. Pacté con él la inmunidad si me facilitaba toda la información de que dispone.

—¿Y por qué hemos de suponer que ese metrosexual español es Salazar? —Lisboa negó con la cabeza—. No tiene ninguna prueba, inspectora Saldanha, permítame que se lo diga. ¿Y no querrá que intervengamos en la documentación confidencial de un centro médico situado en el extranjero, verdad?

—¿Por qué no? —María pareció enfurecerse aún más—. ¡Existe un convenio internacional para casos como éste! ¡Y también es cierto que pudiera no tratarse de Salazar, sino de otro pasajero del avión siniestrado, si no fuera por el dato crucial de que el único multimillonario era él! ¡Los otros eran escoltas y pilotos...! ¡Y ustedes tienen que estar muy ciegos para no comprender que el itinerario criminal es evidente! ¡No puede estar más claro, tiene que ser él! Insisto, señor Comisario: ¡Vinicio Salazar está vivo!

—Vamos, María, cálmese —el Comisario General puso la mano en su hombro y trató de razonar con ella—. No tenemos nada, absolutamente nada. La declaración de una enfermera confundida y de un enfermero indiscreto que habla de un rico ciudadano español que ha decidido quitarse unos años. ¿Dónde está la relación entre un presumido que se hace un par de lifting en Caracas y la serie de delitos, por muy conexos que a usted le parezcan, cometidos en territorio brasileño? Relacionar ambos hechos es fruto de su imaginación o de su deseo de venganza, nada más. Y para eso no se ha formado usted como policía. Además, y perdone que se lo diga, está hablando de delitos comunes muy graves que usted no puede ni debe imputarlos a un muerto. Es una falta de respeto, María. Y más aún a un muerto de la categoría y prestigio internacionales del señor Salazar.

—Pero, pero... —María le miró suplicante, con los ojos llenos de rabia—. ¡Todo concuerda! ¡Todo! ¿Es que no se da cuenta? ¡No podemos dejarlo así! ¡Mi hermano y Jose Claudio murieron asesinados! ¡Los cuerpos aparecieron carbonizados, pero antes de morir recibieron un impacto de bala cada uno! ¡La autopsia..., la autopsia...! Mire, mire... La tengo por aquí...

—¿Y qué significa todo eso, maldita sea, María? —el Comisario ya no quería continuar con aquello—. ¿Qué tiene usted? ¡Nada! ¿Y qué es lo que quiere demostrar con esta humareda? ¿Eh? ¿Qué?

María Saldanha se quedó callada, sin saber qué responder. Estaba rabiosa, pero lograba entender que el Comisario podía tener razón, que ella había compuesto un puzzle con todos los datos, forzándolos a encajar, y que podía ser cierto que todo fuese una pura invención. Pero, a pesar de la evidencia, la intuición le hacía estar convencida de algo que no podía demostrar y la intuición nunca le había fallado; además el recuerdo del cuerpo ennegrecido de su hermano la impulsaba a seguir con una investigación que acaso fuera una mera fantasía, pero a la que no quería renunciar. Por eso redobló su terquedad y alzó la voz.

—¡De acuerdo! ¡Pero reconozcan que es demasiada casualidad! ¡Que existen demasiadas coincidencias e indicios para seguir investigando! ¡Y luego está lo de ese escolta de Vinicio Salazar, ese tal Miguel!

—¿Qué pasa con él? —preguntó el inspector Lisboa, perplejo, como si estuviese asistiendo a un espectáculo delirante.

—Pues que, que... ¡Que resulta que ahora ha aparecido de buenas a primeras para heredar toda su fortuna! ¿Le parece normal que un escolta...? ¡Oh, Dios mío!

—No hay caso, María. —El Comisario se puso de pie y la invitó a levantarse. Luego la miró con ternura a los ojos y le habló con el tono paternal que requerían el afecto que le tenía y el difícil momento por el que sabía que estaba pasando—. Está usted muy alterada y todos comprendemos las razones. Se trata de la muerte de su hermano. Pero hace más de dos meses que ocurrió el accidente y ya se han llevado a cabo todas las investigaciones posibles. Ese escolta del que habla, Miguel Guzmán, era un hombre de la máxima confianza de Salazar, quizá fuera hijo suyo, un hijo ilegítimo, o incluso su amante... ¡Qué podemos saber nosotros de las rarezas de toda esa gente poderosa...! Pero era de toda su confianza, sin duda, hasta el punto de ser designado como el único heredero. Y en la investigación quedó demostrado que permaneció en la isla de Fernando de Noronha hasta que a los cuatro días se enteró del accidente de su benefactor y jefe, Vinicio Salazar. Disponemos de un informe exhaustivo de la Policía española redactado con las declaraciones de Miguel Guzmán a su regreso a Madrid y con todas las garantías documentales de las pesquisas llevadas a cabo, hasta el último detalle. Como comprenderá, el propio Gobierno de España se ha interesado de manera muy especial por la muerte de su ciudadano Salazar. No hay caso, María: sólo conjeturas y, por lo que parece, más cercanas al exceso de trabajo, a sus emociones, que a la realidad de este asunto. De todos modos le agradezco su interés y el esfuerzo que ha tenido que realizar. Ha sido muy profesional. Lástima que...

—No estoy de acuerdo, señor. —María levantó la cabeza y tomó aire—. Diga lo que diga la policía española, sea lo que sea lo que opine usted, lo que opinen todos ustedes, ni quiero ni puedo estar de acuerdo. Mi intuición me dice que Salazar está vivo y le aseguro que me propongo demostrarlo.

—¿Qué quiere decir? —El Comisario frunció el ceño.

—Que, con su permiso, señor Comisario, seguiré la investigación hasta que...

—Nada de permisos, inspectora Saldanha. —El Comisario negó con la cabeza y se mostró por primera vez enérgico, casi indignado con su actitud—. Aquí se cierra el caso. Sólo me faltaba un contencioso con el embajador de España en representación de su Gobierno. Usted volverá a su puesto o..., mejor: se tomará unas vacaciones.

—No, señor. Lo siento.

—¿Cómo dice?

El inspector jefe Lisboa y el detective Bandeira se volvieron para asistir al desafío de María. Ella recogía sus papeles apresuradamente, con una fortaleza y una firmeza inesperadas. El Comisario General, sin dar crédito a la insubordinación de su jefa de Policía, dibujó con sus labios una mueca de estupefacción. La inspectora Saldanha concluyó, antes de salir del despacho:

—Renuncio, señor. Renuncio a mi puesto y al Cuerpo. El asesinato de mi hermano no quedará impune. Le juro que le traeré la cabeza de Salazar en una bandeja de plata y veremos entonces qué opina usted.

—Le advierto, María...

—Sí, sí, no se preocupe. Reiniciaré mi investigación fuera del país, en Venezuela.

—No le consiento que...

—Ya no estoy bajo sus órdenes, señor —su aplomo resultaba incontestable; su testarudez, irritante—. Y después iré al fin del mundo si es preciso. Aquí dejo mi placa y la pistola. No volverá a saber de mí hasta que consiga mis propósitos. Buenos días.

María Saldanha, veintiséis años, ex policía ya, abandonó el despacho del Comisario General sin dar un portazo, sin mirar a aquellos hombres y dejando tras de sí los rasguños del silencio y esa sensación agridulce que produce el frío cuando amanecen las calles con una capa de nueve centímetros de nieve.

En ese mismo momento, el doctor Blixen explicaba a Jonathan Bentham los pasos necesarios para llegar al inicio del proceso que se proponía realizar y procurar alcanzar una longevidad extraordinaria. Con esos cien millones de dólares, aseguró, bastaría para realizar los últimos experimentos, preparar la clínica en donde se desarrollarían las intervenciones, dotarse de los equipos humanos y materiales necesarios, sellar la confidencialidad del proceso y costear los múltiples análisis previos. El plazo de preparación precisaría de cuatro a seis meses; el internamiento completo, unos cuarenta días; la comprobación de que el proceso se había culminado con éxito, unas tres semanas.

—Entonces, ¿estamos de acuerdo?

—Por completo. —Bentham llenó los pulmones de aire y se reclinó en su asiento—. Confío en usted plenamente.

El danés Blixen afirmó, sin sonreír. Tenía ante sí el reto de su vida y sólo pensar en conseguirlo le dejaba un millón de hormigas paseándose por el estómago. Se sintió excitado, nervioso, y también, de un modo que no hubiera podido explicar, confuso. Estaba ante un tipo especial, sin duda; por ello mismo también excéntrico, quizá trastornado. ¿Cómo saber si al cabo de un mes, o de dos, se arrepentiría de la decisión y le dejaría con el trabajo a medias? Los cien millones le garantizaban empezar el trabajo, pero no la culminación del experimento. Su confusión no era tan fácil de disolver como aquel azucarillo que ahora se deshacía en la taza del café que había pedido después del postre.

—Le advierto de que, una vez iniciado el proceso, no habrá marcha atrás —afirmó—. ¿Está usted completamente seguro?

—Convencido, doctor. —Bentham sonrió—. No debe albergar el menor temor al respecto.

—Sí, sí, comprendo.

Pero Blixen no lo comprendía, al menos no podía aceptar tanta seguridad en un hombre que a buen seguro no había reflexionado sobre el alcance que podía tener el hecho de que su deseo llegara a cumplirse.

—Le voy a hacer una pregunta, señor Bentham.

—Hágala.

—¿Conoce usted la historia de «El holandés errante», la leyenda que se narra en la ópera de Wagner?

—No sé a qué se refiere —Bentham se incorporó, apoyando los antebrazos en la mesa, sin saber adónde quería ir a parar el danés.

—El holandés desafía a Dios, lanzándole toda clase de improperios, y en represalia la Providencia le condena a vagar por los mares del mundo durante toda la eternidad. Bueno, al menos hasta que el amor lo libere.

—¿Y bien?

—Le condena, ¿lo comprende? Le condena a no morir.

—No me haga reír, doctor. —Bentham sonrió y volvió a recostarse en su asiento—. No puedo creer que un científico dé pábulo a semejantes dramas literarios... Esas historietas son leyendas para viejas y para atemorizados lobos de mar...

—Bueno. —Blixen alzó los hombros—. La literatura y la vida es a veces la misma cosa...

—Ya. Y las cebollas...

Jonathan Bentham se sorprendió a sí mismo con aquella réplica tanto como el médico danés, pero por motivos muy diferentes. Blixen no comprendió a qué se refería, pero Bentham... ¿Por qué de repente Miguel, que tan lejos había quedado en el pasado, regresaba de modo tan vivo a su presencia? Aquel hombre le había impresionado, en verdad. Y ni en la distancia ni en el tiempo se podía librar de él.

La comida terminó poco después con un apretón de manos y con la promesa de Blixen de comunicarse con él en un par de días para cerrar la provisión de fondos y obtener del paciente unas muestras de sangre, orina, piel, saliva y cabellos. Y así se despidieron.

Cuando regresó a su casa en Leicester Square, se sentó ante el ordenador para revisar en las hemerotecas de las ediciones digitales de los periódicos la información que se había publicado sobre él en los últimos dos meses, desde el día siguiente al accidente de su avión.

La muerte embellece, concluyó después de acabar el extenso viaje informático; es falsa la acusación de fealdad, de monstruosidad, que siempre le han atribuido las leyendas. Si fuese verdad todo cuanto se había escrito y dicho sobre él, era impensable que no hubiese sido propuesto antes para una canonización en vida. Toda exageración encierra en su seno un gran vacío, se dijo, y no cabía duda de que el mundo se deleitaba exagerando; de ahí su vacuidad, su banalidad.

Se acostó pensando en ello. Y de pronto descubrió la luna rojiza alzándose mansamente al otro lado del ventanal entreabierto, del que había dejado descorridas los cortinajes, a propósito. La noche del 13 de enero atravesaba la inesperada levedad del invierno con el andar cansino de un caballo desfallecido. Seguramente en España estarían ya floreciendo los almendros y decidió que, en cuanto Blixen dispusiera de las muestras orgánicas que habría de extraerle, escaparía de Inglaterra para instalarse en algún lugar al sur hasta que el danés le anunciara que tenía que viajar a su encuentro. Se durmió mecido por aquel pensamiento amable y acunado por el silencioso baile de los visillos con la brisa monótona y suave de una plácida noche que parecía rescatada de los finales de junio.

No pudo acordarse de haber soñado; ni con qué lo hizo, en el caso de que fuera así. Pero al despertarse se sorprendió eufórico al darse cuenta de que la naturaleza se había volcado sobre él durante la medianoche como hacía años que no sucedía y aquella huella todavía húmeda en el pantalón del pijama significaba que conservaba la hombría que temía convertida en un simple y añorado recuerdo. De pronto sintió la emoción anclada en la adolescencia, una alegría muy parecida a la euforia de la embriaguez. Y la sensación de que había retrocedido a un pasado del que apenas se acordaba.

Por eso mismo, la mañana del 14 de enero se vistió deprisa y desayunó frugalmente para salir a la calle e informarle al viento de que su vida no había hecho nada más que comenzar.

Cuando huir se convierte en una necesidad acuciante para reencontrar la libertad, cualquier otro bien queda enmascarado, incluido el de la propia libertad, aunque ello pueda parecer una paradoja. Huir para alejarse del drama es un engaño del deseo y también una necedad de incautos porque quien huye acarrea el drama hasta donde el destino lo lleva, igual que si se tratase de un tumor alojado en las costuras del alma. Huyendo es posible distanciarse de las cosas y de las personas, incluso de los paisajes; pero no hay lugar donde poder esconderse de las emociones cuando han levantado su almena en las revueltas y meandros por los que va corriendo el imprevisible río de la vida.

Bentham subsistió durante las siguientes semanas en una incómoda sensación de provisionalidad, lo mismo que el preso que aguarda en su celda la llegada inminente de una orden de puesta en libertad y nada le importa de cuanto sucede a su alrededor porque le resulta ya ajeno e indiferente. Todo su anhelo, todos sus esfuerzos se encaminaban a dejar atrás un pasado que no lograba olvidar ni estando despierto ni en las fantasmagorías de los sueños que lo desvelaban cada vez con mayor frecuencia durante las noches, y empezaba a desconfiar de la llegada del amanecer del perdón porque el paso rutinario de los días repetidos no ventilaba el olor a tragedia que durante tanto tiempo había bailado a su alrededor. Llegó a creer que huir sería el único modo de conseguirlo, de alejarse del yugo del pasado y del sentimiento de culpa que convierte al convicto en resignado. Y entre tanto dolor y tan inútil espera, se sentía un forastero de paso en Londres, un visitante a la fuerza, por lo que durante aquellos interminables días de víspera sólo encontraba la serenidad construyendo ensueños en la quietud de la noche, fabricando planes entreverados de deseos y poniendo a punto el delicado mecanismo de las esperanzas para instalarse en España lo antes posible e iniciar una nueva vida que imaginaba libre, emancipada de cualquier norma social y alejada de toda clase de compromiso con los demás.

Por fortuna, los múltiples y complejos análisis clínicos solicitados por el doctor Blixen no resultaron incómodos y pudieron efectuarse en muy pocos días; y al terminar, mientras recibía lo acordado como primer pago por los servicios médicos a realizar, el danés le anunció que tardaría algunos meses en citarle, advirtiéndole de que no serían menos de cinco o seis, por lo que le rogaba paciencia y que tratara de distraerse como mejor pudiera para entretener la espera.

—Con sus posibilidades, amigo mío, no hay leyes humanas o divinas que supongan portón a sus deseos. Quiero decir que no se frene en barreras, ni ahorre calderilla en caprichos, que la penitencia de cumplir las leyes sólo es obligatoria para pobres, dóciles y rendidos.

Durante aquellos días Orson también resultó ser un hombre de grandes recursos y gran utilidad a la hora de obtener lo necesario para realizar los planes que Bentham había decidido llevar a cabo. A cambio de una importante suma de dinero, acertadamente repartida, consiguió una identidad diferente para su patrón, plasmada en un pasaporte de la Unión Europea y en un documento de identidad español falso con el número duplicado de un ciudadano chino muerto en accidente de tráfico en la ciudad ibicenca de San Antonio. Y además el asistente, mayordomo, secretario o lo que en realidad fuese Orson, algo que Bentham nunca llegó a saber cómo calificar, resultó a la postre un individuo tan despabilado y discreto que no sólo se las arregló para convertir documentalmente a Jonathan Bentham en Manuel Vargas sino que colaboró sin hacer preguntas en la gestión y finalización de algunas operaciones financieras que Bentham deseaba completar para ordenar sus cuentas. Así, los cincuenta millones de dólares depositados en el Banco del Brasil pudieron ser transferidos con la mayor discreción a una sucursal del Credit Suisse en Ginebra. Y los trescientos millones de euros que se guardaban en una cuenta de las Islas Caimán fueron trasladados personalmente por Orson a distintas cajas de seguridad y cuentas corrientes de varias sucursales bancarias de las ciudades españolas de Almería y Madrid. La operación le reportó a Orson una generosa recompensa en libras esterlinas cuando la totalidad del dinero, finalmente reunido en Europa, proporcionó a Jonathan Bentham la tranquilidad que buscaba. De esta manera, todo estaba dispuesto para su regreso a España.

Por otra parte, Orson puso en marcha con tal pulcritud y meticulosidad la organización de un servicio de compañía tan especial que de inmediato se granjeó de Bentham el más rendido de los agradecimientos. Porque Orson insertó un discreto anuncio en la prensa londinense y se encargó personalmente de realizar las entrevistas necesarias para completar un proceso de selección que iba a cumplir las más exigentes expectativas eróticas de cualquier hombre, un procedimiento que le permitió descubrir un puñado de muchachas necesitadas, provenientes de diversos lugares del mundo, que iban a servir de compañía y solaz a un hombre rico deseoso de alimentarse de afecto y juventud hasta límites imposibles de establecer. Orson, en aquel aspecto, fue también una pieza esencial en el mundo que se estaba construyendo Bentham para su deleite.

Entre tanto, en los días interminables y tediosos de gestiones económicas y reconocimientos médicos, la comodidad de la residencia de Leicester Square unida al extraño tiempo en forma de bochorno, humedad y asfixiantes brisas que parecían provenir del infierno, retuvo a Bentham muchas horas en casa sentado delante del ordenador y buscando por internet un lugar apropiado para instalarse junto al Mediterráneo, en la costa almeriense, la menos abigarrada hasta entonces y a la vez la que mejor aseguraba un clima agradable durante la primavera y buena parte del resto del año. La destrucción del litoral y la voracidad especulativa apenas habían dejado en el sur de España un hueco para asentarse, pero al menos en Almería, en las tierras mansas y desafortunadas de las inmediaciones del Cabo de Gata, parecía que la protección del desierto y la declaración de Parque Natural ofrecían algunas facilidades para encontrar y adquirir la mansión que buscaba.

Orson fue también fundamental en el proceso de compra y acondicionamiento del cortijo finalmente elegido, una casa de estilo andaluz de seiscientos metros cuadrados construidos con doce habitaciones, siete baños, salones, comedor, cocina, cuartos para el servicio, garaje, piscina, establo y jardines y pérgolas, rodeado todo ello por un terreno vallado con tapias de cuatro metros de altura y una extensión de alrededor de veinte hectáreas. Bentham escogió la decoración, los suelos, los muebles y la pintura de la casa a través de fotografías y vídeos mostrados a tal fin por la empresa italiana encargada del diseño de interiores contratada para ello, de tal modo que el primer día de marzo, cuando convertido en don Manuel Vargas entró en su nueva casa, no faltaba un detalle en el ropero, la cocina, el mobiliario, el garaje y hasta en los más nimios retoques de decoración.

Fue también por esas fechas cuando Orson conoció a la primera muchacha que acompañaría a su jefe en su estancia española.

La pequeña Verónica tenía diecinueve años. Se gastó una de sus últimas monedas en la cabina telefónica situada en una esquina de Charing Cross, en donde una voz metálica repetía al otro lado de la línea que el número marcado no existía. No podía creerlo. Durante un año entero aquel muchacho, Nicolás, le había insistido para que dejara el pueblo y viajara a Londres, en donde él ya se había instalado y tenía trabajo. O diferentes trabajos, porque a veces se contradecía y le decía que servía de camarero, otras que reparaba motos en un taller y otras que había sido contratado en una empresa de mensajería. A veces se le olvidaba y se refería a un trabajo anterior, pero Verónica estaba enamorada y no se lo tomaba en cuenta.

Huérfana de padre, el salario de su madre no llegaba para costear la educación que Verónica deseaba, por eso trabajó desde los catorce años en una fábrica de componentes plásticos mientras estudiaba por las noches, robándole horas al sueño y obteniendo unos brillantes resultados académicos.

Su madre consideró que a los quince se las apañaba bien sola y la envió a Klaipeda, al cuidado de una tía que ejercía la prostitución. A la pequeña Verónica no le gustaba la vida que llevaba su tía, sobre todo porque de noche llamaban al timbre cada hora en punto y así era imposible estudiar ni conciliar el sueño. En cuanto pudo vivir sola alquiló una habitación con otros dos chicos de su edad y continuó con su trabajo y con sus estudios. Le encantaba la mitología griega, los cuentos fantásticos y el poder de los ángeles, en los que creía.

Se hizo novia de Nicolás a los diecisiete. Él emigró a Londres al año siguiente con la promesa de llevarla tan pronto como fuera posible y enseguida le insistió para que se reuniera con él. Verónica mantenía dudas tan grandes como hogazas de pan duro, pero fue tal la insistencia, durante un año entero, que al final aceptó y logró reunir el dinero necesario para comprar un billete de avión.

Viajó primero a Vilna, la capital lituana, y de allí a Londres. La tarde en que llegó a la metrópoli telefoneó repetidas veces al número que le había dado Nicolás y el servicio automático negó la existencia del abonado. No era la primera vez que Nicolás mentía, pero iba a ser la última que ella lo soportara. Verónica se desplomó sobre la bandeja de la cabina telefónica, sujetando la mochila con los pies, y contó los peniques que se esparcían por la palma de su mano.

Estaba sola. En una ciudad desconocida y sin entender bien el idioma. Tampoco disponía de dinero para volver a casa. Y empezaba a llover aquel frío martes de octubre.

Por su lado pasó un hombre de mediana edad que se fijó en la muchacha: menuda, bien proporcionada, con un gracioso corte de pelo infantil, negro como sus ojos pequeños y vivos, y una cara preciosa que podía deslumbrar cuando se volviese alegre. Tan bella y tan abatida la vio que le extrañó tanta melancolía. Así es que regresó para observarla otra vez, le preguntó si se sentía bien y descubrió su acento extranjero cuando dijo que sí y le dio las gracias. Pero el hombre insistió, la invitó a tomar una taza de café y la dejó hablar hasta que supo que acababa de llegar y que estaba sola y sin dinero. Presa fácil. Le ofreció su ayuda y la pequeña Verónica la aceptó; luego la invitó a su casa y la pequeña Verónica no temió ir con él; y cuando le ofreció su cama, ella se echó a llorar. Él pensó que había llegado demasiado lejos, se disculpó y la dejó dormir en el sofá del salón, y a la mañana siguiente le encontró trabajo en la cocina de un pequeño restaurante italiano. Verónica se despidió de aquel hombre en la cama, como muestra de agradecimiento, pero no quiso volver a saber nada de él.

Y pronto recuperó su alegría.

Unos meses después leyó un anuncio en el periódico que alguien se había dejado olvidado en el restaurante y le pareció una buena oportunidad de trabajo: de asistente personal de un caballero en una casa de campo del sur de España durante un periodo de ocho meses, muy bien remunerado. Se besó los dedos índice y corazón y llevó el beso al dibujo del ángel que se había tatuado en el vientre a los quince años, cuando empezó a creer ciegamente en su poder: nunca le habían fallado y estaba segura de que esta vez tampoco iban a hacerlo.

Orson, cuando la entrevistó, titubeó a la hora de decidir contratarla. Era una muchacha bella y alegre, pero también demasiado joven. No estaba seguro de cuáles serían sus reacciones, de cómo se comportaría en lo sucesivo, así es que a modo de prueba le propuso que pasara la noche con él a cambio de mil libras.

—¿Mil libras ha dicho? Por quinientas me caso con usted —replicó ella desbordante de alegría y buen humor.

No hizo falta más. Pasó el examen, consiguió el trabajo y viajó a España. Y nunca más se acordó de Nicolás.

Aquella muchacha fue la primera elegida para el imperio que se estaba construyendo Bentham en el sur de España.

Los últimos días londinenses de búsqueda de entretenimiento y evasión de Jonathan Bentham se vieron alterados en dos ocasiones tan solo. Una fue la noche que decidió salir a tomar unas copas a un club; otra, el momento de comunicar a Orson que abandonaba Londres y que no lo llevaba con él. Esto último resultó difícil de explicar, pero el desencanto del secretario quedó aliviado en parte al informarle de que lo dejaba a cargo de la casa, que permanecería abierta, y tan bien remunerado además que, desde entonces, podía considerarse un hombre adinerado; el mandato incluía prescindir del servicio doméstico y que el propio Orson se encargase de despedir a las mujeres filipinas y al cocinero chino que, por otra parte, habían demostrado ser un personal muy eficiente e inusualmente cómodo.

La otra circunstancia fue mucho más amarga, por lo que tuvo para él de reveladora: sucedió durante la noche del penúltimo jueves de febrero cuando decidió salir a conocer la noche de Londres en un local del que Orson le había hablado muy elogiosamente por disponer del mejor ambiente para pasar el rato con una copa en la mano. Aquella experiencia, para Bentham, resultó ser finalmente tan ilustrativa como dolorosa.

The Wag Club, en el 35 de Wardour Street, se abrió ante él como algo más que una curiosidad: era una oportunidad, un experimento; y sobre todo una promesa. Vestido de modo informal y deliberadamente jovial para la noche, con pantalones vaqueros, camisa rosa pálida, chaqueta de pana azul marino y mocasines marrones de piel a juego con el cinturón y la correa del reloj Cartier, todo ello demasiado nuevo para resultar casual, entró en la sala del Wag poco después de las diez y media convencido de que, a las cuatro de la madrugada, la hora del cierre, no saldría solo de allí.

Lo primero que observó, antes de dirigirse a la barra para pedir un whisky con poco hielo, fue un hormiguero de jóvenes de ambos sexos que no parecían albergar la menor intención de permanecer quietos en lugar alguno del club. Luego, ya ante la barra, acodado con el vaso en una mano y un cigarrillo en la otra, previsible, ridículo, inevitablemente patético, deslizó impertinente los ojos por los rostros de las jóvenes que corrían de aquí para allá con el imprevisible destino de un vuelo de mariposas. Contemplaba aquel revoloteo con la lentitud de una cámara de cine que intenta grabar primeros planos, perfiles y contraluces para apresar un ambiente, pero no tardó en tomar conciencia de lo que él era, de lo que representaba entre aquella gente mucho más joven que ni siquiera lo veía; y de pronto se sintió ignorado y desubicado, fuera de lugar. Las jóvenes estaban ruidosamente vivas: atesoraban la alegría de la juventud unida a la seriedad de sentirse adultas por poder trasnochar, gozando de una libertad sin límites. Su vestuario era escaso, su maquillaje cuidado, su peinado calculadamente desaliñado y sus movimientos espontáneos, incansables y desinhibidos, sin aparentar una intención maliciosa que era probable que tampoco tuviesen. Bebían, fumaban, bailaban, reían y hablaban a gritos... Iban a los aseos y volvían repetidas veces, nunca solas, siempre risueñas. Se drogaban con la música y con cualquier otra posibilidad a su alcance; y con su propia satisfacción, pretendiéndose reinas aunque cada una de ellas se supiera cenicienta. A las once de la noche, tal vez serían un centenar, acaso más; a las dos de la madrugada el número era imposible de calcular entre las que se apiñaban en la marabunta de la pista y las que se mezclaban en la algarabía que abarrotaba el local.

En algún momento, Bentham se vio reflejado en una plancha de aluminio situada al fondo de la barra y se detuvo para mirarse. Se gustó: veía un hombre de mediana edad, atractivo, impecable en el vestir, con el aspecto de poder satisfacer cualquier capricho. Y, para su sorpresa, lo que había sucedido hasta entonces, después de una hora de inmovilidad, allí plantado como un centinela de la guardia de Su Majestad, era que ninguna de ellas le había siquiera mirado, y las pocas que se habían detenido en él parecieron dibujar en sus ojos interrogantes acerca de si sería el padre de alguna de ellas, o policía, o miembro de seguridad del club; y algunas, las de pensamiento más incisivo, interiorizando algún reproche sobre lo que andaría buscando aquel viejo verde que miraba escotes y piernas desnudas sin el menor disimulo.

Bentham tardó en comprender que la cirugía estética que maquillaba su edad y la cartera rebosante de libras esterlinas sólo serían de alguna utilidad mucho más tarde, y sólo entre aquellas muchachas que buscasen una raya más de cocaína o algo peor. Pero que su tiempo había pasado, que ninguna mujer de aquellas lo podía considerar objeto de deseo, que mientras florece la belleza no tiene ojos para la vejez y que su presencia allí ni siquiera despertaba recelo porque, sencillamente, pasaba inadvertida.

Para las mujeres jóvenes, pensó, la edad no hace a los hombres sólidos, sino transparentes. O tan opacos que parecen mimetizarse con el paisaje y su realidad transcurre tan inadvertida como la neblina que asciende a los focos del techo desde el humo de los cigarrillos de marihuana. Dedujo que la pretensión de entablar una relación distanciada por la biología se quebraba porque de repente se producía la evidencia de una descompensación inexplicable y dolorosa: mientras él sentía aumentar su deseo hacia la mujer joven, ellas ignoraban la mera existencia de los mayores; mientras él se aferraba a la posibilidad del acercamiento, ellas desconocían su compañía. Sabía que también a las mujeres mayores les atraía la relación con hombres jóvenes, con muchachos de piel nueva y pasiones desatadas, porque necesitaban igualmente el mismo contagio de juventud y el valor de lo recién nacido al mundo, vampirizando la sangre joven y disfrutando del gozo proporcionado por el potrillo desbocado y salvaje, entregado y fuerte. Como necesitaba vampirizarla él. Pero ahora Bentham pensaba sólo en sí mismo, en lo superfluo de su presencia allí, y concluyó que mientras a él le guiaba una necesidad irrefrenable de contagiarse de juventud y frescura, a aquellas adolescentes, intuir la mera posibilidad de intimar con un hombre como él, de la edad de su padre o de su abuelo, les atenazaba, provocándoles sensaciones que podían ir desde la desconfianza al miedo; e incluso al asco. No quería engañarse: aunque hubiese deseado comprobar que resultaba atractivo, se convenció de que a aquellas muchachas les parecería perverso y antinatural cualquier roce con él. Y es que, se dijo, mientras él sólo pensaba en ellas, deseándolas, ellas ni siquiera podían imaginarlo como posibilidad.

Jonathan Bentham llegó muy pronto a comprenderlo bien: aquellas jóvenes actuaban con absoluta lógica y naturalidad. Era algo tan comprensible, tan razonable, que no cabía darle más vueltas. Pidió un segundo whisky para justificar su presencia y lo bebió de un trago. Luego, pidió otro más cuando ya había decidido irse. Se volvió a mirar en el espejo del botellero y vio reflejada una imagen que muy bien podría ser la de su padre. Lo comprendió. Aquella noche la realidad se había impuesto con tozudez sobre su aspecto y su dinero. Se puede comprar el sexo, le dijo una vez a Belén citando a los chinos, pero no se compra el amor.

Y, sin embargo, se rebeló contra la evidencia: él no había nacido de nuevo para dejar de comprar lo que se le antojase, y desde luego no iba a dejar de hacerlo, por muchas críticas que pudiera reportarle. Definitivamente había hecho bien encargando a Orson buscar lo que deseaba.

La ficción y la vida no es lo mismo, pensó recordando a

Miguel, otra vez Miguel. En las novelas podían existir las lolitas y las beatrices; pero en el mundo real sólo caben los caprichos y las superposiciones, como ocurre con las alumnas que se enamoran del profesor, las pacientes del médico, las actrices de los directores o las penitentes de sus confesores: la mujer joven que se alimenta de un hombre mayor que sustituye a la figura del padre que no tuvieron o que nunca estuvo con ellas; figuras superpuestas. Sin embargo la actualidad informa con frecuencia de mujeres jóvenes que entregan su vida a escritores ancianos, de modelos enamoradas de los artistas que las retratan y muchos otros casos donde la edad no alza vallado que cerque dos sentimientos conciliados, tanto en hombres como en mujeres. Él tenía que encontrar quien respondiese a su reclamo. Él, que iba a ser eternamente joven, necesitaba saber dónde hallar a quien su primera arruga aún estuviese buscando un pliegue donde quedarse a vivir.

Eternamente joven. Él. Quizá lo consiguiese, sí. Pero, ¿qué ser humano no se cree eternamente joven? ¿Cuántos son conscientes de la demolición producida por la propia edad cuando se imaginan reflejados en unos ojos que no han terminado de abrirse? ¿Cuántos ancianos han de hacer equilibrios sobre el bastón para girarse, asentarse y buscar indicios de réplica en un cuerpo femenino que se cruza indiferente a su paso? ¿Son culpables por ello? Bentham pensaba que el peso de la naturaleza doblaba espinazos antes que esperanzas y que aun después de la pérdida de la esperanza quedan todavía muchos latidos inútiles en el corazón. Su escolta Miguel, en medio de esos pensamientos, seguro que habría citado a Fausto, que vendió su alma al diablo a cambio de una mujer hermosa porque sólo quería recuperar su juventud. Goethe trataba de expresar un mito, el de la eterna juventud, seguramente porque también era un cobarde. ¿O es que no es un detestable cobarde quien deja por escrito que prefiere la injusticia al desorden? Como él. Goethe era como él. Porque, en el fondo, la verdadera razón del proceso que iba a iniciar podía encontrarse en la cobardía, no en mantener a Belén en el recuerdo ni en las mil zarandajas a las que venía dando vueltas desde hacía tanto tiempo. Pero era tan hermoso aquel jardín de mujeres que crecía ante él... Tenía que comprarse uno igual.

Bentham abandonó The Wag Club antes de acabar la noche. Atrás quedaban ellas, las flores que no necesitaban de semejante jardinero, despidiendo aromas nuevos y destellos que no le cegaron porque nunca se dirigieron a él. Con la sensación de que era preciso encontrar el modo de tenerlas cerca y de sentirse correspondido. Con la amargura de reconocer que tendría que reconducir sus deseos o aceptar resignado el hecho de que lo que le atraía estaba vedado para él.

Se alejó caminando, con los pies arrastrados por las aceras de Londres hasta perderse en la negritud de una noche que le había mostrado el error de los astrónomos que miden la distancia en años luz en lugar de hacerlo en deseos humanos.

En São Paulo, en esos momentos, eran las ocho de la noche y María Saldanha llamaba a la puerta de Lucelia, la enfermera del Hospital Sirio-Libanés que le había informado del sobre que el supuesto Vinicio Salazar había recogido días atrás. Acababa de anochecer, pero aun así la visita resultaba intempestiva. Cuando Lucelia entreabrió la puerta y vio a María, la reconoció de inmediato aunque no llevara uniforme.

—Ya le dije todo cuanto sé —espetó inquieta, acobardada, sin terminar de abrir—. Déjeme en paz.

—Ya no soy policía —María echó un vistazo al interior de la casa—. ¿Puedo pasar?

Lucelia dudó unos instantes y decidió que lo mejor era no enfrentarse a aquella mujer, aunque fuese verdad que ya no era policía. Terminó de abrir y se apartó. María entró en el vestíbulo, avanzó unos pasos y llegó al salón.

—Pero... ¡qué sorpresa! —exclamó, esbozando una sonrisa falsa que iluminó sus ojos con una expresión de dureza que no era fácil de interpretar.

Porque allí, sentado en el borde de un sofá, preparado para dar un brinco y escapar a toda prisa, estaba el enfermero extremadamente flaco de ojos hundidos y barba de varios días que le había hablado de un ciudadano español, tal vez Salazar, que se había tratado en la clínica de Da Gama para cambiar de aspecto.

—Buenas noches, inspectora.

—Milton, ¿no?

—Buena memoria, tía.

María se acercó y sonrió complacida por tenerlo de nuevo a su alcance. Le estrechó la mano y él se la sostuvo unos segundos, con intención, sonriendo también con una boca abierta que mostraba sin pudor unos dientes ennegrecidos por los bordes. Su aspecto no era agradable, pero tampoco peligroso. En cambio, el de María era muy diferente al que recordaba el enfermero: el uniforme policial había sido sustituido por unos pantalones vaqueros y una camiseta verde muy ceñida con el escudo de Brasil en medio. La prenda ayudaba a resaltar que debajo de aquel pequeño escudo romboidal verde y amarillo se guardaban unos magníficos pechos. Calzaba deportivas blancas.

Lucelia, entrando en el salón, balbució:

—Milton ha venido a hacerme una visita, pero ya se iba...

—¿Y a qué viene tanta prisa? —sonrió María, forzando la mueca.

—En realidad, así es —confirmó él, incorporándose en el sofá—. Se hace tarde.

—Bueno, a mí no me parece tan tarde... Y ya que estamos los tres juntos, tal vez podríamos charlar un rato...

Milton miró a Lucelia y ella, acobardada, afirmó con la cabeza. Se dejó caer otra vez en el sofá y pasó el brazo por el respaldo.

—Claro. Una buena conversación antes de acostarse ayuda a dormir mejor.

Lucelia, disimulando los nervios que le atenazaban, se ausentó en dirección a la cocina. María, comprendiendo que le estaban ocultando algo, disimuló también sus sospechas y fue a sentarse en un sillón, junto al sofá. Milton encendió un cigarrillo.

—¿Así que ya no es policía?

—Desde hoy mismo.

—Y entonces, ¿a qué se debe su visita? ¿O es que me he perdido un capítulo y usted y Lucelia se han hecho muy buenas amigas? —La pregunta llevaba una carga de sarcasmo que no hubiese sido superada por el mismísimo inspector Lisboa.

—Bueno, en realidad he dimitido como policía porque voy a matar a un hombre —María no se inmutó al decirlo. Fijó la mirada de acero en los ojos del enfermero y continuó, resuelta—: Y para eso voy a necesitar vuestra ayuda.

—Ah, no. —Milton agitó las manos y cerró los ojos—. Ni hablar. Yo no quiero saber nada de eso...

—Ni yo —añadió Lucelia, que en ese momento entraba en el salón portando una bandeja en la que llevaba una botella de coca-cola de dos litros y tres vasos.

María Saldanha los miró. Se estaban defendiendo de algo pero no sabía de qué. Aceptó un vaso con el refresco y se tomó unos segundos para observarlos. Lucelia evitaba encontrarse con sus ojos; Milton fumaba, ausente, expulsando el humo en dirección al techo. Aquel silencio se estaba empezando a prolongar demasiado, pero María había aprendido la suficiente psicología para tratar con los delincuentes y sabía que cuanta mayor presión sintiesen, antes se soltarían a hablar. Y las palabras forzadas siempre salen acompañadas de indiscreciones, errores o inconveniencias.

—Pues usted dirá qué se le ofrece —dijo al fin Lucelia, para ahogar el silencio que le estaba rompiendo los nervios—. Le aseguro que nosotros estamos limpios y, en eso que dice, desde luego no vamos a ayudarla...

—Vale, vale, ya lo he oído. —María se removió en el asiento y adoptó un semblante irritado—. Pero creo que no me habéis entendido: no estoy pidiendo que nadie apriete el gatillo por mí, de eso me encargaré yo solita. Estoy aquí porque quiero conocer algunos detalles de tu trabajo, Milton. Sólo eso.

—¿Y qué le hace pensar que yo...? —se extrañó el enfermero y la miró desafiante.

—En primer lugar —María cabeceó, airada, y levantó la voz, como cuando interrogaba a los negros del Bronx en las prácticas que realizó con la policía neoyorquina—, me vais a empezar a tutear, porque de lo contrario voy a terminar creyéndome que sigo siendo policía y os voy a tener que calzar dos hostias a cada uno para saber qué me estáis tratando de ocultar. ¿Entendido? Y, en segundo lugar, Milton, tú vas a decirme ahora mismo todo lo que sepas de esa clínica de Caracas y por qué te despidieron. Heroína, supongo...

—¿Yo? —Milton fingió escandalizarse, pero lo hizo tan mal que la propia Lucelia cerró los ojos.

María esbozó una leve sonrisa: había acertado en el blanco al primer disparo. De inmediato dirigió la vista al antebrazo del enfermero y observó que él iniciaba un movimiento tan instintivo como innecesario de bajarse las mangas de la camisola estampada con flores, porque ya las tenía bajadas.

—Yo le juro, María... —suplicó Lucelia.

—¡Trátame de tú, coño! ¿Cómo tengo que decirlo? Y te aseguro que si alguien de aquí se cose el brazo a pinchazos, me importa una mierda. Ya no soy policía y tanto si tú te drogas como si tú le pasas la heroína, la metadona o lo que sea que robas del hospital, no es asunto de mi incumbencia. Ahora tengo otras preocupaciones. ¡Venga, Milton, cuéntamelo todo!

—Pues que..., sí. Que es verdad —la voz, antes tan segura, le traicionó un instante y tembló. El enfermero carraspeó para recuperar el dominio y confesar—. Pero le juro..., perdón, te juro que lo voy a dejar. En realidad puedo dejarlo cuando quiera, hoy mismo le decía a Lucelia...

—¡Y a mí qué me cuentas, joder! —María volvió a beber para no perder la paciencia—. ¡A mí lo que me interesa es todo lo que se refiere a la clínica y a ese millonario español!

—Ah, eso —el enfermero pareció recobrar el aliento—. Pues no es mucho lo que sé, te lo juro.

—Seguro que será algo más de lo que sé yo —espetó María.

—Bueno... La Clínica Maravillas está en una desviación de la carretera que va de Caracas a La Guaira, a la izquierda, a unos pocos kilómetros hacia el interior. Ocho o diez, no sé. Un centro dedicado a la cirugía estética y a los tratamientos faciales y corporales... He estado trabajando allí casi cuatro años...

—¿Y Da Gama? ¿Quién es ese Da Gama?

—El dueño, sí. Apenas se deja ver. Sólo va algunos lunes, cuando interviene quirúrgicamente a pacientes especiales...

—¿Especiales? —María fingió no comprender.

—¡Especiales, coño! ¡De esos que tienen mucho dinero! ¡O que son famosos...! Casi todos extranjeros. —Milton calló. No quería hablar—. Pero, ¿qué cojones quieres saber?

—Milton... —María se sentó al borde del sillón. Desprendía fuego por los ojos

—¡Está bien, joder! ¡Maldita sea, me van a liquidar por tu culpa, hija puta! ¡No puedo hablar!

—¡A lo mejor prefieres que te liquide yo!

—Milton, por favor... —intercedió Lucelia.

—¡De acuerdo! ¡Mierda! —El enfermero respiró hondo y encendió otro cigarrillo—. Es gente de mucha pasta que no se inscribe con ningún nombre, sólo con un número de expediente. Lo único que sé es que en diciembre llegó un español, un tipo con muy buena pinta que se cambió la cara, las huellas digitales y otras muchas cosas, no sé, creo que se puso nueva hasta el alma. Un cambio completo de aspecto, como se hacen los narcotraficantes y los delincuentes buscados por la policía de todo el mundo.

—¿Lo reconociste al llegar?

—No, no. Nosotros no los vemos hasta que bajan al quirófano. Es... norma de la casa, por así decirlo. —Milton torció la boca, mostrando su desprecio por tanta precaución—. Una sola enfermera o enfermero está en contacto con ellos hasta que termina la intervención. A mí no me tocó atenderle ni tampoco asistir a su operación. Sólo sé, por lo que oí comentar, que parecía ser español por su idioma y a los colegas les extrañó que se registrase con un nombre inglés, o de los *United States*, no sé. Un hombre alto y con más millones que arrugas. Supongo que Da Gama le quitaría los unos y las otras —volvió a forzar un gesto de desprecio, esta vez más evidente.

María Saldanha afirmó con la cabeza. Si era verdad lo

que decía, no era mucha la información que obtendría de aquel hombre. Lucelia, por fin más tranquila, se levantó de su silla para rellenarle el vaso y María lo agradeció con un leve gesto, sin palabras. Se quedó pensativa durante unos segundos, sin saber por dónde continuar. Sus anfitriones permanecieron también callados. Hasta que se le ocurrió hacer una propuesta:

—Milton. ¿Me llevarías a la Clínica Maravillas?

El enfermero abrió mucho los ojos, sorprendido. Pensó que, para ser policía, aquella mujer no parecía entender nada. Sonrió.

—Pero, ¿es que no has comprendido nada?

—No sé qué es lo que tendría que comprender.

—¡Pues está bien claro, joder! —Milton abrió los brazos, escenificando su desconcierto—. Se trata de un hospital clandestino vigilado por hombres armados del que me han expulsado. ¡A mí! ¡Me han expulsado a mí! ¿Cómo voy a volver? Además, la despedida que me hicieron no fue precisamente cordial: me insistieron en que como volvieran a verme, o si soltaba una sola palabra de todo lo que había visto u oído durante todos esos años... —hizo un gesto de cruzarse el cuello con el dorso del pulgar—. ¿Y ahora pretendes que vuelva por allí? ¡Tú estás loca!

—Tal vez no sea prudente, no —María no pudo evitar la ironía. Y añadió—: Pero seguro que puedes darme el nombre del enfermero que estuvo con él.

—Chico —Milton bajó la cabeza—. Fue Chico. Pero no darás con él, no...

—¿Por qué?

María arrugó el entrecejo y Lucelia se santiguó rápidamente, como si tratase de espantar al diablo.

—Porque desapareció justo después de la operación de ese español. Dicen... Bueno, algunos comentan que encontró otro trabajo y se despidió. Pero yo no me lo creo...

¡No señor! —Milton negó con la cabeza y se mantuvo en silencio, encendiendo otro cigarrillo—. Lo que no sé todavía es a quién quieres matar ni por qué. Porque aquí sólo hablo yo, a lo que parece...

María afirmó, moviendo la cabeza arriba y abajo, sin esbozar el más leve gesto.

—Sí, tienes razón. Yo soy quien hace las preguntas; tú quien las responde.

—Pues creo que ya se acabó el juego, señora policía. Porque yo me voy. Ya he hablado de más...

—No, no. Espera —María se aferró con una mano a su brazo para que se quedase un instante—. Sólo voy a pedirte un favor: acompáñame a la clínica un lunes, el próximo lunes... Establecemos allí una vigilancia discreta, lo suficientemente alejada para que nadie te reconozca, y tú me dices quién es Da Gama cuando lo veas entrar. Te pagaré bien.

—¡Estás loca!

—Piénsalo un minuto. Tengo dinero...

Milton estaba dispuesto a salir de inmediato de la casa, pero oyó la palabra dinero y de pronto le pareció que, necesitándolo como lo necesitaba, se le presentaba una buena ocasión de ganarlo sin excesivo riesgo. Lo cierto era que con lo que pensaba pedirle a la mujer, podría estar bien abastecido durante unos meses y no tendría que seguir engañándose con esa mierda que Lucelia sacaba del hospital cada vez con más dificultades, y arriesgándose a ser descubierta y despedida. Se volvió a la ex policía.

—¿Cuánto? —preguntó.

—Mil reales —respondió María.

—Dos mil —corrigió Milton—. Mil dólares.

—De acuerdo —aceptó María—. Pero hasta que identifiques a Da Gama no te daré ni un céntimo. Si tardamos dos o tres lunes, eso que sales perdiendo. Por supuesto, todos los gastos hasta entonces corren de mi cuenta.

—Qué le vamos a hacer... A ver si hay suerte y acertamos a la primera. —Milton sonrió y estrechó la mano de María—. Mis felicitaciones: has encontrado a tu hombre, inspectora.

La espera fue larga. María Saldanha y el enfermero Milton llegaron a las inmediaciones de la Clínica Maravillas poco después de las ocho de la mañana y el Mercedes que llevaba al doctor Da Gama no entró en el garaje del edificio hasta pasado el mediodía. Y tampoco Milton estuvo seguro, hasta deducirlo por algunas coincidencias, de si se trataba de él porque el vehículo tenía los cristales ahumados y llegó y descendió la rampa del sótano a gran velocidad. Sólo el hecho de que la marca y el modelo fueran los que habitualmente usaba el doctor para trasladarse le hizo concluir que el hombre que esperaban había descendido a las entrañas de su clínica.

La tarde anterior habían volado desde São Paulo a Caracas, en un avión de la Taca, vía Lima, con las piernas entumecidas y el corazón rezando plegarias por la inestabilidad del aparato ante las continuas turbulencias. Durante la noche se hospedaron en una pensión barata del centro de la capital venezolana, después de alquilar un viejo vehículo. María le dio un billete de cincuenta dólares a Milton.

—Conoces bien Caracas, ¿verdad?

—Las ciudades son como las mujeres: nunca terminas de conocerlas...

—Estoy segura de que eso no te pasa a ti. Toma este dinero y cómprame un arma.

—¿Algún capricho?

—Que no se encasquille.

—Si sólo es eso...

Aquella misma mañana, a las siete en punto, se citaron para desayunar en un maloliente bar situado apenas a cinco puertas del hostal. Conduciendo ella, tardaron poco más de una hora en dar con la Clínica Maravillas y sus edificios adyacentes al final de un cambio de rasante de una carretera sin nombre.

—Aquí es —dijo Milton un centenar de metros antes de llegar a la entrada principal del centro hospitalario, contemplándolo al final de la cuesta—. Esperaremos aquí, no quiero que me vean.

—De acuerdo —María aparcó el coche en el arcén, asegurándose de que ambos tendrían a la vista la puerta de entrada y el garaje—. ¿Y ese otro edificio? —señaló con un dedo.

—Ahí está la Maternidad. —Milton se ajustó las gafas de sol presionando con un dedo sobre el puente—. Bueno, nosotros lo llamamos «la *petite* funeraria». Es la única maternidad gratuita de todo el distrito, por eso está siempre tan concurrida. Pero yo no traería a mi hermana a parir aquí, no: el índice de mortandad infantil duplica a las de las otras, y hay meses en que lo triplica.

—¿No es buena? —se interesó María.

—¿Buena? —sonrió Milton, con un evidente gesto de desdén—. ¡Y tan buena! ¡La mejor! De hecho ahí dentro no se desperdicia nada. Hay un verdadero interés en conservar placentas y cordones umbilicales. Y también niños...

—No entiendo. —María se volvió para mirar al enfermero.

—Digamos que mueren más niños de los que deberían... Bueno, ya basta. No me preguntes más.

—Eso que dices es muy grave.

—Lo sé. ¿Tienes un cigarrillo?

—No fumo, pero me parece que por aquí... —María rebuscó en el bolso y al cabo de un rato de revolver entre sus pequeñas pertenencias, incluido el revólver que le había comprado Milton, logró extraer una cajetilla arrugada que contenía un último cigarrillo. Se la pasó a Milton como se entrega el pañal usado de un bebé, pinzándolo con dos dedos.

—Y tú, ¿por qué quieres matarle? —preguntó mientras se encendía el pitillo.

—A él no lo voy a matar. Sólo quiero que me dé el nombre del hombre que mató a mi hermano.

—Ya.

—Háblame de esos niños.

—No. Prefiero no decir nada más. —Milton miró por la ventanilla, arrugando los ojos—. Además, en realidad no sé nada. Sólo lo que se decía por ahí.

—Dime qué se decía —María no quería cerrar una conversación que le producía escalofríos. Sólo de pensarlo, le aterraba. Pero la curiosidad de su profesión policial era más fuerte que ella.

—¡Pues está bien claro, joder! —el enfermero pareció irritarse—. ¿No es tan lista la policía? ¡Pues debería saberlo!

—¿Estás hablando de venta de bebés?

—¿De bebés? ¡No! ¡Estoy hablando de venta de órganos humanos! —Miltón afiló la mirada—. Mira, María, no te hagas la inocente. ¡Como si no hubieras oído hablar nunca de ello! Ahí dentro se roban niños a los pobres, se les dice que han muerto y se comercia con sus órganos. Y esto se hace aquí y en media América. Y si los padres exigen los cuerpos de sus hijos para enterrarlos, se les devuelve un cuerpo recosido, diciéndoles que les han sometido a tal o cual operación para intentar salvar su vida. Pero lo que hacen es extraerles riñones, hígados, corazones y todo cuanto precisan. ¡Y no me vengas ahora con que no lo sabías porque entonces pensaré que tú no te has ido de la pasma sino que te han puesto de patitas en la calle por ingenua!

María se quedó callada. No sabía qué responder. Había oído hablar de cosas así, pero nunca las terminó de creer. Desde luego en su pueblo no lo habría permitido si hubiera tenido la menor sospecha de que podían llevarse a cabo semejantes negocios criminales. Pero América era demasiado grande y esos rumores se habían repetido mil veces en la prensa sensacionalista. Ahora, un enfermero de una clínica privada lo confirmaba, o por lo menos hablaba de lo que se decía sin tapujos en su propio centro de trabajo. Demasiado espeluznante para añadir algo más.

Permanecieron en silencio durante el resto de la mañana, sólo roto para intercambiar comentarios banales acerca de la posibilidad de que Da Gama no apareciese; y sobre el calor, que aumentaba sin cesar según se aproximaba el mediodía.

—¡Ahí está! —exclamó Milton al ver el coche que se acercaba—. ¡Vas a tener suerte, inspectora!

—¿Seguro que es él? —María sintió una excitación que le aceleró las pulsaciones—. ¡Y no me llames inspectora, joder!

—Espera... —Milton intentó confirmarlo sin asomar demasiado la cabeza y ser visto—. La verdad es que no estoy seguro, no veo quién viaja en el asiento trasero... Pero el coche es igual que uno de los suyos, de eso estoy seguro... ¿Y el chófer...? A ver si lo veo... Sí, es uno de sus conductores. Cayetano, creo que se llama Cayetano. Es él, sí. Ahora estoy seguro.

—Perfecto. —María se recostó en el asiento cuando el coche de Da Gama se introdujo por la rampa del garaje.

—Perfecto, sí. —Milton se recostó también—. Y ahora, ¿qué piensas hacer?

—Pues..., para serte sincera, no lo había pensado. ¿Tú que me sugieres?

—¿Yo? Salir de aquí antes de que sea tarde. Ahí dentro no se andan con tonterías. Tienen feas costumbres... Así es que, con tu permiso, yo me largo. Mi trabajo ha concluido.

—De acuerdo.

Milton extendió la mano. María buscó otra vez en los fondos de su bolso y extrajo un fajo de billetes y un sobre alargado. Se los dio sin mirarlo.

—Tus dos mil reales. Y un pasaje de regreso a São Paulo. Que tengas un buen viaje.

—Gracias —respondió Milton, mientras contaba el dinero—. Me ha encantado hacer negocios contigo. Si me necesitas otra vez, no dudes en llamarme. Lucelia te dirá dónde encontrarme.

—Descuida —replicó ella.

Milton salió del coche y cerró de un portazo. Pero antes de marcharse miró al cielo, como si necesitase decidir qué hacer, y por fin se agachó y metió la cabeza por la ventanilla.

—Mira, tía, te voy a hacer un regalo. —Milton adoptó un rictus grave—: Lo vi. Tan sólo un momento en su habitación al pasar por un pasillo, pero lo vi. Aquel tío era el español de los periódicos.

—¿Vinicio Salazar? —María abrió los ojos con exageración.

—¡Y yo qué sé cómo se llama, joder! Era ese millonario que se había estrellado en el mar y que los periódicos dieron por muerto. Era él, te lo juro por éstas... —Milton besó su dedo índice cruzado sobre el pulgar—. Me extrañó tanto que no me atreví a comentarlo con nadie, sólo con Lucelia. Esas cosas no se hablan... ¡Pero ahí hay algo raro, tía! ¡Sigue buscando!

—¿Lo declararías ante un tribunal, Milton? —a María le enervó lo que oía e intentó sujetar su mano.

—¡Estás loca! —Milton apartó bruscamente el brazo y sacó la cabeza del coche—. Me gusta demasiado vivir, tía. Y soy un drogadicto, no lo olvides. ¿Quién iba a creerme, dijera lo que dijera? Además, no sé de qué me hablas. Yo no te he dicho nada...

Y echó a correr en dirección contraria a donde se encontraba la Clínica Maravillas. María le siguió los pasos por el espejo retrovisor y, al poco, le observó haciendo autoestop, agitando los brazos y subiéndose a una camioneta que lo admitió momentos después.

María Saldanha pensó qué hacer. Ahora ya sabía que la intuición no le había fallado y que tenía que encontrar a Salazar, el asesino de su hermano, pero estaba claro que no podía presentarse en la Clínica y esperar a ser recibida por Da Gama. Nunca le permitirían llegar hasta él. Tampoco lograría nada por la fuerza: a la entrada, dos hombres armados con el mentón de yunque y gafas oscuras custodiaban las puertas de la clínica, y otros dos con idéntico aspecto de asesinos sin madre vigilaban la rampa del garaje. Pero, fuera como fuese, algo tenía que hacer. Y entonces se le ocurrió pensar que el médico saldría; que lo haría tarde o temprano, pero que saldría de allí. E iría a algún sitio. Decidió que lo más prudente sería esperar a que volviese a salir en su coche, seguirlo hasta donde quiera que fuese y abordarlo después, cuando estuviese solo, lejos de tantos matones de importación. El único inconveniente era que podría tardar horas, y ya empezaba a estar hambrienta y cansada. Aun así, se dijo, no podía permitirse el lujo de desperdiciar aquella oportunidad. Esperaría todo el día si fuera necesario.

Que lo fue.

Al menos hasta las siete de la tarde, cuando el coche de Da Gama salió del edificio mientras el sol se dejaba caer por detrás de la colina. Lo hizo tan deprisa como había accedido al edificio, tomó el rumbo de la carretera general, el mismo recorrido por el que había venido, y se perdió tras el cambio de rasante.

María lo persiguió. Lo vio llegar hasta la general y después girar a la derecha en dirección a Caracas. La noche empezaba a sombrear el horizonte que resguardaba el Atlántico, que se intuía lejano pero casi se podía oler. Al entrar en la capital, el automóvil de Da Gama se dirigió por la avenida Principal hasta el 1060, donde se alza el Tamanaco Caracas Hotel con su imponente presencia. El médico se bajó del coche despacio y entró en el vestíbulo sin prisas. María aparcó el suyo frente a la fachada y se arregló el pelo con un cepillo antes de entrar para encontrarse con él.

Los ojos del portero, los botones y los empleados de la Recepción se fijaron en aquella hermosa mujer de pelo negro suelto y ondulado, piel melada y ojos vivos que cruzó el vestíbulo con impaciencia en dirección al exuberante y lujoso jardín. El cansancio del día no había mancillado ni un ápice de su belleza, pero había crispado su cara hasta convertirla en una altiva dama joven del viejo cine de Hollywood. María se asomó a la terraza y recorrió con la mirada el vistoso espectáculo de agua y luz, de sombrillas de tela blanca, de hamacas y sillones junto a la enorme piscina en la que se reflejaban los globos blancos de las farolas y el cartel luminoso que dibujaba el nombre del Tamanaco Intercontinental en lo más alto del edificio. La fachada del hotel estaba iluminada en tonos azulinos. En su conjunto de verbena y lujo, todas las luces de la noche se reflejaban en el agua mansa con la nitidez de un enorme espejo. Y al fondo, como un cortinaje enigmático, podía verse la fronda de la selva tropical.

María se apartó de aquella visión que la intimidaba y buscó el bar situado a la derecha. Apenas había huéspedes a aquella hora tardía, pero allí, sentado a una mesa junto a otros dos hombres, el voluminoso doctor Da Gama saboreaba el final del día con un daiquiri en las manos.

Nadie la conocía, así que no tenía motivos para ocultarse. Por eso se sentó a una mesa cercana y pidió al camarero un refresco de cola mientras le observaba con calma: corpulento, canoso, sonriente, con las manos cuidadas... Otro delincuente con aspecto de buena persona, pensó. Le pareció mentira que aquel hombre fuese responsable de cuanto había oído decir. Pero así era, y ahora estaba allí, cerca de ella, a su alcance, con la actitud de un honorable cocinero mejicano en su día libre departiendo animadamente con unos amigos y sosteniendo una copa de tallo bajo en la mano.

Tenía que hablar con él, pero no se le ocurría el modo de abordarlo. Volvió a mirarlo fijamente, mientras pensaba en cómo hacerlo, sin suponer que aquella mirada colgada, persistente y abstraída la pondría en evidencia. Y fue así, porque uno de los acompañantes de Da Gama observó su actitud primero con interés y luego con una maliciosa sonrisa. Se acercó un poco al doctor, le susurró algo al oído y el médico se volvió para comprobarlo. María, descubierta en su contemplación absorta, se sintió avergonzada y notó que las mejillas se le inundaban de calor y rubor. Apartó los ojos de inmediato, pero no lo suficientemente deprisa porque le dio tiempo a ver cómo Da Gama inclinaba la cabeza a modo de saludo y sonreía. Ella sintió crecer el sofoco, pero se armó de valor y devolvió la mirada al hombre. Y sonrió apenas, en respuesta a la reverencia.

Ahí estaba la respuesta. Se haría pasar por huésped del hotel y le intentaría seducir, apartándolo de sus amigos. Pensó rápido para inventarse una biografía: portuguesa, pintora, soltera... No: divorciada; de vacaciones. Siguió saboreando su refresco. Podría imitar el acento portugués, sí, podía hacerlo. Ahora, si repetía la mirada una vez más, y si a Da Gama le quedaba algo de hombre, se acercaría. Estaba segura.

Y no se equivocó. Al cabo de veinte minutos, y excusándose en voz alta para ser oído por ella, Da Gama bromeó con algo así como que el deber le reclamaba y se despidió de sus amigos. Se acercó a la mesa de María y señaló una silla vacía.

—¿Me permite...?

—No le conozco, señor.

Da Gama sonrió y permaneció de pie, junto a la mesa.

—Por su manera de hablar, parece brasileña...

—En realidad, hace muchos años que vivo en Lisboa... Nací en Brasil, pero ya soy prácticamente portuguesa —rectificó ella.

—Permítame que me presente: Estanislao da Gama, médico, siempre a su servicio —él extendió la mano. Ella se la tomó y dejó que él se inclinase para besar el aire sobre el dorso—. Que a la vista está que no lo necesita, por supuesto...

—Encantada. María... —titubeó. No había previsto el nombre y se decidió por el suyo—. María Saldanha, pintora. Y espero que tampoco precise nunca de mis servicios: como retratista soy pésima... —una sonrisa encantadora se dibujó en su boca.

La respuesta representaba una especie de permiso para tomar asiento y Da Gama lo hizo.

—¿Puedo?

—Ya lo ha hecho.

—En fin, comprenda que no se conoce a una artista todos los días. Es para mí un gran placer. ¿Puedo invitarle a tomar otra...? ¿Qué está tomando?

—Cola. —María alzó el vaso, terciado—. No, gracias. Aún me queda y no me la beberé toda.

—Si no le importa, yo tomaré otro daiquiri. ¡Camarero!

—Da Gama alzó los dedos e hizo una seña que el camarero entendió—. ¿Y usted cree que podré deleitarme algún día con la contemplación de su obra? Modestamente, me considero un simple aficionado, si me permite decirlo así, pero tengo el pequeño vicio de comprar algún cuadro de vez en cuando.

—Bueno, estos días estoy de vacaciones. Si de verdad desea ver alguno, por ahora tendrá que ser en internet. Busque en cualquier servidor y...

—¿Se hospeda...? —Da Gama apuntó con las cejas el edificio.

—Sí. En el hotel. Hasta mañana, que regreso a Portugal...

—Lástima. —Da Gama tomó un primer sorbo del daiquiri que trajo el camarero—. Si tuviéramos más tiempo, me habría ofrecido a mostrarle algunos rincones encantadores de Caracas.

—Pero usted..., aunque ya veo que es muy conocido por estos lugares —María señaló al camarero y luego a la copa de daiquiri—, me parece que tampoco es de aquí. Brasileño, diría yo...

—En efecto, en efecto... Y ya sabe, brasileños y portugueses, como hermanos...

—Eso dicen...

Hablaron de pintura, muy superficialmente; de las vacaciones de ella después de un deprimente divorcio, de las razones para elegir Caracas y de la belleza del paisaje que contemplaban desde la terraza. Hasta que llegó el momento de hablar del trabajo del médico. Entonces Da Gama intentó mostrarse brillante con una comparación que le pareció muy adecuada:

—Mis pacientes creen que su cuerpo es «rubensiano» y pretenden que se lo diseñe para parecer «modiglianis», no sé si me comprende.

—Sí, sí. —María no estaba segura de lo que afirmaba, pero era más sencillo aceptarlo con convicción que mostrarse indecisa. En realidad daba igual porque aquel hombre hacía rato que sólo se fijaba en su escote.

Era evidente, además, que Da Gama sentía pasión también por su profesión porque siguió hablando de retoques, reconstrucciones, añadidos y restas en las partes más insólitas: párpados, papada, vientre, muslos, nalgas, caderas. Y de rinoplastias, mamas, implantes capilares... Una lección de anatomía detallada, amena, entusiasta... Las gordas de Rubens queriendo convertirse en sílfides de Modigliani... A aquel hombre le gustaba su trabajo, pensó María. Y resultaba grata su manera de expresarse, pausada y cálida. Hasta el punto de que pasó el tiempo casi sin darse cuenta y acabó con el contenido de su vaso.

—¿Le pido otra copa? —preguntó él.

—No, gracias, es tarde —respondió ella. Y se pasó la mano por el antebrazo—. Empieza a refrescar.

—Podríamos tomar otra copa en cualquier otro sitio —propuso atrevido Da Gama.

—No sé sí...

—En su habitación, por ejemplo —se abalanzó él a la seducción directa y sin disimulos.

La propuesta resultaba claramente agresiva, pero al fin había decidido quedarse a solas con ella y eso era precisamente lo que María esperaba. Esbozó una sonrisa inapreciable de satisfacción que el médico descubrió e interpretó a su manera.

—*Ne dites pas non, vous avez souri.*

—¿Perdón? —Ella frunció los ojos, sin comprender.

—¡Ah! Es una frase célebre de Prévert, Jacques Prévert: «No digas que no, has sonreído.»

María volvió a sonreír, esta vez más abiertamente, bajando la cabeza.

—Veo que es usted implacable...

—Sólo un admirador de la belleza, María. Más que un admirador: un entusiasta, un hincha, un fanático de la *torcida*...

—Basta, basta... Me voy a sonrojar...

Cada cual había logrado cumplir su deseo. Entre sonrisas nerviosas y disfraces de lujuria subieron minutos después en el ascensor hasta la séptima planta, en donde María aseguró que estaba su habitación. En la soledad de la cabina Da Gama le pasó la mano por el hombro y ella no se inmutó. Sólo dijo:

—Antes, quiero enseñarle una cosa...

Da Gama se dejó llevar a la terraza superior del hotel, tomado de la mano por aquella portuguesa que prometía una noche larga, sudorosa y ardiente. Ella lo condujo hasta la azotea con firmeza, le invitó a asomarse para ver el paisaje y él lo hizo, alzando los hombros.

—Hermoso, sin duda. Pero me pregunto qué hago mirando a lo lejos cuando a mi lado hay algo mucho más bello para admirar...

—Las apariencias engañan... —respondió María, secamente. Y en ese momento, sin permitir que se volviera, le trabó por los hombros, lo zancadilleó sin dificultad a pesar de lo voluminoso de su cuerpo y lo tiró al suelo, boca abajo. Le retorció el brazo en su espalda, se sentó a horcajadas sobre su cintura y le puso el cañón del revólver en la cabeza.

—¡Pero...!

—¿Quién es el español que atendió en su clínica el pasado mes de diciembre?

—¿El español? ¿Pero a qué viene...? ¡Oiga, señorita...!

—Tres segundos y disparo.

—Bien, bien. —Da Gama negó con la cabeza y resopló. Unas gotas de sudor perlaron su frente. Cínicamente, sonrió y dijo—: Todo el mundo sabe que mi lema es la confidencialidad, pero estamos ante una emergencia y supongo que, en una situación así, un paciente no tiene derecho a enojarse demasiado...

—¡El nombre! —repitió María.

—Y, a fin de cuentas, yo ya cobré por los servicios...

Da Gama ganaba tiempo y María se dio cuenta de inmediato. Le puso el revólver en la nuca, justo en el centro, y gritó:

—¡Un segundo más y le dejo seco...!

—De acuerdo, de acuerdo. No me corresponde ser el ángel de la guarda de nadie. Si se trata del mismo hombre, aquel español llegó sin nombre y se marchó con un pasaporte jamaicano. Creo recordar que se hacía llamar Jonathan Bentham.

—¿Bentham? Yo creo más bien que era Vinicio Salazar, el millonario español

—¿Vinicio qué? ¡No sé de quién me hablas, preciosa!

—Es igual, ya sé lo que necesitaba. Salvo una cosa: ¿dónde está ahora ese supuesto Jonathan Bentham?

—¿Cómo puedo...?

—¿Dónde? —gritó ella, apretando el cañón del arma contra la cabeza.

—En Londres, en Londres... Supongo que seguirá en Londres. Pero, ¿cómo voy a saberlo?

—Está bien. —María retiró lentamente el arma y se levantó despacio—. Ahora me voy. Pero hágame caso: a usted le conviene permanecer un rato más aquí, en el suelo.

—No lo dude. En esta posición me encuentro divinamente...

—Me alegra oírlo. Porque si se mueve, la disfrutará eternamente.

María se fue alejando poco a poco, en dirección a la

puerta de salida, sin dejar de apuntarlo. Antes de desaparecer, oyó al hombre decir:

—¡Hay que ver las sorpresas que da la vida! Y el caso es que se prometía una noche tan sugerente...

María Saldanha voló a la capital británica a primera hora de la mañana siguiente en un *boeing* de la British Airways. Había sacado del banco todo el dinero que le quedaba de sus ahorros en Nueva York y comprado algo de ropa para combatir las temperaturas europeas. Pero durante aquellas horas no albergó un solo momento de duda: estaba convencida de que cada vez se encontraba más cerca del asesino de su hermano y no iba a dejarlo escapar. Había decidido husmear cada rincón de Londres como un perro de caza y no se detendría hasta dar con él.

A mediodía por su reloj, media tarde en Europa, aterrizó en la terminal 4 del aeropuerto de Heathrow. Lo primero que sintió al descender del avión fue un inesperado calor; después, una inquietante sensación de soledad; de inmediato, el desamparo. Una mujer latinoamericana sola en aquel aeropuerto abarrotado de gente apresurada de todas las razas y edades no facilitaba el sosiego. Además, desde el principio se vio envuelta en una red de sospechas policiales y conducida sin excesiva consideración a la aduana de inmigración junto a los demás viajeros que carecían de rasgos europeos, un indolente mostrador donde revisaban los pasaportes con desconfianza y desdén; y de ahí a otro mostrador aún más celoso donde tuvo que guardar una fría y silenciosa fila formada por inmigrantes orientales, negros, latinos y árabes que más que perseguir llegar a

Londres parecían esperar su turno para ingresar en una mugrienta prisión del estado de Utah. Intentó explicar que ella no era inmigrante, sino una turista, pero nadie pareció querer atender a razones. Y así se vio obligada a esperar durante más de una hora, el tiempo que tuvo que permanecer en aquella hilera a que le llegara el momento de que alguien se decidiera a escuchar lo que tenía que decir.

Un hombre de tez cetrina e indumentaria paquistaní que estaba en la misma espera comentó, en inglés, que con anterioridad a los atentados de Londres no se revisaba con tanta meticulosidad la entrada de los extranjeros y que era humillante que les tomaran a todos por terroristas. Ni siquiera durante la invasión de Irak, añadió con una visible indignación. Pero otros inmigrantes lo miraron con dureza, exigiendo silencio: temían que cualquier voz de rebeldía pudiera perjudicarles a todos. María Saldanha lo observó también, pero sin ninguna intención. El que había hablado parecía un recién llegado de la India, demostraba una soltura propia de quien no era la primera vez que viajaba a la capital londinense y aunaba en sus modos aplomo, confianza y serenidad. María pensó que lo más acertado sería imitarle cualquiera que fuese la actitud que adoptase ante las autoridades de inmigración porque aquel hombre parecía conocer las costumbres inglesas sin dejarse impresionar por ellas.

Cuando le tocó el turno de presentarse ante el mostrador, informó de su condición de turista. Demostró que llevaba dinero suficiente para una estancia de un mes en el país y cuando le preguntaron por su profesión explicó que era policía, que su buen conocimiento del inglés se debía a un largo periodo de prácticas realizado con la policía de Nueva York y que en aquellos momentos se encontraba de vacaciones, después de haber solicitado un periodo sabático en los cuerpos de seguridad brasileños. El funcionario que rellenaba el impreso levantó los ojos para observarla y, por la extrañeza con que la miró, María pensó que algo no iba bien. El hombre apartó los dedos del teclado del ordenador e hizo un gesto afirmativo a otro funcionario uniformado que permanecía sentado ante una mesa próxima, contemplándola también. El compañero afirmó con la cabeza y salió del habitáculo por una puerta trasera. El funcionario alzó los ojos para encontrarse con los de María y le indicó que hiciese el favor de entrar por una puerta situada al final del mostrador.

Cuando se adentró en aquella sala, el compañero uniformado la esperaba sentado a una mesa larga, de madera, en una habitación sin otro mobiliario que la mesa y tres sillas viejas, un retrato de la reina de Inglaterra en una de las paredes y una botella de agua mineral con envase de plástico y algunos vasos de papel.

—Siéntese —ordenó.

María obedeció. Aquel hombre parecía demasiado joven para la dureza de las facciones de su cara, recortada por las mandíbulas y el mentón a fuerza de apretar los dientes. No podía saber su estatura, pero su cuello era más ancho que su óvalo facial y el uniforme no lograba disimular una musculatura de gimnasio en brazos y pectorales. No sonreía, y su voz era grave y severa, antipática.

—¿Qué ocurre, agente?

—Mi compañero opina que está usted mintiendo. Que más bien pretende, con esa historia que ha contado, entrar en el Reino Unido para quedarse ilegalmente. ¿Es usted prostituta?

—¿Cómo dice? —María no dio crédito a lo que creía haber entendido. Pero había oído esa palabra mil veces en la comisaría neoyorquina donde trabajó y no le cabía duda de que ésa, en concreto, había sido la pregunta—. ¿Una puta? ¿Está usted loco?

—Bueno... —sonrió el policía—. En todo caso, nos resultaría más creíble que esa historia que ha contado del poli de recreo en vacaciones sabáticas. ¿Tiene algún documento que acredite lo que dice?

—En Brasil entregamos la pistola y la placa cuando dejamos el Cuerpo. Son propiedad estatal. ¿Aquí se las quedan?

—No sea impertinente. —El agente se levantó y paseó por la habitación, como había visto hacer en las películas—. Supongo que no le importará que solicitemos una confirmación a sus superiores, ¿verdad? Porque no estarán también de vacaciones, ¿o sí?

—No, no me importa en absoluto. —El rostro de María se volvió aún más agrio. Un halo amarillento rodeó sus pupilas y de repente sintió que le picaban los pies y las piernas. Buscó el modo de tragar un poco de saliva pero no la encontró.

—Está bien. Escriba aquí el nombre de alguien que avale lo que dice y una dirección institucional en São Paulo. Esperemos que el fax de respuesta no tarde demasiado. Entre tanto, permanezca aquí, en esta sala. Si tiene la boca seca, ahí dispone de un poco de agua.

El agente uniformado abandonó la estancia por la puerta trasera y cerró dando un portazo. María había escrito el nombre y cargo del Comisario General de Policía de Brasil y facilitado la dirección de la sede del Ministerio del Interior, algo que al agente no pareció causarle la menor impresión. Es más: al leerlos, alzó la mirada de un modo impertinente sobre María y sonrió con suficiencia.

—Veremos qué da de sí todo esto —refunfuñó mientras salía.

Durante la espera, María sintió que el picor crecía por sus piernas. Se sentía nerviosa, demasiado excitada, sin ningún motivo aparente. No sabía por qué pero aquella sala, tan parecida a una celda de interrogatorios, le creaba una angustia que nunca sintió mientras era ella quien hacía las preguntas. Respiró hondo unas cuantas veces para recobrar la calma y se acarició las piernas hasta que el prurito, poco a poco, desapareció. Entonces, más tranquila, bebió agua, rebuscó en su bolso de mano y aprovechó para retocarse el pelo ante un espejo de bolsillo y darse un poco de polvos maquilladores en los pómulos y en la nariz. Volvió a beber agua. Ignoraba cuál sería la reacción de su jefe, pero en cualquier caso no podría negar que había formado parte del Cuerpo. En eso no mentiría. Lo conocía bien y también el aprecio que había sentido por ella; ahora, quizás estuviese enfadado, incluso irritado por su actitud, pero tampoco aquello le permitiría faltar a la verdad.

Al cabo de media hora un hombre de paisano, de cierta edad, entró en la sala apresuradamente.

—Lamentamos este incidente, miss Saldanha —fue lo primero que dijo mientras extendía la mano para estrechársela—. Soy el detective Reynolds. He tenido una agradable conversación con su superior, el Comisario General, y me es grato informarle de que me ha dado todo tipo de garantías acerca de usted.

—Entonces, ¿puedo irme ya? —María aprovechó que el detective mantenía la mano estrechada con la suya para ponerse de pie y plantarse muy cerca de él.

—Por supuesto —el detective retrocedió un paso—. Sólo que al Comisario le ha sorprendido su llegada a Londres. No comprende los motivos de...

—He venido a pasar unas vacaciones, ya lo dije antes. Creo que me las he ganado.

—Eso es precisamente lo que le he dicho y, para no engañarle, le diré que no ha parecido mostrarse muy convencido con esa explicación —el detective se sentó en una silla, indicándole con un amable gesto que ella lo hiciese también—. ¿Es posible que esté usted en Londres con la intención de encontrarse con alguien? El Comisario General me ha explicado con todo lujo de detalles que...

—Pues sí. Ésa es la razón. Pero no creo que usted pueda ayudarme.

—O tal vez sí. —El detective Reynolds no se apeaba de su sonrisa ni de su amabilidad—. Si me facilita el nombre de la persona que busca, nuestros ordenadores nos informarán de si últimamente ha viajado al Reino Unido. ¿Cuándo cree que pudo haber llegado esa persona? Una fecha aproximada, claro.

María se quedó pensativa durante unos instantes. En realidad, nada perdía si le confirmaban que el hombre que perseguía había aterrizado en suelo británico. En el doctor Da Gama, por decirlo de alguna manera, no podía confiarse del todo.

—Creo que entre diciembre y enero —dijo al fin, tras pensarlo unos instantes—. Su nombre es Jonathan Bentham.

—Discúlpeme un momento.

El detective abandonó la sala. De repente, María no estaba segura de lo que habría contado el Comisario General al detective Reynolds, ni si el hecho de conocer la policía británica que el motivo de su llegada a Londres era el tal Bentham sería beneficioso o perjudicial para lo que pretendía. Ninguna policía del mundo quiere en su país un ajuste de cuentas, ni más delitos de los que ya soporta. Sería ingenuo pensar que, en su caso, iban a ayudarla a culminar sus planes, aunque también era cierto que ella había amenazado con ajustar las cuentas a Salazar, no a un tal Bentham.

El detective regresó a la sala pasados unos minutos.

—En efecto —informó—. El 12 de enero, en un Boeing 767 de la British Airways, procedente de Kingston, Jamaica, pisó suelo británico el ciudadano Jonathan Bentham. No hubo parte alguno de incidencia a su entrada en el país. Eso es todo. Aquí se acaba la información.

—¿Ninguna pista? —demandó María, desolada.

—Ninguna sobre él. Y sólo una cosa más acerca de usted: debe abandonar el país en las próximas veinticuatro horas. Me temo que su jefe y yo somos de la misma opinión: no nos gusta que nadie, ni siquiera un policía, se tome la justicia por su mano y su jefe opina que usted busca a alguien más que a mister Bentham. Créame, inspectora Saldanha: la venganza es un anacronismo.

—Pero, yo no...

—Permanecerá en nuestras dependencias del aeropuerto hasta la salida de un próximo vuelo a Brasil, al que usted subirá —el detective se mostró inflexible—. Entre tanto, puede considerarse nuestra invitada. Le facilitaremos comida y bebida con mucho gusto.

María aceptó la orden de expulsión sin decir palabra. Podría intentar escapar, se dijo, pero eso sólo empeoraría su situación. Y tratar de comunicarse con el Comisario General en Brasil para convencerle de que intercediera por ella sería inútil. Lo único que podía hacer era quedarse en algún otro país de Europa con la esperanza de volver al Reino Unido a través del Canal de la Mancha y llegar a Londres para continuar su trabajo. A lo que no estaba dispuesta, en absoluto, era a volver a Brasil y olvidarse de todo. El tizón en que se había convertido el cuerpo de su hermano se le aparecía en sueños todas las noches; y ella necesitaba descansar después de dejar que su hermano, vengado por la justicia, lo hiciese también. No cejaría en el empeño hasta encontrar al hombre que acabó con su vida. Además, todavía le quedaba una oportunidad: el escolta que había heredado al hombre que perseguía. En él podría encontrar las respuestas que necesitaba. Y ese hombre..., ¿cómo se llamaba? Sí, Miguel; Miguel Guzmán. Ese hombre estaba en Madrid, España, y ése era el destino al que debía dirigirse si le permitían elegir.

—Vamos, inspectora —el detective le indicó que lo siguiese con un gesto amable de la palma de la mano, como si apartara una telaraña prendida entre el canto de la mesa y el respaldo de una de las sillas—. La acompañaré a la sala de espera de la comisaría del aeropuerto. Se le facilitará cuanto precise.

—Está bien. Pero..., no sé... Ya que he pagado mis vacaciones, preferiría no volver a mi país, al menos por ahora —dijo María, aparentando resignación y con la más seductora de sus sonrisas—. Supongo que, una vez que he gastado tanto dinero en el pasaje a Europa, podré elegir otro destino, ¿no? Siempre que no sea en su país, naturalmente... Me gustaría tanto visitar París...; y Roma, por supuesto. Por el Vaticano, ¿sabe?

—Con tal de que abandone de inmediato suelo británico, a nosotros lo demás nos da igual —replicó Reynolds, tajante—. ¿Así que el Vaticano? Bien, pero ya sabe que usted sólo dispone de un pasaje de regreso a Caracas desde Londres. Si decide cambiar de destino, algo que no es de mi incumbencia, todos los gastos correrán por su cuenta, como comprenderá.

—Sí, sí... Ya lo sé. —María volvió a sonreír mientras caminaba al lado del detective. Y, de pronto, como si una duda le hubiese brincado en la cabeza, preguntó—: Y en París, ¿hace tanto calor como aquí?

—Este año nos está volviendo locos a todos, inspectora Saldanha. Nunca ha habido así un invierno en Europa, y me temo que esto no ha hecho nada más que empezar. No se queje, usted viene de un clima tropical.

—No me quejo. Pero el caso es que... ya puestos, preferiría una playa donde tomar el sol —el guiño de sus ojos fue como una súplica.

—Pues entonces, personalmente, le recomiendo España: las Islas Canarias o Marbella, al sur.

—¿Podré ir a la playa? ¿Broncearme...? Ya sabe, estando de vacaciones, apetece.

El detective ya estaba empezando a cansarse de aquella conversación y tardó en contestar. Antes volvió la cabeza hacia otro lado y resopló, convencido de que aquella mujer había perdido el juicio o trataba de engañarlo.

—Sí, inspectora. Allí podrá ir a la playa mañana, tarde y noche. Dicen que los rayos de la luna también queman la piel.

—De acuerdo. Entonces sí: le haré caso e iré a España. Pero antes pasaré por Madrid, me gustaría conocer la ciudad. ¿Sabe usted cuándo sale el próximo avión a Madrid?

TERCER MOVIMIENTO

Cuando Jonathan Bentham, convertido en Manuel Vargas, entró en la deslumbrante casa nueva situada frente a la pradera azul del mar Mediterráneo, en la serena costa de Almería, recordó la tarde en que el italiano sin nombre le entregó la falsa sinfonía firmada por Beethoven. Con ella empezó a forjar un sueño que, después de tanto dolor, le permitía descubrir un paraíso artificial construido sólo para él. De repente, un relámpago de estremecimiento zarandeó su nuca al sentir que había logrado levantar de la nada una isla de libertad donde escapar de un mundo que lo acosaba igual que azuza al zorro una jauría de perros invocando las leyes de los bienpensantes. A la propiedad, vallada, aislada y plácida como flor de adormidera, se accedía desde una zigzagueante carretera local paralela a la playa, a través de una respetable puerta de hierro que iniciaba un camino de grava rosácea, un sendero curvilíneo que conducía entre pinares, palmeras y amplias extensiones de césped a una edificación de dos plantas encalada, resplandeciente e inmaculada sin el pecado del tiempo arañando sombras al sol. Al lado de la casa, un palmeral apretado cobijaba con estampas de paisajes caribeños dos piscinas embaldosadas comunicadas entre sí, rebosantes de aguas transparentes como traídas del mar en las que podían verse fondos marinos simulados que en algunos rincones se adornaban con corales de artificio y plantas acuáticas naturales que se movían sinuosas como serpientes indias encantadas por la flauta de un faquir. El garaje construido a un costado de la casa encerraba un Ferrari deportivo negro y una moto Honda de gran cilindrada, además del Jaguar en el que Vargas acababa de llegar y un pequeño Ford español destinado al uso del servicio. En el porche de entrada que rodeaba la casa, donde crecían salvajes las buganvillas y madreselvas alrededor de varios pilares de madera pulida, había una mesa de mármol de seis metros cuadrados con las patas leonadas, rodeada de seis sillas de hierro esmaltadas en verde y cubiertas con cojines blancos. Sobre la mesa, alguien había dispuesto una fuente de frutas frescas y varias jarras de zumo con los colores del fuego tropical.

El interior de la casa era amplio y muy luminoso. Amueblada por Armani con un criterio minimalista, donde primaban el blanco y el negro, sólo los grandes sofás y los cuadros abstractos firmados por sus autores destacaban entre sus espacios libres: un José Lucas, un Barceló, un Gómez Moreno, un Canogar, un Montaña, un Bielsa, un Lancillotta y un Soto Mesa escoltaban cuatro estanterías de obra encalada que alineaban un par de centenares de libros y, en algunas cavidades, pequeñas esculturas lineales de hierro o bronce representando cuerpos desnudos. Al fondo, cerca del bar, la pared sostenía una gran pantalla plana de televisión con reproductor de DVD, un equipo de música y varios muebles pequeños que contenían unas pocas películas de cine clásico y varios CD de música variada.

A la derecha de la puerta de entrada estaban el cuarto de aseo, con inodoro y lavabo como únicos sanitarios, y la gran cocina. Al fondo, una puerta siempre cerrada con llave escondía una sala secreta y, a su lado, unas anchas escaleras de caoba conducían a la planta superior, donde se alojaban diez dormitorios con vestidor y grandes terrazas, además de los otros cuartos de baño. Debajo de las escaleras dormitaba un piano blanco de cola con su banqueta tapizada en terciopelo negro.

El chófer, después de encerrar el coche en el garaje, esperó en la puerta de entrada con la gorra en la mano hasta que Vargas le ordenó marcharse a su casa en la ciudad y mantener conectado el teléfono móvil por si lo necesitaba.

En la cocina trajinaba Mami, una mujer mayor que había sido prostituta en su juventud y siempre quiso ser como la célebre madame Claude parisina que se dedicaba a educar a jóvenes señoritas en el arte de complacer, pero que terminó siendo una simpática y despabilada alcahueta de burdel de carretera para trasnochadores sin casa. Era una mujer gruesa, de avanzada edad, con los ojos brillantes y vivos que tenían el don de hablar solos; la piel de su rostro, recorrida por las marcas de la penuria, contrastaba con la alegría de sus facciones, como de recién llegada a su propia fiesta de cumpleaños. Mami, con su experiencia y discreción como cartas de presentación, iba a ser la responsable de las dos doncellas búlgaras que faenaban por las habitaciones, unas jóvenes pulcras y agraciadas contratadas en los arrabales de Sofía que no hablaban otro idioma que el suyo y que cuidaban de la limpieza con puntualidad y del resto de las necesidades domésticas con un empeño menor. Lo primero que hicieron las búlgaras, por indicación apresurada de Mami, fue deshacer las maletas de Vargas y ordenar los armarios, ya por sí repletos de un extenso vestuario ajustado a las tallas y medidas del nuevo dueño.

La primera intención de Manuel Vargas desde que se instaló en la casa fue permanecer aislado, en una clandestinidad absoluta, y no salir de ella salvo para dar al anochecer algún paseo por la playa situada frente a las tapias delanteras de su propiedad. Ni las autoridades policiales ni los inspectores fiscales debían enterarse de su existencia; y si alguno de ellos llegaba a percatarse de su presencia, Vargas disponía de la documentación necesaria para acreditar su residencia en Londres y para justificar la estancia española en forma de un corto periodo de vacaciones. Pero, por encima de cualquier contingencia, la intención prioritaria era que nadie llegase a saber que vivía allí.

Las doncellas búlgaras, jóvenes y obedientes, habían aceptado el trabajo por un periodo de nueve meses, comprometiéndose a mantener una discreción absoluta y a no salir nunca de la finca. De hacerlo así, transcurrido ese tiempo recibirían una cantidad en dólares que les permitiría regresar a Sofía con el dinero suficiente para no volver a necesitar más durante muchos años. Mami, por su parte, vieja y experimentada, aceptó las mismas condiciones porque no tenía familia; y además se le iba a poner en la mano tanto dinero que ya no tendría que volver a trabajar nunca, por muchos que fueran los años que viviera. Discreción absoluta era lo único que exigía Vargas. Y Orson le aseguró que podía confiar en aquellas mujeres y que estuviese tranquilo porque en su presencia podría llevar a cabo lo que se propusiera con las demás jóvenes que llegarían a la casa en cuanto finalizase el proceso de selección que estaba a punto de concluir.

La decisión que había tomado Vargas era vivir los cinco o seis meses siguientes, hasta que le citase el doctor Blixen, en un oasis de lujo y sensualidad al margen del mundo exterior, sin noticias ni teléfonos. Aislado; disfrutando de todos los placeres a los que pudiese acceder. Y en aquella hacienda podría cumplir sus deseos porque el aire traía aromas de mar y de leña quemada; la temperatura no variaba de modo estridente; los días eran luminosos y las noches mansas; y el silencio, a todas horas, permitía descansar y disolver las pesadumbres del pasado.

Acompasando tanta levedad, sólo deseaba pasar los días rodeado del placer que proporciona la juventud y la belleza, compartir las horas con mujeres jóvenes, vitales, libres y desinhibidas; vivir en el epicentro de todos los terremotos de la sensualidad y de la voluptuosidad, empaparse de la inocencia de los pocos años de la mujer cuando brota a la vida y contagiarse de todo cuanto ellas pudieran aportarle en gozo y alegría. Orson, desde Londres, estaba arreglándolo todo para que en las semanas siguientes llegasen a la finca unas cuantas jóvenes de una gran belleza, la menor de diecinueve años y la mayor de veintiocho, elegidas por métodos que Vargas nunca se interesó en conocer. Una de ellas, la pequeña Verónica, era lituana; las restantes eran dos dominicanas, una rusa, una venezolana y una inglesa.

Orson había seleccionado también a dos jóvenes españolas de gran belleza que completaban el plantel elegido para Vargas: Lola y Neus. Lola venía de Sevilla, en donde dirigía un negocio de prostitución muy peculiar: no asistía a las clases de la universidad sino que se dejaba ver a diario en el bar y por los pasillos de la facultad. Decía estar matriculada como alumna en la carrera de Derecho, pero nadie la vio nunca entrar a las aulas. A los veinticuatro años debería haberse licenciado ya, pero decía que le faltaban algunas asignaturas sueltas por aprobar, correspondientes a distintos cursos, y con esa excusa deambulaba por la universidad siempre desenfadada y con cien euros en el bolso para poder invitar a un café o a una copa de fino a media mañana a quien le conviniera hacerlo.

Sus objetivos eran las alumnas más bellas y presumidas, las que observaba que cambiaban de vestuario a diario pero se les notaba que debían esforzarse para encontrar combinaciones de colores y prendas en un fondo de armario que esporádicamente completaban con algún trapito nuevo comprado en las tiendas de moda económicas del centro, H&M, Zara, Mango, Blanco, Stradivarius o Bershka.

Era con ellas con quien procuraba mostrarse simpática y entablar amistad. Y era a ellas a quienes alababa su forma de vestir, su gusto al maquillarse y su acierto al usar cremas para el cutis y el pelo. Y cuando obtenía su confianza, comenzaba una táctica de envolvimiento en la que se hizo maestra: que si deberían comprar esto o aquello, usar tal o cual perfume, embellecerse con cremas de marca, sacar más partido a su belleza con productos de un precio que era por completo inaccesible para su escasa economía... Y ellas, confiadas, le confesaban la falta de recursos. Entonces era cuando abusaba de la palabrería hasta embaucarlas, argumentaba hasta engatusarlas, les confiaba su solución para acabar para siempre con sus problemas y lo envolvía todo en un hermoso papel de regalo. Que si nadie se iba a enterar; que si nada perdían por probarlo; que total se trataba de una fiesta con unos amigos suyos... Que, en definitiva, en una noche de jueves o de martes podían ganar fácilmente seiscientos euros. Algunos amigos suyos, incluso, pagaban mil si la chica les gustaba. ¿Y quién iba a enterarse si ellas mismas no lo contaban? Además sus amigos eran hombres muy refinados que nada les iban a exigir porque casi todos estaban casados y lo único que buscaban era gozar de la vida sin añadirse complicaciones. Y les aseguraba que podían estar tranquilas: no se trataba de pervertidos sexuales ni nada por el estilo.

Raro era el curso en el que media docena de alumnas no terminaban probando y quedándose en el negocio de ganar dinero fácil a cambio de poderse comprar lo que quisieran. Al principio, naturalmente, se escandalizaban y apelaban a su decencia; unos días más tarde mostraban una lejana curiosidad porque tal vez le pudiera interesar a una supuesta amiga; y al cabo de un mes le rogaban acudir a una fiesta que, por supuesto, no iba a ser la última.

Lola, con sus comisiones, vivía bien. Nunca participaba en las orgías. Argumentaba mil excusas y se amparaba en que su trabajo era otro. Pero un jueves de diciembre un político municipal sevillano, miembro del Opus Dei, llegó a ofrecerle seis mil euros para que se acostase con él. Dijo que le fascinaban las pelirrojas de pelo largo y ondulado, con pecas en la cara y el pubis de oro. Insistió varias veces, al final con una cierta agresividad, pero Lola lo rechazó: le bastaban sus comisiones, explicó desdeñosa, al menos hasta que surgiera una oportunidad que le permitiera retirarse de aquel celestinazgo. El político, irritado por el desplante, la amenazó y le aconsejó que no volviera a cruzarse en su camino, con una expresión en la cara que anunciaba la inminencia de una mala hora. Lola leyó en aquel rostro un mal presagio y temió seriamente que cumpliera su amenaza, por lo que durante unos meses cesó en su actividad: sabía que el pequeño poder cría termitas en los huesos del alma cuando sube la fiebre de la arrogancia.

La oportunidad que esperaba Lola llegó en un viaje a Londres de fin de semana para realizar unas compras en Trafalgar Square. Allí leyó distraídamente primero y con interés después un gran anuncio insertado en un periódico que decía: se precisa asistente personal para atender a un caballero español. Duración del contrato: ocho meses. Lugar: Casa de campo situada en el Sur de España, junto al mar. Excelente remuneración. Se requiere nivel cultural medio y disponibilidad para viajar. Enviar currículum y fotografía recientes de la solicitante al Apartado de Correos 43 J 16 Box. Londres.

A Lola le gustó que el trabajo fuera en el sur de España

y le interesó la promesa de remuneración. También sintió curiosidad por saber en qué consistía la «asistencia personal», aunque podía imaginarlo, sobre todo porque la utilización del femenino para aclarar el perfil del aspirante le reafirmó en su sospecha. Nada perdía por enviar su candidatura. Y lo hizo.

La extraordinaria información de que después de los ocho meses se le abonaría un millón de euros la convenció. Con nadie tenía que consultarlo. Sus padres vivían en San Fernando, un pequeño pueblo de Cádiz, y con su pareja había roto meses atrás. Nada le impedía comprobar si todo aquello era verdad. Y confió en Orson, tal vez por sus modales y por la sinuosa manera en que lo expuso todo, tan parecida a la que ella empleaba para convencer a sus presas universitarias. Así llegó a la casa, llena de expectativas y con una gran curiosidad.

La otra española, Neus, era muy diferente. Había perdido todas las oportunidades que se le ofrecieron desde los veinte años, había dejado pasar un tren tras otro y ahora, a los veintiséis, no sabía por dónde continuar. Nunca había mostrado interés por su formación personal, había llegado a matricularse en la universidad, pero estudiaba una carrera de Químicas como hubiese podido hacer un curso de verano sobre la nueva cocina japonesa, sin la menor vocación. Lo único que deseaba con vehemencia era salir por la televisión, presentar algún programa de gran audiencia, convertir su rostro en popular y ser reconocida por las calles del pueblo donde pasaba las vacaciones de verano con sus padres.

De una belleza excepcional, con los ojos del color del Mediterráneo en septiembre, rubia y pálida igual que si hubiese regresado de la muerte porque allí no la dejaban bailar, vivía en Alicante, una ciudad donde muchas jóvenes como ella creían en el matrimonio y en la familia por encima de cualquier otro soporte vital. Neus también aspiraba a casarse y tener una casa abigarrada de adornos dorados y dos niños impecablemente vestidos y repeinados. Pero antes quería ser famosa. No leía libros, apenas iba al cine, ignoraba los periódicos y de la televisión escogía para ver aquellos programas que le gustaban a su madre, más inculta aún que ella, ante los que se reía como una dama boba.

Su primer novio fue guapo: Neus elegía a los hombres por la apariencia, para mostrarlos tomados de la mano. Un día la dejó y ella no sufrió el desamor, sino el orgullo herido de haber sido abandonada. Entonces lo sustituyó por un presentador de un programa musical que emitía una televisión local, sin audiencia ni calidad, donde se ponían canciones nuevas y se decían viejas obviedades. Y empezó con él una relación sentimental: era lo que tenía más a mano. Aguantó a su lado sin estar enamorada porque era alto y guapo, porque una vez la llevó de viaje a Roma y porque le decía que un día se casaría con ella. Neus era una mujer desgraciada sin saberlo.

Acabó la carrera universitaria y siguió presentando el mismo programa en la misma cadena local, sin audiencia ni medios. Y un miércoles de febrero, buscando la lista de las canciones más oídas del año en un periódico inglés, le llamó la atención un anuncio en el que se leía la palabra «Spain». Lo tradujo sin comprenderlo del todo, pero se trataba de ocho meses, en una casa en el sur, con una remuneración excelente.

Envió el currículum y una fotografía en biquini. Cuando Orson se trasladó a Alicante para realizarle las pruebas necesarias, ella sólo escuchó la cifra del millón de euros y aceptó. Orson le repitió dos veces la actitud que se esperaba de ella, pero tampoco lo oyó. Su cabeza empezó a girar con el vértigo de una noria descompuesta: un millón de euros en ocho meses le permitiría acallar a sus padres, dejar a su novio, demostrar a su primer amor lo que valía y comprar su propio programa de televisión. Orson la aceptó porque, en realidad, su belleza era abrumadora, apabullante, sobrecogedora e inigualable. Y porque su ambición parecía carecer de límites, una virtud que resplandece en los tiempos confusos. Se decía católica, conservadora y fiel, pero cabía la esperanza de que todo eso fuera tan falso como lo era ella misma. Sólo el tiempo dejaría hablar a los ecos y a las voces.

Todas las muchachas llegaron a la casa conociendo a la perfección cuál era la razón de su estancia allí y la misión que habían aceptado cumplir. El dinero fue el motivo que les indujo a desarrollar de buen grado tan insólito trabajo, y la necesidad de ganarlo la gran coartada moral con la que se justificaron. Se les prometió una vida fácil; se les aseguró un lujo desconocido; se les alertó sobre la servidumbre a que tal vez tuvieran que doblegarse y se les informó de que podrían abandonar la casa cuando quisieran, sin temer represalias ni percibir restricciones a su libertad. A cambio, el salario ascendía a un millón de euros por ocho meses de trabajo. Ningún otro compromiso por ninguna de las dos partes. Y, en efecto, así fue: desde el mismo momento de su llegada, a medianoche, en un viaje privado organizado desde Londres sin llamar la atención, quedaron deslumbradas por cuanto vieron y comprobaron que no habían sido engañadas. Por lo demás, sólo ellas sabían hasta qué punto iban a ser capaces de responder a lo pactado.

Aunque mostraron una cierta predisposición inicial y demostraron que poseían alguna experiencia en los fundamentos de la vida, no fue fácil lograr que las jóvenes adquirieran la confianza y la naturalidad que Vargas pretendía, pero él supo administrar la paciencia precisa y esperar el momento más adecuado para cada una de ellas con un trato impecable tanto en modales como en comprensión. Varias veces, y en distintas ocasiones, conocieron por Mami y por el mismo Vargas que disponían de la libertad absoluta de prestarse a los requerimientos de quien las había contratado o negarse, incluso de abandonar el cortijo sin necesidad de dar explicación alguna; que debían permanecer en la casa por su gusto o abandonarla sin temer nada; que si no se sentían libres, no serían felices ni participarían de la felicidad, algo que impediría alcanzar lo pretendido; y que, en definitiva, cuanto les rodeaba no era un presidio en el desierto sino un palacio en un vergel.

Y así fue como, en la última semana de marzo, el sol del mediodía ya se entretenía jugando sobre la piel desnuda de todas ellas, salpicadas en torno a la piscina como ninfas en el estanque que atrapó a Hilas. Ellas recogían los rayos del sol en su cuerpo con la ansiedad del náufrago aterido y sentían crecer la excitación en su vientre con la suavidad de una caricia cohibida. No hablaban; sólo sentían. A veces se susurraban frases cortas entre ellas o intercambiaban risas jóvenes como repiques de cimbalillos. Y ya habían dejado de preguntarse si aquella placentera vida les obligaría a pagar un precio demasiado alto.

—¡Buenos días, señor Vargas!

La voz de las mujeres se alzó como un tintineo de lágrimas de cristal entrechocándose cuando apareció en el porche Manuel Vargas. Voces limpias y alegres que decían lo mismo con distintos acentos. La lituana Verónica y la rusa Katrina tenían un timbre de voz sereno; las dominicanas Cristina y Lidia y la venezolana Susa, cálido; la inglesa Elizabeth, atropellado; y las españolas Neus y Lola, sonoro. Pero todas ellas eran voces risueñas y confiadas, timbres musicales que parecían manar de un coro joven formado en un convento de religiosas.

Ocho voces, ocho muchachas. Voces que se derramaron por el jardín como una espuma de zafiros al desbordarse. Era un puñado de mujeres venidas de los más diversos lugares del mundo y cada cual con una mochila a la espalda demasiado pesada, cargada de huidas o de sueños. La esperanza y la fuga: dos razones para alimentar la ilusión que quiebra palmeras, el ánimo que siempre es posible cambiar, la ensoñación que dice que ha llegado el tiempo de intentarlo. Ocho historias que Vargas conoció antes de recibir a sus invitadas por las narraciones que Orson le hizo y por lo que luego fue oyéndoles a Mami o a ellas mismas, cuando se atrevieron a contarlas. Historias que hablaban casi siempre de desesperación y de necesidad, de ambición o de ocultamiento. Cada cual tuvo una razón para llegar a la casa, pero en definitiva todas eran muy similares.

Como en el caso de la dominicana Cristina, que no llegaba a ser mulata pero que tenía en la piel el color del tabaco lavado y el brillo del oro cuando se sombrea. Desde pequeña su cuerpo desprendía aromas frescos, su padre decía que olía a rosaleda cuando amanece, y su madre la pasó de mano en mano por santeras, hechiceras y practicantes de vudú para buscar el modo de arrancarle aquel olor que creía una maldición con la que volvería locos a los hombres hasta que uno de ellos la matara de mucho amor o de muchos celos. Por eso le prohibió verse con ninguno. Había nacido veinticuatro años atrás en la pequeña ciudad de Boca Chica, al Este de Santo Domingo, la capital de la República Dominicana.

Cristina nunca creyó en esa maldición materna y a los quince años, cuando tuvo su primer enamorado, huyó con él a la capital para escapar de sortilegios, rituales, aojos e invocaciones ahumadas en inciensos que le asfixiaban; y sobre todo para conocer la libertad, de la que tanto oía hablar que había hecho nido en su vientre. Trabajó y estudió leyes e inglés, fue tentada por los mundos mágicos de Nueva York y de Los Ángeles que veía en la televisión y sus sueños se volvieron una obsesión que le llevó a solicitar una y otra vez, sin éxito, un visado para entrar en Estados Unidos.

Con el dinero ahorrado a lo largo de ocho años de trabajos efímeros viajó a Londres, pero una vez allí esquivó la letra de la ley y decidió quedarse a vivir en Europa. Pensaba que aprender bien el idioma de los ingleses le facilitaría entrar en Estados Unidos y unirse a la extensa colonia dominicana en aquel país para iniciar la vida que anhelaba, pero antes de cumplir su objetivo se topó con el reclamo puesto por Orson en los periódicos y decidió intentarlo.

Seguía oliendo a flores frescas, a veces con tal intensidad que al amanecer embriagaba de placer. Coincidía con los días lluviosos, a la hora del rocío. A Orson le produjo un gozo indescriptible permanecer cerca de ella y supuso que a Vargas le sucedería lo mismo. Tal vez su madre tenía razón y su olor terminaba por volver locos a los hombres...

La otra muchacha dominicana, Lidia, era más joven, tenía veinte años y venía de San Felipe de Puerto Plata, una de las ciudades del norte de la isla, de un arrabal de fuego y color ceniza en donde ella, como todas las demás adolescentes, sabía que no había futuro. Tampoco creía que en algún rincón de la República Dominicana lo hubiera para una joven de veinte años hermosa y morena, ambiciosa y deseable. Lidia, la muchacha de los ojos grises, desde los quince años no sabía qué hacer, porque trabajar a cambio de un salario que no le permitía comprarse unos jeans nuevos no era lo que buscaba. Y casarse con el negro Luisón, que la pretendía, era condenarse a engordar, convertir sus caderas en un mapamundi, llenarse de hijos y enterrarse en vida. Y ella quería usar sus ojos para fotografiar el color de los recuerdos, el olor del pan, el llanto de las rosas por la mañana y el lenguaje voluptuoso del viento.

Creía firmemente en que los seres inanimados sobrenaturales habitaban los objetos, que todas las cosas estaban dotadas de alma, fueran herramientas, fenómenos naturales o animales, y su religiosidad animista la llevaba a visitar con frecuencia santeras y practicantes del vudú haitiano. A esos espíritus les preguntaba sus dudas, pero nunca obtuvo respuestas claras. Hasta que un huracán de octubre, a través de la santera que lo conjuró, le dijo que algún día viajaría a un oasis habitado por un ser superior que la colmaría de dones materiales y espirituales. Tenía dieciocho años cuando creyó en la predicción del espíritu de la tormenta. Y pasó los dos años siguientes yendo cada tarde a un cibercafé para buscar en internet paraísos y seres superiores con la obsesiva fe de una fanática de la religión sincrética.

Les habló de la predicción y de su búsqueda a cuantos amigos y amigas quisieron oírlo. También a Cristina, con quien conversaba por el Messenger los fines de semana. Y Cristina, burlona, le dijo que había una oferta de trabajo en una casa frente al mar en el sur de España, que tal vez aquél era el oasis de su sueño. Se lo dijo en broma, pero Lidia comprendió que el espíritu de la tormenta había acertado.

Envió su currículum, viajó a Londres cuando fue seleccionada por Orson, renunció a sus principios morales y acudió a España. Y todo lo hizo impulsada por su fe en la predicción que le hizo la lengua del huracán. Por eso llegó a la casa de la playa con los ojos desorbitados, la razón ensimismada y el fervor de quien ve a la Virgen en un árbol de Fátima. Lo demás le resultó muy sencillo de vivir.

—¡Buenos días, señor Vargas! ¡Buenos días, Manuel!

Vargas había salido al porche vestido con un bañador azul a rayas celestes y blancas y un polo azul marino con un bordado minúsculo en el pecho de una marca que simulaba un trébol invertido con dos tallos. Las gafas de sol, azules con la montura de plata, protegían sus ojos de la luz. Calzaba sandalias que dejaban desnudos los pies y el bronceado de su piel, así como el cabello claro revuelto y húmedo, le proporcionaban el aspecto de un atractivo centurión romano.

Sonrió divertido y devolvió el saludo con una exagerada inclinación de cabeza a todas ellas, una reverencia cómica de burlador o de mal actor. Y se sentó en una de las hamacas del palmeral para disfrutar del día y para admirarlas con paciencia.

Estaban tan hermosas, allí tumbadas, que al contemplarlas Vargas se sintió el más afortunado de los hombres. No se le ocurrió qué más se podía desear; acaso detener el tiempo en aquel instante para disfrutarlo durante toda la eternidad. El instante es la única eternidad que merece vivirse, pensó. La temperatura era ideal. El cielo mostraba el más mediterráneo de sus azules y la vegetación, recién estrenada, brillaba con un verdor vivo y limpio, como acabado de regar. Carecía de hambre o sed; ninguna molestia sentía en el cuerpo y no cruzaba por su mente ningún pensamiento que le impidiese albergar la más apacible de las sensaciones. Reconoció el bienestar que sentía y deseó que nada cambiase. La belleza, el sol, los azules y los verdes no necesitaban dinero para existir. La serenidad del inmenso bienestar que le embargaba, tampoco. De pronto comprendió que ser rico es, sobre todo, un estado de ánimo.

—Hace un día precioso, ¿verdad? —la pequeña Verónica se acercó a él para tomar de una jarra un vaso de zumo de frutas. Lucía en el vientre, tatuado, el bello ángel que a menudo se acariciaba con el mimo de una mariposa al posarse.

—Sin duda —respondió él. Y preguntó—: ¿De verdad estáis bien aquí?

—¿Cómo no vamos a estarlo? —la sonrisa de la pequeña Verónica, la más joven de todas, se abrió como una flor. Su rostro guardaba la hermosura de un boceto de ángel, su cuerpo era menudo, su cabello ondulado caía hasta los hombros y su mirada escondía la única malicia de sus diecinueve años. Repitió—: ¿Cómo no vamos a estarlo? Nosotras parecemos ninfas y usted me recuerda a Hilas.

—¿Hilas? ¿Quién es Hilas?

—¿No conoce ese cuento de la mitología griega?

—No, lo siento —respondió, invitándola a sentarse junto a él. Todas las demás levantaron la cabeza y prestaron atención para escuchar lo que Verónica iba a decir. Vargas se incorporó también en su hamaca—. Pero estoy seguro de que tú, con todo lo que me han dicho que sabes de la mitología griega, me lo vas a contar.

—Claro que sí —sonrió ella después de mojarse los labios con un poco de zumo, sentada a sus pies—. Hilas era hijo de un rey, el rey Tiodamante, que se enfrentó con Heracles a causa de la propiedad de un buey o algo así. Y al final fue derrotado. Bueno, en realidad murió. Entonces Heracles se llevó a su hijo Hilas como escudero, para que lo sirviera, y juntos navegaron en el barco Argo, lo que les convirtió en argonautas. ¿Ha oído hablar de los argonautas?

—Sí —afirmó Vargas—. Creo que sí.

—Pues así, como argonautas, viajaron hasta que Heracles se enamoró de él. Ya sabe cómo eran esos dioses... Y un día en que el barco se acercó a la costa, el joven Hilas, sumiso y yo creo que también algo enamorado, fue a buscar agua sagrada al interior de un bosque para complacer a Heracles. Andando por el bosque llegó hasta la fuente Pegea, en Misia, y allí una ninfa acuática llamada Driope lo cogió por el brazo, tiró de él y lo arrastró al fondo del estanque, hasta una gruta que había escondida bajo las aguas. Algunos opinan que el rapto fue una orden de Hera, la esposa de Zeus, pero eso ya no lo sé. ¿Se imagina la desolación de Heracles...? —la pequeña Verónica volvió a sonreír, compasiva—. No le digo más que el gran Heracles, con Polifemo, lo buscó durante días y más días, gritando su nombre por el bosque —la muchacha imitó una voz varonil y rodeó su boca con el cuenco de su mano—. ¡Hilas!, ¡Hilas...! Así le llamaba, a voces, desesperado... Y tanto fue el tiempo que anduvo buscándolo que al fin la nave Argo tuvo que partir sin ellos y dejaron de ser argonautas. Pero Hilas no apareció nunca. Nunca. Lo que ya no recuerdo es si lo cuenta la mitología o eso ya me lo imagino yo, pero el caso es que el joven y atractivo Hilas se quedó en el fondo del estanque enamorado para siempre de las ninfas. ¿No le parece preciosa la historia?

—Desde luego.

—Y no me diga que nosotras no parecemos ninfas y usted el mismo Hilas...

—Tal vez. Enamorado ya lo estoy... —ironizó Vargas—, pero no creo que al final tenga la suerte de ser raptado por vosotras.

—¡Quién sabe! —replicó ella, con la más seductora de sus sonrisas, levantándose—. De todos modos ya ve: tenemos el decorado, los personajes y hasta la simbología del cuento. ¿O no podría ser todo esto —señaló a su alrededor— igual que el paraíso donde se quedó el afortunado Hilas a vivir para siempre?

Vargas afirmó con la cabeza y esbozó una leve sonrisa. Ella volvió a su hamaca bajo el sol, brincando de contento.

La juventud, pensó, parecía ignorante y superficial, pero lo cierto era que sabía muchas más cosas de las que se suponía; primero el escolta Miguel y ahora aquella muchacha. Esa chica, por ejemplo, podía tener pensamientos hermosos que él nunca se permitió tener por el desmesurado afán de ganar dinero, dinero y más dinero, aunque con ello desperdiciase la vida. Se preguntó cómo serían las otras jóvenes. ¿Acaso la pequeña Verónica sería la única que reunía belleza y conocimientos? Seguramente no. Tendría que esforzarse en conocerlas mejor.

—Por cierto, se me olvidaba decírselo —concluyó la pequeña lituana desde la hamaca, sin incorporarse—. Hilas significa selvático... ¿Le gusta?

Vargas no respondió. Se limitó a alzar las cejas y a subir los hombros.

Durante la comida departió animadamente con todas ellas, les hizo preguntas fáciles e intercambiaron respuestas, sonrisas y piezas de fruta. A los postres de aquella comida Vargas se dirigió a las dominicanas Cristina y Lidia y les preguntó si estaban a gusto en la casa; y después quiso oír de sus propios labios cómo era su país y por qué habían decidido ir tan lejos de su hogar. Lidia habló de su tierra, de las necesidades de la gente y de la falta de horizontes; de las maravillas europeas que mostraban el cine y la televisión, algo que le parecía inalcanzable. Y Cristina habló de la esperanza de no haberse equivocado al intentar realizar lo que en su país sólo podían soñar.

Vargas les deseó suerte y prometió ayudarlas en lo que necesitaran. Y antes de dar por acabada la comida, les invitó a ir con él al dormitorio y gozar del declinar de la tarde entre las sábanas de su cama, sin rodeos ni pretextos hipócritas. Ellas le miraron cohibidas, como si llevaran toda una vida temiendo el momento en que llegara una invitación así. Se sonrojaron, titubearon, tartamudearon un «no sé» que a Vargas le hizo sonreír y también dudar de la agresividad de la propuesta.

—Por supuesto si no os apetece, no pasa nada...

—No. Es que...

Las otras jóvenes se mostraron divertidas, o acaso nerviosas, con la proposición, salvo dos de ellas que manifestaron sin palabras que les escandalizaba la desvergüenza a que asistían.

—Como queráis —Vargas alzó los hombros resignado.

—Bueno, bien —musitó Lidia, la más atrevida de las dos.

—Entonces yo también —se animó Cristina—. Pero si no me gusta me voy, ¿de acuerdo?

—Por supuesto —replicó Vargas—. Eres libre, no lo olvides.

Las demás volvieron a sonreír, y en cuanto se retiraron los tres volvieron a salir al jardín para disfrutar otro rato del sol y emborrachar los sentidos con el aroma de las flores que rodeaban las frondas de la piscina.

El amor entre Vargas, Lidia y Cristina les mostró aquella tarde todos los placeres que caben en el galope de los sentidos. El gozo sin límites, el sexo sin prejuicios, la sensualidad sin escondites, las emociones sin miedos. La fatiga final como premio. El sudor como afrodisíaco. El sol como testigo del regalo de la naturaleza depositado en los sentidos para quien supiera exprimir el jugo a su cuerpo, alejado de lo aprendido, de lo prohibido y de lo robado. El silencio dramático del sexo alterado solamente por las respiraciones entrecortadas, los gemidos susurrados, los murmullos del goce, los espasmos finales. El amor como muerte lazariana, siempre abocada a la resurrección y al reinicio hasta la saciedad o el desmayo. Entre los tres fijaron las coordenadas del centro del universo sobre aquel lecho en los instantes últimos, cuando nada existió fuera de ellos mismos ni de la fusión de sus ansias y deseos. Luz y fuego. Pasión. Y una explosión jubilosa final. El Big Bang debió de comenzar así.

El resto de la tarde la llenó Vargas de una larga conversación con todas ellas en el porche de la casa, entre anécdotas, vivencias, intenciones futuras, relatos biográficos y costumbres locales, en la que participaron todas menos la inglesa Elizabeth y la española Neus, que permanecieron sin hablar y apenas probaron bocado durante la merienda. Las mismas dos que a los postres habían expresado un silencioso disgusto por la proposición de Vargas a las dominicanas para irse con él, sin la menor discreción. Parecían no encontrarse a gusto en aquella situación y todos se dieron cuenta, pero ninguno quiso decir nada al respecto.

A Vargas no le sorprendió la actitud de Neus, de la que ya había sido advertido por Orson de su conservadurismo; pero la reacción de Elizabeth le llamó más la atención. Orson le había detallado sus dudas y sus convicciones religiosas, pero no creía que en el oasis de aquella casa cerrada llegara a ser tan estricta.

Porque Elizabeth, a los veintisiete años, había llegado a pensar que su vida había acabado. Nada le había ido bien, ni su relación de cuatro años con un individuo australiano llamado Edward de espaldas descomunales, minúsculos ojos apretados de miope y un mentón que parecía un yunque donde forjar herrajes, ni sus relaciones sociales y afectivas, en las que carecía de amigos. Todos eran de él y desaparecieron a la vez que el gigante. Su familia vivía en una aldea sin iglesia a la sombra de un rebaño de ovejas que no sabían balar y nunca entendió que abandonara la casa paterna por la inhumanidad de Londres, donde no había ganado bovino, por lo que ninguno de sus miembros le hablaba desde hacía mucho tiempo. Y en el trabajo sufría el peso abrasivo de su jefa, que le exigía más y mejores resultados lograse lo que lograse, además de un acoso insufrible por parte del director responsable de cuentas, que asaltaba su intimidad con llamadas a medianoche, mensajes continuados al móvil y proposiciones sexuales con gestos obscenos a través de la mampara de cristal que les separaba en la oficina. Elizabeth llevaba mucho tiempo buscando otro empleo y pidiendo unas vacaciones. Por ello, cuando en el periódico leyó que se requería un asistente con un nivel cultural medio y disponibilidad para viajar, envió el currículum sin pensarlo un instante.

Tenía que adjuntar una fotografía reciente y eligió la de aquel verano del año 2000, junto al mar, con el pelo alborotado por el viento y un gesto de placer que a ella misma le resultaba procaz. Pero estaba tan desquiciada que no le importó mostrar su lado oscuro, aquel que le causaba un profundo sentimiento de culpa.

Porque Elizabeth era bella como un atardecer en Madrid y poseía el cuerpo irreal de las nevadas laderas vírgenes. Se sonrojaba con las miradas que cosechaba al pasar por cualquier calle y se llenaba de rubor al entrar en cualquier pub, cuando todos volvían la cabeza para mirarla. Sin comprenderlo. Nunca creyó atractivos su rostro de seda, su cabello ondulado del color del centeno, sus labios gruesos como pulgares y sus ojos verdes como praderas irlandesas. Alta, esbelta, dibujada en el Partenón y deseada en el Olimpo, Elizabeth nunca creyó en su verdadero atractivo porque ignoraba que los mortales no se atreven a cortejar a las diosas.

Orson le dijo, después, que la fotografía enviada fue la causa de seleccionarla junto a otras sesenta jóvenes. En su grupo, formado por cinco chicas, se realizó una serie de pruebas consistentes en una entrevista personal, un sencillo cuestionario sobre sus pretensiones económicas y vitales y un pase con ropa facilitada por Orson que dibujaba los contornos limpiamente. Al terminar las pruebas, Orson explicó con extrema sencillez y toda crudeza la naturaleza del trabajo y el salario ofrecido por ocho meses, de marzo a septiembre: un millón de euros. Dos muchachas abandonaron la sala, otras dos se ofrecieron eufóricas a aceptar el empleo y ella guardó silencio, contraponiendo el peso de su moral y el del fajo de billetes en la balanza imaginaria que guardaba en su conciencia.

Fue elegida por Orson entre las tres que superaron las pruebas. Y ella pidió veinticuatro horas para pensarlo. En la iglesia de su calle, sentada frente al altar, repasó la vida que tenía, la que podría iniciar con aquel dinero y la angustia de tener que regresar al día siguiente a su trabajo. Pidió perdón a Dios, rezó durante una hora larga con lágrimas en los ojos y salió de la capilla con la decisión tomada. Si era cierto que no le iban a obligar a nada, aunque le advertían que tendría que poner de su parte un nuevo sentido de la libertad, confiaba en poder superarlo. Y sin esperar a que se cumpliera el plazo regresó al despacho de Orson y aceptó el empleo.

Por eso a Vargas le llamó la atención tanto remilgo en la actitud de la inglesa, pero su decisión era no importunar en absoluto a las muchachas, respetarlas en sus convicciones y no forzar ninguna situación que pudiera resultarles incómoda, así que comprendió su retraimiento y se limitó a aligerar los contenidos de las conversaciones de aquellos días para que se sintieran más cómodas.

En las jornadas siguientes, mientras caía la tarde y se abría la noche al frescor y a la invitación a las confidencias, la venezolana Susa fue la que más habló. La historia de su vida mantuvo la atención de los demás con la respiración contenida y los ojos abiertos unas veces y, otras, empañados de lágrimas. Huérfana de madre desde los once años, había sido abandonada por su padre mucho antes y no volvió a saber de él hasta los catorce, cuando la telefoneó para que acudiera en su auxilio a una dirección determinada de su misma ciudad y al llegar se lo encontró muerto de un infarto, teniendo que asistir al levantamiento del cadáver y acudir después a la morgue, como su único familiar, al necesario reconocimiento del cuerpo. Desde siempre tuvo que hacerse cargo de su hermana menor, que enfermó de anorexia, y para intentar rescatarla de la enfermedad ella misma se convirtió en anoréxica. No logró salvarla, pero al menos consiguió evitar que el trastorno nervioso se apoderara también definitivamente de ella. Desde la adolescencia trabajó día y noche para alimentarse y alimentar a su hermana, hasta que, además de su enfermedad anoréxica, la menor se dejó enganchar por la cocaína, por culpa de un enamorado que resultó ser un drogadicto. Ella no pudo soportarlo más, internó a su hermana en una clínica de Maracaibo, su ciudad natal, y emigró a Europa, en donde se propuso comenzar una nueva vida aunque tuviese que iniciarla en el oficio de la prostitución.

Al terminar Susa de contarlo todo, la rusa Katrina quiso desahogarse también desbrozando la suya, a pesar de expresarse mal en el poco inglés que sabía, pero las demás la animaron para ver si hablando perdía ese halo de tristeza que se había posado en sus ojos y no parecía abandonarla. Vargas la animó también a hablar, aunque era de quien mejor se acordaba por lo que le había dicho Orson. Recordaba haberle oído decir que en Rusia la vida se le había puesto demasiado difícil y que en la casa de Katrina, hija de un suboficial del ejército rojo, llevaban muchos meses sin recibir la paga militar y todos los miembros de la familia tuvieron que ponerse a trabajar. Ella abandonó la carrera de Ingeniería química para emplearse desde el mediodía hasta las diez de la noche en un restaurante de la cadena McDonald's, y siempre tenía frío.

Desde muy joven había sentido una intensa atracción por las chicas, lo que al principio la mantuvo presa de una confusión atemorizada, luego de una culpa hiriente y finalmente de una naturalidad que le llenaba de sosiego; el miedo le obligó a guardar el secreto durante algunos años, mientras se deshacía de pasión por algunas de sus compañeras de clase, por vecinas que espiaba desde la ventana al anochecer y por ciertas actrices que veía en la televisión. Y sentía frío, siempre mucho frío.

En el restaurante tenía una compañera albanesa que no le pasó inadvertida. El intercambio de miradas y el clandestino juego de sonrisas insinuadas les invitaron a hacerse amigas. Hasta que un día, en la intimidad, ocultándose, las dos dejaron de sentir frío. Por eso urdieron un plan para emigrar a Atenas, al sur, siempre al sur. Katrina tenía veinticinco años y su enamorada albanesa veinte.

Cuando ya lo tenían decidido y los planes descritos y pormenorizados, la albanesa vio una oferta de trabajo en Londres en un proceso de intercambio dentro de la misma empresa, un acuerdo por el que una trabajadora rusa que deseaba volver a Moscú buscaba a alguien a quien no le importase trasladarse a la capital inglesa. La albanesa, entusiasmada por la oportunidad que se le presentaba, aceptó el trueque sin hablarlo con Katrina ni importarle qué iba a ser de ella. La rusa, cuando se enteró de la marcha, decidió seguirla, aun sabiendo que en Londres también hacía frío.

Dos meses después la albanesa se enamoró de una modelo escuálida que conoció al servirle en el mostrador una hamburguesa y una cola light. Le preguntó cómo quería la hamburguesa, si pequeña, mediana, grande o súper, y la modelo dijo que le daba igual porque de todas formas la iba a vomitar nada más terminar de comérsela. Tres días más tarde, después de vomitar tres hamburguesas pequeñas más, la modelo le invitó a que tomaran juntas un café al anochecer. Y la albanesa dejó a Katrina en Londres sin trabajo, sin calor y sin casa. Cuando más frío hacía.

Katrina tenía los ojos del color de la melaza y el cabello acariciado por las hojas del otoño. Conservaba una pequeña cicatriz junto a una ceja, de cuando se cayó de pequeña por unas escaleras, lucía un lunar sobre el labio superior, tenía una mano más grande que la otra y una sonrisa que anunciaba la llegada de la primavera. Nunca dejó de soñar con conducir un coche alemán de gran cilindrada y con poseer una caña de pescar sirenas. Cuando se quedó sola y con los pies embarrados en la melancolía buscó trabajo en las páginas de un periódico y encontró la oferta de España. La aceptó porque le dijeron que en el sur hacía calor y, sobre todo, porque no quería volver a Moscú. Y porque cuando se tienen ganas de llorar el aire de los viajes seca las lágrimas. Consiguió el contrato. Y todas las chicas le aplaudieron al terminar de hablar.

Aquella noche Vargas se quedó a solas con Susa a la lumbre de la chimenea encendida. Deseaba hablar con ella, conocerla mejor. La venezolana se tendió boca abajo a los pies del sofá, sobre una alfombra, jugueteando con la badila a dibujar corazones imaginarios sobre la tarima del suelo y Vargas permaneció a su lado, sentado en un sillón, con una copa en una mano y un cigarrillo en la otra. Susa era una mujer de piel de ámbar, cabello castaño, ojos oscuros y labios de niña. Tenía veintidós años y un misterio sin resolver en la mirada que no podía referirse sólo a la historia de su familia. El pantalón vaquero se había inventado para siluetear sus nalgas con el preciosismo con que se enmarca un Renoir. No usaba sostén; y el jersey de algodón con cuello de pico permitía adivinar los inicios de un desfiladero custodiado por dos montañas prestas a ser escaladas. Sus manos eran grandes, con los dedos largos de maniquí expuesto en un escaparate parisino o de profesor de violonchelo. Y sus pies pequeños y desnudos llevaban el compás de una música que sólo oía ella, como la banda sonora de sus sueños.

—Háblame de ti, Susa —le rogó Vargas.

—No hay nada interesante, de verdad —respondió jugando con sus piernas y sin levantar la vista del corazón que imaginaba dibujar una y otra vez sobre el suelo—. Con lo que he contado antes, ya lo sabes todo sobre mí.

—Pero, ¿por qué has venido tan lejos? —Vargas pareció rememorar y disfrutar de un ensueño sin olvidar—. Tu país es tan hermoso...

—Sólo para quien pueda pagárselo, papito —respondió secamente Susa.

—Yo pasé una temporada en Caracas, ¿sabes? —Vargas afirmó con la cabeza—. Creo que algún día volveré.

—Pues yo no quiero volver, no... —Susa se giró para mirarle a los ojos—. Nada se me quedó allí. Lo que no os he dicho antes es que mi hermana murió hace dos meses, me lo comunicaron en el consulado de mi país en Londres. Así es que todo lo que me llevé al salir son recuerdos. Malos recuerdos... —hizo una larga pausa y tragó saliva—. Y ahora, gracias a ti, esos recuerdos empiezan a marchitarse al fin, como flores que no se han atrevido a llegar hasta el invierno. No; no voy a regresar nunca, papito... No quiero saber nada de mi pasado. Ahora lo único que me gustaría saber es qué esperas exactamente de mí, qué es lo que esperas de todas nosotras...

—Compañía, Susa. Tan solo compañía.

—Ya.

—De verdad. —Vargas le acarició la mejilla y la miró a los ojos, para que leyese en ellos la sinceridad que encerraban sus palabras—. Quiero disfrutar viéndoos disfrutar; quiero veros vivir, contemplar vuestras risas, vuestra alegría, vuestra juventud, vuestro placer. A cambio tendréis lo necesario para que nunca más os preocupe el futuro. En unos pocos meses habréis conseguido lo que la mayoría de la gente no puede lograr a lo largo de toda una vida de trabajo. Yo, a cambio, sólo quiero que os dejéis amar y, si me lo merezco, que lleguéis a sentir algún afecto por mí. No es mucho.

—No lo sería si fuese verdad, papito. —Susa ya no quiso mirarle, parecía enfadada—. Tú te puedes permitir un sueño y te lo estás pagando. Está bien. Al fin y al cabo es el sueño de todo hombre: los musulmanes hablan del paraíso de las huríes, los normandos de las valquirias, los cristianos del cielo. Tú has reunido las promesas de los dioses en una sola casa. No te lo reprocho.

—¡Vaya! ¡Muchas gracias! —la respuesta tuvo un tono triste pero también severo.

—Te lo digo de verdad, papito. —La venezolana se levantó del suelo deprisa, se echó sobre él y le abrazó, quedándose aferrada a él mientras una lágrima resbalaba por su mejilla hasta la camisa de Vargas. Al cabo, le dijo al oído, en un susurro—: No te enfades. Yo haría lo mismo si pudiese. Pero todo esto tiene un peligro en el que quizá tú no has pensado, o que no te importa, y es que alguna de nosotras se enamore de ti. Y entonces, ¿qué pasará dentro de unos meses, cuando nos muestres la puerta de salida? ¿Has pensado qué será de cualquiera de nosotras si se vuelve loca por ti? Yo, por ejemplo...

Vargas se dejó abrazar y la besó en el cuello. Luego la apartó suavemente y la miró a los ojos con ternura.

—Tendré que pensar en ello... —Secó sus lágrimas con la mano y volvió a acariciarle la cara—. ¿Quieres dormir conmigo?

—Estarás cansado, papito...

—Dormir... —Vargas la condujo de la mano hasta su dormitorio—. Dormiremos abrazados... Contigo me apetece disfrutar de toda la ternura que podamos ofrecernos...

Al día siguiente Elizabeth y Neus decidieron abandonar la mansión. Le dijeron a Vargas que no se encontraban a gusto y que preferían marcharse, a lo que él, tal y como había asegurado, no puso objeción alguna. Sólo les preguntó a qué se debía su decisión.

—Lo siento —susurró Elizabeth—. Lo siento mucho...

—Puedes decir lo que piensas sin miedo, las dos podéis —dijo Vargas, sin alzar la voz—. Tal vez me esté equivocando.

—No es por usted —empezó a decir Neus.

—¡Sí! ¡Sí es por él! —interrumpió Elizabeth, tajante—. Usted no me gusta, señor Vargas.

—¿Os he ofendido en algo? —se extrañó.

—¿En algo? ¡Pero..., si no hace otra cosa! —se le encaró, desafiante—. Con mucha clase y mucha distinción, sí; pero usted es un machista. ¿O se cree que no nos hemos dado cuenta?

—Es verdad... Juega al paternalismo, usa palabras bonitas, hace como que somos libres, pero lo único que pretende es abusar de nosotras —afirmó Neus sin alzar la voz ni la vista—. Y yo no quiero.

Vargas se recostó en su asiento y tomó aire.

—Veo que no he sabido explicarme... No lo comprendéis...

—¿Explicar qué? —Elizabeth mostró su indignación—. ¿Cuántos años tiene? ¿Cuarenta, cincuenta...? Usted es un viejo que sólo puede acostarse con una chica como nosotras pagándola. Me repugna.

Neus miró a su compañera asustada. Temía que aquellas palabras ofendieran a Vargas y sufrieran alguna represalia. Pero éste no endureció el gesto ni se mostró enojado. Afirmó con la cabeza y volvió a suspirar.

—No es así —dijo Vargas, consternado—. No es así... Siento mucho que penséis eso... Quizá debería haberos dicho que lo único que intento es calmar una ansiedad que nunca he sabido evitar. Puede que sea culpable de ello, sí, es posible. Pero quiero que sepáis que os necesito... Lo necesito para creerme capaz de ignorar el paso del tiempo y lo inevitable de la decrepitud que, tenéis razón, ya ha llegado para llenarme el alma de arrugas.

—Pues, perdone que se lo diga, pero ya va siendo hora de madurar, señor Vargas —replicó Elizabeth, displicente.

—Tal vez... —suspiró Vargas—. Pero si madurar significa dejar de venerar la belleza de la edad primera, el florecer a la vida, no quiero madurar. Para mí sois una especie de religión. Y también sé que para poder venerar un icono es preciso estar a sus pies. Por eso me he puesto a vuestro servicio desde el primer día...

—¡Qué cinismo, señor Vargas! —negó Neus con la cabeza—. Aquí las únicas que estamos a los pies de alguien somos nosotras.

—¿De verdad lo pensáis así?

—Lo pensamos todas, por supuesto, aunque no se atrevan a decirlo —respondió Elizabeth.

—Puede ser —aceptó Vargas, alzando los hombros—. Tendré que hablarlo con ellas y aclararlo. Pero aquí nadie es obligado a hacer algo que no quiera, vosotras mismas lo habéis comprobado; ninguna de vosotras carece de libertad para actuar como desee, ¿acaso no es verdad que no os he tocado ni un pelo de la ropa?; además, vosotras mismas podéis quedaros o marcharos sin ningún impedimento. Mi deseo es que esta casa exista para disfrutar de la vida, para alejarse de las preocupaciones... En fin, para cumplir los deseos, los míos y los vuestros. Puede que os parezca machista por el simple hecho de que soy yo el que paga, como si eso tuviese importancia, pero si lo hiciera una mujer contratando a unos cuantos hombres para que la acompañaran en su soledad, incluso si lo hiciera cualquiera de vosotras, quizá pensarais de otro modo. ¿Y creéis que si me invitarais a pasar unos meses así, no lo aceptaría?

—Pues a mí me parece algo aberrante —replicó Elizabeth, levantándose.

—E inmoral —subrayó Neus.

—¡Qué asco! ¡Me siento violada...! Es denigrante para las mujeres... —insistió la inglesa—. Indigno.

—Está bien, está bien —concluyó Vargas—. Veo que no nos vamos a poner de acuerdo. Lo único que quiero que sepáis es que lamento mucho vuestra marcha. Pero es vuestro derecho, tomad...

Tanto la inglesa como la española se resistieron a aceptar el cheque bancario por importe de medio millón de euros que les entregó Vargas en la despedida, pero él insistió en que no les estaba pagando por su estancia, sino por su silencio. No quería que nadie conociese su paradero, ni siquiera su existencia. Les puso esa única condición y las jóvenes sabían a lo que se refería, por lo que aceptaron el dinero y prometieron no hablar de él ni de nada de lo que habían vivido en la casa.

Poco después, en cuanto Lola conoció el trato acordado por Neus y Elizabeth, y la remuneración recibida, fue en busca de Vargas y le dijo que ella también deseaba irse: a Lola le bastaba aquella suma para cumplir sus planes y prefería ser dueña de su libertad. Vargas aceptó su decisión sin un mal gesto y aquella misma tarde, en el pequeño Ford, el chófer de la casa condujo a las tres hasta la puerta de acceso a la estación del ferrocarril de Almería.

Las siguientes semanas fueron pasando con la mansedumbre de un arroyo durante el estío. Las muchachas que se quedaron hablaron con Vargas o entre ellas con la naturalidad de viejos amigos, sin elevar la voz ni callar disgustos. Se discutieron las afirmaciones de Elizabeth y de Neus y, aunque al fin coincidieron en que podían tener una parte de razón, también concluyeron que ellas aceptaban el acuerdo que habían suscrito de estar allí porque cumplirlo formaba parte de su libertad, una libertad a la que no querían renunciar ni tampoco permitían que nadie se la limitara.

Restablecida la calma, algunos días paseaban por la finca; otros se quedaban al sol o refrescándose en el agua de las piscinas. Siempre que lo aceptaban, pasaban la hora de la siesta con Vargas, menos la rusa Katrina, que se negó sin dar explicaciones. Tampoco nadie se las pidió. Las emociones que les asaltaban se saciaban con espontaneidad. La sensualidad del paisaje impregnaba todos los rincones de la estancia y la armonía de los moradores se repetía día tras día sin que faltasen la pasión, la amistad o la voluptuosidad. Tampoco la confidencia ni, en ocasiones, el contraste de pareceres. El mundo lúdico que crearon en la intimidad cada vez se acercaba más a lo fabuloso, a lo inexplicable. Y al fin construyeron una isla perdida en un mundo al que no llegaban los vientos nauseabundos de la realidad.

Al anochecer, en el salón o en el porche, se repetían las horas de serena conversación sin que cupiesen reservas ni pudores. A veces, al terminar, la pequeña Verónica se sentaba al piano y repetía incansable las ocho primeras notas de la *Sinfonía del Destino,* la *Quinta* de Beethoven: ta-ta-ta-taa, ta-ta-ta-taa... Hasta que aquella llamada en re menor terminó por convertirse en una especie de llamada para la cena. Pero antes, entre todos, habían hecho de la velada un confesionario. Incluso sin eludir las preguntas difíciles.

—¿No te encuentras muy solo, Manuel? —preguntó la dominicana Cristina, la muchacha que olía siempre a rosaleda cuando amanece, a flores recién cortadas—. Y no lo digo por estar nosotras aquí, contigo... Supongo que para haber elegido esta clase de vida tienes que haberte sentido muy mal...

—No lo sé, Cristina. —Vargas se frotó los lacrimales con dos dedos—. Sé lo que quieres decir... Sí, a veces el refugio interior es necesario cuando uno se da cuenta de que no es posible cambiar el mundo exterior. Yo tuve una hija, ¿sabes? Murió. Y eso no lo pudo cambiar nadie. Después pasaron muchas otras cosas hasta que decidí venir a vivir en este retiro... Soy un apátrida; no tengo país, ni raíces, ni pasado... He decidido no tenerlo. Tampoco nadie alrededor: ni familia, ni amigos... Sólo os tengo a vosotras.

—¿Y por qué a nosotras? —quiso saber Cristina, la más inquieta de las dominicanas—. ¿Por qué te has conformado con nosotras, que al fin y al cabo éramos unas desconocidas para ti? También pudiste enamorarte...

—No —Vargas rechazó la idea sin sonreír—. Te aseguro que no quiero enamorarme... La sola idea de pensarlo me pone triste... Hace mucho tiempo que presiento en todo nuevo amor un futuro olvido, y esa sensación me entristece...

—Yo te vi triste una vez —dijo Susa, sin mirarle a los ojos—. El día que se fueron Neus, Lola y la chica inglesa...

—Sí —aceptó Vargas, sin importarle reconocerlo—. Es cierto, no me gustó.

—O sea, que no te gustaría que ninguna de nosotras hiciéramos lo mismo —insistió Verónica.

—Eso que dices me hace recordar una palabra: *ilunga.* Sí, me gusta esa palabra tshiluba, una lengua tribal que se habla en la República del Congo. ¿Sabéis lo que quiere decir?

—No —respondieron ellas.

Vargas tomó aire antes de hablar.

—Llaman así a la persona preparada para perdonar un primer abuso, que tolera un segundo, pero nunca un tercero. *Ilunga.* No hay en español, ni en inglés, ni en ningún otro idioma, una palabra que exprese lo mismo. Yo soy un *ilunga*...

—O sea —sonrió risueña la rusa Katrina—, que todavía podríamos irnos una de nosotras y lo aceptarías...

—Claro que sí. O todas... Pero preferiría que no lo hicierais...

—Pero, ¿por qué? —preguntó Lidia—. Perdona, Manuel, pero no acabo de entender qué puede necesitar de nosotras un hombre como tú. ¡Pero si lo tienes todo!

Vargas se quedó pensativo unos momentos. Lidia le enfrentaba a algo que no había querido preguntarse desde la llegada de las jóvenes. En realidad, su presencia allí respondía a varias razones, pero ninguna de ellas con la entidad suficiente para haber comprado sus voluntades. Lo había hecho para no enfrentarse a la soledad. Quizá para creerse también joven, huyendo de ese miedo a envejecer que lo atenazaba cada vez que se enfrentaba a un espejo. Todas las respuestas eran ciertas, pero ninguna de ellas le satisfacía por completo. No sabía qué responder a la dominicana Lidia. Porque, ¿acaso era cierto que lo tenía todo? Todavía no; aún no tenía nada. Sólo tenía dinero, pero con el dinero no pudo comprar la vida de Belén ni había logrado comprar su propia vida. Al menos, no todavía. Ellas eran un capricho, desde luego; un paréntesis de placer a la espera de poder cumplir su gran anhelo. Tenía miedo y el miedo, aunque tiene mala fama, era lo que le había llevado hasta aquella situación. Y se sentía bien, aunque comprendía la farsa que estaba representando. Ellas u otras, daría igual. Podrían haber sido otras ocho muchachas, o veinte, o cien... Qué equivocación. Una de ellas, tan solo una de ellas habría bastado si fuera capaz de enamorarse, de amar de verdad. Pero, por ahora, sólo podía entregarse a instantes de placer cuando alguna de ellas aceptaba el requerimiento; no se atrevía a más durante la espera. La pregunta de Lidia le hizo sentirse de repente ridículo. Aun así, volvió de su ensimismamiento y disimuló cuanto pudo para replicar:

—Porque un hombre tiene la edad de la mujer que ama. —Y fingió que sonreía, sufriendo.

Las muchachas guardaron silencio, como si necesitasen tiempo para digerir la respuesta. ¿Estaba diciendo que las amaba a todas o a alguna de ellas en particular? Vargas se apresuró a cortar el silencio que produjeron sus palabras sin dejar de sonreír.

—Bueno, eso dice un proverbio chino con el que no estoy de acuerdo. Yo creo que el hombre no tiene la edad de la mujer que ama, sino la edad de la mujer que lo ama. O al menos a mí me gustaría creer que es así...

Durante la cena, llena de anécdotas, la guinda la puso la dominicana Cristina al contar que una amiga suya, peruana, había servido como criada en casa de unos señores tan adinerados que, cuando la perrita de la señora enfermó de cataratas, la llevaron a Londres para operarla, una intervención que supuso un desembolso de más de cinco mil euros. Con la miseria que se extendía por todo el Perú..., añadió lamentándose. Todos coincidieron en que el mundo se estaba volviendo loco.

En aquel ambiente de confidencias y recuerdos transcurrió el resto de la velada hasta que llegó la hora de retirarse a dormir. Vargas se quedó en el salón leyendo *El jugador*, de Dostoievski, y Susa le acompañó tendida en el suelo ante la chimenea, jugando con la badila, como solía. Quizás esperando a que la invitase a desmenuzar el sueño juntos, de nuevo abrazándola; o soñando con detener el tiempo para que su intimidad de silencios y afectos no se acabase nunca, sin comprender que aquella noche olía a tierra mala, como huele la boca de un muerto, presagiando que poco después comenzarían los días de azufre y viento que secan la concupiscencia en la edad frutal...

María Saldanha cruzó a paso vivo la pista de aterrizaje del aeropuerto de Barajas con una maleta pequeña y poco más de tres mil euros en los bolsillos. Se desprendió de la crudeza del norte que había aterido su ánimo, se deshizo del jersey con los ojos puestos al sol y fue a rebuscar en la inmensidad de la terminal del aeropuerto madrileño la Oficina de Información para que le aconsejaran algún hostal económico donde poder hospedarse. Se anunciaba marzo y Madrid retozaba en una primavera adelantada como un gato adormecido que está siempre preparado para saltar con las uñas desenfundadas.

En el control de la aduana no se sintió diferente aunque, tan pronto como se puso en la fila de acceso para ciudadanos extranjeros no comunitarios, fue requerida por un guardia para que hiciera el favor de acompañarle, tomando su maleta con una cortesía desmedida y alejándola del resto de los pasajeros con la deferencia que se dispensa a un visitante ilustre. Al resto del pasaje se le tiñeron los ojos de admiración, pero los de María viraron a sepia. Después, la amabilidad del inspector Aranda en la sala interior de la comisaría del aeropuerto tampoco sirvió para alimentar su tranquilidad: la llamó por su nombre, le dijo que la policía británica les había informado de su llegada y que el Comisario General brasileño les había relatado el resto. Y que, por supuesto, estaban encantados de recibirla en España.

—Nuestra más sincera bienvenida, inspectora Saldanha. Deseamos que se sienta como en su casa.

—Muchas gracias.

—Y ahora, si no le importa, vamos a retener su pasaporte y su teléfono móvil.

—¿Mi pasaporte?

—Sí, sí, no se preocupe, nosotros lo custodiaremos. Y dentro de cuarenta y ocho horas, cuando vuelva por aquí para tomar su vuelo de regreso a Brasil, yo mismo le entregaré todo. Feliz estancia.

—¿Ha dicho cuarenta y ocho horas, inspector Aranda? —María no dio crédito a lo que oía—. ¿Quiere decir que dentro de dos días...?

—Desde luego, inspectora. No es una decisión mía, compréndalo. Su jefe y la policía británica están muy preocupados por usted. Y qué quiere que le diga —Aranda remarcó su tono de voz para resaltar el sarcasmo—: A nosotros, como puede figurarse, nos encantaría verla por aquí revolviendo en el pasado de Vinicio Salazar, acumulando querellas de sus herederos, manchando su memoria, exponiendo en la televisión sus ideas... De hecho, a la prensa del corazón le entusiasman las historias así. Pero por una vez vamos a resistir la tentación y nos limitaremos a dejarle visitar la ciudad. —El inspector forzó una sonrisa y se acompañó de una reverencia minúscula—. ¿No es eso lo que quería? En dos días puede ver el Museo del Prado y tomar un par de copas por la noche. Personalmente le aconsejo que no haga nada más. La estancia corre por nuestra cuenta, no se preocupe. Y mañana se presentará a las nueve en la comisaría de la calle de la Luna. Sólo para asegurarnos de que está usted bien.

—¡Esto es un atropello, inspector! —María se levantó, airada—. ¡Estoy de vacaciones y...!

—¡Vamos, señora, no me joda! —Aranda se levantó también y agrió el gesto—. Si algo así ocurriera en el distrito de su jurisdicción, usted no permitiría al forastero ni descender del avión. Así que tengamos la fiesta en paz. Dos días. Y pasado mañana a casa, que bastantes problemas tenemos ya por aquí. Un agente la acompañará al coche en que será trasladada a su hotel.

Desde la ventanilla del Seat policial Madrid iba creciendo a medida que María se adentraba en la ciudad hasta convertirse en una megalópolis inabarcable y caótica con las aceras destripadas, los automóviles entrecruzándose con los autobuses o flirteando entre ellos y la gente atravesando las calzadas sin mirar. Hacía sol y las acacias estaban rebosantes de hojas, pero la ciudad no empezó a mostrar el calor que conocen sus habitantes hasta que el camuflado coche policial recorrió el paseo de la Castellana, atravesó la plaza de Cibeles y subió la Gran Vía en dirección al Hotel de las Letras, donde habían decidido que se hospedase. Le dieron una habitación en la tercera planta y un escrito con la relación de lugares que podía visitar y los destinos prohibidos, entre ellos el edificio de los Juzgados de la plaza de Castilla y las sedes de cualquier medio de comunicación.

María se tendió en la cama antes de deshacer el equipaje sin saber qué hacer. Su intención de husmear en los juzgados había sido prohibida expresamente, por lo que localizar el paradero de Miguel Guzmán resultaba imposible. No habría manera de encontrarlo. Salvo que...

Recogió su bolso y salió de la habitación con el escrito policial en las manos. En la relación de edificios prohibidos no se incluía la Hemeroteca. Estaba segura de que encontraría abundante información sobre Salazar en periódicos atrasados y con un poco de suerte, su domicilio, en el que ahora viviría su escolta y heredero. En un plano urbano municipal localizó las direcciones de la Hemeroteca y del Museo del Prado y decidió seguir los pasos aprendidos en cualquier estrategia de evasión de vigilancia: primero iría al museo, luego buscaría el modo de abandonarlo lo más discretamente posible y por fin se dirigiría a revisar la prensa de los últimos meses de noviembre y diciembre.

En la Hemeroteca no le costó ningún esfuerzo obtener una credencial de visitante y se sentó a un pupitre con ordenador para leer los periódicos de aquellos días, digitalizados. Todo cuanto vio le pareció asombroso: el tratamiento del accidente era similar al que se dispensa a la desaparición de un jefe de Estado o de una cantante folclórica y la información de la vida y peripecia empresarial del difunto, tan exhaustiva como abrumadora. Unos medios incidían en su influencia económica; otros, en sus relaciones políticas; los menos, en su ejemplo de hombre hecho a sí mismo y uno, tan solo un diario, en su faceta menos conocida, la de un millonario refinado sin escrúpulos acostumbrado a satisfacer cuantos caprichos nacieran de sus instintos, «bajos», los calificaban. Hasta los ejemplares correspondientes al mes de diciembre no se empezó a especular con el destino de su patrimonio y fue en un diario del lunes 21 cuando se daba cuenta de la aparición de un heredero y de que el juez, desde ese momento, había decretado el secreto del sumario para poder trabajar sin presiones en todo lo referente a su patrimonio, testamentaría y destino final del caudal relicto. Las restantes especulaciones se referían a la ausencia de parientes vivos conocidos una vez fallecida en el mismo accidente Belén, su única hija, y a la relación de los bienes de los que se tenía noticia, incluida la venta en agosto de una de sus empresas a un holding holandés por un importe que no se había hecho público. María vio fotografías de Salazar, de su hija, de aquella empresa y del avión siniestrado, y en una de ellas a un hombre colocado a su espalda con las manos entrelazadas en su vientre y la mirada perdida, que tal vez fuera un escolta.

Era tarde y tenía hambre. Decepcionada por lo poco que había encontrado, se recostó en la silla y dio por acabada la investigación. Se consoló pensando que todavía le quedaba día y medio, porque lo único que tenía claro era que no se iba a rendir, aunque tuviera que buscar su dirección por internet. Internet. ¡Claro! ¿Y por qué no? Volvió al ordenador, abrió el portal de Google y buscó imágenes de Vinicio Salazar. Más de treinta mil... Era realmente importante aquel hombre. Tardó horas en revisarlas, una a una, hasta que descubrió una tomada a la entrada de su casa, con el título de *Somosaguas-prado-300x225pixeles-24k-jpg*. La amplió para revisarla con todo detalle y al final descubrió en un margen, donde se cortaba el plano, el número 36 y las primeras letras del nombre de la calle: Jilg. Excitada por el hallazgo, buscó en un plano de Madrid las calles que empezaban por esas letras y sólo encontró Jilguero, pero con ocho portales: ninguno tenía el número 36. No lo entendía. Debía de haber un error. Se recostó de nuevo en el respaldo, cerró los ojos, respiró hondo y trató de buscar en qué se estaba equivocando. Y después de pensarlo un rato sin encontrar la respuesta decidió volver a empezar: buscó la calle Jilguero en Google y la información le remitió a muchas calles con ese nombre, en distintas ciudades y pueblos, entre ellos Pozuelo, a las afueras de Madrid. Ciudad: Pozuelo; distrito: Somosaguas. ¡Ahí estaba!

Aquella noche María caminó por las calles cercanas a su hotel para despejarse y pensar. No sabía lo que buscaba, pero creía estar en el buen camino. Ahora no sólo tenía que dejar pasar el tiempo hasta volver a Londres sino que era preciso esquivar a las autoridades españolas para que no la obligasen a regresar a São Paulo dos días más tarde.

Era primordial conseguir hablar con el escolta, por si podía sacar algo en claro, y después escapar de la vigilancia a que estaba sometida. Pedir permiso para viajar a otro país, Portugal, Francia o Italia, carecía de sentido: se repetiría la escena del aeropuerto madrileño. Y esconderse en Madrid era demasiado difícil: sin conocer la ciudad, en un par de días sería detenida y expulsada. Tenía que pensarlo.

Deambuló por las calles del centro, desde Fuencarral a Chueca y desde Hortaleza otra vez a la Gran Vía, sin reparar en lo despierta y cosmopolita que era Madrid, tanto de día como durante la noche, una ciudad siempre viva. Madrid no duerme nunca, y aun dormidos sus vecinos creen seguir despiertos para no perderse la noticia si va a suceder algo. María se dejó confundir por sus laberintos y recodos, retorció callejuelas, quebró esquinas y atravesó plazuelas con la sensación de que era imposible no sentirse libre en paisajes así. Tan solo echó en falta flores en las ventanas, macetas en los balcones y aromas en la tosquedad de las viejas fachadas pensadas para adornarse con plantas multicolores; pero en los claroscuros de la noche, a la penumbra de faroles ciegos y entre los destellos de los luminosos omnipresentes sintió por primera vez la ciudad como un lugar en el que resultaba difícil considerarse un extraño. Y sin embargo iba a ser expulsada dos días después.

Se fue pronto a la habitación del hotel, para descansar. Y para pensar. A la mañana siguiente tenía que presentarse en la comisaría, después esquivar de nuevo la vigilancia, en el caso de que la estuvieran siguiendo, y llegar a la casa de Salazar en Somosaguas para intentar entrevistarse con Miguel. Por el ventanal llegaban rumores de calle y luces de medianoche, invitando a la fuga. Y diseñándola como una fantasía demasiado atractiva. Pensando en ello terminó quedándose dormida.

Por la mañana, antes del mediodía, llegó a las verjas de

la casa de Salazar. Llamó al timbre y esperó, pero nadie salió a abrir. Desde la calle, la finca parecía abandonada; el aspecto de los jardines mostraba que, si alguien vivía allí, desde luego no tenía un gran interés en cuidarlos. Llamó dos veces más, en vano. Y esperó.

De la casa de enfrente salió una doncella que parecía dirigirse a comprar algo, con una chaquetita de lana por los hombros, cerrada al cuello, y un monedero entre las manos apretadas. La mujer no se sorprendió al verla.

—En esa casa no hay nadie —dijo en voz alta, mientras cerraba la puerta—. ¿Por quién pregunta usted?

—Pensaba que... —María retrocedió dos pasos, volviéndose hacia la mujer.

—Desde que murieron sus dueños, no vive nadie. —La doncella hizo un gesto de lástima. Era una mujer envejecida, con el pelo negro muy brillante, la piel oscura y los rasgos indios. Tenía una voz suave y su acento podía ser ecuatoriano o peruano, María no sabía distinguirlos—. El señor Salazar y su hija Belén, la pobre... ¿Era usted amiga de la señorita Belén? No la recuerdo...

—No, no —respondió María, confundida—. Buscaba a...

—Porque yo trabajaba en esa casa, ¿sabe? Por eso me contrataron aquí después del accidente. Éstos también son unos señores muy buenos. Tengo que irme.

—Espere —María se acercó un paso—. ¿No ha venido nadie por aquí desde entonces?

—Desde que entregamos las llaves, no. Bueno —pareció hacer memoria—, vinieron unos señores de paisano dos o tres veces. En un coche que ponía Policía Judicial. Pero nadie más. ¿A quién busca usted?

—A Miguel. Miguel Guzmán.

—¡Uy ése! —La mujer agitó la cabeza y esbozó una gran sonrisa—. No le encontrará aquí, no. Al menos hasta

Dios sabe cuándo... Porque, ¡menuda suerte ha tenido! Primero se libra del accidente y luego... ¡Si dicen que va a heredarlo todo..., figúrese! —La mujer miró a un lado y otro, como si estuviera diciendo algo que no debía saber. Y añadió—: Es un buen hombre, usted sabrá a lo que me refiero si le conoce, pero ahora, como ya es famoso, estará gastándose el dinero a manos llenas en la Costa del Sol. Claro, como allí no se molesta a nadie y nadie pregunta nada, hace bien...

La mujer se marchó encorvada calle abajo y María la vio alejarse convencida de que su trabajo había llegado a su fin. Volvió sobre sus pasos y se dirigió a la salida de la urbanización en busca de la parada del autobús para regresar al centro de Madrid. Al día siguiente partiría hacia Brasil y todo habría acabado. Ir en busca de Miguel Guzmán a ese lugar costero a que se había referido la mujer era absurdo y probablemente inútil. Su coartada parecía real y quienes lo conocían, como aquella criada que compartió servicio en la misma casa, lo consideraban un buen hombre. Sí, todo había acabado.

Durante el trayecto de regreso una frase de la mujer rebotó varias veces en su cabeza: «Allí no se molesta a nadie y nadie pregunta nada.» Era ridículo pensarlo, pero la afirmación se le repetía de modo tan persistente que dudó de si la Costa del Sol podría ser el refugio que estaba buscando hasta que llegase el momento de volver a Londres. Una idea que retornó a zancadillearla tantas veces como la apartó de su mente y que, al apearse del autobús cerca del hotel, resurgió como una revelación al ver en una agencia de viajes de la Gran Vía un cartel en el que se anunciaba una oferta para viajar a Málaga-Costa del Sol por veinte euros.

El inspector Aranda la perseguiría, irritado por la burla. Ella perdería el pasaporte y desde ese momento sería buscada como prófuga e, incluso, como una peligrosa delincuente. Si fuera encontrada, la expulsarían de España, después de pasar detenida unos cuantos días, y quién sabe si juzgada por algún otro delito. Pero tenía un deber que cumplir con su hermano y la idea le pareció cada vez menos descabellada. Además, si Miguel estaba allí, ¿no estaría con el mismo Salazar? Era absurdo pensarlo, pero María había aprendido a no despreciar ninguna jugarreta del destino. Y entonces, a media tarde, se preguntó qué tenía que perder por intentarlo y no supo responderse.

Entonces sacó su boleto de autobús para la medianoche de aquel primer jueves de marzo con destino en la Costa del Sol y salió de la ciudad a hurtadillas, como una rata en las noches de hambre y niebla.

María llegó al amanecer a la estación de autobuses de Málaga, una ciudad envuelta en palmeras al sol y diferentes aromas a sal y a geranios. Cuando intentó informarse de algunos albergues donde hospedarse en la nueva tierra sin sombras que acababa de invadir, todas las respuestas le hablaron impasibles de complejos hoteleros situados en las ciudades de Torremolinos, Marbella, Nerja y Estepona, unas ofertas desmedidas cuyas tarifas eran tan ajenas a sus caudales como lo son las piedras de sal para la boca de un náufrago. Necesitaba permanecer escondida al menos durante un par de meses hasta poder volver a Londres y reiniciar la búsqueda del asesino de su hermano, porque antes de ese plazo sería imposible, y no disponía de recursos para una estancia tan costosa; y lo peor de todo era que si lo intentaba antes de ese plazo la policía de Inmigración comprobaría su reincidencia y sería expulsada otra vez del Reino Unido. Su experiencia como policía le permitía conocer los métodos: un intento de regreso apresurado llevaría aparejadas la detención y la repatriación, y con toda seguridad la cárcel. Por eso era preciso dejar transcurrir un tiempo prudencial hasta cruzar la frontera francesa y llegar a Londres en tren, desde París, por donde sería más sencillo burlar la inquisitoria aduanera de inmigración. Y aún antes tendría que conseguir un modo económico de desplazarse discretamente desde Málaga a la capital francesa.

María sabía que si gastaba su poco dinero en uno de aquellos hoteles fastuosos de la Costa del Sol, reunidos frente al mar como se arremolinan los montones de fichas de un jugador en la mesa de la ruleta, hospedajes pensados solamente para jeques árabes y millonarios europeos y norteamericanos con el gusto desbaratado, su posterior estancia en Londres se convertiría en un mero ejercicio de mendicidad para sobrevivir. Por eso rechazó la idea de quedarse en aquella sofisticada parte del litoral y trató de informarse de cuáles eran las zonas más asequibles de la costa. Y las mismas respuestas impasibles indicaron con desdén una dirección que conducía al Este, en concreto las poblaciones que escoltaban la costa en las cercanías de la ciudad de Almería.

Un autocar de línea trasladó a María hasta la capital almeriense, cruzando Granada; y otro autobús, requebrando los perfiles de la costa, atravesó San José y la depositó en un pequeño pueblo llamado Rodalquilar cuando acababa la hora de comer, mientras el sol extendía sombras en las aceras con la misma furia con que el otoño dibujaba siluetas umbrosas en su ciudad natal. La visión de aquel paisaje le produjo un pellizco de desazón en el estómago que la retuvo en mitad de una calleja con la mirada nublada. Era como si despertase en medio de un mal sueño: aquella población no parecía europea; le recordaba a uno de esos poblados sin nombre del lejano Oeste que había visto en las viejas películas de indios, rancheros y *cowboys.* Rodeado de colinas desérticas, vegetación escasa, arbustos salpicados, cactus verdes y arenas amarillas, el deslumbrante cielo azul de Rodalquilar acrecentaba la sensación de tierra olvidada, inhóspita.

En la calle principal y en la plaza del pueblo, deshabitadas a esa hora, no halló quien le informase de un alojamiento donde resguardarse de la nostalgia. Por fin, decidió entrar a comer en un restaurante italiano abierto en la plaza, de aspecto más económico que otro de comida francesa situado a su lado, y pidió una pizza de jamón y champiñones, un helado de limón y un refresco de cola. Era tarde, el comedor olía a aceite de oliva, *pesto* y queso parmesano y no se sintió una intrusa aunque fuera una hora inoportuna porque tuvo la sensación de ser la única comensal de aquel día.

Un camarero de incisivos ojos negros y cejas enmarañadas quiso saber si esperaba a alguien del servicio del señor Vargas que pasara a recogerla y ella lo negó indiferente, sin comprender a qué se refería; aunque le pareció descubrir una cierta ironía libidinosa en el tono de la pregunta. No le dio mayor importancia, pero la confianza del camarero la invitó después, mientras saboreaba el helado, a preguntarle si sabía dónde podría hospedarse en aquel pueblo. Él, alzando los hombros con la galbana de un descreído, ignoró lo que podría atraerle de un lugar del que habría huido si pudiera y volvió a dudar de que hubiera algún lugar apropiado para ella. Por eso le aconsejó que regresara hasta San José, el pueblo siguiente. Pero el desmesurado gesto de fatiga de María acabó por convencer al hombre de ojos de alquitrán y hastío de que ella precisaba cuanto antes de un baño y de una siesta, que no deseaba peregrinar más, y acabó por decirle que, si decidía quedarse en Rodalquilar, tal vez encontrase habitaciones a buen precio un poco más allá, en la misma calle principal, y que preguntase por Eva, una buena mujer.

Media hora más tarde, al fin, María pudo dejar la maleta y el agotamiento de un viaje sin rumbo en un cuarto soleado y limpio con derecho a baño.

Durmió el resto de la tarde y buena parte de la noche. Pasaban veinte minutos de las dos de la madrugada cuando le sobresaltó el inmenso vacío del silencio y se sentó en la cama, desconcertada. Tenía hambre y sed y trató de encontrar afuera restos de vida para compartirla, pero desde la ventana sólo se vislumbraban una calle desierta y escasamente iluminada, casas sin luces en los balcones y una quietud tan apretada y silente que le produjo algo muy parecido al miedo. Resignada, bebió agua del grifo del lavabo, se tragó el hambre, se volvió a tender en la cama revuelta con las sábanas que se habían quedado con los sueños que no recordaba haber tenido y pensó el modo de emplear el tiempo que le iba a sobrar durante las muchas semanas que tendría que permanecer allí, confinada por propia voluntad en un rincón del mundo donde las noches debían de ser todavía más interminables que los días.

De repente tuvo la sensación de que todo aquello era una insensatez. No tenía sentido quedarse en un pueblo perdido del sur de Europa, sola, sin apenas dinero y escondiéndose igual que una fugitiva. Además, echando cuentas, sólo en el hospedaje tendría que gastar la mitad de su dinero y con el resto sobrevivir. Era evidente que resultaba absurdo insistir en permanecer allí, arruinándose. Había sido, hasta hacía unas pocas semanas, un agente de policía al servicio de la comunidad en su ciudad natal, una mujer respetada por todos, valorada por sus superiores, desahogada con los ingresos de su salario mensual y formada con suficiencia para combatir el delito. Tenía un trabajo, un buen sueldo y una familia. Era cierto que había muerto su hermano, que lo habían asesinado, pero su investigación seguía unas pistas demasiado endebles como para sufrir el destierro al que ahora se estaba sometiendo sin causa. Porque el destino de su búsqueda era la ciudad de Londres, no aquel rincón español perdido en los confines del Mediterráneo.

No lograba imaginar cuál podía ser el camino a tomar a partir del día siguiente: el dinero se le iba a agotar en aquella espera y luego no dispondría de medios para seguir sus pesquisas en la capital inglesa, en el supuesto caso de que lograra llegar hasta ella. Las dudas engendran miedo; y las suyas empezaron a roer su cabeza igual que los ratones desmenuzan el yeso. Hasta que se acordó otra vez de su hermano y rememoró la visión de su cadáver ennegrecido, más parecido a un retorcido tronco carbonizado que al cuerpo de un ser humano. Quien hubiera hecho tal cosa debía pagarlo. Detrás de aquel amasijo de carnes negras se escondía un culpable que lo había matado a tiros y después incinerado sin ningún motivo. Porque su hermano era un hombre honrado. Un hombre inocente, como un niño que juega a haber crecido. No, resolvió; ella no descansaría hasta que su muerte quedase vengada, hasta que cumpliese la misión que se había impuesto. Se reafirmó en aquella idea para recobrar el ánimo: si para lograrlo tenía que reunir más dinero, lo reuniría; si tenía que pasar hambre y privaciones, con gusto las sufriría; si tenía que huir, huiría; si esconderse, se escondería. Pero aquel delito, aquel asesinato sin justificación no quedaría impune mientras le sobrasen restos de vida para consumir en la hoguera de la venganza que ella misma había prendido.

Cuando empezó a amanecer, María Saldanha tuvo miedo. De nuevo sentía el herrumbroso frío del temor y tampoco esta vez podía decir a qué, pero lo cierto era que le hormigueaba en las piernas y le atenazaba en unas manos que no sabía dónde posar. Sin pensarlo se vistió apresuradamente con un pantalón vaquero, un jersey blanco de algodón de cuello de pico y unas zapatillas deportivas y escapó aprisa de la casa en busca de algún lugar donde no sentirse sola y tomar algún alimento y un café que le anestesiase el miedo. Tardó en encontrarlo porque el alba mantenía dormida la ciudad y silencioso al gallinero, pero al doblar una esquina por una pequeña vía, allá al fondo, descubrió las luces recién encendidas de un pequeño bar y corrió a refugiarse en él.

Aún no había ningún cliente. El dueño, un hombre obeso, amondongado y tripón, sin peinar ni afeitar, trajinaba en el mostrador colocando fuentes con comida del día anterior, o a saber de cuántos días atrás: una verdusca tortilla de patatas que alguna vez tuvo el color del huevo; una lata abierta de anchoas que en vez de flotar en el aceite permanecían enterradas e inmóviles en algo parecido a una piedra de gelatina; algunos bollos industriales envasados en bolsas de celofán; una masa ocre que querían ser patatas cocidas con mayonesa y perejil; unos paquetes de pan de molde sin abrir... El tabernero no se sorprendió al verla: seguramente consideró su presencia más como un incordio que como una ventaja para el negocio que regentaba, así que siguió pasando perezosa y mecánicamente en círculos un trapo mugriento por la encimera del mostrador y ni siquiera respondió a su saludo de buenos días.

—¿Puedo tomar un café? —preguntó María desde la puerta. Luego fue acercándose a la barra.

El hombre tampoco respondió. Sacó una taza y cargó la cafetera, prensando el café molido para que se destilase en el recipiente. Dispuso un plato ante ella con una cucharilla que limpió con su propio delantal y un sobre de azúcar; y, cuando la taza estuvo mediada, la colocó sobre el plato.

—¿Con leche?

—No, gracias. ¿Me puede dar otro sobre de azúcar?

El hombre pareció no oír. Volvió a su faena de pasar el trapo por la encimera y a recolocar los platos de comida atrasada.

—¿Podría...? —repitió María.

—¡Sí, sí, ya te he oído! —El hombre tiró cerca de la taza otro sobre de azúcar—. ¡No estoy sordo!

María prefirió callar. Se limitó a dar las gracias y a sorber el café doblemente azucarado.

—Perdone, señor —ella señaló el plato de los bollos—. ¿Me puede servir uno de esos bizcochos? Dos, mejor.

El camarero, sin mirarla, tomó dos bollos alargados, los puso sobre otro plato pequeño y se lo acercó. Pero luego fijó los ojos en la mujer y se metió un palillo entre los dientes.

—¿Qué? ¿Tú también vienes a trabajar al cortijo de ese don Manuel? —preguntó él, con sequedad.

—No. —María negó al mismo tiempo con la voz y la cabeza—. No sé quién es don Manuel.

—Ah, ya —rezongó él, desdeñoso—. Que seguimos con los jodidos secretitos...

María mordisqueó el bizcocho y la acompañó con otro sorbo de café.

—¿Quién es? —preguntó.

—Vamos, niña, no fastidies... ¿A qué, si no, iba a venir una cría como tú en esta época del año?

—Le aseguro que no sé a qué se refiere —se defendió ella, sin necesidad—. Estoy de vacaciones y...

—Ya, ya —le interrumpió. Aquel hombre no estaba dispuesto a mantener una conversación con la recién llegada—. El desayuno son dos euros.

María se apresuró a rebuscar en el bolsillo del pantalón y dejó el dinero sobre el mostrador. En aquel pueblo, pensó, todo el mundo la relacionaba con alguien. Se acordó del camarero del restaurante italiano, que le había hablado de un señor cuyo nombre no recordaba; luego, Eva, al alquilarle la habitación, le había preguntado por los días que pensaba quedarse, y como no había sabido concretar la estancia, había mascullado un ¡Ah, ya! con retintín, como comprendiendo algo que María no lograba entender. Y ahora el hombre del bar le hablaba de un tal don Manuel.

—Perdone —se atrevió a preguntar—. ¿Cómo se apellida ese don Manuel?

—Vargas —refunfuñó el tabernero—. Manuel Vargas.

—¡Eso es! ¡Vargas! ¿Sabe que ayer un camarero me preguntó también si tenía algo que ver con él?

—Normal. —El hombre alzó los hombros, sin mirarla.

—Pues a mí no me parece tan normal. —María acabó su desayuno—. ¿Quién es? No le conozco de nada...

El hombre se sacó el palillo de la boca, apoyó las manos en el mostrador, se adelantó hacia ella y la miró desafiante. Tenía los ojos cruzados por un cenagal de riachuelos sanguinolentos y las bolsas que los sujetaban eran verduscas y gruesas. La lejanía y opacidad de su mirada parecían las de un drogadicto.

—Oye, tú. A mí no me vengas con cuentos que para putas en este pueblo ya tenemos a las africanas que llegan en las pateras. Las guapitas como tú sólo vienen para trabajar con él, en lo que sea, que tampoco me importa. Así que largo de aquí y procura no frecuentar mi bar. No me gusta ese tipo, ni ninguna de vosotras.

María afirmó con la cabeza, pensando que aquel hombre estaba fuera de sus cabales, y se dispuso a salir del bar.

—De acuerdo, de acuerdo. Ya me voy...

A su espalda, le oyó vociferar:

—¡Vete a donde el Esteban! ¡Anda, ve allí, que a él le encanta esa gentuza!

María Saldanha estaba confundida. Deambuló por las calles de la ciudad sin saber a dónde dirigirse. Los primeros rayos del sol eran suaves como una caricia en la cara y se alejó dando un paseo en dirección al mar. No tenía nada que hacer, ni sabía en qué emplear un tiempo que, en aquella población, parecía haberse detenido. A esa hora empezaba a salir la gente a la calle: algunas mujeres de edad buscaban tiendas donde hacer la compra del día;

allá, en los límites del pueblo, unos niños negros jugaban a disputarse algo parecido a una pelota, fabricada con trapos y cordeles sucios; un joven africano cruzó la calle en bicicleta, jugando a subir y bajar de las aceras a la calzada y viceversa; un óptico abría la persiana de su establecimiento; y dos hombres, con traje y sin corbata, fumaban un cigarrillo a las puertas de una sucursal bancaria. María recorrió las calles sin prisa hasta el borde del desierto. Al fondo, entre el dibujo de las colinas oscuras, un espejo azul mostraba el horizonte del mar. Miró hacia atrás y otra vez al frente, como si estuviese midiendo la distancia. Y al fin decidió alejarse en busca de un océano que le recordara el olor de casa.

No había sendero que seguir. Sólo una planicie terrosa con ligeras vaguadas y muchas piedras entre minucias de floresta descuidada. La brisa era fresca a esa hora temprana y se agradecía en el paseo. Unas florecillas silvestres, parecidas a margaritas, brotaban aquí y allá, a la sombra de los pedruscos. Se agachó para arrancar un ramillete y lo conservó en la mano mientras se alejaba. Un perro ladró en la lejanía. Otros perros respondieron, interpretando los sonidos del eco.

De pronto, al terminar de subir la última cuesta, apareció el mar y una playa infinita, allá abajo, al final de la hondonada. El espectáculo era sobrecogedor. Aquel mar en calma, de un azul brillante, sin apenas oleaje, le trajo añoranzas de un pasado que le pareció remoto. Melancolía de los tiempos serenos. Y se sentó a contemplarlo emocionada, ensimismada, con los ojos inundados de lágrimas.

No se dio cuenta de que un muchacho se le acercaba por la espalda hasta que oyó sus pasos justo tras ella y se sobresaltó. Se trataba de un niño enfundado en un cuerpo grandón, de adulto. Los rasgos infantiles de su cara anulaban el tamaño de brazos, piernas y tronco, y su sonrisa boba, innecesaria, le hacía aún menos peligroso. Sonrió hasta que llegó a su lado. Luego se puso serio y preguntó:

—¿Tienes un pito?

—¿Cómo dices? —María alzó los ojos, techándolos con la mano a modo de visera, para verlo mejor.

—Un pito, un cigarro... Que si tienes tabaco...

—Lo siento, no fumo —respondió ella.

—Vaya. —El chico adoptó un semblante desolado.

María se puso de pie, y aun así no era más alta que él.

—Yo tengo una china...

—¿Una china?

—Sí. Chocolate, hachís... ¿De dónde sales tú? ¿Es que tú no tienes?

—Ah, no. —María descartó la pregunta, acompañándose de un gesto que incluía una especie de recriminación—. ¿No eres demasiado joven para eso?

—No lo entiendes, tía —el chico se sentó en el suelo, despacio, a mirar el mar—. El hachís no es para los mayores, sino para los pobres. A los ricos les da hambre, pero a mí me la quita...

—Pues no tengo, lo siento.

—Yo sí. —El chico se encogió de hombros y se removió en el suelo, nervioso—. Lo que no tengo es tabaco para hacerme un porro. ¿Seguro que no tienes un pitillo?

—Seguro.

Se llamaba Josele y tenía doce años. Una pelusa rubia relucía bajo su nariz y recorría sus patillas hasta media mandíbula. Los ojos, azules y sin brillo, eran tan grandes como inexpresivos. Calzaba unas esparteñas con las cuerdas gastadas y vestía un pantalón de pana raída y una camiseta sucia y deshilachada del Real Madrid con el número 7 de Raúl. Ya no sonreía: se limitaba a mirar el mar con los ojos guiñados y a rastrillar sin motivo la tierra que quedaba sombreada bajo sus piernas cruzadas. María tomó asiento, de nuevo, a su lado.

—Te puedo invitar a comer —dijo, al cabo.

—Aquí no hay dónde —respondió él despectivo, sin volverse para mirarla.

—Allí, en el pueblo —insistió ella.

—No. Al pueblo no puedo ir hasta que se haga de noche —negó él, rotundo—. ¿Seguro que no tienes ni un solo cigarrillo? Mira bien, anda.

—¿Por qué no puedes ir al pueblo? —María se sorprendió.

—Bueno, me voy. —El chico se incorporó e inició el movimiento de irse.

—¡Espera! —Se levantó María también—. Ven conmigo y ya verás que...

—¡Que no, tía! ¡Que yo no voy a la escuela! Adiós. Eres una pringada. No tienes ni un puto cigarrillo...

El muchacho se volvió, después de escupir al suelo. María lo vio irse y, antes de que se alejara demasiado, gritó:

—¡Espera, chico! ¡Te propongo un trato!

Josele se detuvo en seco. Se giró y la miró, con la desconfianza en los ojos como dos armas a punto de ser disparadas.

—¿Qué trato puedes proponerme tú, pringada?

—Acércate y te lo digo...

Tardó unos segundos en pensárselo, con las manos en los bolsillos, la cabeza en el suelo y haciendo círculos con la punta de una de sus esparteñas en la tierra. A fin decidió escucharla, volvió sobre sus pasos y se acercó a ella.

—A ver. ¿Qué tienes para darme?

—Tú me cuentas algunas cosas que quiero saber y yo te doy diez euros. ¿Qué tal?

—¿Diez talegos? ¡Tía! Por esa pasta te digo hasta el horario de las pateras que llegan de allí. —Señaló el mar, en dirección a las costas de África.

—Me interesa más que me digas lo que sepas de un tal Manuel Vargas.

Josele sonrió bobamente. Sacó una mano del bolsillo para agitarla arriba y abajo, y la piel sonrosada de su cara se encendió.

—¡Jó! ¡Ese tío sí que vive bien!

—¿Quién es?

—Ni idea...

—Pues en el pueblo están empeñados en que yo he venido para trabajar con él. ¿Contrata mano de obra?

—Putas, más bien.

—¿Cómo?

El chico alzó la cabeza.

—Bueno. Ya sabes lo que querías saber. Dame la pasta.

—No, no. —María puso la mano en su hombro, sujetándolo con firmeza—. No te la has ganado. Cuéntame más.

—No hay más.

María frunció los ojos y lo observó con dureza, con hostilidad, como hacía con los detenidos durante los interrogatorios en Nueva York. Josele no pudo sostenerle la mirada y agachó la cabeza.

—No hay más, te lo juro, tía. Nadie sabe nada. Vino hace un mes, se instaló en un cortijo de puta madre y desde entonces nadie sabe lo que pasa ahí dentro. Nadie puede entrar ni salir, sólo un tío de Almería que les lleva las cosas de jalar. Dicen que vive con mucha gente, todas tías, unas pavas como tú, jóvenes, que están muy buenas. Sólo el Esteban, el del almacén, que les vende la priva, se está forrando con tanto whisky y vino del caro.

María lo soltó y giró la cara para ver el mar, pensativa.

—Entonces no sé a qué viene tanto misterio... Un millonario que vive a lo grande, ¡vaya noticia!

—Dicen que las mata y luego se las come —añadió él, casi en un susurro, mirando a un lado y otro.

—¿A quién? ¿A las chicas?

Josele afirmó con la cabeza. María sonrió y negó, divertida. Leyendas de pueblo, pensó. Supersticiones.

—Pues no sé si se las come o no, pero el caso es que de allí no ha salido ninguna.

—Bien —concluyó María; y se metió la mano en un bolsillo del vaquero—. Tus diez euros. Y deja el hachís, Josele, hazme caso: te está dejando sonado.

El chico tomó el billete y salió corriendo. Desde lejos, se volvió y gritó:

—¡Yo no te he dicho nada, pringada! ¡Pero si no te lo crees, ve a verlo por ti misma, si tienes cojones! ¡El tío vive antes de llegar a San José, pasado el mirador!

María entretuvo el resto del día pensando en las palabras del muchacho de la sonrisa boba. Comió un bocadillo en la calle principal sentada en un banco, pasó por delante del almacén de Esteban para observar su prosperidad y al atardecer, fatigada, se sentó en una terraza de la plaza para asistir al ajetreo de un pueblo tranquilo que, después de todo, estaba vivo. O al menos ésa era la impresión que daban los matrimonios de paseo, algunos niños correteando y un grupo de jóvenes en una esquina, fumando porros y riendo ruidosamente.

Una idea le llevaba dando vueltas por la cabeza durante todo el día: podría intentar encontrar un trabajo en ese lugar apartado del que todos hablaban o murmuraban sin terminar de aclarar nada; un empleo que le permitiera costearse los gastos hasta tomar rumbo a Londres y, así, de paso, llegar a entender qué sucedía en semejante lugar, aparentemente tan enigmático. Supuso que la curiosidad de su profesión de policía no era ajena a aquella necesidad de deshacer nudos. Le urgía ganar dinero, pero también le intrigaba lo oído y le apetecía saber. Desvelar algo que, pareciéndole a ella normal, constituía la comidilla, incluso la irritación, de todo un pueblo.

El pequeño enclave de San José no estaba lejos. Si lo dicho por el niño Josele era cierto, el mirador sobre el mar estaría aún más cerca y, pasado éste, se encontraría con la casa de Manuel Vargas. Así es que saliendo al amanecer, antes del mediodía podría llegar allí; y si no encontraba lo que buscaba, al atardecer estaría de nuevo en el pueblo. Un día dedicado a recorrer unos pocos kilómetros no parecía descabellado aunque se tratara tan solo de satisfacer una curiosidad. Y de todas maneras no tenía nada mejor que hacer.

María Saldanha se despertó temprano, desayunó en el mismo bar del día anterior, aunque el recibimiento no fue más cordial que la primera vez, y a las ocho de la mañana ya estaba camino hacia el oeste por una carretera comarcal sin cuidar que discurría entre revueltas pronunciadas y ascensos y descensos continuos. El tráfico de automóviles era escaso y durante algunos tramos no vio cruzarse ninguno, ni en el sentido de ida ni en el de vuelta. Algunas furgonetas y un coche pequeño se detuvieron a su lado, invitándola a llevarla, pero María rechazó las ofertas sin sonreír. El frescor de la mañana animaba el paseo y el cielo, moteado por algunos cúmulos blancos, en los que se habían convertido los cirros del amanecer, concedían ratos de sombra que convertían luego en agradable la salida del sol.

Después de una hora de marcha encontró lo que debían de llamar el mirador por el panorama que desde él se divisaba: un mar tan inmenso como alisado y, al fondo, borrosas, unas tierras disimuladas entre brumas que tal vez fuesen las primeras costas de África. Se detuvo a contemplar el paisaje. Se respiraba bien aquel aroma fuerte y salado, traído a ráfagas por una brisa suave y refrescante. El mar, allá abajo, bostezaba y se desperezaba como un inmenso bebé meciéndose en su cuna. Hasta que se le agarró una desagradable sensación de vacío en el pecho y sufrió un vahído de vértigo, lo que le obligó a apartar los ojos del abismo y a retroceder dos pasos, alejándose del murete del mirador. En cuanto recobró la calma y se repuso de la aceleración del pulso, abrió una botella de agua de las dos que llevaba en la mochila y comió despacio un puñado de cacahuetes. Respiró hondo y se detuvo a sentir el placer que proporcionaba mirar el mundo desde aquella cima; y después de disfrutar durante unos minutos del viento en la cara, decidió seguir el camino en busca de lo que debía de ser una casa grande o una estancia lujosa.

Todas las edificaciones que había encontrado por el camino eran muy modestas: ranchitos, humildes casas de campo, algún chalé sin terminar, carpas de plástico, invernaderos, cobertizos para la recolección... También algún cortijo con dueño, pero ninguno de ellos con las características que imaginaba en una gran casa. Y, sobre todo, tierra, mucha tierra seca y agostada salpicada con la vegetación del desierto. A María Saldanha no le hubiese sorprendido toparse en cualquier recodo del camino con una jauría de perros famélicos en busca de agua o con un vaquero del *Far West* a caballo con dos Colt 45 enfundados en las cananas de una cartuchera llena de balas. El sol se había alzado lo suficiente en el cielo como para que los perezosos lagartos y las lagartijas adormecidas sobre las piedras planas del camino se escabulleran ágiles al rasgueo arenoso de sus pasos al acercarse. Y hacía calor, bastante calor: poco faltaba para que desfloraran las horas del mediodía.

Con tanto esfuerzo, el camino empezó a resultar fatigoso. Había ascendido un par de kilómetros cuesta arriba y comenzó a sentir las primeras gotas de sudor en el cuello.

Quizá se le había pasado inadvertido el lugar que buscaba o todavía no había llegado a él, pero de repente le pareció que había ido más allá de las indicaciones de Josele y sólo había dejado a su izquierda el mar y a la derecha arenas de desierto, casas modestas y algunos palmerales que no ocultaban nada, salvo invernaderos, colinas resecas y vaguadas apocadas. Decidió subir un último tramo hasta el cambio de rasante del camino y, si no veía nada desde allí, regresar al mirador revisando lo ya visto; y, de no descubrir nada, aceptar la invitación de cualquier vehículo que se ofreciese a devolverla a Rodalquilar.

Pero al llegar a lo más alto contempló la visión más hermosa que había visto en todo el trayecto. Al final de la carretera, a lo lejos, un pueblo reluciente que, sin duda, era San José. Al frente, el mar otra vez, apaciguado en su suave balanceo. Y a su espalda el inicio de una tapia interminable que a buen seguro ocultaba una gran estancia: su destino. La búsqueda había terminado. No la habían engañado. Sudorosa y jadeando, sonrió y trató de encontrar la entrada a aquella finca. Merodeó por los alrededores hasta encontrar la verja de acceso y, satisfecha del hallazgo, se sentó en una piedra del camino con la espalda apoyada en el tronco de una palmera para descansar con los ojos cerrados y recobrar el aliento perdido.

No la oyó acercarse. Tampoco la sintió. Sólo notó un pinchazo doloroso como la embestida de una navaja y al instante una quemazón en la pantorrilla como un mordisco de fuego, igual que si se hubiese fundido una gota de plomo sobre ella. Se echó la mano a la pierna y, al abrir los ojos, sólo pudo verla huir, sinuosa y veloz, entre el pedregal y la maleza. Aquella víbora se alejaba tan rauda y silenciosa como había llegado, dejándola con la cara crispada, un intenso dolor y una brusca bajada de tensión que le hizo perder el conocimiento pocos segundos después.

María Saldanha quedó tendida en el suelo, bajo el sol del mediodía, justo al lado de la puerta de entrada a la misteriosa mansión de don Manuel Vargas.

Con lo primero que se encontró María al despertar fue con los ojos tiernos de Mami, esperándola al otro lado del sueño. La sensación de abandonar un pozo profundo y lejano, pero también plácido y sin dolor, el abismo de la inconsciencia, fue entremezclándose a rebanadas de lucidez con la agradable caricia de unas sábanas ligeras, el abrazo de una almohada suave y acogedora, la seguridad de una mano que acariciaba la suya y un aroma hogareño a albahaca y a aceite de oliva que traía rumores de paz. María Saldanha volvió a la realidad sin acordarse de lo que había pasado y sin poder identificar el lugar donde se encontraba. Estaba en la cama más confortable en que había reposado nunca, presidiendo una estancia fresca envuelta en un halo de luz tenue de atardecer y mecida por unos ojos bondadosos de mujer que le daban una maternal bienvenida. Confundida y sin comprender qué estaba ocurriendo a su alrededor, abrió los párpados y volvió a cerrarlos, fatigada por el esfuerzo. Y de inmediato intentó recordar. La mano de Mami, como un abrazo, estrechó un poco más la suya; y su voz maternal le susurró unas primeras palabras:

—Tranquila, niña, tranquila. Ya estás bien. Descansa.

María volvió a esforzarse por abrir los párpados poco a poco e intentar acostumbrarlos a la escasa luz que entraba por las heridas de la persiana, atravesando unos visillos livianos que bailaban al compás de las músicas inaudibles del viento. El techo de la habitación era blanco, cruzado por una geometría armoniosa de traviesas de madera; las paredes estaban forradas también de madera oscura, en listones verticales, sin cuadros ni otros adornos; a su lado, sobre la mesilla de roble, se amontonaban algunas cajas de medicinas y una jarra de cristal mediada de agua; y junto a la cama, en una silla de enea rústica de tipo andaluz, una mujer envejecida y oronda, de ojos alegres y brillantes, parecía velarla con el deseo de mostrarle cuanto antes el camino nuevo por el que iba a empezar a transitar.

—¿Dónde...?

Mami dibujó en sus labios la más entrañable de las sonrisas y se acercó a su oído.

—Estás en la casa del señor Vargas, niña, un hombre muy, pero que muy bueno. No te acuerdas, pero te picó un mal bicho, una fea culebrilla de campo, mi niña, y a punto ha estado de hacerte mucho mal. Las víboras son muy requetemalas por aquí, chiquilla, pero gracias a Dios te encontraron a tiempo en la puerta de la casa, sin sentido. No lo sabes, claro, porque ya va para dos días con sus noches que llevas soñando con los angelitos, mi reina, dos días...

María se incorporó en la cama, pero no pudo soportar el esfuerzo y volvió a desplomarse sobre la almohada.

—Yo...

—Calla, prenda, no digas nada —Mami secó su frente con un pañuelo de seda que olía a agua de rosas y luego, doblado en cuatro, lo dejó sobre ella para refrescarla—. Todavía tienes un poco de calentura, pero ya verás: Mami te va a preparar un caldito que te va a saber a gloria bendita. Para chuparte los dedos, lo que yo te diga. Y luego, cuando vuelva el doctor, nos dirá lo que hay que hacer. Vas a ponerte buena muy pronto, ya lo verás... Y ahora duerme otro poco, mi niña, que tiempo habrá para todo lo demás.

La dulzura de aquella voz, derramada con el embrujo

aprendido de una magia envolvente e hipnótica, actuó en María como un bálsamo de Mesopotamia. Tenía muchas preguntas rondándole por la cabeza, pero carecía de fuerzas para formularlas. Y el susurro, la confianza que inspiraba la mujer de pelo cano recogido en un moño alto que cruzaba un pasador adornado con carey, el sosiego que se respiraba en la estancia y la comodidad del lecho le invitaron a cerrar los ojos y a abandonarse. Estaba convencida de que nada malo podía pasarle en aquel retiro de apariencia monacal y pensó que era cuidada por una monja buena antes de caer de nuevo en un sueño plácido del que tardó otras dos horas en despertar. Y, cuando lo hizo, anocheciendo ya, fue a causa del tímido revuelo que se produjo con la llegada de un doctor de edad mediana, gafas con montura gruesa, rostro de severidad y suficiencia en la voz.

—A ver cómo se está portando hoy nuestra enferma —exclamó mientras entraba en la estancia.

María terminó de despabilarse con el frío del fonendoscopio jugando a las damas sobre su pecho, con los dedos bruscos del médico que le tomaban el pulso en la muñeca y el descuido con que le clavó un termómetro en la boca, mientras parloteaba sobre lo bien que estaba respondiendo al tratamiento y lo pronto que podría dejar la cama y correr mundo, porque hoy las jóvenes, alzó la voz, recorrían países como antaño se cambiaba de barrio en busca de bailes con los que festejar a los santos patronales.

—¿Y tú de dónde manas, si se puede saber? —preguntó mientras daba por buenas las pulsaciones, recogía el fonendoscopio y le arrebataba el termómetro, echando un vistazo fugaz y guardándolo de nuevo—. Porque tú no eres de aquí, ¿eh?

—No le entiendo... ¿Manar?

—Quiero decir que de dónde vienes tú... —abrió el maletín con la contundencia de una caja de caudales.

—De Brasil, señor.

—¡Ah, del Brasil! Gran país... —El médico pareció admirarse mientras recolocaba el instrumental en su maletín con el cuidado de quien monta una torre con naipes—. Brasil: la selva, el Amazonas, el fútbol, los carnavales, Pelé...

—Sí..., señor... —María no sabía si tenía que responder.

—Bueno, pues esto va muy bien. Así que hoy te quedas en la cama y mañana a levantarse. Vida normal, mucha fruta y nada de esfuerzos. —El hombre se volvió a Mami, que cruzaba las manos sobre su pecho, como rezando una plegaria—. Reposo, buena comida y un poco de sol, que eso no mata a nadie.

—¿De verdad, doctor? —Mami sonrió agradecida, como si le estuviera devolviendo una hija sana después de una agonía—. ¿Quiere decir que ya está buena del todo?

—Está bien, sí. Pero ya me has oído, Mami: reposo; mucho reposo.

—¡Ya verá cómo la cuido, doctor! ¡Como a una reina mora! ¡Y en cuanto se entere el señorito se va a poner de lo más contento!

El médico dejó la habitación sin despedirse, acompañado por Mami. María se quedó recostada en la almohada, pensativa. Otra vez sintió los viejos picores por todo el cuerpo e intentó calmarlos, acariciándose. ¿Quién sería ese señorito del que hablaba la mujer? Sin duda Manuel Vargas, el hombre al que todos parecían conocer. Manuel Vargas... ¿Sería cierto que se comía a las mujeres después de matarlas? De repente sintió verdaderas ganas de verle los ojos y leer en ellos si de verdad compartía la dieta de los antropófagos de leyenda. Una curiosidad que se le antojó tan ridícula como inexplicablemente extraña, pero que se acentuó hasta convertirse en algo muy parecido a la impaciencia.

En cuanto el doctor salió de la casa Mami regresó a la habitación, junto a su cama. Se sentó y le habló, otra vez dulcemente, igual que se acaricia la testa de un pajarillo apresado entre las palmas de la mano.

—Todavía no sé cómo te llamas, niña.

—María, señora.

—¡Nada de señora! ¡A mí me llamas Mami, como todo el mundo! ¿Entendido? —se fingió enérgica con morritos de mentira.

—Sí, señora —comprendió María.

—Sí, Mami.

—De acuerdo, Mami.

La mujer deshizo el nudo de sus labios y sonrió complacida. María forzó también una sonrisa. Y esperó a que hablase, lo mismo que hizo Mami, tratando de que fuera ella la que dijese algo, que preguntase lo que quisiera, o que se interesase por algo. Por la sabiduría de los muchos años intentaba conocer a través de la naturaleza de sus preguntas lo despejada que podía ser la chica. Pero María no dijo nada y, en el duelo de silencios a que se retaron las dos, la paciencia de Mami fue mucho menos perseverante.

—Todos me llaman Mami, y tú también me llamarás así. Aquí vas a sentirte muy requetebién: estás en una casa grande, muy buena; el hogar de un señor muy importante y con muchos posibles —frotó los dedos índice y pulgar a la altura de sus ojos, guiñando uno de ellos— que cuida de todas nosotras para que no nos falte de nada. Se llama don Manuel Vargas, así que en cuanto se presente le llamarás don Manuel o señor Vargas, al menos hasta que él no te diga otra cosa. Aquí no te faltará comida, hija, ni cama, ni distracción: hay otras muchachas como tú que viven en el cortijo, todas ellas muy amigas del señorito. Como también lo vas a ser tú muy pronto, ya lo verás. Él mismo, cuando te vio, comentó lo requeteguapa que eres, así que tienes que ser muy amable con él, ¿entendido? Nadie te va a obligar a nada, eso mététielo en la cabeza y que te quede muy claro: si quieres marcharte, te vas; si quieres quedarte, te quedas. Eso es cosa tuya, aquí todo el mundo puede hacer lo que le dé la gana. Pero, óyeme bien —Mami bajó la voz, hizo como que se ponía seria y arrugó la frente, intentando hacerle cómplice de un gran secreto—: Si me haces caso, nena, vas a ser muy rica —y volvió a realizar el gesto de frotarse los dedos.

—No la entiendo, señora.

—¡Mami! ¡Llámame Mami! ¡Y tutéame, criatura! Ya has oído lo que te he dicho: tú hazme caso. En esta casa, las sonrisas se pagan en euros y todo lo demás en millones.

—¿Lo demás?

—Ya lo comprenderás, reina. Las otras niñas están encantadas. —Mami se levantó y le remetió las sábanas, sin mirarla—. Porque tú no serás una mojigata de ésas, ¿verdad?

—¿Yo...?

—Me refiero a que no serás de esas cursis que creen que un cuerpo tan bonito como el tuyo —la mujer le metió un dedo por el escote y le bajó el camisón hasta dejar un pecho al descubierto—, que cuidado que es bonito, caray, hay que taparlo. O que hay que esconderlo hasta que las arrugas lo conviertan en un pergamino que algún día se comerán los gusanos, ¿no? ¿Tú eres de las que se guardan para el sombrajo de los crisantemos? ¡Vamos! ¡Te supongo más despabilada...!

—¿Qué haces?

María corrió a cubrirse la desnudez, impulsada por el pudor, pero Mami volvió a bajarle a la fuerza el camisón, esta vez descubriendo el busto completo, casi hasta la cintura. Su gesto fue seco, felino, casi agresivo, y por un momento sus labios dibujaron un evidente mohín de desagrado.

—¡Con lo guapa que eres y el calor que hace en esta casa, por la santísima Virgen del Perpetuo Socorro! ¡Vamos, niña, no seas insulsa! ¡Luce ese cuerpo! ¡Lúcelo! ¡Que no se diga!

La mujer abandonó la estancia, diciendo que enseguida le traería la cena y repitiendo que no fuese tonta y fuera despabilando, que el día siguiente amanecería asoleado y ella tenía que comenzar una nueva vida. María se tapó de nuevo el torso con la sábana, más tímidamente esta vez, y se quedó dándole vueltas al verdadero alcance de las palabras que había pronunciado Mami. Sobre todo a la última frase, mascullada mientras salía del cuarto:

—¡La lotería! ¡Te ha tocado el premio gordo de la lotería viniendo aquí! ¿Y me vas a decir que ahora vas a romper el décimo? Ay, Niño del Santo Remedio, qué juventud...

María no sabía qué pensar. Prefirió darse tiempo para descubrir qué sucedía allí, entornó los ojos y trató de dormir otro rato. Por su cabeza cruzaron ideas contrapuestas, unas que le decían que allí podría ganar un poco de dinero y resolver sus necesidades hasta el viaje a Londres, aunque aún no sabía cómo, y otras que le exigían palabras de agradecimiento para aquella mujer y para el señor Vargas, pero nada más; alguna idea agria le alertaba de un peligro indefinido y otra más amarga resumía, con la lógica policial que había aprendido a utilizar, que hasta el momento no había ningún indicio que condujera a pensar nada malo de su anfitrión y de la mujer que se había desvelado por ella durante los días que había permanecido inconsciente y enferma. Con esa mezcolanza de sensaciones de recelo y de alivio fue quedándose traspuesta hasta que una algarabía de risas jóvenes y un vendaval de conversaciones ininteligibles se produjeron en el piso de abajo y en aquellas voces reconoció invitaciones a la alegría y ecos del buen ambiente que presidía una casa hasta entonces silenciosa y en apariencia deshabitada.

Cuando regresó Mami con una bandeja entre las manos cenó poco y con desgana antes de volver a dormirse. Y al amanecer, sin restos de fiebre en la piel y con la cabeza despejada después de tanto dormir, se levantó de la cama, abrió las ventanas y se sentó en el balcón a ver nacer el día sobre los cuidados jardines de la casa que la había acogido. Era la resaca del alba y ella se sentía muy bien. Las dos pequeñas heridas de la pierna, donde los dientes de la víbora habían depositado su veneno, casi se habían cerrado por completo y no le dolían. Al cabo de unos minutos el frescor de la mañana le provocó la urgencia de buscar un cuarto de baño. No le costó encontrarlo al otro lado de una puerta existente en la misma habitación y una vez allí alivió sus necesidades, tomó una ducha muy larga, recreándose en la tibieza del agua que reconfortaba, se lavó la cabeza y los dientes con algunos de los innumerables productos de aseo que estaban a su disposición en repisas y armarios y, antes de volver al cuarto, se envolvió en un albornoz extremadamente suave de color verde pistacho que parecía haber sido comprado para ella.

En el vestidor de la estancia encontró su ropa lavada y planchada y, junto a ella, otras muchas prendas: vestidos, pantalones, camisetas, blusas, jerséis, bañadores y lencería, todo de su talla, y varios zapatos y zapatillas deportivas de su número. A pesar de la sorpresa, María no resistió la tentación de probarse algunas de aquellas prendas caras ante la hoja del vestidor cubierta por un espejo, y luego, dejándolo todo en su sitio para que no descubrieran su osadía, se puso su ropa y salió de la habitación para inspeccionar las otras piezas de la casa.

A aquellas horas tempranas, el silencio era absoluto. Recorrió el pasillo sin hacer ruido, bajó las escaleras de puntillas, cuidadosa como una intrusa, y llegó al salón principal que en ese momento se encontraba en penumbra porque los cortinajes de terciopelo y las contraventanas metálicas impedían que entrase la luminosidad de la mañana. Se acercó hasta la puerta de entrada y la abrió despacio. La luz radiante del día la cegó un instante, pero la visión del exterior la impactó todavía más: un porche rebosante de flores dejaba ver un jardín árabe rodeado de un palmeral sereno con unas piscinas de aguas dormidas al fondo, entre hamacas blancas. No pudo evitar descalzarse y pisar el césped fresco de aquella hora, caminar alrededor de las piscinas y, finalmente, tenderse en una de las tumbonas y deleitarse con la belleza del lugar al que había ido a parar. La mañana era una ventana a la ensoñación; la soledad, un regalo; el sosiego del paisaje, una invitación a agrietar los sentidos y a recibir la renuncia a todo cuanto quedara fuera de aquel mundo que nunca hubiese creído que pudiera existir. Tal vez no estuviese viva y hubiera atravesado el umbral hacia la promesa divina de la que tanto le habían hablado de pequeña en las clases de religión; pero aquella exuberancia parecía una tentación trazada por el diablo para inducirla al pecado. Todo aquello parecía real, en cierto modo similar a algunos recónditos paisajes vírgenes de su lejana tierra, tan remota...; parecía un homenaje a la armonía y la paz infinitas, esas que sólo anidan en los seres que han huido del mundo para revisar su alma sin temor a ser juzgados. Nunca imaginó mañana tan hermosa, ni conoció percepción más embriagadora. Tendida en la hamaca, perdida la visión entre el ramaje y el azul del cielo, conoció la más profunda de las sensaciones, la más auténtica también: aquella que sólo es posible en el universo de los deseos. Lástima que cuando por fin se cumple un anhelo parezca tan inconcebible y efímero que de inmediato nos empeñemos en cubrirlo de sombras imaginadas.

Una nube blanca pasó despacio por el cielo y le devolvió la cordura, o acaso fuera que María la inventó para no sucumbir al hechizo.

Cuando Mami salió a buscarla poco después con una bandeja, portando el desayuno, María se había quedado adormilada sin darse cuenta. Zumo, café, leche, tostadas, mantequilla, varias mermeladas, dos yogures, queso fresco y jamón en lonchas poblaban la bandeja de plata en la que, en una de sus esquinas, reposaba un florero de cristal tallado con una rosa todavía salpicada de gotas de rocío. María se despabiló con una sonrisa y recibió el servicio sin disimular la sorpresa. E, impetuosa y agradecida, se incorporó y se apresuró a besar a Mami en la mejilla.

—Vamos, tonta —la rechazó Mami, con fingida perturbación por la exageración del abrazo—. Come mucho, que tienes que ponerte buena muy pronto. Y ya oíste lo que dijo el doctor: reposo, mucho reposo. Así es que, en cuanto te lo acabes todo, te quedas aquí descansando. Una de las doncellas vendrá a recogerlo. Pero no te molestes en decirle nada: es búlgara y sólo habla en lo suyo. Tú, ni pío...

—Gracias, Mami —respondió María, tomando el vaso y bebiendo un primer sorbo de zumo de naranja—. No sé cómo agradecértelo.

—Ya te lo diré yo, chiquilla, ya te lo diré... —respondió Mami, volviéndose con ojos de gato risueño—. ¡Y entonces me lo vas a agradecer todavía más!

María fue vaciando el contenido de la bandeja hasta que no pudo comer más. Luego se tendió otra vez en la hamaca y reposó el desayuno bajo las caricias del sol que se colaba entre la hojarasca del arbolado inmóvil. Le molestaba el jersey, todavía sufría unos leves picores en la piel, pero se le había olvidado preguntar a Mami si podía usar alguna de las prendas encontradas en el armario. Descalza, con los brazos extendidos a ambos lados del cuerpo y los ojos cerrados, se creyó una princesa. Hacía mucho tiempo que no se sentía tan bien; de pronto le pareció que todo quedaba muy lejos en el tiempo: Brasil, Londres, Madrid, su profesión, su hermano... No, su hermano no. No iba a alejarse tanto de él. Abrió los ojos y se reprochó esa idea de distanciamiento. Pensó en él, recordó su cadáver, su muerte atroz..., y forzó a la rabia, llamándola a gritos, para que renaciese en su corazón. Pero no pudo conseguirlo del todo: quizá se encontrara en el lugar donde habitan las almas cuando en vida han reunido los méritos necesarios para ganar un pedazo de eternidad. Aunque, para ser el verdadero Cielo, las heridas de la mordedura estaban demasiado frescas, Mami parecía un ángel de carne y hueso y el desayuno era real, desde luego: todavía podía apreciar el regusto de la mermelada de fresa en la boca. No, se dijo: ésta es la casa de la que todos hablaban, sólo eso. Al señor Vargas se le envidiaba con razón; y ella había tenido mucha suerte. Y si nada era lo que parecía, tiempo habría de descubrirlo. No se le olvidó para qué estaba allí y por cuánto tiempo quería estar. Tenía que decírselo a Mami y pedirle que la dejase trabajar en el cortijo durante unas cuantas semanas a cambio de un poco de dinero.

No quería olvidar cuál era su misión pero, de repente, de nuevo se impuso la realidad para sorprenderla y confundirla, para arrebatarle sus pensamientos: en cuanto el sol se alzó lo bastante en el cielo, una tras otra empezaron a asomarse al jardín unas muchachas muy hermosas, completamente desnudas, que corrieron a besarla, a preguntarle cómo se encontraba y a presentarse, recitando sus nombres y recabando el suyo en un inglés fácil sin una pronunciación esmerada que lo hacía inteligible para todas. Katrina, Lidia y Cristina se fueron arremolinando en torno a ella, queriendo saberlo todo, atropelladamente: si se sentía bien, si pensaba quedarse, si conocía a Vargas, si no le parecía precioso aquel lugar, si usaba alguna crema especial para cuidar ese precioso pelo... Sólo Susa, la venezolana, se mantuvo distante. María cruzó un par de veces la mirada con ella y en ambas ocasiones la apartó. Era la única que no parecía sentirse feliz con su presencia. Para ella, los días de azufre y viento habían llegado.

—Falta Verónica —explicó Katrina mientras se extendía un baño de crema protectora solar por los brazos—. Esa pequeña luciérnaga ha pasado la noche con Vargas.

María no supo qué responder. Sonrió y afirmó con la cabeza, sin saber si hacía lo correcto porque no había comprendido bien la frase de la rusa. Poco a poco, ellas se fueron dispersando como pétalos con un golpe de viento, adentrándose en el agua de la piscina a tomar un primer baño o dirigiéndose a las hamacas para tenderse al sol y seguir bronceándose. Lidia, antes de alejarse, la invitó a tomar también el sol sin tanta ropa, diciéndole que si le daba apuro desnudarse podría ponerse algo ligero que encontraría en su habitación, al igual que todas tenían ropa nueva en las suyas. María se lo agradeció y le aseguró que un poco más tarde iría a ponerse algo más apropiado.

En otras circunstancias María se habría escandalizado. Pero estaba en un país extraño, no conocía las costumbres europeas y aquello podía ser normal. No se reconoció a sí misma compartiendo con tanta naturalidad la desnudez de las otras mujeres, aunque ella se mantuviese vestida. Pero lo cierto era que no se sentía mal, todo parecía tan natural... Al mediodía salió al exterior la pequeña Verónica, una muñeca traviesa de porcelana que la besó con la euforia de quien encuentra una joya perdida. Su alegría contagiaba, su desenfado invitaba a volar. Después de abrazarla se tendió junto a ella para mostrarle el ángel que se había tatuado en el vientre y la volvió a besar, de puro contento. Y enseguida empezó a relatar en voz alta y sin pudor cuánto había disfrutado en las horas pasadas entre los brazos de Vargas como si tuviese prisa por contarlo todo con el mayor lujo de detalles. Sólo Susa, de nuevo, no quiso compartir el interés y la algarabía. Escuchó desde su hamaca la narración, inmóvil y dolida, pero sin alterar un músculo de la cara. Sí: en otras circunstancias María Saldanha se habría escandalizado y hubiera deseado escapar de allí. Pero, por muy extraña que se sintiera, lo cierto era que todo aquello le parecía normal, inexplicablemente normal, como si estuviese ocurriendo en el fin del mundo y sin la presencia de testigos inquisitoriales que pudiesen juzgar la libertad que se vivía en aquel oasis moral apartado de todo.

Pero lo más extraño ocurrió cuando, pasado ya el mediodía, Vargas apareció en el porche, lo que descubrió al abrir los ojos y oír a todas recitar, como en un tintineo de lágrimas de cristal de una lámpara agitada por la brisa, una bienvenida eufórica:

—¡Buenos días, Manuel!

Aquella visión le produjo un nudo en el estómago y un vahído que controló volviendo a cerrar los ojos e inspirando de forma profunda tres veces seguidas. ¿Por qué veía en aquel hombre al animal más bello que había visto nunca? ¿Qué droga o hechizo le alteraba los sentidos para contemplarlo como el ser más atractivo que había conocido, el ejemplar más hermoso del mundo? No lo había visto nunca, pero desde el primer momento sintió que lo conocía desde siempre. Su sonrisa transmitía una dulzura inmensa; su mero caminar, un sosiego incomparable; su mirada... ¿Qué tenía aquella mirada, tan lejana y a la vez tan cercana, tan familiar? En cuanto respondió al saludo de las mujeres con una reverencia exagerada y burlona que, como un código ya establecido, desató las risas de todas, se dirigió hacia ella con la lentitud de un puma y el aplomo de un león. María creyó que iba a despertar de un sueño falso, desenmascarar el engaño de una alucinación y desplomarse en un desmayo, pero consiguió mantener los ojos abiertos hasta que se acercó. Entonces, sin saber cómo, su cuerpo se incorporó en la hamaca para esperarlo sentada y estrechar la mano que él le ofreció.

—Hola, soy Manuel Vargas. Es un placer conocerte —dijo, sentándose a su lado—. Ya me ha dicho Mami que estás mucho mejor.

—Sí..., sí —tartamudeó María, y de inmediato se odió por hacerlo—. Mucho mejor, gracias.

—Magnífico. ¿Sabes, María? A todos nos has tenido muy preocupados —señaló a las otras jóvenes—. Ya te lo habrán dicho ellas. Y yo quiero añadir que desearía que te sintieras en tu casa, que sepas que aquí puedes quedarte todo el tiempo que quieras y que espero que no haya nada que te incomode. Nada que no sea de tu agrado. Como habrás observado, hemos decidido gozar de la máxima libertad en todos sus aspectos, nos hemos propuesto disfrutar y ser lo más dichosos posible. Si deseas compartirlo, eres bienvenida. Si prefieres otro tipo de vida, daré instrucciones precisas a Mami para que nada te moleste ni te falte mientras estés en el cortijo. ¿Comprendes lo que te digo?

—Sí —balbució confusa María.

—Bienvenida entonces.

—Gracias, sí. Muchas gracias.

Vargas se levantó. Pero antes de irse, dijo:

—Ahora voy a beber un zumo. Pero recuerda que puedes hacer o dejar de hacer lo que te apetezca. Tienes ropa de tu talla en la habitación y todo lo demás que necesites puedes pedírselo a Mami o a las doncellas. Y a mí me tendrás disponible a cualquier hora del día o de la noche para todo lo que quieras. Absolutamente todo. ¿Necesitas algo ahora?

—No, señor —titubeó de nuevo ella, todavía amedrentada—. Estoy muy bien...

—Estupendo. Pero dos cosas más: llámame Manuel y tutéame, por favor.

—Sí..., de acuerdo.

Aquel hombre maduro tenía la voz arenosa y cálida, la mirada de un niño y el rostro tan perfecto como si lo hubiese esculpido un escultor griego o un maestro del Renacimiento. Sus modales eran impecables; su cordialidad, contagiosa; sus ademanes, seguros, y su magnetismo, subyugador. María deseó arrancarse el hechizo o convencerse de que no había engaño alguno en su visión, con lo que tendría que admirarlo, sin duda. Hubiera querido estar segura de lo que sentía, pero aquel nudo en el estómago le impidió ser razonable.

—Manuel...

—¿Sí? —Vargas se volvió y le sonrió.

—Nada..., nada. Que estoy muy agradecida..., muy...

Vargas mantuvo la sonrisa, afirmó con la cabeza y siguió su camino hacia el porche, donde se sentó a desayunar. Dos muchachas corrieron a su lado para hablar con él o preguntarle algo y él no dejó de hablar con ellas aunque en varias ocasiones miró a María desde la distancia, como si estuviese lanzando una y otra vez un lazo con el que quisiera atraparla. Aquellas miradas no eran disparos, sino recados tímidos, disimulados; eran el modo de decirle que se sentía atraído por ella, aunque María no pudo creerlo y prefirió pensar que eran casuales, imaginaciones suyas, sin más.

Estaba intimidada; y confundida. Al sorprenderle mirándola se ruborizaba, y si no lo hacía se sentía menospreciada, herida. ¿Qué le estaba pasando? No podía creer que, rodeado de todas aquellas mujeres de rostro de ángel y cuerpo de diosa, la mirase precisamente a ella, pero por otra parte deseaba que así fuese y que no dejase de hacerlo nunca. Tampoco se atrevió a bajar de la hamaca: no sabría a dónde ir. Pero de pronto fue consciente de que hacía un buen rato que la necesidad le estaba suplicando ir al aseo y se sintió completamente infantil. Se armó de valor, pidió excusas innecesarias a Lidia, la muchacha que estaba tendida cerca de ella, se azoró al pasar junto a Vargas, sin mirarlo, y subió a su habitación apresuradamente. ¿Qué había sido de aquella policía dura e implacable acostumbrada a enfrentarse a todo? ¿Qué clase de víbora la había hecho cambiar tanto con una simple mordedura? ¿Qué magia o qué veneno...? No se reconocía actuando como una colegiala. Pero aquella mirada... ¿Quién y dónde la había mirado antes así?

Cuando volvió a la piscina, llevaba puesto un biquini verde pistacho que resaltaba aún más el tono tostado de su cuerpo color de miel. Vargas, con un parpadeo lento y deliberado, aprobó la elección, o al menos a ella le pareció así. Y con ese gesto casi inapreciable se sintió tan segura y confiada que, de nuevo tendida en la hamaca, no tardó en fruncirse la parte de arriba del biquini y dejar que el sol extendiera sus caricias hasta el límite que le permitió el pudor.

Desde aquel momento sólo tuvo miradas para él.

Acabada la comida, que transcurrió con el ánimo festivo con que todo parecía vivirse en aquella mansión, María se retiró a reposar a su habitación para recuperar las fuerzas y sobre todo pensar en lo vivido hasta entonces y poner orden en las ideas que se fijaron a su cabeza como una corona de espinas. Aunque la única espina que le dolía y a la vez le producía placer llevaba grabado el nombre de Manuel Vargas; las demás, habían sido bautizadas con nombres inapropiados como inseguridad, estupor, pudor, serenidad, deseo, incomprensión y esperanza.

Durante la comida, Vargas había dicho, con los ojos fijos en ella:

—Hoy me siento mejor que nunca.

Y ella tuvo que apartar los ojos y limitarse a sentir que la garganta se le cerraba igual que un puño.

Ahora, tumbada de lado en la cama, desnuda bajo una sábana fresca y suave, con los ojos entornados puestos en las brillantes rendijas de las persianas y los brazos extendidos a ambos lados de la cabeza, revivió una de las muchas miradas de aquel hombre y se sintió estremecer. Estaba segura de que había algo más detrás de lo que estaba sintiendo, algo sospechoso que no se atrevía a decirse: buscaba el abrazo, pero también el sexo; perseguía su atención, pero también comérselo a besos, empezando por masticar sus entrañas; quería sentir su aplomo, su seguridad, sus palabras, pero aquello que crecía entre sus piernas, como una marea que lo inundaba todo, era deseo, sin duda; lo conocía perfectamente porque era un puro deseo carnal, una estricta necesidad sexual de vaciarse en él y de que él se vaciara en ella para que apagase la violencia del incendio que la desasosegaba. Pero, ¿por qué le excitaba de aquella manera pensar en él y aún más imaginárselo haciendo el amor con las otras chicas, como seguramente estaría sucediendo en aquel mismo momento detrás de alguna puerta cercana? Nunca había sentido algo así; incluso se asustó al descubrirse deseando verlo en brazos de otra, haciendo el amor para ella, aunque no fuese con ella. ¿Qué le pasaba? ¿Tan grande podía ser aquella locura que le devoraba la razón; a ella, que tan fría y racional se había considerado siempre? Imaginarlo besando a otra, fundiéndose con ella, compartiendo sudor y gemidos con una mujer hermosa la desquiciaba de pura pasión. No sabía si aquel deseo estaba bien o mal, pero el placer que sintió terminó ahogándola en pequeños gemidos jadeados en las olas cálidas que le recorrían el cuerpo de abajo arriba. Vargas era para ella un hombre, tan solo eso. Se reprochó su actitud en un paréntesis de lucidez en medio del fárrago de la locura: o continuaba muy enferma, confundiéndolo todo, o se había encaprichado como una novicia de un ser del que no sabía absolutamente nada y que, a buen seguro, era un canalla, un narcotraficante o un ladrón, porque aquella vida sólo podría permitírsela alguien cuyo dinero estuviese marcado por el dolor o manchado de sangre.

Unos golpes en la puerta tocados con los huesos de una mano dieron paso a Mami, que se adentró en su cuarto para comprobar cómo se encontraba esa tarde. Entró despacio, sigilosa, con la boca fruncida y las cejas arqueadas. María la recibió sin sonreír, se incorporó para tomar la mano que le extendía y la invitó a sentarse a su lado.

—No entiendo nada, Mami.

—No hay nada que entender. ¿Tú estás bien?

—Sí, eso creo...

—Pues eso —la mujer le acarició la mejilla—. ¿Tenía o no razón en que ibas a sentirte estupendamente?

—Sí, Mami... —María volvió la cabeza hacia el balcón y se quedó pensativa, apretando la mano de la mujer.

—¿Qué tienes, niña? —rompió Mami el silencio al observarla tan triste, de repente.

—Nada, no es nada. —María giró de nuevo la cabeza, y forzó una sonrisa—. No sé si debería...

—Dime, tonta.

—Pues..., que quisiera... No sé cómo decirlo...

—A la cara y las claras, chiquilla. Las amigas se dicen las cosas a las claras. ¿O es que no somos amigas?

—Sí, sí... Quería... —a María no le salían las palabras—. No sé, creo que me gustaría quedarme. Trabajando, por supuesto...

—Mi pequeña... —Mami cabeceó sonriente, compadeciéndose de la ingenuidad de la muchacha—. ¡Pero si aquí ninguna de las chicas ha venido a trabajar! Conmigo y con las búlgaras hay más que de sobra. ¿O es que pretendes quitar el trabajo a una pobre vieja? —Mami fingió enojo y a continuación sonrió otra vez, divertida—. Tonta... Pues claro que te puedes quedar, ¡pero para disfrutar de todo! ¿Lo oyes bien? ¡De todo!

—¿Gratis? —María no terminaba de comprenderlo.

—¿Gratis? ¡De eso nada, reina! ¡Aquí nada es gratis! ¡Aquí una se queda cobrando! ¡Cobrando! ¿O a qué crees que han venido las demás?

—Lo siento, Mami —María se recostó en la almohada cansada de tanto misterio, desfondada—. No consigo comprender nada de lo que me dices. Estoy muy cansada, eso debe de ser.

—¿No será que no quieres entenderlo?

María la miró con fijeza, intentando descartar lo que estaba pensando. Aquella mujer no bromeaba, y sin embargo sus palabras ofendían sin pretenderlo.

—Explícamelo otra vez, por favor —suplicó.

—Claro como el agua clara, chiquilla: si te quedas a vivir en esta casa hasta septiembre, el señor Vargas te pagará por ello un millón de euros. Y luego adiós muy buenas. Serás una mujer muy rica para los restos.

—Pero...

—No hay pero que valga. ¿A ti te gusta don Manuel?

—No se trata de eso...

—¡Ah, pillina! ¡Pero qué callado te lo tenías! ¡Lo que pasa es que a ti te gusta el señorito!

—Yo no he dicho que...

—¡Pues mira, mejor! —Mami zanjó la cuestión con brusquedad, sin dejarla hablar—. Él quiere pasarlo bien, y no me digas que tú eres de las que creen que hay algo malo en ello. Y si además te gusta, miel sobre hojuelas, porque la recompensa es una fortuna contante y sonante. ¿Qué te parece?

María necesitaba tiempo para asimilar todo aquello. Un millón de euros por no trabajar; por disfrutar durante cuatro o cinco meses en un oasis junto al mar... Se le vinieron a la cabeza las palabras del joven Josele: «Pues no sé si se las come o no, pero el caso es que de allí no ha salido ninguna.» Pero, ¿cómo iban a salir si se estipulaban semejantes condiciones laborales, en el caso de que pudieran calificarse así? En el supuesto de que no le hubiese ocultado Mami algo más. Porque sonaba a fantasía, o a engaño, y detrás de aquel cuento tenía que esconderse una trastienda inconfesable.

—¿Y qué más, Mami? —María se puso seria.

—No hay más.

—¡Vamos! —María se enojó y se irguió aún más en la cama, mostrando sin pudor todo su cuerpo desnudo—. ¿Me vas a decir que Vargas me hará millonaria, a mí, por pasar unas largas vacaciones en su casa? ¿Pretendes que me crea que esas de ahí fuera —señaló hacia la ventana— se limitan a permanecer en una residencia de señoritas con todos los gastos pagados y al final se irán con los bolsillos a rebosar? ¡Dime la verdad, por favor!

—¡No grites, chiquilla! —Mami intentó calmarla—. A estas horas, en esta casa, se descansa o se goza. Pero nadie grita.

—¡Pues dime la verdad! —exigió.

—Ya te la he dicho. Y si no me crees, ya lo sabes: la puerta está abierta.

—Perdona, Mami. —María volvió a apretarle la mano, arrepentida de su arranque de mal humor—. Es que no me cabe en la cabeza... Aquí hay algo que no entiendo. Parece que se trata de convertirme en una puta...

—¿Una puta? Nada de eso. Aquí no se obliga a nadie a hacer nada que no quiera. Y aunque así fuera, ¿qué más daría, si nadie va a saberlo? Una puta, una puta... Por esa cantidad de dinero se haría puta hasta..., que Dios me perdone por lo que iba a decir... ¡Ah, la terquedad de las jóvenes! ¡Cómo sois! Por este cuerpo, por estos brazos, por este pelo... —Mami fue acariciándola despacio, con una ternura infinita— no uno, sino cien millones daría cualquier hombre que los tuviera. ¿Cómo quieres que el señorito no te regale esa propina si tiene todo el dinero del mundo? Además... —terminó la frase en un susurro embaucador de celestina experimentada—, le gustas, lo sé...

—Ya. Le gusto yo y todas esas...

—También. Claro. ¿De qué te extrañas? Tonto no es, desde luego. Y con esa fortuna... Pero mira: no sé por qué pero a mí me da en la nariz que por ti siente algo especial, te lo digo yo —Mami moduló la voz hasta convertirla en envolvente y embaucadora como el bisbiseo de una cobra real de un faquir de Ahmadabad. Y le pasó la mano de nuevo por los pechos con la suavidad de un hada—. Pero que muy especial... Guárdame el secreto, niña, pero me ha dicho que te convenza para que te quedes...

—Ya.

—Anda, anda... Ahora descansa un poco, que buena falta te hace. Y piensa en todo lo que te he dicho, que no vas a venir todos los días con la misma cantilena. Que si te vas, que si te quedas... Piénsalo bien y aclara lo que vas a hacer, pero que sepas que a mí me darás un gran disgusto si decides irte. Y a él, no digamos.

Mami se levantó y se dispuso a salir de la habitación. Mostraba una serena sonrisa de satisfacción porque creía que regresaba de un día de pesca con el pez enredado en el anzuelo y que ya era imposible que se zafara de él. Abrió la puerta, pero antes de salir oyó que María la reclamaba:

—Mami...

—Dime, mi niña.

—¿Qué está pasando aquí?

La celestina sonrió. Se volvió hacia ella y sin levantar la voz, condescendiente, dijo:

—Ah, mi pequeña. Qué pregunta más tonta. —Y cerró la puerta tras ella, sin dejar de sonreír.

María se tumbó en la cama, convencida de que se le ocultaba algo y que ella iba a descubrirlo. Mami lo había dejado muy claro y no tenía motivos para dudar de su sinceridad; pero tendría que comprobar si se trataba de algo tan antiguo, tan machista y tan vulgarmente colonial como lo que parecía ser. Además, si esas miradas furtivas de Vargas cazadas durante la mañana no fuesen sólo imaginaciones suyas, o una casualidad que ella, deseándolo, había convertido en trascendente, sería más fácil lograr desenmarañar el secreto de aquella casa.

La luz de la tarde doraba la habitación convirtiéndola en un altar; las paredes despedían olor a bollo recién cocido; el aire sabía a hierbabuena. Más relajada, recobrada la serenidad, recapacitó sobre lo que le esperaba si decidía aceptar el trato: una temporada en una estancia tranquila; una servidumbre que no estaba obligada a prestar; y, al final, si todo aquello era cierto, una cantidad desmesurada de dinero. A su dignidad de mujer, ceder a la condición de objeto sexual le repugnaba; no lo concebía; pero por alguna extraña razón no se consideraba herida por el baño de esencias y brujerías con las que el deseo rocía las almas heridas, llenándolas de emociones. Tenía que pensar; pensar despacio antes de tomar cualquier decisión; y por ahora la venganza contra el asesino que tenía que ir a buscar en Londres podía esperar. Sí, podía esperar. A fin de cuentas, se dijo, ella no tenía la culpa de que el deseo y la curiosidad rindan las fortalezas con más contundencia que la pólvora.

A media tarde Mami subió la merienda a la habitación porque no quería que ella se levantase: el esfuerzo de la mañana había sido suficiente por ese día y debía quedarse en la cama, reposando hasta la mañana siguiente, cuando se le permitiera hacer vida normal. Así lo había prescrito el médico poco antes, al telefonear para comprobar cómo se encontraba la enferma.

—¿Quedarme otra vez en la cama? ¡Ni hablar! ¡Estoy perfectamente...! —protestó María, empleando un timbre de voz rebelde que Mami aprovechó para devolver con una reprimenda.

—¡Tú a comer y a callar, que sólo faltaba que tuvieses una recaída! ¡Y no me hagas enfadar porque te quedas sin cena, que pareces tonta...!

La bandeja contenía bollos recién horneados, zumo de frutas, dos yogures de fresa y un pastel coronado por briznas de hierbabuena. Porque a veces la razón no comprende que las sensaciones que provocan los efluvios del deseo, como los terrores nocturnos, son meras fantasmagorías...

Los días de la primavera fueron pasando en la casa cerrada con la parsimonia de una letanía festiva. Las mañanas sembradas al sol, las sobremesas adormiladas, los atardeceres dicharacheros y las noches de voluptuosidad o sosiego fueron sucediéndose rápidamente, colmando los tiempos de las amapolas, las madreselvas y los jazmines. Las miradas de Vargas a María se repetían cohibidas porque aún no se había atrevido a quedarse a solas con ella para cerrar el pacto que había suscrito con las demás; y aunque Mami hablaba de la buena disposición de la recién llegada a sellarlo y su creencia en que aceptaría las condiciones más íntimas sin objeción alguna, el hecho de no haberlo oído de sus propios labios no le permitía arriesgarse para no perder a la mujer que más le abrasaba de cuantas le rodeaban, a la única que de verdad deseaba sin atreverse a decírselo. Muchas veces, durante las pausas de la comida, había permanecido inusualmente callado, buscando la manera de proponerle, a los postres, que lo acompañara a compartir zozobras y caricias en la hora de la siesta. Y tantas veces como lo pensó, otras tantas se acobardó y descartó hacerlo. Atreverse a invitarla no era la mayor dificultad; el dolor se producía al imaginarla negándose o sintiéndose ofendida hasta el punto de decidir abandonar el cortijo.

Manuel Vargas sintió, por primera vez en muchos años, molestias en las piernas, temblores en la voz, presión en el pecho, dificultad para conciliar el sueño, apocamiento, melancolía y flaqueza. Y, junto a la pusilanimidad, una tristeza de pensamientos encadenados en los que, de una u otra forma, siempre estaban los ojos retraídos de María y sus manos pegadas al cuerpo al final de unos brazos inseguros que nunca lo abrazaban. Aquellas sensaciones confusas y la persistencia de los turbados pensamientos le causaron poco a poco una erosión creciente en su concepción de la libertad que lo mismo le desagradaba que lo colmaba de satisfacción, según el brillo de la luna. Una libertad inútil, pensaba, si no podía ser amado por ella; una satisfacción íntima, añadía, por sentir que María era diferente a las demás. Y con aquellas emociones contradictorias sobrevinieron momentos exagerados de buen o mal humor que las muchachas extrañaron por inusuales. En apariencia, no decayó para Vargas el interés por una u otra, ni faltaron las citas puntuales de sobremesa, los juegos amatorios ni las noches de desvelo y lujuria, pero todas ellas notaron que algo había cambiado desde la llegada de la brasileña. Lo sintieron todas en general y Susa en particular.

Hacía varios días que Vargas no permitía a Susa quedarse a su lado, en la noche, en el rincón del salón donde ella removía cenizas con la badila y él preguntaba por su pasado o desvelaba planes soñados para el futuro. Por el contrario, se encerraba en la estancia sellada situada al fondo del salón sin dar explicación alguna y la venezolana tenía que esperarlo despierta tendida en la alfombra, ante la chimenea, hasta que le vencía el sueño y subía a su habitación o, rendida, dormía toda la noche vestida sobre la tarima del salón al otro lado de la puerta donde él se había enclaustrado, igual que un perro guarda la entrada a su amo. Susa no sabía para qué se escondía Vargas allí, ni siquiera si la rehuía o el hecho era así porque él tuviese que trabajar en algún asunto y para ello tuviera que permanecer aislado. Pero lo cierto era que Susa en el salón y María en su cama, desveladas ambas, no hacían otra cosa que pensar en él. Sin saber ninguna de ellas si él pensaba en alguna de las dos.

El resto de las mujeres de la casa notaron también los frecuentes cambios de humor de Vargas, pero no les afectó de ninguna manera. La vida continuaba sosegada y rutinaria, y si les apetecía disfrutar, gozaban, y si preferían el silencio, callaban. Algunas ni siquiera terminaron viviendo en aquel mundo real: cada vez les proponía menos veces dormir juntos, hasta que un domingo de mayo se aburrió de repetir el juego y no volvió a requerirlas más.

Las dominicanas Lidia y Cristina se sintieron heridas. Una y otra habían propiciado varias veces un trío amoroso con Vargas, pero hacía ya semanas que no compartían lecho con él y terminaron sintiendo que habían dejado de ser deseadas. Mohínas, se lamentaron de ello ante Mami, durante el desayuno de un día que había amanecido nublado, pero la mujer se lo quitó de la cabeza sin prestarles mucha atención:

—No digáis eso... Don Manuel es muy bueno, niñas, y no le gustan nada los lloriqueos. Así que vosotras a callar y a lo vuestro, que cuando paseáis desnudas por la casa componéis un cuadro muy bonito. Ya dirá él cuándo es hora de hacer las maletas...

La pequeña Verónica y la rusa Katrina se limitaron a sonreír. Katrina nunca había accedido a los deseos de Vargas y nadie le había recriminado su actitud. Por eso no comprendía de qué se quejaban las dominicanas, que no eran como Susa, tan posesiva. Después de un rato de intentar recuperar el buen humor de todos los días, cuando al mediodía salió el sol, todo volvió a ser como antes.

Tampoco cesaron las miradas cruzadas entre Vargas y María. La falta de decisión de él la desesperaba. María aprovechaba cualquier ocasión para merodear cerca de Mami, enredándose como un gato entre las piernas de su ama, haciéndole carantoñas y rapiñando los momentos para quedarse a solas con ella y salpicar confidencias. Mami empezó a quererla desde muy pronto por esa actitud mimosa tan parecida al deliberado desvalimiento del enamorado y María no sólo la rondaba sino que estaba segura de que podía considerarla su confidente. A veces le hacía preguntas que no tenían nada de ingenuas:

—Mami, ¿de dónde ha sacado Manuel tanto dinero? ¿No te parece extraño todo esto? No dejo de darle vueltas...

La mujer la miraba con las cejas fruncidas y luego, continuando con su faena, respondía con desparpajo:

—Pues ten cuidado, que te vas a marear...

—Hablo en serio. Si supiera que es un hombre honrado, todo sería mucho más fácil...

—Pero, ¿se puede saber qué más te da a ti, niña? Como si hubiera ricos honrados... No, reina, no te esfuerces en buscar algo así y confórmate con lo que hay. Si hubiera algo que debas saber, él te lo dirá. En esta vida todo llega cuando tiene que llegar, a su debido tiempo... ¿Me oyes bien? Todo.

Una mañana de finales de mayo Vargas descubrió, al amanecer, que lo que había comenzado siendo el juego más excitante empezaba a convertirse en un resquemor agobiante en el que cabían la culpa y el aburrimiento. No había podido dormir en toda la noche pensando en la muerte de su hija Belén, rememorando el accidente del avión, revisando la decisión que había tomado de fingir su muerte, reflexionando sobre el embaucador doctor Da Gama y el sabio y pintoresco Blixen. Tuvo tiempo para preguntarse qué habría sido de Miguel, el guardaespaldas, y también qué hacía él desterrado en una isla de placer que al principio fue un sueño, pero que la llegada de la desconocida María estaba convirtiendo en una tortura. Iba a emplear una parte de su fortuna en conseguir la prolongación de la vida hasta más allá de lo concebido hasta entonces por cualquier ser humano, pero lo que realmente le apetecía era morir si no podía vivir con ella. Todavía no le había hablado con palabras de sinceridad y deseo porque le intimidaba su belleza, y la súplica de sus ojos le obligaba a apartar la mirada; pero su imagen, desde que la conoció y durante toda aquella noche, se erigió como la de una diosa en comparación con las otras mujeres que le rodeaban. En aquellas circunstancias se sintió ridículo manteniendo una farsa de felicidad junto a mujeres que, en lugar de satisfacerlo, le estaban empezando a estorbar. Su continuo deambular por todos los rincones, estuviera donde estuviese, resultaba una presión que se le antojaba insostenible. Que siguiesen allí comenzaba a ser innecesario. Sólo la pequeña Verónica le alegraba con su frescura e ingenuidad. Tal vez había llegado el momento de arrancar una capa más a su vida, pensó; y volvió a sorprenderse por descubrirse recordando la figura de Miguel cuando le hablaba.

Por eso se levantó con una decisión tomada y sabiendo el modo de llevarla a cabo. Ordenó a Mami que preparase el equipaje de las dominicanas Cristina y Lidia y de Katrina. Durante la mañana las fue llamando una a una al comedor; les dio las gracias por su comportamiento y generosidad y les extendió a cada una un cheque conformado del Credit Suisse por valor de un millón de euros, junto a lo que les entregó un sobre con diez mil euros en billetes pequeños para sus primeros gastos. Una decisión que todas lamentaron pero que, salvo las lágrimas que aparecieron en los ojos de Lidia, ninguna discutió más allá de la cortesía.

Aquella misma tarde, después de comer, el conductor de Vargas se fue llevando a las habitantes de aquel reino que empezaba a apagarse, una en dirección al aeropuerto, otra a la estación de ferrocarril y a la rusa Katrina al centro de la ciudad de Almería, en donde muy lentamente echó a andar sin volver la vista atrás. Hacía meses que ya no tenía frío.

Durante la cena, apenas se habló. La pequeña Verónica lloraba en silencio la orfandad que decía sentir, Susa miraba de reojo a María y la brasileña, abstraída, ajena a todo lo que no fuera observar disimuladamente a Manuel, pensaba en qué se le estaría pasando por la cabeza para haber tomado aquella decisión. Mami, cada vez que entraba en el comedor con un nuevo plato, trataba de llenar el silencio con invitaciones a que comiesen más, desaconsejándoles que dejasen sin acabar tal o cual manjar preparado por ella misma o haciendo notar el sosiego que se respiraba en la casa sin tanta gente revoloteando por las habitaciones, asegurando que las que se quedaban se sentirían más felices.

—¿Hasta cuándo va a durar esto, Manuel? —Susa interrumpió abrupta el vuelo del tenedor en el aire para enfrentarse al distraído Vargas—. ¿Cuántos días pasarán hasta que te canses también de nosotras?

—No lo sé —replicó, desdeñoso.

—¿Quieres que me vaya? ¿Es eso lo que quieres? —A la venezolana le tembló la barbilla y se le llenaron los ojos de lágrimas—. Porque si es eso lo que quieres...

—Si fuera así, te lo habría dicho hoy.

—Entonces a lo mejor me toca mañana...

—Pues sí. A lo mejor... —la respuesta fue tensa, desafiante, malhumorada. En realidad Vargas estaba cansado de dar explicaciones y empezaba a dictar sentencia sobre la venezolana.

La pequeña Verónica se echó de nuevo a llorar sin poder evitar unos leves gemidos que Vargas oyó.

—Verónica, cariño: la alegría y la tristeza son dos golondrinas que nunca habitan el mismo nido: cuando una llega la otra se va. Y se supone que estamos construyendo la morada de la felicidad.

—Perdona, Manuel. —La niña se enjugó las lágrimas y disimuló un hondo suspiro.

—Lo prefiero así...

María no dijo nada. No quería pensar en lo que se proponía Vargas, pero al mismo tiempo le agradaba haber sido una de las elegidas para quedarse. Podía entender la presencia de la pequeña Verónica, la más hermosa de todas ellas, una explosión de juventud frutal, una verdadera fiesta para los sentidos; pero su permanencia y la de Susa a la vez, tan celosa y posesiva, empeñada en hacer todo lo posible para demostrarle cuánto la odiaba, parecían inexplicables. Aunque ella rehuyera cualquier conflicto, la convivencia con Susa en aquella casa constituía un seguro de disputas futuras, dada la actitud de la venezolana, algo que resultaba incomprensible salvo que eso fuera precisamente lo que Vargas buscase. Prefirió no pensar más en ello: al acabar de cenar, se excusó y se fue a su habitación para estar sola. Necesitaba descansar sin pensar en todo aquello.

La pequeña Verónica se retiró también a su cuarto, prometiendo que de esa noche no pasaría sin descubrir si su ángel tatuado era masculino o femenino, algo que nadie más que ella comprendió, y una noche más Susa se quedó en el salón, ante la chimenea apagada, tendida en el suelo. Sólo que esa noche, otra vez, Vargas dijo que necesitaba trabajar y se encerró en la habitación secreta situada al fondo del salón, sin molestarse en dar las explicaciones que la venezolana suplicaba con la mirada. Susa, sola al fin en el salón, tomó la badila con su mano cerrada, sopesó su envergadura, observó lo afilado del punzón en que terminaba y por la cabeza se le cruzó rabioso un rosario interminable de pensamientos ensangrentados.

Aquella noche fue más larga que las demás porque nadie durmió en la casa cercada.

Vargas salió de su estudio al amanecer y se fue a su habitación sin encender las luces. Concilió el sueño mucho más tarde.

La pequeña Verónica tampoco se durmió hasta la llegada del alba, sintiéndose sola por primera vez desde su llegada al cortijo y sin descubrir en su ángel dibujado lo que se había propuesto.

María trató de dormir, entre vueltas y revueltas agitadas, sin conseguirlo.

Y Susa, permaneció tendida en el salón escondida detrás de uno de los sofás, al acecho. Y cuando, al amanecer, Vargas salió de su estancia privada, Susa se coló en ella, sigilosa, igual que un ladrón de tumbas. Y avanzado el día siguiente, al bajar Vargas las escaleras, corrió a su lado.

—Mira, papito. Mira lo que he encontrado... —Susa le mostró un par de folios que llevaba en la mano—. ¡Mira! ¿Quieres que te lo lea?

Vargas la miró sorprendido. No le dio tiempo a responder cuando ella comenzó a leer:

—*«Estamos en el año 2070. Acabo de cumplir los cincuenta, pero mi apariencia es de alguien de ochenta y cinco años. Tengo problemas renales porque bebo muy poca agua. Creo que me queda muy poco tiempo de vida. Aun así, soy una de las personas más viejas de esta sociedad...*

»Recuerdo que cuando tenía cinco años todo era muy diferente: había muchos árboles en los parques, las casas tenían jardines y yo podía disfrutar de un baño quedándome una

hora entera debajo de la ducha. Ahora usamos toallas humedecidas en aceite mineral para limpiarnos la piel.

»Antes las mujeres lucían un pelo muy bonito y cuidado; ahora deben raparse la cabeza para mantenerla limpia sin usar agua. Antes mi padre lavaba el coche con el agua que salía de una manguera; hoy los niños no se creen que el agua se utilizara de esa manera.

»Recuerdo que había anuncios que decían: "Cuida el agua", pero nadie hacía caso. Pensaban que el agua jamás se podía terminar. Ahora, todos los ríos, presas, lagunas y mantos acuíferos están irreversiblemente contaminados o agotados.

»Inmensos desiertos constituyen el paisaje que nos rodea por todos lados. Las infecciones gastrointestinales, las enfermedades de la piel y de las vías urinarias son las causas principales de mortandad. La industria está paralizada y el desempleo es dramático. Las fábricas desalinizadoras son la principal fuente de empleo, y pagan con agua potable en lugar de hacerlo con un sueldo. Los asaltos por un bidón de agua en las calles desiertas son comunes. La comida, en un ochenta por ciento, es sintética.

»Antes, la cantidad de agua indicada como ideal para beber eran ocho vasos diarios para una persona adulta. Hoy sólo puedo beber medio vaso. La ropa es desechable, lo que aumenta la cantidad de basura... Y tuvimos que volver a los pozos ciegos, a las fosas sépticas, como en los siglos antiguos, porque las redes de cloacas no se pueden usar por falta de agua.

»La apariencia de la población es horrorosa: cuerpos desfallecidos, arrugados por la deshidratación, llenos de llagas en la piel por los rayos ultravioleta que no tienen la capa de ozono que los filtraba en la atmósfera... Por la sequedad de la piel, una chica de veinte años parece que tuviese cuarenta...

»Los científicos investigan, pero no hay solución posible. No se puede fabricar agua: el oxígeno también está degradado por la falta de árboles, lo que ha disminuido el coeficiente inte-

lectual de las nuevas generaciones. Se ha alterado la morfología de los espermatozoides de muchos hombres y, en consecuencia, hay muchos niños con deficiencias, mutaciones y malformaciones.

»El Gobierno nos cobra por el aire que respiramos: 137 metros cúbicos por día y habitante adulto. La gente que no puede pagar es retirada de las "zonas ventiladas", que están dotadas de gigantescos pulmones mecánicos que funcionan con energía solar. No es de buena calidad, pero se puede respirar...

»La edad media es de treinta y cinco años.

»En algunos países han quedado manchas de vegetación con su respectivo río, que son fuertemente vigiladas por el Ejército. El agua se ha vuelto un tesoro muy codiciado, mucho más que el oro o los diamantes

»Aquí, en cambio, no hay árboles porque casi nunca llueve, y cuando llega a producirse alguna precipitación es de lluvia ácida. Las estaciones del año se han transformado completamente por culpa de las pruebas atómicas y por las industrias contaminantes que se instalaron en el siglo XX.

»Se advirtió de que había que cuidar el medio ambiente, pero nadie hizo caso.

»Cuando mi hija me pide que le hable de cuando yo era joven, le describo lo bonito que eran los bosques. Le hablo de la lluvia, de las flores, de lo agradable que era darse un baño y poder pescar en los ríos y en las presas, beber toda el agua que quisiese. Y de lo saludable que era la gente. Ella me pregunta: "Papá, ¿por qué se acabó el agua?" Y entonces se me pone un nudo en la garganta. No puedo dejar de sentirme culpable porque pertenezco a la generación que terminó destruyendo el medio ambiente o que, simplemente, no tomó en cuenta tantos avisos. Ahora nuestros hijos son los que pagan el precio más alto...

»Sinceramente creo que la vida en la Tierra ya no será posible dentro de muy poco porque la destrucción del medio am-

*biente ha llegado a un punto irreversible. ¡Cómo me gustaría volver atrás y lograr que toda la humanidad hubiera comprendido esto, cuando todavía podíamos hacer algo para salvar nuestro planeta Tierra!»** ¿Qué te parece, Manuel? —Susa alzó la cabeza—. ¿Eh? Dime... ¿No te parece aterrador?

—¿De dónde has sacado eso? —Vargas apartó los ojos del papel.

—De internet —respondió ella con toda naturalidad.

Vargas se la quedó mirando fijamente, sin comprender.

—¿Has entrado? —Señaló la puerta de la sala privada a la que nadie, salvo él, tenía acceso.

—Bueno... —Sonrió la venezolana—. La verdad es que esta mañana, muy temprano, estaba dando una vuelta por aquí mientras limpiaba una de las búlgaras y, como la puerta estaba abierta, he entrado a curiosear un poco.

—¿Has entrado? ¿Y has abierto el ordenador? Pero, ¿cómo te has atrevido? —la voz de Vargas se alzó, irritada.

—No te enfades, papito —Susa intentó echarse en sus brazos, melosa—. Ha sido un impulso, nada más... Para entrar en mi lista de correo a ver si tenía algún mensaje... Hacía tanto tiempo que...

Vargas la rechazó con brusquedad y se separó de ella, enfurecido. Dio unos pasos alrededor de sí mismo y gritó:

—¡Prohibido! ¡Lo teníais prohibido! ¡Has roto la confianza que tenía en ti, Susa!

—Papito...

—Es que... ¡no me lo puedo creer! Lo siento, Susa. Tú misma has tomado la decisión: hoy saldrás de aquí.

—¡No puedes! ¡Tú no puedes hacerme eso...!

* Slide de Ria Slides, *Carta escrita en el 2070*, revista *Crónica de los Tiempos*, abril, 2002, Ria Ellwanger (autora).

—¡Cállate! Mami te preparará el equipaje ahora mismo. Y luego te daré tu dinero.

Susa se echó a los brazos de Vargas y lloró enrabietada.

—¡No! ¡Yo no puedo irme! ¡Yo no! ¡Yo te quiero! ¡Nadie te quiere como yo!

—Adiós, Susa. —Vargas la arrancó de sus brazos y le dio la espalda sin inmutarse.

—¡Eso! ¡Échame! —Los gritos histéricos mostraron a la auténtica Susa, la más incómoda de las mujeres y también la más humana—. ¡Échame de aquí! ¡Y tú quédate con esa puta! ¿Crees que no lo sabía? ¡Desde luego que lo sabía, que lo sabíamos todas! ¡Desde que ella llegó, todas las demás estábamos sentenciadas! ¡Me has engañado, todo este tiempo me has engañado! ¡Eres un...! ¡Y te advierto que...!

Vargas se disponía a salir del salón, pero se volvió. El fuego de sus ojos no dejaba lugar a dudas.

—Ten mucho cuidado con lo que vas a decir, Susa. Puedes elegir entre marcharte de mi casa como las demás, con la vida resuelta, o enfrentarte a mí. A partir de ahora no pronunciarás ni una palabra más ni guardarás una brizna de rencor. De lo contrario, ya sabes a lo que te expones.

—Pero yo, yo... ¡Yo te quiero!

—Puede que demasiado —murmuró Vargas—. Como se ama al jilguero que se tiene enjaulado...

Susa no pudo decir más. Se dejó caer en el sofá, vencida, atemorizada, y lloró desconsoladamente. La aventura, para ella, también había concluido.

Aquel día lo pasó Vargas sumido en una inquietud creciente que lo mantuvo recluido todo el día en la habitación cerrada. Ni por un momento pensó en la marcha de Susa, ni en la extrañeza de la pequeña Verónica, ni en la de María, por su ausencia. Sólo tuvo presente el papel que le había leído la venezolana y que, durante horas, releyó cada vez más indeciso. Ya no le importaba que hubiera violado su espacio personal adentrándose en su refugio; tampoco haberse comportado de un modo demasiado injusto, tal vez, con la intrusa. Si hubiera tenido tiempo para reflexionar sobre ello, habría comprendido que la curiosidad era uno de los patrimonios de la juventud y que nada malo había en ello. Pero no pudo detenerse en esos pensamientos compasivos porque aquella carta le había golpeado con la fuerza de un puñetazo en el primer asalto de un combate de boxeo.

Nunca había pensado en que se estaba comprando un futuro que tal vez no existiera. Había oído decir que en el año 2048 habrían desaparecido las reservas pesqueras de todos los mares, pero en la tragedia de la carencia del agua, y en sus consecuencias inmediatas, no había pensado nunca. *«Ahora usamos toallas humedecidas en aceite mineral para limpiarnos la piel.»* El futuro que iba a comprar era tan solo longevidad para asistir a un mundo terrorífico que no merecía la pena conocer. Nadie le había hablado de la decadencia del planeta, de la perversión de la vida una vez que hubiesen pasado algunos años. Bueno, en realidad lo había oído, como todo el mundo, pero sin querer escucharlo. El problema del crecimiento demográfico, el consumo abusivo del agua, la desertización anunciada, la contaminación, el cambio climático, la agresión a la capa de ozono, la tala de árboles... Lo habían repetido hasta en las noticias de las cadenas más serias de la televisión, pero el mundo estaba prestando a las amenazas oído de mercader. Y, no obstante, aquella carta contenía advertencias espeluznantes. *«Las infecciones gastrointestinales, las enfermedades de la piel y de las vías urinarias son las causas principales de mortandad.»* La falta de agua suponía, en efecto, un riesgo que él no se había detenido a calcular. Y, frente a ello, su vida eterna podría resultar un engaño por la agresión de bacterias y a saber qué otros organismos nacidos de la miseria y de la suciedad. No se le había ocurrido nunca pensar que el simple hecho de abrir un grifo y que saliese agua, a veces incluso caliente, era algo muy parecido a un milagro. Lo normal, si se manifestaran los hechos con naturalidad, era que el agua fuese más preciosa que el dinero, teniendo en cuenta que el cuerpo humano estaba compuesto por un porcentaje altísimo de ella y muy poco de todo lo demás. Y que el agua no se fabricaba en industrias ni laboratorios, sino que su cantidad era extremadamente limitada. *«Los científicos investigan, pero no hay solución posible. No se puede fabricar agua: el oxígeno también está degradado por la falta de árboles, lo que ha disminuido el coeficiente intelectual de las nuevas generaciones.»* ¿Qué sociedad podrían construir seres limitados intelectualmente por esa carencia básica? Era aterrador imaginar un mundo en el que *«se ha alterado la morfología de los espermatozoides de muchos hombres y, en consecuencia, hay muchos niños con deficiencias, mutaciones y malformaciones»*, una sociedad enferma, dominada por la necesidad y el miedo y, por tanto, por la violencia. La carta que tenía entre las manos, que leía una y otra vez, no parecía una mera ficción catastrofista a la que desatender: mostraba un panorama tan real como coherente, al menos por los síntomas que empezaban a conocerse en relación con el cambio climático y la destrucción de la capa de ozono. Vargas siempre pensó que mientras quedase agua en el mar, el problema era una pura invención de los grupos ecologistas y fruto de su ignorancia, pero ahora se daba cuenta de que el ignorante era él: *«Las fábricas desalinizadoras son la principal fuente de empleo, y pagan con agua potable en lugar de hacerlo con un sueldo.»* Pero hasta él, tan optimista, ahora podía comprender que por mucho que se extrajeran los minerales del agua de mar, sus moléculas salinas tenían que deteriorar gravemente el organismo de quien la consumiera a diario. Y aquel escrito hablaba del año 2070, seguramente sin tener en cuenta que la progresión demográfica y consumista acortaría esa fecha en años, tal vez en décadas. ¿Cómo estaba tan obsesionado en buscar la permanencia en una vida que en poco tiempo iba a resultar inhabitable? Según lo que releía, la juventud y la belleza desaparecerían, incluyendo su propia apariencia juvenil por mucho que el doctor Blixen fuese capaz, con su sabiduría, de conservarla durante años y más años. Si era cierto lo que allí se describía, ni siquiera él podría soportar un paisaje tan desolador, tan dantesco: *«La apariencia de la población es horrorosa: cuerpos desfallecidos, arrugados por la deshidratación, llenos de llagas en la piel por los rayos ultravioleta que no tienen la capa de ozono que los filtraba en la atmósfera... Por la sequedad de la piel, una chica de veinte años parece que tuviese cuarenta...»* No; el futuro no era tan atractivo como lo había imaginado. Viejos de cincuenta años, comida sintética, basura indestructible, zonas ventiladas, fosas sépticas, vecinos enfermos, jóvenes deficientes, lluvia ácida. El retorno maldito a los años anteriores al siglo XIX, cuando la edad media de las personas rondaba los treinta y cinco años. Y a ese futuro era al que quería llegar, el que buscaba vivir, el que ansiaba conocer. La ciencia del siglo XX lo había convertido en un nuevo Siglo de Oro, pero no había logrado convertir a los seres humanos en inteligentes ni había conservado la Naturaleza como un bien saludable que era obligatorio legar intacto. La ciencia había demostrado cómo destruir, pero no cómo crear. Vargas se sintió tan abatido que creyó que se le rompería la cordura y se sumergiría en una depresión. ¿Para qué serviría todo lo que estaba haciendo, tantos esfuerzos y renuncias, tanta voracidad por esconderse como un proscrito para renacer como el más admirable de los mortales? La promesa de Dios no se refería a este mundo, concluyó. O al menos a un mundo tan ciego, necio, iluso y voraz como el que estaban construyendo los seres humanos. Un mundo en el que *«las mujeres lucían un pelo muy bonito y cuidado»*; pero que en cuanto pasaran unos pocos años no les quedaría más remedio que *«raparse la cabeza para mantenerla limpia sin usar agua»*.

No pudo soportarlo más. Al atardecer estrujó la carta con una sola mano, la arrojó al suelo, salió trastornado de su sala privada e hizo el amor, desesperado, con la pequeña Verónica, sin que ella comprendiera la razón de tan brusco arrebato ni, mucho menos, que justo al terminar de desahogarse sobre ella se echase a llorar con tal desconsuelo y aflicción que la lituana balbució una excusa inaudible para abandonar el lecho y salir corriendo de la habitación por temor a que aquel hombre se hubiese vuelto loco.

La pequeña Verónica lo contó, atemorizada, a Mami y a María, que intercambiaban en la cocina palabras de mujer; y después de buscar alguna explicación a lo sucedido, sin hallarla, decidieron que lo más conveniente era dejar pasar la noche sin molestar a Vargas, a la espera de que al día siguiente el sol volviese a derramar su sosiego sobre el cortijo.

Por primera vez en varios meses, aquella tarde el cielo se echó a llover.

Y como si todo se hubiese trastornado en un solo día, como si la casa hubiera abierto sus puertas a la visita de los demonios, por la noche estalló sobre el cortijo una tormenta tan estruendosa y brutal que la pequeña Verónica durmió arrebujada bajo las sábanas de la cama de María, abrazándose a ella, para no ver los destellos cegadores de los rayos ni oír los tañidos redoblados de los truenos citándola urgentemente en las inextricables calles de los fondos del infierno...

Cuenta una leyenda popular que un viajero adinerado fue a visitar a un anciano que vivía con absoluta pobreza y alejado de todo bien terrenal en una cueva horadada en la ladera de una montaña. Un hombre tan viejo como sabio que no disponía de nada, ni siquiera de una cama donde dormir. Así llevaba años y más años, y se hablaba tanto de él en todos los pueblos del entorno de la comarca que el viajero no quiso dejar pasar la ocasión de conocerlo. Escaló la montaña hasta encontrarse frente a él y, al verlo tan míseramente cubierto de harapos y tan huérfano de todo, sintió una gran curiosidad. Le extrañaba que, con tanta fama como atesoraba, no dispusiese de bienes, casa, enseres ni dinero. Así que no se resistió a preguntarle:

—¿Y sus ropas? ¿Y sus muebles?

—¿Y los suyos? —le respondió el anciano.

—Bueno, yo... Es que estoy de paso —replicó desconcertado el viajero.

—Yo también —concluyó el sabio, sin apartar la mirada.

Al escuchar el cuento que le relató la pequeña Verónica, Manuel Vargas pensó que él también había sentido siempre que estaba de paso, incluso cuando más concentrado estaba en sus negocios; y que ahora se sentía otra vez así en aquella casa cerrada a orillas del Mediterráneo. Tal vez por eso buscaba el ancla: un modo de aferrarse a la vida, conservándola. Quizá, sólo quizás, amar era más importante que sobrevivir.

En realidad, desde que María llegó al cortijo, le recorría por los afluentes del estómago una sensación casi olvidada, muy distinta pero tan intensa como la rabia sufrida con la muerte de Belén. Aquella muchacha brasileña, de silencios largos y sonrisas contenidas, ocupaba cada vez un espacio mayor en su vida. El libro del querer no lo escribió un sabio: lo escribió una mujer, había leído en alguna parte. Y desde luego su libro del amor se lo estaba escribiendo María día a día, línea a línea, palabra por palabra, como sólo se escriben los sentimientos que se graban en las paredes del alma con arañazos y deseos.

Mami le aseguraba, en sus confidencias murmuradas, que a veces la niña tenía los ojos amarillentos y que eso era porque los incendiaba los brotes de la pasión; y después se inventaba palabras diciéndole que ella se las confesaba en la intimidad. Pero Vargas no se atrevía a creerlo, o no tenía el valor necesario para enfrentarse a su mirada y leer en ella la certeza de lo que aseguraba la vieja. Porque si había algo más fuerte que el deseo, era el miedo a que la imprudencia provocara que María se sintiera ofendida. Los juegos con la pequeña Verónica eran entretenimientos placenteros que le ayudaban a sofocar la ansiedad, por eso tampoco se atrevía a invitarla a que se fuera de allí, quedándose a solas con María, no fuera a ser que por ello sintiese temor y manifestara su deseo de marcharse también. La incertidumbre fue repitiéndose durante las mañanas de sol; la duda, a la hora de las comidas, y la zozobra, en los atardeceres lentos de palabras cohibidas. La otrora animada conversación se volvía poco espontánea ante María: Vargas intentaba mostrarse ingenioso y brillante, buscaba impresionarla, procuraba divertirla, se empeñaba en seducirla con esfuerzos hercúleos sin comprender que el camino ya estaba trazado y no necesitaba la fuerza de un gigante sino la sinceridad de un niño. Pero la inseguridad lo mantenía preso y aquella timidez adolescente, olvidada después de tantos años, regresó a él con la virulencia del acné. Por eso se sentía cada vez más incómodo, el esfuerzo diario resultaba agotador, el ingenio se le secaba y la libertad, el bien más precioso conseguido en aquella mansión resguardada, iba perdiéndose por los desagües de una pasión impropia de su madurez.

Razonar es el ejercicio más difícil para los enamorados.

Por la noche se encerraba en su sala privada con la puntualidad del murciélago despertándose y leía un libro, veía una película o abría el ordenador. Dostoievski seguía mostrándole nuevos caminos acerca de la culpa y *Manhattan* la vio cuatro veces seguidas; y después muchas más veces la secuencia final, sólo la secuencia final, hasta que fue capaz de recitar de memoria las respuestas que enumeraba Woody Allen cuando se preguntaba por qué valía la pena vivir: Groucho Marx, Jimmy Connors, el segundo movimiento de la sinfonía *Júpiter*, Louis Amstrong y su *Potato head blues*, Marlon Brando, Frank Sinatra, *La educación sentimental*, de Flaubert, las manzanas de Cézanne... Eran horas de insomnio y remordimiento en las que, para no pensar, leía, y para no sufrir, veía comedias y películas del Oeste o contemplaba los secretos que escondía en su pantalla informática. Aquellas emociones no se le aparecían durante el día, ni en las mañanas de sol ni al atardecer, cuando la pequeña Verónica siempre tenía algo nuevo que contar y, mientras ella hablaba, los ojos de Vargas y María se retaban a un duelo que les confortaba tanto como les confundía, les inquietaba y les llenaba el estómago de culebrillas indomables. Y así, miedo a miedo, deseo tras deseo, avanzaron los días de mayo y junio hasta que un viernes final de primavera se produjo la primera llamada telefónica: el doctor Blixen daba por concluidos los preparativos y se disponía a iniciar el proceso para el que había sido contratado.

Vargas sintió por primera vez el vértigo de enfrentarse al abismo ignoto que había escogido para arrojarse. El día de la llamada se convirtió en una jornada larga, inacabable, inquietante, distinta a todas las demás. Durante la comida guardó un desacostumbrado silencio, apesadumbrado o estremecido; luego, por la tarde, no salió de su sala a la hora de dar de comer a las lenguas para alimentar los afectos, y Mami, preocupada por la desazón del señor, se tragó la tentación de rescatarlo del abatimiento y, fingiendo una naturalidad que no convenció ni a María ni a Verónica, le sustituyó en la velada vespertina, aparentando que nada pasaba.

Sentado en su sillón, envuelto por la música de las canciones de Lisa Ekdahl que se reproducían una vez tras otra con el piano como bálsamo y la percusión contando los segundos, Vargas echaba cuentas. Y las cifras que le salían no sumaban lo que le deparaba el inminente futuro biológico, sino las horas que le quedaban para atrapar en el aire las emociones de la joven María y guardárselas en las esquinas del alma para impedirlas huir. Cuando la imagen de un rostro es capaz de anteponerse a la visión del miedo, el amor ha pisado una mina antitristeza. Y aquella explosión pasional rebotaba en el corazón de Vargas como una onda expansiva dentro de una caja fuerte de titanio. Eran sacudidas de terremotos preñados de réplicas innumerables; o peor aún: el mareo de una montaña rusa esquivando las nubes e ignorando su propia meta, inexistente... El amor se distingue de los demás sentimientos porque busca a la persona amada sin necesitar pensamientos sensatos. El verdadero amor cambia sexo por el deseo de ser correspondido, por encontrar el modo de fundirse con el otro.

El amor es tan extravagante, tan singular y sublime, que es un fin en sí mismo, como el océano, y con ello se basta. Que se navegue o no, carece de importancia para definirse en su naturaleza.

La pequeña Verónica abandonó poco después el cortijo con la misma sonrisa de siempre y un beso minúsculo posado en los labios de María. La decisión tomada por Vargas y comunicada por Mami no representó sorpresa alguna para ella: María era la escogida. Lo supo desde siempre. Pero no pudo evitar subir a su habitación, cerrar la puerta y echarse abatida sobre la cama, donde lloró sin ruido durante más de una hora. No estaba decepcionada por la esperada decisión de Vargas, sino desconsolada por la pérdida de un hogar y de una familia que había hecho suyos y afligida por la orfandad a que le condenaba aquella despedida. Ya no le importaba el dinero; de haber estado en sus manos, con él se hubiese comprado un día más del cariño que había encontrado allí y que nunca antes había recibido. La pequeña Verónica le reclamaba amor a la vida, nada más. Y juró encontrarlo allá donde fuese. Por eso, poco después, se desnudó ante el espejo, sonrió con su alegría desbordada, observó su ángel tatuado en el vientre y lo acarició lentamente, rogándole otra vez protección. Se llevó dos dedos a los labios, los besuqueó y depositó el acopio de besos sobre los cabellos rizados del ángel. Es femenino, pensó. Como una buena madre... Ahora lo sé: los ángeles son del sexo femenino.

En cambio, al despedirse de Vargas no le dio un beso: tomó su mano, le pasó un papel muy doblado que él guardó con la misma discreción y subió al automóvil tan contenta, como si hubiese cumplido la misión que la había llevado hasta allí y el curso lo hubiera superado con nota. Mami lloró. Y María se sintió, de repente, vacía como un perro en una patera abandonada. Pero volvió los ojos hacia Vargas y se topó con el calor del hogar. Sin saber qué hacer, optó por subir a su habitación apresuradamente, de donde tardó en salir.

Mami se volvió a la cocina, enjugándose las lágrimas con un pañolito arrugado que sacó de la bocamanga de su rebeca. Y Vargas se sentó en el porche, entre las madreselvas y las buganvillas, para contemplar el cielo que estaba manchado de nubes deshilachadas, de las que pintan los artistas en los óleos que retratan el verano. Sorbió un poco de su vaso con soda, desdobló el papel muchas veces plegado que le había deslizado la pequeña Verónica y empezó a desvelar, sin prisa, la caligrafía pulcra, redonda e infantil de sus palabras escritas a mano, una a una.

Te debo, querido Manuel, mucho más de lo que me has dado. La vida será distinta para mí a partir de hoy, pero no sólo por tener mucho más dinero del que jamás había soñado tener sino porque te he querido y me has querido con un amor que tenía fecha de caducidad, como sabíamos los dos. También he encontrado en ti el amor de padre que llevaba buscando toda la vida. Y, sobre todo, porque he leído en vuestras miradas, en la tuya y en la de María, que el amor existe. Por eso te voy a contar un cuento que me contaba mi abuela en la infancia, muy popular en Lituania, y seguramente en muchos otros sitios. No sé de quién es, quién lo inventó ni quién lo escribió, pero para mí es como si ahora yo lo inventase para ti, sólo para ti. Dice más o menos así:

Cuentan que una vez se reunieron en un lugar de la Tierra todos los sentimientos y cualidades de los hombres. Cuando el Aburrimiento había bostezado por tercera vez, la Locura, como siempre tan loca, les propuso jugar al escondite. La Intriga levantó la ceja intrigada, y la Curiosidad, sin poder contenerse, preguntó: «¿Al escondite? ¿Cómo es eso?» «Es un juego —explicó la Locura—, en que yo me tapo la cara y comienzo a contar desde uno hasta un millón. Mientras tanto vosotros os escondéis y cuando yo haya terminado de contar, al primero que encuentre ocupará mi lugar para continuar así el juego.» El Entusiasmo bailó, secundado por la Euforia; la Alegría dio tantos saltos que terminó por convencer a la Duda, e incluso a la Apatía, a la que nunca le interesaba nada. Pero no todos quisieron participar: la Verdad prefirió no esconderse («¿Para qué? —dijo—. Si al final siempre me encuentran»). La Soberbia opinó que era un juego muy tonto (en el fondo lo que le molestaba era que la idea no hubiese sido suya) y la Cobardía prefirió no arriesgarse. «Uno, dos, tres...», comenzó a contar la Locura. La primera en esconderse fue la Pereza, que como siempre se dejó caer tras la primera piedra del camino. La Fe subió al cielo y la Envidia se escondió tras la sombra del Triunfo, que con su propio esfuerzo había logrado subir a la copa del árbol más alto. La Generosidad casi no conseguía esconderse porque cada sitio que encontraba le parecía maravilloso para alguno de sus amigos y se lo cedía: que si un lago cristalino, ideal para la Belleza; que si el vuelo de una mariposa, lo mejor para la Voluptuosidad; que si una rendija de un árbol, muy apropiado para la Timidez; que si una ráfaga de viento, magnífico para la Libertad. Así que terminó por ocultarse en un rayito de sol. El Egoísmo encontró un sitio muy bueno desde el principio, un lugar ventilado y cómodo..., pero sólo para él. La Mentira se escondió en el fondo de los océanos, mientras la Realidad se ocultó detrás del arco iris y la Pasión y el Deseo, juntos, dentro de los volcanes. El Olvido..., no recuerdo dónde se escondió, pero eso no importa. Cuando la Locura contaba 999.999, el Amor no había encontrado todavía un sitio para esconderse, porque todo estaba ocupado, hasta que de pronto divisó un rosal y, enternecido, decidió esconderse entre sus flores. «¡Un millón!», contó la Locura, y entonces comenzó a buscar. La primera en aparecer, claro, fue la Pereza, tras una piedra a tres pasos de ella. Después escuchó a la Fe, discutiendo con Dios en el cielo sobre teología; y a la Pasión y el Deseo los sintió agitarse en el vibrar de los volcanes. En un descuido encontró a la Envidia y, claro, pudo deducir dónde estaba el Triunfo. Al Egoísmo no tuvo ni que buscarlo, salió disparado de su escondite él solo porque había resultado ser un nido de avispas. De tanto caminar, la Locura sintió sed, y al acercarse al lago descubrió a la Belleza; y a la Duda la encontró sentada en una cerca sin decidir de qué lado esconderse. Y así, uno a uno, fue encontrando a todos los sentimientos y cualidades humanos: al Talento entre la hierba fresca, a la Angustia en una cueva, a la Mentira detrás del arco iris... (¡Mentira!: ella estaba en el fondo del océano) y hasta al Olvido, que ya se había olvidado de que estaban jugando al escondite. Pero el Amor no aparecía por ninguna parte. La Locura lo buscó detrás de cada árbol, en cada arroyuelo del planeta, en la cima de las montañas... Y cuando estaba a punto de darse por vencida, divisó un rosal cuajado de rosas. Emocionada tomó una horquilla y comenzó a mover las ramas, hasta que de pronto se oyó un doloroso grito: las espinas de una rosa habían herido gravemente los ojos del Amor, cegándolo. La Locura, desconcertada, no sabía qué hacer para disculparse. Lloró, imploró, pidió perdón y hasta prometió ser su lazarillo. Y así es como desde entonces, desde que se jugó por primera vez al escondite en la Tierra, el Amor es ciego y la Locura siempre lo acompaña.

Te querré siempre, Manuel.

VERÓNICA

—De acuerdo, doctor Blixen. —Vargas acompañó la afirmación con un golpe de cabeza y los ojos cerrados—. Estaré allí a primera hora del lunes.

—Muy bien, señor Bentham —replicó el médico—. Y, por favor, no lo olvide: sin ingerir alimento alguno desde la medianoche del domingo. Puede beber todo el agua que quiera, pero ni zumos ni ninguna otra clase de líquidos. Es importante.

—Comprendo.

—Bien. —Blixen hizo una pausa, como dando tiempo para que el paciente interiorizara las instrucciones—. Nuestro avión privado le esperará en el aeropuerto de Almería a las nueve de la mañana. Luego, un coche le recogerá cuando aterrice su vuelo junto a la escalerilla de desembarque. Le deseo un buen viaje.

—Gracias, doctor. Allí estaré.

Diez días. Manuel Vargas apenas disponía de diez días antes de irse para someterse al novedoso proceso biológico elaborado por el científico danés. Un proceso, además, cuya duración no conocía con exactitud. Diez días tan solo para atreverse a hablar con María y, quizá, conseguir que ella confirmara que le amaba como él la amaba. Aunque sabía que medir el amor con el desagüe de las arenas de un reloj era una apuesta tan arriesgada como incierta y ese temor lo asustaba más que el desconocido futuro que le esperaba en las manos del doctor danés.

Aquella noche Vargas sintió el vértigo de la indecisión paseándose por las venas de sus piernas y sembrando cactus en su estómago. Anochecía y ella estaba en su habitación, arreglándose para la cita; pronto bajaría a cenar, y él no se atrevería siquiera a sostenerle la mirada. Por primera vez estarían solos, sentados uno frente al otro en la mesa, oyendo el insufrible tintineo de los cubiertos contra la porcelana de los platos y sin decidirse a nada que les comprometiese. Para amenizar la velada había escogido como música de fondo una sinfonía de Mozart y un CD de música de jazz, pero el orden de las músicas no lo decidiría hasta el último momento. La noche avanzaría sobre ellos indiferente, oscureciendo el porche de la casa, y el mundo seguiría dormido a su alrededor. Al amor y a la muerte hay que enfrentarse solos.

—Tienes que hablar con ella, Mami.

—Pero, ¿qué más quiere el señorito que le diga? —A Mami le desesperaba el apocamiento de los hombres en general y la pusilanimidad de Vargas en particular—. Ni la cobardía ni la cortedad escalan camas, señorito. ¿No le he dicho ya más de mil veces que esa pobrecilla está loca por sus huesos?

—Habla con ella, Mami. —Vargas se pasó la mano por la frente. Le costaba respirar—. Tiene que saber que estoy enamorado de ella. ¿Lo sabe?

—¡Pues anda! —Mami negó con la cabeza, y resopló—. ¡No te digo lo que hay! ¡Pues claro que no! ¡Estaría bueno! Hágame caso, señorito: el amor hierve mejor si se cuece en el caldo de la duda. No es usted el que debe andar por ahí pregonando que la quiere, ése es un mal camino... Ella tiene que dudarlo, tiene que ignorarlo. Si lo supiera, se le pondría digna hasta la peineta. ¡Si lo sabré yo! Lo que yo le diga, mi alma. ¡Pero qué requetepoco conoce usted a las hembras!

—Mami, no me hagas enfadar, ¿eh? ¡Te he dicho que hables con ella!

—¡Caray con la martingala...! Pero, ¿puede saberse qué quiere que le diga?

—¡Lo que sea! ¡Pero háblale!

—Que no, que no y que no. ¡Por su bien! ¡No me da la gana, hale! Que luego dirá el señorito que por mi culpa... —Se fue refunfuñando.

A las nueve en punto Vargas esperaba, sentado a la mesa, que María acudiese para cenar. Se había afeitado otra vez y vestía pantalón y camisa de lino natural y zapatos de piel marrón, sin calcetines. Se había salpicado dos gotas de perfume Egoiste, de Chanel, en el cuello y había decidido no ponerse el reloj, a propósito. Consumía un segundo cigarrillo Marlboro con ansiedad y se llevaba a la boca una y otra vez un vaso de whisky Chivas Regal'24 con el que apenas se mojaba los labios, con los nervios desmadejados. La impaciencia lo devoraba. Y la angustia. Ya no recordaba aquella inquietud tan parecida al pánico, y se sentía fatal.

La noche continuaba inmóvil. En los jardines, la llamada del grillo se detuvo un buen rato, contenida a la espera del comienzo del espectáculo. Una música de jazz, de la trompeta de Miles Davis, sonaba en el salón, serenamente. La luz de la habitación de María permanecía encendida. Una brizna de aire trajo murmullos de hojas frotándose en la espesura y un leve aroma a salitre y a manzana cocida lo inundaba todo. Algo corrió a esconderse entre las buganvillas, tal vez una lagartija o una cría de salamandra. O el escaso valor de un hombre enamorado.

Y, de repente, la luz de la ventana de María se apagó. Vargas, desatado, estrujó velozmente el cigarrillo en el cenicero y dejó el vaso de whisky sobre la mesa. Apartó un poco la silla, se acomodó de lado, cruzó las piernas y fingió mostrarse muy interesado en algún fenómeno astronómico, en la lejanía del cielo. Pero sólo veía el resplandor de la luna mientras sus oídos escuchaban su lento descender por los peldaños de las escaleras hasta el salón. El corazón le latía tan fuerte que lo cubrió con una mano porque temía que incluso ella pudiese oír el estruendo.

Cuando María salió al porche, las luces del cielo dejaron de existir. La noche sufrió un vahído y Vargas necesitó carraspear para reordenar las cuerdas vocales en su sitio. Estaba bellísima.

—Perdón por el retraso —dijo con los párpados perezosos, en un susurro.

—¡Ah! —Él se removió en la silla y fingió sorprenderse—. ¿Ya es hora de cenar?

Ella sonrió apenas y se detuvo un instante antes de sentarse en la silla. Lucía un vestido blanco de seda hasta los pies, sin mangas, ceñido con un cordel a la cintura, y un escote en pico, holgado, que le llegaba hasta el cinto. El pelo, suelto, posaba sus ondas de azabache sobre un hombro, por un lado, y hasta el pecho por el lado izquierdo, cubriéndolo. Sus ojos brillaban en la noche como los de un jaguar y su piel melosa, más bronceada que nunca, se mostraba en la desnudez de los brazos y el busto con la vehemencia de una llamada al combate. Unas sandalias blancas de cuerdas, con los dedos al aire, completaban un vestuario sin joyas ni otros adornos.

—Permiso —musitó antes de sentarse.

Vargas inició un ademán de levantarse que no completó.

El silencio fue roto por Mami cuando apareció en el porche con una bandeja en la que portaba dos cuencos con crema fría de remolacha, espolvoreada con escarcha de manzana. Sirvió los tazones sobre los platos y abrió una botella de Cristal 1996 con la que llenó las copas. Dejó luego el champagne en la cubitera, junto a Vargas, y dos platos más que contenían un lenguado limpio de espinas con guarnición de foie y mermelada de frambuesa, uno al lado de cada comensal.

—Si necesitan algo, me avisan —dijo, ya vuelta de espaldas.

Y desapareció. Vargas probó la crema con la cuchara y la saboreó despacio.

—Está en su punto —dijo.

María afirmó con la cabeza y se dispuso a probarla. Sólo la trompeta de Miles Davis ahuyentaba el silencio y enmascaraba la furia de los corazones mientras se desbocaban. La noche se hizo de repente demasiado pequeña para cobijarles a los dos.

Era la primera vez que se cenaba en silencio en aquella casa desde su llegada. María se sentía incómoda, pero su profesión le había enseñado a ser paciente y esperó a que fuese él quien iniciase cualquier conversación. Para Vargas también era la primera cena sin la algarabía de las muchachas, o las alegres ocurrencias de la pequeña Verónica, siempre tan desinhibida y desenfadada, y aunque la situación le estaba provocando una tensión que pronto cerraría su garganta, no se le ocurría nada que decir para romper el silencio y anestesiarse el pudor. Sólo repitió:

—En su punto, sí.

Y siguió comiendo y bebiendo hasta acabar el plato. Volvió a llenar su copa y dejó caer un poco de champagne en la de ella, que apenas lo había probado, antes de llevársela a los labios.

—¿Te gusta? —preguntó.

—¿El qué? —replicó ella.

—La crema...

—Ah, sí. Muy rica.

—Bueno... La crema y todo esto. —Vargas extendió la mano y abarcó cuanto les rodeaba—. Nunca me has dicho qué sientes estando aquí.

—Me gusta —aceptó ella.

—¿Te gusta el cortijo?

—Sí.

—Y la casa...

—Sí.

—Y la piscina, los jardines, tu habitación...

—Me gusta todo lo que hay aquí, sí. —Su mirada se clavó en la de Vargas.

—¿Todo? —Vargas se llevó la servilleta a los labios para que no se notase el temblor de su barbilla ni la asfixia de su voz.

María se limpió también la comisura de los labios, dejó la servilleta sobre el mantel, corrió la silla, se levantó, se acercó y, sin apartar la mirada, susurró:

—Todo.

Y cerrando los ojos se abrazó a él y le besó con tanta pasión que abrirlos hubiera sido un insulto. Vargas, que no lo esperaba, no pudo contener el impulso y se abrazó también a ella para no perder el equilibrio, pero no logró impedir que ambos cayeran de la silla abrazados, arrastrando tras ellos el mantel enganchado por una de sus esquinas y arramblando con toda la vajilla y cristalería que cubría la mesa. Fue un estrépito de piezas rotas que no oyó ninguno de los dos, que sólo llegó a los oídos de la mujer sonriente que se había escondido en la penumbra del salón, al amparo de las cortinas, para espiarlos. Al cabo de unos segundos de observarlos en el suelo, devorándose a besos, Mami se volvió para irse a la cocina, murmurando para sí:

—¡La remolacha! ¡Es que nunca falla! Jodida remolacha...

El amanecer les sorprendió despiertos sobre el lecho de Vargas entre un revoltijo de sábanas y almohadas. Ninguno de los dos hubiera podido decir qué pasó durante la noche porque, de tan honda, sintieron soñarla. No recordaron haberla vivido, sólo haberla pasado en éxtasis, sin conciencia ni voluntad. Sin pecado ni culpa. Tampoco sabían cómo habían llegado hasta allí ni por qué lo habían hecho. La pasión tiene un interruptor que apaga el mundo igual que una llave corta la luz. Y tiene un aroma que sólo saben reconocer quienes habitan en ella. Aquella noche transcurrió entre abrazos de sudor con la perseverancia del mar limando una roca, con la tenacidad de un ave tejiendo su nido. Una noche que fue bebida de un solo trago, impaciente y desesperadamente, lo mismo que se sacia sin prudencia un hambre antigua.

Amaneció deprisa, de un modo imperdonable, y a ellos les pareció injusta la cobardía de la noche. No era que tratasen de ocultar sus cuerpos en la oscuridad, ni sus besos en el silencio o su amor en las esquinas disimuladas de la medianoche; era que el día nuevo cortaba con su alborada de acero la magia que les había mantenido hipnotizados durante esas horas que no contaron, en las que se habían sentido presos de un embrujo que desaparecía con el sol, como los hechizos de los cuentos que ya no se cuentan con la llegada de la edad de la malicia. Y la ruptura del hilo que sostenía sus almas atadas, o la evaporación del brebaje que bebieron durante la noche, extraído del otro cuerpo, les devolvió la obligación de enfrentar sus miradas, coserse los labios, cubrirse el pudor y pronunciar palabras que no habían preparado. Aquel amor sentido no tenía forma de expresarse: si se hubiera abierto una rosa mostrando en su seno una daga ensangrentada, el desconcierto no habría sido mayor. Por eso callaron las lenguas y las yemas de los dedos, se tendieron a contar recuerdos en el techo y permanecieron inmóviles, como amantes sorprendidos, tomados de la mano, acompasando la respiración.

Vargas sintió que alguien le amaba; María temió creer que soñar era gratis; él vio sobrevolar por sus ojos la idea de quedarse allí, anclado a la mujer como respuesta al enigma de la eternidad; y María tembló agazapada en el meandro de un escalofrío cuando se le cruzó a destiempo un pensamiento atroz: desde que había perdido la conciencia con la picadura de la víbora estaba viviendo la vorágine de la antesala de la muerte con un hombre del que sospechaba malas ideas. Vargas contemplaba la inmortalidad y ella la muerte. Eros y Tanatos, cara y cruz de un mismo sentimiento. Como el hombre y la mujer, la mujer y el hombre, sufrían de modo diferente el mismo deseo que se les agarraba al vientre. No importaba quién se desgarrase o quién cerrase su cicatriz: aprendieron que la pasión es padecer aunque el amor ciegue la realidad y vele con tules el despertar del calvario.

La agresión de la luz les obligó por fin a hablar. Ella cerró los ojos para olvidar el idioma, pero el silencio, a Vargas, le quemaba la lengua. Por eso dijo:

—No sé.

Y ella abrió los ojos, lo miró y volvió a cerrarlos.

—Yo tampoco.

Vargas se dio la vuelta, se bajó de la cama y sin añadir más se fue al cuarto de baño y cerró la puerta. Se sentó en el borde de la bañera y empezó a pensar en todo lo que había ocurrido entre incrédulo y extasiado y se repetía frases absurdas, inacabadas. María, entre tanto, permaneció muy quieta, sin hacer ruido, no fuera a ser descubierta en los sentimientos contradictorios que proporcionan la duda y la felicidad, y la realidad la expulsase de aquel paraíso imposible igual que se tiene miedo en la noche y sólo la inmovilidad parece proporcionar protección ante la amenaza imaginada.

Cuando Vargas abrió la puerta del cuarto de baño, se detuvo bajo el quicio y se apresuró a decir:

—Quédate conmigo para siempre.

María se incorporó y se sentó en la cama. Afirmó con la cabeza, sin hablar. Y al cabo de unos segundos, respondió:

—Nunca me has hablado de ti...

—Soy lo que ves —dijo él.

—Necesito más luz —replicó ella y se echó a llorar sin gemir, como si aquellos ojos necesitaran desbordarse para no romperse. Rompiéndose.

—La tendrás —aseguró él.

Tomaron el desayuno, comieron y cenaron en la cama durante cuatro días seguidos, sin salir de la habitación. Mami les proveía de todo cuanto necesitaban, lo pidiesen o no. Y durante aquellos días hicieron del cuarto una isla y del silencio su vestuario. El deseo les producía un hambre nueva que el amor saciaba; y la pasión provocaba una sed que se bebían a besos. Sólo una bajada brusca de tensión, que obligó al doctor Bernal a acudir a la casa para atender a Vargas, les sacó de aquel exilio en el que la exageración había plantado semillas de locura. Y volvieron al sol para contemplarse en la distancia y reconocerse en el mundo real.

Durante los días siguientes compartieron muchos silencios y se obsequiaron miradas sin sombras, protegiéndose con gestos que servían para cuidar del otro con la serenidad de la arboleda abrigando el humedal de los fondos del bosque. La desnudez de María carecía de pudor; y el sosiego de Vargas sentado bajo el porche, a la sombra, mientras ella se dejaba acariciar junto a la piscina por un sol y dos pupilas, componían una sinfonía de latidos y silencios cuyo ruido más estridente lo producía su sombra cuando caminaba por el borde, junto al agua, antes de dejarse caer para refrescarse la cabeza y enfriar todos los pensamientos que guardaba dentro.

—¿Qué va a ser de nosotros? —preguntó María una tarde, al amparo del sol que descendía a sus espaldas.

Vargas no supo qué responder. Quedó callado durante unos segundos y se detuvo en sus pies, meditando qué decirle. Al cabo, intimidado por la insistencia de aquella mirada, tan natural, levantó la cabeza.

—Confía en mí.

—De acuerdo.

—Hablo en serio... —Vargas cerró los párpados y respiró hondo. Sabía que iba a pedirle algo muy difícil, pero no se le ocurría cómo hablar de sus planes de futuro sin exponerse a ser descubierto. No quería hablarle de ello; y explicar su ausencia, precisamente ahora, no era fácil.

—Sí —musitó ella, y bajó los ojos al suelo—. Lo sé.

Vargas se puso en pie y se alejó de su lado, caminando despacio por el camino de grava que conducía a la puerta del cortijo, como si necesitase respirar de cerca el aire del mar, lavándose la tristeza de la separación que se avecinaba. Anduvo lentamente, rasgando el suelo con los zapatos, igual que un viejo arrastra los pies. Hasta que comprendió que no podía despedirse así de la mujer que amaba, la mujer que había devuelto a su vida una razón para levantarse cada mañana y disfrutar con las grandes cosas, las que no pueden comprarse con dinero. Volvió sobre sus pasos y buscó los brazos de María para estrecharlos. Se abrazó a ella, le llenó el cuello y la cara de besos y limpió con un pico de su camisola las lágrimas que corrían silenciosas por el rostro de la mujer.

—Tengo que irme.

—Sí.

—Y no puedo llevarte conmigo.

—Lo sé.

—Pero volveré muy pronto, te lo prometo.

—Sí.

Vargas negó con la cabeza. Sabía que estaba perdiéndola y no podía permitírselo. En un último esfuerzo para retenerla, la tomó de la mano y la arrastró hasta una silla.

—Ven...

La sentó frente a él, le sostuvo ambas manos y se quedó mirándola de firme para que pudiese convencerse de la sinceridad que anidaba en el fondo de sus ojos. Quería explicarle que lo que muestra el paso del tiempo es que el territorio de los afectos se va reduciendo con los años hasta quedar limitado a casi nada. Le habría dicho que en las primeras épocas de la vida, la adolescencia, la juventud, y aun durante los primeros años de la madurez, la generosidad, la curiosidad y la búsqueda llevan a querer conocer a muchos otros, volcándose en sentimientos epidérmicos y dándoles la denominación de amigos con toda facilidad; que la persecución del amor también conduce a entregarse a personas que, en la mayoría de las ocasiones, se convierten en sentimientos de paso. Incluso las primeras parejas estables, aunque se trate de un primer o segundo matrimonio, suelen ser efímeras. Crecen las amistades, los conocidos, las personas que forjan el entorno, y se reciben con entusiasmo; el ansia por conocer personas es grande, le hubiese dicho; pero cuando llega la edad de la verdad los amigos se revelan tal y como son, desapareciendo o perdiéndose en el desafecto, y también sucede con la propia familia, de tal modo que un amigo de verdad es tan imprescindible como el agua para la sed y un amor verdadero no tiene precio. El paso del tiempo reduce el universo de los afectos a casi nada, habría concluido repitiéndole, pero esa aparente minucia es lo único que importa. Y entonces se aprende que nunca hubo nada tan esencial como el afecto que se ha ido destilando en el crisol del tiempo y que sin esos posos apacibles de amor no merece la pena vivir. Así lo creía y así quería expresárselo él, un hombre que quiso amar a todas hasta que comprendió que un solo amor puede ser tan inmenso que no necesita nada más para alisar la piel del mar cuando llega el momento en que la vida se torna serena. Pero nada de eso le dijo, porque no iba a hacerse entender o no iba a lograr que ella lo comprendiera. Prefirió buscar el camino de la sencillez.

—Quiero explicarte una cosa.

—No es necesario, Manuel... —María le besó el dorso de una de sus manos.

—Sí. Sí lo es... —afirmó Vargas, y suspiró—. Porque si no te lo explico, o no lo comprendes bien, pensarás que estoy abandonándote, o alejándome de ti. Y es precisamente todo lo contrario. ¿Comprendes? ¡Todo lo contrario!

—Lo sé.

—No, no lo sabes. —Vargas se pasó la mano por la frente, agobiado—. Necesito hablarte de la vejez, de la enfermedad, de la muerte... ¡Oh, no sé cómo puedo explicarlo! ¡Necesito una vida larga para pasarla a tu lado!

—Manuel... —María se echó en sus brazos, con los ojos brillando como luciérnagas—. No me importa, de verdad.

—Quiero hablarte de ello, María. —Vargas la separó de él y volvió a fijar la mirada en sus ojos—. Tengo que hablarte de la vida y de la muerte. De..., no sé cómo empezar... —Vargas respiró hondo, acopiando todo el aire que pudo aspirar—. Escucha: el mundo que nos rodea se ha convertido en una agresión permanente. Ni siquiera aquí estamos a salvo... No digo que vaya a ser siempre así, porque no lo sé. Es muy posible que pronto los niños empiecen a nacer con un nuevo sistema inmunológico que les defienda de todo lo que ahora nos está agrediendo... El ser humano tiene una enorme capacidad de adaptación, y si no fíjate en los adolescentes de ahora mismo, en los más jóvenes. Ya tienen los dedos pulgar e índice más largos que los de sus padres, y cada vez los tendrán más largos. Los necesitan para pulsar las teclas del teléfono móvil y para manejar el ratón del ordenador... El ser humano se adapta, a ellos ya les empiezan a crecer esos dedos... Necesito que lo comprendas, María: el mundo que viene no será el mío si no busco el modo de adaptarme yo también. No sé si será el tuyo, pero yo..., si no intento remediarlo, no tendré ninguna oportunidad. ¿Lo entiendes? Y voy a procurarlo... ¡Tengo que intentarlo! ¡Necesito tener una vida muy larga para compartirla contigo! Y tú me preguntas qué va a ser de nosotros, de ti y de mí... Si no hago nada, pronto seré un viejo y te alejarás de mí. Ni siquiera el amor nos unirá: poco a poco será inevitable que mi deseo sexual se inhiba porque la biología se cobrará su deuda por mis años y por mucho que me esfuerce para que tú disfrutes, sin quererlo confundiré el sexo con el deber, y ello no nos procurará satisfacción ni a ti ni a mí. Los dos saldremos perdiendo. Yo tendré miedo a no estar a la altura de lo que te mereces y tú empezarás a dudar de si continúas resultándome atractiva. Entonces sufriremos los dos, ¿lo entiendes? Todo esto que digo lo saben todos los especialistas, afecta a todas las parejas. Por eso yo voy a intentar... ¡Oh, qué difícil es explicarlo! Lo único que sé es que, si no lo intento, no sé qué será de nosotros, María. No lo sé. Pero hay algo de lo que estoy seguro: no quiero perderte.

María bajó la cabeza y trató de entender lo que Vargas intentaba decirle. Se mantuvo en silencio, procurando encontrar sentido a sus palabras, pero no fue capaz. Todo parecía tan incongruente... Por eso levantó los ojos y dijo:

—Tienes razón, Manuel —suspiró apenada—. No sé lo que quieres decir.

Vargas respiró profundamente. No se atrevía a decirle la verdad porque tampoco le hubiese entendido.

—Está bien —dijo, abatido. Y añadió en una súplica—: Sólo quiero pedirte una cosa...

—Lo que quieras...

—Te ruego que confíes en mí. —La mirada de Vargas suplicaba igual que el moribundo busca una palabra de consuelo.

—Pero...

—Sólo eso. Confía en mí. Por primera vez en muchos años sé que amo a alguien. No sé cómo explicarlo, pero es así. Tú me has enseñado un nuevo camino, te quiero, María. Te quiero muchísimo, de verdad. Y no quiero vivir sin ti, ya no puedo vivir sin ti. Pero ahora no puedo hablar, no puedo... Quizá sea demasiado pedirte: apenas me conoces y todavía no puedes valorar lo mucho que te amo. Pero estoy completamente enamorado de ti y quiero estar a tu lado para siempre. Dentro de unos días tengo que irme, es un asunto de la máxima importancia; pero muy pronto regresaré a buscarte. Serán unos pocos días, todo lo más unas pocas semanas... Pasarán enseguida, ya lo verás... Puedes quedarte aquí, quiero que ésta sea tu casa... Y ya verás como pronto estaremos otra vez juntos y entonces te prometo que será para siempre. Sólo te pido eso: unos días. ¿Me esperarás?

Los ojos de Vargas suplicaban; los de María estaban inundados de lágrimas. Era tan difícil comprenderlo... Se miraban sin reconocerse, tratando él de hacerse entender y ella de encontrar la forma de hacerlo. El amor era la única respuesta a la incomprensión y accedió a expresarlo de la única manera que sabía. Se incorporó despacio, cerró los ojos para sentir la confusión de latidos dentro de su pecho y volvió a abrazarse a él.

—Te esperaría aunque supiera que no ibas a volver —sollozó, finalmente.

—¿Confiarás en mí?

—Confiaré.

—Te quiero.

—Yo también.

CUARTO MOVIMIENTO

La clínica secreta del doctor Blixen estaba situada en un palacete de piedra deslustrada a las afueras de la ciudad suiza de Ginebra, cerca de Cologny, una mansión del siglo XIX de estilo imperial tardío con dos plantas y buhardillas almenadas, ajadas chimeneas, ventanales ciegos sin vida y un amplio y descuidado jardín posterior sin nadie que se ocupara de limpiar los desbarajustes de la maleza: un jardín trasero invisible desde el exterior porque el acceso al edificio se realizaba por la fachada principal a través de una puerta como la de cualquier vivienda familiar.

Al llegar frente a la casa la primera impresión era la de una vivienda deslucida, propia de un viejo matrimonio aristócrata arruinado que, en vez de utilizarla los fines de semana como lugar de retiro, esparcimiento o recreo, vivía en ella por ser cuanto quedaba de un pasado familiar esplendoroso. Luego, al entrar por la puerta desajustada con los goznes sin engrasar, podría pensarse que se trataba de un hogar cualquiera, modesto pero con pretensiones, con hall, un salón amplio y pequeñoburgués muy funcional, un televisor, un viejo tocadiscos, un sofá marrón y varios sillones y sillas tapizados en una tela estampada con los colores del bosque, situados en torno a una mesa baja de madera sin barnizar, además de una chimenea de piedra con restos de leños carbonizados y recuerdos inmemoriales. Por las paredes estaban colgados varios cuadros al óleo con escenas de caza y retratos de bodegones exuberantes, salpicados entre las dos estanterías repletas de novelas de aluvión y libros baratos de quiosco encuadernados en imitación a piel. Pero aquella primera impresión constituía sólo el deliberado escaparate que disimulaba la verdadera naturaleza del edificio, porque en el sótano se habían instalado los más modernos equipos quirúrgicos existentes en el mercado de la tecnología médica y en la primera planta se encontraba, además de algunas lujosas habitaciones con baño, un laboratorio completo con el instrumental más preciso y los adelantos más sofisticados diseñados para la investigación de la medicina nuclear, biogenética y molecular. En su conjunto, aquella mansión cercana a Cologny encubría un complejo centro médico al servicio de la investigación genética mucho más moderno y mejor equipado que los institutos científicos de las universidades más vanguardistas en el campo de las ciencias bioantropológicas.

Cuando Manuel Vargas fue conducido por un enfermero hasta el salón situado junto a la entrada se encontró con una gran sonrisa y unos brazos abiertos, los del doctor Blixen, que lo esperaba de pie para agasajarlo primero y convertirlo después en el hombre con la más extraordinaria longevidad conocida hasta entonces.

—Me alegra mucho volver a verlo, mister Bentham —el danés corrió a abrazarlo pero en el último momento cambió de opinión y se limitó a estrecharle la mano, sacudiéndola efusivamente—. De veras que me alegra. Espero que el viaje...

—Magnífico, sí —respondió Vargas, desdeñoso, sin disimular su sorpresa por las condiciones en que había sido realizado—. Si no hubiera sido por...

—Oh, sí, sí, lo entiendo. —Blixen movió la cabeza, aparentemente pesaroso—. Quiero decir que lamento que haya tenido que viajar en una cabina opaca, señor Bentham, y que del aeropuerto hasta aquí nos viéramos obligados a vendarle los ojos... Pero, compréndalo: un día se irá de aquí y nuestro trabajo, ya lo sabe, no disfruta de una generosa comprensión por parte de las autoridades, por decirlo de alguna manera. Quiero decir que nadie, ni siquiera usted, puede saber dónde nos encontramos...

—Creía que yo pagaba todo esto, doctor... —Vargas abarcó con un gesto de la mano cuanto le rodeaba.

—¡Y así es! —Blixen esbozó una gran sonrisa hipócrita—. ¡Por eso redoblamos las medidas de seguridad, amigo mío! Quiero decir que sería una lástima que, después de todo lo que nos ha costado a usted y a mí ponerlo en pie, las autoridades policiales, judiciales o sanitarias..., ya me entiende. Es por seguridad, se lo aseguro. Confórmese con saber que estamos en algún lugar del centro de Europa, ¿de acuerdo? En el ombligo de un país civilizado...

Vargas cabeceó, resignado, y cerró los ojos. Luego volvió a abrirlos y miró en torno suyo.

—Dejemos eso. Pero, sinceramente, pensé que nos encontraríamos en su lugar de trabajo, doctor. En un hospital o algo así...

—Naturalmente. —Blixen palmeó su espalda y le invitó a tomar asiento, llevándolo hasta uno de los sillones. Después ordenó pasar al enfermero, que traía en la mano una jeringuilla y el material necesario para una extracción de sangre—. Después de la extracción deseo mostrarle el resto de la casa. ¿Nos permite robarle un poco de su sangre? Porque supongo que estará usted en ayunas, ¿verdad?

—Sí, claro —aseguró Vargas—. Así me lo indicó usted mismo.

—Cierto. —Blixen se volvió al enfermero y le invitó a actuar—. ¿Verdad que nadie diría por el aspecto exterior del edificio que mi clínica es algo muy parecido a una nave espacial? —preguntó ufano, con una brizna de luz en las pupilas que parecían sonreír maliciosas.

—No sé, no le entiendo —respondió Vargas mientras se quitaba la chaqueta y se remangaba la camisa para dejar el brazo al descubierto—. ¿Una nave espacial?

—Ahora lo comprenderá. Quiero decir que muy pronto... Pero, ahora, siéntase cómodo. Pasaremos juntos unas cuantas semanas en este lugar, así que tiempo habrá de ponernos manos a la obra.

Blixen vestía el mismo y estrafalario traje raído con chaleco de cuadros que la última vez que lo vio, en Londres. En todo caso su lazo al cuello, quizás, estuviese aun peor anudado. El enfermero extrajo la sangre a Vargas, con oficio y pulcritud, y al acabar su cometido abandonó el salón, sin decir palabra. Vargas preguntó:

—¿Quiere decir que ya...?

—Sí, señor Bentham. Todo está dispuesto. Y permítame un apunte de vanidad, pero creo con toda franqueza que aunque su ayuda económica ha resultado determinante, quiero decir que su donación me ha permitido probar lo que ya suponía y no había tenido ocasión de demostrar, lo cierto es que cuando se nos permite poner en práctica la verdadera genialidad...

—No esperaba menos, doctor Blixen.

—Usted me halaga...

El laboratorio situado en la planta superior y los quirófanos instalados en el sótano conformaban, en efecto, una especie indescriptible de sala de mandos de una nave espacial, tal y como Vargas había visto en las películas de ciencia-ficción, con múltiples ordenadores, pantallas encendidas repletas de información, cuadros de luces por todas partes, diferentes instrumentos de precisión, centenares de crisoles, retortas y tubos de ensayo, varias cámaras de frío y otros muchos aparatos cuya utilidad y servicio resultaban por completo desconocidos para él. En ambos lugares trabajaban varias decenas de investigadores vestidos con batas blancas y algunos médicos y enfermeros que se distinguían de aquellos por el pijama blanco que usaban. Había más mujeres que hombres en aquellas plantas de trabajo y salvo uno de ellos, que volvió la cabeza cuando Blixen entró con Vargas en una de las salas de quirófano, ninguno levantó los ojos de su trabajo durante el recorrido que hicieron juntos por las estancias secretas de la mansión, mientras el danés iba explicando con todo lujo de detalles el trabajo que estaban realizando y cuanto se proponía llevar a cabo en lo sucesivo, de lo que Vargas no comprendió buena parte. Sólo, en una pausa, preguntó:

—Entonces, ¿estamos en condiciones de iniciar el proceso del que hablamos?

—Mañana mismo a las ocho de la mañana, amigo mío. —Blixen levantó la cabeza, satisfecho de sí mismo—. Esta tarde empezaremos a prepararle a usted. Ahora voy a mostrarle su habitación y le aconsejo que descanse hasta la hora de la comida. Será la última que disfrute en varias semanas, quiero decir que será su última comida normal. Después, durante el proceso de restablecimiento, su nutrición será en los primeros días intravenosa y después específica, y puede que no le resulte grata, por así decirlo; pero tiene que ser así. También, si lo desea, puede entretenerse dando una vuelta por el jardín, quiero decir si lo prefiere, pero bajo ningún concepto debe usted abandonar la casa. Comprenda que llevamos casi seis meses trabajando en la más absoluta confidencialidad y así ha de seguir siendo. Nadie puede verle ni hablar con usted. Prohibidas las indiscreciones. Espero que lo comprenda.

—Sí, lo comprendo.

—Todo se hace por usted, naturalmente. ¿Lo entiende?

—Desde luego.

Durante la comida, al mediodía, el doctor Blixen no paró de hablar ni un instante. Vargas mostró en un principio curiosidad por el proceso al que iba a ser sometido y quiso saber si cabían riesgos de sufrir dolor, y aquella pregunta desencadenó en el danés una respuesta sin fin que ocupó todo el tiempo necesario para ingerir con calma una crema templada de berenjenas y apio, una pequeña ración de merluza a la plancha con guarnición de patata asada y acelgas, una manzana asada y dos botellas de agua mineral. El médico danés le relató, despacio y pormenorizadamente, recreándose en sus palabras, que el proceso que iba a iniciarse consistía en varias fases sucesivas, la primera de las cuales suponía la ingesta de un fármaco metabloqueante celular para impedir la malignización de cualquier célula de su organismo, etapa que se prolongaría durante un periodo de cuarenta y ocho horas en seis tomas diarias. Y, a la vez, la ingesta de otro fármaco universal que generaba una sustancia para lograr que los glóbulos blancos estuvieran preparados para responder a cualquier clase de infección, así como ante cualquier cambio, variación o mutación del virus infeccioso, con lo que el sistema inmunológico del paciente se convertiría al cabo de ese tiempo en completamente intraspasable. Como el castillo mejor guardado, ¿lo entiende?: quiero decir que con balizada, foso y almenas, añadió con una sonrisa en los labios.

—Pasado ese primer proceso —continuó explicando el danés—, voy a crear en usted un sistema de regeneración neuronal espontánea, con fármacos estables que estimulan las neuronas cerebrales, impidiendo su destrucción o deterioro; de repente usted empezará a notar que cada vez más neuronas serán usadas por su cerebro, millones de las que no se han usado hasta ahora y en consecuencia, simultáneamente, se facilitará la formación de infinitas redes neuronales nuevas para que su cerebro no sólo impida el decaimiento, sino que acreciente sus facultades actuales.

—Y eso... ¿Se puede hacer? —se admiró Vargas—. ¿De verdad es posible?

—Por supuesto, por supuesto —afirmó Blixen—. Además, en un proceso paralelo, y mediante un sofisticado sistema de intervenciones quirúrgicas localizadas de alta precisión —el médico continuó su disertación mientras masticaba un bocado—, le instalaremos algo así como unos depósitos de reserva de células madre en veinte órganos vitales de su organismo: cerebro, lengua, laringe, faringe, esófago, estómago, intestino delgado, colon, pulmones, hígado, páncreas, bazo, riñones, próstata, vejiga, ojos, piel, sangre, médula y testículos. Los llamo depósitos para que lo entienda, aunque en realidad no es así, y permítame que no se lo detalle más porque no creo que pueda comprender del todo la complejidad del proceso —aclaró—. Pero las intervenciones quirúrgicas se desarrollarán de tal modo y con tal eficacia que, en el caso de que su organismo detectara en algún momento el deterioro de cualquiera de esos órganos, por minúscula que fuera la perversión, de inmediato el mismo sistema regenerativo procederá a su sustitución. De inmediato, señor Bentham, no lo dude, y eso en el caso de que el propio organismo no consiguiera antes su inhibición, que es para lo que ha sido diseñado y es casi seguro que lo haga. Todo gracias a un método de mi invención que he probado reiteradamente, incluso con algunos seres humanos, con un éxito total, si me permite la confidencia.

—Prefiero no conocer los detalles, en efecto —interrumpió Vargas, moviendo la cabeza a un lado y otro.

Blixen respiró y bebió un poco de agua antes de seguir su exposición.

—Bien. Lo que sí le diré es que, por supuesto, a todo ello hay que añadir un sistema de regeneración celular espontánea de carácter epidérmico y reticular, quiero decir en las retículas pilosas y también en el tejido celular subcutáneo, tanto del graso como del muscular, con lo que su aspecto exterior no sufrirá deterioro alguno en muchos años, quiero decir que usted no envejecerá, señor Bentham, manteniendo su joven apariencia actual de manera ilimitada, indefinida, pasen los años que pasen. Ni arrugas, ni manchas de piel, ni celulitis... Nada de nada...

Vargas parpadeó incrédulo. Pero el danés sonrió y, de repente, se incorporó, como si la siguiente confidencia constituyera el más difícil todavía del genial espectáculo que describía:

—Y ahora viene lo mejor, amigo mío. Algo absolutamente revolucionario que ya he probado: ¡le voy a implantar un inhibidor de metástasis! ¡Como lo oye! —Blixen afianzó su frase con una sacudida de su cabeza, arriba y abajo. Y se tomó un tiempo para observar la reacción que se producía en el paciente. Pero al no manifestarse ninguna, continuó—: ¿Sabe lo que es? Se lo diré para que lo entienda, quiero decir que se lo explicaré de la manera más llana posible: si todo lo anterior fallase y una célula mutante llegara a convertirse en maligna por razones hipotéticas y se desdoblara para iniciar la formación de un tumor, no pasaría nada. ¡Pero nada en absoluto! Porque el inhibidor de metástasis impediría cualquier extensión del mal y, entre tanto, las células madre y los metabloqueantes celulares encapsularían el minúsculo tumor para que no resultase dañino a su organismo. Lo encapsularían y lo destruirían sin piedad, ¿comprende? Como si se tratara de un asalto de un regimiento de australianos sanguinarios...

Vargas empezó a dudar si aquel hombre era un genio o estaba completamente loco. Pero era tal el énfasis que ponía en sus palabras, tal su vehemencia al explicárselo todo, que se limpió la comisura de los labios con el pico de la servilleta y se recostó en la silla para continuar atendiendo sus explicaciones.

—Porque hay más, señor Bentham. —Blixen afirmó con la cabeza, como si se estuviera aplaudiendo a sí mismo—. Cuando acabe el proceso, usted, mejor dicho su organismo, eliminará de forma automática y natural el exceso de colesterol, triglicéridos, urea, creatinina, glucosa, ácido úrico y cuantos elementos perversos sobrantes genere su cuerpo. ¿Y sabe qué? Aunque con todo ello sus leucocitos estén ya completamente sensibilizados y no sea estrictamente necesario, por si acaso voy a inyectarle una vacuna integral universal que yo mismo he descubierto y probado con éxito, la llamo IUS, la Integral Universal Solution. Descuide, amigo mío: no habrá enfermedad alguna en el mundo que le afecte, incluyendo el virus del VIH en todas sus variedades, naturalmente, porque dispondrá de un anticuerpo específico antisida que le protegerá, sean las que sean las mutaciones de ese dichoso virus. Con ello y con un bloqueante específico en los leucocitos contra los diferentes virus, no hay lugar para la infección ni el contagio. Ya lo ve usted: estará a salvo con mi filtro antiviral universal. ¿Qué le parece? O sea que, como no se rompa usted la crisma contra un árbol, mi querido amigo Bentham, le garantizo ciento cincuenta años de vida. Por lo menos.

Vargas respiró hondo sin mover un músculo. No sabía qué pensar. Pero los ojos de Blixen estaban tan fijos en él, esperando su reacción y la aprobación de los pormenores del proceso, que optó por forzar una sonrisa que no llegó a ser nada más que una mueca casi grotesca. Blixen sonrió, se llevó la última cucharada de manzana asada a la boca y se limpió los labios con la servilleta. Pero no estaba satisfecho por completo. Era como si Vargas no se hubiese quedado convencido de la explicación o no terminara de creer cuanto oía. Así que el danés recobró la seriedad y cerró los ojos.

—Y ahora —solemnizó, recostándose en la silla—, creo que ha llegado el momento de ponerme en mi papel de médico, quiero decir que le voy a exponer con precisión lo que me propongo realizar en los próximos días, para que no se asuste.

Vargas arrugó los ojos.

—¿En su papel de médico? No le entiendo...

—Sí. Con terminología un poco más precisa, señor Bentham. Porque si un paciente comprende con claridad todo lo que un facultativo le dice, existe una inevitable tendencia a no considerarlo lo suficientemente bueno. No se confía en él, por así decirlo. Quiero decir que un médico debe ser oscuro para ser valorado...

—No creo que...

—Sí, sí. —Blixen no sonrió en esta ocasión—. Hágame caso. Así que le voy a decir cómo están las cosas... En todas las células de nuestro cuerpo habita lo que llamamos el gen erróneo, pero sólo cabe descubrirlo en los linfocitos, las células que se alojan en la sangre y que son las responsables de nuestro sistema inmune. Estos linfocitos se generan en las células madre, que tienen su nido en la médula ósea. Por lo tanto, nuestro trabajo va a consistir en extraerle células de su médula ósea, trabajar con ellas y reintroducírselas con posterioridad en la misma médula. Y como cada una de sus células contiene su genoma humano completo, he de introducir ese gen sano en el mayor número posible de células, que en esta ocasión será de algo más de trescientos millones, que para entonces ya estarán corregidas. Lo haré instalando el gen en un vector, en un retrovirus, quiero decir. Es como un vehículo, ¿comprende? Hasta ahora trabajábamos con un retrovirus de ratón, pero ya lo he experimentado en retrovirus humanos provenientes de mutaciones del sida y siempre se ha producido el resultado con éxito. Así se hará en su caso.

—No sé si le entiendo, Blixen.

—Un proceso que no será complicado. —El danés pareció no oírle—. Además, en conjunto, se trata de llevar a cabo una modificación de su secuencia genética, quiero decir una modificación de su cadena de ADN para variar su estado físico. Lo haré y a continuación usted deberá permanecer, de manera inducida y sin riesgos, varios días en estado de coma para permitir que las células se modifiquen solas.

—¿En estado de coma? —Bentham abrió los ojos con exageración—. ¿No es muy peligroso?

—Ya le he dicho que no. En absoluto. Y, por cierto: tenga en cuenta una cosa más: yo mismo he completado la secuencia del cromosoma 1, que como sabrá es el mayor de todos y está asociado a unas trescientas cincuenta enfermedades de la especie humana. Ese cromosoma contiene el ocho por ciento de toda la información genética sobre usted y consta de 3.141 genes. Ni que decir tiene que las modificaciones perversas de este cromosoma afectan a muchas enfermedades graves, desde el párkinson al alzheimer, y a varios tipos de cáncer. Todo lo cual es una garantía para usted. Puede estar tranquilo.

—¿Tranquilo? —Vargas empezaba a ponerse nervioso con tanta explicación. Se removió en su silla y volvió a llevarse el vaso de agua a los labios.

—¡Pues claro! ¡El cromosoma 1 contiene 223.569.464 bases del código genético, amigo mío! ¿Se da usted cuenta? ¡Más de doscientos veintitrés millones de bases!

—¿Y...?

—Pues, figúrese. —Blixen empezó a complicarlo todo—. Considere que cada cromosoma humano está compuesto por una molécula de ADN en forma de una doble hélice y...

—Está bien, está bien... —Vargas comprendió que el objetivo de confundirle que se había propuesto el danés había dado resultado. Era lo que aquel científico loco buscaba y ya lo había conseguido. Se levantó de la mesa, intranquilo y hastiado—. Muy bien. Gracias, doctor. Creo que ya he oído bastante y a partir de ahora no podría seguirle. Estoy un poco fatigado por el viaje. Me voy a descansar un rato a mi habitación.

—Estupendo. —Se levantó Blixen también, dejando la servilleta sobre la mesa—. Más tarde pasaré a verle y empezaremos a prepararlo todo. Va a ser histórico, amigo mío, ¡histórico...!

Las dos horas que Vargas permaneció recluido en su habitación fueron igual de estruendosas que el movimiento final de una sinfonía mal dirigida. Por su cabeza cruzaron ideas ruidosas, miedos cruentos, divagaciones atronadoras y gritos ensordecedores. Una y otra vez acudía a su mente la idea de que ponerse en manos de aquel extravagante científico era una locura, pero la promesa que le estaba haciendo, pormenorizada con tanta convicción, le confundía hasta que los bullicios se convertían en rumores y luego otra vez se enredaban como alborotos.

Vivir durante largos años era una tentación irresistible, para eso había llegado hasta allí; pero abandonarse en sus manos no constituía garantía alguna. Si lograba prolongar la vida, detener el envejecimiento, esquivar a la muerte, podría venerar el recuerdo de Belén, tal y como se había prometido, y también tendría la oportunidad de acompañar a María hasta el fin de sus días, sesenta o setenta años más, disfrutando de ese amor que había depositado en ella con tanta hondura como el que ella había asegurado depositar en él. Pero confiar en que todo lo oído fuese cierto era más difícil que olvidarse de aquello y volver a su lado para envejecer despacio, juntos, hasta que la biología decidiese por ambos. Aunque ya no resultaba sencillo echarse atrás. Como tampoco lo era la decisión de continuar. En la soledad de la habitación, algunos momentos tendido en la cama y otros dando paseos de la puerta a la ventana y viceversa, como un animal preso, Vargas no estaba seguro de si debía dar las gracias por las molestias causadas y pedir que le devolviesen a casa o seguir adelante, ocurriese lo que ocurriese. También era cierto que habían sucedido demasiadas cosas en los últimos meses, casi un año ya, para volverse atrás. Pero todo lo que le había narrado el doctor Blixen le parecía espeluznante, incluso en el caso de que fuera cierto. Una vez comprendido lo que se proponía hacer con él, no sabía si debía tener miedo a morir o miedo a vivir. El momento de mayor intensidad en la debilidad del ser humano se siente mientras se cruza la línea de la duda verdadera. La duda es necesaria, pero la gran duda, la duda existencial, puede convertirse en la antesala de la locura.

Y María. ¿Qué iba a pensar María? Notaría muy pronto el estancamiento biológico en que iba a vivir y tendría que ocultarle el motivo de su secreto, por muchas que fuesen las veces que le interrogase sobre ello. ¿Se puede vivir escondiendo la verdad aunque la verdad necesite esconderse? ¿Es la sinceridad imprescindible para el amor? ¿Qué sentiría María ante tan inconmensurable gesto de egoísmo, cuando la Naturaleza empezara a pasarle a ella sus inevitables facturas?

El doctor Blixen detuvo su agonía al entrar en la habitación. Le preguntó cómo se encontraba y le informó de que la analítica realizada había confirmado su buen estado general, apenas alterado por unos índices de colesterol ligeramente elevados. Y le invitó a acompañarle al laboratorio para empezar unas sencillas pruebas.

—Preferiría pensarlo un poco más, doctor —dijo Vargas, y se quedó mirando a lo lejos a través del ventanal—. De repente siento que, no sé... Tengo dudas...

—Es normal. —Blixen puso la mano en su hombro y miró en la misma dirección que Vargas—. Ya contaba con ello. La decisión que hemos tomado no es sencilla, lo comprendo. Pero no es momento de darle vueltas. Está decidido y no se arrepentirá, se lo aseguro.

Vargas se volvió hacia el danés. Sus ojos estaban apagados y la barbilla le temblaba.

—Es algo más que dudas, doctor. Es miedo.

—¿Miedo? —Blixen alzó los hombros—. Pero, ¿qué puede temer, amigo mío? Piense en las ventajas...

—¿Ventajas?

—Naturalmente. ¡Todo son ventajas! Quiero decir que después de esto, nunca más temerá enfermar de tipo alguno de cáncer.

—Claro, no moriré de un cáncer...

—Ni de ninguna enfermedad cardiovascular. Ni infartos, ni trombosis, ni derrames cerebrales, ni embolias...

—Ni párkinson... —susurró Vargas.

—Ni párkinson ni alzheimer, no... Ni la más leve demencia senil —reafirmó el danés—. Tampoco enfermedades víricas, como ya le he explicado. Ni contagios bacteriológicos. Nada...

—Siempre sano...

—Siempre sano —repitió—. Y joven. ¿Se da cuenta? Los años no dejarán la menor huella de su paso. Eternamente joven...

—Hasta dentro de...

—¡Uf! ¡A saber! Hasta dentro de setenta o setenta y cinco años, quizá más —remachó Blixen—. Y para entonces habrá muchos nuevos remedios para las enfermedades del futuro. Yo no lo veré, claro está, pero usted sí. ¿Se imagina?

—¿Y si antes...? —Vargas calló. Guardó unos segundos de silencio, como si le doliese pensarlo. Y finalmente dijo—: Doctor, ¿qué pasará si algo sale mal? ¿Si dentro de cinco o diez años, pongamos por caso, necesito que usted...?

—Estaré a su disposición, señor Bentham. No lo dude. Antes de abandonar esta casa dispondrá de una dirección de teléfono y otra de correo electrónico en las que podrá ponerse en contacto conmigo siempre que lo precise. No le abandonaré y, lo más importante, nunca se sentirá abandonado. De hecho, durante dos años, cada seis meses deberá someterse a una revisión. Lo hará conmigo. Puede estar tranquilo.

—¿Y María?

Blixen pestañeó dos veces, intrigado.

—¿Quién es María?

Vargas se detuvo a pensar si debía contestar aquella pregunta. Podría decir sencillamente que era la mujer que amaba, pero por otra parte una de las razones para haber llegado hasta allí había sido no tener a nadie en su vida, nadie que pudiera pedir explicaciones de lo que en aquella clínica se tramaba. Hablar de ella era exponerla, someterla a un peligro cuyas consecuencias desconocía. Se limitó a decir:

—En realidad es una mujer que me gusta, nada más. Pensaba que si algún día quisiera..., ya me entiende, estrechar mi relación con ella, quizá usted podría también...

—Ah, no —sonrió el danés—. Perdone que se lo diga, pero por ahora no podrá ser. En todo caso, tendría que pasar algún tiempo; demasiado, quizá. Gracias a mis investigaciones, son más de veinte los pacientes con los que ya me he comprometido. Imagínese: un millonario tejano, varios príncipes árabes podridos de petróleo, un par de sátrapas que gobiernan países africanos, un armador ruso bastante chiflado, varios millonarios ingleses y norteamericanos, un muchacho muy famoso que se dedica a los ordenadores... Y todo es tan complejo que no puedo trabajar con más de dos pacientes al año, compréndalo. Así es que tengo una lista de espera que llegará hasta que me jubile —el médico hizo un gesto de hastío con las manos y resopló—. Así es que lo de su amiguita... ¿Lo comprende, no? En fin, le cuento todo esto, aunque mi lema sea la confidencialidad absoluta, porque usted me ha ayudado de forma determinante a conseguirlo con el dinero que me adelantó. Que, por cierto, sin ánimo de resultar inoportuno, le recuerdo que antes de abandonar mi casa tendrá que abonarme otros ciento cincuenta millones de euros más. Lo pactado, ¿no?

—Como usted diga...

—Pues, vamos a ello. Está todo preparado y mi equipo espera en el laboratorio. ¿Me acompaña? —Blixen rodeó con su brazo la espalda de Vargas y lo condujo firme a la salida—. Como se dice por ahí, hoy va a ser un día que no olvidará jamás...

Vargas se dejó arrastrar por aquel hombre cabizbajo, pesaroso, vencido y resignado, como si tomara el camino del patíbulo en lugar de dirigirse a las puertas de la eternidad.

Las nueve semanas del verano se hicieron eternas en la casa del mar mientras las dos mujeres esperaban el regreso de un hombre que no había confesado adónde había ido ni cuánto tiempo iba a tardar en volver. Sin él los días se alargaban igual que velatorios y las semanas no llegaban nunca a la tarde del domingo. Durante los primeros días Mami y María rasgaban la quietud de las horas con conversaciones joviales para no permitir la victoria del desánimo, narrando recuerdos de juventud o de infancia con la nostalgia que deja el poso de las viejas fiestas de Navidad, los cumpleaños sorpresa, los amores pasajeros y los sueños incumplidos; una semana después, tras compartir confidencias y ensoñaciones, cada vez dedicaban más tiempo al silencio, donde revisaban lo que no deseaban contar o preferían guardar para su intimidad; y una vez pasados los primeros quince días ya no les quedaron palabras para gastar, sólo comentarios banales, frases de cumplido, afirmaciones obvias y el recurso del tiempo como tema de conversación y refugio, asunto rutinario e intrascendente porque la temperatura de cada día era idéntica a la del anterior y el siguiente, las horas de sol iguales y el susurro de la brisa silencioso y monótono, sin sorpresas.

María dormía un poco menos cada noche y al hacerlo sufría pesadillas extrañas, imposibles de contar. Tenía que saber algo del dueño de la casa y Mami no le decía nada, su única opinión se refería a las bondades del señorito y a su atractivo. Así que no le quedaba más remedio que seguir su instinto policial y rebuscar por donde pudiera hasta encontrar huellas, rastros y pruebas de quién era el hombre del que se había quedado presa, pero al que no podría amar hasta que disipase sus dudas. A veces se levantaba al amanecer, más fatigada que al acostarse, y en las mañanas ardientes de sol y ausencias paseaba melancólicamente por los bordes de las piscinas o entre los palmerales del jardín con la convicción de que la soledad es un libro donde se van escribiendo los pensamientos menos gratos. Luego esperaba a oír canturrear a Mami en la cocina para deslizarse hasta la habitación de Vargas y revisarlo todo con prisa y miedo, como una ladrona. Vestuario, paquetes de cigarrillos, aspirinas y artículos para el aseo era cuanto descubrió en ella. Sólo le faltaba husmear en la sala privada, pero estaba cerrada con llave y no se atrevía a forzar la cerradura. Desanimada, comía frugalmente, muchos días en la cocina con Mami y las doncellas búlgaras, y después aprendía que las tardes tenían principio pero no parecían tener final. En España no anochece nunca, pensó. La hora de los grillos llegaba cuando ya se había cansado de desearla.

Mami le hizo notar alguna vez el color amarillento de sus ojos e insinuó la conveniencia de que la visitase el doctor Bernal, no fuera a ser que el bicho que mordió su pierna la hubiese dejado el espíritu del mal recorriendo las venas de su salud. Pero María no le dio importancia e impidió que se llamara al doctor, achacándolo a lo mal que dormía y a los frecuentes picores que le brotaban en cualquier parte de su cuerpo sin ser convocados a agitarla. Creía firmemente que le picaba la desazón de la duda y le amarilleaba los ojos tenerlos abiertos tanto tiempo en dirección a la puerta de la sala privada, deseando encontrar la forma de abrirla y a veces soñando con que lo conseguía.

—¿Por qué no se limpia nunca el estudio de Manuel? —preguntó a Mami un atardecer, desesperada.

—Cerrado no se ensucia, niña.

—No lo creo —replicó ella, enérgica—. La humedad y los insectos no necesitan puertas. Dame unos trapos que voy a adecentarlo.

—Pero el señorito dijo...

—No quiero que a su regreso haya algo que le disguste. Y si se queja, me echas a mí la culpa. ¡La llave!

—No creo que...

—Dame la llave, Mami. A ver si ponemos las cosas en su sitio: ¿quién es ahora la señora de la casa?

—Pues...

—¡La llave!

Mami cabeceó sin convicción, pero la orden de María resultó tan imperativa que decidió no poner trabas a quien, quizá, pudiese torcer los afectos de Vargas a su regreso. Y, al fin y al cabo, qué le importaba lo que la muchacha pudiese encontrar allí. Ella había entrado muchas veces y sólo se encontró con libros, películas viejas y otras cosas que consideraba inútiles.

—Toma la llave. Y que te acompañe una de las búlgaras. No vas a ponerte tú a fregotear, reina.

—Si es necesario, la llamaré.

La penumbra le mostró un cuarto sin fondo que no alcanzó a ver hasta que encendió una luz. La estancia y sus aparatos tecnológicos, revisados con la meticulosidad de un biólogo de la Brigada Criminal, le descubrió que disponía de un equipo informático de la máxima potencia con la última tecnología y conexión ADSL y acceso directo a un servidor del que era usuario preferente; también había una estantería que contenía cien libros colocados en un orden extraño, seguramente en el mismo en que debían ser leídos. La relación de títulos que componía la biblioteca empezaba por *Seda*, de Alessandro Baricco; *La conjura de los necios*, de John K. Toole; *El guardián entre el centeno*, de Salinger; *El perfume*, de Patrick Suskind; *El viejo y el mar*, de Ernest Hemingway; *Wilt*, de Tom Sharpe; *El principito*, de Saint-Exupéry; *El barón rampante*, de Italo Calvino; *El jugador*, de Dostoievski; *El coronel no tiene quien le escriba*, de García Márquez... y terminaba con *Guerra y paz*, de Tolstoi; *La peste*, de Camus; *Don Juan Tenorio*, de Zorrilla; *Luces de bohemia*, de Valle-Inclán; *En busca del tiempo perdido*, de Proust; *La Divina Comedia*, de Dante; *El Quijote*, de Cervantes; *El túnel*, de Ernesto Sabato y *El rey Lear*, de Shakespeare. María no descubrió en ellos una relación que delatase por qué esos títulos y no otros. Al lado de la primera, otra estantería estaba ocupada por los DVD de cien películas y cerca de ella un equipo de reproducción de cine con los últimos adelantos tecnológicos, un sillón articulado de piel tan confortable para la lectura como para el visionado de películas y un sistema de aire acondicionado para mantener constantes la temperatura y la humedad adecuadas en la sala. Leyó algunos títulos de las películas: *El maquinista de la General; To be or not to be; Con faldas y a lo loco; El apartamento; Gilda; Casablanca; Desmontando a Harry; El verdugo; Ciudadano Kane; Cantando bajo la lluvia; Blade Runner; Manhattan*... Después no encontró ningún otro dato de interés para la investigación en la sala privada: ni documentos, ni cartas, ni siquiera una agenda con números de teléfono. En los últimos portales de internet visitados por Vargas se informaba de investigaciones médicas relacionadas con la biogenética y noticias sobre clonaciones y células madre. María no supo interpretar el sentido que todo ello pudiera tener. Tan solo, en un archivo sin título, Vargas había copiado una frase de García Márquez: *«Debemos arrojar a los océanos del tiempo una botella de náufragos siderales, para que el universo sepa de nosotros lo que no han de contar las cucarachas que nos sobrevivirán: que aquí existió un mundo donde prevaleció el sufrimiento y la injusticia, pero donde conocimos el amor y donde fuimos capaces de imaginar la felicidad.*» La releyó sin comprender por qué Vargas la había escrito. Y se dispuso a apagar el ordenador cuando otro archivo, que no había abierto, llamó su atención. Se titulaba *Sinfonía Vienesa* y, al abrirlo, comprobó que sólo contenía la fotografía de una joven. El aire de aquella mujer le resultó vagamente familiar: puede que se tratase de alguna de las muchas mujeres que habrían vivido en aquella casa con Vargas y sus rasgos le recordasen a alguien. Tan desorientada como entró, abandonó las pesquisas. Llamó irritada a una de las búlgaras, le regañó por lo sucio que estaba todo, sin que la doncella lograra entender sus palabras ni sus ademanes airados, y María volvió al jardín para intentar calmarse.

Antes de acabado el primer mes, la casa se había convertido en una hermosa ciudad fantasma. El murmullo continuo de la televisión en la cocina, donde Mami y una de las búlgaras asistían a cualquier programa que emitiesen con la veneración de quien adora a un santo charlatán, se había convertido en la banda sonora de una casa embrujada en la que María parecía la princesa de largos cabellos esperando el rescate de un príncipe que no terminaba de acudir a la almena, y el jardín un recorrido rutinario en donde el florecimiento de un ramillete de margaritas, el vuelo bajo de una gaviota o la paciencia de una araña hasta que una mosca quedaba presa en su tela constituían novedades sorprendentes. Todo le recordaba a Vargas, las sombras y las luces, los días y las noches, los ruidos y los silencios; y esa presencia imaginada hacía más insoportable su ausencia. Sin una nube en el cielo, ni siquiera la estela de una calima africana, sobre aquella ciudad desolada llovía la añoranza de un modo persistente y doloroso y María se dejaba empapar el alma con aquella lluvia de pesadumbre hasta que notaba que le flaqueaban las piernas. No había razón para no amar a un hombre que parecía no ocultar nada, o que lo escondía tan bien que no cabían motivos para dudar de él. Por eso decidió que sólo el amor, la idealización del amor ausente, alimentaría desde entonces sus días y turbaría sus noches. Hasta que se sintió tan débil que una mañana de agosto decidió no levantarse ni volver a comer junto a las otras mujeres.

El doctor Bernal diagnosticó un principio de depresión, débil pero preocupante. Y María no lo aceptó. Se armó de un valor que creía haber dejado olvidado en la percha de las emociones y volvió a pasear los jardines y a comer en la cocina con Mami y las búlgaras. Por la tarde leía libros extraídos de la sala privada, veía algunos ratos la televisión y se bañaba al atardecer, a la sombra de las hojas de palma con las aguas de los rincones más umbríos. Y tachaba otro número del calendario que guardaba en su alcoba para ir descontando los días que faltaban para el regreso de Vargas.

A finales de agosto llovió durante tres días seguidos. Unas tormentas vespertinas dibujaron en el cielo ceñudo latigazos de luz, y entonces creía que se trataba de un presagio porque a la mañana siguiente llegaría el hombre que amaba. Pero aquellas revelaciones eran deseos disfrazados de presentimientos, predicciones anheladas, el oráculo de una suposición nacida de la necesidad y de la tristeza. Y al empezar septiembre, la brisa del mar trajo fuertes olores a sal y susurros disimulados que hablaban de amor. Un viento inusual nacido al mediodía le dijo que Vargas llegaría de un momento a otro y un trueno seco lo reafirmó con un eco distinto a los demás. María estaba tan segura de que iba a ocurrir así que desde entonces no hizo otra cosa que prepararse para recibirlo, alisando su pelo, exfoliando su cuerpo, eliminando vellosidades innecesarias y buscando la primera frase que le diría al verlo.

Pero nunca la encontró.

El primer viernes de septiembre Manuel Vargas fue conducido con los ojos vendados a un aeropuerto privado donde le esperaba un lujoso jet privado, un CE-550 con los cristales cegados, que le transportó al aeropuerto de Almería en un vuelo de apenas tres horas de duración. Y una vez allí, un coche negro con los cristales ahumados lo condujo hasta su casa junto al mar, adonde llegó poco después del mediodía. Lo más curioso de todo era que no se sentía diferente en ningún aspecto al hombre que había abandonado el cortijo nueve semanas antes y, no obstante, regresaba con la seguridad de ser el hombre más privilegiado del mundo. Para él las semanas habían resultado muy cortas, pasadas en su mayor parte bajo los efectos de una sedación que lo alejaron de la realidad, por no contar con los muchos días transcurridos en una inconsciencia absoluta. A causa de la alimentación específica a que había sido sometido estaba un poco más delgado y se sentía con una menor fuerza muscular, pero ya había sido advertido de ello antes de abandonar el Centro y llevaba en su maleta una dieta alimenticia y unos suaves ejercicios diseñados para recuperarse por completo en diez días. Y una primera cita de Blixen para el 5 de enero en la que sería sometido a una revisión completa para observar la adecuada evolución del tratamiento.

El reencuentro con María, tan deseado, resultó emocionante, pero también confuso, asomado a un desasosiego imposible de contener. Vargas necesitaba decirle cosas de las que no podía hablar y ella anhelaba recuperar en sus brazos un calor que, en la distancia, había idealizado pero también había perdido. Por eso precisaron mirarse durante mucho tiempo antes de estrecharse el uno contra el otro, mirarse y olerse, sentirse y saborearse. La timidez fue un abismo que los mantuvo separados durante unos segundos eternos y las sonrisas que se intercambiaron, más abiertas en los labios que en los ojos, tardaron en volverse sinceras, despreocupadas. Pero cuando pasaron los primeros segundos de frialdad y cohibimiento y el corazón tomó la iniciativa a la razón, el abrazo se hizo de pedernal y su intensidad careció de medida. No hubo palabras que interrumpieran el reconocimiento, sólo besos salpicados como espumas de agua al estrellarse contra una roca en el furioso empuje del mar. Las lágrimas de María, al cabo, empaparon la camisa de su amante con la fuerza de un torrente y el vaivén inacabable de un oleaje de risas de mujer.

Mami también lloró, pero detrás del pañolito de encajes, esforzándose en disimular. Y cuando volvió de la cocina y les sirvió una jarra de zumo de frutas en la mesa situada bajo el porche de la entrada, junto a las buganvillas y las madreselvas, no pudo contenerse y ametralló las mejillas de Vargas con una descarga de besos repetidos y sonoros que le obligó a quitársela de encima. Mami se disculpó por el atrevimiento, María rió a carcajadas con los ojos rebosando lluvias de felicidad y Vargas fingió enojo hasta que le ordenó retirarse de nuevo a la cocina.

El día del reencuentro transcurrió nublado junto al mar, pero en aquellos tres rostros relucía un astro de luz que había permanecido apagado durante demasiado tiempo.

El nacimiento de la primera frase fue un parto difícil.

—Sólo puedo decirte que he pensado en ti todos y cada uno de los días —dijo él.

—No necesito que me digas más.

—Gracias, María.

Después de la comida se encerraron en el dormitorio entre caricias leves y besos sin prisa. La tarde fue adueñándose de la estancia, devorando su luz, mientras sus cuerpos jugaban a descubrirse y a inventarse, una y otra vez. Afuera, el silencio respetaba la música de sus respiraciones agitadas. El bronce del atardecer doró sus perfiles hasta convertirlos en ídolos a los que adorar; los colores rosáceos de la anochecida cubrieron la estancia con un velo de niebla y néctares. La noche llegó sin sorprenderles, ausentes en los ensimismamientos del deseo, perdidos en las hambres de la pasión, escondidos entre las palabras pequeñas y tras los suspiros sin ruido. La hora de la cena fue anunciada por Mami poniendo un CD de música en el reproductor del salón, a gran volumen, y el *allegro con brio* del primer movimiento de la *Sinfonía núm. 5* de Beethoven les devolvió a la vida y les trajo recuerdos risueños de la pequeña Verónica y de su machacón ta-ta-ta-taaa. Hasta entonces habían volado, sin saberlo, por encima de la imaginación de las nubes. Vargas sonrió por la ocurrencia de la vieja y se sentó en la cama. Pero coincidieron en que no tenían apetito y acordaron no abandonar la habitación.

—Nunca me has dicho qué te trajo hasta mí...

—La picadura de una víbora, supongo —sonrió María, besándolo en el pecho.

—Hablaba en serio...

La pregunta fue tan intempestiva que cualquier respuesta hubiera resultado dolorosa. Para María se convirtió en un hachazo en el candado del arcón donde había encerrado su pasado, un golpe seco sobre el interruptor de la luz que alumbraba los recuerdos. Pensar la respuesta significaba rememorar el asesinato de su hermano, la búsqueda del culpable, los deseos de venganza. Y no había nada que deseara menos que hacerlo en aquellos momentos. Demasiadas brumas al acecho en la serenidad de aquellas horas plácidas; demasiados pensamientos tormentosos, tortuosos e insanos abalanzándose sobre ella y enturbiando la felicidad esperada durante tanto tiempo. Miró a Vargas, sin discernir hasta qué punto debía ser sincera con él y decirle toda la verdad. Y su semblante se tornó de pronto tan grave y melancólico que el propio Vargas temió haberla dañado.

—Perdona —dijo—. Yo no...

—Me trajo el odio, Manuel —replicó ella—. Qué cosa tan extraña, ¿verdad? Porque nunca pensé que andando el camino del odio se llegase a la posada del amor.

—¿Odiar tú? —Vargas negó con la cabeza—. No puedo creerlo...

—Sí, Manuel. Alguien me enseñó a odiar con la misma furia con que tú me has enseñado a amar. Con la misma rabia. Pero preferiría no decirte nada más.

—De acuerdo. ¿Y preferirías besarme otra vez?

—Claro que sí, *bonitu*...

Cenaron en la habitación, de las bandejas que dejó Mami sobre la mesa. Durmieron profundamente unas horas y en mitad de la noche volvieron a dibujarse la piel con caricias sin ensayar y a coserse cicatrices imaginarias con besos. Y cuando el amanecer regresó para vestir de oro y vino la estancia, durmieron de nuevo hasta el mediodía. Los dos juntos habían encontrado, al fin, el refugio en el que deseaban mantenerse unidos y aislados para siempre.

Algunos días después todavía no habían logrado dormir una noche seguida. Las horas invisibles de la medianoche les despertaban y sólo las lejanas tormentas de septiembre les mantenían inmóviles en el lecho, abrazados, como si presagiaran desventuras que a los dos les acobardaban. Manuel Vargas recuperó en el plazo previsto el buen aspecto que le anunció Blixen y María estaba cada día más hermosa, como si el pasado hubiese desaparecido de su vida con su mercancía de reclamaciones. Hasta que un día Vargas se quedó pegado al horizonte y sus ojos se cubrieron con un manto de pesadumbre. Una mirada triste que María no supo interpretar.

—¿Qué te sucede, Manuel?

—Nada —reaccionó Vargas. Y forzó una mueca sonriente—. De verdad, no es nada.

—No me gusta verte triste.

—No lo estoy... —Vargas volvió a sonreír, pero su gesto forzado no nacía del interior de sus entrañas sino de un dolor desconocido que rugía desde el abismo del tiempo por venir. Preguntó—: ¿Tú no temes envejecer?

—Si es a tu lado, no —respondió María.

—Todo el mundo lo teme...

—Tal vez —María se retocó el pelo, buscando el modo de expresar sus sentimientos—. Yo creo que no temo a la vejez, no. La verdad es que nunca pienso en ella. Lo único que me daría miedo es la soledad, pensar qué sería de mí si llegara a estar sola cuando sea vieja.

—Yo nunca te dejaré. Yo...

—No, no —le interrumpió María—. Ya lo sé... Pero no me refería a estar sola físicamente. Se puede estar con alguien al lado y no sentirse deseada. Te das cuenta de que ya no eres atractiva para tu pareja, comprendes que no le aportas nada, que no te necesita, que no te busca... Que no eres capaz de emocionarle en ningún aspecto, ni sexual ni afectivamente. Entonces sí: creo que entonces te debes de sentir sola, muy sola... —María se abrazó a Vargas y le besó en el cuello. Luego, alzando la vista, sonrió con una pizca de malicia—. No me hagas caso, no lo digo por ti, hablo sin pensar... Porque te he echado tanto de menos todas estas semanas...

—Yo te quiero, María. Yo te quiero mucho.

—Lo sé... Y también he aprendido algunas cosas en este tiempo. Mami me ha explicado que el hombre, cuanto más ama, menos desea; en cambio la mujer, cuanto más quiere, más desea. Mami dice también que si alguna vez me sintiera poco deseada por ti, o incluso nada deseada, me debo sentir también muy, pero que muy querida. Así lo haré, te lo prometo.

Vargas no respondió. La abrazó fuerte, cerró los ojos y, al abrirlos, volvió a colgar su mirada en el horizonte.

—Yo... Lo que trataba de preguntarte es si te gustaría vivir para siempre.

María volvió la cabeza hacia él y trató de comprender la intención de aquella pregunta. Pero, al no lograrlo, respondió:

—¿Te refieres a ser inmortal, como esas historias que se cuentan en las novelas...? ¡De ninguna manera! ¡Qué horror! ¿Te imaginas? Además, eso son tonterías... Aunque —sonrió—, no sé para qué digo todo esto, porque yo no me voy a morir nunca...

—¡Tienes razón! —Vargas afirmó con la cabeza y la estrechó entre sus brazos—. Tú nunca morirás. ¿Sabes? Ahora quiero que hagamos una cosa...

—¿Otra vez? —La pregunta cuajó sus pupilas de malicia.

—Bueno, sí... —Vargas esbozó una leve sonrisa, como respuesta—. Pero no me refería a eso. Me gustaría que nos fuéramos de aquí. Me apetece que hagamos un viaje, juntos. Podríamos ir a Biarritz; luego, no sé: a Dakar, a Nueva Delhi, a Sydney, a Hong Kong, a Johannesburgo... Que el mundo sea tuyo, que sea nuestro... Y después a Londres. ¿Tengo una casa allí, sabes?

—¿A Londres? —El nombre de la ciudad le produjo un escalofrío que tardó un siglo en recorrer la espalda de María. De repente se le revolvieron los recuerdos y una sensación angustiosa atenazó su vientre—. ¿Quieres que vayamos a Londres?

—O a donde tú quieras. En realidad, me gustaría pasar antes una temporada en Biarritz, en el Hôtel du Palais. Es un viejo palacio que...

Pero María no le escuchaba. Se le habían enredado los recuerdos y sentía renacer el odio que había conseguido enmascarar. Pero la irritación, que en vano pretendía disimular, la distanciaba del hombre que hablaba a su lado. Necesitaba curarse de la enfermedad del odio para devolverle la felicidad que él le regalaba todos los días. Logró articular una pregunta neutra para fingir que estaba oyéndole.

—¿Biarritz está en España o en Francia?

—En Francia. Al sur. El hotel es un palacio frente al mar que mandó construir Eugenia de Montijo, la esposa de Napoleón III y...

Era inútil, no le escuchaba. La imagen del cuerpo ennegrecido de su hermano se le volvió a presentar, una vez más, como una llamada urgente. Y un empacho de mal humor se adueñó de ella. Igual que si hubiera tenido una revelación, se sintió el ser más egoísta del mundo: había llegado a Europa para vengar a su hermano Luiz Carlos y al final había cambiado su deuda con él por un amor tan real que le había atrofiado el sentido del deber. Lo que tendría que hacer era sacrificarse, prescindir de su propia felicidad y marchar en busca de su asesino, como se había jurado. Aunque el dolor crecía por dentro porque sabía que, pensara lo que pensara, se propusiera lo que se propusiera, por nada del mundo podría renunciar al hombre que le hablaba dulcemente a su lado, al hombre que amaba por encima de su deber, incluso de sus principios morales. No había trueque posible. El amor es egoísta, se resignó, y contra su naturaleza el ser humano tiene perdida cualquier batalla. Por eso se limitó a objetar:

—Pero si ya estamos frente al mar, amor mío...

—Un hotel junto al mar con unas suites maravillosas. Tienen una suite nupcial que...

—¿Una suite nupcial? —María sintió que algo se quebraba en su interior, igual que crepita una rama fina al ceder al peso de la nevada.

—Antes nos casaríamos, claro.

—¿Quieres casarte conmigo?

—¿Eso no es algo que debería preguntar yo?

—Pero..., pero...

A María se le olvidaron de pronto todas las penas, se le llenaron los ojos de lágrimas y sonrió igual que si se hubiera desbordado el embalse de su risa. Entonces Vargas adoptó una postura teatral, se arrodilló ante ella y solemnizó la gravedad de la voz para preguntarle:

—María. ¿Quieres casarte conmigo?

La respuesta fue la de una niña feliz, abrazada a su cuello, derramando lágrimas y repitiendo sí, sí, mil veces sí, hasta que se quedó sin aliento. Vargas se dejó abrazar y volvió a sentarse a su lado mientras continuaba:

—Nos casaremos en Biarritz, pasaremos allí la luna de miel y miraremos el mar desde nuestra habitación hasta que un día nos apetezca viajar a otra ciudad y luego... Bueno, luego iremos a donde tú quieras. Deseo poner el mundo a tus pies. Es mi regalo de bodas.

Vargas había despojado la cebolla de la última de sus capas. Las había ido arrancando una a una durante toda la vida, muchas veces sin saber que lo hacía, pero a lo largo del último año la había desnudado por completo hasta llegar a su corazón, al nudo final, a ese postrer vacío interior que, paradójicamente, era el fin de su búsqueda. En doce meses, como se produce el efecto dominó, había cometido un robo en una iglesia vienesa, había fingido su muerte después de perder a su hija, había asistido al asesinato de dos hombres en un barco, había cambiado de aspecto por completo y había logrado que la Naturaleza lo respetase durante un plazo tan largo de tiempo que en la práctica había conseguido alcanzar algo muy parecido a la inmortalidad. Y ahora, cuando había desprovisto a su vida de todas las capas posibles, se encontraba con una duda esencial, una incertidumbre tan honda que lo mantuvo despierto más de una noche: no lograba descifrar si su gran deseo, el objeto de la búsqueda había sido no envejecer o encontrar el amor verdadero, ese que se escondía entre los pliegues del corazón de María cuando se acurrucaba sobre él.

No envejecer, no morir. Era lo que creía buscar; pero ahora, tras encontrar a María y enamorarse, pensaba si acaso no era ella y sólo ella el destino del viaje, la auténtica finalidad de la búsqueda. Y si fuera así, otra vez su vida habría resultado una inconmensurable equivocación porque el tiempo le impediría asirse a ella, los años que transcurrieran serían ladrones que irían robándosela poco a poco hasta que un día, a saber cuándo, se la llevasen definitivamente de su lado. La rabia de esos pensamientos sombríos se repetía cada noche en las vísperas del alba, pero enseguida surgía la luz y con ella el consuelo para poner fin a ese tormento porque de repente reparaba en que ella era demasiado joven, su vida sería aún muy larga y era seguro que los avances científicos del futuro le regalarían la oportunidad de continuar juntos muchos años más.

Vargas cerró la voluptuosa casa del mar antes de morir septiembre. Pagó las deudas contraídas con las dos doncellas búlgaras y garantizó el resto de la vida de Mami con una cantidad de dinero superior al pactado y una promesa de que una vez al año se pondría en contacto con ella para socorrerla en el caso de que necesitara cualquier cosa. La despedida fue breve porque no cupieron más abrazos ni lágrimas, y el último consejo que la mujer dio a María antes de subir al coche y abandonar la casa fue tan lapidario como solían serlo todos los suyos:

—La hipocresía, la apariencia, la mentira, la moral que te han enseñado... ¡Pamplinas! Quítale todos los envoltorios al paquete, reina; el regalo es la vida y la vida siempre está dentro.

Manuel Vargas y María Saldanha viajaron a Biarritz en el Ferrari 599 GTB negro sin ningún incidente y sin detenerse en ninguna de las grandes ciudades que atravesaron o circunvalaron. La primera noche durmieron en el hotel Botánico, en el pueblo madrileño de El Escorial, a la sombra del monasterio donde el rey Felipe II coleccionaba óleos de mujeres desnudas pintadas por Tiziano que las arcas del monarca pagaban contra facturas en las que figuraban encargos denominados Poesía I, Poesía II, Poesía III, y así sucesivamente... Y al atardecer del segundo día llegaron al majestuoso Hôtel du Palais, anclado en la orilla del mar de Biarritz, mientras el sol se daba el último baño del día en unas aguas grises colmadas de anuncios otoñales. En tan largo viaje sólo se habían detenido un par de horas para comer frugalmente en un restaurante de carretera cerca de un puñado de caseríos recién adecentados a las afueras de San Sebastián y unos minutos para estirar las piernas y tiznarse de besos inaplazables.

La suite que Vargas había reservado en el Palais era la Édouard VII, situada en el primer piso, con terraza privada y unas desmesuradas vistas al mar. Tenía el suelo enmoquetado en rojo y oro, un gran salón circular, comedor, dos dormitorios con vestidor y un lujoso baño con jacuzzi e hidromasaje. La gran cama principal, adornada con un dosel que rememoraba el esplendor de otros tiempos, presidía una de las habitaciones, la mayor. En su conjunto, la decoración de la suite había logrado una difícil y ajustada armonía entre la madera de teca birmana, los mármoles de Carrara y la cerámica italiana de sus objetos de ornamentación. En total, los distintos espacios de la suite ocupaban una superficie de 152 metros cuadrados. La estancia, en fin, disponía de todas las comodidades de una cámara palaciega reformada y modernizada, pero con un toque de distinción aristocrática que la hacía única en el mundo.

La grandiosidad de aquella pieza de hotel causó en María un sentimiento confuso entre la intimidación y el deslumbramiento. Lo primero que hizo, después de detenerse unos instantes en mitad de la sala sin saber cómo comportarse ni de qué modo asimilar un lujo que le sobrepasaba, fue salir corriendo a la terraza por su puerta de acceso al salón para ver el mar e imaginar que aquellas grisáceas aguas bravas eran las mismas que iban y volvían desde su casa, al otro lado del océano. Vargas salió tras ella, comprendió el viaje ilusorio de su mujer a la añoranza y la abrazó muy fuerte por la espalda, acompañándola en la contemplación de las fronteras del horizonte remoto. Ella no pudo evitarlo y lloró mansa y silenciosamente, como se respeta el duelo en el luto, y él la estrechó aún más fuerte entre los brazos y le prometió que muy pronto viajarían a Brasil para que se pudiese reencontrar con los suyos. María sonrió entre lágrimas, se volvió, apretó la cara contra su pecho y se abrazó a él como se aferra el soñador a una idea sublime.

—Lo único mío eres tú. No tengo a nadie más. Pero sí; algún día me gustaría volver.

Durante los primeros días de aquel octubre vestido de final del verano pasearon por los secretos mejor guardados de las rizadas callejas de la ciudad, salieron a tomar el sol a la llanura de la playa, comieron en restaurantes rebuscados y por la noche cenaron en el comedor de la suite atendidos por el puntual servicio de habitaciones. Unos días después, en la alcaldía de Biarritz, obtuvieron los documentos necesarios para celebrar la ceremonia de su matrimonio civil y un concejal los casó diez días después, actuando como testigos un maître del hotel llamado Hervé, de oscuro cabello ensortijado y enormes ojos negros de árabe, y una camarera española del servicio de nombre Irache, natural de Legorreta, una mujer que miraba de perfil pero sonreía de frente, de mandíbulas geométricas y boca grande, bien armada.

Antes de empezar la ceremonia, el oficiante les dio la bienvenida y les felicitó, añadiendo una larga parrafada que ninguno de los dos entendió. Irache, sin sonreír, trató de traducir sus palabras.

—Dice sentir un gran alivio por casar, por fin, a una pareja que parece quererse, una pareja de verdad. Que lleva toda la mañana casando a viejos amigos que lo único que pretenden es beneficiarse mutuamente con sus pensiones de viudedad o de jubilación, y a señoras mayores, viejas amigas, que buscan lo mismo. Que desde que se permitió el matrimonio entre personas del mismo sexo, ha casado de todo menos a homosexuales y lesbianas: casi todos son amigos y amigas que buscan favorecerse económicamente. Dice que los anteriores a ustedes han sido dos señores que se han presentado con sus amantes, dos señoras estupendas, como testigos. Y ha terminado agradeciéndoles el amor que parecen sentir ustedes el uno por el otro. Le encuentro un poco cansado, la verdad. Esto último lo digo yo, no lo ha dicho él...

Fue una ceremonia breve y emotiva, ella vestida del color del nácar y él de riguroso traje oscuro, oficiada en un francés apresurado que traducía Irache a trompicones y en la que dejaron expuesto sin ambages que aceptaban el compromiso matrimonial y que compartían el ancestral deseo de las golondrinas de volar el uno tras el otro por muchos que fueran los vientos que trataran de confundir su estela.

Biarritz sería una ciudad mediterránea si no fuera porque un día decidió asomarse al mar desde la altura del águila para dominar la inmensidad del océano del norte y se equivocó. Revestida por el azul y el blanco con el aire de una princesa antigua, sus calles huelen a sal y sus casas a plata manoseada en monedas viejas con efigies imperiales. La ciudad atrae a la luz y al viajero como un inmenso imán en herradura, gritando a San Sebastián que no sea tan presumida, sin poder impedir serlo ella misma. Como dos doncellas en las vísperas de su boda mirándose en el espejo del mismo mar y preguntando quién será más hermosa, si Blancanieves o ella.

En aquella ciudad encantada los días que siguieron se

llenaron de escaparates y tiendas, de compras y paseos después de cenar por la orilla del mar que concluían cuando empezaban a sentir el anuncio otoñal traído por la húmeda brisa nocturna del Cantábrico. Vivían entre prolongados silencios y amores ruidosos, sin mirar el reloj ni el calendario, y en los desvelos del trasnoche Vargas se entretenía escuchándole contar cosas que había aprendido en su estancia en Nueva York, en donde María había vivido un año, trabajando, sin explicar en qué. A ella le gustaba hablar entre susurros en la noche, mientras permanecían en la cama abrazados sin luz, en ocasiones hasta que él se quedaba dormido. Una vez le preguntó si sabía por qué a los norteamericanos les llamaban gringos al sur de su frontera.

—Ni idea —negó él, mientras trataba de conciliar el sueño.

—Porque sus soldados vestían de verde —explicó María—. Y en México y en toda Sudamérica, cuando los veían, decían *green go*, algo así como el célebre *yankees go home* que se pintaba por los muros de las casas.

María contaba aquellas pequeñas anécdotas con la alegría de quien se da cuenta de que tiene algo que enseñar a quien considera muy superior, sin vanidad pero con satisfacción: por el placer de sentirse útil. Luego siguió hablando de la extrañeza que le producía la utilización en muchos países de la exclamación guay, que es la transposición onomatopéyica del *white* inglés: blanco. Algo es *white* porque es blanco, de blancos, para blancos. Lo blanco es bueno y lo bueno pertenece a los blancos; no a esos negros que iniciaron la moda de llevar los pantalones caídos y que desde entonces seguían los jóvenes de medio mundo sin saber qué significaba ni por qué se empezó a llevar.

—¿A llevar el qué? —Vargas estaba medio dormido.

—Los pantalones caídos a la cadera... Los negros del

Bronx, de ese barrio neoyorquino, empezaron a llevarlos así, sin cinturón ni tirantes, a modo de protesta, como una manera de solidarizarse con sus hermanos negros que esperaban en el corredor de la muerte a ser ejecutados. A ellos les quitaban los cintos y las correas para evitar que se suicidaran, por eso en el corredor todos llevaban los pantalones caídos. Y en la calle los negros los llevaban también así para llamar la atención del mundo sobre aquellos hermanos que esperaban la muerte, muchos de ellos, se aseguraba, por la única razón de ser negros.

Vargas no respondió. Pero abandonó el duermevela y se asombró de la cantidad de cosas que conocía María de los entresijos de la ciudad de Nueva York. Y no lograba entender para qué había permanecido tanto tiempo en aquella ciudad. Hasta que una tarde, sentados en una terraza frente a las aguas del anochecer, se le ocurrió preguntarle por su pasado. María no supo qué responder, balbució algo que Vargas no entendió y luego guardó un prolongado silencio, como si otra vez hubiese sufrido una herida interna y necesitara permanecer inmóvil para cortar la hemorragia. Vargas apretó su mano.

—Perdona, no quería...

—Tienes razón —respondió María—. Te has casado conmigo sin saber nada de mí.

—Sé todo lo que me importa.

—No, no... Tienes razón. Pero no sé qué decir... Mi vida carece de interés. ¿Qué puedo decirte? Que era funcionaria; que en Brasil era funcionaria del Ministerio del Interior y que un día lo dejé todo... Mi trabajo lo desempeñaba en una ciudad muy pequeña, la ciudad donde murió mi padre cuando yo tenía nueve años. Mi madre también murió, pero yo ya era mayor, hace cinco años, tenía veintitrés... También tuve un hermano... Ya no.

—Lo siento.

—¿Sabes lo que he soñado esta noche? Que me encontraba con mi hermano aquí, en Biarritz, y que venía a matarme. Me acusaba de..., bueno. Cosas mías. Pero todo su empeño era alejarme de ti, llevarme a algún lugar apartado y matarme. Llevaba en la mano un pedazo muy grande de carbón y pretendía golpearme con él en la cabeza. Un carbón que no era negro, ¿sabes? Era rojo, como si estuviese cubierto de sangre. Y repetía que iba a golpearme hasta limpiarlo, que el carbón tenía que ser negro y que yo le había engañado, dándole un trozo de color rojo.

—Nunca he comprendido los sueños —cabeceó Vargas.

—Yo los entiendo bien. —El rostro de María compuso un semblante apenado—. A veces demasiado bien...

Desde aquel día, después de desayunar, María le relataba a Vargas lo que había soñado durante la noche. Siempre se trataba de pesadillas en las que se encontraba envuelta en una amenaza terrorista en un aeropuerto, en un terremoto en la ciudad, en una bomba que explotaba cerca de ella o perseguida por la sombra de un hombre que pretendía asesinarla. Dormía mal, se despertaba a medianoche, se abrazaba a Vargas y entonces se volvía a dormir, más tranquila; pero las pesadillas se repetían cada noche y al levantarse las describía risueña, como si le divirtiesen las tragedias. Aunque en el fondo sentía que algo estaba trastornándola por dentro. A veces, como oleadas, un mar de picores inundaba su cuerpo, como le había sucedido durante el verano en la soledad de la exuberante casa del mar. Se lo dijo a Vargas y él comentó que tal vez la culpa fuera de las cenas, que le resultaban demasiado copiosas y las digería mal, provocándole esa clase de sueños y pruritos en la piel; pero las dos noches siguientes, en las que se conformaron con comidas frugales, los mismos sueños y hormigueos de urticaria volvieron a interrumpir su descanso.

Pasadas las primeras tres semanas de estancia, la vida en Biarritz se empezó a convertir en rutinaria para los recién casados: paseos por la mañana, aperitivos frente al mar, almuerzos y comidas en restaurantes que iban descubriendo al azar o en el bufé del mismo hotel... Por las tardes iban de compras a las mejores tiendas y por la noche, al teatro, asistían a un concierto o acudían a un palco en la Ópera, ataviados para la ocasión y llamando la atención por su elegancia y discreción, dejando a su paso comentarios susurrados acerca de su identidad y procedencia, unos murmullos apagados de sorpresa, envidia, intriga o admiración. Hasta que pasados algunos días María confesó que le aburrían aquellos espectáculos, que le incomodaba ser mirada por todo el mundo, que sin entender el francés ni el italiano no encontraba sentido a lo que declamaban o cantaban sobre el escenario y que ya estaba harta de salir y prefería quedarse en la suite, oyendo música o viendo la televisión, abrazados. Además, se sentía tan cansada...

—Bien. Como tú quieras. Pero que sepas que tengo dos entradas para el concierto de Año Nuevo, en Viena. ¿Te gustaría que fuéramos?

—No lo sé.

—Te gustará. Al final, tendrás que participar con tus palmadas mientras se interpreta la *Marcha Radetzky*, que para mí es como la consagración anual de la alegría. Te gustará, ya lo verás.

La culpa es una quemadura en la piel del alma que no termina de curarse nunca. Se alivia el dolor con ungüentos y bálsamos, con momentos de distracción que enmascaran el padecimiento, y durante algún tiempo esconden la tortura del escozor. Pero el sufrimiento siempre regresa, una y otra vez, cuando menos se espera, a traición, como sorprende un cambio de dirección del viento en las lejanías del mar. María se había casado con Vargas sin confesar quién era ni los verdaderos motivos de su viaje a Europa; Vargas, por su parte, se había unido a María sin revelarle la compra realizada a Blixen durante el verano y, lo que le producía una mayor angustia, ocultándole su pasado, su vida anterior; y sobre todo, sin haberle dicho nada de Belén, de esa hija que con frecuencia volvía a aparecer en su memoria con la nitidez de una herida sangrante, sin cicatrizar. En algunos momentos se reprochó haberse enamorado de una mujer, olvidando que le debía a Belén una veneración exclusiva como resarcimiento por sus desatenciones mientras vivió. A las puertas de María llamó, de improviso, la culpa que le recordaba que no estaba siendo sincera con el hombre que aseguraba amar; y por las ventanas de Vargas entraron, como dos palomas desorientadas, dos culpas negras, una con el rostro de Belén y otra con las alas de la mentira. Las dos revelaciones, simultáneas, se les aparecieron sin esperarlas en uno de aquellos prolongados silencios que tan cerca o tan lejos les hacía sentirse al uno del otro. Y cuando sufrieron el dolor de la quemadura en la piel de sus almas, todo cambió a su alrededor. De repente tuvieron unas irresistibles ganas de huir, de abandonar Biarritz y de viajar lejos, muy lejos, como si, corriendo, pudieran dejar las heridas atrás.

Los dos sintieron que en los últimos días algo se había torcido en sus vidas y trataron de ocultarlo, convencidos de que el mal era propio, sólo suyo, y que lo mejor era que el otro no descubriera el sufrimiento para no tener que explicar las causas. Los silencios se volvieron más persistentes, creció la desgana a salir y el apetito al comer, evitaron miradas francas y el acto del amor resultó, muchas veces, forzado y superficial. Las pesadillas de María se repitieron, agitando sus sueños como si durmiese con el diablo y Satanás se pasara las horas dando vueltas y revueltas por debajo de las sábanas para encontrar en su cuerpo un flanco débil por donde invadirla y poseerla, mientras la bañaba en picores. Durante el desayuno le contaba a Vargas lo soñado, que unas veces tenía que ver con su propia muerte y otras con la muerte de alguien a su alrededor. Una noche soñó que se le caía el pelo y esa idea aterradora no la abandonó ya, ni cuando estaba despierta; otra soñó que caía al mar y se encontraba con que en el fondo, bajo las aguas, había fuego, sólo fuego, una llamarada inmensa que no le dolía al quemarse pero que abrasaba su cuerpo y le deformaba la cara, derritiéndola igual que si fuese de cera, desfigurándola de manera espantosa. Y desde esa noche ya no quiso pasear nunca junto al mar ni bordear los acantilados ni las orillas de los estanques.

A María se le empezó a marcar de repente el sufrimiento en el rostro. Su belleza permaneció inalterable, pero sus ojos perdieron el brillo, amarilleándose, y su cabello se volvió opaco, igual que si se lo hubiese acariciado la mano de la muerte. Cada vez comía menos porque se saciaba enseguida, como si el estómago se hubiese llenado de piedras, y temía la hora de dormir porque no quería que aquellos sueños volvieran a visitarla. Vargas, sumido en su propio dolor, tardó en comprender que algo grave le sucedía a su mujer. Creyó descubrir en un par de ocasiones su abatimiento y palidez, pero una vez lo achacó a que estaba con la menstruación y otra a un resfriado sin importancia. Hasta que un atardecer, sentados en un Café de la Avenue de Verdun esquina al Boulevard de Cascais, María se agitó de repente, se echó la mano a la garganta como si le faltase el aire, el terror se dibujó en sus ojos y, antes de que nadie pudiese asistirla, cayó desplomada al suelo, inconsciente.

El desmayo pasó pronto, no fue necesaria asistencia médica ni el traslado al hospital, pero aquel vahído severo fue una señal de alarma ensordecedora. Vargas trató de no preocuparse pero no pudo impedirlo. Cuando unos días después María volvió a perder el conocimiento en el cuarto de baño del hotel, Vargas se asustó seriamente y decidió acudir a un hospital para que le realizaran las pruebas necesarias hasta que diagnosticasen la causa de su debilidad. Ya no era preocupación; era el miedo lo que comenzó a crecer a su alrededor.

El primer resultado de la analítica hizo pensar a los médicos en la posibilidad de que María sufriera un cólico biliar causado por la existencia de cálculos en la vesícula, ya que su condición de mujer y su edad apuntaban hacia ese diagnóstico, y para confirmarlo realizaron una ecografía a la paciente que, de inmediato, descartó el mal supuesto. La sorpresa de los facultativos fue grande porque aquélla era la única posibilidad contemplada, además de parecer la más verosímil. Cuando Vargas preguntó al equipo médico de qué podía tratarse en tal caso, los médicos no supieron responder. Se limitaron a recomendar que durante unos días observase a la paciente, por ver si aparecían nuevos síntomas, y que en todo caso regresase al hospital si se repetían las pérdidas de conocimiento de María. En apariencia, aseguraron, nada había de anormal en los resultados tras el exhaustivo examen realizado, sólo un poco de anemia, y los médicos hablaron de carga emocional, de estrés, del cambio de clima, de la falta de ejercicio... Entonces Vargas decidió que, de seguir las cosas así, lo más aconsejable sería abandonar Biarritz cuanto antes.

Desde entonces María se esforzó en comer un poco más. Vargas respetó durante unos días su descanso sin requerirla para los juegos amorosos y empezaron a levantarse más tarde y a pasear más, para que el ejercicio le abriese el apetito. De nada sirvieron los engaños del cuerpo porque las quemaduras seguían abrasando el alma. Los silencios se prolongaron entre ellos; era como si de repente se les hubiesen acabado las cosas que decirse. Pero lo que sucedía era algo mucho más profundo: a María se le había revuelto la culpa y supo que necesitaba hablar con él para no ahogarse; y a Vargas la suya le asfixió también, sin darle tiempo a confesar la verdad porque los acontecimientos se precipitaron.

Estaban en la terraza de la suite, con el decorado del mar al fondo balanceando su baile sobre la bahía.

El día había trascurrido nublado y pronto anochecería sin haber visto la luz del sol.

Desde abajo, el murmullo de los viandantes y de los huéspedes del hotel en la calle y en los jardines impidió que el silencio resultase doloroso.

María tenía un vaso de agua en la mano y Vargas fumaba un cigarrillo apoyado en la barandilla con las pupilas veladas apuntando al horizonte difuso del mar y entonces ella se sentó en un sillón de mimbre, se acomodó en el respaldo y respiró profundamente.

—¿Sabes? A las cucarachas les atrae el pegamento. Yo no lo creí nunca, pero una vez me dijeron que una mujer de un pueblo cercano tenía una herida en la lengua y aun así humedeció un sello para franquear una carta. No se dio cuenta de que una cucaracha había depositado sus huevos en el pegamento del sello y, al lamerlo, los huevos se le introdujeron en la llaga y se quedaron dentro. Al poco tiempo empezó a incubarlos, ayudados por el calor y la humedad, se le hinchó la lengua, sufrió unos dolores horribles y al final se le produjo una grieta por la que salieron decenas de cucarachas. ¿Te imaginas el asco de aquel revuelo de cucarachas saliendo por su boca? Manuel, necesito decirte una cosa.

—Dime.

—Siéntate. No, a mi lado no. Ahí enfrente. Quiero mirarte a los ojos.

—¿Te encuentras bien?

María afirmó apenas con un leve gesto y comenzó ansiosamente a hablar, como si necesitara vomitarlo todo.

Que le dolía el alma, explicó. Que le dolía por no haberle dicho antes lo que ahora necesitaba expresar, su verdadera profesión, el asesinato de su hermano y la forma en que se produjo; la promesa que se había hecho de encontrar a su asesino y la verdadera razón de su viaje a Londres, su expulsión a España y todo lo que vino después. Según lo iba narrando, entrecortada a veces la voz, desbordando lágrimas otras, bebiendo continuos sorbos de agua para poder seguir, su confesión iba aumentando la agonía mientras, sin saberlo, escupía cucaracha tras cucaracha y acrecentaba los terrores de Vargas, conduciéndolo primero hacia la sospecha y después hacia la certeza de la constatación de una trama que tenía que haber sido tejida por el mismo diablo para que lo llevara precisamente hasta él. María lloraba mientras se desahogaba y Vargas temblaba por dentro de un modo cada vez más insoportable. Él revivía el sonido de los disparos, la imagen del barco ardiendo y la desfachatez de Miguel al mismo tiempo que las palabras de María iban y venían, algunas atendiéndolas y otras quedándose mudas, lejanas, porque el azar estaba jugando con su destino y le producía mareos y una angustia que le impedía respirar. En el desarrollo de la narración de su historia María estaba tan temerosa y ensimismada que no era capaz de ver la ansiedad que sacudía a Vargas, sometiéndolo a una inquietud creciente. Lo que empezó temblándole por las tripas acabó secándole la boca, agitándole el pecho y nublándole la vista, sin dejarlo permanecer quieto en la silla, escuchándola. Vargas se levantó y se sentó repetidas veces; iba y venía a la barandilla, se servía agua pero no bebía del vaso; trató de controlarse pero no lo lograba. Aquella inquietud en su marido la reforzaba en la idea de que estaba indignándose por lo que estaba oyendo y María se sentía cada vez más afligida y atormentada, pero seguía y seguía con la narración de su vida para que las quemaduras del alma dejasen de dolerle. Y en aquella prisión sin alcaide ni indulto, aquella jaula de manicomio en que se había convertido la terraza de la suite, cada uno de ellos enloquecía por lo que le asfixiaba, sin reparar en la asfixia del otro. María lloraba y escupía terrores revestidos de frases de arrepentimiento por no habérselo contado todo mucho antes y Vargas creía que la ansiedad acabaría con él y el corazón se le rompería en mil pedazos.

No podía creer lo que oía. La mujer que amaba estaba buscándole para matarlo. María se había casado con el asesino de su hermano, o con quien ella creía que lo había asesinado. Cuando pronunció el nombre de Jonathan Bentham, Vargas pensó que se desmayaría; y cuando añadió que ese Bentham seguramente sería el nombre falso de un hombre llamado Vinicio Salazar al que todos daban por muerto, todos menos ella, y oyó de qué modo lo odiaba, de qué manera lo aborrecía y lo culpable que se sentía por haber olvidado el deber de vengar a su hermano, Vargas no tuvo entereza para seguir escuchando ni para disimular su angustia. Gritó:

—¡Cállate!

Y la zarandeó, sujetándola por los brazos. María recibió el grito y la sacudida de un modo tan inesperado que se sobresaltó, se asustó, aulló enloquecida, se cubrió la cara con las manos y sintió que algo se le quebraba dentro de la cabeza. Y perdió el conocimiento, otra vez, desplomándose como ya le había ocurrido en el Café y en el baño de la habitación.

Pero esta vez Vargas no corrió en su auxilio. Primero necesitaba recobrar la calma, ordenar las ideas, recuperar el ritmo de su respiración y serenarse. Tenía que pensar en todo lo que acababa de oír. No era posible; resultaba increíble que se tratase del mismo hombre que le había salvado la vida en el mar y que luego fue asesinado por su guardaespaldas. Y si era así, el destino estaba jugando con él la más injusta de las partidas. Como al holandés errante, Dios le condenaba a vivir eternamente sin amor. No había sido él, no fue él quien apretó el gatillo e incendió el barco, pero su escolta había afirmado que lo había hecho en su nombre, siguiendo la orden malinterpretada de que nadie conociese lo que estaba tramando. Y siendo así, el destino le condenaba con el más atroz de los castigos: añadir una nueva culpa, arrebatarle el amor de la mujer amada, responder ante ella por sus crímenes, regresar a la soledad con el mismo merecimiento que cuando le fue arrebatada su hija por una muerte prematura.

Tenía que tranquilizarse y pensar en algo antes de socorrer a María, que yacía sin sentido en el suelo. Ella no le había relacionado con los sucesos relatados porque en otro caso no le habría hablado de aquella manera. Entonces, si evitaba volver a Londres, donde Orson era el único que le conocía por el nombre de Bentham, y lograba que el doctor Blixen permaneciese lo suficientemente alejado, ella nunca sabría que el asesino que buscaba y él eran la misma persona. Y con el nombre de Salazar le conocía... ¿quién le conocía? Sólo Da Gama, y pensó que de él podía fiarse. Y también Miguel, claro, pero él era quien más tenía que callar. Por ahora, podía estar tranquilo. Otra cosa era lo que empezó a sentir por aquella mujer, o más exactamente lo que dejó de sentir por ella. De repente era como si la complicidad del amor se hubiese nublado por las sombras de la duda y el pánico a la pérdida. Tenía que aclarar las ideas que reñían en su cabeza igual que enemigos irreconciliables. Qué alto vuela el amor cuando hay que tantear una tierra firme donde posar los pies, se dijo.

Paseaba alrededor de su cuerpo desmadejado en el suelo con los pensamientos desordenados, buscando el modo de componer una apariencia de puzzle que le pudiera mostrar cuando despertase. Un cuadro de colores vivos y luces cegadoras que recubriesen el óleo primitivo de sombras que la realidad había pintado sobre el lienzo original. No encontraba el modo de urdir su coartada y recobrar el aliento ante la mujer, pero tropezó con ella mientras andaba perdido en sus cavilaciones y comprendió que tampoco podía dejarla allí, inconsciente, durante mucho más tiempo, que tenía que arriesgarse a reanimarla y confiar en que no descubriese su secreto.

Tras unas palmadas y un poco de agua fría salpicada en el rostro logró que María entreabriese los ojos. Luego la llevó a la cama y llamó a la Recepción desde el teléfono situado sobre la mesilla de noche, solicitando con urgencia la presencia de un médico y de una ambulancia. No parecía nada grave, diagnosticó el médico del hotel; pero ante la insistencia de Vargas y la información de que no era la primera vez que ocurría aquello, María fue trasladada en una ambulancia al hospital para la realización de unas nuevas y más exhaustivas pruebas.

Los médicos que la atendieron aquella noche no lograron diagnosticar su enfermedad y no se atrevieron a darle el alta. Vargas exigió que los mejores especialistas continuaran sometiéndola a cuantas pruebas fuera necesario, pero ninguno de ellos, ni los colegas con los que comentaron el caso, logró encontrar la causa del mal. Algunos indicadores estaban dando resultados extraños, en ocasiones contradictorios, pero ninguno reveló dónde podía encontrarse la alteración discontinua en sus constantes vitales. María estaba enferma, todo parecía indicarlo, pero no se sabía de qué. Dos días después, tras las continuas exigencias de Vargas persiguiendo una respuesta concreta, el director del hospital aceptó resignado el hecho de que en aquel centro no conseguían detectar el origen del mal y confesó compungido que lo cierto era que no disponían de los más modernos instrumentos de análisis, que sus presupuestos eran bajos, y recomendó a Vargas trasladar a María a París y que en el Gran Hospital la atendieran con sus equipos y medios, mucho más sofisticados que los suyos.

Vargas terminó asumiendo que tenía que ser así, que en aquel lugar estaba perdiendo el tiempo y arriesgando la salud de María. Pero en lugar de decidir ir a París eligió la Clínica Fundació de Barcelona para poner en manos de sus equipos médicos la curación de la mujer que, en esos momentos, no sabía si amaba o temía.

El director del hospital de Biarritz no puso objeciones a la elección del centro médico barcelonés y con gran diligencia hizo cuanto le fue posible para facilitar los medios que estaban a su alcance y que el traslado pudiese realizarse lo más cómoda y rápidamente posible.

Un helicóptero se encargó de trasladarles a Barcelona a primera hora de aquel día de octubre, una mañana que amaneció lloviendo como si el cielo se hubiera echado a temblar.

El destino. Otra vez decidía el destino, tan inmutable como la naturaleza. Y otra vez estaba repartiendo las cartas en el juego de la vida y de la muerte.

Ahora todo parecía indicar que a Vargas le estaba sirviendo una mano mala.

El 27 de octubre María Saldanha quedó ingresada en la Clínica Fundació en una espaciosa habitación iluminada por grandes ventanales que daban a un pequeño jardín y a una calle estrecha sin tráfico. Manuel Vargas fue recibido de inmediato por el director del Centro, que había sido avisado de la llegada de la nueva paciente desde Biarritz por el director del hospital francés, y la entrevista que mantuvieron fue tan breve como resolutiva. Apenas un fugaz apretón de manos, una somera presentación protocolaria y cuatro frases rápidas como disparos.

—Tengo todo el dinero necesario para recobrar la salud de mi mujer —dijo.

—Eso no será preciso, señor Vargas —replicó el médico—. Haremos cuanto esté en nuestras manos, como siempre.

—Veo que no lo comprende. —Vargas se pasó la mano por la frente, sin dejar de clavar la mirada en el director del Centro—. No voy a pagar el esfuerzo, sino el resultado. Si es necesario compraré la Clínica para garantizar la recuperación de mi esposa, pero estoy seguro de que usted coincide conmigo en que no habrá que llegar a tanto. ¿Quién es su mejor especialista?

El director permaneció de pie, estupefacto. Durante algunos momentos dudó si aquel hombre hablaba en serio, pero no tardó en convencerse de que era así. Luego empleó unos segundos más en responder.

—Depende del diagnóstico, naturalmente. —El director no rectificó la expresión asombrada ni pudo apartar la mirada de Vargas—. Nuestros equipos...

—Estoy intentando saber a quién considera usted más capacitado para dirigir todos los equipos que sean necesarios, doctor. Sea lo que sea lo que le sucede a María.

El director recobró poco a poco la naturalidad y se mantuvo pensativo unos instantes con los ojos fruncidos, buscando la respuesta. Al mismo tiempo, observaba a su interlocutor, valoraba la firmeza de Vargas y sopesaba las razones del aplomo con que se dirigía a él. Mostraba una inmejorable presencia, un aire distinguido y la seguridad de alguien que estaba acostumbrado a tomar decisiones a cualquier hora y en cualquier situación, pero no había en él ni en su nombre nada que le indicara que se encontrara ante alguien poderoso. Además, entendía a la perfección lo que exigía su cliente con aquella actitud, pero no alcanzaba a calibrar hasta qué punto se correspondía con la realidad la prepotencia de amenazar con poder adquirir un gran paquete de acciones de propiedad de un hospital privado. Por otra parte, tampoco era una norma habitual del Centro designar un jefe de varios equipos compuestos por internistas, cirujanos y otros médicos especialistas para el primero que lo solicitase, una actuación que se reservaba para las urgencias clínicas más graves que afectaran a reyes, gobernantes y algunos casos extremos y excepcionales. Lo normal era tratar a todos los pacientes con el máximo interés, cuidándolos hasta en los mínimos detalles, aunque sin poner en marcha un dispositivo tan complejo como el que reclamaba Vargas. Pero la mirada pétrea de su interlocutor parecía exigir algo así y por unos momentos dudó de si debía englobar aquella propuesta en una de esas excepciones por las que se movilizaban todos los recursos de la Fundació, lo que suponía un enorme esfuerzo y organizar un protocolo de actuación tan integral y sofisticado.

—No sabría decirle... —se tomó un respiro antes de responder.

Vargas se dio cuenta de la actitud dubitativa de su interlocutor y no tardó en decidirlo: sacó un talonario del bolsillo interior de su chaqueta y una pluma y extendió un cheque que firmó con energía, como ordenando al documento que cumpliera con su deber. Mantuvo su mirada de hierro y añadió:

—Este medio millón de euros le ayudará a comprender mejor lo que quiero de ustedes, señor director. Por supuesto sin escatimar cuanto sea necesario para obtener lo que quiero, suponga la cantidad que sea. ¿Verdad que ahora lo empieza a comprender mejor? Yo nunca bromeo.

—Sí, sí... El doctor Perea es el mejor —balbució el director, remirando el talón bancario, sin recuperarse por completo de la impresión por la actitud de aquel hombre—. El doctor Perea, sí. Creo que él...

—Está bien. —Vargas se levantó y extendió la mano para que el médico se la estrechara. Se la mantuvo firme, presionando, convencido de que de esa manera iba a ser comprendido mejor—. Quiero al doctor Perea veinticuatro horas al día dedicado a mi mujer, con todo cuanto precise en equipos y en medios. Estén en el lugar del mundo donde estén. Muchas gracias, doctor.

Manuel Vargas salió del despacho sin sonreír y se dirigió a una de las secretarias que trabajaban en las oficinas. No se molestó en presentarse.

—Señorita, tome nota, por favor. Quiero una suite en el hotel Arts, un coche con conductor, una credencial de acceso libre a la Fundació para visitar a mi mujer cuando lo estime oportuno y alguien que me ayude en asuntos contables y en gestiones bancarias diversas. ¿Ha tomado nota? Su jefe le autorizará a hacerlo, pregúntele.

—Sí..., señor.

—Estaré esperando en la habitación de mi mujer hasta que lo haya resuelto.

Sentado junto a la cama de María, asido a su mano, Vargas pensó que aquello no podía estar pasándole a él, que no era posible que volviera a sucederle. La miraba y apartaba atemorizado los ojos, entristecido. Se parecía tanto a su hija... María estaba desnuda bajo un camisón verde y despojada de anillos, pulseras, collares y pendientes. Levantaba los ojos de vez en cuando, en silencio, igualmente apenada, y él entonces le sonreía sin convicción y luego permanecía con los ojos perdidos en el vacío, rememorando a Belén y sintiéndose traicionado. Esta vez no se iba a dejar vencer; haría lo necesario para que nada le arrebatase la vida a aquella mujer. A pesar de todo, su capacidad de sufrimiento estaba agotada.

—Tranquilo, amor mío. —María apretó su mano—. Me pondré bien.

—Por supuesto.

Un equipo compuesto por tres médicos y dos enfermeras irrumpió en la habitación con la familiaridad acostumbrada, encabezado por un doctor joven con lentes sin montura, sonrisa tranquilizadora y ojos inquietos. Se dirigió al lecho de María y posó la mano en su brazo.

—A ver qué le ocurre a esta jovencita... —canturreó sin perder la sonrisa. Después levantó los ojos hacia Vargas y afirmó con la cabeza dos veces—. Soy el doctor Perea y éstos son mis ayudantes, el doctor Navas y el doctor Balagué.

Vargas se levantó de la silla y les estrechó la mano a los tres. Una de las enfermeras se apresuró a recolocar la almohada de la cama de María y la otra a revisar la tablilla de ingreso. Luego se la entregó al doctor.

—Veamos —leyó Perea, sin afectación—. Sí..., ya veo. Bueno, señora Vargas: nosotros nos vamos a dar un paseo para realizar unas cuantas pruebas, pero estoy seguro de que no será nada.

—Ojalá, doctor. —María forzó una sonrisa apagada.

—Y a usted —se dirigió a él—, le aconsejo como médico que se vaya a dar una vuelta y que descanse un rato, señor Vargas. Tardaremos algún tiempo, pero le mantendremos puntualmente informado. Ahora, aquí, no puede hacer nada, ¿lo comprende?

—Sí, por supuesto —aceptó él—. Pero si no le molesta me quedaré todavía un rato... Estoy esperando a que me confirmen desde la Dirección...

—Ah, sí —afirmó Perea, cayendo en la cuenta—. Es cierto, lo había olvidado. Afuera espera un joven que dice ser su secretario. Ahora le diremos que pase.

María fue trasladada a una camilla y se la llevaron de la habitación. Vargas la despidió con un beso en la frente.

—Todo va a ir bien, ya lo verás —dijo, e intercambió con ella una sonrisa desganada.

—Sí. —María dejó caer los párpados para esconder el miedo que empezaba a asomar a sus pupilas—. Lo sé.

—Vamos —ordenó el doctor Perea.

Manuel Vargas abandonó el hospital en el Audi Quatro que le esperaba a la puerta en compañía de un joven apocado que respondía al nombre de Pau Fábregas, un muchacho de palabras medidas trajeado en color verde bosque, montura de diseño rojo en sus gafas y corbata aún más barcelonesa. Parecía un híbrido de profesor de autoescuela con escaparatista del Bulevard Rosa, con barca de recreo anclada en el puerto para usar de una y media a tres en la pausa para la comida. Vargas no reparó en su aspecto sino en su eficacia cuando, antes del mediodía, le explicó en el bar del hotel Arts lo que esperaba de él y dos horas más tarde era visitado en su suite por un notario y el director de una sucursal bancaria que le entregaron un poder notarial a la firma y un maletín con medio millón de euros para gastos de bolsillo, así como una tarjeta de crédito platino sin límite de gasto. El joven Fábregas recibió como primer pago por sus servicios tres mil euros en efectivo y una habitación en el mismo hotel, junto a la de Vargas, para que se quedara a su lado todo el tiempo que permaneciese en Barcelona. Tres conductores fueron contratados en la misma empresa de alquiler de automóviles, en turnos de ocho horas, para esperar en el coche cualquier movimiento que Vargas decidiese realizar, de día o de noche.

A última hora de la tarde se produjo la primera llamada telefónica desde el Centro hospitalario para rogarle que acudiese a la consulta del doctor Perea y ser informado del resultado de las primeras pruebas. El médico lo esperaba en su despacho con un semblante mucho menos risueño que el que había lucido por la mañana al presentarse en la habitación de María.

—No creo que existan excesivos motivos de preocupación, señor Vargas —comenzó diciendo, ajustándose el puente de sus gafas sobre la nariz—, pero me inquieta el hecho de que aún no sea posible avanzar ningún diagnóstico definitivo. Su esposa..., en fin: creemos que puede sufrir una colangitis esclerosante primaria o una hepatitis autoinmune, pero todavía no estamos seguros de ninguna de las dos patologías, si hemos de ser veraces.

—Hable más claro, por favor. —Vargas se removió en su asiento—. No entiendo lo que me dice.

—Lo procuraré, sí. —Perea apoyó los codos en la mesa y se frotó la frente con los dedos—. Tenemos unos síntomas claros: unos leves dolores óseos y articulares, enrojecimiento de las palmas de las manos, una mínima hinchazón en los tobillos, lo que se denomina edema, y cierta sequedad en los ojos y la boca, que obviamente podrían ser consecuencia de una enfermedad autoinmune; pero por ahora no podemos descartar otras causas. El colesterol está un poco alto y... En fin, que ninguno de estos síntomas, por separado, significa nada. Pero, no sé cómo decirlo... Todos juntos nos inducen a pensar en un mal relacionado con el hígado. ¿Ha observado usted si últimamente se encontraba muy fatigada? A un gran cansancio, me refiero...

—Es posible, sí —dudó Vargas.

—¿Picores en alguna zona de su cuerpo?

—Se ha quejado de ello alguna vez, sí. Pero no creo que...

—Y, no sé... ¿Abulia, desinterés, algo así como melancolía?

—Bueno... Supongo que sí.

Perea tomó nota en su expediente y se quedó pensativo un buen rato. Parecía costarle trabajo verbalizar la hipótesis en que estaba pensando. Vargas seguía el movimiento de sus ojos y de sus manos con atención, como si en ellos pudiera leer los pensamientos del doctor, extremadamente opacos tras la gravedad de su rostro.

—¿Es algo serio, doctor? —Vargas no pudo soportar el silencio y preguntó con ojos de perro perdido.

—No lo sé, no lo sé... —Perea volvió de sus reflexiones y fijó su mirada en la de Vargas—. El análisis de sangre muestra una alteración en sus funciones hepáticas, idéntica a la que se produce cuando existe una obstrucción de los conductos biliares. Pero hemos realizado un estudio ecográfico del hígado y de las vías biliares y no aparece con claridad obstrucción alguna, y eso es precisamente lo que me desconcierta. La verdad es que sólo puedo decirle cuanto le he dicho. Mañana realizaremos una nueva analítica más pormenorizada, una colangio-resonancia nuclear magnética y una colangio-pancreatografía retrógrada endoscópica para observar la red de conductos biliares y pancreáticos. Si no obtenemos una respuesta satisfactoria, le avisaré para que nos autorice la realización de una biopsia hepática, señor Vargas. Es necesaria su autorización porque será precisa la anestesia local. ¿Está de acuerdo?

—Lo que usted considere, doctor. Confío en usted.

—Bien. Pues por ahora nada más. Su mujer descansa en su habitación. Puede visitarla si lo desea, pero le agradecería que la dejase reposar el mayor tiempo posible. Las pruebas de mañana son traumáticas y necesitará de todas sus fuerzas.

—Descuide, doctor. Pero cúrela, ¿de acuerdo?

—Sabe que es mi mayor deseo.

—No basta desearlo, doctor. No basta.

La despedida fue fría. Vargas subió a la habitación de María y se sentó junto a ella. Estaba más demacrada que por la mañana, su cabello revuelto se había esparcido por la llanura nevada de la almohada y su voz se había apagado. Parecía rendida.

—¿Cómo te encuentras, pequeña?

—Un poco cansada...

—Te pondrás bien, ya lo verás.

El aspecto de María era lamentable. Componía una sonrisa forzada, sus párpados parecían pesarle demasiado... Quería dormir, dijo, y Vargas esperó junto al lecho, con la mano entrelazada a la suya, a que ella se durmiese. Una enfermera velaba en otra silla junto a la puerta y Vargas salió de allí ordenándole que le telefoneara si se producía la menor alteración en el estado de salud de su mujer.

Aquella noche fue otra noche en blanco. Ya las había sufrido como Vinicio Salazar y como Jonathan Bentham, y ahora le volvía a pasar lo mismo como Manuel Vargas. Un nombre no cambia la suerte de un hombre, como un traje noble no convierte en honrado a un rufián. Se habría levantado y pedido a Recepción un ordenador para rastrear en internet los síntomas de la enfermedad de María y buscar respuestas (algo había dicho el doctor, de pasada, sobre el síndrome de Sjögren), pero el recuerdo doloroso de Belén le mantuvo inmóvil sobre la cama, aún vestido. No podía creer que la Naturaleza volviera a atreverse a robarle una vida. Se tranquilizó pensando en que tal vez no fuese nada importante, que la palabrería de los médicos asusta por lo ininteligible que es y que, en realidad, lo más probable era que María sólo sufriese un pequeño achaque como consecuencia del cambio de modo de vida o a causa de un ataque de nostalgia por su país. Pero aquel rostro rendido, envejecido, demacrado y agotado no engañaba: estaba enferma, quizá mucho más enferma de lo que imaginaba, y en ese caso tendría que estar preparado para recibir la peor de las noticias. Durante el resto de la noche Belén ocupó sus pensamientos. Vargas no sabía rezar, pero la recordó tanto que no podía haber encontrado mejor oración para ella. Y volvió a verla en el fondo del mar, bella e incorrupta, adorada por los peces y por las corrientes marinas. Algún día formaría una expedición para rescatarla del fondo del océano.

Al alba durmió por fin un par de horas. El joven Fábregas acudió a su llamada antes de las diez y fue enviado al paseo de Gracia para comprar ropa y zapatos en Loewe. La prensa de la mañana hablaba del recalentamiento del planeta y del plan de emergencia puesto en marcha por los gobiernos de los Países Bajos, Gran Bretaña e Islandia para protegerse de la inminente invasión de las aguas deshelladas del Ártico. Europa empezaba a correr peligro y nadie parecía aplicar las medidas aconsejadas para ralentizar el inevitable cambio climático provocado por la necedad humana; y la Ciencia continuaba su avance paso a paso para lograr que los seres humanos llegasen a una edad que les permitiese ser testigos de su estulticia e irracionalidad.

Al anochecer fue nuevamente citado por el doctor Perea en su despacho de la Clínica Fundació. La biopsia hepática practicada había extraído una pequeña muestra del hígado de María y se había examinado al microscopio. El resultado no podía ser más desalentador: la intensidad de la inflamación y de la cicatrización fibrosa indicaba un estadio IV de cirrosis, el mayor de todos. Sólo faltaba por conocer el resultado de la analítica específica para conocer si aparecían anticuerpos antimitocondriales. Constituían el último dato necesario para confirmar el diagnóstico: la cirrosis biliar primaria.

Vargas quiso conocer con todo detalle las consecuencias del mal que se enunciaba como un quinto jinete apocalíptico y el doctor Perea trató de resumirlas para hacerse comprender:

—De confirmarse el pronóstico, señor Vargas, y todos los indicios parecen apuntar en la misma dirección, indudablemente su mujer padece complicaciones graves como consecuencia de una cirrosis avanzada. Me temo que todo indica que nos podríamos encontrar ante un cáncer primario de hígado. Hay que contar con ello, desde luego.

Vargas cerró los ojos. Sintió que le recorría por la espalda un latigazo de miedo y sufrió un leve mareo que controló apretando la mandíbula. La última frase de Perea era una descarga eléctrica en el estómago y notó que las piernas se le estaban convirtiendo en agua.

—Cáncer... Dígame qué podemos hacer.

—La verdad, señor Vargas, es que la única salida va a tener que ser un trasplante... —Perea lamentó tener que decirlo de modo tan directo y puso su mano sobre el brazo de aquel hombre, compadeciéndolo—. Un trasplante de hígado, sí. Urgente.

Vargas empalideció aún más. Pero al cabo de unos segundos respiró hondo y recobró el ánimo.

—De acuerdo. Un trasplante. Al menos queda esa esperanza. Y además aquí, en España, no será difícil encontrar ese hígado sano y curarla, ¿verdad, doctor?

Perea movió la cabeza a un lado y a otro. Sabía que la operación no presentaba excesivas complicaciones, pero también era cierto que últimamente, precisamente en los meses del otoño, los órganos eran más difíciles de encontrar. Y lo último que deseaba era añadir una nueva preocupación a la inquietud de Vargas.

—Lo cierto es que no hay muchos ahora mismo... En verano y durante las navidades suele haber una gran cantidad de donaciones de órganos, por los accidentes de tráfico, ya sabe..., pero en estos días, bueno... No estamos en el mejor mes. Por otra parte, todo lleva su tiempo: lista de espera, papeleos... Y además es necesario que se trate de un órgano compatible. Pero, en fin, no se preocupe, señor Vargas: estoy completamente convencido de que encontraremos el donante adecuado para su esposa. Déjelo todo en nuestras manos. En los casos extremos, como parece que pudiera llegar a ser el de su mujer, en cualquier momento podría ser catalogada como una Alerta Cero.

—¿Qué quiere decir?

—Que, una vez que se confirma el diagnóstico, se pone el caso en manos de la Coordinadora Nacional de Trasplantes. Hemos informado de que nos tememos un inminente fallo hepático fulminante y que, si se produjera, lo confirmaríamos y el primer hígado disponible sería para ella. El primero. Eso es la Alerta Cero, una situación en la que la muerte puede producirse en cuestión de horas. Pero no se alarme, por ahora no hay que...

Dos días después, el 30 de octubre, las peores noticias se confirmaron. María sufría una cirrosis biliar primaria o CBP con graves complicaciones hepáticas que incluían un tumor maligno inesperadamente agresivo. Había entrado en fallo hepático fulminante e ingresado en la UCI. De inmediato se confirmó el dispositivo de Alerta Cero a la Coordinadora Nacional para obtener un hígado que pudiese ser trasplantado con éxito y lo único que faltaba era esperar que no tardara en aparecer, como había asegurado el doctor Perea desde el principio.

Pero cuarenta y ocho horas después todavía no se había producido la donación de ninguno.

Vargas empezó a temer lo peor. María se sentía cada vez más apagada y débil. Carecía de apetito y le costaba un tremendo esfuerzo hablar. El avance de la enfermedad sorprendió a los diferentes equipos que trabajaban incansables a las órdenes del doctor Perea y bajo la supervisión del mismo director del Centro, que dada la gravedad de la paciente y la peculiaridad de la enfermedad se ocupó personalmente del caso.

—¿Y si no aparece, doctor?

—Tengamos confianza, señor Vargas.

—¡Mi mujer está cada vez peor! —se irritó Vargas—. ¡Cada día la encuentro más débil...!

—Lo sabemos. Está grave, señor Vargas, no puede negarse. Pero hay que esperar.

—¿Y si no aparece, eh? ¿Y si no aparece? —repitió Vargas angustiado, cada vez más desesperado—. ¡Hay que hacer algo! ¿Cuánto tiempo de vida...?

El doctor Perea habría deseado que Vargas no formulase jamás esa pregunta. Pero la había formulado. Y tenía que responderla. Bajó los ojos al suelo y volvió a alzarlos, desolado.

—Días. Tal vez un par de semanas...

—¡Dios!

—¿Doctor Blixen? Soy Jonathan Bentham.

—¡Señor Bentham! Me alegra oírle. ¿Cómo se encuentra?

—Bien, bien... Pero óigame bien: necesito verle.

—Calma, calma. Quiero decir que su revisión no será hasta dentro de un par de meses y entonces...

—¡He dicho que necesito verle!

—No sé... El caso es que en estos días..., quiero decir que mi trabajo...

—¡Mire, amigo, su trabajo soy yo! ¿Entendido? —Vargas alzó la voz. De inmediato recobró el aplomo y ordenó—: O sea que hará lo que yo le diga: mañana nos veremos en Londres. En The River, el restaurante del Savoy. No lo olvide. Por si no se acuerda el Savoy está entre Charing Cross y Covent Garden. A la una en punto. ¿Queda claro?

—Pero..., señor Bentham...

—¡Joder! ¡He dicho a la una!

—Conforme, conforme...

Vargas colgó el teléfono ruidosamente, como si Blixen pudiera oírlo. Golpear el teléfono al cortar una comunicación deja la sensación de que al otro lado se va a percibir la energía, el enojo o la rabia; y así lo sintió Vargas al hacerlo, pretendiendo que el danés dejase de titubear y no dudara de que la cita en Londres no era un ruego ni una solicitud, sino una orden.

The River es uno de los restaurantes londinenses más exclusivos y figura entre los más pretendidos del mundo para celebrar una comida. Artistas, actores, modelos y políticos lo encuentran perfecto para sus almuerzos y cenas y muchos hombres de negocio citan en él a sus invitados extranjeros para terminar de cerrar una operación mercantil o convencerles de que son los interlocutores adecuados para confiar sus asuntos financieros en Gran Bretaña. Aparente, discreto, sumamente caro y con un experto personal de servicio conocedor de las peculiaridades y rarezas de la mayor parte de la clientela, a la que tratan con la distancia y precisión adecuadas, en sus salones cabe igualmente cerrar la contratación de un actor para una película en Hollywood que firmar un acuerdo de reparto de activos financieros entre Hong Kong, Londres y Tokio, sin descartar el intento de un sudoroso e ignorante magnate del pollo frito norteamericano de proponer matrimonio a una modelo anoréxica con un pedrusco de diamante del tamaño de una alubia engarzado en oro de veinticuatro quilates. De todas formas, a Vargas le pareció el sitio idóneo para lo que tenía que hablar con el doctor Blixen, tanto por la disposición de las mesas, suficientemente alejadas unas de otras para que la intimidad se conservase, como porque a Orson le resultaría fácil reservar una mesa a su nombre exigiendo un rincón apartado del salón principal. La única duda de Vargas era si dejarían acceder a The River al doctor Blixen, con ese aspecto extravagante de sabio chiflado embutido en su inevitable chaleco a cuadros. Pero una nueva llamada a Orson indicándole que informara a The River acerca de quién se trataba el invitado de mister Bentham, acompañándolo de una somera referencia a su peculiar desaliño indumentario, bastó para que Vargas tomase el primer vuelo a Londres con la sensación de estar haciendo lo correcto.

Las medidas de seguridad impuestas en el aeropuerto de El Prat para acceder al avión con destino a Londres resultaron ser tan extremas que hubieran podido inducir a risa si no fuera porque proporcionaban una sensación de terror que a algunos pasajeros les hizo palidecer y a otros sopesar durante unos minutos la decisión de tomar el avión o renunciar al viaje. Vargas tuvo que abrir en el control de pasajeros su maletín personal y abandonar sobre el mostrador la pasta dentífrica, un desodorante en spray, el frasco de colonia, todos los útiles de afeitar y el kit de lima y cortaúñas. Le fue revisado el teléfono móvil, le obligaron a mostrar el cinturón una vez quitado, le vaciaron el cartucho de tinta de su pluma estilográfica y soportó un escáner integral en una cámara blindada que lo retuvo un mínimo de cuatro minutos. Por fortuna aceptaron que conservase las radiografías e informes médicos de María al declarar que el objeto de su viaje consistía precisamente en la obtención de una segunda opinión médica, pero hubo de aceptarlo un supervisor de los servicios secretos porque el funcionario de turno no se responsabilizaba del peligro que podía representar para la seguridad del pasaje el traslado de las placas radiográficas. El vuelo, naturalmente, despegó con un retraso de setenta minutos y transcurrió en una tensión extrema tanto por la seriedad de la tripulación como por el pavor que alojaban los pasajeros en sus rostros al haberles hecho pensar que era más que probable que el avión explotase en el aire o que en vez de viajar a Londres se dirigieran exactamente a la antesala del Despacho Oval de la Casa Blanca. Vargas, por el contrario, se refugió con tanta intensidad en sus preocupaciones que, aunque reparó en todo cuanto sucedía a su alrededor, pronto pudo olvidarse y volar ensimismado, estudiando la manera de obtener de Blixen el compromiso de aceptar lo que deseaba.

Si la salida de Barcelona fue impertinente, interminable y farragosa, la llegada a Heathrow llegó a ser aún más ridícula. El pasaporte jamaicano a nombre de Jonathan Bentham le obligó a esperar en la hilera formada ante la ventanilla de Inmigración, que por fortuna no se demoró en exceso porque los árabes, sudamericanos, indios, paquistaníes y otros pasajeros negros y orientales fueron trasladados deprisa a otras dependencias, mientras los demás eran atendidos sin demora. Vargas optó en la misma ventanilla por exhibir el pasaporte español a nombre de Manuel Vargas y, aunque fue recriminado por su confusión y acusado de hacer perder el tiempo a los esforzados funcionarios que trabajaban al servicio de Su Graciosa Majestad, antes del mediodía consiguió finalmente salir del aeropuerto y tomar un taxi para trasladarse al centro de la ciudad, ante las puertas del Savoy Hotel. Aquel 2 de noviembre era un martes feo en Londres, desapacible, frío, airado y deprimente, pero Vargas viajaba tan ilusionado que no reparó en ello a pesar de que, aunque no llovía, lo había hecho poco antes y todo el paisaje estaba teñido de gris y plata.

Aguardó en el bar del Savoy la hora de la comida, removiendo con el dedo índice los dos cubitos de hielo que flotaban en su vaso de agua con gas. Vargas los veía girar y girar suavemente, sin deshacerse, y pensó que la eternidad sería algo así: un continuo fluir dando vueltas flotando en la nada, arrastrado por el impulso del tiempo. Era la eternidad que había comprado y la que le esperaba en el caso de que María muriese. La portada del *Times* que alguien había abandonado en una mesa cercana informaba de que se había descubierto una vacuna contra el cáncer del cuello de útero y pronto se comercializarían otras contra el de colon y el de mama. Los seres humanos persiguen siempre una estrella y a veces tienen suerte y se topan con ella, pensó. Sin saber dónde está la buena suerte.

La llegada de Blixen a la mesa de The River Restaurant donde le esperaba Vargas estuvo precedida de unas voces altisonantes en la Recepción, tal vez porque las indicaciones de Orson no habían sido lo suficientemente elocuentes. Y es que el médico danés había destrozado su propio récord en lo referente a la indumentaria y el chaleco a cuadros amarillos y morados era lo más discreto de su vestuario: traje verde arrugado, camisa que alguna vez debió de ser blanca con los puños y el cuello deshilachados, un viejo lazo rojo anudado como si se tratase de un cordón de zapatos y calzado deportivo de saldo. Tal era el aspecto del aspirante a comensal que el propio maître se vio obligado a preguntar a Vargas si esperaba a un caballero que decía llamarse mister Blixen. La respuesta afirmativa del español arqueó las cejas del maestresala y le hizo balbucir una disculpa acompañada de un lastimoso asentimiento.

Blixen entró en el comedor igual que un político en un mitin con una legión de incondicionales y llegó hasta la mesa de Vargas trotando, sonriente, henchido y con los brazos abiertos.

—¡Magnífico aspecto, amigo mío! —elevó la voz, sin el menor pudor—. ¡Magnífico aspecto! ¡Somos unos genios!

—Siéntese, por favor. —Vargas sintió un indisimulado rubor que desde luego no compartía el danés.

—¿Sabe que este estupendo hotel es ahora propiedad de un príncipe saudita? —informó Blixen, en voz alta, para que lo oyera todo el mundo—. Esos moros se están quedando poco a poco con toda Europa... Y esto no ha hecho nada más que empezar...

—No lo sabía, no —susurró Vargas y alzó los hombros. Pretendía con su ejemplo que Blixen recobrara la mesura y la discreción. Y además se trataba de una información que no le interesaba en absoluto e ignoraba por qué se la daba aquel andrajoso danés en lugar de prestar atención a lo que tenía que decir.

—Saudí. Quiero decir que la empresa que ha comprado el Savoy Hotel pertenece a un encantador príncipe saudí multimillonario, muy cortés, por cierto. ¡Y no me dejaban entrar, los muy cretinos! ¡Si supieran dónde está ahora mismo un pariente suyo...!

—¿Lo conoce usted?

—¡Pues claro! Se recupera muy adecuadamente en mi clínica. Terminará heredando su fortuna, desde luego. Quiero decir que le sobrevivirá muchos años...

Vargas afirmó con la cabeza y empezó a leer el menú. No tenía apetito, pero sabía que hasta que no llenara la boca de Blixen con un buen pedazo de carne no podría explicarle el motivo del encuentro. Pidió por los dos, sin consultarle, mientras el danés hablaba sin parar de la inevitable invasión musulmana sobre Europa, de las incomodidades que había tenido que soportar para viajar a Londres y del caos observado en el aeropuerto. No pidió vino, sólo agua mineral, y Blixen tampoco puso objeciones a la bebida. Hasta el momento de ser servidos los primeros platos el danés no dejó de hablar. Después se entretuvo con la comida y permitió que Vargas le explicase a qué se debía la urgencia de la cita.

—Porque usted está bien, ¿no?

—Perfectamente. Se trata de María.

—¿Quién es María?

La belleza es, entre las cualidades excelsas del ser humano, la única que puede apreciarse con los ojos. Las demás pueden sentirse, pueden emocionar y sublimarse, se pueden reconocer... Pero sólo la belleza aparece ante nuestros ojos con la fidelidad de un árbol, de un atardecer o de una llanura de corales en el fondo del mar. Un ser humano puede poseer el don de la bondad, y los demás lo valoran; o un pensamiento puede constituir la verdad, y se acepta; o alguien ser inteligente, y cabe apreciarlo. La bondad, la verdad, la sabiduría, la maldad, la virtud, la simpatía, la laboriosidad, la eficacia son cualidades por todos reconocidas. Se comprenden, se aceptan, se valoran. Pero sólo la belleza deja apreciarse con los sentidos, sea el oído, la vista o el tacto... La belleza: todos los dioses permitieron crearla para rodearse de ella. Y los mortales, cegados por su esplendor, la persiguen y la idolatran igual que a un dios eterno. Sólo el corazón perverso no se deleita con ella, sino que la aborrece porque resalta aún más su maldad; el corazón enfermo tampoco repara en ella, porque pierde su valor frente a la necesidad de recobrar la salud, lo único que importa; y el corazón herido por el desamor la desprecia, porque ha dejado de poseerla y su dueño será otro. Pero el corazón noble conoce que la vida existe para ser alimentada con bocados de belleza, aquellos que se plasman en un cuadro, se componen en una melodía, se escriben sobre un papel o se descubren, ingenuamente, en la Naturaleza, que la diseña porque no sabe hacerlo de otro modo. Al igual que en la Naturaleza nace espontánea la hermosura, imitada por el ser humano desde los principios de la civilización, la belleza es buscada allá donde se encuentra y requerida para poseerla, aunque sea de forma tan efímera como lo que dura la observación de un cuadro, la interpretación de una melodía, la lectura de un poema o la visión de un ser humano hermoso. Los griegos la esculpieron, los romanos la cincelaron, los árabes la veneraron y los románticos se quitaron por ella la vida. La belleza puede verse y mostrarse; es la cualidad humana que se presenta ante los ojos sin avisar y entonces el corazón sabe que ha quedado preso. No hay sublimación intelectual más elevada que la veneración a la belleza. Por ella cabe matar; y morir.

—María es la mujer más bella del mundo.

Blixen dejó de masticar un instante y detuvo la mirada en el rostro de Vargas, intentando encontrar el significado de sus palabras. Recordó aquello de que las mujeres guapas sólo son importantes para los hombres sin fantasía y se tragó una sonrisa que le nació dentro de las tripas. En todo caso, aquella afirmación apasionada de Vargas sobre la belleza de María le pareció una vulgar exageración de enamorado, y de una simpleza no merecedora de atención, por lo que continuó impasible con su función alimenticia.

—¿Y...? —dijo, desinteresado, tan solo para que Vargas continuase hablando y le dejase comer.

—María necesita su ayuda.

Manuel Vargas dejó los cubiertos sobre el mantel y narró su relación con María, le habló del matrimonio contraído con ella y se detuvo largo rato en relatar la evolución de su estado de salud y las conclusiones a que habían llegado los equipos médicos de la Clínica Fundació bajo la dirección del doctor Perea.

—Buen chico, buen chico —afirmó Blixen sin levantar la vista del plato—. Quiero decir que lo conozco. Una eminencia...

—Pues esa eminencia, como usted lo define, puso ayer cara de desolación al comunicarme un diagnóstico que me ha obligado a estar hoy aquí para solicitar con urgencia su intervención. María se va a morir.

—Vamos, vamos, señor Bentham. —El danés terminó de tragar el último bocado y bebió de un sorbo medio vaso de agua —. No será para tanto.

Vargas no respondió. Extrajo de su maletín las radiografías, ecografías, análisis e informes realizados por los equipos del doctor Perea y se los puso delante de la cara.

—Eche un vistazo y dígame, doctor Blixen. Es usted mi última esperanza.

Blixen levantó la cara, se fijó en la documentación y la tomó en sus manos. Durante unos minutos fue leyendo los informes uno a uno, mirando al trasluz de vez en cuando una radiografía o acercándose a una ecografía para comprobar algo que había leído. En algunos informes se detuvo más de lo normal, releyéndolos dos o tres veces. Vargas no le quitaba los ojos de encima, valorando cada uno de sus gestos e intentando interpretar su significado. Blixen terminó al fin su estudio, respiró hondo y volvió a mirar la analítica, señalando con el dedo índice algunos valores y marcadores, en concreto las transaminasas GOT y GPT. Por fin dejó el material sobre la mesa, a un lado, y volvió a beber agua.

—Sorprendente —aseguró, finalmente—. Y muy curioso... La CBP es una enfermedad que no acarrea graves consecuencias, por lo general. Esa mujer, María ha dicho usted, ¿no? María ha tenido muy mala suerte.

—No he venido a oír eso, doctor.

—Ya, ya. —Blixen se limpió la boca con la servilleta, sin necesitarlo—. Pero no sé qué espera de mí.

—Una solución.

—No la tengo.

—¡Por supuesto que la tiene! —Vargas levantó la voz por primera vez y compuso un gesto duro, salvaje, temible. Además se había fijado una idea en la cabeza que el danés no era capaz de descubrir. Blixen frunció el ceño, observándolo, pero no lograba saber para qué le había llamado.

—No sé a qué se refiere.

—¡Mi dinero le ha hecho rico!

—Y a usted inmortal.

—¡Eso no cuenta ahora! ¡Usted tiene que darme una fórmula para devolver la salud a María! ¡Tiene que saber cómo hacerlo, Blixen! Es el único hombre en este mundo que conoce todos los secretos de la salud y de la enfermedad. ¡Haga algo!

El danés negó con la cabeza y respiró profundamente. Se limpió la boca con la servilleta otra vez y se recostó en el asiento. Comprendía la desesperación de Vargas, pero creía haber sido lo suficientemente elocuente cuando le dijo una vez que comprar la longevidad infinita requería carecer de ataduras sentimentales, prescindir de todos los lazos emocionales. Vivir durante tantos años incluía la penitencia de asistir inevitablemente a la muerte de los seres más queridos: esposa, hijos, nietos, hermanos y amigos; y Vargas había estado de acuerdo. Vivir más que los demás aseguraba la soledad, y, sabiéndolo, aun así lo había aceptado. ¿A qué venía ahora, a la primera ocasión que se le presentaba, mendigar un milagro? Él era un científico, sólo un científico que realizaba los tratamientos que podrían autorizar los gobiernos de todo el mundo a sus ciudadanos si no fuera porque el sistema económico no resistiría duplicar la longevidad, ni lo aguantarían las economías locales ni mucho menos la economía global que, con la actual explosión demográfica, ya empezaba a encontrar serias dificultades para alcanzar el punto de equilibrio. Él era un científico que sabía prevenir el mal. Pero el de María ya estaba hecho. No tenía una varita mágica, ni tiempo para fabricarla. Ni siquiera ése era su cometido.

—Demasiado tarde, amigo Bentham. Quiero decir que ya no hay nada que hacer. Su mujer ha desarrollado un tumor hepático, una cirrosis biliar primaria que ha alcanzado el peor de los estadios, un grado cuatro, y además existen otras complicaciones en su sistema inmunológico que no hay manera de reconstruir. El trasplante de hígado de que le han hablado es la única solución viable, y de ello ya se está encargando su amigo el doctor Perea. Yo no puedo hacer más, lo siento. Quiero decir que hemos llegado tarde...

—No puede, doctor... No puede decir eso...

—Tranquilícese. De todos modos espere al trasplante. Verá como todo sale bien.

Vargas negó con la cabeza y pidió un café. Blixen prefirió una infusión de té rojo. Mientras removían el azúcar en las tazas, guardaron silencio. Después de probar el té, Blixen reflexionó en voz alta.

—No quiero saber nada del pasado de esa mujer, Bentham; no me concierne. Pero estoy seguro de que su vida no ha debido de ser fácil. Por lo que he leído en esos informes, no hay razón objetiva para que la CBP, una enfermedad tan infrecuente pero tan detectable con un sencillo análisis de sangre y un par de pruebas más, haya desembocado donde lo ha hecho. Para empezar lo normal es que afecte a partir de los cuarenta o cincuenta años y, aunque es verdad que el noventa por ciento de los casos se producen en mujeres, quiero decir que María es demasiado joven para sufrirla, y más extraño aún con tal virulencia. No lo entiendo, Bentham, no lo entiendo... Quiero decir que esa mujer ha sufrido mucho y, lo que es más grave, sigue haciéndolo. Insisto en mi idea de que la infelicidad produce cáncer. Más que otras causas que se dan como provocadoras de la inhibición de los anticuerpos que impiden la malignización de las células, lo peor para el ser humano es la infelicidad, mi querido amigo; la infelicidad. Si viviéramos con optimismo y nos riéramos más, mantendríamos a raya el cáncer. Algún día será obligatorio reírse y nos educarán desde pequeños para no caer en la trampa de la competitividad, para dominar las emociones desbordadas, para convertir en algo relativo lo que nos sucede y para vivir en el sosiego. Cuando esto sea así, quiero decir que cuando aprendamos a ser más felices, disminuirá de manera radical la presencia de los tumores malignos en nuestra sociedad occidental. Pero yo no confío demasiado en ello, ya puede imaginárselo...

—Lo comprendo —aceptó Vargas, que no había prestado atención a lo que decía. Seguía enfrascado en sus ideas—. Pero, ¿y si no se encuentra un hígado a tiempo? ¿Eh? Perea ha hablado de dos o tres semanas de vida.

—Tener confianza en los demás ayuda a escapar de la infelicidad, Bentham.

—¡Basta ya, Blixen! ¡Si estuviera hablando de mi felicidad se me ocurren un millón de personas para almorzar en Londres antes que con usted! ¡Lo que yo quiero es una solución!

—Ya veo que no ha entendido nada... —Blixen dejó la servilleta sobre la mesa y se dispuso a levantarse—. Siento su ceguera, Bentham. Y su terquedad. Pero estoy seguro de que no se repetirán encuentros como éste. Usted pasará su revisión cuando se le avise y lo demás no es de mi incumbencia. Quiero decir que obtendrá un servicio puntual y eficaz por lo que ha pagado, no para aliviar el mal en el mundo. No somos una ONG ni lo vamos a ser.

—Está bien. —Vargas aceptó la reprimenda y disimuló su enojo porque necesitaba pedirle algo más. Le costaba expresarlo, pero Blixen se disponía a marcharse y si no se lo pedía ahora ya no tendría ocasión de hacerlo—. Sólo una cosa más, doctor.

—¿Sí?

—Supongamos, sólo supongamos, que no llega a tiempo...

—¿Quién?

—El hígado para el trasplante. Que no llegara un hígado en el plazo que Perea...

—¿Y bien?

—Estaba pensando que... Bueno, el doctor Da Gama insinuó en una ocasión...

Blixen detuvo en seco su movimiento de incorporación, un instante. Luego se desplomó en el respaldo de su asiento y buscó las pupilas de Vargas para confirmar si en realidad estaba diciéndole lo que creía entender. No pudo saberlo porque Vargas escondió sus ojos en el fondo del comedor, más allá de un cuadro enmarcado en la pared que retrataba una escena de la caza del zorro.

—Explíquese, señor Bentham —reaccionó Blixen, estupefacto—. Por favor, explíquese...

—Trato de decirle que puedo comprar un hígado, doctor. Da Gama hablaba de niños en el Este europeo y en Latinoamérica que...

—Ya... —Blixen, en efecto, no había entendido mal. Aquel millonario estaba dispuesto a sacrificar la vida de un niño para que su mujer sobreviviese. No le sorprendió: él mismo había realizado prácticas similares hasta encontrar la manera de desarrollar su método de supervivencia. Le estaba bien empleado; merecía ser buscado como cómplice de un nuevo asesinato; era lógico, después de todo lo que había hablado en el pasado con Vargas, después de recordar que, entre ellos, los escrúpulos y la decencia eran meros conceptos teóricos. Estuvo a punto de responder de modo airado, manifestando una hipócrita indignación, pero permaneció con la mirada perdida en el vacío revisando la causa de la petición, comprendiéndola y escogiendo la actitud moral que debía exhibir.

Pero cuando volvió la cabeza hacia Vargas, lo encontró temblando. La barbilla se le agitaba igual que un flan de gelatina durante un terremoto y por las mejillas le caían despacio dos lágrimas gruesas como gotas de resina.

—Lo siento mucho, Blixen. Lo siento de verdad —Vargas se limpió la cara y los ojos con el pañuelo. Su voz era trémula y apenas podía hablar—. Estoy tan perdido, tan desesperado... Pero no, un niño no... No me haga caso... No sé lo que digo... De verdad, no me haga caso.

—Bentham...

—Por favor, olvide lo que le he dicho. —Vargas se enjugó las lágrimas—. Olvídelo todo, se lo ruego. Y perdóneme. Estoy destrozado...

Vargas efectuó el viaje de regreso a Barcelona aquella misma noche en el último vuelo de la British Airways y a primera hora de la mañana del día 3 de noviembre recibió la desconsoladora noticia de que la enfermedad de María se estaba precipitando de un modo voraz y que los plazos para encontrar un hígado se estaban acortando dramáticamente. El doctor Perea no utilizó a sus ayudantes sino que transmitió la información a Vargas de manera directa, sin buscar rodeos ni fórmulas tranquilizadoras, afirmando que tal vez convendría irse preparando para lo peor: empezaban a producirse pequeñas hemorragias espontáneas y algunos hematomas en el cuerpo de María, y aunque hasta ahora se combatían los indicios de coagulopatía con grandes dosis de plasma y plaquetas, la situación se volvía cada vez más insostenible porque no se producían donaciones de órganos y las alteraciones en la coagulación de la sangre eran el reflejo de un fallo hepático fulminante. La situación de Alerta Cero seguía vigente y ello aseguraba la aceptación del primer hígado disponible, pero sólo en el caso de que fuera compatible, algo que tampoco podía asegurarse.

Vargas no respondió. No le quedaban palabras. Su desesperación era inmensa y la sensación de conjura contra él le producía una rabia como jamás hubiera creído que pudiera existir con tal intensidad. Toda su vida había sido un engaño. Le habían engañado y se había dejado embaucar como un yonqui con la promesa de una dosis más. Le habían dicho que el dinero lo era todo, que la riqueza aseguraba la felicidad, que una gran fortuna permitía ser respetado y obedecido por todos. Y él había dedicado la vida a amasar dinero y más dinero pero la realidad era que con él no había podido retener a su hija a su lado ni ahora podía conservar a María. Y ya era demasiado tarde para comprender que las únicas cosas importantes de la vida no se pueden adquirir con una Visa platino. Ni el amor, ni la salud, ni siquiera la caricia del sol de noviembre que caía oblicuo entre los árboles del parque Güell. María iba a morir y no tenía valor para enfrentarse a sus ojos ni para responder a sus preguntas. La había observado en la UCI de la Clínica, enchufada como si ella misma fuera una máquina más de las muchas apiladas en aquel receptáculo aséptico donde morir parecía una obligación, y había intercambiado con ella una sonrisa forzada que desde el lecho tenía que haber leído como una letanía compasiva, como un anuncio de esquela.

Vargas salió a pasear por la ciudad sin saber por dónde iba ni el rumbo que debía seguir, bajando calles sin nombre y rebasando sanatorios, hospitales y centros médicos abigarrados en la parte alta de Barcelona, y había llegado hasta un parque sembrado con adornos de Gaudí con la pretensión de que el sol de noviembre le calentara unos huesos que se habían quedado fríos muchos días atrás. Sentado en un banco retorcido, con las piernas cruzadas, la cabeza inclinada hacia el suelo y un cigarrillo consumiéndose solo entre sus dedos, sintió la más profunda de las rabias al comprender la inutilidad de su vida, una vida que había perdido creyendo que conquistaba algo que merecía la pena sin darse cuenta de que había sido un vulgar peón de una partida de ajedrez que se jugaba en un tablero que él ni siquiera imaginaba. El mundo es un lugar demasiado solitario si se está solo. Su mujer, Belén, María... ¿Y después? ¿De qué sirve buscar el afecto si tarde o temprano la vida, es decir la muerte, va a robarlo? De pronto se preguntó si era mejor llorar por los demás o que los demás llorasen por uno. Y eligió la muerte. No tardó mucho en responderse. La sucesión de muertes cercanas hastían más que la propia muerte; la pérdida de quienes nos aman, o de quienes son amados, es soportable si el tiempo ha sido generoso para que el duelo vaya lavándose poco a poco con el lento desfile de los días amargos; pero insufrible cuando se arraciman como un puñado de uvas en la vid a principios de septiembre. Vargas ya no sabía llorar porque el dolor había pavimentado sus lacrimales.

Antes del mediodía volvió a la Fundació para permanecer al lado de María. El doctor Perea autorizó que entrara en la Unidad de Cuidados Intensivos con la bata, las calzas y el gorro adecuados y se sentó junto a su mujer, sin decir nada. Las señales acústicas de los aparatos que controlaban sus constantes vitales componían la más macabra de las sinfonías monocordes. María abrió los ojos al sentir la mano de Vargas sobre la suya e hizo un gran esfuerzo para sonreír levemente.

—¿Me estoy muriendo, verdad?

Vargas no respondió. Se limitó a apretar más su mano y a forzar otra sonrisa, falsa, grotesca. Ella cerró los ojos, pero al cabo de unos segundos, como si hubiera despertado de una pesadilla, se agitó en un espasmo, sacudió la cabeza sobre la almohada y abrió los ojos con la inquietud de quien no sabe dónde está y precisa saberlo para ahuyentar el miedo.

—Tranquila —susurró Vargas—. Tranquila... Estoy aquí.

María volvió la cabeza y lo reconoció. Respiró profundamente y trató de incorporarse en la cama. No pudo.

—No te muevas. —Vargas trató de calmarla—. Procura descansar un poco.

—Tengo que decirte una cosa —susurró María, fatigada—. Es necesario que te lo diga.

—Más tarde. Ahora no creo que...

—¡No! —María parecía haber recuperado una energía que en realidad ya la había abandonado—. ¡Ahora, ahora! Escúchame, tienes que escucharme...

—Te conviene descansar...

María cerró lo ojos para hablar.

—Lo he recordado, hoy lo he recordado...

—¿Qué?

—En tu despacho... Mientras estabas ausente... Entré en tu despacho... Tienes que perdonarme, sí, perdonarme... Porque estuve curioseando entre tus cosas...

—No importa, María.

—¡Sí! ¡Sí que importa! Porque en tu ordenador vi una foto, la foto de una mujer... Sabía que la había visto antes, pero no lograba acordarme de...

María jadeó y tosió. Guardó silencio durante unos segundos, intentando tragar saliva y recomponer la voz. Apenas podía hablar.

—Déjalo...

—Pero he pensado mucho estos días en ello y ya lo recuerdo todo, lo recuerdo muy bien. Era la foto de Belén Salazar, la hija de...

Vargas cerró los ojos, con la cara crispada.

—La reconocí, sí, la reconocí... Sabía que la había visto antes, en alguna parte... Y era cierto: antes la había visto en una fotografía junto a su padre... En Madrid, en la Hemeroteca... ¿Comprendes? ¡La hija de Vinicio Salazar! Y desde que lo he recordado no he podido dejar de darle vueltas a...

—Calla, María. Calla. Es mejor que lo olvides todo. Por favor...

—¡No, no! ¡Necesito decirlo! Porque en aquel hotel te dije por qué había venido a Europa y cuáles fueron los caminos que me llevaron a tu lado. Pero lo que no te dije es que después de todo lo que me ha pasado ya no estoy tan segura de quién asesinó a mi hermano. Lo he pensado mucho y la verdad es que ahora no puedo creer que fuera Vinicio Salazar, no puedo... —María volvió a apagarse. Se estaba ahogando. No obstante volvió a tomar aire y continuó—: ¿Verdad que no? Si llegara a conocer la verdad... Pero estoy segura de que tuvo que haber sido alguien que iba con él... —María abrió los ojos y le ofreció una súplica imposible de rechazar, mientras apretaba la mano de su marido. Luego volvió a cerrarlos y aspiró una bocanada de aire otra vez, en un esfuerzo que dañaba—. Voy a morirme, amor mío, lo sé. Voy a morirme sin cumplir la promesa de vengar su muerte y te ruego que tú... Porque tú puedes... —María guardó silencio unos segundos mientras se recuperaba, jadeando—. Si tengo que pedírtelo, si te lo ruego es porque yo no puedo hacerlo por mí misma. Ni tengo a quién pedírselo, no lo tengo... No quisiera decir esto, Manuel, te juro que no quisiera decirlo, pero sé que tú puedes hacerlo por mí. Busca a quien lo asesinó, por favor, quítale la máscara y haz que se entregue a la policía. O mátalo si no es posible llevarlo ante la justicia. ¿Lo harás?

—María...

—¡Por favor! —María volvió a suplicar y clavó las uñas en su mano, desesperada—. ¡Dime que lo harás! ¡Júramelo!

—No sé cómo voy a encontrarlo... —Vargas, indeciso, no supo responder de otro modo.

—Me lo debes. —María exhaló un largo suspiro y se desplomó en la cama, agotada por el esfuerzo—. Me lo debes...

La sinfonía macabra de frecuencias y silbidos de la pantalla del monitor informaba de que continuaba viva, pero la cadencia irregular de los impulsos alarmó a las enfermeras que entraron corriendo en la UCI. Comprobaron su pulso y el resto de sus constantes vitales y verificaron que había sufrido un desmayo. Tenían que atenderla con urgencia y rogaron a Vargas que abandonara la sala. Él salió sin oponer resistencia y ellas, con el médico que acudió al instante, se quedaron atendiendo a la paciente.

Me lo debes, había dicho ella.

Y supo que tenía razón.

Fábregas, el joven secretario de Vargas, recibió las instrucciones precisas: iba a ausentarse un tiempo de Barcelona, quizá uno o dos días, tal vez más, pero fuera como fuese quedaba encargado de satisfacer cuanto el hospital necesitase económicamente para atender a su mujer. Por otra parte, debía telefonearle a un número de móvil si se producía cualquier novedad con respecto a la salud de María. Y lo más importante de todo: si al cabo de cuatro días no había regresado, debía abrir un sobre que contenía indicaciones pormenorizadas acerca de cómo preparar el futuro de María o, en su caso, el fallecimiento, para lo cual disponía de un testamento y de un poder notarial para actuar como albacea de todas sus propiedades, concretamente de las cuentas corrientes depositadas en los distintos bancos de España y Suiza. Él, creyéndolo su deber, viajaba a Madrid para hacer lo que tenía que hacer.

A Manuel Vargas no le resultó difícil encontrar a Miguel Guzmán: bastó con dirigirse en un taxi a su antigua casa de Somosaguas y apretar dos veces el botón del timbre situado junto a la verja de entrada, a la derecha, debajo de una pequeña cámara que permitía ver desde la casa quién esperaba al otro lado de la puerta de acceso. Sabía que lo encontraría allí, a no ser que ya estuviera muerto. Porque tratándose de Miguel, cualquier cosa era posible.

Y tal vez fuera cierto, pensó al asomarse a la verja, porque desde el exterior saltaba a la vista que la devastación y la ruina se habían apoderado del jardín y de cuanto rodeaba la casa. Aquella desolación permitía suponer que su interior estaría igualmente abandonado y deteriorado. Destruido y polvoriento como los restos de una sepultura olvidada, aquel espacio vacío se había vestido con las ropas de un cementerio abandonado.

Si acercarse a su antiguo hogar le había supuesto un esfuerzo ímprobo y, según se aproximaba a él en el taxi necesitó tragarse los nervios para eludir los recuerdos amontonados como quemaduras de cigarrillos abrasándole el fondo del pecho, la visión del camino de grava sin delimitar, de la maleza reinante por doquier, del manto de hojas amarillas pudriéndose sobre el césped y del deterioro de la pintura en la verja y en el interior, allá a donde mirase, le hirieron como si alguien hubiera violado su hogar y empleado la saña para desmoronarlo. Qué poco se parecía a la mansión que tantos años le había costado poner en pie. Desmembrada y descuartizada igual que una ciudad arrasada por una guerra antigua, los rastrojos y yerbas malas crecían a su antojo en selvática desmesura, retorcidos como ramas de olivo abrazando esqueletos de osamenta desperdigada. El infierno también se había apoderado de lo que un día fue un hogar y ya no era sino una casa sin alma. Pintura negra de lo que él mismo había llegado a ser desde los tiempos del esplendor que habían quedado olvidados entre los repetidos alientos de la muerte.

Lo más probable es que allí no viviese nadie. Aun así se sobrepuso a los raspones que le produjeron la visión y los recuerdos, apretó otras dos veces el botón del timbre y puso los ojos al final del sendero, en la puerta de la casa.

No tuvo que esperar mucho porque, al cabo de unos segundos, Miguel, su guardaespaldas, salió por la entrada del porche con las manos en los bolsillos, displicente, y recorrió sin prisa el camino serpenteante de grava en dirección a la puerta forzando los ojos desde la lejanía para intentar reconocer al hombre que aguardaba al otro lado. No le reconoció a cincuenta metros, ni a veinte, ni a diez. Y cuando estuvo ante él, sin sacarse las manos de los bolsillos, lo contempló de arriba abajo sin interés y preguntó con indiferencia:

—¿Qué quiere?

Vargas no respondió. Lo miró a los ojos fijamente y esperó. A Miguel le irritó el silencio del intruso y repitió:

—¿A quién demonios busca?

Vargas tampoco respondió esta vez. Mantuvo el rictus de la cara y la firmeza en la mirada con tanta severidad que Miguel aceptó el desafío, retándolo a sostenérsela. Pero de inmediato bajó la cabeza y sonrió. Levantó la cara con una gran sonrisa y movió la cabeza, a un lado y otro.

—Contaba con volver a verlo, señor Salazar. Pero le aseguro que no tan pronto.

—Me has reconocido.

—No podría olvidar esa mirada... —replicó Miguel, abriendo la verja de la casa con lentitud—. Nunca. Pase...

Caminaron por el sendero en dirección a la casa. Vargas volvía la cabeza a un lado y al otro para observarlo todo y prefirió no comentar lo que opinaba de aquella calamidad desparramada por todas partes. Andaba despacio, con la cabeza alta y los ojos hambrientos, inquietos, revisándolo todo, y Miguel continuaba con la cabeza baja y sin sacar las manos de los bolsillos. Impasible. Aburrido, haciendo juego con el desorden, la suciedad y el descuido generales. Vestía unos pantalones vaqueros raídos, una camiseta negra vieja con el anagrama del grupo musical radical AC/DC y unas zapatillas deportivas gastadas y desanudadas. Llevaba varios días sin afeitarse y su pelo estaba revuelto, como si se acabara de levantar de la cama.

—Todo esto está hecho un desastre —musitó Vargas.

—Tiene razón, señor Salazar. —Miguel lo miró durante un instante y luego volvió los ojos al frente—. Apenas hace un mes que vine y así es como lo encontré al llegar. ¿Quiere que nos sentemos aquí?

Habían llegado al porche. Vargas sacudió el polvo de una hamaca y se sentó. Miguel se dirigió a la puerta de entrada a la casa.

—Lo siento. Sólo tengo un par de botellas de whisky y una bolsa de almendras...

—Está bien —replicó Vargas.

—Y hielo.

—Bien.

El recuerdo de la voz de Belén aquella noche, cuando planearon el viaje a la isla de Fernando de Noronha, se le clavó en la mente con una nitidez dolorosa en el silencio de aquel jardín maltrecho. Era un recuerdo tan vivo, tan presente, que Vargas tuvo que levantarse para huir de su acidez y no continuar oyéndola. Su voz... Parecía reverberar por aquellos rincones con la suavidad del susurro en la noche. Estrellas, estrellas... Levantó los ojos al cielo, buscando estrellas en el mediodía, y las vio. Entonces creyó que se mareaba y volvió a sentarse.

Miguel salió con una botella, dos vasos pequeños redondos de la cristalería de Bohemia que estuvo siempre en el mueble bar del salón y una cubitera de nácar y plata con piedras de hielo. Echó dos cubitos en cada vaso, con los dedos, y los llenó de whisky. Le dio uno de ellos a Vargas.

—Qué curioso... Antes parecía usted mi padre, pero ahora parece mi hermano. Un poco mayor, pero un hermano...

—Gracias.

—No es un piropo.

Bebió un sorbo y se sentó en un bordillo, a los pies de

Vargas, que se removió en la hamaca para apartar las piernas y situarse frente a Miguel. Corría una brisa lenta, agradable, y el sol del mediodía convertía el sucio jardín, así y todo, en un lugar apacible. Tal vez por su aislamiento, por la intimidad que siempre proporcionaba. La piscina estaba vacía, con el fondo cubierto de hojas secas y ramas quebradas. Por todas partes crecía la maleza, afeando los setos, desbaratando los aligustres y devorando los rincones del pabellón, en donde ya no crecían flores, ni nomeolvides ni lilas. Los pinos robustos mantenían su altivez y la casa conservaba blancos los marcos de las ventanas del piso de arriba, pero las persianas de hierro parecían estar a punto de oxidarse. El polvo lo recubría todo con su pátina de abandono.

—Ya sé lo que ha hecho con su dinero, señor Salazar: se ha quitado veinte años y ese aspecto de hijo de puta que tienen todos los jefes. Ahora parece un viejo con cara de joven, y eso es todavía peor. ¿Sabe?: creo que la naturaleza le dio cinco caras en la partida de póquer y ahora, al final de la jugada, ha decidido que no le gustaba ir perdiendo y quiere que la partida empiece de nuevo. ¿Es un poco adolescente, no cree?

—Puede ser.

—No —rectificó Miguel, implacable—. Creo que me he expresado mal. No se trata de una actitud adolescente, eso sería demasiado inocente. Es el juego sucio de los ventajistas, de los tramposos. La verdad es que lo siento mucho por usted, señor Salazar. Se creerá un jovenzuelo, pero resulta patético.

—¡Basta ya, Miguel! ¿Acaso te estoy juzgando yo por haber convertido mi casa en una pocilga? ¡Porque esto es una mierda, míralo! Si lo llego a saber...

—¡Ahora va a resultar que la idea fue suya! Vamos, Salazar, no me joda. Me dio su herencia porque no le quedaba más remedio. ¿Me temía, recuerda? ¡Me tenía miedo! ¿Y ahora qué? ¿Ya no me lo tiene? ¡Mucho han tenido que cambiar las cosas para atreverse a venir aquí, así, por las buenas, corriendo tantos riesgos!

—No tienes ni idea de cuánto... —replicó Vargas, y apuró el vaso de un trago.

—¿O es que pensó, siquiera por un momento, que no iba a reconocerle? ¡No es tan difícil! ¡Cualquiera que le conozca bien, le reconocería!

—Es posible, pero eso no importa ahora. Por lo menos a ti no debería importarte un carajo. En cambio, todo esto... —señaló a su alrededor—. Dame otro whisky.

—Desde luego. Pero métaselo aquí. —Se levantó y se señaló la cabeza—: Ésta ya no es su casa, así que la tengo como me da la gana. Usted está muerto.

—Sí, en eso tienes razón —Vargas asintió, resignado—. Es cierto...

Miguel volvió a llenar el vaso de su jefe y rellenó el suyo. Luego se lo dio y perdió los ojos en el infinito.

—No. Ésta no es su casa, ya no lo es... Pero tampoco es mía, ¿sabe? Al menos por ahora. Lamento que se haya hecho esa idea, porque nada ha sucedido como yo esperaba. Para empezar, tuve que esperar a que creyeran en la veracidad del testamento ológrafo, y eso sucedió dos meses después de volver a Madrid. La Justicia es jodidamente lenta, Salazar, y sigue enterrándose en papeles y más papeles. Hasta que por fin dos peritos grafólogos admitieron que se trataba de su letra, pero así y todo tuve que arreglármelas por mi cuenta. Porque me quitaron todo el dinero que me dio en São Paulo. ¡Claro! ¿Cómo iba a justificar que era mío? ¿De dónde iba a haberlo sacado? No supe cómo explicarlo y tuve que admitir, como coartada, que era de usted y que lo custodiaba por orden suya.

—Lo siento...

—No más que yo. Hasta septiembre no me han declarado el heredero legal; estoy seguro de que pensaban que era un sinvergüenza que trataba de aprovecharse... —Miguel bebió de su vaso—. ¡Joder! ¡Qué gentuza! ¡Incluso creo que llegaron a pensar que yo mismo había provocado el accidente del avión! Sí, creo que estaban convencidos. Menos mal que no se atrevieron a decírmelo a la cara, no tenían la menor prueba ni cojones para decirlo, porque de hacerlo no sé lo que hubiera pasado. Pero pensarlo... ¡joder si lo pensaron! Así es que cuando los putos grafólogos aceptaron por fin la validez del testamento, al juez no le quedó más remedio que admitir mis derechos. Pero no lo hizo inmediatamente, no, sino que empezó a marearme con no sé cuántos requisitos legales y autos de declaración legal de fallecimiento, de su fallecimiento, señor Salazar, hasta que el abogado que contraté tuvo la idea de solicitar al juzgado que, para evitar el deterioro del patrimonio del difunto y garantizar su conservación, se me permitiera, de manera cautelar (algo así fue lo que dijo, me parece), utilizarlo, administrarlo y conservarlo con la promesa de usarlo bien y de que todas las operaciones se realizarían previa autorización de un fiscal. ¿Se imagina? Tengo un fiscal como si fuera mi niñera, el muy cabrón. Hace algo menos de un mes el juez autorizó la petición de mi abogado y aquí me tiene: sin dinero para arreglar nada, esperando la decisión definitiva que me permita hacerme cargo de todo. Entre tanto yo me limito a vivir aquí, como un okupa. Así es que por ahora esta casa no nos pertenece ni a usted ni a mí, ya lo sabe.

—No sé si debo sentirlo... —Vargas no aparentó lamentarlo. Y luego preguntó—: ¿Y entonces qué has hecho todos estos meses?

—¡De todo! —sonrió Miguel. Y volvió a mirar al vacío—. Soy un vaquero solitario, como don Quijote... ¿Y usted?

¿Qué ha hecho además de disfrazarse de jovencito? ¿Por qué ha venido?

—Por una mujer.

—¿Por una mujer? —Miguel se volvió, escandalizado.

—Necesita de mí.

Miguel se acercó a Vargas y abrió los brazos incrédulo, desconcertado.

—¿Que una mujer necesita de usted? Pero, pero...

—Tú no lo entiendes...

—¿Cómo que no lo entiendo? —Miguel apuró su vaso y se sirvió hielo con los dedos y más whisky—. Ni que se lo hubiera pedido en el lecho de muerte...

—Así es.

Miguel arrugó los ojos y se le quedó observando para descubrir si hablaba en serio o no. Vargas le sostuvo la mirada un rato y después la apartó, para mirar el horizonte.

—Pues pronto ha metido una mujer en su vida. Y encima para morirse...

—Dejémoslo, Miguel.

El escolta se alejó unos pasos y terminó la copa. Tomó un puñado de almendras de un cenicero repleto de ellas y se metió algunas en la boca. Cuando las tragó, sonrió.

—Los engañé un poco. Sí, los engañé un poco a esos gilipollas y no les di todo el dinero que tenía. Me quedé con unos cuantos miles de dólares.

—¿Y...?

—Bueno, que ya me los he gastado, claro. —Miguel pareció reflexionar, rascándose la coronilla con un dedo—. Pero ahora que está usted aquí, me viene de perlas. He intentado abrir esa puta caja fuerte de su despacho y no hay manera.

—Se abre con un dispositivo personalizado.

—Lo suponía —Miguel asintió—. Sus huellas digitales, ¿verdad?

—Sí. Pero lamento decirte que no puedo ayudarte. Me borré las huellas de las dos manos. Creo que vas a tener que usar dinamita.

—Muy gracioso...

—Es la verdad. Mira.

Miguel se fijó en los dedos que le mostraba Vargas y comprobó la lisura de la piel, tan plana como la de la cara. Era cierto.

—¡No entiendo para qué ha hecho todas esas majaderías! ¿Se puede saber qué coño quiere ocultar, Salazar? ¿Adónde pretende llegar?

—Eso no voy a decírtelo. —Vargas bebió otro sorbo—. De todos modos, para tu tranquilidad, te diré que en esa caja fuerte ya no hay nada. Ni dinero, ni joyas, ni acciones. Nada. Me lo llevé todo. Lo necesitaba para comprar la salud de mi hija.

—¡Pues qué gran noticia!

—Tú deberías saberlo... Mi hija Belén...

—¡Basta, joder! ¡Todavía no me ha dicho qué se propone!

Vargas bajó la cabeza y respiró hondo. Rebuscó en su chaqueta y sacó una cajetilla de cigarrillos. Encendió uno.

—Te tuve miedo, Miguel. Y puede que nunca hayas comprendido por qué —Vargas aspiró del cigarrillo—. Pero ahora te lo voy a decir: mataste a dos hombres que nos habían salvado la vida, luego a un hombre al que robaste el coche, no sé si a alguien más... Ah, sí, a aquel italiano sin nombre... ¡Siempre estás matando a alguien! Te comportas como un psicópata, Miguel, como un asesino en serie. Estaba convencido de que un día u otro me matarías también a mí...

—Tal vez debí hacerlo.

—Tal vez. Con mi pistola, aquella Beretta... ¿Debes de conservarla, no? Bastaría con que la entregaras a la policía y yo cargaría con aquellas muertes...

—Lo tendré que pensar.

—Pues piénsalo bien —Vargas buscó en vano donde apagar el cigarrillo y al final lo dejó caer al suelo y lo aplastó con el zapato—. Piénsalo bien porque mi reaparición te dejará sin un céntimo. Si sigo vivo y sin aparecer, todo esto llegará a ser tuyo algún día. Casa, coches, cuadros... Tengo también una isla en el Pacífico, ¿te lo han dicho?

—Sí. Claro que me lo han dicho. Y varias empresas; y un satélite artificial que alquila la señal a veintidós cadenas de televisión... Ya. Pero a saber cómo estará la isla y cuándo se cobran esos alquileres... ¿Y lo de los coches? Ni para gasolina me queda.

—¿No dices que escamoteaste unos dólares?

—Bah. —Miguel alzó los hombros, adoptando un gesto que calificaba de iluso a Vargas—. De eso hace casi un año. Dónde estará ese dinero... Nunca pensé que fuera a ir todo tan despacio... Pero no ha contestado a mi pregunta. Usted, ¿qué es lo que realmente quería conseguir desapareciendo? Lo he pensado mucho y nunca he llegado a comprenderlo. Y mire lo que ha conseguido con su casa y con todo lo demás...

—Quería algo exclusivo, Miguel. Algo único. Y creo que lo he logrado...

El guardaespaldas sintió de pronto una extrema curiosidad. ¿A qué se refería Vargas? ¿Qué más podía desear un hombre que lo tenía todo? Trató de tirarle de la lengua.

—Entonces es que se ha muerto de verdad, ha ido al Cielo y usted es sólo un fantasma. Porque, bueno... El Cielo parece un lugar lo suficientemente exclusivo, ¿no? Dios sólo recibe a los bautizados y, entre ellos, tan solo a los que no mueren en pecado. O sea que antes de Jesucristo, o de san Juan Bautista, sólo accedieron al local algunos judíos: los bautizados. Después, bueno... Durante la cristiandad hubo un rato de aglomeración a las puertas del local, pero ya sabe: unos cuantos europeos, unos pocos americanos y algún que otro converso de Asia y de África. Los demás, musulmanes, budistas, protestantes, herejes y ateos, nada. Todos al infierno. Decididamente el Cielo es un lugar muy exclusivo y Dios un portero un tanto tiquismiquis. Para ser la religión verdadera, se ha quedado en cuadro...

—¿También sabes de religiones, Miguel? —Vargas sonrió sarcástico—. Nunca dejas de sorprenderme.

—La religión, todas las religiones, son un dañino invento del diablo —afirmó muy serio el guardaespaldas—. Satanás sabe que con las religiones, a la larga, sale ganando. Seguro. Unos excluyen a otros y cada cual condena al seguidor de la otra; o sea que, al final, todos condenados a ir a su chiringuito. Y el diablo, frotándose las manos. ¡Qué buen negocio sería obtener una licencia de Satán para abrir franquicias del Infierno por todo el Universo!

—Veo que sigues siendo un tipo estrafalario. —Vargas se levantó a rellenarse el vaso. Mientras lo hacía, sin volverse, dijo—: He venido a matarte.

—¿Y lo va a hacer?

—Aún no lo sé.

Miguel movió la cabeza arriba y abajo, dos veces, y se ausentó, adentrándose en la casa. Al cabo de un minuto salió con la Beretta y la dejó sobre la mesa, al lado de la cubitera y de la botella de whisky. Luego volvió a sentarse en el bordillo, lejos de ella.

—Está cargada. Siempre la tengo cargada. Puede disparar cuando quiera, si es que alguna vez se ha atrevido a matar. Que lo dudo.

—Nunca he matado, no.

—¡Pues hágalo ahora! Yo no le temo a la muerte, ya no... Estoy harto, cansado, solo, aburrido... Hasta su dinero, cuando me lo den, me importa un carajo. Pero antes tiene que decirme qué es eso tan exclusivo que ha buscado durante todos estos meses. No puede matarme sin decírmelo, ¿no le parece justo? —La sonrisa de Miguel se cargó de ironía—. Al fin y al cabo desaparecimos juntos, o sea que tengo derecho a saberlo y me debe...

—¡Yo no te debo nada!

—¡Mi silencio! —Miguel alzó la voz—. ¿Le parece poco?

—¿Tu silencio? ¡Y una mierda! ¡Si cerraste la boca fue porque te convenía! —Vargas alzó también la suya—. ¿O es que crees que me engañas?

Miguel iba a responder airado, pero de inmediato se contuvo y bajó la cabeza. Sin alzarla, dijo a media voz:

—Se lo dije una vez y no me creyó.

—No sé a qué te refieres.

—Mi lealtad. Mi admiración por usted. ¿No lo recuerda? Le dije que para mí era como un padre y aun así siguió temiéndome. No puede imaginar cuánto me dolió saberlo. Yo necesitaba un padre y para mí lo fue usted. Me enseñó tanto... Con usted tenía a alguien a quien imitar, de quien aprender, a quien proteger y a quien admirar. Me enseñó modales, aunque no lo crea. Modales, educación... Con usted tenía una referencia estética, y también ética. Nunca se dio cuenta, no pudo dársela, pero yo estaba siempre ahí, a su lado, observando y aprendiendo. Y en mi tiempo libre estudiaba cosas de las que le había oído hablar para poder estar a su altura si alguna vez decidía conversar conmigo. No lo entiende... —Miguel se cubrió los ojos con una mano—. No sabe cuántas cosas tuve que hacer... Estudié música, vi cientos de películas, me aprendí libros, memoricé citas, conservé enseñanzas... Me gustaba leer y recordar las ocurrencias de sus autores. Sólo así creía tener derecho a merecer su respeto, aunque fuera una parte infinitesimal del que yo sentía por usted. Y que todavía siento. Sí, Salazar, señor Salazar... Me alegra muchísimo saber que está vivo, que está bien... Pero me jode ese aspecto: usted era para mí un padre, y ahora, ahora... ¡No tiene edad para serlo, joder! ¡Me ha estafado!

Vargas lo contempló limpiarse una lágrima de la mejilla y volvió a quedar desconcertado. Otra vez lo mismo. Jamás nadie le sedujo igual que lo hacía Miguel, nunca lograría arrancarse a aquel hombre de lo más profundo de sí mismo. Tenía que quererle y no podía. Porque tenía que matarlo.

—Lo lamento de verdad —no se le ocurrió decir nada más.

—Bien, bien, basta de mariconadas. —Miguel se rehízo y se rellenó el vaso. Lo apuró de un trago y se metió otro puñado de almendras en la boca para contener el temblor de su barbilla—. ¿No me va a contar su historia?

—No hay mucho que contar. Sólo que he comprado la inmortalidad.

—Pues considerando el precio a que está el metro cuadrado de vivienda construida, eso de la inmortalidad debe de estar por las nubes —sonrió Miguel, descreído.

—Hablo en serio.

—¡No me joda!

—Bien, como quieras...

El escolta terminó de tragar y volvió a sonreír y a negar con la cabeza.

—Ya sé que es una broma, pero como ustedes, los ricos, son tan avariciosos, no me extrañaría que se hubiera dejado embaucar por algún desalmado sacacuartos. Alguien que se habrá forrado con usted a cuenta de esa milonga. En primer lugar, porque la inmortalidad no es posible; y aun suponiendo que lo fuera, ¿quién puede ser tan insensato como para desear semejante castigo?

—¿Castigo?

—Peor que eso: una tortura. ¿Sabe que están a punto

de encontrar la fórmula para deshibernar a la gente que se ha hibernado ya? Sí, como se dice de Walt Disney y de esos otros fanáticos multimillonarios que, antes de morir, se hicieron congelar para que los despertaran cuando hubiera remedio a su enfermedad terminal... Pues si lo consiguen, los despertarán. ¿Y qué? Tarde o temprano la palmarán igual. Nos matará la contaminación de las ciudades, la alimentación, la radiactividad... Quién sabe. Comemos frutas con piel que ha sido rociada con fumigantes cancerígenos y carne de animales engordados artificialmente con química dañina para el consumo; bebemos refrescos elaborados con sustancias perjudiciales; respiramos aires viciados... Y eso no es nada: la gente se pasa las horas ante una pantalla de televisión, ante un ordenador, hablando por un teléfono móvil... ¿Sabe que en el corazón de una central nuclear, junto al reactor, hay diez veces menos radiactividad de la que desprende un teléfono móvil? Ondas y más ondas, ondas radiactivas por todas partes, de mayor o menor intensidad, pero radiaciones al fin y al cabo. La vida está diseñada para generar tumores malignos. Vivir produce cáncer, Salazar. Vivir... Y aunque haya ingenuos como usted que esperan que la medicina cure todas las enfermedades, los viejos se morirán, como las flores, los animales, los electrodomésticos y las civilizaciones. Como se muere todo en la vida. Qué iluso.

—No sabes lo que dices. —Vargas volvió a su hamaca y encendió otro cigarrillo.

—Sí sé lo que digo, sí. Sé de lo que hablo. La verdadera función del hombre es vivir, no existir, lo decía Jack London. Él prometió que no desperdiciaría sus días tratando de prolongarlos, como hace usted ahora. Y Víctor Hugo decía que el futuro tiene muchos nombres: para los débiles es lo inalcanzable; para los temerosos, lo desconocido; y para los valientes, es la oportunidad. He leído mucho, Salazar, todo por usted, para usted... Y he aprendido que la decrepitud física es inevitable; que la juventud no se mide por la edad sino por la fuerza de la curiosidad. Pero sobre todo sé mucho de la soledad, de esa insoportable soledad en la que yo también he vivido, incluso muchos años a su lado.

—También se paga la compañía...

—Está loco... Yo cobraba para no estar solo y ni así lo conseguí... Así que pagando... —Miguel se pasó la mano por la frente—. Creo que estoy bebiendo demasiado. ¿Me acerca las almendras?

Vargas tomó el cenicero con los frutos secos y se lo dio a Miguel. Se metió un nuevo puñado en la boca. Las masticó, las tragó y continuó:

—¿La inmortalidad...? No es verdad. Buscaría otra cosa. ¿Y qué es eso de que una mujer espera en el lecho de muerte a que haga algo por ella? ¿Acaso tiene que ver con eso que ha dicho antes? —Señaló la pistola con las cejas—. ¿Alguna despechada que le ha pedido que me mate?

—La hermana de uno de aquellos pescadores, sí.

—¿Un pescador? ¿Qué pescador? ¿Uno de aquellos gilipollas que nos sacaron del agua? ¡Joder, el mundo es un pañuelo...! De todos modos, no creo que vaya a hacerlo. No usted. Recuerde que lo hice para ayudarle, sólo por eso, y aun así no hay por qué dramatizarlo todo. La muerte es una parte esencial de la vida, es una vulgaridad, carece de originalidad. A veces toca vivir y a veces toca morir. ¡Vaya hallazgo intelectual! Creo que tomaré otra copa... —Miguel se rellenó el vaso otra vez y lo apuró de un trago. Luego levantó los ojos al cielo—. ¿Alguna vez ha mirado hacia arriba? Ese sol es una ridiculez de estrella en el extremo de una galaxia de millones de estrellas más grandes que comparte universo con otros muchos miles o millones de galaxias. Compare todo eso con lo que somos... Usted y yo apenas somos motas de polvo, puede que ni siquiera tanto. Como aquel pescador, como todos los que nos precedieron y todos cuantos nos seguirán. ¡Qué más da que esté vivo o que haya muerto! Nada ha cambiado, nada es diferente. Carece... ¿cómo lo diría? Carece de trascendencia. Eso es: una vida es algo completamente irrelevante. La suya, la mía, la de un presidente o la de un Papa. No hay razón para pensar siquiera en ello. ¡Un pescador...! ¡Vaya pérdida! ¡Si apenas quedan peces en el mar! Ahora, que si cree que es razón suficiente para matar por él, para acabar con mi vida..., bueno, pues hágalo. Mírese: usted era alguien y al cabo de cuatro días nadie lo ha echado de menos... Figúrese a mí. ¿Dice que esa mujer ha decidido vengarse y lo está utilizando a usted? ¡Estupendo! Añadamos muertes a la muerte... Al fin y al cabo es lo único que hemos sabido hacer los humanos desde que nos pusimos a dos patas. Pero antes tiene que explicarme algo que me ha intrigado, eso que no me quiere decir... Buscar algo exclusivo. Quiero saberlo porque necesito creer que todo aquel lío que armamos en América sirvió para algo, ¿o no?

—Ya te lo he dicho —Vargas respondió con voz cansina.

—¡No! ¡No me lo ha dicho! —Miguel alzó la voz, con los ojos enrojecidos y los puños crispados—. ¡La inmortalidad! ¡Qué estupidez!

—Tú mismo reconoces que me has visto rejuvenecido —Vargas sintió temor otra vez por la irritación de su antiguo guardaespaldas y trató de calmarlo utilizando un tono de voz suave, conciliador—. ¿Por qué no puedes creer que haya pagado algo más que una simple cirugía estética?

—De acuerdo, aceptemos que ha logrado rejuvenecer y operarse de algo para vivir hasta los cien años. Cada cual se busca la vida como le conviene. ¿Acaso los deportistas de élite no se ponen de creatinina hasta las cejas y luego se inyectan insulina para enmascarar el dopaje sin importarles que eso suponga robar veinte años a su vida? Bah. ¡Yo lo comprendo todo, señor Salazar! ¡Todo! Está bien. Usted ha pagado la prolongación de su vida, como dice, pero eso no es ninguna clase de inmortalidad.

—Aseguran que dentro de treinta años habrá solución para otras muchas enfermedades. Una solución eficaz para casi todas. Ésa es mi apuesta.

—¿Solución? —Miguel se rellenó el vaso de nuevo—. ¿Qué solución?

—Estás bebiendo demasiado.

—Me compraré un hígado nuevo con su dinero —rió grotesco, mientras apuraba el vaso. Y se sirvió otra vez—. Cuando lo cobre, claro, que a este paso... ¡Oiga! ¿Cuánto pueden darme por ese Modigliani que cuelga del salón?

—Has dicho que no puedes vender nada sin permiso de un fiscal.

—¡Ah, sí! Lo olvidaba. Mierda... ¿Y se puede saber qué gana usted viviendo cien años?

—No morir, por supuesto.

—¡Pero si no le interesa!

—Qué sabrás tú lo que me interesa...

Miguel se rascó la nuca, pensativo. Guardó silencio. Debía de estar ya borracho, o dándole vueltas a algo que le preocupaba o a algún enigma que no lograba desentrañar, porque fruncía la frente y bisbiseaba, con los ojos puestos en lo alto y el vaso llegando a su boca cada vez con mayor frecuencia.

—¿Cómo se puede lograr? Quiero decir que cómo lo ha hecho.

—Células madre.

—¿Eso que tanto se habla de los trasplantes de órganos vitales?

—Algo así...

La carcajada de Miguel resultó ofensiva. Pero se rió tanto y tan a gusto que a Vargas no le dio tiempo a enojarse. Al cabo de un rato de reír sonoramente se agarró el vientre con las manos y se recompuso de la congestión. Se limpió de la cara unas lágrimas gruesas producidas por la risa.

—¡Es patético! ¿Recuerda el dicho?: «Esta hacha es de mi abuelo; mi padre le cambió el mango y yo le he cambiado la hoja.»

—No. —A Vargas no le hacía ninguna gracia la actitud de su escolta. De repente sintió deseos de salir de allí, avergonzado, humillado.

—Pues eso es lo que ha hecho usted. Si se ha cambiado la cara y el cuerpo, ¿quién es usted entonces? Ya no es Vinicio Salazar. No es nadie. Un dibujo animado, un clon, un bulto virtual que camina y habla, como cualquier robot. Es usted una idea vieja, la idea del hacha del abuelo, tan solo una idea, porque ya no conserva ni el mango ni la hoja del abuelo. ¿Al menos le queda algún sentimiento ahí dentro? —le señaló el corazón con el dedo índice—. ¿Alguna emoción, algún resto de humanidad? ¡Lo dudo! ¡Bah! ¡Estoy hablando con un fantasma, lárguese!

—Tengo que matarte, Miguel.

El guardaespaldas corrió a la mesa, tomó la Beretta 92C y se la dio a Vargas, agresiva y violentamente.

—¡Hágalo! ¡Si tiene cojones, hágalo! ¿O es que también se los han trasplantado y le han puesto los de un gusano? ¡Vamos, dispare! ¡O márchese!

Vargas sopesó el arma en la mano. Luego posó el dedo sobre el gatillo y alzó el arma. Pero sin convicción. No se atrevería a disparar, pensó mientras buscaba el cuerpo de su escolta. ¿A qué engañarse? Tal vez se lo debiera a María, era posible que cumplir el deseo de ella fuera un deber; y que aquel hombre mereciera pagar sus asesinatos con la vida... Pero él no iba a ser capaz de arrancársela. En el fondo lo admiraba. Incluso borracho se expresaba con una lucidez que le sorprendía. Era probable que se hubiera ganado un cierto respeto. Cariño, no; habría sido demasiado. Pero se había confesado como un hijo, afirmaba admirarle como se admira a un padre, nunca había dejado de obedecerle. Ahora, incluso, ponía su vida en sus manos. ¿Cómo disparar a alguien que se comporta así? Además Vargas no había matado jamás a un hombre.

Dejó caer el brazo a lo largo del cuerpo con la pistola colgando al final de la mano. Se sentó en la hamaca y bebió de su vaso. Miró a Miguel, comprendió que nunca podría hacerlo y se levantó, le dio la espalda y se echó a andar hacia el sendero de grava que conducía a la salida. Llevaba la Beretta en la mano y los ojos en el suelo.

—Espere, no se vaya todavía. —La voz de Miguel le detuvo—. ¿Sabe lo que pienso? Que es usted muy valiente...

Vargas se volvió con la extrañeza dibujada en el rostro.

—¿Qué has dicho?

—De verdad. Muy valiente, señor Salazar. Porque hay que ser mucho más valiente para vivir que para morir. ¡No! No quiero decir eso. Todos queremos vivir, por supuesto. Pero una cosa es vivir lo que nos toque y otra aventurarse a prolongar la vida más allá de lo que podemos controlar. Dentro de treinta años usted mismo se pegará un tiro...

—Déjalo. No te entiendo...

—Me parece que usted no está informado de nada, ¿verdad? ¿Sabe que dentro de cincuenta años el mundo no se parecerá en nada al que conocemos? ¿Sabe que tarde o temprano quienes mandan provocarán la aparición y expansión de cepas de virus invencibles que sembrarán el planeta de pandemias? ¿Sabe, señor Salazar, que la población mundial quedará reducida a la mitad con una terrible epidemia antes de que acabe el siglo XXI, que nuestros nietos vivirán sin agua ni alimentos naturales, que Europa se reducirá a una tercera parte por las inundaciones del Ártico y que lo que quede de Occidente ya no será la civilización que conocemos? ¡El estado de bienestar tiene los días contados! ¡Veo que no tiene ni idea! Porque hay más, mucho más... ¿Le han informado de que será ilegal fumar y beber alcohol, que nos convertirán en estériles primero y después en castrados para acabar con el crecimiento demográfico, que respiraremos un oxígeno tan pobre que nos volverá tontos a todos y que sobrevivir será una tortura? ¿O es que no está comprobando que el clima ya no se parece en nada al de hace apenas unos años? Comprendo que no lo quiera pensar, que ni siquiera se lo haya planteado, pero la capacidad de adaptación del ser humano será patrimonio exclusivo de nuestros nietos, en el caso de que lo consigan, que lo dudo... Ni usted ni yo sabríamos sobrevivir en ese mundo. ¡Y usted ha armado un lío de mil demonios y se ha gastado una fortuna para asistir a esa debacle! No, usted no es un valiente. ¡Es un héroe! ¡Eso es lo que es usted! ¡Mi más rendida admiración! —Miguel acompañó esta última frase con una reverencia exagerada—. ¡Qué huevos!

Vargas no quiso oír más. Dijo:

—Estás loco.

Y se volvió hacia la salida, caminando apresuradamente en dirección al portón. Miguel corrió tras él.

—¡Todos controlados por un poder invisible, mucho más cruel que el que nos domina ahora! ¡Máquinas ordenándonos qué hacer y cuándo hacerlo! ¡Todos en una cárcel real, esclavos en un planeta descomponiéndose! ¡Lo que cuenta Orwell sobre el Gran Hermano en su novela *1984* sería un paraíso en comparación con lo que sucederá!

—¡Cállate! ¡Estás borracho!

—Sí, sí... Y usted quiere estar allí, viéndolo... —Miguel

corría a su lado, metiéndole la boca en la oreja y silabeando sus admoniciones espeluznantes—. Cucarachas gigantes por todas partes, corriendo día y noche por su casa, por su cama, por su vientre... Ratas del tamaño de canguros, negras, hambrientas e imposibles de exterminar... Insectos alimentándose de cadáveres que no habrá tiempo de enterrar...

—¡Cállate!

—Morirá todo el mundo que usted conozca... Llenos de pústulas, devorados por toda clase de cánceres, cadavéricos y locos. ¡Todos morirán! ¡Todos! ¡Como murieron los pescadores brasileños y aquel campesino del Ford, como murió Senzanome, como morirá esa mujer que le ha enviado aquí, como murió su hija...!

Vargas no pudo soportarlo más. Se volvió hacia él, levantó el brazo y apuntó el arma a la cabeza.

—¡Cállate!

—¡Y usted asistirá a ello tan indefenso y culpable como cuando murió Belén!

—¡Que te calles!

—¿O es que cree que no le conozco lo suficiente, eh? ¡Yo sé muy bien lo que piensa! ¡Lo sé todo!

—¡Te voy a matar!

—¡Sé que se siente culpable de la muerte de su hija!

—¡He dicho que te calles!

—¡Y lo es! ¡Claro que lo es!

Vargas disparó.

Disparó tres veces, una, dos y tres, reventándole la cara y astillándole el cráneo, que explotó en un revoltijo de esquirlas sanguinolentas que le salpicaron la chaqueta, la mano y la cara. Vargas empalideció. Dejó caer la pistola al suelo y vomitó. Luego se dejó caer de rodillas y se agarró la cabeza con las manos, hasta hacerse daño. Había matado a un hombre. Había matado. A Miguel. Porque sí, porque ahora se daba cuenta de que quería a aquel hombre. Podía haber sido su hijo... Por eso sintió un dolor ácido en el estómago que le obligó a vomitar otra vez.

En la lejanía, ladró un perro y se sobresaltó.

Vargas se levantó lentamente, se quitó la chaqueta, limpió con ella la sangre de sus manos y de su cara y la arrojó sobre Miguel, cubriéndole los restos irreconocibles de su cara. A continuación salió de la finca y caminó despacio, alejándose de allí a través de la carretera que conducía al parque de la Casa de Campo, en busca de un taxi que lo devolviera al aeropuerto de Barajas para tomar el primer vuelo a Barcelona.

Tampoco había llegado al final. La soledad podía ser todavía más profunda, ahora lo comprendía...

Nadie sabe lo que se siente al matar a un hombre hasta que no se ha hecho. Se piensa que uno nunca podría hacerlo, y en esa tranquilidad se vive hasta que llega la mala hora en que se mata y entonces se quedan los huesos de las piernas convertidos en espuma y es imposible impedir que se repitan en la cabeza las imágenes del asesinato, una y otra vez, como si la noria de la culpa se hubiera puesto a girar y mostrara sólo el caballito negro del arrepentimiento. Vargas pensó que la angustia del criminal sólo sería insoportable la primera vez que se mata, como la sentía él, y que luego resultaría cada vez más llevadera hasta convertirse en un acto tan intrascendente como asfixiar un pez con el anzuelo al robarlo del agua o ver la caída a plomo de una perdiz abatida en una jornada de caza.

Estaba sentado en una silla a los pies de la cama de María, en la UCI de la Clínica Fundació, observándola en su agonía, pero la única muerte que martilleaba sus pensamientos, introduciendo clavos de culpa, era la de Miguel, innecesaria y febril. Él lo había matado sin querer, enajenado, trastornado por su provocación mucho más que por el deseo de la mujer que rebuscaba jadeos en su pecho para continuar respirando. Llegó a pensar que acaso Miguel deseara morir y que lo había utilizado asomándole al desquiciamiento, convencido de que no soportaría la agresión de una acusación que lo abismaba a Belén, lo que más quería. Pero se había dejado manipular, no había sabido contenerse ni controlar la situación. Y la culpa, otra vez la culpa, lo mantenía atado a la silla, inmóvil, con los ojos entornados, reviviendo el momento en que había matado por primera vez. De habérselo preguntado antes, habría asegurado que él no apretaría jamás un gatillo. Quizá en una guerra lo hubiera hecho, como tantos, sin pensarlo; también para defenderse o defender a su hija: para eso había llevado pistola muchas veces y había practicado tiro en el club. Pero contra Miguel no hubiese apuntado nunca, hasta anteayer lo hubiera jurado; ni contra él ni contra nadie que no amenazase su vida. Aunque, pensándolo bien, con esa intención viajó a Madrid, a qué si no. Y ahora, cuando de regreso en Barcelona cargaba con las macabras imágenes de su cabeza destrozada, rota y astillada en un amasijo sanguinolento de carnes rojas y huesos blancos, no era capaz de evitar la náusea ni el espanto. Ojalá no hubiera sucedido jamás. Se apretaba la cara con las manos para apaciguar el arrepentimiento y endurecer la endeblez de sus piernas, y luego se frotaba el cuello para aliviar la rigidez de los músculos y disolver la visión criminal que se le había clavado allí igual que se aferra un liquen a una roca en los bordes del mar.

María abrió los ojos un instante y lo observó agitándose: Vargas se removía en su silla y se tapaba y destapaba la cara, abstraído y ensimismado, mostrando una angustia visible.

—Manuel...

Vargas se sobresaltó al oírla y dio un respingo atemorizado, con el corazón arrugado y la respiración detenida, como si hubiera sido descubierto en falta. Pero de inmediato se recobró y se inclinó sobre la cama, para atenderla. Le tomó la mano. La enfermera de guardia en la UCI oyó también la llamada y se incorporó para verla.

—Dime —susurró Vargas.

—No te preocupes, *bonitu*... —María forzó una sonrisa—. No voy a morirme...

—Claro que no —replicó él, respondiendo con una mueca igual.

María cerró los ojos y respiró arañándose los bronquios, reuniendo las fuerzas que se habían escondido por algún resquicio de sus pulmones y huían entre estertores silbados.

—Ayer no viniste...

—No.

—Ya no me acuerdo de si viniste anteayer...

—Calla. No hables.

La enfermera se acercó y ahuecó la almohada. Observó el suero del gotero y las pantallas que dibujaban trazos de sus constantes vitales, y luego volvió a su silla, junto a la puerta.

—He soñado que me moría y me enterrabas a la sombra de un ciclamor... Es el árbol del amor, ¿lo sabías?

Vargas movió la cabeza a un lado y otro. ¿No era un ciclamor el árbol en que se ahorcó Judas al no poder soportar la culpa?, se preguntó. Y musitó:

—No quiero que digas esas cosas...

—En casa tenemos ciclamores y calambucos. Allí los llamamos el árbol de María... Mi padre decía que los había plantado por mí. También hay un jabillo, algunos árboles del paraíso, dos árboles de la canela... Qué lejos estoy de casa, ¿verdad, Manuel? Me gustaría tanto volver...

—Iremos, María. Te lo prometo.

—En cambio al manzanillo..., al manzanillo le llamamos el árbol de la muerte... —María respiró profundamente y arrancó de su pecho un estertor muy parecido a un gruñido. Su fatiga era honda.

—Duerme un poco. —Vargas miró a la enfermera, que

afirmó con la cabeza—. Necesitas conservar todas tus fuerzas.

—Al ailanto lo llamamos el árbol del cielo... Y al árbol de la lluvia, al árbol de la lluvia lo llamamos... Manuel...

—¿Sí?

—¿Lo has matado?

—Lo he matado.

—¿Quién era?

—Nadie... Un antiguo empleado de Salazar. Un guardaespaldas... Pero eso ahora ya no tiene importancia. Duerme...

María sonrió apenas. Los músculos de la cara parecieron relajarse como si una brisa de alivio le hubiese acariciado toda.

—Lo sabía —dijo en un susurro—. Lo sabía... Él no puede ser un asesino, no puede... La mirada no tiene cirugía...

—María...

—Y yo me enamoré de esa mirada.

María suspiró y cerró los ojos. La enfermera les miró a ambos, sin comprender a qué se referían, y decidió que no había oído nada que fuera de su incumbencia. Se acercó para revisar el nivel del gota a gota y a colocar el embozo de la sábana. Le pasó la mano por la frente a la enferma y le apartó el pelo con dos dedos, arreglándoselo. Vargas, descubierto, volvió a su asiento, apenas sosteniéndose en pie, mientras la enfermera anotaba en la tablilla del parte algunos valores del monitor del cardiograma. Ella le había desenmascarado y no la odiaba por eso, pero ya no se atrevería a volver a mirarla a los ojos...

Era el mediodía del 10 de noviembre y el plazo se estaba acabando. El código de Alerta Cero que se había establecido para el órgano hepático que precisaba María Saldanha no parecía obtener resultado. La prioridad fijada para el primer hígado disponible estaba siendo inútil. Vargas le preguntó a la enfermera si el doctor Perea pasaría esa mañana por la Unidad y ella alzó los hombros y las cejas, sin estar segura. Sólo dijo:

—¿Quiere que le avise?

—No. Ahora vuelvo.

Le encontró en su despacho con su equipo, con la mesa salpicada de papeles revueltos, placas y teléfonos móviles en funcionamiento. Cuando Vargas se asomó a la puerta, los doctores callaron. Perea se puso de pie y le invitó a pasar.

—Buenas noticias, señor Vargas. Tenerife.

—No le entiendo. —Vargas arrugó los ojos.

—Hay un órgano disponible en Santa Cruz de Tenerife —Perea adoptó un semblante grave—. El hígado idóneo.

—¡Pero..., eso es fantástico, doctor! —A Vargas se le mudó la cara.

—Sí, sí, desde luego —replicó Perea, pero no alteró el rictus severo—. Nos lo acaban de comunicar: varón, cuarenta y siete años, accidente cerebro-vascular... Su familia ha donado todos sus órganos y el nuestro ha sido sometido a las pruebas necesarias.

—¿Pruebas? ¿Para qué? —se extrañó Vargas—. Pensaba que cualquier hígado...

—No, no. Hay que establecer su idoneidad. Comprobar si su función hepática es normal, realizar una analítica para establecer la compatibilidad de grupo sanguíneo con el de su esposa, obtener la ecografía abdominal correspondiente, practicar una serología que confirme que el donante no ha sufrido hepatitis de ningún tipo... En fin, no se extrañe: se ha hecho lo normal en estos casos, ya sabe.

—¿Y todo está bien? ¿De verdad está todo bien, doctor?

—Sí. Tranquilícese. En este momento viaja hacia el aeropuerto de Los Rodeos. El avión está esperando en la pista con los motores en marcha. Aterrizará en Barcelona a las dieciséis horas y, si todo va bien, esta tarde procederemos a efectuar el trasplante. Estamos diseñando todos los protocolos a seguir.

—Yo... ¡No sé qué decir, doctor!

—Nada, nada —Perea volvió a sentarse y a tomar la pluma para continuar su trabajo—. Lo mejor que puede hacer es tranquilizarse, señor Vargas. Tenemos mucho trabajo, compréndalo.

—Sí, por supuesto. Estaré... —señaló el otro lado de la puerta—: Bueno, estaré junto a mi mujer. Cualquier cosa...

—Gracias. Se le mantendrá informado de todo.

Manuel Vargas corrió al lado de María. Se enfundó la bata, las zapatillas y el gorro asépticos y se sentó a su lado. Ella estaba sedada y dormida. Le acarició la cara y le tomó de la mano. La besó en la frente con el mimo de una pluma al posarse y le habló en un susurro, como si temiera despertarla y a la vez quisiera festejar con ella la noticia.

—Ya está, mi pequeña. Ya tenemos tu hígado. Pronto estarás buena, te lo prometo. Te llevaré a casa, a tu casa, y si algún día llegas a perdonarme nos quedaremos allí para siempre a la sombra de los ciclamores, de los calambucos, de los jabillos, de los árboles de la canela... En donde tú quieras... Te llevaré a casa y pasaremos la vida juntos, día a día, hora a hora, sin que nada ni nadie pueda robarnos nuestra felicidad. Viviré para ti, siempre estaré a tu lado y tú al mío, mirando ese océano que es tuyo y en el que yo volví a nacer para que pudiera llegar junto a ti, ahora lo sé. Duerme, amor mío, duerme y descansa porque yo te velo, yo te protejo. Esos médicos son muy buenos, ¿sabes? Muy buenos. Han conseguido un donante para ti y ahora van a ponerte buena. Muy pronto. Hoy mismo. Y yo estaré aquí para que no te falte nada y para que nadie te haga daño.

Duerme, duerme..., que yo estaré aquí. Duerme..., mi niña...

Vargas se quedó en silencio. María parecía muerta. Una hermosa princesa yerta, inmóvil. Pálida, inconsciente, con la respiración queda, inapreciable. Los hematomas salpicaban su cuello y sus brazos, puede que el resto de su cuerpo también. Era normal que los tuviera. Dejó de mirarla. Cerró los ojos y se limpió dos lágrimas que caían por sus mejillas, silenciosas.

A las tres de la tarde empezaron a preparar a María para la intervención. A Vargas le solicitaron firmar media docena de documentos que no leyó y después le invitaron a abandonar la UCI. Se marchó sin dejar de contemplarla desde la cristalera hasta que corrieron los cortinajes. Luego salió a la calle, abandonó el Centro y se perdió por las calles agitadas de Barcelona que a esa hora olían a lluvia reciente y a café negro.

Para la intervención quirúrgica se prepararon dos quirófanos contiguos. En uno de ellos, a las diecisiete horas y cinco minutos, se inició el proceso de preparación del órgano a trasplantar. Un equipo de cirujanos con experiencia en esa clase de operaciones se dispuso a extraer del cilindro metálico el hígado recién llegado al Quirófano 2, el llamado banco de trasplante. Tardarían aproximadamente una hora en dejarlo listo para proceder a la intervención final. Los especialistas tenían que ir disecando poco a poco todas las estructuras, limpiar la grasa circundante al hígado, aislar los vasos y la vía biliar, ligar los pequeños vasos colaterales y desproveer los resquicios de las demás adherencias de grasas inútiles. Mientras tanto, María fue trasladada en una camilla al Quirófano 1, colindante al banco de trasplante. Bajaba a la sala sedada, semiinconsciente, pero con los ojos tan abiertos como si le sorprendieran cada una de las luces blancas del techo de los corredores de la vida.

No había tiempo que perder. En la antesala del Quirófano 1 los cirujanos y anestesistas tenían que calcularlo todo, hasta los más mínimos detalles. Había que establecer la cantidad de anestesia a dispensar y las sucesivas dosis a utilizar en las doce o catorce horas que duraría la intervención, si todo iba bien; fijar los electrodos a la cabeza, el pecho y las plantas de los pies para vigilar sus constantes vitales durante el transcurso de toda la operación; rasurar la zona abdominal por si María tenía alguna clase de vello, por minúsculo que fuera, y tintar con Betadine toda la superficie de la incisión y sus alrededores; fijar el suero y preparar el instrumental preciso; comprobar la precisión de los monitores y establecer las pautas en los ordenadores principal y auxiliares; comprobar el correcto funcionamiento de las luces de emergencia y de las baterías de los aparatos electrónicos y de alta tecnología por si acaso se producía un fallo eléctrico en el Hospital; y finalmente establecer las pautas de médicos y enfermeras presentes a lo largo de todo el proceso que iba a dirigir el doctor Perea. Por último, se le practicó a la paciente un proceso inmunodepresivo que, al bajar sus defensas al mínimo, permitiera a su organismo no reconocer al nuevo hígado como un órgano extraño y rechazarlo. Un proceso radical que requería que, desde aquel momento, la asepsia fuese total en cuanto le rodeara y en todos los que permaneciesen cerca de María (personal de quirófano, guantes, batas, zapatillas, gorros...), esmerándose en lograr una esterilidad absoluta porque su carencia de defensas invitaría a cualquier infección a presentar sus armas, por leve que fuese. Por ello, como medida de precaución, se le trató con una batería de antibióticos de amplio espectro y se estableció un extremo cuidado profiláctico en cualquier objeto o persona que fuera a entrar en contacto con ella.

Se había acordado filmar la operación, y dos técnicos

ajustaron las cámaras de televisión y los objetivos variables para que la grabación quedara perfecta. Y se permitió al director del Centro y a tres ayudantes en prácticas, jóvenes médicos residentes que se estaban especializando en cirugía de alta precisión, asistir como observadores al trasplante desde la grada situada encima del quirófano, tras una mampara de metacrilato desinfectada. También asistieron al trasplante, como observadores, once cirujanos de diversos hospitales públicos y privados de la ciudad que habían sido avisados por la dirección de la Fundació.

Vargas, entre tanto, vagó aturdido y desquiciado por el barrio gótico barcelonés perdido por calles que le hablaban de un pasado desconocido sin abrirse a ningún futuro sereno. A su alrededor caminaban aprisa vecinos y turistas, unos con la vista puesta en el suelo y otros con la mirada recorriendo las alturas, pero todos igualmente absortos. Su coche lo esperaba en la plaza de la Catedral para llevarlo de regreso a la Fundació pasadas un par de horas. Los nervios no le habrían permitido permanecer enclaustrado en el Centro las horas largas que duraba la operación. Fumó un cigarrillo tras otro, entró en dos bares para beber un dedo de whisky en cada uno de ellos y a las siete de la tarde, anochecido el cielo y acharolada la ciudad por una humedad neblinosa que no llegaba a convertirse en lluvia, entró en un cine y salió de la sala unos minutos después sin conseguir evadirse y subió a su coche ordenando al conductor que lo llevara de nuevo a la Clínica.

No sabía qué había sucedido durante aquellas horas de ausencia hasta que fue requerido por una enfermera que lo esperaba impaciente a las puertas de la Fundació porque el doctor Perea lo estaba buscando y preguntando por él con tanta insistencia como urgencia.

—Pero, ¿qué ha pasado? —Vargas rebuscó en sus bolsillos y sacó el teléfono móvil. Estaba apagado.

—Hemos intentado telefonearle pero su móvil ha estado fuera de cobertura, señor Vargas.

—¡Se ha quedado sin batería, joder! —Vargas lo tiró al suelo, rabioso, lejos de él—. Pero, ¿qué le pasa a mi mujer? ¿Ha ocurrido algo que...?

—Acompáñeme, por favor —se limitó a responder la enfermera.

El vestíbulo de la Clínica había crecido desmesuradamente. Los pasillos parecían interminables, mucho más largos de como los recordaba Vargas. Y la puerta del despacho del doctor Perea, al fondo, estaba tan lejos que tuvo la sensación de que nunca conseguiría llegar hasta ella. A Vargas le palpitaba el corazón con la fuerza de un redoble de húsares y le ardían la cara y la cabeza mientras las piernas intentaban negarse a sostenerle en pie, sin dolerle, pero reblandecidas como miga de pan flotando en un cuenco de agua tibia. La puerta del despacho de Perea estaba abierta y por su marco se escapaba una sinfonía lúgubre de voces altas superpuestas, nerviosas y desarmonizadas.

Vargas ya había empalidecido antes de asomarse al umbral. Durante el interminable recorrido por el pasillo, cruzado a grandes zancadas con la enfermera corriendo con repiqueteantes pasos breves tras él para procurar seguirle y ponerse a su altura, se le habían pasado por la cabeza mil imágenes, pero ninguna tranquilizadora. Demasiado pronto para que todo hubiera ido bien, se dijo. Demasiada frialdad en el rostro de la enfermera que lo esperaba para que se tratara de buenas noticias. Por eso, al asomarse a la puerta de Perea, gritó:

—¿Dónde está mi mujer?

—Pase, señor Vargas.

Todos los miembros del equipo se apartaron e interrumpieron sus palabras, guardando un obligado silencio.

Perea y el director de la Fundació se llegaron hasta él e iniciaron un ademán de estrechar su mano, pero la intención resultaba tan absurda que ninguno la culminó.

—Siéntese, por favor.

—María. ¿Y María?

Perea negó con la cabeza. Su rostro dibujaba incredulidad, pero también una expresión dramática y descorazonadora. El director de la Clínica se sentó frente a Vargas y dijo:

—No se ha podido llevar a cabo la intervención, no. Mala suerte... —Y acompañó la frase de una expresión desolada.

—Hemos tenido muy mala suerte, sí —confirmó Perea—. El hígado era compatible, sus propiedades proteínicas también. En fin, que todo hubiera sido perfecto de no ser porque...

—¿Por qué? —Vargas, impaciente, se incorporó en la silla.

—No sé cómo decirlo... —Perea cerró los ojos y respiró hondo—. El proceso era idóneo hasta que en el banco de trasplante, al preparar el órgano, nos hemos encontrado con una situación..., no sé cómo calificarla. Inesperada. Insólita. Completamente infrecuente, se lo aseguro, señor Vargas. No utilizaré tecnicismos para que lo comprenda, pero lo cierto es que en el último momento hemos comprobado que el hígado que íbamos a trasplantar tenía una malformación congénita, una anomalía de carácter congénito. Para expresarlo con toda claridad: su vascularización era tan anómala que sólo servía para el donante, para el cuerpo del sujeto del que se ha extraído. Para un cuerpo que ya se había habituado a la malformación y la soportaba bien, señor Vargas, pero ningún otro organismo se hubiese podido adaptar. El de María no, desde luego. A ese tipo de perversión orgánica lo denominamos anomalía vascular, y se produce en un caso entre mil, señor Vargas. Y su esposa habría rechazado el trasplante con toda seguridad. Era inevitable y comprenda que, dada su situación... En fin, que no lo hubiera resistido.

—¿Quiere decir que ella...? —Vargas sólo quería saber cómo estaba.

—Ya está de regreso a la UVI. Muy débil, es verdad; y tengo el deber de advertirle de que con el proceso de inmunodepresión a que ha sido sometida tememos seriamente por su vida. Lamento tener que expresarlo así, señor Vargas, pero...

—¡No es posible!

—Preocupante, sí. Muy preocupante. —Perea se frotó con los dedos índice y pulgar los lacrimales, apretando los ojos. Estaba muy cansado y la decepción se reflejaba en su cara. La derrota era inevitable, dijera lo que dijera, pero aún así se esforzó por no cortar el hilo de esperanza que ataba el deseo a la realidad—. Pero no se inquiete, se lo ruego. Estamos a la espera de una llamada de la Coordinadora Nacional de Trasplantes. Toda España está alertada y ya verá como muy pronto aparecerá un nuevo donante. Tengamos confianza, señor Vargas, tengamos confianza...

—Pero su estado... Usted mismo ha dicho...

—Es cierto —el director de la Fundació se acercó y puso su mano sobre el hombro de Vargas, con el deseo de transmitirle el calor que su pecho de hielo y descreimiento necesitaba en aquellos momentos—. Su esposa está muy débil y la inmunodepresión le ha debilitado todavía más, pero es fuerte y joven y si supera las próximas seis horas...

Vargas se levantó despacio. Salió de la estancia sin sentir el peso conmiserativo del enjambre de miradas que lo siguieron y desanduvo los pasillos de la Clínica hasta volver a enfrentarse con la humedad y el aire frío de la anochecida. Como un túnel sin tren, Barcelona olía a trastienda de farmacia y a sombra. El azabache de los jardines del edificio estaba iluminado tan falsamente como esas bombillas que pretenden alegrar los atardeceres de los días de Navidad en las calles sórdidas de las ciudades sin río. Le dolían los perfiles del alma, donde las ratas buscan recuerdos para vomitarlos. Allá dentro, en la sala de reanimación, María se estaba muriendo y tampoco esta vez su dinero podía hacer nada para rasgar el velo azul de la intemperie. Otra muerte que sumar a los interminables tiempos de soledad a que él mismo se había condenado. No guardaba esperanza ninguna; el destino había mostrado los cuatro ases con que ganaba la partida. Se habían cumplido los días de soñar. Tan pequeña, tan hermosa, tan débil, tan indefensa... María tenía piel de bronce y alma de selva, y una y otra habían sido heridas con el veneno ponzoñoso del mal de vivir. Por un momento deseó no conocer el hecho inminente de su muerte, no presenciar su última espiración ni oír el silbido uniforme del monitor que anunciaría que se había precipitado el final. Pensó en abandonar la Clínica, saldar la cuenta en el hotel Arts y tomar el primer vuelo que despegara del aeropuerto de El Prat, lo llevara a donde lo llevara. Viajar lejos, muy lejos, para dejar atrás una nueva pesadilla y despertar de un fracaso más. Se sentó en un banco del jardín sin importarle el manto de humedad que cubrían la noche y el dolor de la víspera, cuando la ausencia se presentaba eufórica para amedrentarlo, y ni siquiera alzó la cara cuando empezaron a caer las primeras gotas de lluvia. Huir o quedarse eran las opciones. ¿Es que para él no había perdón?

No supo cuánto tiempo pasó en el banco de la calle, sentado, dejándose empapar por aquella lluvia que lavaba el aire y arrastraba los olores de sombras y esencias medicinales. No lo supo porque un rosario de pensamientos negros fue picoteando su cabeza como una bandada de cuervos sobrevolando su existencia con las alas desplegadas. Su esposa, Belén, Miguel, ahora María... Sufrir no es una decisión cuando el dolor se vuelve crónico.

Las palabras que pronunció el doctor Perea cuando se acercó al banco, bajo la lluvia, para compartir con él la noticia, no representaron sorpresa alguna.

—Su mujer ha entrado en coma irreversible, señor Vargas. Lo lamento.

Vargas no se inmutó. El sonido rasgado de los pasos de Perea mientras se acercaba lo había anunciado con demasiada claridad. Se limitó a levantar la cabeza, mirarlo y afirmar dos veces. Luego se incorporó desde el banco, se alzó el cuello de la chaqueta, metió las manos en los bolsillos y caminó junto a él para volver a entrar en la Fundació.

—Podemos mantener su vida todo el tiempo que desee —dijo Perea, sin convicción—. Como ya sabrá, es un proceso posible si se hace de manera artificial, pero la muerte cerebral ya es un hecho. Usted decide.

Vargas se volvió hacia él para cerciorarse del sentido real de sus palabras.

—¿Quiere decir que soy yo quien ha de decidir cuándo se la desenchufa...? ¿Se dice así, no?

—Es una manera.

—No, todavía no. —Vargas respiró profundamente y se sacudió con energía el agua depositada sobre los hombros—. Llamen a esa maldita Coordinadora y díganles que María Saldanha está disponible para ser donante de lo que pueda ser útil. No sé... Corazón, riñones, ojos..., lo que sea. Si valen para algo, díganles que está disponible la donación. Y si aceptan, entonces..., entonces... ¡Pero háganlo ustedes, doctor, háganlo ustedes! ¡No me pidan que sea yo quien apague el interruptor de su vida! Yo..., no podría...

—Por supuesto, señor Vargas. —Perea le abrazó, para no verlo llorar—. Es usted un buen hombre... No se preocupe: nosotros nos encargaremos de todo.

—Gracias.

El manzanillo es el árbol de la muerte; el sauce, el árbol que llora; la soledad, un árbol sin raíces. Vargas asistió al entierro de lo que finalmente quedó del cuerpo de María y abandonó Barcelona para siempre sin llevarle flores ni acordarse de los manzanillos, los sauces ni los días felices pasados a su lado. Sólo se llevó un puñado de odio guardado en un cofre que había enterrado entre los sembrados del alma, justo al lado del corazón. El odio es un sentimiento más fuerte que el amor y se vuelve imborrable cuando se maldice sin saber a quién. Vargas odiaba, pero no sabía si a Blixen, a sí mismo o a todo el mundo a la vez.

Aquel mismo día despertó al doctor Blixen en medio de las profundidades de la noche para decirle que había cambiado de opinión, que lo había pensado mejor y que ya no deseaba vivir. Le rogó que le devolviera su vida, que lo convirtiese en mortal, que lo ayudase a volver atrás porque necesitaba recobrarse y reconocerse. Y le preguntó que cuándo podía ir a visitarlo para recuperar lo que era suyo. Blixen le dejó hablar, esperó con paciencia a que se desahogase, y luego, con la serenidad de un maestro budista y la seriedad de un magistrado musulmán dictando una sentencia, le anunció que no había marcha atrás. Lamentaba tener que repetírselo una vez más, pero el proceso era irreversible: ya era tarde para arrepentirse. A pesar de lo intempestivo de la hora y de la irritación que le produjo el desvelo, no tuvo el mal gusto de decirle algo así como que ya se lo había advertido: se limitó a repetir la cita del 5 de enero, cuando debía pasar la revisión correspondiente, y a recordarle que llegado el momento se pondría en contacto con él y enviaría en su busca por el sistema habitual. Y le rogó que le dejase descansar, que se tranquilizase y que practicase yoga o lo que quisiera, pero que le dejara dormir, por todos los diablos, que eran las tres de la madrugada, quería decir. Y concluyó con una frase seca que a Vargas le trajo a Miguel al pozo de la memoria:

—De todos modos, amigo mío, el tiempo es un gran autor: siempre encuentra el final perfecto para cada historia.

Vargas colgó el teléfono. De pronto fue consciente de la realidad, pero no sintió nada especial. Por la mañana tomó un vuelo a Londres, se encerró en su casa de Leicester Square, encomendó a Orson que no fuese molestado por ningún motivo y se sentó en un sillón con los ojos velados, como si no precisara cerrarlos para hibernar. Era el 15 de noviembre y los primeros cúmulos blanquecinos traían desde el Atlántico Norte días de frío cargados de copos de nieve como minúsculas lunas desprendidas del cielo. Una lluvia de florecillas blancas para recubrir la vida con el mimo con que se envuelve un regalo, o se arropa una sepultura.

La hibernación es un estado de hipotermia regulada durante algún tiempo, lo que permite a ciertos animales conservar su energía en los días más crudos del invierno. Durante la hibernación la realidad se aleja, el metabolismo del cuerpo se hace lento hasta niveles ínfimos y se mantienen la temperatura corporal y la frecuencia respiratoria en parámetros inferiores a lo normal, gastando poco a poco las reservas energéticas que se hayan almacenado previamente. Hay animales que sobreviven sumiéndose en un sueño profundo, aletargándose, y así su actividad corporal es más lenta y su temperatura desciende. El corazón sufre menos: late más lentamente; y la respiración se vuelve más pausada. Cada uno de los hibernantes elige su lugar donde pasar el invierno: los murciélagos, el fondo de cuevas y cavernas; los roedores, bajo tierra, en madrigueras forradas de hierba para mantener el calor; otros, como la ardilla terrestre ártica y el lirón, hibernan casi toda su vida: lo hacen para ahorrar energía. Mamíferos como los murciélagos, insectívoros como el erizo, roedores como el lirón, la marmota, el hámster y la ardilla terrestre y aves como las chotacabras del este de América del Norte: son muchos los que hibernan; hasta los osos se amodorran durante los meses del frío, igual que otros animales de sangre fría: anfibios, reptiles, peces, serpientes y lagartos, pequeños insectos, mariquitas, mariposas... Pero Vargas, ¿cómo iba a hibernar Manuel Vargas, Jonathan Bentham, Vinicio Salazar o como quiera que se llamara aquel hombre perdido en los claroscuros de un salón, en las hondonadas de Londres, a quien la vida le había robado todo menos la vida misma, dejándolo vivir para que asistiera a su propia descomposición? Había decidido hibernar, hibernarse para siempre, pero ¿cómo hacerlo?

Anestesiarse para sobrevivir, ésa era la respuesta. Anestesiarse hasta ignorar que tenía la obligación de permanecer vivo. Durar. Porque nada de lo que ofrecía la vida, nada de lo que el mundo podía poner a su disposición le interesaba. Reflexionó tras aquella opacidad que le proporcionaba la mirada velada: no se trataba de una depresión que tan fácilmente se podría combatir y derrotar con un complejo de fármacos y bloqueantes químicos euforizantes distanciadores del drama personal. No, no era una depresión; ni tampoco una desgana nacida de la nostalgia o de la melancolía. Era, sencillamente, que el genio de la lámpara de Aladino le había concedido sus deseos, pero con las archisabidas condiciones de que no podría resucitar a los muertos ni hacer que alguien se enamorara de él. El genio de la lámpara era un vulgar charlatán: ofrecer riquezas, poder o longevidad estaba al alcance de cualquier político de provincias o del más necio de los matasanos de aluvión con un diploma en medicina genética. Lo realmente importante, lo que permitía hacer de la vida un feudo donde desear quedarse no estaba en sus manos, ni en las de nadie. Ningún dios puede hacer más que prometerlo, además ignorando quienes lo adoran que no va a cumplirlo, de la misma manera que el monarca Sheram ofreció al humilde Zeta que pidiera cuantas riquezas quisiera, convencido de que podría satisfacer cualquier deseo de aquel súbdito que había inventado el fascinante juego del ajedrez, por desmesurada que fuera su petición. Pero el soberano hindú no contaba con que Zeta le pidiera que pusiera un grano de trigo en la primera casilla del tablero de ajedrez, y que duplicase la cantidad de granos en los siguientes escaques, de tal manera que en el segundo pusiera dos, en el tercer cuadrado cuatro, en el cuarto ocho y así sucesivamente. El rey se mofó de Zeta por la ridiculez de la recompensa solicitada, pero, al hacer los cálculos, los matemáticos del monarca vislumbraron los trillones de granos que debía poner en el último escaque, el sesenta y cuatro, y concluyeron que no había granos en toda la Tierra para satisfacer la demanda. La ignorancia es un castigo en sí misma: la realidad se burla de la necia arrogancia de los patanes. Igualmente el genio de Aladino y las promesas de los dioses se burlan de las únicas necesidades de los mortales, la salud y el amor, y las posponen para un tiempo sin tiempo, el de la muerte, cuando no caben reclamaciones.

Vinicio Salazar también renunció aquel día a vivir sin estar enfermo del cuerpo ni faltarle cuanto pudiera desear para alimentarlo. Sencillamente no le interesaba. Había recorrido un largo camino hasta llegar allí y no tenía nada con lo que alimentar un nuevo sueño. Sólo se teme la muerte cuando se ama la vida, y Salazar había perdido la capacidad de amar.

Se cerró a la lucidez como se ciega un pozo desde dentro para perder las nociones del tiempo, del espacio y de uno mismo. La pócima medicinal que empleó para quebrar las hilaturas de los pensamientos razonables y para ahuyentar los dictados del sentido común fue en un principio la bebida, el brebaje liberador y desvanecedor del alcohol en cualquiera de sus formas: whisky, vino, ginebra, tequila, vodka, ron, coñac... Cuantos licores llegaron a su habitación fueron apurados sin medida ni horario. Orson procuraba el suministro diario y Salazar se encargaba de la ingesta y del desagüe, pidiendo más y más.

Rechazaba los alimentos para no tener que vomitarlos, hasta que sentía que le escocían las venas, como si la sal y un aleteo de murciélagos las corroyeran con su ácido, y entonces masticaba la carne cruda de un *carpaccio* o picada de un *steak tartar* sin tragarla, sólo para ingerir el jugo y amansar la fiera. O comía almendras, un puñado de almendras como había visto hacer a su guardaespaldas el día que murió sin necesidad.

Cuando Salazar no lograba emborracharse lo suficiente con la magia del alcohol, o no se embriagaba lo bastante para que la culpa y la soledad abandonaran su cuarto, exigió a Orson que le encontrase otra manera de viajar al olvido. Entonces el edecán le dio a probar cocaína, le suministró gramos y más gramos hasta que le dolieron los conductos de la nariz y volvió a beber, insaciable en su viaje hacia la nada como se desplaza una duna de arena en el desierto.

Cuatro días más tarde Vinicio Salazar alcanzó a comprender que cuanto más bebía y se drogaba, más constantes eran los recuerdos de María y de Belén, a veces confundidas en una misma persona; pero que también soportaba mejor el tormento de su presencia. No permitió que nadie entrara en la habitación para arreglarla, tan solo Orson con las botellas, la nieve en polvo, otras drogas en pastillas de colores vivos y algunos platos que se pudrían hasta que el mal olor hacía que el propio Salazar arrojase su contenido al váter. Orson le puso delante una bandeja de cartones minúsculos empapados en LSD y Salazar los tragaba, consiguiendo un mundo de alucinaciones en las que viajaba al fondo del mar, los pasillos del infierno, las cumbres del mundo o los órganos de su cuerpo, a veces a lomos de arañas peludas o de unicornios sarpullidos de llagas por las que brotaban gusanos grises que después se le metían por las perneras de su pantalón o las bocamangas de su camisa; y a veces incluso lograba sentir que volaba, que podía alzar los pies del suelo y sobrevolar la cama y los sillones del dormitorio como si el fenómeno de la gravedad se hubiera olvidado de él. Hablaba consigo mismo; tan pronto gritaba un nombre de mujer como rompía a llorar o a reír, o se arañaba la cabeza hasta que la sangre resbalaba por su frente y le empapaba los ojos, convirtiendo en una roja visión escalofriante y amenazante todo cuanto le rodeaba. Entonces se echaba a temblar, aterrado, convencido de que había llegado a las puertas del infierno, y para escapar se metía bajo una ducha de agua fría, tiritando y febril, hasta que al cabo de un rato la serenidad le devolvía al mundo de los hilos rotos. Entonces volvía a beber para calentarse las manos y las entrañas y esnifaba cocaína con un puñado de pastillas milagrosas, se metía en la cama y se arropaba para asfixiarse de calor y poder abrir las ventanas, salir al balcón y llamarlas, unas veces a María, otras a Belén, otras a las dos a la vez. O invitaba a Miguel para que subiera porque tenía que pedirle perdón, repetía, necesitaba decírselo, perdóname, gritaba, no quise matarte, me obligaste, farfullaba mientras lloraba, tú me obligaste. Y volvía a beber y a tomar cocaína y otra vez se raspaba la cabeza.

Al fin consiguió perder la memoria y el pegajoso alquitrán de los recuerdos. Orson llamó a un médico el mismo día en que a Salazar se le oscureció la razón y, paradójicamente, en su particular noche sin luz comenzó a comportarse como un autómata, tal y como había aprendido y se había acostumbrado a lo largo de toda la vida, de un modo sereno, refinado y elegante, sin saber que lo hacía. Empezó a ser lo que antes era, antes incluso de la culpa, sin dominar su actitud porque no era sino la misma que había aprendido. Por eso, cuando llegó el médico, lo encontró sentado en su despacho con los ojos abiertos, un cigarrillo entre los dedos y vestido de forma impecable con un traje príncipe de Gales, camisa salmón, corbata cobalto y zapatos italianos negros de piel con cordones, relucientes como el espejo cóncavo del túnel de la risa. Nevaba tras los cristales y desde el equipo compacto de música sonaban las notas a la guitarra del *Caballo negro* de Manolo Sanlúcar. Salazar, con la mayor cortesía, la que siempre tuvo, invitó al doctor a que se sentase frente a él, pidió a Orson que les sirviese dos copas de jerez y no consintió en que lo examinase. Tan solo habló de lo quebradizo que se estaba volviendo el tiempo en Londres, de la humedad del clima, de la falta de distracciones mundanas en aquella época del año y de su deseo de pasar el mes de diciembre en París al cobijo de las luces de Navidad y de los aromas del buen vino.

El doctor se fue de la casa sin encontrar motivos para preocuparse por la salud de aquel gentleman y extrañado por la actitud de Orson, que le había hecho salir de su consulta para visitar a un hombre de aspecto absolutamente normal, carácter afable, modales exquisitos y sin el menor síntoma de anomalía física o mental. Quedó en enviar sus honorarios por correo y, al despedirse de Salazar a la puerta de su despacho, se permitió desearle que disfrutara de las muchas diversiones parisinas sin cometer el frecuente error de pretender intimar con los franceses, sin los cuales, aseguró flemático y con una chispa de sarcasmo, bien hubiera merecido París ser la metrópoli de la Commonwealth.

Vinicio Salazar viajó a primera hora de la tarde en un relajante vuelo de Air France con destino a la capital francesa. No llevaba maleta, sólo una gran cantidad de dinero en gruesos fajos de billetes de quinientos euros y diversas tarjetas de crédito repartidas por todos los bolsillos. Ni siquiera se despidió de Orson. Salió de su casa de Leicester Square sin decir adiós, detuvo un taxi, ordenó ser llevado al aeropuerto, le dio al estupefacto taxista uno de aquellos billetes sin solicitar el cambio y abandonó Londres en el primer vuelo en que encontró una plaza de primera clase.

Aquel 25 de noviembre era lunes. Y su habitación en el hotel tenía los colores del cobre y el olor de las mujeres decentes en los bailes deshonestos del carnaval. El personal del Jolly Hotel Lotti, junto a los jardines de las Tullerías y la plaza Vendôme, asistió estupefacto a las exigencias de un hombre de aspecto impecable que regalaba por cualquier minucia un billete de quinientos euros a modo de propina y que se comportaba de un modo tan absurdo como incomprensible, solicitando un desayuno al atardecer, unas toallas calientes a las tres de la madrugada porque aseguraba haber visto una rata en la bañera y pretendía asfixiarla, una botella de whisky al amanecer o que alguien de la recepción se acercase a una farmacia y le comprase unos gramos de cocaína sin adulterar, eso era muy importante: sin adulterar.

Cuando un empleado del hotel le rogó de parte de la Dirección que cesara en sus demandas extravagantes o claramente ilegales, Salazar se irritó tanto que aseguró que no volvería a dar motivos para que se preocupasen más, que no sería causa de molestia alguna; que desde aquel momento permanecería recluido en la suite, que se quedaría en ella toda la vida y que mientras no faltasen botellas de whisky, cubos de hielo y las almendras de Miguel en su minibar no volvería a marcar el número del servicio de habitaciones. El empleado comunicó las intenciones del huésped a la gerencia del hotel y, con el fin de mantener la discreción y el orden dentro del establecimiento, optaron por esperar a que el estrafalario cliente se aburriese de su encierro y se decidiese a abandonar el Jolly.

Dos días después Salazar se inventó que pasaba mucho frío y solicitó a la Recepción la contratación de una mujer que le calentara la cama. El recepcionista, desconcertado, comentó la nueva extravagancia a un botones, entre risas nerviosas, y la ocurrencia fue oída por un camarero que se había acostumbrado a recibir billetes grandes de manos del pródigo huésped. Conociendo la clase de individuo de que se trataba y pensando únicamente en las nuevas propinas, se las ingenió para irrumpir en la habitación de Salazar con una puta pintarrajeada y complaciente con la que mantenía una esporádica relación. Florence aceptó correr el riesgo de ser descubierta y expulsada del hotel porque su amigo le aseguró que el servicio iba a ser cómodo y la recompensa abultada.

Florence era una mujer de edad difícil de calcular, lo mismo podía tener treinta años que cuarenta, con el rostro afilado, el mentón generoso, los ojos negros rasgados y el pelo amarillo cortado en una media melena que recordaba a la de un paje de cuento. Llevaba las cejas depiladas hasta el grosor minúsculo de una raya y los labios rojos recargados de carmín. Su cuerpo era bonito, el busto, proporcionado, y el conjunto de caderas y piernas, armonioso pero inquieto, como si su medio cuerpo inferior tuviese más prisa en llegar que la cabeza en decidir adónde. Entró en la suite de Salazar junto al empleado del hotel, que la ordenó permanecer en silencio para proteger su intromisión, pero no tardó en tirar el bolso y el abrigo sobre un sofá, correr al mueble bar a servirse un vaso de whisky y plantarse ante el huésped con las piernas abiertas y el dorso de una mano apoyado en la cadera.

—*Mon Dieu. Vous étes très... charmant* —dijo.

Salazar la observó de arriba abajo y luego miró al empleado del hotel. Volvió a fijar los ojos en ella.

—¿Quién es? ¿La conozco?

—Su compañía, *monsieur* —sonrió el empleado—. Usted ha solicitado la compañía de una mujer y Florence se ha ofrecido para ponerse a su completa disposición. Es una chica encantadora, ya lo comprobará. Y no se preocupe por los gastos, *monsieur*, mañana arreglaremos cuentas usted y yo.

—*Pas, pas... Rien de tout...* —Florence se cuadró en jarras vuelta hacia su amigo—. *Sans sardine, le joint ne travaille pas.*

—¿Perdón? —preguntó Salazar al empleado—. ¿Se puede saber qué dice esta puta?

—El detestable sentido del humor de Pigalle, *monsieur...* Que si no hay sardina, la foca no trabaja; eso dice. No le haga caso. Enséñele uno de esos billetes morados que tiene usted —el empleado arqueó las cejas e inclinó la cabeza—. Del dinero, mañana hablaremos usted y yo, *monsieur.* —El hombre se revolvió amenazante y enérgico contra la chica—: ¡Dependerá de cómo te portes!

Debajo de aquel maquillaje excesivo y de aquel ceñido vestido rojo de punto, con una raja en la falda que dejaba ver su muslo izquierdo hasta la cadera, Salazar creyó descubrir que había una mujer que podría resultarle atractiva. En cuanto se quedó a solas con ella la arrastró por la fuerza al cuarto de aseo, haciéndole daño en los brazos, la metió en la bañera a empellones y abrió el grifo de la ducha. De nada sirvieron sus airadas protestas ininteligibles ni sus tímidos y desesperados gritos de auxilio. Al salir, empapada, con el pelo pegado a la cabeza y la cara lavada, parecía una indígena indefensa ante el acoso de un despiadado capitán de la brutal hueste de Pizarro. No lloró mientras se secaba con la toalla que le arrojó Salazar. Se limitó a quitarse la ropa, tomar del altillo otra toalla de baño y cubrirse con ella como lo haría una dama en una sauna mixta. Al salir al salón de la suite se encontró con la mano extendida de Salazar, que sostenía tres billetes de quinientos euros. Ella los tomó, corrió a guardarlos en el bolso y se tumbó en el sofá interpretando un desmedido sentimiento de indignación con la mirada clavada en el techo.

—Ya puedes irte —dijo Salazar—. *Allez, allez!*

Florence no se movió del sofá. Giró la cabeza hacia él e interpretó un mohín, esta vez de sumisión. Y sonrió de una manera tan encantadora que Salazar no tuvo ganas de repetir la orden. Bebió de la botella un buen trago de whisky y se quedó contemplándola.

—*Et bien?*

—Ya no pareces una puta —afirmó—. Ahora pareces una vulgar hija de puta. Vístete, que nos vamos de aquí.

Un taxi los trasladó a Montparnasse, junto al cementerio, y los dejó a la puerta de un local de intercambio de parejas con puerta al mismo bulevar Edgar Quinet. Salazar llamó a la puerta del club y un argentino abrió de inmediato con la inexpresiva frialdad de un bailarín de tangos.

Le dio un billete grande y se adentró en el local apresuradamente, llevando a Florence de la mano.

Le costó concentrar la mirada para contemplar y abarcar el conjunto del espacio que se abrió ante él. A la izquierda estaba la barra, lo primero que percibió con nitidez. Arrastró a Florence al mostrador y pidió una botella de whisky Macallan 25. No se movió del sitio hasta que escurrió su última gota, en lo que no empleó más tiempo que el de la bocana en escupir el líquido en los adentros del vaso, bebiendo con el ansia de un recién llegado del desierto que precisara apagar una sed de arena, pubertad y fuego. Con los ojos de vidrio y telarañas rojas revisó el resto del local: allí se abigarraba el gentío en un conjunto de sofás y sillones situados en torno a mesas bajas que escoltaban una pequeña pista de baile; y alrededor de la gran sala se sucedía un rosario de pequeñas estancias semicirculares con cortinas que podían echarse para disfrazar el espacio de intimidad y que albergaban un banco de terciopelo rojo corrido con un velador negro pequeño en el centro. La iluminación de todo el club era tenue, con rasguños rosas de luz como avispas gigantes que volaban inquietas sobre el azulado general de la pista de baile y la penumbra pardusca de los rincones. Salazar volvió a arrastrar a Florence de la mano y subió unas escaleras de madera con peldaños breves y desgastados que terminaban en un corredor con grandes colchonetas a los lados, a modo de camas, y sin más luz que la necesaria para poderse contornear los perfiles de los cuerpos sudorosos. En esa planta superior se sucedían impúdicos los lechos cubiertos de sábanas, sobre las que amasijos apretados de hombres y mujeres desnudos o a medio desvestir practicaban toda clase de orgiásticos ritos sexuales. Salazar recorrió el pasillo despacio, desdeñoso, y antes de terminar la visita arrojó a Florence con violencia a uno de aquellos grupos de animales folladores, que la absorbieron con el ansia devoradora de una jauría de perros hambrientos. Florence se dejó hacer sin oponer resistencia ni pronunciar quejas por la depredación de hombres, mujeres, bocas, manos y penes, mientras Salazar asistía al espectáculo con la sonrisa boba de un idiotizado. Y cuando se cansó de ver a su puta retorcerse entre brazos, piernas y lenguas, tiró con la misma violencia de su muñeca y la extrajo del frangollo de cuerpos en revoltijo. Le ordenó adecentarse, bajó con ella a la sala y se sentó a una mesa en el centro del local, sin soltar ni por un momento la mano de Florence. Pidió una botella de Dom Perignon para ella y otra de Macallan *25 years old* para él y se quedó traspuesto, ensimismado, rompiéndose en ideas inconexas que no comprendía porque ni siquiera era consciente de navegarlas.

—¿Y tú cómo te llamas? —De repente se volvió a mirar a la mujer que tenía asida de la mano.

—*Sais pas* —Florence alzó los hombros, sin entenderlo.

—¿Cómo que no lo sabes? Vanesa, Katy, Lola... ¡De alguna manera te llamarás!

—*Ah, oui. Mon nom...* Lola, *non... Je m'apelle* Florence. Florence... *Et vous?*

—*Moi?* Yo me llamo..., me llamo...

Salazar arrugó la frente y miró la botella de whisky. Llenó su vaso y lo apuró sin respirar. ¿Cómo se llamaba? Volvió a llenar el vaso y lo agotó. Y otra vez. Y una vez más. De repente sintió un miedo parecido al pánico. ¿Quién era? ¿Cómo se llamaba? Una vez más rellenó y apuró el vaso. ¡No sabía quién era, ni dónde estaba, ni qué hacía él en aquel infierno de música, luces absurdas y conversaciones susurradas! Sintió que se rompía algo dentro de su cabeza, como un chasquido de huesos quebrándose e inundándole de dolores intensos, localizados, múltiples. ¡Su nombre! ¡No sabía su nombre! ¡No sabía nada! ¡Nada! El pánico creció y se convirtió en histeria. Sin poder contener sus movimientos se levantó de un brinco brusco y empezó a dar patadas a su alrededor. No podía controlarse. Mesas, silloncetes y clientes sufrieron su delirante agresión. Sin saber lo que hacía, aterrado, arrojó la botella de whisky con todas sus fuerzas, estrellándola contra el suelo, y se agarró la cabeza con ambas manos, retorciéndosela. Gritó, aulló, enloqueció. Y al fin cayó desplomado al suelo, inconsciente, arrasándolo todo.

Se despertó en una cama de hospital, en una habitación blanca con un ventanal desmesurado por donde entraba un caudal de polvorienta luz. Su brazo estaba atado a un cordón umbilical que lo unía a un gotero. A su lado, otra cama albergaba a un hombre dormido con el aspecto de llevar muerto una semana. Sobresaltado al verlo, intentó incorporarse pero le fallaron las fuerzas y sintió que la cabeza se le perdía en un vahído. Volvió a desplomarse en la almohada, esperó unos segundos a recuperar la estabilidad y buscó con la mirada un timbre que alertara a alguien. Lo descubrió junto al cabezal y lo pulsó repetidas veces. Al instante, una enfermera entró apresurada en la habitación como una mariposa blanca gigante.

—*Bien, bien... Tranquille, calme.* —Le tocó la frente y le tomó el pulso. Revisó el contenido del gota a gota.

—¿Se puede saber...?

—*Espagnol?*

—Sí. Español. ¿Dónde estoy? —se impacientó Salazar.

—En un hospital, *monsieur* —dijo la enfermera, en un esforzado español—. Usted *malade*, enfermo. Venir médico ya ahora. Él *expliquer tout* usted, *monsieur. Et silence*, por favor. *Lui* también enfermo —señaló al hombre que dormitaba a su lado.

La mariposa blanca voló de la habitación sin una sonrisa y al cabo de unos minutos apareció el doctor encargado de atenderlo, un cubano de tez oscura emigrado a París que le explicó que había sufrido una intoxicación, que al llegar al hospital estaba en coma etílico y no había bastado la B-12 inyectada, por eso no había quedado otra solución que ingresarlo y mantenerlo en observación. De ello hacía dos días y las pruebas realizadas habían manifestado que sufría un bloqueo hepático agudo y una cantidad inusual de cocaína en sangre. El equipo médico, en realidad, no comprendía cómo había conseguido sobrevivir. Pero al estabilizarse sus constantes vitales a las veinticuatro horas, se había dispuesto el traslado a una habitación de planta a la espera de que recuperara la consciencia.

—Bienvenido a la vida, compañero —terminó diciendo—. Creo que esta vez ha llegado usted demasiado lejos.

—La verdad... —Salazar cerró los ojos intentando recordar—. La verdad es que no recuerdo nada, doctor. Estaba en mi casa, en Leicester Square, cuando...

—No le entiendo —frunció el entrecejo el doctor—. ¿Que estaba dónde?

—En mi casa, en Londres.

—Amigo mío: está usted en París, Francia.

—¿Qué?

—Bien, no se preocupe —el médico se volvió hacia la enfermera—. Haremos un escáner cerebral y revisaremos el diagnóstico. Una nueva analítica y una prueba de comprensión intelectual.

—¿Insinúa que...? —Salazar se alarmó.

—Tal vez ha sufrido un episodio de amnesia, señor. O un vacío de memoria a causa del alcohol y las drogas. Necesito comprobar todo ello.

Salazar estaba desconcertado. No podía creer que estuviera en París ni por qué.

—Perdone, doctor. ¿Desde cuándo estoy en París?

—Eso es un poco impreciso, señor. —El médico continuó anotando instrucciones en el parte de incidencias—. El empleado del Jolly Hotel que vino ayer a interesarse por su salud y, por cierto, a cobrar no sé qué, dijo que estaba usted hospedado en el hotel desde hacía varios días. No fue más explícito. Pero esté seguro de que muy pronto lo recordará usted mismo.

—Comprendo.

—Por lo demás, no se preocupe por nada. Custodiamos todas sus pertenencias... Una bonita cantidad de dinero, dicho sea de paso.

—Ya.

Salazar no quiso saber más. Durante el resto del día fue sometido a una interminable escalada de pruebas médicas que no aportaron nuevos resultados. Por la noche durmió bien y a la mañana siguiente desayunó con apetito. Al atardecer le dieron a elegir entre firmar un alta voluntaria o esperar a la mañana siguiente, en que se la daría el hospital. Salazar se encontró con fuerzas suficientes para abandonar el centro y un taxi lo trasladó al hotel, a la habitación que había ocupado durante su ausencia mental y que abandonó a primera hora del día siguiente para regresar a Londres. En el hospital abonó una suma elevada por los gastos médicos ocasionados y los tratamientos recibidos; y en el hotel, cuando se marchó poco después del amanecer, lo despidieron sin cortesía.

En el breve vuelo de regreso a Londres intentó recordar su pasado reciente, reconstruir aquellos días de ignominia y ausencia, pero no consiguió acordarse de nada.

Orson tampoco se alegró al verlo. Se mantuvo dispuesto y servicial como era su costumbre, impasible como un sordo ante un bolero, y le atendió con la prontitud y precisión aprendidas; pero estaba convencido de que su señor había llegado a enloquecer y adoptó tantas precauciones como le fue posible para no sufrir sobresaltos durante la noche ni sorpresas desagradables durante el día. Y al cabo de una semana, el 9 de diciembre, le anunció que deseaba pasar las vacaciones de Navidad con su madre, en Cheshire, en el condado de Chester, y que esperaba que el señor no precisara de sus servicios durante tan entrañables como familiares fiestas.

—Desde luego, Orson. —Salazar no puso objeción alguna—. Váyase usted y muéstrele mis respetos a su madre.

—Por supuesto, señor. —Inclinó la cabeza—. Si no hay inconveniente, estaría de regreso el mismo día 2 de enero.

—Sí, sí. Está bien.

Orson cerró la puerta de la casa tras él la mañana del sábado 12 de diciembre.

Decía Bukowski que una orgía es el lugar más solitario del mundo, pero sin duda lo afirmó porque nunca pasó solo la Navidad. Desde que Orson abandonó Leicester Square sin dejar a nadie en el servicio doméstico, por deseo expreso de Salazar, los muros de la casa se volvieron gruesos, altos y amenazadores, recubriendo las habitaciones con una pátina de penumbra que no se mitigaba al abrir los ventanales y todos los rincones saciados de un pegajoso silencio que ensanchaba las horas por el día y las amedrentaba durante la noche. La atardecida del domingo se prolongó durante muchos días. Para combatir el peso de las horas leía novelas de Dostoievski (*El idiota, Crimen y castigo, Los hermanos Karamazov...*) y reconocía en ellas el sentido de la culpa, como había hecho en el lejano retiro de Isla Margarita mientras se recuperaba de su cambio de imagen y luego en la casa del mar, pero las novelas se acabaron y, de improviso, el verdadero sentido de la soledad se le presentó un sábado lluvioso de diciembre y entonces comprendió que la vida puede llegar a ser demasiado larga.

No podía seguir encerrado tantas horas en casa, se asfixiaba. Pero la ciudad resultaba incómoda y sus habitantes, ausentes; era difícil conversar y aún más establecer cualquier clase de relación. Por fin diciembre se estaba comportando como se esperaba de él y la lluvia y la nieve se alternaban con el aire frío y las calles encharcadas, lo que dificultaba los desplazamientos y el paseo sosegado por las aceras; y si a ello se sumaba el falso disfraz de alegría por la proximidad de las fiestas de la Navidad, la ciudad contagiaba una sensación triste que entrecortaba la respiración y devolvía recuerdos insanos con la fidelidad de un espejo. Los escaparates de las tiendas se habían adornado con exageración para enmascarar la terquedad de la realidad y las inexistentes estrellas de la noche habían sido sustituidas por catenarias de bombillas de colores, ristras de luciérnagas muertas, rescoldos moribundos, sarpullidos de confetis incinerados, fantasmagorías varias y falsos fuegos fatuos, fósforos de osamenta sin sepultar y cadenas de brasas de felicidad que sobrevolaban las calles. Y en aquel ejercicio colectivo de disimulo y de creencia en lo bello que es vivir Salazar se sentía solo, irremisiblemente solo, sin más compañía que el desconcierto al comprobar que con el dinero creía tenerlo todo y en realidad no tenía nada.

Los primeros días se acomodó en las barras de los pubs y tabernas para consumir cerveza tras cerveza a la espera de una ocasión propicia para hablar con cualquiera. A veces intercambiaba algunas frases con hombres solos que miraban el fútbol en la televisión, con mujeres de piel blanca y llena de pecas que se marchaban pronto a casa y con algunos borrachos que le aceptaban la invitación a una cerveza más a cambio de unas frases huérfanas de afecto.

Pero no sólo comprobó que de aquella manera no encontraría nadie con quien relacionarse sino que terminó sintiéndose ridículo pagando cervezas y whiskies a desconocidos que no volvía a ver; y entonces buscó un club privado de *gentlemen* al que asociarse, convencido de que sería más fácil fraguar relaciones estables, pero se topó con que las normas exigían que un socio le avalase y, sin saber a quién recurrir, en las oficinas de admisión tuvo que improvisar que pronto volvería con la carta de presentación de su avalista, en cuanto su amigo imaginario regresase de un viaje que estaba realizando por tierras de la India.

Como recurso desesperado, el día que nació el invierno, el 21 de diciembre, buscó entre los portales de internet y rellenó las casillas de inscripción en un círculo de amistad para conocer gente a través de la Red. Pero cuando el formulario de acceso le exigió que describiera su perfil personal con el que habría de presentarse a los demás inscritos, no supo qué escribir. Otra vez se sumió en la pregunta que nunca creyó que fuera a hacerse: ¿quién era él?

Apagó el ordenador y se sentó en un sillón a escuchar la gelatina pringosa del silencio, a oler el aroma de los rincones y a agazaparse de las grandes paredes que parecían acercarse cada vez más. En una eterna penumbra. Hasta que, con la contundencia de un portazo, se le apareció una idea nueva que lo aprisionó como si hubiera caído sobre él una tonelada de tierra, sepultándolo: en la vida no se es nadie cuando no se tiene un lugar al que volver.

Era inútil seguir engañándose: él no tenía familia, casa, país ni raíces. No tenía nada. Había nacido, crecido y vivido en Madrid, una ciudad a la que no podría regresar, al menos durante muchos años; y aunque retornara, no habría nadie esperándolo porque a los muertos no se les guarda un sitio a la mesa. Desde que dejó de ser quien era no había sido más que un par de nombres, Bentham y Vargas, y un habitante de unos cuantos lugares tan remotos como ajenos a él. Londres y Almería no eran sino lugares de paso. Y aunque se afincase en alguno de ellos, siempre tendría la sensación de estar de visita, aguardando el momento de regresar a casa. Pero ya no había casa a la que volver; no había un lugar que le perteneciese ni al que él perteneciera. Y un ser humano sin esa referencia es un apátrida o un nómada y en ambos casos el peso de su cultura occidental lo condena al desencuentro final.

Tendría que aprender a vivir solo y sin recuerdos. Pero se daba cuenta de que las arrugas pueden borrarse, pero la memoria no. Si lograsen inventar píldoras contra los malos recuerdos, el precio de la felicidad sería módico en las farmacias. Vivir amarrado a las ausencias y a los lutos del amor impide soñar con un día soleado. Salazar debía tomar una decisión sobre sí mismo.

Y toda la baraja se había convertido en una misma carta.

Su cena de Nochebuena consistió un vaso de whisky y dos películas en la televisión; y la mañana de Navidad la pasó en Trafalgar Square en compañía de los leones del monumento al almirante Nelson, rodeado de turistas japoneses y con la mirada puesta en la columnata de la National Gallery. Tenía frío pero no le importaba. Al mediodía se preguntó qué estaba haciendo allí como un mendigo de afectos, asqueado de sí mismo, y regresó a casa dispuesto a buscar las llaves del coche, salir a la carretera, ponerlo a doscientos kilómetros por hora y estrellarlo contra el árbol más robusto que encontrara en el camino. Porque contra eso Blixen no había podido vacunarlo.

Pero al abrir el cajón de la mesa de su despacho, junto a las llaves del Jaguar, encontró un sobre cerrado. No recordaba qué contenía. Lo abrió y comprobó que se trataba de las dos entradas de palco que había comprado hacía un siglo para el concierto de Año Nuevo en el Musikverein de Viena. Cuando las adquirió pensaba asistir con Belén; iba a ser una escapada de las pocas que podrían hacer juntos. Luego le prometió a María que la llevaría, convencido de que iba a gustarle la matiné de la Orquesta Filarmónica de Viena. Y ahora las dos entradas estaban allí, pero ya no tenía con quien ir. De todos modos, acudir le pareció de pronto una obligación, algo que les debía a las dos. Iría a Viena, asistiría al concierto, se lo brindaría a ambas con una oración en forma de recuerdo y después pondría el punto final a una vida que ya había dejado de interesarle.

Le pareció que, haciéndolo así, por una vez se comportaría como debía. Igual que si hubiera madurado y supiera con claridad lo que tenía que hacer.

Salazar sintió en la trastienda del pecho, donde se forma el hielo y se derriten las lágrimas, un vestigio de alivio que desde hacía mucho tiempo no podía recordar.

Aquel día nevaba copiosamente sobre la ciudad.

Hacía dos horas que las calles se habían despertado después de una noche larga de festejos de espumillón, fuegos de artificio y besos fugaces dando la bienvenida al nuevo año, y un océano de nieve inmaculada, alfombrando aceras y calzadas, apagaba los ecos de murmullos de los viandantes, envolviéndolos con un halo transparente de frío que se colaba por todas partes y reptaba por los resquicios de las prendas mal abotonadas. El resplandor de la nevada depositada sobre el ajetreo de la mañana reciente cegaba el paisaje y confería a Viena el aspecto de una ciudad somnolienta que no quería despertar, como en el final de un sueño grato que se quiere seguir soñando: el de haber dejado en el olvido la culpa que seguía arañando después de tres generaciones y vencer la terquedad de la vieja memoria que borraba sonrisas en la noche con la severidad de un réquiem. A ratos, igual que espadas de luz, deslumbrantes rayos de sol asomaban por los bordes de las nubes blancas y por unos momentos se sentía su caricia en la cara, agradable como el beso de una madre a la hora de ir a dormir. Acababa de comenzar enero, pero el día se mostraba ya en sus luces y sombras como si la mañana quisiera anunciar el final del invierno y la primavera adelantada que otra vez resecaría la tierra.

A las diez y media en punto del primer día del año Vinicio Salazar se adentró con el aire ausente de un escéptico sabio antiguo en el vestíbulo de la Sala Dorada del Musikverein. Caminaba despacio, como el anciano en que se había convertido de repente. Atrás quedaban las nevadas calles vienesas y el resto de un mundo tan ajeno como indiferente, con sus murmullos viejos y sus silencios sin estrenar.

Salazar vestía un impecable esmoquin negro, una camisa blanca con los alados cuellos altos almidonados, una corbata ancha del color de la plata, herida por un alfiler de platino con una perla engarzada, y unos zapatos negros ingleses de doble cordón de piel de vaca y tacones de madera de nogal barnizada. En el bolsillo lateral izquierdo de la chaqueta guardaba un sobre cerrado con una escueta frase exterior que indicaba, genéricamente, que su contenido iba dirigido al señor juez; y en el bolsillo interior de su chaleco escondía una pequeña pistola ACP con una carga de balines del calibre 32, 7,65 mm, comprada a través de internet a una empresa con sede en San Antonio, Texas, por 290 dólares más gastos de envío.

Al entrar en el Auditorio pasó revista a las paredes y a los techos del hall con el protocolario desdén de quien comprueba que nada ha cambiado desde la última vez que los contempló y lamenta el empecinamiento en el mal gusto de sus decoradores, tan recargados de ideas viejas como las escayolas de dorados exagerados. Purpurina, cal, madera demasiado encerada, alfombras rojas, pomos de latónoro, pasamanos de plata falsa... A cada paso se detenía a inclinar la cabeza, a modo de saludo, ante algunas señoras desconocidas que fijaban en él la mirada con un inoportuno atrevimiento, tan inusual como a deshora, y para eludir los requiebros de las esposas con cortesías secas a sus maridos. El vestíbulo se había convertido en una bandada de pingüinos aferrados al brazo de orondas y multicolores aves del paraíso. En otro tiempo se hubiese sentido a gusto entre aquel enjambre de viejos blasones y nuevos ricos, pero ahora lo despreciaba.

Sin más preámbulos enfiló la escalera de mármol alfombradas para acceder a la entreplanta. Olía a perfume caro de mujer, a colorante capilar masculino, a café negro y a bostezo caliente. Una vez llegado a lo alto, titubeó por qué camino seguir. Al final dio un paseo por el corredor de la planta principal en busca del servicio de caballeros, superó el guardarropa, pasó ante algunas puertas lacadas en blanco que indicaban su acceso restringido con finas placas doradas y al fin entró en las *toilettes* reservadas a los hombres, donde se mojó los dedos sin necesidad mientras lo revisaba todo con un detenimiento indiscreto. Tres cabinas, al fondo, permanecían sin luz y con las portezuelas entreabiertas. Se miró por última vez en el espejo, aprobó su aspecto y salió del aseo para dirigirse a tomar asiento en su silla reservada en el palco número 3, situado a la derecha de un escenario donde los profesores de la Orquesta Filarmónica de Viena parecían divertirse mientras afinaban sus instrumentos imitando maullidos de gato preso. Con sus juegos desbarajustados, la Sala Dorada se había llenado de un aquelarre de notas musicales aulladas o susurradas, desacordes e irreverentes, ejecutadas por sus intérpretes en un duelo de esgrima y paciencia a la espera de que dieran las once en punto y saliera a escena el director Riccardo Muti, al que en esa ocasión correspondía conducir el tradicional Concierto de Año Nuevo que se vería a través de la televisión en medio mundo.

El público fue ocupando sus asientos en la platea y en los palcos disciplinada, susurrada y ordenadamente. En el suyo, Salazar esperó a que fueran siendo tomadas las plazas, pero no dejó de contemplar con ansiedad la silla situada a su lado, la 2B, la que debía quedar vacía. En ella hubiera tenido que sentarse Belén.

Volvió la cabeza e imaginó que su hija estaba a su lado, bella como un hada, ataviada con un vestido de cóctel color salmón pálido de escote de barco y una hermosa cadena de oro pegada al cuello de la que colgaba una figura de cola de felino en oro y diamantes. La imaginaba sonriendo, mirándolo todo, con el cabello recogido en un pulcro tocado alto de pelo fino y la cara apenas maquillada. La veía allí con las manos reposadas en el vientre, asiendo el programa de mano entre los dedos con la delicadeza de una reina antigua. Tan viva la imaginaba que la ensoñación le dolía, como duelen todas las ausencias injustas. Por fortuna, antes de que el sufrimiento llegara a deshacerle en jirones, los aplausos del público, creciendo y debilitándose igual que la espuma de una ola al romperse y precipitarse hacia la orilla, le sacaron de su abstracción. Eran las once y el concierto en homenaje a la música de los Strauss, con inclusiones en esa ocasión de obras de Mozart, Weber, Berlioz y Brahms, comenzaba un año más para dar la bienvenida a un tiempo nuevo.

Salazar atendió las dos primeras composiciones con un cierto interés, pero descubrió al término de la tercera pieza que no había oído nada de esta última. Buscó en el programa de mano la obra desatendida pero olvidó de cuál se trataba nada más volver a cerrarlo. Porque de nuevo se perdió por los laberintos desgarradores de la memoria para repasar el último año y medio de su vida, desde aquel lejano día en que el italiano sin nombre le informó de la recuperación del documento que parecía contener la décima sinfonía de Beethoven hasta los últimos tres días pasados sin salir de su suite del Hotel de France, situado en el 3 de la Schottenring a cuatro pasos de la Ópera, de la catedral de San Esteban y de la Escuela Española de Equitación, en el mismo centro de Viena. Las ovaciones y muestras de complacencia que acompañaron el fin de la interpretación de las restantes recreaciones del concierto no fueron capaces de devolverle a la realidad. A veces con los ojos abiertos, otras con los párpados cerrados o entornados y en varias ocasiones con un gesto doloroso estrujando los pliegues de la piel de su cara, Salazar revivió con la nítida lucidez de la locura la agonía asfixiada de su hija Belén, el estruendoso accidente de avión en medio del Atlántico una noche de luna llena, la frialdad asesina de su guardaespaldas y su osadía sin arrepentimiento, los vuelos continuos realizados de São Paulo a Bogotá, Caracas, Jamaica, Londres y Almería, todas ellas remembranzas intercaladas con imágenes de los rostros de quienes convivieron con él durante los tiempos del horror y la vesania: Miguel, Da Gama, Orson, Blixen, Mami, las chicas... Y entre ellos, y superpuestos a sus rostros fantasmagóricos y evanescentes, los perfiles mil veces repetidos de María: la vio renacer y la vio morir. El destino.

Su cabeza giraba y giraba repetidamente como un vals del pequeño de los Strauss. Salazar, en su trastorno de ausencia, revivió los días pasados sin recuerdo en la clínica de Blixen, sometiéndose a un pulso con la biología que, por ganarlo, lo había perdido; y los días aún más oscuros vividos en un París que lo convirtieron en actor de mil vicios y al que él nunca creyó viajar. Y de nuevo sintió el vacío, la frustración y la culpa; el gran error de vivir sin conformarse, de ignorar que morir cada día para no morir mañana es sufrir mil muertes en una muerte sin final. Salazar sintió con absoluto realismo la profunda herida de la soledad que lo había llevado hasta el palco de la Asociación de Amigos de la Música de Viena y comprendió que no había remedio para su mal porque al fin había conseguido enloquecer.

Pero de repente sintió un latigazo en lo más profundo de la cabeza y despertó dándose cuenta de que aquel viaje doloroso de casi dos horas envuelto en las músicas del Año Nuevo le había devuelto la cordura, igual que un golpe seco y cabal acomoda un hueso dislocado o pone fin a una amnesia. Durante aquellas dos horas había realizado un viaje en el que surcó las aguas de la melancolía, la calma de la nostalgia, la bravura de la culpa y las marejadas del absurdo, pero al fin había llegado a una playa de arenas sin dunas bronceadas al sol y comprendía que todo viaje tiene un final, que vivir tenía unas reglas que no conocía y que ya era demasiado tarde para rectificar.

Vinicio Salazar se reafirmó sin inquietud en la idea de que la última hora se había cumplido.

Convencido de lo ajustado de su decisión se palpó el bolsillo relojero para comprobar que su pequeña pistola seguía allí y luego el bolsillo izquierdo del esmoquin para asegurarse de que no se le había olvidado llevar el sobre que incluía una carta con sus últimas voluntades. Sí, allí estaba. Y ahora podía recordar palabra por palabra su contenido. Durante tres días había escrito y vuelto a escribir la cuartilla que se escondía en aquel sobre cerrado, el mensaje que necesitaba dejar en el mundo de los vivos como constancia de una verdad que se debía a sí mismo y con el que, tal vez con la ingenuidad que había caracterizado su vida, pretendía dejar resueltas las cosas terrenales derivadas de su innecesario pasar por la antesala de esa eternidad a la que llaman olvido. Era un texto breve escrito con letra pulcra, adolescente y redondilla que encabezaba con una precisa llamada al destinatario: *Señor Juez.* Y que añadía sin circunloquios:

Mi nombre es Vinicio Salazar. Soy un ciudadano español y en estas letras expongo mis últimas voluntades. Pero antes deseo con-

fesar que fingí mi muerte en un avión siniestrado en el mar de Brasil hace ahora un año y dos meses, un hecho por el que suplico el perdón y expreso mi arrepentimiento, sin excusas. En la prensa española, y probablemente también en la austriaca, obtendrá su señoría el resto de la información referente al caso.

Hoy he decidido quitarme la vida, lo que expongo para que no se culpe a nadie de mi muerte y para que, si su señoría lo tiene a bien, disponga el cumplimiento de mis disposiciones últimas.

De los contenidos de mi cuantioso patrimonio personal le harán exhaustiva relación el señor don Pau Fábregas, de quien darán referencias en la Clínica Fundació, de Barcelona, y mister Orson Smithson, mi mayordomo y ayudante, con residencia en el domicilio de Londres que figura en el pasaporte, expedido a nombre de Jonathan Bentham, que queda a su disposición en la recepción del Hotel de France, en esta ciudad de Viena, donde me hospedo.

Al no tener parientes de ninguna clase, declaro heredero universal de mis bienes al Estado español, con la condición de que sean donados a las instituciones que el Gobierno de España estime más adecuadas para paliar las necesidades materiales de los niños de Sudamérica y de África y su protección ante su secuestro y utilización para experimentos genéticos.

Asimismo es mi voluntad que de ese patrimonio se detraigan diez millones de euros para beneficiar a mister Orson Smithson, por los importantes servicios que me ha prestado, y un millón de euros para el señor Fábregas, en recompensa a su trabajo. Naturalmente, la administración de Justicia de Austria podrá detraer los gastos que correspondan por proceder al cumplimiento de estas disposiciones testamentarias, así como de mi entierro, que es mi deseo que sea efectuado por los servicios municipales vieneses sin boato alguno y depositados mis restos en una fosa común sin referencia nominal de ninguna clase.

Tampoco deseo que se dé noticia de mi indigna muerte ni, si fuera posible, de mi aún más vergonzosa vida.

Firmado: Vinicio Salazar (también Jonathan Bentham y Manuel Vargas, nombres que he utilizado desde mi falsa muerte hasta la real de hoy).

Se trataba de una cuartilla muchas veces corregida y aclarada en sus más diversos extremos que Salazar suponía lo suficientemente explícita para que su contenido fuera llevado a efecto sin complicaciones para nadie y que, de hacerse así, le permitiría descansar de una vez para siempre. Acaso, de aquella manera, con un acto de esa naturaleza, a su entender revestido de una cierta nobleza, se compensarían el egoísmo y la locura que lo habían apresado desde hacía tanto tiempo, quizá durante toda la vida.

El concierto llegaba a su fin. El director saludó varias veces al público y se retiró del escenario con la pompa que requiere la satisfacción del artista después de la perfecta culminación de su obra, henchido y orgulloso como un gallo joven tras una faena memorable en el aprisco del corral. Del mutis volvió para reproducir los reverenciales saludos protocolarios y para obligar a los profesores de la orquesta a que se pusieran en pie y compartieran los enardecidos aplausos, pero todo el mundo sabía que la escenificación de aquella despedida no era sino el preámbulo tradicional a la interpretación de *El Danubio azul* y de la *Marcha Radetzky*, con la que se alcanzaría el verdadero final de la matiné.

Y así se cumplió, puntualmente. Salazar abandonó el palco con los primeros compases del célebre vals compuesto por Johann Strauss. Se disculpó con una leve sonrisa ante los complacidos compañeros de palco y cruzó el cortinaje de terciopelo que se abría al corredor sin ruido ni brusquedad. Altivo y decidido caminó por las alfombras mullidas que ornamentaban el pasillo con la seguridad del ganador que va a cobrar una apuesta hípica al mostrador de pagos. No tenía dudas. Desde el interior de la Sala Dorada llegaban los acordes melódicos de *El Danubio azul* con su reiteración de animados compases jugados por los violines con el apoyo de toda la orquesta.

Al fondo del pasillo, frente a él, como una respuesta, estaba la puerta lacada de los servicios de caballeros. Retorció el picaporte, empujó la hoja, cuidó de que la entrada quedase bien cerrada tras él y se recluyó en una de las cabinas del aseo, la tercera. El momento había llegado. Corrió el pestillo y se sentó sobre la tapa del inodoro. Bajó la cabeza y cerró los ojos. Al fondo, la melodía circular del vals, esporádicamente remarcada por el acompañamiento de los instrumentos de percusión, se oía todavía, atenuada por las paredes interpuestas; su melódica belleza cíclica lo llenaba todo en un susurro lejano que invitaba a prestar atención a su armonía y a vaciar la cabeza de pensamientos, enjugando los temores igual que se escurre el agua que contiene una esponja al estrujarse, despeñando los errores y arrastrando tras ellos el torrente de todas las culpas. Salazar sintió la más hermosa de las músicas como una invitación para acudir reconfortado al encuentro con el último aliento, tocado con la serenidad necesaria con que deseaba entrar en esa paz de la que nunca se regresa.

No dejó de percibir con agrado la banda sonora elegida como víspera para su final y permaneció inmóvil los diez minutos largos de duración del vals. Por su cabeza corrieron imágenes y pensamientos inconexos, desordenados: Susa removiendo los nudos de la alfombra con la badila; los juegos malabares en el escenario de *Andrés, Carne de Res*; María desmayada en la terraza de la suite francesa; la Galleria Vittorio Emmanuele II desde el bar del Hyatt; el techo de nubes avistado desde la ventanilla del avión; el silencio ácido llovido sobre el porche de su casa al acabar Brel *Ne me quitte pas*; el abrazo último de Perea; la corbata excéntrica de Blixen; la espalda de Miguel, alejándose por las calles de São Paulo... El holandés fue condenado a vivir, Fausto vendió su alma, Dorian Gray se arrepintió ante el diablo... Imágenes fugaces y pensamientos rotos que acrecentaban la sensación de soledad insoportable en que se encontraba. Vivir así sólo podía estar reservado a los locos y él había recuperado la cordura. Ya no era posible volver a... Una nueva ovación se volcó sobre el estruendo sinfónico prolongado del acorde final y le interrumpió sus disquisiciones. No tenía miedo, sólo una sensación compleja de ansiedad e impaciencia que, de analizarla, tal vez hubiese confundido con un temor a algo que, desde luego, no era la muerte. Por fin.

El minuto final se agotaba entre los aplausos enardecidos del Musikverein y, ahora sí, comenzaba la *Marcha Radetzky*, el canto final, el epitafio que había decidido poner a su vida.

Tres minutos de duración. Tres minutos y quince segundos, exactamente.

El acompañamiento del palmoteo del público cuando el director les invitase a sumarse a la fiesta colmaría de un estruendo ensordecedor la Sala Dorada y el disparo del arma sería ahogado por cualquiera de aquellas palmadas cómplices, por una de aquellas palmas efectuadas al unísono entre el tímido jolgorio de los espectadores más formales.

Con la primera se metería el cañón de la pistola dentro de la boca.

En la siguiente presionaría el gatillo.

Con la tercera llegaría el ruido, percibido en lo más profundo de la cabeza junto a un instante imperceptible de calor abrasador y, de inmediato, una absoluta oscuridad, la más negra de todas. El silencio total. No sentiría nada.

Matar le había resultado estremecedor y agónico; no había conseguido olvidar el recuerdo del cadáver de Miguel ni había podido lavar la culpa por su muerte innecesaria e injusta; pero morir, tal y como lo tenía planeado, después de todo, no era tan difícil. No podía serlo.

Porque él iba a morir. Ya no cabían indecisiones ni dudas postreras; tenía suficientes razones para morir.

No necesitó demasiado tiempo para enumerarlas: su soledad era extrema; su culpa, insoportable; su miedo, atroz. La Naturaleza había convertido la belleza en una farsa, como había hecho con Belén: ni siquiera podía confiarse en ella. Y con lo que él tenía, que sólo era dinero, la experiencia le había mostrado que no servía para encontrar el camino de la serenidad y transitar cómodamente por el tiempo a la espera de un futuro cada vez más plácido. Tal vez la felicidad consista en soñar con llegar algún día a tener dinero, riquezas y poder, reflexionó sin estar seguro de lo que pensaba. Pero desde luego no consistía en tenerlo, de ello no había duda.

Salazar no tenía excusas, amontonaba demasiadas razones para morir: el futuro que se anunciaba era aterrador y él no deseaba llegar a conocerlo; el pánico a envejecer, aunque sólo se tratara de la vejez del espíritu que se incrusta en los huesos de la memoria y convierte lo cotidiano en descreimiento y desánimo, no podría soportarlo porque la enfermedad no era carecer de futuro sino no saber para qué tenerlo. Y, además, resultaba absurdo seguir echando cuentas para justificar lo que había decidido: él ya había muerto, ya estaba muerto, todos lo habían visto por la televisión y lo que salía en la televisión todo el mundo lo daba por cierto.

Los compases de la *Marcha Radetzky* llegaban al momento de la participación del público.

Las alegres palmadas resonaron en todo el Musikverein con el entusiasmo repetido año tras año.

Salazar se introdujo el cañón del arma en la boca y lo apoyó en la mandíbula inferior, afianzándolo con los dientes superiores. El frío del metal era desagradable. Su peso, contundente. La lengua, curiosa, lamió apenas el intruso metal. La pistola sabía a herrumbre y a azul. Mordió aún más el cañón y crispó la cara para defenderse de su violencia. Fue una reacción instintiva, pero también purificadora y admonitoria. Morir no era tan sencillo como había pensado.

Si al menos existiera una razón para vivir, se dijo.

En ese instante Salazar se sintió débil, enfrentado a sí mismo, solo, con las tripas blandas y las piernas sin fuerza. Reconoció el miedo y temió apretar el gatillo. La cobardía, otra vez, volvía a visitarlo. Jehová prometió indultar a Sodoma y Gomorra si se hallaba en las ciudades bíblicas un hombre justo, sólo uno. También él pensó que podría llegar a perdonarse si encontrara una razón para no apretar el gatillo. Una sola. Con una bastaría. Pero no había ninguna, ninguna que impidiese lo que había resuelto con absoluta firmeza.

La luz automática de la cabina se apagó y la imprevista oscuridad le sobresaltó. Nervioso, descubrió el avisador de la minúscula luz roja del interruptor, lo tapó bruscamente con la palma de la mano izquierda y la luminosidad regresó a inundar la cabina. Todo volvía a ser como antes. La cuenta atrás podía reiniciarse.

Saltaba el corazón en su pecho y unas minúsculas perlas de sudor le cubrieron la frente. Tranquilo, tranquilo, se dijo en un susurro; ya está decidido, ahí fuera no hay nada, nada... Pero, aunque así era, ¿acaso no podría encontrar una razón para seguir viviendo? Con una única bastaría. ¿Pero cuál?, se preguntó moviendo la cabeza a un lado y a otro, como si necesitara reforzar su convicción con el gesto físico de la negación.

El miedo a morir, sí; ésa podía ser una excusa. Una excusa, pero no una razón. O la curiosidad por el futuro, siempre existe el deseo de saber lo que va a suceder, lo que ha de venir... Pero tampoco era una razón: todo lo que sabía del porvenir era tan oscuro como aterrador.

Una razón, sólo una razón... Necesitaba encontrarla para alejar aquel doloroso metal frío de su lengua, un órgano que se apartaba a su contacto con el instinto del caracol que se esconde en su concha al presentir el peligro.

Quizá Belén mereciese que alguien conservase su recuerdo, y sólo él podía ser esa persona. Era la única manera de que ella no volviese a morir y esta vez para siempre. Pero, aunque muriendo él quedase ella en el olvido de todos para siempre, la realidad era que por el hecho de que él continuara viviendo nada podría devolverle la vida.

Sin que se diera cuenta, sumido en la zozobra y en el miedo que ahora volvía a sentir y disimulaba con búsquedas y disquisiciones, acabó la primera intervención del público en su jaleo de la música de marcha. La melodía de cuerda y percusión volvió a ser instrumental.

Ahora tendría que esperar a la segunda y última participación de los espectadores en los compases de la alegre pieza marcial para cumplir su decisión. Tenía muy poco tiempo para pensar si existía esa razón que le impulsara a abandonar la idea de apretar el gatillo. Una razón, una razón...

De repente pensó en Miguel y se preguntó qué hubiera hecho él, a qué ardid hubiera acudido. Tal vez se hubiese aferrado a un pensamiento de la filosofía de Sartre, a una ocurrencia burlesca de Oscar Wilde o una receta de las que regala Woody Allen cuando su psicoanalista se va de vacaciones. Sartre habría asegurado que el destino del hombre está en él mismo, por eso el existencialismo es la más optimista de las filosofías; Oscar Wilde hubiera sonreido para decir que odiaba la muerte porque se puede sobrevivir a todo menos a ella; y Woody Allen... Bueno, Woody Allen decía tener muchas razones por las que valía la pena vivir, las había enumerado en aquella película... ¿cómo se titulaba? Sí, en *Manhattan*... Aquellas razones del neoyorquino las había guardado en la memoria durante mucho tiempo, pero en aquel momento no logró recordar ninguna.

Aunque eso mismo le obligó a decidir que él también tenía que encontrar las suyas... Tenía que haber razones..., una razón al menos...

¿Pero cuál?

La vida. Sí, desde luego la vida no era sólo una razón: era una obligación... Porque tal vez fuera una mierda, pero al fin y al cabo era lo único que tenía. Esa podía ser una primera razón.

La vida y tal vez..., sí, algunas personas que había conocido... Había personas por las que se merecía vivir, a las que había valido la pena conocer... Como a Cayetana, su mujer; como a Belén, como a Mami... Y como a Nikos, el griego...

¿Por qué lo habría asesinado el italiano Senzanome aquella madrugada en Viena? Era un buen tipo, Nikos...; la policía dio cuenta de su historial delictivo pero no había dicho nada de su pasión por la libertad, de su bondad, de su generosidad... Había sido un delincuente habitual, era cierto, pero también había luchado en la resistencia griega contra la Dictadura de los Coroneles y no lo dijeron; había trabajado en los servicios secretos ingleses y se había jugado la vida en Afganistán y en el Líbano... Y también había robado y extorsionado, era verdad, pero nunca asesinó a nadie. Era un tipo especial, sin duda.

Nikos... Mami... Y María, claro. ¿Quién más? Seguramente Miguel, el leal Miguel... Y el comandante Villa, por supuesto. Y aquellas chicas... Y el doctor Perea... Había gente estupenda con la que se podía disfrutar de una buena compañía... ¿Por qué no iba a encontrar más personas como ellos?

Tal vez aquél podía ser un buen motivo si la verdad no le azuzase a reconocer que lo que en realidad sucedía es que era un cobarde, que cualquier cosa le bastaba para escapar del pelotón de fusilamiento que él mismo dirigía. Puestos a recapacitar, cualquier cosa, claro.

Porque también había emociones y deseos por los que la vida merecía vivirse... La propia *Marcha Radetzky*, desde luego, que convertía en una inundación de alegría universal la siempre nevada mañana vienesa. Aquella música y también el *Adagio* de Albinoni..., por supuesto. Y los girasoles que pintó Van Gogh... Y..., bueno, si continuaba pensándolo había un buen racimo de motivos para gozar y sentirse bien antes de que los huesos se volvieran al polvo: leer de nuevo a Dostoievski, escuchar otra vez la voz de Plácido Domingo, sentarse a contemplar un amanecer en el Mediterráneo, desayunar en el parisino Café de Flore, la pequeña Verónica...

La pequeña Verónica...

Las arrugas del rostro de Salazar comenzaron a distenderse, a relajarse. La muerte ya no parecía tan urgente, ni morir tan necesario. Vislumbraba el camino y se recitaba otras muchas ideas que llenaban de aire sus pulmones contraídos. Muchas cosas, sí, claro, repetía; muchas, por supuesto: la risa de un niño, dormir abrazado, el parque del Retiro la mañana de un lunes, oír llover desde la cama, el aroma de un horno de pan, sentir la mirada del deseo en la persona elegida, un nuevo y gran amor...

Vinicio Salazar dejó de oír la algarada de palmadas en la sala contigua. Dejó de oírlo todo salvo a sí mismo en una letanía iniciática, como si despertara de una pesadilla. Ya no deseaba morir. No; en realidad no lo deseaba. Quizá no lo deseó nunca. Y, además, se dijo, para ponerse una pistola en la boca y reventarse los sesos siempre habría tiempo.

No necesitó ningún esfuerzo para sacar lentamente el cañón sin rozarse los labios y dejar colgando el arma al final del brazo, apuntando al suelo.

No lo pensó más. Devolvió la pistola al bolsillo relojero en el chaleco del esmoquin y se levantó impetuoso del asiento del inodoro, reconfortado, libre, resuelto, con la sensación de que por primera vez se sentía limpio. Abandonó la cabina sin mirar atrás y dejó el servicio de caballeros en dirección a la salida del Musikverein. En la calle seguía nevando, pero respiró hondo y vio cómo se levantaba el día más bello que jamás había existido.

Caminó sin prisa por la Wipplingerstrasse hasta la Börseplatz. Tenía toda la vida por delante y haría todo aquello que alguna vez había deseado y nunca tuvo tiempo de hacer: aprender buceo en Dakar, un curso de piloto de helicópteros en Singapur, otro de repostería en un convento de San Millán... En la Börseplatz giró a la izquierda por la Rockhgasse y se adentró por la Helferstorferstrasse. Esgrima, surfing, paracaidismo... También se doctoraría en Economía en la Universidad de Cambridge, nunca tuvo ocasión ni calma para escribir una tesis doctoral... Salazar apuró el paso, alzó la cabeza, miró a lo alto, respiró profundamente... Se sintió pleno, alígero, como no recordaba haberse sentido nunca. Como si estuviese cerca de casa. Siempre deseó aprender a dibujar. Ahora podría hacerlo en Roma o en Amsterdam, tiempo habría de pensarlo... Cruzó la calle y salió a la Schottenring por la Hebgasse, junto al Hotel de France.

Estaba decidido. Volvería a Londres y comenzaría de nuevo. La vida, después de todo, no era una cebolla, sino una rosa, y no se envolvía en capas que arrancar sino en pétalos que deshojar. Y al final de los pétalos, al final del aromático corazón de la corola deshojada, se encuentran los estambres y los pistilos formados por mil pequeños órganos productores de polen, innumerables granos de polen que son las minúsculas semillas que guardan una promesa cada una. La vida es una rosa que brota y se cubre de hermosos pétalos de color para encubrir la continuación de la vida. Continuar la vida. Y desde aquel momento la iba a vivir de verdad. Libre, sin temerla ni temerse a sí mismo. Sin miedos...

Respiró de nuevo, a grandes bocanadas, y degustó a sorbos largos la eternidad que por equivocación había comprado un día en que los vientos se habían levantado revueltos, pero que ahora se ofrecía como un regalo imposible de rechazar.

Y antes de entrar en el Hotel de France para hacer las maletas y regresar a Londres decidió que procuraría disfrutar intensamente los años que aún le quedaban por vivir, empezando por ir en busca de alguien como la pequeña Verónica para proponerle soñar con ángeles y unicornios, compartir la inevitable locura del amor y construir junto a ella un cobertizo de proyectos y risas donde quedarse a vivir hasta que el dolor de la tierra abriera las aguas cautivas del mar y detuviera para siempre el desmedido crecer de los tiempos.

AGRADECIMIENTOS

El autor desea expresar su agradecimiento a las siguientes personas: doctor don José Perea, cirujano y colaborador del Centro Nacional de Investigaciones Oncológicas (CNIO); doctora doña Lorna González Herrera, especialista en el síndrome de Morris; doctor don José María Ladero Quesada, especialista en Medicina Interna y Aparato Digestivo; don Pedro Valle Torralbo, piloto, comandante e instructor de vuelo; don Javier Martínez Gutiérrez, ingeniero ingenioso e impenitente viajero; doña Esther Vincent, socióloga; doctora doña Regina Reyna, especialista en el síndrome de Morris; doctor don Antonio Bolinches, revista *Elle* (septiembre, 2006, p. 208); doña Marina Fernández, periodista; doña Concepción López Corona, funcionaria; doña Mar Madrid, fisioterapeuta; doña Raquel Martínez-Gómez, escritora; doña Nuria Fernández, consultora; don Ignacio Salas, periodista, y doña Mila Valcárcel, periodista, por su valiosa colaboración en la aportación de sugerencias y datos para esta novela.

Bibliografía utilizada en internet:
http:/www.unizar.es/gine/222gin.htm
http://conganat.uninet.edu/IIICVHAP/posters/030/texto.htm
http:/www.terra.es/personal/flromera/que.htm
http://es.wikipedia.org/wiki/Hibernaci%C3%B3n
Slide de Ria Slides, *Carta escrita en el 2070*, revista *Crónica de los Tiempos*, abril, 2002, Ria Ellwanger (autora).

NOTA FINAL DEL AUTOR

Cualquier similitud en esta novela con hechos o personas reales es mera coincidencia.